만남과 知와 사랑의 대화

퇴계와의 만남과 대화

오백여 년의 세월이 멀고도 멀건만
유독 내 마음에 와 닿는 게 있음 에랴!

박종용 지음

明文堂

저자 박종용(朴鍾龍)

*

서울대학교 영어영문학과 졸업

뉴욕대학교 금융전문가 과정 수학

성균관대학교 유학과 석사

성균관대학교 유학과 박사 (논문 : 퇴계 이황의 道學연구)

하버드대학교 옌칭연구소 방문학자

*

금융회사 국제부 근무 (딜러)

입시학원과 외국어학원 원장 및 강의

전 성균관대학교 강의

현 서울교육대학교 강의

기업, 농축산물검역소, 육군3사관학교, 시흥문화원 등

여러 기관에서 100여 회 강의

*

저 술 : 논문 20여 편이 있다. 임마누엘 페스트라이쉬(Emanuel Pastreich) 교수의 논문을 번역하는 등, 동서양의 사상을 비교하는 논문(영문, 국문)뿐 아니라 고전의 현대화를 위해 다양한 주제의 저서를 준비 중이다.

서문

1. 삶에는 끝이 있으나 앎에는 끝이 없다.

— 生也有涯 知也無涯 —

전통은 죽은 자들의 살아있는 신념이고, 전통주의는 살아있는 자들의 죽은 신념이다(Juroblau Pelikan, Tradition is the living faith of the dead, traditionalism is the dead faith of the living). 신념이란 인간이 인간다운 삶을 살아가기 위해 일평생 실천에 옮기려는 자기 확신이지만, 신념도 '주의(-ism)' 에 매몰되는 순간 死物로 전락된다.

시간의 물결 속에 '죽은 신념' 이란 오명으로 흩어진 편린(disjecta membra)들이 '살아있는 신념' 으로 되살아나고 그러모아져 한 시대를 주도하는 정신으로 자리매김하기도 한다. 인위적으로 가감할 수 없다는 점에서 이 시대의 정신은 자연의 성질을 닮았다고 할 수 있다. 하지만 인간이 곧 자연이라는 유학의 입장에서 본다면, 인간은 자연을 가질 수 없지만 시대정신은 지닐 수 있다.

시대정신은 인간과 인간의 불꽃 튀는 만남 속에서 역사가 빚어낸 한 사조(思潮)이다. 흔히 만남이란 주체적인 '나' 가 또 다른 주체자인 '너' 에게로 다가섬이고, '너' 가 '나' 에게로 다가옴이다. 만남은 대화를 낳게 되는데, 대화란 곧 이성의 나눔을 뜻한다. 대화가 맑은 영혼과 부드럽게 정화된 빛에 싸여 순수한 이성을 그려낼 때, 그 대화는 사랑이라는 예술로 승화하게 된다.

사랑은 눈이 아닌 마음으로 보는 것이라 하더니! 《한여름 밤의 꿈》에서 셰익스피어가 읊었던 눈먼 큐피드의 화살에 맞았었을까? "날카로운 첫 키스의 추억이 운명을 바꾸었다"는 한용운 시인의 말처럼, 필자에게도 인생의 전환점이 되었던 세 번의 만남이 있었다.

첫 번째는 2003년 3월 21일 안동에서 퇴계선생의 16대 종손이신 이근필(李根必) 어른과의 만남이었다. 종택에서 하룻밤을 보내고 아침식사로 토종닭 백숙을 대접받은 후 종손께서 책 한 권과 비디오테이프를 주셨다. 이후 이 책을 여러 번 읽으면서 퇴계선생의 시 몇 수를 영어로 옮기기도 했었다.

그보다 두 해 전에 필자는 차종손인 이치억 박사에게 성균관대학교에 입학해서 '할아버지(퇴계선생) 공부'를 하라고 여러 번 권유했었다. 그 때 권유했던 주된 이유는 이러했다.

"만약 내가 퇴계학을 연구해서 박사학위를 받는다면 우리 박씨 가문의 영광이겠지만, 그대가 퇴계학으로 박사학위를 받으면 우리의 전통을 계승하고 정신을 이어가는 것이 되니 단순히 이씨 가문의 영광을 넘어 나라의 영광이 될 것이다."

당시 이 박사는 기자시험을 준비 중이었는데, 기자는 학자가 된 다음에 대기자로 활약할 수도 있으니 유학공부 하라고 괴롭히듯 간섭했었다. 그러면서도 한편으론 자칫 남의 인생에 책임지지 못할 말을 한 것 같아 내내 마음이 무거웠었다. 하지만 이후 이 박사로부터 유학공부하기를 잘했다는 말을 들었을 때, 비로소 부담감에서 벗어날 수 있었다.

권유하고 설득하다 정들었을까? 나도 이 공부를 하고 싶다는 생각에 한번 빠져들게 되자 만사가 손에 잡히지 않았다. 무려 7년 동안 가슴앓이 했다. 당시 필자는 서초동과 대치동에서 학원을 운영하면서 영어 강의를 하고 있었기 때문에 유학(儒學)공부하겠다는 뜬금없는 말에 지인들의 반대가 극심했었다.

"가만히 있어도 수입이 넉넉할 텐데 왜 사서 고생을 하려고 하는지!", "공자님·맹자님이 밥 먹여주나?", "퇴계공부하면 떡이 나오나 술이 나오나?", "지난번에 안동 갔다 오더니 사람이 변했어!" 등등.

하지만 어떠한 만류도 '진정 나를 위해 살아보겠다!'는 의지를 꺾지는 못했다. 마침내 나이 50에 성균관대학교 유학과 석사과정에 입학하게 되었다.

두 번째 만남은 석사과정 때 있었다. 당시 수업이 없던 날은 도서관에서 하루에 16시간가량 책만 읽었다. 책을 읽을수록 고민은 쌓여갔다. 옛 것은 막연하고 새 것은 어수선하기만 했다. 한 마디로 이러지도 저러지도 못했던 난감한 시기였다. 그 때 지은 詩가 「두 갈래 길에」 였다.

계속 가야 하나 / 돌아가야 하나.
두 갈래 길에 선 마음은 / 천 갈래 만 갈래
이 길로 가면! / 저 길로 갈까?
아니, 돌아서서 지금이라도 / 왔던 길로 가야 하나
고단한 인생의 고개마다 / 얄궂은 선택은
눈앞에 가깝고 / 방황의 끝은 멀기만 하다.

연구실 임시자리에서 《퇴계전서》를 읽다가 잠깐 잠들었는데 꿈속에서 퇴계선생을 뵈었다. 퇴계선생과의 첫 만남이었다. 낮잠 자다 들킨 재여(宰予)처럼 부끄럽고 어려워 얼굴을 들 수가 없었다. 선생은 다소 엄격한 모습으로, "근본이 서면 道가 생기는 법이니, 명분을 고치려 하지 말고 하는 일의 내용을 고치게."라고 말씀하신 듯했다.

나는 꿈에서 깨어나 '스스로 그 道를 가볍게 여기지 않을 것이며, 또한 성급하거나 가볍게 남들과 이야기하지 않겠노라' 다짐했다. 그때 《퇴계전서》에서 읽었던 "구름과 안개가 걷히면 푸른 하늘을 바라보고, 가시밭길을 헤쳐서라도 바른 길을 간다(開雲霧而觀青天 剪荊棘而由正路)"는 구절은 이후 좌우명처럼 자주 활용하였고, 석사논문에도 인용하였다.

세 번째 만남은 박사과정 때 있었다. 2년 만에 석사를 마치고 박사과정에 진학했지만 여전히 공부에 대한 확신이 서지 않은 상태였다. 대체 얼마나 공부해야 박사학위를 받을 수 있는지? 과연 박사학위를 받을 수나 있을는지? 내 의지와 관계없이 나이는 자꾸만 늘어가고! 또한 두 아이들이 대학갈 때가 되었는데, 아비가 지금 뭐하고 있나!

더 이상 선택의 여지가 없었다. 변명의 여지를 찾는다는 것은 더욱 구차할 뿐이었다. 이 때 꿈에서 또 퇴계선생을 뵈었다. 선생과는 두 번째 만남이었다.

얼굴에 온화한 미소를 지으신 선생은, "그대는 부디 자취를 숨기고 스스로의 수양에 힘쓰게! 학문하는 것은 본래 마음을 다스리는 것이니, 너무 드러내거나 서두르지 말게. 그래도 말세에 학문하려는 사람이 적은데 그대가 사문(斯文)에 종사하겠다니, 이 얼마나 다행스런 일인가! 촛불은 기름을 얻어야만 밝은 빛을 내듯이 공부도 진지하게 오래하면, 이룸이 있다네. 마치 지금은 해가 땅 밑에 있더라도, 틀림없이 밝게 빛날 때가 오는 것처럼.

'이미 지나간 세월은 따라잡기 어렵고 앞으로의 노력은 자신에게 달렸으니, 노력해서 스스로 우뚝 설 생각을 하고 가볍게 세속에 휩쓸리거나 따르지 말게(已逝光陰難追 而方來工力在己 勉思自拔 毋輕流徇).' " 라고 말씀하신 듯했다.

인간 萬事엔 오랫동안 당연시 해왔던 문제들에도 때로 물음표를 달아 볼 필요가 있다(Bertrand Russell). 큰 의심을 가진 사람이 크게 통달하는 경우가 많기 때문이다. 인간은 스스로를 알지 못하기에 괴로워한다. 나를 찾기 위한 길이 앞에 놓여있고, 그 길이 옳다면 당연히 나아가야 한다.

이는 천하의 진리가 다 내 안에 구비되어 있기에 가능하다. 하지만 새 길을 얻기 위해선 옛 길을 닦을 필요도 있다. 이 길을 가려면 자신을 갈고 닦는 큰 공부가 있어야 한다. 이름하여 자기수양이다. 자기수양에는 아픔과 고난의 과정이 필연적으로 동반된다. 자기를 수양한다는 것은 단순한 지식의 차원을 넘어서 저 높은 곳을 향해 낮은 곳으로 임하려는 마음공부이기 때문이다.

봄이 오면 나는
유리창을 맑게 닦아 하늘과 나무와 연못이
잘 보이게 하고
또 하나의 창문을 마음에 달고 싶다. (「봄이 오면 나는」 이해인)

시인의 창문은 다름 아닌 마음공부의 결정(潔淨)이다. 사사로운 마음과 기필하는 마음이 싹틀 때면 구름이 걷히듯 깨끗이 제거하고, 사랑하는 마음과 성실한 마음이 나올 땐 봄기운에 만물이 자라도록 마음에 창을 달겠다는 시인의 의지가 엿보인다. 마음에 자연을 담아 '네 마음을 열어 내 마음을 깨우치게 하려는(啓乃心 沃朕心)' 자세는 자연이 곧 내 마음이라는 일반의지이자 자기정화이다.

퇴계선생도 스스로를 새롭게 하고자 새겨 놓은 자신명(自新銘)을 소중히 여겼다. 치아는 본래 희지만 하루라도 닦지 않으면 찌꺼기가 남고, 얼굴은 본래 희지만 하루라도 세수를 하지 않으면 때가 끼며, 몸도 본래 희지만 하루라도 목욕을 하지 않으면 피부가 거칠어진다. 그러나

다행히 치아를 닦으면 흰 빛이 다시 살아나고, 얼굴을 씻으면 흰 빛이 다시 나타나며, 몸을 깨끗이 하면 피부가 다시 옥처럼 빛나게 된다. 마찬가지로 마음도 그러하니 어찌 마음 닦기를 게을리 하겠는가?

늘 학문에 대한 뜻과 학업이 소홀하여 옛날을 우러러보면 따라가기 어렵고, 오늘을 살기에도 부끄러운 일이 많다고 하셨던 퇴계선생의 말씀이 뇌리를 떠나지 않는다. 그렇다. 지금 시도하지 않으면 언제 하겠는가?

헨리 데이비드 소로(Henry David Thoreau, 1817~1862)가 "삶이 소중하기 때문에 인생의 본질적인 사실들만을 직면해 보고 죽음을 맞이했을 때, 헛된 삶을 살지 않았음을 깨닫고 싶어서" 「월든」으로 들어갔다면, 나는 '인생 같은 인생' 을 살면서 '진정한 나의 삶' 을 살기 위해 「도산(陶山)」으로 들어갔다. 그저 저 높은 곳을 향해 공부하면서 마음을 가다듬고 스스로를 새롭게 하고 싶었다.

2. 사물은 만 가지로 다르나 이치는 하나다.

— 物雖萬殊 理則一也 —

옛 가르침은 무수한데 어디서부터 시작할까(古訓千萬 何所從入)? 이 말은 필자가 퇴계학을 공부하는 동안 내내 뇌리에서 떠나지 않았던 고민이기도 했다. 한편으론, "시작은 각기 다르지만 언젠가는 정상에서 만나게 된다."는 퇴계선생의 말씀을 생각해 볼 때, 퇴계학을 음악으로 비유한다면 다성악(多聲樂)이라 할 수 있다. 이는 각기 독립된 선율들이 어우러져 조화를 이룬 협화음(協和音)을 말한다.

단테 알리기에리(Durante degli Alighieri, 1265~1321)는 《신곡》에서 그가 목격했던 천국의 조화로운 세계를 글 대신 음악으로 표현하면서 다성악이란 용어를 사용하였다.

본 책의 내용은 전체 4부로 구성되어 있는데, 책 전체를 관통하는 핵심이자 공통점으로 퇴계선생이 서로 다른 학자들과 나눈 가상의 대화를 형상화하여 상징적으로 다성악이라는 용어로 아우르고자 하였다. 각 부의 핵심 장을 대략 다음과 같이 요약할 수 있다.

제1부 제1장 「퇴계와 김영란 전 대법관의 대화」

지금 우리에게 필요한 것은 청렴에 대한 공감과 이를 창출해 낼 수 있는 문화적 바탕(質)이다. 문화는 정신세계에 드리워진 문양(文)으로 그 문화를 이루는 구성원들의 점진적인 教化를 통해 잉태된다. 文化는 變化한다. 변화의 핵심이 化에 있듯이 문화의 핵심도 化에 있다.

대상을 변화시킬 수 있는 사람이 위대한 것이 아니라, 마음을 변화시킬 수 있는 사람이 위대한 것이다. 우리가 청렴사회로의 변화를 희구한다면, 나를 아끼는 고결한 정신이 이웃도 아끼려는 청초한 사랑으로 化해야 한다. 바로 그런 자세가 이 시대 시대정신의 초석이 된다.

제2부 제1장 「퇴계와 알프레드 아들러의 대화」

삶은 자기완성이란 목표를 이뤄나가는 과정으로 인간이해의 핵심과제이다. 인간에게 힘든 일은 자신을 알고 변화시키는 것이다. 자신의 타고난 조건과 살아가는 태도를 파악하고 이를 성찰할 필요가 있다. 이는 유학의 '내자성(內自省)'과 '내자송(內自訟)' 문제로 귀결된다.

개인의 자각은 공감을 통해 주관적으로 표현된다. 공감은 상대에게 먼저 다가가는 용기다. 사람들과 협동하려는 동안 삶의 여러 상황들에 익숙해진다. 아들러는 공감이 형성된 환경에서 개인은 '누구나 동등하다'고 했고, 퇴계는 이를 '모두 공경한다(一切敬之)'고 하였다.

제3부 제1장 「퇴계와 고봉 기대승의 대화」

인간은 하늘모습을 닮은 가장 신령스런 존재로 하늘마음을 지녔다. 그 마음에서 흐르는 것이 사랑이다. 사랑이 소중한 '너'를 향한 애타는 '나'의 갈망이기에 그 어떤 감정에도 있을 수 없는 한결같음이라면, 퇴계와 고봉의 만남과 사랑의 대화는 자신의 자기 비춤이었다.

학문을 함에 있어 학자에게 중요한 것은 인간적인 만남을 통한 대화이다. 대화는 이성의 나눔이다. 학자가 대화를 멀리하는 것은 세상을 등지고 사는 것에 비유될 수 있다. 퇴계는 학문을 강론하며 대화할 벗 없이 쓸쓸히 지내는 것을 '둔체(鈍滯)의 근심'이라 하였다.

제4부 제1장 「퇴계 자신과의 성찰적 대화」

동양에서는 '덕을 쌓는 일', '공을 쌓는 일', '좋은 말을 남기는 것' 등을 오래도록 사라지거나 썩지 않는 삼불후(三不朽)라 하였다. 퇴계가 쓴 2,500여 통의 편지는 제자들에게는 멋진 신세계였고, 세상으로 향하는 문이자 태산에서 천하를 보게 하는 눈이었다.

사문(斯文)을 공부할 때, 이를 쉽게 여겨 소홀히 해서도 안 되고 너무 어렵게 여겨 용기를 잃어서도 안 된다. 옳고 그름과 헐뜯고 칭찬함과 잘하고 잘못함에 대한 생각은 일체 끊고, 참되게 공부하며 오래 나아가야 반드시 만의 하나라도 이룸이 있을 수 있다.

3. 의리는 끝이 없고 시간은 빨리 흐른다.

— 義理無窮 光陰易過 —

셰익스피어는 "어떤 사람은 태어나면서 위대하고, 어떤 사람은 행위를 하여 위대하고, 또 어떤 사람은 감동적인 부름을 받아 비로소 위대해진다." 고 하였다. 하지만 유학에서는 모든 인간이 하늘로부터 빼어남을 부여받은 영장(靈長)이기 때문에 인간은 모두 태어나면서 위대하다고 본다.

다만 공자가 "나면서부터 아는 사람은 상급이고, 배워서 아는 사람은 다음이며, 곤경에 처해서 배우는 사람은 그 다음이고, 곤경에 처해도 배우지 않는 사람이 하급이 된다." 고 말했던 것은 배우려는 의지가 중요함을 역설한 것이다.

의지는 더 나음을 향해 나아가려는 시도이다. 시도하지 않는다는 것은 '하지 않는 것' 이지, '할 수 없는 것' 은 아니다. 학문에의 뜻을 둔다는 것도 익숙함에서 벗어나려고 시도하는 의지의 소산이다. 사람이 배우려 시도하지 않으면 자신의 부족함에 둔감하게 된다. 부족함에 둔감하기 때문에 자신의 허물을 들으면 화부터 내게 된다. 그런데도 끝내 배움을 통해 자신을 닦지 않으면 차츰 더러운 물이 고여 오염된 물웅덩이가 되듯이 마음에도 다시는 돌이킬 수 없는 외곬의 웅덩이가 자리하게 된다.

학자는 학문을 할 때 어질고 훌륭한 선비를 벗으로 사귄다. 하지만 이에 안주하지 않고 옛 사람을 존중하고 숭상하면서 그들의 높은 사상을 논할 수 있어야 한다. 德이 있고 훌륭한 인품을 갖춘 사람의 말은 많지 않으면서도 우리에게 감동을 준다. 게다가 뛰어난 내용과 빛나는 문장은 암송하면 할수록 암송하고 싶고, 씹을수록 씹을 맛이 생긴다.

그래서 옛사람의 詩를 외우고 옛사람의 글을 읽으면서 그들의 사람됨을 알게 되고 그들을 따르려는 마음이 생기게 된다. 이 때문에 그들이 당대에 행한 일의 자취를 논하는 것이다. 이것이 바로 위로 올라가 옛 사람과 벗한다(尙友)는 뜻이다.

한유(韓愈, 768~824)는 「師說」에서, "옛 학자들은 반드시 스승이 있었으니, 스승이란 道를 전수하고 業을 교수(敎授)하고 의혹을 풀어주는 사람(古之學者必有師 師者 所以傳道授業解惑也)" 이라고 하였다. 학문을 논할 때, 그런 스승이 필자에겐 세 분 계신다.

한 분은 필자가 서울대학교에서 영문학을 전공할 때 배웠던 분으로 현재 한국 번역협회 회장으로 계신 김성곤 교수님이다. 처음으로 지언(知言)의 의미를 들려주셨고 학생들에게 온몸으로 희망을 보여주셨던 분이다. 미국문학수업 시간에 시험문제로 T.S. Eliot의 《The Waste Land(황무지)》詩를 암기해서 쓰게 했던 분이기도 하다.

또 한 분은 성균관대학교에서 공부할 때 지도교수였던 오석원 교수님이다. 오 교수님은 학생들이 발표하는 내용을 듣거나 대화를 통해 상대방의 공부 수준을 분별하셨던 분이다. 필자에게는 "박 선생은 알아서 잘 하니까 내가 간섭하지 않겠다" 고 하시면서 말없이 지켜보셨던 분이다.

아카시아가 흐드러지게 피었던 날 야외에서 오 교수님과 함께 식사했던 분위기를 한시로 지어드렸더니 매우 흡족해 하시면서 필자에게 한시공부도 적극 권유하셨다. 강직하기로 유명한 천하의 오 교수님으로부터 최단기간 3년 만에 박사학위를 받게 된 것은 영광이었다. 하지만

"박사학위라는 날개를 달아주었으니, 이제 전 세계적으로 마음껏 한 번 날아보게" 라는 오 교수님의 말씀에 한편으론 마음도 무거웠었다.

또 한 분은 필자의 박사논문을 지도해 주셨던 영남대학교 중문과 이장우 명예교수님이다. 이 교수님은 퇴계선생의 詩 2,500여 수를 완역하신 분으로 80세에도 학문에 대한 열정만큼은 왕성하신 퇴계학의 최고 권위자이시다.

이 교수님은 같이 공부할 때나 대화할 때도 상대방의 장점을 들어서 칭찬을 많이 하시는 편이다. 그래서인지 폭넓은 인간관계를 유지하면서도 무리 없이 지내시는 모습은 학문 다음으로 배워야 할 자세라고 여겨진다.

박사학위를 받은 후에도 지금까지 매주 1회씩 공부하면서 필자에게 가장 많은 가르침을 주셨다. 이 교수님은 필자에게 기억력이 좋다고 말씀하시지만, 필자가 보기엔 이 교수님이 그 연세에도 훨씬 기억력이 좋으신 것 같다. 앞으로도 배움은 계속될 것 같다.

이 교수님과 같이 공부하고 있는 이영자 박사는 퇴계선생의 후손인데, 이 교수님이 퇴계선생의 인품을 가장 많이 닮은 사람이라고 칭찬할 정도로 바른 인성을 지닌 분이다. 게다가 이 박사는 겸손하고 정직하게 공부하는 학자로 필자가 도움을 많이 받고 있어서 항상 감사하고 있다.

사람이 살면서 학문적으로 직접 가르치고 배우는(敎學) 관계는 아니더라도 스승으로 일컬어지는 경우가 있다. 이를 두고 유학에서는 스승이 어느 때 어느 정해진 곳에 있는 것이 아니라, 삶이 영위되는 공간인 天地가 곧 스승이므로 생활이 인간을 도야(陶冶)한다고 말한다. 이런 맥락에서 본다면 필자에게는 잊을 수 없는 두 부류의 인생스승이 있다.

필자는 대학 졸업 후 금융회사의 국제부에서 외국과의 금융 업무를 주관한 적이 있었다. 당시 국제담당 상무였던 분은 필자에게 경제신문을 입에 넣으면 바로 영문으로 번역되어 나오길 원하셨다. 아무래도 필자를 자판기로 오해하신 것 같았다. 여하튼 참으로 난감한 일이 아닐 수 없었다. 대학에서 영문학을 전공했다지만, 한 번도 영어를 잘 한다고 생각한 적도 없었고, 취직하면 이젠 공부 안하고 놀고먹을 수 있을 것이라 생각했던 필자에겐 발등에 불이 떨어진 꼴이었다.

못하겠다고 말하자니 못난 나로 인하여 전국의 영문학도들의 이미지에 먹칠할 것만 같았다. 별수 없이 각 분야의 단어를 암기하고 세계적인 영문 잡지 10여 종을 구독하면서 좋은 문장은 노트 정리해두고 수시로 암기하였다.

당시에는 나만 힘들게 한다고 불만을 토로하기도 했었지만, 이렇게 약 6개월여의 시간이 지났을 무렵에는 어떤 신문을 보더라도 동시에 영어로 읽히는 것 같았다. 이후 미국 뉴욕대학에 있을 때, 그 상무님이 나를 괴롭힌 것이 아니라 진정한 나의 스승이었음을 절실히 느끼게 되었다.

몇 해 전부터 필자는 그 때의 심정으로 돌아가 또 영어단어와 문장을 노트정리하고 암기하고 있다. 이번엔 유학에 관한 내용이다. 그간 유학에 관한 영어논문과 영문초록을 번역해주기도 하고 국내학자들의 영어논문과 영문초록을 많이 읽어 보았지만 불편한 마음을 감출 수가 없었다.

특히 필자는 하버드대학교 옌칭연구소의 도서관에 소장된 그 많은 책들 중에 퇴계선생에 관한 영문 저서가 3권뿐이라는 사실에 놀라움을 금치 못했었다. 단순 비교하더라도 퇴계선생의 저작물이 셰익스피어의 저작물보다 훨씬 많고 철학적 깊이도 깊고 폭도 넓다고 생각되는데…….

앞으로 필자는 20여 년간 영어 강의했던 경험과 금융회사에서 영어로 번역했던 기억 그리고 지금 정리하고 있는 자료들을 바탕으로 유학의 세계화를 창도할 수 있도록 뜻있는 분들과 계속 공부할 계획도 있다.

또 한 부류의 스승은 은퇴하신 교수님들이다. 평균 연세가 85세로, 김영걸(전 포항공대 부총장), 엄성진(전 KIST), 이윤용(전 서울대 화공과), 이화영(전 서울대 화공과), 문상흡(전 서울대 화공과), 이순자(전 서울대 불문과), 이연자(전 서울대), 김호기(전 KAIST, 한무숙문학관 관장), 그리고 신숙원(전 건양대 부총장) 교수님 등 총 아홉 분이다. 필자는 이 분들께 4년째 경전 강의 중인데, 사실은 부끄러운 일이 많다.

필자 스스로도 공부가 익지 않았는데, 감히 누가 누굴 가르친다고! 그런데도 원로교수님들은 부족한 필자에게 항상 고맙다고 하시면서 당신들 중 한두 분 남을 때까지 계속 강의해주길 원하신다. 이 분들께 강의하기 위해 준비하면서 필자의 한문 실력이 늘었으니, 이분들이야말로 필자에겐 제자이자 큰 스승들임에 분명하다.

끝으로 본 책의 편재는 가능한 퇴계선생이 책을 내실 때의 기준을 따르려 노력했다. 그 기준은 이렇다. 먼저 四書三經의 긴요한 말들을 뽑아 머리로 삼고 그 다음 전달하고자 하는 내용을 실었다. 서문에는 그 글의 내력과 간행하게 된 동기를 반드시 말해야 한다는 선생의 말씀을 따랐다.

다만 목차를 설정함에 있어서 지나치게 세부적으로 무슨 강(綱), 무슨 목(目)이라고 하는 것은 퇴계선생의 견해로는 바람직하지 않다고 하셔서 앞에 몇 가지 제목을 열거하고, 그 제목에 대해서는 몇 절(節)로 압축했다. 또 각 부의 첫머리에 큰 목록(目錄)을 알아보기 쉽도록 하고, 각 권의 節과 목차의 밑에 일일이 제 몇 절의 무슨 목록의 말이라고 해야 남들이 보면 즉시 편집한 사람들의 뜻을 쉽사리 알아볼 수 있게 된다는 선생의 견해를 따르려고 노력했다.

다만 "책이 훌륭하지 않다고 생각하는 것이 아니라, 훌륭한 가운데 미진한 부분은 반드시 고친 뒤에야 모든 것이 온전해져 후세에 전하기에 의심이 없게 된다. 그래서 인쇄를 하든 안 하든 그건 논할 바 아니지만, 책은 반드시 잘못이 없어야 한다."는 퇴계선생의 의중에 충실히 부합되지 않은 면도 있음을 미리 밝힌다. 이는 전적으로 내 능력의 부족함에 그 원인이 있으며, 10년 공부의 결산을 내보이겠다는 아직도 버리지 못한 욕심에서 비롯된 것이기도 하다.

분명한 것은 '책은 끝났으되 탐구는 끝나지 않았다(Sit finis libri,

non finis quaveredi)’는 것이다. 아울러 본 책에 언급된 내용에 대하여 관점의 차이가 있을 수 있는 바, 이는 선·후 학자들과 여러 독자님들의 지적을 겸허히 받아들여 배우기를 주저하지 않을 작정이다.

필자는 만학도로서 공부하는 동안 힘들지 않은 날이 없었다. 먼저 “더 이상 용돈은 주지 않아도 되니, 너도 안동총각(이치억 박사)이 하는 공부(儒學)를 해서 나 죽기 전에 박사학위를 받아오라”고 하셨던 올해 86세인 어머니의 재촉에는 변명할 도리가 없었다.

또 오랫동안 영어강의를 해 오면서 다른 집 아이들은 잘 가르쳐서 원하는 대학에 보내더니, 정작 제 자식이 대학 갈 때가 되었는데 돌봐주지 않고 ‘때 아닌 자기 공부를 한다’고 불만을 토로했던 아내 백지현에게도 지면을 빌어 감사하다는 말을 전하고 싶다.

무엇보다 아빠의 도움 없이도 잘 해냈고 잘 하고 있는 사랑하는 딸 박수진, 그리고 든든한 아들 박정웅에게도 감사할 따름이다.

끝으로 본 책을 출간할 수 있도록 허락해주신 명문당 김동구 사장님과 하나부터 열까지 교정해주신 채희걸 사장님께도 감사드린다.

— 서초동 觀也軒에서 필자 씀

목 차

제1부. 청렴사회의 조건

제2부. 인간심리의 발견

제3부. 교학상장의 대화

♠

부 록

제1부. 청렴사회의 조건

제1장. 퇴계와 김영란 전 대법관의 대화

제2장. 청렴사회와 열린사회의 대화

제1장. 퇴계와 김영란 전 대법관의 대화

— 퇴계의 청렴정신과 김영란법의 정신

〈미리 읽기〉

퇴계의 청렴정신을 현 시대에 조명하여 공직자들이 지녀야 할 상(像)을 제시함과 아울러 그들이 맡은 바 책무를 성실히 수행해 나아갈 방도를 모색하고자 한다. 또한 〈퇴계의 청렴정신〉과 〈김영란법의 정신〉에는 思想과 時空의 차이라는 격세지감(隔世之感)은 있으나, 正常과 正道에 이르려는 격세지감(格世之鑑)도 있다고 보고 여기서 얻은 혜안을 오늘날 대한민국의 국격(國格)에 맞는 시대정신을 읽어내는 목탁(木鐸)으로 삼으려 한다.

유학(儒學)에서는 부귀를 으뜸으로 삼는 사람을 장부로 여기지 않는다. 돈으로 모든 것을 살 수는 없기 때문이다. 그 대표적인 것이 청렴정신이다. 그간 우리 사회에는 일부 공직자들의 부정·비리로 인해서 공직에 대한 신뢰도와 공직자의 청렴성에 많은 의구심이 표출되어 왔다. 권력형 비리가 터질 때마다 우리 모두가 절망감을 느끼면서도 부패를 학습하는 계기가 되어 민간에까지 좋지 않은 영향을 끼치기도 하였다.

이런 가운데 태동된 〈김영란법〉은 부정청탁 및 금품 등 수수 금지를 위한 통제장치를 종합적으로 체계화한 법이자 공직자들이 초심을 잃지 않고 공직생활을 잘할 수 있게 도와주고, 다수의 선한 사람이 부정행위를 저지르지 않도록 예방하게 하려는 매뉴얼이다. 더 나아가 이는 공직자들의 공정한 직무수행을 보장하면서 이들에 대한 국민의 신뢰를 담보하여 진정한 청렴사회로 나아가려는 시대적 요청에 부응한 이 시대의 정신이라 할 수 있다.

법은 국가의 저울(權衡)이고 시대의 준승(準繩)이다. 저울은 무게를 확정하지만, 준승은 곡직(曲直)을 바로잡는다. 유학에서 법의 정신은 백성의 단점을 살펴 그 과오를 처벌하려는 데 있지 않고, 간악(奸惡)을 방지하여 재앙과 환란에서 이들을 구제하고 음탕함과 사악함을 검속하여 正道를 받아들이게 하는 데 있다. 〈김영란법의 정신〉도 체포 요건과 처벌 수위만 높여서는 문제의 본질을 해결할 수 없다고 보고 존재의 의의와 행위의 가치를 중시하는 윤리적 행동강령을 도덕적 각성장치로 활용하려는 데 있다.

인간이 가질 수 있는 가장 소중한 보배는 티끌 없는 명예이다. 퇴계는 평소에 염치(廉恥)라는 말을 자주 언급하곤 했다. '廉' 자는 청렴을 뜻하고 '恥' 자는 부끄러움이 없는 것마저 부끄러워한다는 의미를 지닌다. 선비에게 치사(致仕)하는 禮가 있게 된 것도 염치를 숭상하고 절의를 장려하기 위해서였다. 그래서 비록 출사(出仕)하더라도 천거하는 사람이 바르지 않으면 벼슬에 나가지 않는 것이 선비의 도리였다. 명예가 곧 생명이자 영혼에 버금가는 보배라고 여겼기 때문이다.

퇴계는 처음 벼슬길에 나아가는 문인들에게 정치를 쇄신시켜 오염되고 혼탁(汚濁)한 세상의 인심을 맑고 깨끗하게 한다는 남비징청(攬轡澄淸)의 뜻을 저버려서는 안 된다고 했다. 공직자가 몸을 욕되게 하고 과오를 범하게 되는 것은 모두 '求(청탁)' 자 한 글자에서 비롯되기 때문이다. 그래서 퇴계는 죄와 욕에 이르지 않기 위해서는 義를 따르고 利를 멀리해야 하며, 마땅하지 않은 물건 버리기를 마치 풀과 지푸라기 버리는 걸 보듯(視棄其物 如棄草芥) 하면 선비의 도리를 잃지 않을 것이라 하였다.

지금 우리에게 필요한 것은 청렴에 대한 공감과 이를 창출할 수 있는 문화적 바탕(質)이다. 문화(文化)는 변화(變化)한다. 변화의 핵심이 '化' 에 있듯이, 문화의 핵심도 '化' 에 있다. 물질을 변화시킬 수 있는 사람이 위대한 것이 아니라, 내 마음의 상태를 변화시킬 수 있는 사람이 진정 위대한 것이다.

우리가 참된 청렴사회로의 변화를 희망한다면 염치를 알고, 나를 아끼는 고결(高潔)한 정신이 점차 이웃도 아끼려는 청초한 사랑으로 化해야 한다. 바로 그런 자세가 시대정신의 초석이 된다. 문화도 그 문화를 이루는 구성원들의 점진적인 敎化를 통해 잉태된다.

문화는 의미의 의미, 의미화 과정, 고유한 전통, 일상의 숨결, 민족의 손길, 사랑의 표현, 정신의 문양, 그리고 '세계의 부름'에 대한 '우리의 응답'으로 융화(融化)되어 있다. 문화는 정신과 함께 살아서 맥동한다. 바로 지금 이 순간이 조상들의 혼과 얼 그리고 정신이 맥동하여 도도히 흐르는 그 진리 속에 선유(先儒, 퇴계)의 빛나는 청렴정신을 수놓을 때다.

1. 시대정신(Zeitgeist)으로서 청렴(淸廉)과 법의 정신

1) 시대정신의 정신사(精神史)를 열면서

(1) 서양의 시대정신

시대정신이란 한 시대를 살아가는 사람들의 보편적인 정신이나 태도를 뜻하는 말로 헤르더(J. G. Herder, 1744~1803)가 처음 사용한 것으로 알려져 있다. 그는 인류 역사를 이해하기 위해서는 먼저 우주 속에서 인간의 위치를 이해한 후 인류의 역사를 다뤄야 한다고 주장했다.

그는 문화가 변화하듯 역사도 민족들 사이에서 다르게 전개되기 때문에, 이를 연구할 때 사료를 통한 방법보다 일반적으로 고찰하는 방식에 더 무게를 두었다. 그래서 그는 보편주의 사상에 반하는 개체성 개념을 강조하여 이를 '민족들이 저마다 특성을 지니고 있다는 사실' 과 '민족들이 지니는 민족문화가 모두 특성을 지니고 있다는 사실' 그리고 '각 시대의 역사가 모두 특성을 지니고 있다는 사실' 속에서 구체적으로 입증하고자 했다.

그에게는 인간이 가장 인간다울 수 있는 상태를 획득하는 것이 역사적 목표였다. 이런 시각에서 그는 역사를 인류의 환경을 형성하는 외부적 힘과 인류가 해체되어 다양한 민족정신으로 묘사되는 내적 힘의 상호작용으로 정의하면서 역사적 인식 속에서 드러나는 민족정신을 바로 보려고 하였다.

헤겔(Hegel, Georg Wilhelm Friedrich, 1770~1831)은 정신이란 자기를 인식하는 자기의식이며, 시대정신이란 보편적 정신세계가 역사 속에서 전개되는 과정에 각 민족이 취하는 유형이라고 하였다. 그는《역사철학강의》에서 세계사를 이렇게 정의하였다.

> 자연의 형태를 띤 이념이 공간 속에서 전개해 나간다고 한다면, 세계사란 정신이 시간 속에서 전개해 나가는 것이다.

마치 배아 속에 수목(樹木)의 모든 성질과 열매의 맛 그리고 형태가 들어 있는 것처럼, 그는 정신의 발자취 속에 역사 전체가 잠재적으로 포함되어 있다고 보았고, 세계사라는 것도 인류의 정신을 차츰 정확하게 알아가는 과정을 기술한 것이라 하였다.

그래서 인간은 그 누구도 자신이 사는 시대를 떠나서 생각할 수는 없다. 세계사란 자유 의식이 앞으로 나아가는 과정이므로, 헤겔은 민족정신이라는 것도 단일한 개성의 표출이라 생각하였다. 이런 맥락에서 그는 세계사의 흐름을 민족정신과 연결시켜 동양, 그리스, 로마, 게르만의 4단계로 구분하였다.

그는 또 각 시대마다 민족정신 본래의 모습이 신으로 형상화되어 숭배되고 받아들여지면 이는 종교가 되고, 상(像)으로서 직관적으로 표현되면 이는 예술이 되며, 인식의 대상이 되어 개념화되면 그것은 철학이 된다고 하였다. 다만 특정 민족정신이란 세계사의 발자취 속에서는 하나의 개체에 불과한 것이라고 하였다.

그가 세계사를 정신의 신성하고 절대적인 과정을 최고의 형태로 표현한 것으로 해석했던 것은 정신이 단계를 거치는 가운데 진리와 자기의식을 획득해 가는 과정으로 보았기 때문이다.

그래서 그는 민족정신을 역사발전의 단계마다 표현된 세계정신의 현현(顯現)으로 보고, 각 과정의 필연성을 인식해야 하기 때문에 시대정신은 한 시대가 끝나야만 비로소 알 수 있다고 하였다.

괴테(Johann Wolfgang von Goethe, 1749~1832)는 《파우스트》에서 파우스트의 입을 빌려 반론을 제기하는 형식으로 시대정신을 언급하였다. 그는 누구나 듣는 이의 마음을 사로잡기 위해서는 마음 속에서 우러나오는 정직한 말을 해야 한다고 강조했다. 즉, 누군가가 연설을 할 때, 정확한 이해와 올바른 생각에서 나오는 말을 절실하게 하면 연설은 기교를 부리지 않아도 저절로 되는 법이라 억지로 꾸며서 할 필요는 없다는 것이다.

> 그대가 시대정신이라고 부르는 것도 원래 각 시대에 비쳐진 언어학자 자신의 정신에 지나지 않는 것이지 (…….) 기껏해야 소란을 피우는 신파조 사극이나 실용적인 교훈을 덧붙여 넣은 꼭두각시의 대사에 어울리는 것이다.

그는 누구나 각 시대의 정신 속에 파고들어가 이전의 성현들이 생각했던 것을 살피고, 그것이 얼마나 훌륭하게 발전되었는지를 반추하려는 것도 결국은 자신의 심고(深考)에서 나와야 한다고 하였다. 그렇지 않으면 과거의 시대정신이란 것도 그저 신파조 사극이나 꼭두각시의 대사처럼 생각 없는 되새김이자 겹겹이 봉인된 불가사의한 책에 불과하다는 것이다.

일반적으로 어떤 책을 통해 누군가의 마음과 정신을 인식하고자 할 때, 발견한 진리를 아는 그대로 말할 수 있는 사람은 많지 않다. 때문에 글을 읽는 독자는 자신의 영혼에서 샘솟듯 나와야 얻어질 수 있다고 한 것은 괴테가 자득을 통한 인식을 강조했음을 알 수 있다.

2015년 서울에서 개최된 제16회 〈세계지식포럼〉 의 화두는 '새로운 시대정신을 찾아서' 였다. 포럼에 참가했던 인사들이 합심해서 방향타를 잃은 전 세계에 묵직한 10대 메시지[1]를 던졌다.

먼저 토니 블레어 영국 수상은, "변화에 저항하면 안 되는 것이 시대정신이므로 변화에 저항하면 인기에는 도움이 될지 모르지만, 결국에는 변화를 받아들이게 된다. 곧 저항하는 것은 시간을 지연시킬 뿐 아무런 의미가 없다. 변화를 막으면 시간을 놓치게 된다." 고 하

1) 세계지식포럼 10대 메시지는 다음과 같다. 1. 개혁은 지옥 같은 싸움. 2. 인구절벽은 인류공동의 적. 3. 세계 경제를 좌우할 중국 경제의 흥망. 4. 소유 대신 공유하는 시대. 5. 행복 찾기 열풍. 6. 슈퍼차이나 등장과 G2 패권. 7. 전통산업 뒤흔드는 사물인터넷. 8. 아베노믹스 논쟁. 9. 경제통합 추구하는 One Asia. 10. 디지털 시대 번영은 공유와 협업 등이다. (매일경제 세계지식포럼사무국 지음, 《새로운 시대정신을 찾아서》 매경출판 2016)

여 변화가 곧 시대정신임을 천명했다.

또 역사학자 폴 케네디는 '시대정신' 이란 프랑스혁명을 촉발한 계몽주의시대에 사용되었던 용어이므로 그 의미를 정확히 이해해야 한다고 하였다. 그는 오늘날처럼 동시다발적으로 이슈가 터지는 분열되고 혼돈된 세상에서 단일하고 보편적인 시대정신을 찾기란 매우 힘들다고 보았다. 그래서 현실을 '개선하려는 열망' 과 실패에서 배우려는 '혁신적인 문화' 가 이 시대의 시대정신이 될 수 있다고 하였다.

데이비드 크리스천 맥쿼리대 교수는 '빅히스토리' [2]라는 개념을 만들어낸 과학자로, 우주라는 거대한 개념을 통해 본 우리의 역사를 조명했다. 그는 "거대한 우주의 트렌드에 대해 공부하면서 어떤 잘못된 기원에 따라 인류가 지구에서 사라질 수 있는가를 공부해야 하고, 이를 막는 것이 앞으로 우리가 해야 할 일" 이라고 강조했다. 그 방법으로 그는 "빅히스토리는 땅에서 안 보이던 세상을 산 위에 올라가서 보는 것이라 하여 인식의 확장을 강조했다.

유발 하라리(Yuval Noah Harari)[3]는 《21세기를 위한 21가지 제

---

2) 이 이론에 따르자면 우리의 우주는 137억 년 전에 생겼다. 이 거대한 숫자를 10억 년으로 나누면 약 14년 전에 우주가 생긴 셈이다. 우주 나이 14년 속에서 지구는 5년 동안, 생명체는 3년간 존재했다. 다세포 조직은 7개월 동안 있었다. 이는 생명체의 탄생은 쉽지만 다세포 조직의 탄생은 어렵다는 것을 간단히 보여준다. 또 공룡을 멸망시킨 소행성은 지금으로부터 3주 전에 나타난 것과 마찬가지고, 호모 사피엔스는 50분 전, 농업사회는 5분 전, 역사의 기록은 3분 전에야 시작됐다. 근대적 산업사회는 겨우 6초 전에 불과하다.

3) 유발 하라리(Yuval Noah Harari) : 이스라엘 예루살렘 히브리대학교 역사학 교수.

언에서(*21 Lessons for the 21th Century*)》에서 정신을 역사적 행동과 생물학적 현실을 자유롭게 만들어내는 주체가 아니라 오히려 역사와 생물학에 의해 만들어지는 대상이라 하였다. 이런 맥락에서 그는 한 가지 질문을 던진다.

> 심오한 불확실성이 일시적 유행이 아닌 항구적 특징이 되어버린 유별난 세상에서 우리는 어떻게 살아야 할까? (How to live in a world where profound uncertainty is not a bug, but a feature?)

그런 세상에서 살아남고 번성하려면 강인한 정신적 탄력성(mental flexibility)과 풍부한 감정적 균형감(emotional balance)을 유지하는 것이 요구된다는 게 그의 대답이다.

그는 반복해서 지금 자신이 가장 잘 아는 것 중에서도 어떤 것은 버리고, 그전에는 자신이 몰랐던 것도 편안히 받아들일 수 있는 변화를 스스로 발명해야 한다고 강조한다. 유발 하라리에게는 '변화'가 곧 '常道'이자(Change is the only Constant) 시대정신인 셈이다.

하라리는 역사학자이면서도 단순 역사연구가 아닌 생물학과 역사학 사이의 경계를 넘나들며 폭 넓은 연구를 한다는 점이 가장 큰 특징이다. 역사와 생물학의 관계, 호모 사피엔스와 다른 동물과의 본질적 차이, 역사의 진보의 방향성, 역사 속 행복의 문제 등 광범위한 질문을 주제로 연구하고 있다. 2010년대 중반, 자신의 역사적 통찰을 담은 저서 《사피엔스》를 출간했는데, 이 책이 베스트셀러가 되면서 기존 역사학계와 관련 학계, 대중들 사이에서 큰 관심을 불러 일으켰다.

(2) 한국의 시대정신

원시인들은 삶의 법칙을 제정할 줄 몰랐기 때문에 생활은 예외로 가득 찼을 것이다. 마침내 그들이 세상에는 똑같은 돌이란 있을 수 없으며, 돌은 저마다 다른 특질을 지니고 있을지도 모른다는 사실을 깨닫게 되면서, 돌로 새로운 물건을 만들 때는 가능한 한 전의 것과 닮은 것을 만들려고 애썼다. 그래야만 작업의 연속성을 기대할 수 있었기 때문이다.

세월이 흘러 여러 종류의 돌이 잇달아 사람의 손을 거치는 동안, 돌은 단단한 물질이며, 말을 하는 돌은 없다는 사실 등등 돌에 관한 정보들이 쌓여 갔다. 이렇게 해서 최초의 학문이 움트기 시작했다. (《인간의 역사(History of Humans)》 미하일 일린) 비로소 원시인들에게 물질에 대한 개념이 생겨나게 된 것이다.

돌을 잘 다뤘던 선각자 원시인이 부싯돌은 단단한 돌이라고 했다면, 그것은 이제 지금 손에 들고 있는 부싯돌뿐만 아니라 다른 부싯돌 모두에 대하여 말한 것으로 경험에서 우러나온 법칙이 되었다.

여기서 돌로 대변되는 물건들의 속성을 파악하여 인류에 기여한 것은 문명의 등장을 예고한 것이고, 경험을 통해 인간의 삶을 질적으로 높인 것은 문화의 자취를 새긴 것이며, 사고를 통해 얻은 학습효과를 전승한 것은 철학의 탄생을 암시한 것이다. 문화와 철학의 만남이 시작된 것이다.

일찍이 중국학자 장입문(張立文)은 퇴계의 사상을 문화와 철학의 관계로 논한 바 있다.

> 문화와 철학의 시각에서 사고와 충동 가운데 하나는 '격지(格知)의 추구'로 진실의 세계에 대한 탐구로부터 내성(內聖)에 이르는 것이고, 다른 하나는 '우환(憂患)의 인연'으로 인생의 우여곡절과 사회적 조우(遭遇)에 대한 감오(感悟)이다. '격지의 추구'가 없으면 문화와 철학은 혼미하게 되고, '우환의 인연'이 없으면 문화와 철학은 위태롭게 된다. 이 양자의 격돌(激突) 혹은 화합은 '시대정신의 정신'으로 거듭나게 된다.

그는 문화정신이 생생하게 살아있다는 차원에서 퇴계 정신을 돌아보면, 퇴계의 사상은 시대정신의 구현이자 사회교체의 갈등과 가치이상의 갈등 그리고 양반(兩班)의 갈등 등 사회의 제반 갈등을 해결하고자 하는 시대적 요청이라고 하였다. 그러면서 그는 퇴계의 문화정신은 우환정신(憂患精神), 이성정신(理性精神), 그리고 개방정신(開放精神) 등으로 격지(格知)의 추구와 인간사회의 불행을 맞이하는 감오(感悟)에서 시대정신이 구현되었다고 하였다.

이 말은 일찍이 《老子》가 "천하의 큰 우환은 나를 잃는 데 있다(夫天下之大患者 在失我也)"라고 했던 말도 결국엔 '나의 본성을 스스로 아는 것이 곧 자아를 인식하는 길이요, 시대정신을 인식하는 첫

걸음’이라는 말과 통한다고 할 수 있다. 이는 마치 고대인이 ‘겨울이 오면, 봄도 멀지 않았다’는 자연의 법칙을 알았을 때, 그들이 비로소 1년이라는 세월을 헤아리게 되었던 것과 같다.

경험칙을 통해 스스로 學을 터득한 것은 ‘격지의 추구’요, 겨울이 오면, 봄도 멀지 않으리라는 확신은 ‘우환의 인연’이 된다. 참으로 공구(恐懼)와 우환(憂患)의 조화라 아니할 수 없다.

이를 《심경부주(心經附註)》에서는 ‘공구’는 당장에 직면한 것을 처리하기에 급급하여 사람들이 두려워 어찌할 줄 모르는 것이지만, ‘우환’은 장래에 큰 화복(禍福)과 이해(利害)가 있음을 사려하여 미리 방비하려는 것이라고 풀이하였다.

이를 두고 퇴계는 “큰 걱정거리나 큰 어려움을 당하면 비록 사소한 우환에 처하는 것과 같지 않지만, 그 사리와 분한(分限)에 따라 그 도리를 다하여 동요되거나 혼란함이 없어야 한다(當大憂大難 則雖與些小憂患所處不同 然亦當隨其事理分限 各盡其道而無撓亂).”고 하였다. 이것이 바로 퇴계의 우환정신이다.

그렇다면 오늘날 우리 한국인의 우환은 무엇일까? 일찍이 김구 선생은 최고의 문화로 인류의 모범이 되는 것을 사명으로 삼은 우리 민족이 이기적 개인주의자로 전락하는 것을 큰 우환으로 여겼다. 그는 《백범일지》에서 오직 문화민족의 길이 우환으로부터 벗어나는 길임을 다음과 같이 강조하였다.

나는 우리나라가 세계에서 가장 아름다운 나라가 되기

를 원한다. 가장 부강한 나라가 되기를 원하는 것은 아니다. 내가 남의 침략에 가슴 아팠으니, 내 나라가 남을 침략하는 것을 원치 아니한다. 우리의 부력(富力)은 우리의 생활을 풍족히 할 만하고, 우리의 강력(强力)은 남의 침략을 막을 만하면 족하다. 오직 한없이 가지고 싶은 것은 높은 문화의 힘이다. 문화의 힘은 우리 자신을 행복하게 하고, 나아가서 남에게 행복을 주기 때문이다.

김구 선생은 공원에 꽃을 꺾는 자유가 아니라 꽃을 심는 자유, 남의 것을 탐하는 것이 아니라, 동포에게 주는 것을 즐거움으로 삼는 정신, 그 고도의 선비정신으로 무장된 문화민족을 갈망했다. 고도로 성숙한 문화를 지녔다는 것만으로도 그 민족에겐 매우 큰 자랑거리가 될 수 있다.

바로 우리 민족이 그렇다. 유네스코 세계유산위원회는 한국의 서원(Seowon, Korean Neo-Confucian Academies)[4]을 한국의 14번째 유네스코 세계유산으로 등재했다. 위원회는 서원이 오늘날까지 한국에서 교육과 사회적 관습 형태로 지속되어 온 성리학과 관련된 문화적 전통

---

4) 한국의 서원 : 16세기 초반부터 17세기 초반까지의 서원들 9개는 조선 성리학 교육기관의 전형으로서 서원의 특징과 가치를 잘 보존해왔다. 건립 연대를 보면, 1543년 조선 최초의 서원으로 건립된 영주 소수서원을 필두로, 남계서원(1552년 건립), 옥산서원(1573년 건립), 도산서원(1574년 건립), 필암서원(1590년 건립), 도동서원(1605년 건립), 병산서원(1613년 건립), 무성서원(1615년 건립), 돈암서원(1634년 건립) 등으로 민족의 유산이자 국가의 史蹟이다.

의 증거라고 극찬하였다. 게다가 성리학 개념이 여건에 맞게 바뀌는 역사적 과정을 보여준다는 점에서 서원은 '탁월한 보편적 가치(Outstanding universal value)' 가 인정된다고 그 등재 배경을 설명했다.

오늘날 한 나라의 문화가 세계적인 문화로 발돋움할 수 있는 상품으로 정의되기도 한다. 기업들은 이미 문화적인 대상들을 상품화하면서 막대한 이익을 실현하고 있다. 일례로 'Video Art' 라는 새로운 분야를 창시한 세계적인 예술가 백남준이 1984년에 "왜 한국 무대를 놔두고 외국무대에서만 활동하느냐?" 라는 질문에 그는 "문화도 경제처럼 수입보다는 수출이 필요하기에 나는 한국의 문화를 수출하기 위해서 세상을 떠도는 문화상인입니다." 라고 대답하였다.

그의 말은 오늘날 한류라는 이름으로 전 세계인들에게 강한 인상을 남기고 있으며, 우리 경제에도 엄청난 효과를 가져왔다.

한류(韓流, Hallyu, Korean wave)는 한국의 대중문화가 해외에서 유행하는 것을 통칭한 말이다. 이 용어는 1990년대 후반 한국의 아이돌 그룹과 한국 드라마가 중화권 젊은이들에게 인기를 끌면서 생겨난 신조어다. 특히 〈BTS(방탄소년단)〉 가 웸블리 스타디움을 넘어 전 세계 음악 팬들의 마음을 사로잡으면서 세상은 이제 K팝이 이끌어가는 것처럼 보인다.

한류는 더 이상 그 가능성과 영향력을 어느 누구도 부인할 수 없을 정도로 지구촌의 문화현상이 되었다. 단순히 작은 기적에 불과하다는 의미 없는 찬사로는 방탄소년단의 공과를 표현해 낼 수가 없다. 가시적인 성과인 빌보드 차트 순위나 수조 원에 이른다는 경제적 가치라는 말도 그들이 여기까지 이르게 된 과정을 설명할 수가 없다.

〈방탄소년단〉 이 전 세계적으로 각광받는 이면에는 그들이 부른 노랫말에 공감과 화합 그리고 사랑이라는 깊은 철학이 담겨 있다. 게다가 이들의 음악에서는 음악의 소리가 담박하면 듣는 사람의 마음이 평화롭고, 음악의 가사가 善하면 이를 따라 노래하는 사람들이 사모하는 마음을 갖게 되어, 세상의 기풍이 바뀌고 사람의 습속이 변하게 된다는 유가의 정신이 묻어난다.

저스틴 비버(Justin Bieber)는 물론 비틀즈(The Beatles)까지 넘어선 〈방탄소년단〉 에게 세계인들이 보내는 환호성은 우리 민족의 문화적인 힘과 세계적 문화의 흐름이 맞닿은 데서 점화된 불꽃으로 이해해야 한다.

요즘 트롯 열풍이 가히 전국을 강타하고 있다. 그 중심에 송가인이 있다. 서울 명동과 서대문 빌딩 위의 대형 전광판에는 "1,000년의 한을 담은 목소리 송가인 그 이름 역사에 남으리" 라는 문구가 그녀의 명성만큼이나 빛난다. 그녀는 사회적 위상과 대중문화예술인의 창작의욕을 높인 공로를 인정받아 10회 대중문화예술상을 수상했다. 그녀가 축하공연에서 불렀던 〈엄마 아리랑〉 은 단순한 노래가 아니라, 듣는 이로 하여금 마음 저 깊은 곳으로부터 억눌렸던 감정을 터트려 목놓아 외치는 초혼(招魂)처럼 들린다.

또 그녀의 목소리에는 우리 민족의 한(恨)을 드러내어 어루만지고, 난관에 봉착해도 끝내 다시 일어서게 하는 민족정신이 스며있다. 게다가 그녀가 노래 부르면 구슬픈 가락은 강인한 정신력으로 소생한다. 판소리를 전공한 재원이지만, 음악의 장르를 넘나드는 빼어난 실력, 그리고 남도의 한이 서려있는 목소리는 그 자체가 예술이다.

그래서 송가인을 보면, 그녀는 단순히 대중에게 소비되는 가수(歌手)가 아니라 대중을 웅비(雄飛)하게 하는 가인(佳人)으로 비춰진다. 가수 송창식이, "이미자 씨가 지난 50여 년을 지켜왔다면 향후 50년은 우리 문화의 한 축을 지켜 나갈 소중한 존재다." 라고 했듯이, 송가인은 문화열기(cultural fever)를 촉발시킨 진원자이자 문화현상을 리드해 가는 주재자임에 틀림없다.

그런 송가인이 8년이라는 무명시절을 보내면서도 버틸 수 있었던 데에는 마음 따뜻한 분들의 응원이 큰 힘이 되었다고 한다. 그녀의 자서전 《송가인이어라》 에 나온 내용이다.

> 좌절하고 실망하고 무대 아래 구석진 곳에서 작은 어깨 움츠리며 돌아서도 다시 시작할 용기를 낼 수 있었던 것은 이처럼 따뜻한 마음을 가진 분들 덕분이었다.

그녀는 스스로 좋은 사람이 되어 끊임없이 좋은 사람들을 만나고 싶어 한다. 그녀가 노래를 하고자 했던 근본적인 생각도 '배가 고픈 사람에게 밥이 보약인 것처럼, 마음이 고픈 사람에게는 노래가 보약이 될 때가 있다' 는 믿음에서 나온 아름다운 발상이다.

요즘처럼 예기치 못했던 질병으로 온 국민이 힘들어 하고 있을 때, 송가인은 거듭 Again을 외치면서 온 국민이 다시 일어나 이 어려움을 이겨낼 수 있다는 희망을 전파하는 전령사로 보인다.

게다가 트로트가 더 이상 한국 음악 팬만 소비하는 장르가 아니라 전 세계 음악 팬에게 사랑받는 K-트로트의 글로벌화를 이뤄내기 위해, 그녀는 자신의 열정과 꿈을 실현하려고 노력하고 있다. 언젠가는 송가인이 〈방탄소년단〉 처럼 전 세계로 진출하여 K-트로트를 통해 국위선양에 앞장서리라 기대해본다.

또 한 명의 문화전령을 꼽으라면 단연 나태주라 할 수 있다. 미스터 트롯에 출연했던 나태주가 태권트롯의 진수를 보여주면서 태권도 시범에 관심이 고조되고 있다. 더욱 〈불후의 명곡〉 이라는 프로그램에 진출해서 K-Tigers Zero라는 팀을 이끌고 최종 우승까지 하면서 태권도 퍼포먼스도 대중의 관심을 충분히 받을 수 있음을 입증하였다.

몇 해 전에 국기원 태권도 시범단이 미국의 한 프로그램에 출연하여 준우승을 차지한 적이 있었다. 이때는 노래가 빠진 순수한 태권도의 모습만을 보여줌으로써 문화콘텐츠로 자리 잡기에는 한계점을 노정한 채 우리의 자랑스러운 문화를 선보이는 정도에 그쳤다.

하지만 나태주는 2015년에 할리우드에 진출해 워너브러더스의 영화 《팬》 에 주조연급 역할로 전격 캐스팅되어 피터 팬의 친구로 네버랜드 원주민의 전사인 과후(Kwahu) 역을 맡은 바 있었다.

이 영화에서 나태주는 휴 잭맨, 아만다 사이프리드, 루니 마라 등 할리우드 스타와 함께 연기를 했으며, 고난도 리얼 액션 주연을 맡았다. 이때 휴 잭맨은 울버린의 차기작 주인공으로 나태주를 지목할 정도로 극찬을 아끼지 않았다.

세계적인 태권도 액션 배우의 탄생은 곧 우리의 고유 무술이자 정신문화의 하나인 태권도가 전 세계적인 스포츠 문화로 도약할 수 있다는 청신호이기도 하다. 나태주가 곧 태권도이자 문화의 전령사이다.

영국 《가디언》 과 《더 타임스》 서울특파원으로 30년 이상 한국에서 살아온 마이클 브린은 그의 저서 《한국인을 말한다(The Koreans)》 에서 한국인은 부패, 조급성, 당파성 등 문제가 많으면서도 또한 훌륭한 점이 많다고 지적하였다.

그 중 '문맹률이 1% 미만인 유일한 나라', '음악 수준이 가장 빠르게 발전한 나라', '문자 없는 나라들에 UN이 제공한 문자는 한글' 이라는 사례 등을 들어 한국이 문화 국가임을 암시하였다.

2) 청렴의 의미와 法·則의 함의(含意)

(1) 청렴의 의미와 이해

청렴(淸廉)이란 성품과 행실이 높고 맑으며 탐욕이 없는 사람의 성정을 표현한 말이다. '淸' 자는 '맑은 물' 을 나타내고, 廉자는 건물의 네 변(邊)을 암시한다. 건물의 네 변은 곧아야 한다. 변과 변이 만나는 모서리를 우(隅)라 한다.

흔히 '한 모퉁이를 들어주면 세 모퉁이를 유추해서 말할 수 있어야 한다(一隅三反)' 고 할 때의 바로 그 우와 같은 뜻이다. 이 隅 또한 곧아야 한다. 우가 바르고 곧지 못하면, 아무리 노력한다 하더라도 학자는 매사가 새롭게 느껴져 진학진덕(進學進德)할 수가 없게 된다.

《서경》 에는, "한결같이 하여 더러움을 일으켜 스스로 부패하지 않도록 하라. 사람들이 너희들의 몸에 기대어 너희들의 마음을 굽게 할까 두렵다." 는 말로 위정자의 탐욕이 스스로를 부패하게 할 수 있음을 경계하였다.

반면에 《장자》 에서는, "너는 눈초리를 크게 치켜뜨고 오만한 모습을 하고 있다. 그러니 누가 함께 있으려 하겠느냐! 정말 청렴한 사람은 오히려 더러워 보이는 것이고, 참으로 덕을 갖춘 사람은 오히려 모자란 듯이 보이는 법" 이라고 하여 가식 없는 성품을 빗대어 청렴을 표현하였다.

청렴을 가장 절실하게 표현한 사람은 맹자이다. 그는 백성들이 취할 수도 있고, 취하지 않을 수도 있을 때 취하면 청렴이 상한다(可以取 可以無取 取傷廉)고 하였다. 또 비난하려 해도 들 것이 없으며, 풍자하려 해도 풍자할 것이 없어서 유속(流俗)과 동화하며 더러운 세상에 영합하여 거함에 충신과 같으며, 행함에 청렴결백(淸廉潔白)과 같아서 여러 사람들이 다 좋아하거든 스스로 옳다고 여기는 것은 요・순의 道에 들어갈 수 없어서 德의 적(賊)이라고 규정하였다. 즉, 이 말은 행실을 바로 할 것을 지적한 것이다.

조선 초 보백당(寶白堂) 김계행(金係行, 1431~1517)이 우리 집엔

보물이 없는데, 보물이라면 오로지 청백뿐(吾家無寶物 寶物惟淸白)이라는 유훈을 후손들에게 남겼듯이, 청렴은 조선시대 선비들에게 정신이자 얼이었다.

조선 후기 다산(茶山) 정약용(丁若鏞, 1762~1836)은 《목민심서(牧民心書)》에서, "대중을 통솔함에는 오직 위엄과 신의가 있을 뿐이라고 하면서, 위엄은 청렴한 데서 나오고 신의는 충성된 데서 나온다(威生於廉 信生於忠)." 고 하였다. 또 그는 공직자가 청렴해야 하는 당위성으로, "청렴은 목민관의 본래의 의무이자 모든 善의 원천이요, 모든 德의 뿌리이다. 청렴하지 않고 목민관을 한다는 것은 있을 수 없다." 고 하였다.

청렴 자체가 하나의 큰 장사가 되기도 한다. 그래서 크게 탐하는 사람일수록 오히려 청렴해야 한다. 사람이 청렴하지 못한 것은 그 지혜가 짧기 때문이다. 지혜가 높고 사려가 깊은 사람은 청렴한 관리가 되고, 반면에 지혜가 짧고 사려가 얕은 사람은 탐관오리가 된다는 사실을 알면 청렴하지 않을 사람이 거의 없을 것이다.

퇴계는 제자들에게 명성과 이익의 바다 속은 사람을 빠지게 하기 쉽기 때문에 벼슬하지 말라는 것이 아니라, 벼슬하되 빠지지 말아야 한다고 하였다. 이 말은 벼슬 자체가 문제가 아니라 벼슬자리에 안주하여 벼슬놀이에 빠지지 말라는 뜻으로 들린다.

누구나 벼슬자리에 있으면서 바른 것을 지키려고 하면 거리끼는 것이 많고, 대중을 따르게 되면 자신을 잃게 될 가능성이 높다. 이런 연유로 관리가 중도를 지킨다는 것은 참으로 어려운 일이 아닐 수 없다.

그래서 퇴계는 제자들에게 두레박의 틀5)처럼 남 따라 행동해선 안 된다고 하면서 주관이 뚜렷할 것을 강조했다. 이런 자세는 옛날이나 지금이나 벼슬하는 사람들이 반드시 지켜야 할 일이다.

진정으로 나를 나답게 지키려는 의지는 청(淸)과 정(靜)에서 비롯된다. 퇴계에게 淸이란 무욕한 것을 의미하며, 靜은 단순히 홀로 있는 것이 아니라, 근심스런 일이 다가오면 마음을 고요히 하고 그 일의 이치를 생각한다(憂事至則靜而理也)는 깊은 의미를 띠고 있다. 그에게 靜은 외부의 간섭을 받지 않고 홀로 자성하고자 하는 일종의 道였다.

(2) 化를 통한 법(法)과 칙(則)

유학의 중요한 개념 중 하나가 '化'이다. 化는 사람과 사람 사이에도 인격적으로 높은 경지에 있는 선각자가 후각자에게 미치는 영향으로 이상적 인간관계 속에서 후각자는 선각자를 보고 자연스럽게 교화된다. 《효경》의 '교지화민(敎之化民)'이란 말도 위인이 솔선수범하여 사람을 감화시키고 사람들의 마음이 서로 통해 화목하게

5) 《장자》 천운(天運)편에, "두레박은 사람이 끌어당겨서 그렇게 된 것이지, 두레박이 사람을 끌어당기는 것이 아니다(彼人之所引 非引人也)." 저 두레박은 사람이 끌어당기는 대로 움직이지 사람을 끌어당기는 것이 아니라는 뜻이다. 곧 세상을 다스리는 예의 법도 등의 도구 또한 세상의 변화 추이에 따라야 하는 것이지, 과거의 예의 법도에 맞춰서 세상을 다스리려 해서는 안 된다는 뜻. 무심히 끌어올릴 뿐인 두레박이 시대착오적 작위(作爲 : 有爲)를 하지 않음을 비유하는 것이다.

지내도록 한다는 뜻이다.

역사상 위인이란 자신의 특수한 목적이 세계정신의 의지와 합치하는 내외 합일된 사람이다. 그들은 자신들의 목적과 사명을 이미 당연한 것으로 여겨지는 상황에서 이끌어내는 것이 아니라, 아직 현실적으로 드러나지 않은 예측 불가능한 상황으로부터 이끌어낸다. 바로 化하려는 시도이다.

《중용》의, "그 다음은 세밀한 부분을 다하는 것이니, 그 세밀한 부분에도 정성스러움이 있어야 하고, 정성을 다하면 나타나고, 나타나면 좀 더 나타나고, 좀 더 나타나면 밝아지고, 밝아지면 남을 감동시키고, 남을 감동시키면 이에 변하게 되고, 변하게 되면 化할 수 있으니, 오직 천하에 지극히 정성을 다하는 사람이어야 능히 변화시킬 수 있다(其次致曲 曲能有誠 誠則形 形則著 著則明 明則動 動則變 變則化 唯天下至誠爲能化)." 고 한 말에서 그 핵심은 바로 '化' 이다.

공자가 15세에서 70세까지 지학(志學) · 이립(而立) · 불혹(不惑) · 지천명(知天命) · 이순(耳順) · 불유구(不踰矩)를 통해 궁극에 이르는 과정이 또한 성인으로 '化' 하는 과정을 역설하고 있다.

또 그는 작은 덕은 냇물처럼 끝없이 흐르고, 큰 덕은 깊고도 고요하게 장엄히 변화한다(小德川流 大德敦化)하여 자신의 學과 자연의 德이 점진적으로 하나가 되는 온전한 변화를 암시하였다. 이는 사람을 이끄는 리더가 가장 성공적으로 조직을 이끄는 방법도 권위가 두려워 어쩔 수 없이 복종하게 하는 것이 아니라, 사람들의 마음을 감화시켜 자발적으로 추종하게 하는 것이라 할 수 있다.

그런데 사람들을 자발적으로 따르게 하는 것은 쉬운 일이 아니다. 이는 마치 새가 저 높은 곳을 향해 날기 위해서는 먼저 알에서 나올 수 있어야 한다. 헤르만 헤세(Hermann Hesse, 1877~1962)가 《데미안(*Demian*)》에서, "새가 알에서 나오려면 알을 깨고 나와야 한다. 알은 세상이기 때문이다(Der Vogel kämpft sich aus dem Ei. Das Ei ist die Welt)" 라고 한 것처럼, 사람 또한 알로 비유되는 무수한 자아의 껍데기들을 벗어던져야 한다.

사람이라면 그 누구도 온전히 자기 자신이 되어 본 적이 없건만, 누구나 자기 자신이 되려고 애쓴다. 또 어떤 이들은 결코 인간이 되지 못하고 개구리나 도마뱀이나 개미로 남아 있다. 또한 어떤 이들은 상체는 인간인데 하체는 물고기다. 하지만 누구나 인간이 되라고 던진 자연의 내던짐이다.(《데미안(*Demian*)》) 참으로 강인한 의지와 내적 정신을 지닌 자만이 완전한 인간이 된다.

《그리스인 조르바》에서 조르바는 "내 마음은 꼬마 등불을 켜고 축축하고 어두운 대지에 숨어 기다리는 반딧불 같다. …… 내 마음엔 이루어야 할 두 가지 과업이 새겨져 있었다. 부처에서 벗어나고, 모든 형이상학적인 근심인 언어에서 나 자신을 끌어내고 헛된 염려에서 내 마음을 해방시킬 것. 지금 이 순간부터 인간과 직접적이고도 확실한 접촉을 가질 것. 나는 나 자신에게 다짐했다. 아직 그렇게 늦은 것은 아닐 거야." 라고 말한다. 이른바 조르바가 스스로 성화(聖化, Metoi Sono)되기 시작했음을 암시한 부분이다.

이 화(化)하려는 의지가 바로 法과 칙(則)이다. 법은 대별하여 두 가지 의미가 있다. 첫째, "法' 字에는 '본받다' 라는 뜻이 있다. 《노자》에서는 사람은 땅을 본받고, 땅은 하늘을 본받고, 하늘은 도를 본받고, 도는 자연을 본받는다(人法地 地法天 天法道 道法自然)고 하였다. 이때 자연은 스스로 그러함이고, 스스로 그러한 대상을 보고 본받는다는 뜻이다.

중국 명 · 청 교체기의 사상가로 전제정치를 비판하며 새로운 정치를 꿈꿨던 황종희(黃宗羲, 1610~1695)가 《명이대방록(明夷待訪錄)》[6]에서 흔히 사람들이 하(夏) · 은(殷) · 주(周) 이전에는 법이 있었으나, 이후에는 올바른 법이 없다고 했던 말은 '법은 짐 한 사람의 법이 아니고 천하의 법' 이란 말처럼 진실로 한 사람을 위해 법을 만들지 않았기 때문이라고 했다.

당시 사람들은 윗자리에 오르려는 욕심이 없었고, 아랫자리를 싫어해 피하려 하지도 않았으므로 법망이 넓어도 혼란이 일어나지 않았기 때문에, 실로 이 때의 법은 '법 없는 법(無法之法)' 으로 일컬어졌다.

이는 '法은 한 개도 놓치지 않는다' 는 말의 뜻을 묻는 제자에게, 퇴계가 우리가 道라고 말한 것을 저들은 法이라고 말하는 것으로, 도

6) 《명이대방록(明夷待訪錄)》 : 중국사에서 전제군주제의 폐단을 지적하는 대표적인 저술로 알려져 있으며, 특히 청말 민국 초기에 왕조체제를 넘어서서 공화제를 모색하는 혁명파들에게 이론적 기반을 제공하여 소위 「중국의 민약론(民約論)」(민약론은 사회계약론의 당시 중국적 표현임)으로 불리고 황종희 자신은 「중국의 루소」로 일컬어지기도 하였다.

리를 하나도 놓치지 않는다(吾所謂道 彼所謂法也 謂不遺卻一道理也)라는 뜻이라고 한 것과 같은 의미이다.

둘째, '法' 字에는 '공평하다' 는 뜻이 있다. 法자는 水와 去의 합성어로 물 흐르듯 해야 한다는 의미를 지닌다. 물이 수평을 이루고, 항상 그 본질을 유지하듯 법 또한 공평하고 어렵지 않아야 한다. 상황에 따라 법의 해석이 달라지면 그런 법은 법이 아니다. 法자에서 去자를 제거한다는 의미로 쓰기도 한다. 법은 세상을 공평하게 하고, 바르지 못한 것을 제거해야지, 옳은 것을 제거하면 이런 법 또한 법이 아니다.

다시 황종희의 말을 빌리면, 그는 후세에 그 법망이 엉성하다는 점을 논의하면서도 후세의 법은 천하를 궤짝 속에 가둬 두는 꼴이었다고 말한다. 이로움이 있어도 아랫사람들에게는 나누어주려 하지 않고, 복록(福祿)은 반드시 군주에게로만 모여들기를 바랐기 때문이다.

이른바 법이라고 하는 것은 일가를 위한 법이었고, 천하를 위한 법이 아니었다. 감시와 처벌만 있을 뿐이었다. 그 법망이 치밀하면 치밀할수록 천하의 혼란은 법 테두리 안에서 일어났다. 이른바 '법 아닌 법(非法之法)' 이 탄생한 것이다. 이런 법은 인간의 몸에 맞게 침대를 만드는 것이 아니라, 침대에 맞게 인간의 다리를 자르는 무지막지한 프로크루스테스의 침대(Procrustean Bed)[7]법일 뿐이다.

---

7) 프로크루스테스의 침대(Procrustean Bed) : 자기의 기준이나 생각에 맞춰 타인의 생각을 바꾸려 하거나, 타인에게 피해를 끼치면서까지 자신의 주장을 굽히지 않는 횡포, 아집, 독단 등을 이르는 심리학 용어다. 프로크루스테스는 그리스 신화에 나오는 인물로, 힘이 엄청나게 센 거인이자 노상강도였다. 그는 아테네 교외의 언덕

독일의 법학자 게오르그 옐리네크(Georg Jellinek, 1851~1911)는 이러한 법을 창틀에 비유하였다. 법망을 빠져나가는 경우가 있을 때마다 창틀에 가로 세로로 창살을 덧붙이더라도 끝내 바람까지 막을 수는 없다. 세상의 모든 사안들을 빠짐없이 법으로 정해둘 수는 없다는 얘기다. 법이 규정하지 못한 여백은 그 사회의 구성원들이 마땅히 따라야 하는 사회적 통념으로 채워져야 한다. 그래서 그는 법을 최소한의 도덕이라고 했다.

법이란 정신의 객관적인 표현이고, 의지의 진실한 모습이며, 법에 복종하는 의지만이 자유이다. 의지대로 법에 복종한다는 것은 자기 자신에게 복종하는 것이고, 자기의 영향력 아래 있어 자유로운 것이기 때문에 법과 제도가 촘촘한 창살처럼 바뀔 것이 아니라, 정신이 바뀌어야 한다.

'則' 자는 '法' 자와 비슷한 의미를 지닌다. 가령 《서경》의 "밝고 밝은 우리 할아버지께서는 만방의 군주이시니, 전(典)이 있고 법칙도 있어 자손에게 남기셨도다(明明我組 萬邦之君 有典有則)."는 말에서 則은 法度의 의미로 쓰였다.

하지만 두 개념은 구체적인 대상을 본받는다는 점에서 차이가 있다. 즉, '則' 자는 《서경》에 나오는, "덕에 힘쓴 자를 크게 본

에 살면서 길을 지나가는 나그네를 상대로 강도질을 일삼았다. 특히 그의 집에는 철로 만든 침대가 있었는데, 프로크루스테스는 나그네를 붙잡아 자신의 침대에 눕혀 놓고 나그네의 키가 침대보다 길면 그만큼 잘라내고, 나그네의 키가 침대보다 짧으면 억지로 침대 길이에 맞추어 늘여서 죽였다고 한다. 그러나 그의 침대에는 침대의 길이를 조절하는 보이지 않는 장치가 있어, 그 어떤 나그네도 침대의 길이에 딱 들어맞을 수 없었고 결국 모두 죽음을 맞을 수밖에 없었다.

받아 네 마음을 편안히 하라(丕則敏敬 用康乃心)." 는 문장과 세상 사람들이 임금의 잘못을 크게 본받을 것이다(時人 丕則有愆)는 문장에서처럼 선과 악이 모두 본보기가 될 수 있기 때문에 보고 배우는 사람의 자세가 중요하다.

최근까지도 중국 대학생들에게 역사상 존경하는 인물을 꼽으라면 청나라 말기의 임칙서(林則徐)를 드는 경우가 많았다. 임칙서는 1785년에 복건성 후관현에서 태어났다. 그의 아버지는 당시 복건성의 순무(巡撫)였던 서사증(徐嗣曾)이 청백리로 명성이 자자해서 '서 순무와 같은 사람이 되라' 는 뜻에서 아들의 이름을 '칙서(則徐)' 라고 지었다.

여기서 則(칙)자는 어떤 대상을 두고 닮아가라는 의미가 들어 있다. 그는 청렴하면서 공정하게 직무를 수행하여 송나라 때의 전설적인 명관 포청천에 빗대어 '임청천' 이라 불리기도 했다.

공자진(龔自珍, 1792~1841)이 아편의 심각성을 말하면서 눈이 있으면 북경과 그 일대를 보라고 설파했고, 임칙서는 향시 제목을 '아편 관계망 뿌리 뽑는 방법' 으로 내걸고 응시생들로부터 현실성 있는 의견을 널리 청취하였다. 임칙서는 새로운 시대에 맞게 제도를 고치고(變法), 스스로 힘을 길러야 한다(自强)는 강유위와 양계초의 사상에도 뜻을 같이하였다. 후에 모택동이 임칙서는 중국에서 부르주아 민주주의 혁명을 시작한 사람이라고 그를 평하기도 했다.

미국의 소설가 나다니엘 호오돈(Nathaniel Hawthorne, 1804~1864)의 소설 《큰 바위 얼굴(Great Stone Face)》에서도 則의 의미

를 찾아볼 수 있다. 이를 《논어》와 비교하면, 「학이(學而)」편 1장에서 회암(晦菴) 주자(朱熹, 1130~1200)는, "사람의 본성은 모두 선하나, 이것을 앎에는 먼저 하고 뒤에 함이 있으니, 뒤에 깨닫는 자는 반드시 선각자가 하는 바를 본받아야 선을 밝게 알아서 그 본초(本初)를 회복할 수 있다." 고 하였다.

이 말은 호오돈이, "큰 바위 얼굴은 보는 사람이 너무 가까이 다가가면 거대한 얼굴의 윤곽을 보지 못하나, 그 얼굴에서 물러서면 물러설수록 본래의 신성함을 고스란히 지닌 인간의 얼굴처럼 보이는 것이다." 라고 했던 말과 통한다.

또 주자가 "습(習)을 새가 자주 나는 것" 이니, 배우기를 그치지 않음을 마치 새 새끼가 자주 나는 것과 같이 하는 것이라 풀이했던 말은 호오돈이 "아이들이 큰 바위 얼굴을 눈으로 보면서 성인 남녀로 성장해 간다는 것은 다행한 일이었다. 왜냐하면, 용모가 모두 고상하고 그 표정은 웅대하면서도 동시에 다정하며, 마치 모든 인류를 그 애정 속에 포옹하고도 남을 만큼 광대하고 따뜻한 마음의 빛처럼 생각되었기 때문" 이라고 했던 말과 통한다.

결론적으로, "배운다는 것은 본받는 것(學之爲言 效也)" 이라는 주자의 말은, "단지 큰 바위 얼굴을 바라보는 것만으로도 교육이 되었다(It was an education only to look at it)" 는 호오돈의 말과 접맥된다. 즉 '칙' 은 어떤 대상을 본보기삼아 이를 따르려는 마음에서 우러나오는 道이다.

미국의 트럼프 대통령이 한 연설에서 미국의 훌륭한 대통령들을 언급하면서 러시모어 국립 기념공원(Mount Rushmore National Memorial)을 예로 들었다. 1941년에 러시모어 산의 봉우리에 새겨진 조각상들은 미국을 빛낸 대표적 대통령으로 조지 워싱턴 · 토머스 제퍼슨 · 에이브러햄 링컨 · 시어도어 루스벨트 등 4명이다.

그는 미국인들의 선조와 자유에 대한 불멸의 헌사로서 조각상들은 영원할 것이라고 하면서 자신의 얼굴을 이곳에 추가하고 싶다는 마음을 숨기지 않았다.

이와 같이 사람들이 다른 사람의 눈에 비친 자기 모습이 정직하고 존경받아 마땅한 인물이 되었으면 하고 원하는 성향을 '에고 모티베이션(ego motivation)' 이라고 한다. 이 말은 '則' 을 상대적으로 이해한 것이다.

진정한 의미의 法과 則은 변화의 化에 이르는 과정에 능동적으로 나타나는 정신이자 의지이다. 우리가 청렴사회로 나아가려는 의지도 지금 하학(下學)의 상황에서 벗어나 상달(上達)하려는 자각적 찰나들의 능동적인 조합인 셈이다. 〈김영란법의 정신〉 에서도 청렴사회로의 변화와 그 방향성에 대한 암묵적인 합의를 요하고 있다.

이런 합의가 선행된 후에야 비로소 조금씩 그 방향으로 나아갈 수 있으며, 그 다음 암묵적 합의가 제도개선으로 드러나야 법도 성공을 거둘 수 있다. 그렇게 되면 사회도 조금씩 바뀌게 된다는 것이다. 결국 제도를 바꾸기 위해서는 사람들의 마음이 바뀔 준비가 되어 있는 지점을 포착해 가야 한다는 것이 〈김영란법〉 이 지향하는 化이다.

3) 〈김영란법〉의 정신과 그 전례

(1) 〈김영란법〉의 정신과 취지

〈김영란법〉은 2012년 김영란 전 국민권익위원장이 추진했던 법안인 '부정 청탁 및 금품 등 수수의 금지에 관한 법률'을 말한다. 이 법의 원안은 크게 세 줄기로, 부정청탁 금지와 금품수수 금지 그리고 이해충돌 방지 등이었다.

흔히 충돌을 뜻하는 영어의 'conflict'란 말은 갈등, 즉 '이해관계로 인한 갈등'을 의미한다. 'conflict of interest'는 '서로 다른 이해가 충돌'하는 것으로, '두 가지 일·목적·역할 등이 동시에 동등하고 공정하게 양립하기 어려운 상황'을 말한다. 흔히 '이해충돌' 또는 '이해상충'으로 번역된다.

여기서 이해충돌방지법이란 공적 수행과 사적 이해관계에서 갈등이 있을 경우 이를 어떻게 해결할 것인지에 관한 규정을 말한다. 또한 이해상충은 책임자 위치에 있는 사람이 심적으로 겪게 되는 공적 의무와 사적 이익 사이의 마찰(a conflict between the private interests and the official responsibilities of a person in a position of trust)을 의미한다. 흔히 '공사를 구분 하지 못한다'와 같이 표현할 때는 서로 비슷한 뜻으로 쓰이지만, 공사구분과 이해상충 두 개념 사이에는 중요한 차이가 있다.

이해상충은 공적 의무와 사적 이익이 충돌하는 상황에 초점이 맞추어져 있고, 공사 구분은 공적 의무 대신 사익을 추구하는 행위에 초점이 맞춰져 있다.

〈김영란법〉에서 법의 목적을 밝힌 제1조에 '이 법은 공직자에 대한 부정청탁을 금지하고 부정한 금품 등의 수수를 금지하며, 공직자의 직무수행과 관련한 사익추구를 금지하여 공직과의 이해충돌을 방지함으로써 국민의 공공기관에 대한 신뢰를 확보하고 공직자의 청렴성을 증진함을 목적으로 한다.' 고 되어 있는데, 후에 이해충돌방지 부분이 모두 빠지게 되었다.

이를 두고 김 위원장은 원래 원안의 조문도 부정청탁 금지나 금품수수 금지 부분보다 이해충돌 방지 부분이 훨씬 더 많았는데, 우리나라에서는 이해충돌 단계로 나가기 전에 청탁 금지와 금품수수 금지 단계를 거치게 하고 싶다는 생각에서 이해충돌 방지 부분이 빠졌다고 하였다.

미국 리치먼드 법대의 반부패 전문가 앤디 스폴딩 교수는 한국이 획기적인 〈김영란법〉을 입법하고 이를 공세적으로 집행한 덕분에 한국은 전 지구적 반부패운동의 지도국으로 부각되었다고 하였다.

그는 이 법이 한국의 법률과 사회에 가져온 여러 변화 중 가장 특기할 만한 사항으로 매우 적은 가액 이상의 선물을 공직자에게 주는 것을 금지하면서 여기에 언론인과 교사도 포함시켰다는 것과 회사 임직원의 뇌물 수수 행위에 대해 사용자의 형사책임도 묻는 법인책임 개념을 도입한 것이라 설명했다.

한국 사회에서 부패는 전통적으로 용인됐고 심지어 승인된 면도 있었으나, 이제는 규탄되고 처벌받으며 한국이 위기에 처한 것처럼 보이지만, 사실은 법치 증진에 중요한 진전을 이루고 있다고 그는 평가했다.

흔히 법의 정신을 논할 때, 몽테스키외(Montesquieu, Charles De, 1689~1755)를 거론하지 않을 수 없다. 그는 《법의 정신(*L'Esprit des lois, The Spirit of Law*)》에서, "광의의 법이란 사물의 본성에서 유래하는 필연적인 관계를 의미하며 모든 존재가 다 법을 지닌다. 신은 신의 법을 가지고, 물질계는 물질계의 법을 가지며, 인간보다 뛰어난 지적 존재도 그 법을 가지고, 짐승은 짐승의 법을 가지며, 인간은 인간의 법을 가진다." 고 하였다.

즉, 법은 원초적 이성을 지닌 여러 존재들 '상호간의 관계' 이자 끊임없이 운동하는 만물의 '항구적인 법칙' 이라는 것이다. 여기서 전자는 각 개체의 다양성이 '균일' 하다는 권도(權道)를, 후자는 각 개체의 변화성은 '항구' 하다는 상도(常道)의 의미를 지닌다.

그는 자연법이라고 불리는 것들은 실정법이 존재하기 전에는 정의 가능한 '형평(衡平)의 관계' 를 이루고 있었기 때문에 자연법들을 잘 이해하려면 모든 법 이전, 즉 사회가 성립되기 이전의 인간을 살펴보아야 한다고 하였다.

몽테스키외는 자연법 중에서 '인간이 자연 상태에서는 지식을 갖는다기보다 인식 능력을 갖고 있다는 것' 을 제1의 법으로, '인간은 육체적으로 필요한 감정을 지녀서 이 감정이 인간으로 하여금 먹을 것을 찾는 마음을 일으킨다는 것' 을 제2의 법으로, '남녀 두 性의 차이라는 자극이 주는 매력은 서로에 대한 쾌감을 높여서 서로를 자연스럽게 사모하게 된다는 것' 을 제3의 법으로, 그리고 '인간은 처음에 갖는 감정 외에 지식을 갖게 되고 서로 유대관계를 맺고 결합하여 사회생활을 누리려는 욕구를 갖게 된다는 것' 을 제4의 법으로 규정하였다.

나중에 인간이 서로 지켜왔던 평등사상이 끝나고 전쟁이 시작되면서 비로소 인간들 사이에 실정법이 제정되게 되었다. 몽테스키외는 이를 세분해서 인간은 그 민족들 간의 관계를 만민법(萬民法)으로, 통치자와 피통치자와의 관계를 정법(政法)으로, 그리고 모든 시민들 간의 관계를 시민법이라 하였다.

일반적으로 법이란 인간의 이성이다. 법은 성립되어 있는, 또는 성립하고자 하는 정체의 성질과 원리에 걸맞아야 한다. 또한 법은 관련된 것들 상호간이나 법 그 자체의 기원, 입법자의 의도, 법 제정의 기초가 되는 사물의 질서 등과 관계되어 있다. 그래서 법은 바로 이러한 것들에 대한 모든 관점을 고려하여 연구되어야 한다. 이런 모든 관계들이 모여서 법의 정신을 이루기 때문에 이것이 바로 몽테스키외 자신이 시도하려는 것이라고 하였다.

그래서 그는 '법을 다루는 것' 이 아니라 '법의 정신을 다루는 것' 이고, 또 이 정신이란 법이 다른 사물과도 가질 수 있는 온갖 관계에 있으므로, 각 정체의 본성 및 원리와의 사이에 갖는 관계를 검토하게 되면 기타 관련된 법들은 샘에서 물이 솟듯이 그 원리로부터 흘러나

오게 된다고 하였다.

〈김영란법〉의 본래 취지도 강행적 '법의 규정' 보다 진정한 '법의 정신' 에 기반을 두고 있으며, 실상을 믿지 않으려는 경향이 있는 사람들을 믿게 하기 위해서 만든 신뢰의 법이다. 좀 더 큰 틀에서 국가 신뢰도를 높이는 것이 이 법을 제정한 가장 중요한 목표였다.

무엇보다도 그녀는 각종 게이트에서 드러난 것처럼 우리 사회의 문제점 중 하나로, '아닌 걸 아니라고 말할 자유가 없다' 는 것을 지적하였다. 즉, 그녀는 '아닌 걸 아니라고 말하는 자유를 조금이라도 찾아주자는 것' 이 이 법의 목적이고, '아닌 걸 아니라고 말할 수 없게 하는 부분을 찾아내 조금씩 고쳐 나가는 것' 이 이 법의 정신을 확장하는 것이라 하였다.

> 누구든지 부정한 청탁을 해서는 안 된다. 부정한 청탁을 받으면 부정 청탁임을 알리고 이를 거절하는 의사를 명확히 표시하라. 그런데도 동일한 부정 청탁을 다시 할 경우 그땐 신고하라.

상황에 따라 누구나 누군가에게 청탁할 수는 있다. 하지만 〈김영란법의 정신〉은 착한 사람들이 부패에 발을 조금 적시면 금방 온몸이 다 젖게 되는 것을 막겠다는 의지이자, 공직자들이 초심을 잃지 않고 끝까지 잘 해낼 수 있도록 도와주는 방편이다. 김위원장은 우리 사회에 가장 시급한 것은 반부패정책이며 권력형 비리 척결을 최우선으로 여겼다.

그간 우리는 권력형 비리가 터질 때마다 사회가 온통 절망감에 빠졌었고, 오히려 부패를 학습하는 악순환이 되어 선량한 사람에게까지 나쁜 영향을 끼치기도 했다. 이를 끊겠다는 것이 이 법의 맑은 생각(清廉)이다.

그래서 그녀는 아닐 때 아니라고 말할 수 있는 문화를 키우는 데 이 법이 조금이라도 훈련을 시켜 줄 것이라고 하였다. 이 법은 청탁이 들어오면 부정한 청탁이니 거절하라고 말하는 방법을 보여주는 법으로 '타율적 강행법' 이기보다 우선적으로 사람을 생각하는 일종의 '인간적 매뉴얼' 이기 때문이다.

유가에서는 "덕(德)을 밝히는 것은 인간다움의 근본이고, 형벌을 삼가는 것은 인간다움을 위한 정치(明德仁之本也 謹罰仁之政也)" 라고 본다. 이런 관점에서 보면, 〈김영란법의 정신〉 도 국민들을 법으로 인도하고 형벌로써 다스리는 것에 목적이 있는 것이 아니라 德으로써 인도하고 禮로써 다스리려는 구체적인 강령을 제시하려는 데 있다.

이는 《논어》 에 나오는 말처럼, 법이 지나치게 법과 형벌만을 강조하면 사람들이 처벌은 두려워 모면할지 모르지만 수치심은 없게 되고, '덕' 과 '예' 라는 윤리강령을 제시하면 수치심도 있고 감화도 받게 되기(道之以政 齊之以刑 民免而無恥 道之以德 齊之以禮 有恥且格)때문이다.

(2) 서양과 동양의 전례들

미국에서는 존 F. 케네디 대통령 시절인 1962년에 '뇌물, 부정이득 및 이해충돌방지법' 을 만들어 현재까지 시행해오고 있다. 정확한 용어는 'Bribery, Graft and Conflict of interest Act' 인데 〈김영란법〉 은 이 법을 많이 참고했다.

미국의 해외부패방지법(Foreign Corrupt Practices Act, FCPA)은 외국 공무원에 대한 뇌물공여 행위를 처벌하는 법률이다. 워터게이트 사건 수사과정에서 400여 개의 미국 기업들이 해외에서 3억 달러 이상의 뇌물을 뿌렸다는 사실과 다나카 가쿠에이 전 일본 총리를 구속시켰던 록히드 사건(1976년)이 비슷한 시기에 알려지자 미국 여론이 들끓었다. 이에 기업인들의 반발에도 불구하고 '도덕외교' 를 표방했던 카터 행정부는 명분을 밀고나가 법을 관철시켰다. 결국 국제 '반부패라운드' 도 이를 계기로 선언되게 되었다.

백악관은 공직 후보자의 인사청문회를 대비하기 위해 연방수사국(FBI, Federal Bureau of Investigation), 국세청(IRS, Internal Revenue Service), 공직자 윤리국(OGE, Office of Government Ethics) 등 모든 수사 · 정보기관을 총동원해 후보자의 가족문제, 세금납부, 금융거래, 소송관계, 법률위반, 범죄내역, 전과기록 등을 면밀히 조사한다.

관련 기관들은 인사검증을 면밀하게 하기 위해 전문가 집단을 채용하거나 검증 전문가를 양성하기도 한다. 미국에서는 공직에 취임하면서 그동안 해 왔던 개인적인 이익과 어떤 부분에서 이해충돌이 생길지 면밀히 조사하고 보고하는 것을 공직자윤리국(OGE)에서 하고 있다.

영국의 경우 뇌물수수법(Bribery Act)은 뇌물수수에 대한 형벌 법규를 내용으로 하는 법률이다. 처음에는 2010년 4월 시행 예정이었지만, 여러 가지 미비한 점이 발견되자 이를 더욱 보완하여 2011년 7월 1일부터 시행되었다. 이 법에는 기존의 뇌물에 관한 모든 법령과 관습법을 폐지하고 그 대신 뇌물, 뇌물 수수, 외국 공무원에 대한 뇌물, 영리 조직의 뇌물 방지 조치의 불이행죄 등이 신설되었다.

이 법은 영국의 세계주의에 정책에 따라 범죄가 어디서 발생했는지를 불문하고, 영국과 관계가 있는 개인 또는 회사를 기소할 수 있는 매우 강력한 법이다. 이 법은 가장 가혹한 부패방지법으로 세계시장에서는 용인될 법한 행위마저 범죄시할 소지가 있어서 영국 기업들이 세계시장에서 경쟁하는 데 불리한 상황에 처할 수 있다는 우려를 낳게 했다는 점은 이 법의 한계로 지적되었다.

동양에서 부패방지법에 관한 한 가장 강력한 법을 지닌 싱가포르를 빼놓을 수 없다. 싱가포르는 한때 부패천국이라는 과거의 오명을 떨치고 2006년 11월 국제투명성기구가 발표한 부패인식지수(CPI) 9.4점을 얻어 세계 5위, 아시아에서는 가장 청렴한 국가라는 영예를 안았다.

부패인식지수(CPI)란, 기업인과 국가분석가 등이 인식하고 있는 개별국가의 부패 정도를 의미한다. 0~10의 범위 내에서 점수를 부여하여 0에 가까울수록 부패가 심각하다는 것을 나타낸다. 국가 간 부패 정도의 차이를 드러낼 수 있는 구체적이고 실증적인 데이터가 존재하지 않기 때문에 전문가들의 경험과 인식을 조사 비교해 이를 계량화한 뒤 국제투명성기구가 해마다 순위와 점수를 발표한다.

이는 부정·부패도 법과 제도로 척결될 수 있다는 가능성을 실증적으로 보여주는 사례가 되었다. 리콴유(李光耀) 싱가포르 전 총리는, "부패방지는 선택이 아닌 국가생존의 문제이다. 반부패 정책을 따르지 않는 사람은 모든 수단을 동원하여 굴복시켜야 한다."는 부패 척결에 관한 유명한 말을 남기기도 했다.

싱가포르가 아시아 최고 청렴국가로 변신하게 된 요인으로 다섯 가지를 꼽는다. 첫째, 싱가포르의 경우 무엇보다 부패척결에 대한 정치지도자들의 의지가 확고했다. 둘째, 이런 정치 지도자들의 의지는 실효성 있는 부정부패방지법의 제정과 개정을 통해 현실에 엄격하게 적용되었다. 셋째, 이를 위해 내부 고발자를 철저히 보호했다. 넷째, 싱가포르는 이와 같은 강력한 법을 집행하는 것과는 별도로 공무원 부패예방제도도 실시하고 있다. 다섯째, 이와 함께 모든 공직자의 재산을 공개하도록 했다.

실제로 싱가포르 부패행위조사국의 권한은 법적으로 부여돼 있어 공직자의 부정행위뿐만 아니라 민간부문의 부정행위까지 조사하고 부당이득을 환수할 수 있을 정도로 막강하다. 또한 부패행위 조사국은 강력한 수사권을 발동하여 상당한 혐의가 있을 경우에는 영장 없이 체포할 수 있는 권한까지 갖고 있다.

이에 박차를 가해 싱가포르 정부는 싱가포르 내 부패행위를 근절하기 위해 부패방지법(Prevention of Corruption Act)을 재검토하여 부패행위조사국(CPIB)의 인력을 증원했을 뿐만 아니라, 도심에 부패신고센터를 두어 시민들이 부패행위를 더욱 쉽게 신고할 수 있도록 하였다.

다음으로 고려와 조선의 경우를 알아본다. 먼저 고려의 경우에는 후기로 접어들면서 권세가들이 정치적으로는 권력을 독점하고 경제적으로는 이익을 독점하면서 점차 패망의 길로 접어들게 되었다. 그나마 고려가 500여 년 가까이 왕조를 유지할 수 있었던 것은 초기부터 고위 관료들의 부정부패를 막고 사회의 약자를 보호할 수 있는 제도적 장치가 잘 갖추어져 있었기 때문이었다. 일례로 친족끼리 같은 부서에 근무하지 못하게 했던 상피법(相避法)이 바로 오늘날의 '이해충돌방지법'에 해당된다고 하겠다.

이 법의 취지는 권력의 집중을 막고, 국사 처리에 사정(私情)이 개입되는 것을 막는 데 있었다. 상피법에 저촉되어 지적을 받았는데도 사퇴하지 않을 경우 양사(兩司, 사헌부·사간원)에서 강력하게 문제제기를 하였기 때문에 관료라면 누구나 현직에서 물러날 수밖에 없었다.

조선의 경우 건국초기부터 부정부패에 대해서는 대단히 엄격하게 처벌했다. 명나라의 형법인 「대명률(大明律)」에 근거해서 뇌물죄를 '장물 장(贓)' '더러울 오(汚)' 자를 써서 장오죄(贓汚罪) 또는 장죄

(贓罪)라 하여 엄벌에 처했다. 뇌물로 수수한 액수에 따라 1貫(엽전 1,000문) 이하면 장(杖) 70대, 40貫이면 장 100대와 3년의 노역형(徒) 그리고 80貫 이상일 경우에는 교수형(絞刑)에 처해지기도 했다.

부패한 관료는 청백리에 대칭되는 말로 탐관오리 혹은 '장리(贓吏)'라 불렸다. 탐관오리로 탄핵을 받거나 처벌받은 관리들은 장리안(贓吏案)에 기록되었기 때문에 더 이상 관직에 나갈 수 없었고, 그 자손들은 과거에 응시조차 할 수 없었다. 반면에 청백리 제도는 부조리를 방지하고 사회기풍을 진작하여 민심을 순화하면서 민생을 구제한다는 측면도 있었지만, 한편으론 고위관료에 대한 통제수단으로 이용된 면도 있었다.

당시 청렴에 위배되는 부정·부패는 두 가지가 주류를 이뤘다. 하나는 중앙의 고위관료의 권한 남용과 지방관이 아전과 손잡고 백성들을 수탈하는 사례, 그리고 둘째는 불공정한 특혜를 주거나 외압을 행사해 소송이나 여러 이권에 개입하는 경우였다.

현재 한국사회의 청렴도는 개선되고 있음을 알 수 있다. 독일 베를린에 본부를 둔 국제투명성기구(TI, 이하 기구)의 한국본부인 사단법인 한국투명성기구는 2018년 국가별 부패인식지수(CPI)를 발표했는데, 한국의 순위가 상승한 것은 정부가 적폐청산과 반부패 개혁으로 청렴한국 실현을 설정하고 노력한 결과라고 평했다.

세부 지표별로 보면 한국은 공직자의 사적 이익을 목적으로 한 지위 남용 가능성(SGI)이 2017년 53점에서 2018년 62점으로, 공직사회의 부패 정도(V-DEM)가 2017년 60점에서 2018년 70점으로 각각 많이 개선된 것으로 평가됐다.

기업활동과 관련한 일선 부패관행(WEF, IMD)도 개선 추세로 나타났다. 반면 정치와 기업 사이의 의심스러운 관계에 대한 평가(PRS)는 별다른 변화가 없었고, 전반적인 부패수준(PERC)은 45점에서 42점으로 다소 점수가 내려갔다. 마땅히 우리의 자각을 통한 코페르니쿠스적 전환이 필요한 시점이라는 김영란 위원장의 말에 공감이 간다.

〈김영란법〉의 이해충돌방지도 사적인 이익과 공적인 이익이 충돌할 때는 이러이러하게 충돌을 회피하라는 매뉴얼식 규정이다. 예를 들어 판사가 재판을 하는데 당사자가 가까운 가족이라면 그 재판을 하지 말고 다른 재판부로 넘기라는 것이다. 또 행정공무원도 어떤 행정사무를 보는데, 그 당사자가 친척이라면 직접 그 사무를 보지 말고 다른 동료에게 넘기라는 것이다. 이 법에는 이와 같은 방식으로 이해충돌의 국면에서 피할 수 있는 방법을 규정하고 있다.

이해충돌방지 조항에는 사적 이해관계가 있는 특정 직무의 수행을 회피, 기피하도록 직무와 관련된 외부활동에 제한을 두었다. 공직자와 그 가족에 대해서 공직자의 직무와 관련된 사람과는 거래도 제한하고 소속기관 등에 가족 등의 채용을 제한하거나, 공용재산 등의 사적사용을 금지하고, 미공개정보 이용을 금지하는 규정을 두고 있는 것이 〈김영란법〉이다.

《맹자》에는, "도응(桃應)이 고요가 법관으로 있는데, 순임금의 부친 고수가 사람을 죽였다면 어떻게 했겠습니까(桃應問曰 舜爲天子 皐

陶爲士 瞽瞍殺人 則如之何)?" 라고 묻는 장면이 나온다. 이에 맹자는, "법대로 집행할 따름이다(執之而已矣)" 라고 대답한다. 비록 천자의 부친이라 할지라도 살인을 했다면 법대로 처리해야 한다는 것이다.

당나라 초기에 오긍(吳兢, 670~749)은 《정관정요(貞觀政要)》에서, "법은 천하 모두에게 공정 공유한 것이니, 비록 천자의 기쁨과 노여움이라도 그것에 경중을 가할 수는 없다(法者 天下公共 雖天子喜怒不得輕重)." 고 하였다.

아무리 엄격한 법일지라도 공정한 잣대와 형평의 원칙이 바로 서지 않으면 법의 정신은 훼손되게 된다. 법이 공정하게 적용되면 모두가 기뻐하게(公則說) 되고, 법의 형평성이 담보되면 모두가 만족하게(平則滿) 된다.

그렇게 되면 윌리엄 셰익스피어(william shakespeare, 1564~1616)가 타락한 행정 판사의 이야기를 다룬 비희극(tragicomedy) 작품인 《눈에는 눈으로(*Measure for Measure*)》에서 말했던 것처럼, "죄를 지어 벌을 받아도 사람을 벌하는 것은 법이지 개인(판사)이 아니다." 라는 '공정에 대한 믿음' 과 "법은 자신의 친척, 형제, 소중한 아들에게까지도 예외 없이 적용되어야 한다." 라는 '형평에 대한 원칙' 이 지켜지게 된다. 비로소 법다운 법의 정신(以法爲法)은 '공정에 대한 믿음' 과 '형평에 대한 원칙' 속에서만 살아 숨 쉴 수 있다고 하겠다.

2. 퇴계의 공·사적 청탁에 대한 시각

1) 공·사 분변(分辨)의 義理적 준칙(則)

義는 인간이 하늘로부터 부여받은 도덕 범주로서, 사회가 요구하는 도덕적 판단을 내리는 규구(規矩, 법칙)이다. 《맹자》에 '義'는 사람이 마땅히 행해야 할 길이라 하였고, 주자는 義는 마땅함이니 바로 천리로서 마땅히 행해야 할 것이자, 인욕(人慾)의 사곡함이 없기 때문에 正路라 하였다.

인간의 입이 맛에 있어서 똑같이 즐김이 있으며, 귀가 소리에 있어서 똑같이 들음이 있으며, 색이 눈에 있어서 똑같이 아름답게 여김이 있듯이, 인간의 마음에도 똑같이 옳게 여기는 바가 있는데, 바로 그것이 理와 義이다. '理'와 '義'가 우리 마음에 기쁨이 되는 것은 추환(芻豢, 고기)이 우리 입맛에 맞는 것과 같은 원리이다. 다시 말해, '理'와 '義'는 인간에게 내재된 도덕의식이자 마땅히 지녀야 할 원칙인 셈이다.

퇴계는 義가 나의 마음에 있는 것인데 어떻게 마음의 절제(制)가 되고, 어떻게 일의 마땅함(宜)이 되며, 어떻게 절제하고 결단하는 道理가 되는가(義在吾心 若何而爲心之制 若何而爲事之宜 若何而爲斷制裁割底道理)를 스스로가 체인(體認)하고 체험해야 한다고 하였다.

이는 공무원의 부정부패에 관해서 〈김영란법〉에서 강조하고 있는 내용과도 통한다. 즉, 구체적인 행동강령을 만들어서 그 틀에 따라 행동하게 하고, 나머지 부분에서 개인의 프라이버시나 자유를 누릴 수 있게 선을 그어주자는 것이다. 공동체 문화와 개인주의 문화가 혼재되어서 혼란스러웠던 것에 선을 그어줌으로써 다른 차원으로 패러다임이 이동할 수 있게 하자는 것이 바로 김영란 식의 '義' 라 할 수 있다.

퇴계는 조정의 소명을 받았을 때 벼슬이 품계(品階)보다 낮아 별로 의심을 받을 일이 없을 것으로 판단되면 주저하지 않고 명을 받았다. 하지만 품계를 올려 중책을 맡기려 하거나 중임을 제수 받았을 때는 자신의 얕은 재주와 미미한 역량으로는 마치 모기가 산을 짊어지는 것과 같은 경우라 하여 이를 거절하곤 했다.

이는 공교롭게도 작은 벼슬을 사퇴함으로 인해서 큰 벼슬을 받게 되거나, 본래는 물러나겠다는 것으로 인하여 나아가기를 도모한 것처럼 비쳐져서, 이런 경우를 '교묘한 벼슬살이' 와 '벼슬의 첩경(捷徑)' 이란 말로 비유했다.

> "신이 감히 벼슬자리에 나가지 못하는 것은 다만 義라는 한 글자를 성취하고자 할 따름입니다(臣之不敢 祇欲成就一義字而已)."

퇴계는 義는 '일의 마땅함(宜當)을 이르는 것' 이라 하여 나아가고, 물러나고, 사양하고, 받는 데 있어 是非·黑白을 분명히 구별했

다. 특히,

• 어리석은데 어리석지 않은 척하며 벼슬을 도둑질하는 행위,
• 병으로 폐인이 된 처지에 자리에 연연하며 녹만 받는 행위,
• 헛된 명성으로 세상을 속이는 행위,
• 그른 것을 알면서 덮어놓고 나아가는 행위,
• 직무를 다하지도 못하면서 물러나지 않는 행위

등 다섯 가지는 의롭지 못한 행위로서, 관직에 나아가는 것은 義理가 아니라고 하였다.

《심경(心經)》에서는 공사의 구별에 대해 한 가지 일이 만약 공중(公衆)과 관계되면 마음에 크게 상관할 바가 없지만, 만약 자신과 관계되면 이는 마음에 남게 되어 거듭 생각해도 잊지 못하게 되는데, 바로 이것이 公과 私를 구별하는 것이라고 하였다.

평소《심경(心經)》을 신봉했던 퇴계는, "私는 마음의 좀이고 모든 악의 근본으로, 옛날부터 나라가 잘 다스려진 날은 항상 적고 어지러운 날이 항상 많아서 자신을 파멸시키고 나라를 망치는 데 이른 것은 모두 임금이 私라는 한 글자를 버리지 못했기 때문이다(私者 一心之蟊賊 而萬惡之根本也 自古國家治日常少 亂日常多 馴致於滅身亡國者 盡是人君不能去一私字故也)."라고 하였다.

이렇듯 퇴계는 모든 일에는 의리가 있어서 일의 대소·경중에 따라 각기 적당함이 있는 법이라고 하여 公과 私를 분명히 하였다. 이들을 '公公', '公私', '私公', '私私' 등 4가지 조합으로 분류할 수 있는데, 여기서는 '公私'와 '私公' 그리고 '公公'과 '私私'로 대

별하여 알아본다.

(1) 公私와 私公

公私는 공적 영역에서 사적 영역의 일을 하는 경우를 말한다. 《서경》에서는, "공으로 사를 멸하면 백성들이 믿고 복종할 것(以公滅私 民其允懷)"이라고 하였고, 《근사록》에서는, "공정하면 하나가 되고, 사사로우면 만 가지로 달라진다(公則一 私則萬殊)"고 하였다.

이렇듯 公私관념은 실제로 퇴계가 관직생활을 했을 때나, 오늘날 이해충돌방지 의무를 규정하고 있는 공직자윤리법에서나 고금을 막론하고 가장 문제가 많은 부분으로 다뤄지고 있다.

이 법의 제2조 제3항에 공직자는 직(職)을 이용하여 사적 이익을 추구하거나, 개인이나 기관·단체에 부정한 특혜를 주어서는 안 되며, 재직 중 취득한 정보를 부당하게 사적으로 이용하거나 타인으로 하여금 부당하게 사용하게 해서는 안 된다고 명시되어 있다. 이는 공직자의 사적 이익과 공직자에게 직무상 요구되는 공익의 충돌을 막기 위한 것이다.

또 이 법의 공무원 행동강령에는 이해관계 직무의 회피라는 규정이 있다. 사촌 이내의 친족이 관련 업무를 수행해야 하는 경우에는 그 직무를 회피하거나 회피 여부에 대해 직속 상급자와 상담 후 처리하라고 되어 있다. 즉, 인간관계에 공사가 뒤섞여 실제로 어디까지 용인되고 어디까지 안 되는 것인지 명확하지 않은 경우가 많아서 공적인 업무에 사적인 관계가 영향을 미치지 못하게 하자는 것이다.

한나라 때 동중서(董仲舒)[8]가 녹봉을 받는 집은 녹봉으로만 생활해야지 백성들과 사업을 다퉈서는 안 된다고 말했던 것도 공직자가 사익을 추구하게 되면 천하의 이익이 고르게 분배되지 않아 백성들이 궁핍하게 된다는 사상에서 비롯된 것이었다. 그는 노나라 목공(魯穆公) 때 관료였던 공의자(公儀子)를 예로 들었다.

> 내가 이미 녹봉을 받고 있는데, 농부와 아낙들의 이익까지 빼앗겠는가?

공의자가 부인이 비단을 짜는 것을 보고 화가 나서 부인을 내쫓았던 것과, 관사 뜰에 채소를 기르는 것을 보고 화가 나 채소를 뽑으면서 부인을 꾸짖었던 것을 동중서가 예로 든 것이다. 그는 옛 현인과 군자가 벼슬하면 으레 이렇게 처신했으므로 아랫사람은 그의 행동을 우러르고 그 가르침을 따랐으며, 백성들도 그 청렴함에 교화되어 부패에 빠지지 않았다고 했다.

퇴계는 자제들이 내의원(內醫院)에게 약을 구하려 하자, 그건 '옳지 않다' 고 하였다. 이를 지켜본 문인이 '이것은 다른 물건과 다른데 구한들 무슨 해가 있습니까?' 라고 묻자 퇴계는 의리상 온당치

---

8) 동중서(董仲舒, 179~B.C. 104) : 중국 전한(前漢)시대 유교를 중국의 국교로 만들고, 유학을 관학화하여 정치철학의 토대로 삼는 데 중추적인 역할을 한 유학자이다. 젊었을 때 《춘추공양전(春秋公羊傳)》을 익혔고 경제(景帝) 때 박사가 되었으며, 무제(武帝)때 대책을 잘 세워 재상이 되었다.

않은 행위로 결코 해서는 안 된다고 하였다. 엄정하게 공사를 구분하려 했던 퇴계의 의지였다.

〈김영란법〉에 자신의 사적 이해관계가 있는 직무를 하지 말라든지, 친인척이 사업을 한다든지, 그 친척과 거래를 할 때 제한을 둔다든지, 공용물을 사용하지 말라든지, 공개채용이 아니면 가족을 채용하지 말라고 규정하고 있는 항목들은 퇴계의 생각과도 통한다고 하겠다.

한번은 성균관에서 석전(釋奠)을 지낸 뒤에 고기와 술을 보내왔을 때, 퇴계는 재상의 집에 으레 보내는 물건인 줄로 알았다. 그런데 대제학이라 해서 보냈다는 것을 알고서, 퇴계는 대제학을 막 물러났었기 때문에 이를 받는다는 것은 온당치 않다고 여겨 받지 않았었다.

〈김영란법〉에서도 공직자로 하여금 청탁과 답례에서 해방시키는 것을 급선무로 규정하고 있다. 공직자가 처음부터 민원인과 관계를 맺는 매뉴얼이 있으면, 고위 공직자가 되어 권한이 더 커지더라도 부패하지 않고 자연스럽게 이를 행사할 수 있게 해준다는 것이다. 이를 퇴계의 입장에서 이해하자면, 문인이 아버지나 형이 고을 원(員)이 되었을 때에 그 자제들이 따라가는 것은 의리에 어긋나는 것인지를 질문했을 때, 퇴계는 이렇게 답했다.

"나라의 법으로 따진다면 처자는 마땅히 데리고 가야 하지만, 이미 출가한 딸은 데리고 가는 것을 허락하지 않는 것이니, 자제는 따라가지 않는 것이 옳다(以國

法揆之 妻子雖當率去 而已嫁之女子 不許帶行 則子弟之不去爲是)."

당시 조선에서는 월봉(月俸)제도가 없었기 때문에 관청의 공물(公物)을 사적인 생활비로 충당하였다. 보통 때는 군읍에서 공물 전결(田結)을 제외하고 약간의 결수(結數)를 따로 뽑아 관중제역(官中除役)이라 하여 관중에서 소용되는 잡물(雜物)은 모두 이것으로 충당하였다. 그래서 자제들을 많이 데리고 가면 관사(官舍) 본연의 업무에도 방해가 될 뿐만 아니라, 관의 자산을 축내게 되니 당연히 의롭지 못하다는 것이다.

퇴계는 심지어 자제들이 문안차 왕래하더라도, 여러 날을 머무르면 이 또한 폐가 되니 의롭지 않다고 하였다. 이는 〈김영란법〉에서도 언급되고 있다. 즉, 이 법에서는 궁극적으로 금품수수와 부정청탁만 막는 것이 아니라, 그 직위를 이용해 사익을 추구하는 다른 유형들을 모두 막겠다는 것이다.

또 다른 예로, 퇴계가 아직 이상(貳相, 삼정승 다음가는 벼슬이란 뜻으로, 좌우찬성을 이르는 말)의 임명장을 받기 전에 하사한 물건 중에서 서책을 제외한 비단·포목 같은 물건을 미리 받는 행위, 임금의 소명을 받고 가던 중 그 지역 부(府)에서 올린 물건을 받는 행위, 그리고 안기찰방(安奇察訪)인 아들 준을 방문했을 때, 관 소속 하인들의 시중을 받는 행위 등도 모두 의리에 어긋난다고 하였다.

이런 것을 〈김영란법〉에서는 권력형 유착관계로 규정하고 있다.

사전에 정경이 유착될 수 있는 고리를 끊으면 민간의 부패는 상당 부분 해소될 수 있다는 것이다. 권력형 부패는 기업으로부터 권력자가 돈과 청탁을 받고, 그 청탁을 공무원에게 전달하는 데서 생기기 때문에 공무원이 직접 그 청탁을 들어주는 고리를 끊어야 한다는 것이다.

권력자에게 돈이 가는 것을 막고, 권력자가 청탁을 들어주는 길목을 끊어서, 돈 받는 것과 청탁하는 것, 두 부분이 근절되면 권력형 부패 또한 근절시킬 수 있다는 것이다.

퇴계 당시에 공적 자산을 사적 용도로 남용하여 사회적으로 큰 물의를 일으켰던 사건은 승려 보우(普雨) 문제였다. 성균관의 유생들이 보우를 처벌하라는 상소를 올리고 관을 비우고 흩어졌는데도 명종(明宗)은 이를 들어주지 않았었다. 마침내 강원감사가 보우가 방자하게 역마를 타고 다닌다는 사실을 계문하자, 왕이 노하여 보우를 제주도로 귀양 보내라고 명하게 되었다.

김영란 위원장이 고등법원 부장판사였을 때, 그녀에게 기사 딸린 공용차가 지급되었었다. 그녀는 지방에서 근무했던 관계로 공용차는 시외버스 터미널까지만 관용차를 탔고, 거기서부터는 시외버스를 타고 집에 오곤 하였다. 이는 관용차를 엄정하게 업무용도로만 사용하겠다는 의지였다.

게다가 공무로 해외에 출장을 가게 되면 쌓이게 되는 마일리지도 엄밀한 의미에서 공적인 자산이기 때문에 이 또한 정부에 귀속되어야 한다는 것이 그녀의 생각이었다. 마치 금 세공사가 금을 다듬는 것까지는 의무지만 세공 과정 중에 떨어지는 금가루가 자기 호주머니로 들어가면 안 된다는 것과 같은 논리이다.

이처럼 이해관계가 상충되는 경우 어떻게 해야 하는지, 또는 공용물의 사적 이용을 어디까지 해야 하는지에 대해 익숙하지 않은 부분이 있기 때문에 이 부분을 명확히 하자는 것이다.

私公의 경우는 사적 영역에서 공적 영역의 일을 하는 것으로, 이를 두 가지로 나눠서 생각할 수 있다.

첫째, '私公' 엔 봉사의 의미가 들어있다. 퇴계가 누군가가 보낸 감 1첩(貼)을 되돌려 보내며 관중의 소용에 충당하게 한 것처럼, 공공의 이익을 위해 자발적으로 헌납하거나 무료 봉사를 하는 경우가 여기에 해당된다.

또 다른 예로 당시 퇴계가 살던 곳에는 가뭄이 심해 마을 사람들이 시냇물을 10리 밖에서 끌어왔는데도, 물은 적고 논은 넓어서 먼 곳은 아예 물줄기를 댈 수 없어서 두 해나 수확을 못한 경우도 있었다.

> "이것은 내 논이 위에 있기 때문이다. 나는 비록 밭이 말라도 먹고 살 수 있지만, 저들은 논에 물이 말라 농사를 지을 수가 없다(是我水田在其上故也 吾雖田之燥可食 彼非水田濕不可穡)."

상황이 심각하다고 판단했던 퇴계가 자신의 논을 밭으로 만들었던 것이다.[9] 이는 퇴계가 公을 행하면 남과 나를 겸하여 비추게 된다는 말을 그대로 실천에 옮긴 것으로, 남의 사정을 미루어 공공의 이익을 위해 자신의 이익을 버린 대표적인 사례라 하겠다.

둘째, 私公은 '先 뇌물 後 청탁' 의 의도가 담겨있다. 《근사록》의 비록 천하의 공정한 일이라도 만약 사사로운 마음에서 하면 곧 私가 된다는 말처럼, 일종의 스폰서 개념이라 할 수 있다.

퇴계는 사람들이 공직자에게 요구하는 것이 번거로울 정도로 많고 게다가 관청 출입이 잦으면 반드시 감당하기가 어려운 일이 벌어질 것이라 생각했다. 그래서 아들 준이 관직을 얻었을 때, 아들이 너무 가까운 고을을 다스리게 되면, 과연 공사간의 일을 모두 다 온전히 처리할 수 있을까 우려를 표명한 적도 있었다.

그래서 퇴계는 준이 관의 물건으로 인정에 부응하게 되면 관에 해가 되므로 인정을 절제하고 국법을 행하는 데 힘쓰라고 충고하였다. 그는 혹시 아들이 관청 출입이 잦은 사람들로부터 금품 등을 공여받고 후에 거절하지 못하는 상황에 처하지 않을까 우려했던 것이다.

이는 몇 해 전에 있었던 〈벤츠 여검사 사건〉 10)처럼 사전에 선물을 주고 접대를 하는 방법으로 친분을 쌓았다가 사후에 청탁하는 경우 대가관계가 없는 것이 되어 처벌은 받지 않겠지만 의리상 용납되

9) 당시는 〈지주전호제(地主田戶制)〉 가 시행되었기 때문에 양반 관료들이 사유농장을 확대하던 때였다. 이런 시대적인 상황에서 퇴계가 농민이나 소작농을 위해 자신의 논을 밭으로 만들었다는 것은 매우 어려운 결정이었을 것이다.

10) 2013년에 대법원에서 무죄가 확정된 사건으로, 여검사가 변호사로부터 벤츠를 선물로 받았어도 대가성이 없다고 판단되어 처벌하지 못했던 사례 등에서 문제의식을 갖게 되었다.

지는 않는다. 바로 이런 것을 처벌할 수 있도록 하려는 것이 〈김영란법〉의 중요한 동기가 되었다.

(2) 公公과 私私

公公은 공적 영역에서 공적 영역의 일을 하는 경우로 공직자가 당연히 해야 할 의무이다. 명나라 여곤(呂坤)[11]은 《신음어呻吟語》에서, "벼슬아치의 양심으로 민생을 앞서 생각하되 사리사욕에 눈 돌리지 말라고 하면서, 오늘날 사대부들이 모여서 서로 의논할 때는 우리가 바쁘게 설치며, 부지런히 힘쓰는 것은 천하와 국가를 위해 세상을 건지고 민생을 안정시키고자 하는 것인가, 아니면 자기 한 몸과 한 집안, 그리고 처자를 위해 벼슬자리를 높이고 수입을 올리고자 하는 것인가?"라는 문제를 놓고 반성할 필요가 있다고 하였다.

공공의 영역은 공직자가 항상 자신을 돌아봐야 하는 자각의 영역이다. 여곤은 관리가 반드시 지녀야 하는 마음가짐으로, 옛날에 백성을 다스리던 벼슬아치들은 한 고을을 다스리면 그 고을의 중책을 짊어진다는 자각과, 한 도를 다스리면 그 도의 중책을 짊어진다는 자각을, 그리고 나라를 다스린다면 한 나라의 중책을 짊어진다는 자각을 해야 한다고 하였다.

---

11) 여곤(呂坤) : 중국 명나라 말기의 유학자. 스스로 납득하는 것을 중히 여겨 주자학·양명학, 그 어느 것에도 속하지 않고 독자적인 수양에만 노력했다. 기일원(氣一元)의 철학을 가지고 동림학(東林學)과 가까이했다. 주요 저서에는 《신음어(呻吟語)》가 있다.

퇴계가 풍기군수를 그만두고 집으로 돌아올 때 행장이라곤 책 두어 짐뿐이었는데, 집에 온 다음 관졸들을 시켜 책을 담았던 나무상자들은 되돌려 보낸 적이 있었다. 당시 퇴계는 아직 사직 처리가 되지 않은 상태였기 때문에 공인 신분이었다. 책은 자신의 소유지만 나무상자는 관아의 공용물이었던 것이다.

또 퇴계는 서원의 유사(有司)를 뽑을 때, 서원 가까이 사는 청렴하고 유능한 품관(品官) 두 사람에게 맡기되, 사리가 분명하고 행동함에 의가 있어 많은 사람이 추앙하고 복종할 수 있는 한 사람을 선택하여 2년마다 교체해야 한다고 하였다.

이는 〈김영란법〉에서도 고위공직자의 경우 자신이 2년 이내 재직했던 단체나 그 단체의 대리인이 직무 관련자이면 해당 단체와 관련된 특정 직무를 2년간 수행해서는 안 된다고 규정하고 있다. 예를 들어, 시민단체 같은 곳에 있다가 어떤 부처의 고위간부로 온 후 자신이 시민단체에 프로젝트를 주는 업무를 하게 된다고 할 때, 그 프로젝트를 자신이 있던 단체에 줄지 말지 정하는 업무를 해서는 안 된다는 것이다.

퇴계는 도산서원 앞개울에 나라에 바치기 위해 어량(魚梁)이 일단 설치되면, 어량이 설치되는 여름 동안에는 그 개울가에 발걸음도 하지 않았다.

어량이 있는 곳은 금련지지[12]이니 당연히 이곳 가까

12) 금련지지(禁臠之地) : 금련(禁臠)은 '함부로 가까이 할 수 없는 것' 이나 '질이

이 가지 않는 것이 당연한 이치이고, 예에 있어서도 마땅히 삼가야 할 바이다(此是禁臠之地 其不敢近 乃理之當然 禮所當謹故耳).

이 말을 들은 남명(南冥) 조식(曺植, 1501~1572)이, "내 행동만 바르면 가까이 간들 무슨 상관이 있겠는가?" 라 하며 퇴계를 비판했다. 이에 퇴계는 여름에서 가을에 걸친 2, 3개월 이외에는 강산과 풍월을 맘껏 즐길 수 있는데, 굳이 관가의 금지를 무릅쓰고 자신의 밝은 德을 버릴 필요가 없다고 하였다. 이는 과리(瓜履)의 혐의[13]를 피함과 동시에 공적 자산은 처음부터 공적인 마음으로 대해야 한다는 퇴계의 공공관념에서 비롯된 것이었다.

私私는 사적 영역에서 사적 영역의 일을 하는 경우로, 상인이나 민간인이 하는 일과 관계가 있다. 가령 퇴계는 사대부가 상중에 집을 짓는 것은 실제로 흔히 있던 일이라 사람들이 이상하게 여기지는 않지만, 직접 현장에서 감독을 하지 않더라도 심하게 관여하면 소문이 좋지 않게 날 수 있다고 하였다.

좋은 것' 등을 뜻한다. 晉의 원제(元帝) 때 돼지를 잡으면 목살 부분의 맛이 좋아 王에게 바쳤었다. 그래서 일반인은 감히 그 고기를 맛보겠다는 생각도 할 수 없었기 때문에 그 고기를 금련이라 명명한 데서 유래된 말이다. 여기서는 '함부로 가까이 다가가서는 안 되는 지역' 이란 뜻으로 '금련지지' 라 하였다.

13) 과전불납리 이하부정관(瓜田不納履 李下不整冠) : 외밭에서 벗어진 신발을 다시 신지 말고, 오얏나무 밑에서 머리에 쓴 관을 고쳐 쓰지 말라. 외를 따거나 오얏을 따는 혐의를 받기 쉬우므로 조심하라는 뜻으로, 「瓜李之嫌(과리지혐)」 혹은 더 줄여 「瓜李」 라고도 한다.

게다가 잘못된 소문이라 하여 집집마다 찾아가서 해명을 할 수도 없는 일이니, 비방하는 소리를 들었다면 바로 고치는 것이 상중(喪中)에 있는 선비의 도리라는 것이다.

또한 퇴계는 벼슬하지 않은 사람이 농사를 위해 밭을 매입하는 것은 본래 잘못된 도리가 아니지만, 밭 값의 고하에 대해서는 바로 값이 비싸거나 싼 정도를 절충해서 공평하게 하는 것이 합당한 이치라고 하였다.

> "조금이라도 자기에게는 이득이 되고 남에게는 손해가 되게 하려는 마음이 있다면, 이것이 바로 순과 도척(盜跖)[14]이 갈라지는 곳이다(但一有利己剋人之心 便是舜跖所由分處)."

義와 利는 다만 하나의 공과 사일 뿐이니, 義에서 벗어나면 利가 된다. 선비는 밭을 사지 않는 것만을 고상하게 여길 것이 아니다. 밭을 사되 義와 利의 두 글자를 엄격히 구분하여 그 의를 바르게 하고 그 이익을 꾀하지 않아야 한다. 그래야 소인을 면하고 군자다운 면모를 보이게 된다는 것이 퇴계의 생각이다.

〈김영란법〉에서도 상거래상의 계약관계를 규정하고 있다. 거래를 하다보면 큰 회사가 작은 회사를 핍박할 수 있는 것이 꼭 계약관

14) 도척(盜跖) : 춘추시대 노(魯)나라 사람. 노나라 대부(大夫) 유하혜(柳下惠)의 동생이다. 전하는 말로는, 일찍이 무리 9천 명을 모아 천하를 횡행하고 다니면서 제후를 공격하고 약탈해 나중에 도척으로 불리게 되었다.

계가 아니더라도 있을 수가 있는데, 그럴 경우 작은 회사를 지킬 수 있는 방법을 생각해 나가는 게 청탁금지법의 정신이다. 민간회사에 그 정신을 지키도록 하는 방법은 그들 내부적으로 부당한 업무집행을 못하게 하는 규정을 만들게 하고, 내부적인 처벌규정을 엄격히 집행하게 하는 방식으로 제도를 구성하는 것이라 하였다.

퇴계는 시위소찬(尸位素餐)[15]이라 하여 벼슬을 하지 않으면서 녹을 먹는다는 것은 도리가 아니라는 것을 잘 알기 때문에 조금이나마 염치를 안다는 쪽으로 처신하려고 하였지만, 의도치 않게 염치없는 사람이 돼 버려서 위를 올려보나 아래를 내려다보나 부끄럽기만 하여 친구들을 볼 수가 없다고 하였다.

김영란 권익위원장이 사표를 내놓고 수리되기를 기다리는 중에 무엇을 할까 고민하다가 이름만 올려놓고 임기만 채우고 나올 수는 없다는 책임감에서 이 법을 고안했다고 한다. 월급 받고 있는 사람이 사표 냈다고 사무실에 앉아서 시간만 죽일 수는 없었다는 뜻이다. 퇴계 정신의 일환이다.

공직자는 업무를 수행하면서 종종 공익과 사익 간 이해충돌 상황에 맞닥뜨리게 된다. 일반적으로 이해충돌 상황에서 개인이 갖고 있

15) 시위소찬(尸位素餐) : 옛날 중국에서는 제사지낼 때 조상의 혈통을 이은 어린아이를 조상의 신위에 앉혀 놓는 풍습이 있었다. 영혼이 어린아이의 입을 통해 마음껏 먹고 마시게 하려는 신앙에서 나온 풍습이었다. 이때 신위에 앉아 있는 아이를 시동(尸童)이라 한다. 시위(尸位)는 그 시동이 앉아 있는 자리이고, 소찬(素餐)은 맛없는 반찬이란 뜻으로 공짜로 먹는다는 것을 말한다. 즉, 아무것도 모르면서 남이 만들어 놓은 자리에 앉아 공짜 밥이나 먹고 있다는 뜻으로, 하는 일 없이 국가의 녹을 축내는 관리들을 가리켜 말한 것이다. (《한서漢書》「주운전朱雲傳」).

는 신념(가치관)이 중요하지만, 공직자는 공익을 판단기준으로 삼아야 한다. 이것이 공직자에게 요구되는 중요한 자질이며, 공직윤리 확립의 핵심이다.

〈김영란법〉의 구조는 해결 방법을 제시하는 것이다. 말하자면, 공직자가 이해충돌 상황이 생겼을 때, 그런 상황에서 빠져나올 수 있는 구체적인 방법을 제시하는 법이다.

2) 청탁에 대한 윤리 · 도덕적 판단

유학에서, "윤리란 사람과 사람 사이의 관계, 즉 인간관계의 理法을 가리키는 말로서, 간직해야 할 변함없는 도리인 병이(秉彝, 타고난 천성을 그대로 지킴)이자 병위(秉爲)이다.

《시경》에서는 '병이(秉彝)'를 말하였고 여기서는 '병위(秉爲)'로 말한 것은 '이(彝)'는 이치를 말한 것이고, '위(爲)'는 쓰임으로 말한 것이다.

倫理의 倫자는 무리(類), 또래(輩), 질서를 의미하며, 理자는 원래 玉을 다듬는다는 뜻인데, 나중에 理致, 理法 또는 도리의 뜻이 되었다. 도덕은 道를 얻어 사심을 버리고 인성을 보존하는 것이다.

부모에게 효도하고 윗사람을 존경하는 것은 도덕을 실천하는 것이 되지만, 자신의 본분을 알고 은혜를 잊지 않는 것은 도덕을 재는 표준이 된다. 또 충성과 믿음을 독실하게 하고 신중하게 실천하는 것은 도덕을 표징(表徵)하는 것이 된다.

더 나아가 도덕은 개인의 성패와 가정의 흥쇄(興衰), 그리고 국가의 存亡을 좌우하는 저울이 되기도 한다. 그래서《논어》의 註에서는 학문도 있고 지조도 있으며, 거취의 의리가 깨끗하고 출처의 분별이 명백한 뒤에 군자의 온전한 덕이 된다(有學有守而去就之義潔 出處之分明然後 爲君子之全德也)고 하였다.

(1) 청탁에 대한 윤리적 기준

부정청탁이란, 법령을 위반하게 하거나 지위 또는 권한을 남용하게 하는 등 공정한 직무수행을 저해하는 청탁 또는 알선을 말한다. 조선 후기 최한기(崔漢綺, 1803~1877)는《인정(人政)》에서 누군가가 백성을 다스릴 수 없는 사람에게 관직을 달라고 부탁하는 것은 청탁으로, 반드시 남들이 없는 곳에서 말하게 되지만, 백성을 다스릴 수 있는 사람에게 관직을 주라고 말하면 그것은 추천으로 여러 사람 앞에서 말해도 부끄럽지 않다고 하였다.

청탁에 따르는 뇌물 여부를 따질 때 금품수수가 먼저이고 청탁이 나중에 이뤄져 시간적으로 분리되면 뇌물이 아니라고 보는 경우가 발생한다. 이렇게 되면 이는 뇌물죄가 아니라 윤리적인 문제로 탈바꿈하게 된다. <김영란법>에는 부정청탁에 대한 개념정의만 했기 때문에 추상적이고 포괄적이라는 비판이 있자, 실제 법은 제13조 1항에서 부정청탁에 해당하는 열다섯 가지 행위 유형을 정해두었다.

퇴계에게 한 문인이 누군가가 '구한다(求)' 나 '청한다(請)' 에서

'求' 자에는 악만 있고 선은 없다고 했던 말을 듣고 이를 질문했을 때, 퇴계는 이렇게 답했다.

> "세상의 많은 사람들의 불미한 일이 모두 이 한 글자를 좇아서 일어나는 것이다(世間多少人事不好處皆從此一字起)."

퇴계는 세상 사람들이 몸을 욕되게 하고 절개를 잃으며 과오를 범하는 것이 모두 이 '求' 자에서 비롯되기 때문에 선비로서 뜻을 유지하고 절개를 지키고자 할 때 이 한 글자를 원칙으로 삼으면 타락하는 데까지 이르지는 않을 것이라고 했다. 다만 인간관계의 의리에는 경중(輕重)과 후박(厚薄)이 있고, 求하는 일의 성격이나 처한 상황의 의리와 곡절(曲折)에 따라 여러 갈래가 있으니, 그런 상황에서는 오직 크게 정신을 가다듬어 義를 좇고 利를 좇지 않는다면, 죄와 욕을 받는 데까지 이르지 않는다는 것이다.

또한 문인이 감사(監司)에게 요구한 적이 있었는데, 이것 때문에 그에게 꾸짖는 말을 들었다고 하자, 퇴계는 사람만 보면 번번이 요구하는 바가 있으면 하는 일마다 천해지는 원인이 된다(見人輒有求 所以事事賤)고 하였다. 그러면서 가만히 세상의 일을 살펴보면 바로 이 한 글자가 문제가 되는 경우가 많은데, 잘못을 제대로 지적한 것이라 하여 퇴계는 오히려 감사를 칭찬했다.

하지만 퇴계는 선영(先塋)의 石物을 하는데 불을 피울 숯이 모자라 부득불 몇 섬을 관에 요구하여 보충을 해야 될 상황에 직면해서는 앞으로도 이 한 가지 일에만 그치지 않게 될까봐 우려되어 스스로 파계하게 된 것의 폐해가 심히 두려워진다고 하였다.

의령에 있는 퇴계의 처가에 난감한 일이 벌어진 적이 있었다. 재산을 두고 벌인 싸움에서 처남 허사렴(許士廉)이 터무니없이 모함 당했다고 주장했지만, 거짓으로 드러나자 장모와 사렴이 퇴계에게 추관(推官)이나 감사에게 부탁하여 살 길을 열어주도록 청탁했던 것이다. 이 일은 퇴계를 무척 난처하게 했다.

> "구해 주려고 하면 의리에 해가 될 것이고, 사실대로 하자니 은의(恩義)에 해가 될 것이다. 더욱이 큰 죄상의 실상을 밝히는 일에는 처음부터 끝까지 털끝만큼이라도 거짓이란 용납될 수 없는 것인데, 어찌 청탁을 하여 모면하도록 하겠는가(欲救則害義 欲實則害恩 況大罪詞證情節 自始至終 一毫不容僞飾 豈請囑所能及哉)?"

결국 퇴계는 자신의 사정을 쓴 편지를 처가에 보냈지만, 감사에게는 조금도 청탁성 편지를 쓸 생각이 없었다. 김영란 위원장은 흔히 어려운 청탁은 돈이 아닌 관계로 들어온다고 말한다. 그래서 청탁 자체를 금지해야지, 돈만 금지해서는 안 된다는 것이다.

김 위원장이 대법관 시절 가까운 친인척을 통해서 청탁이 들어왔을 때, "이걸 왜 나한테까지 전하느냐! 막아주셔야지." 라며 화를 낸 적도 있었다고 한다. 인간관계를 고려할 때, 예나 지금이나 일단 청탁이 들어오면 거절한다는 것은 쉽지 않은 일임에 분명하다.

또 퇴계는 조카 신홍조(辛弘祚)가 본현(本縣)에 송사를 걸었을 때, 조카가 왕래하는 것뿐 아니라 편지도 못하게 하였고, 그 고을 태수에게도 그렇게 당부하였다. 이렇듯 퇴계는 청탁에 대해서는 매우 엄격하게 판단했음을 알 수 있다.

퇴계의 이런 자세는 현재 〈김영란법〉에서도 언급되어 있다. 현재 우리나라에서는 소송절차에서 소송 당사자나 변호사가 법관의 친인척일 경우, 회피하거나 제척(除斥)하거나 기피하는 규정[16]을 두고 있지만, 다른 업무에는 없으므로 이 조항을 넣자는 것이 〈김영란법〉의 취지이다.

이대성(李大成)이 벼슬을 얻어 어버이의 마음을 위로하려는 뜻으로 관직에 추천해 달라고 청탁했을 때, 퇴계는 대성이 자신을 알지 못하는 것이 많다고 하면서 이렇게 말했다.

> "만일 족하를 위하여 세도가의 문전에 함께 나아가서 서로 누르거나 삐걱거린다면 비방을 듣는 것은 염려하지 않는다 하더라도, 원망과 화근이 일어날 조짐이 없으리라 보장할 수 있겠습니까? 이 점이 우리가 서로 잘 알지 못하고 있다는 한 가지 사실입니다(乃欲爲足下 羣

16) 회피란 판사 본인이 스스로 피한다는 것이고, 기피는 당사자가 그 판사를 피할 수 있도록 한다는 것이며, 제척(除斥)이란 법적으로 판사가 당연히 배제되는 것을 말한다.

趨竝進於執權之門 以相壓相軋 則其取譏謗 固不可慮 而怨怒禍敗 保無駭機之發乎 此似不相悉者一事也)."

당시는 당파의 조짐이 보이는 시기였다. 자연히 권문세도가들이 앞다투어 관직에 나아가면서 서로 상대를 누르거나 압박하면서도 함부로 원망하고 비방하여 화근을 만들지 못하는 상황이었다. 왜냐하면 어떤 사람들이 때를 잘 만나 요직에 앉게 되면 사람들이 그들의 행위를 이상한 것으로 여기지 않으려 했기 때문에, 퇴계는 도리어 대성에게 이런 세태에 자신을 어떤 사람으로 보느냐고 되물었다.

옛날 군자들은 비록 때를 만나 道를 행하는 것을 귀하게 여겼지만, 자신은 병 때문에 녹명(祿名)만 받고 객관(客館)에 누워 있어서 시의(時誼)에 맞도록 행하지 못하고 있음을 들어 대성의 청탁을 간접적으로 거절하였다.

그러면서 퇴계는 대성에게 고인의 도를 본받으면서 더욱 수양하고 보충할 것을 생각할 뿐이지, 여러 사람들과 어울려 정파의 물결에 휩쓸리거나, 뜻대로 안 되면 시대를 원망하고 세속을 한탄하는 말을 발설하는 것은 스스로 어긋나는 것이기 때문에 관직에 나아가려는 대성을 애석하게 여긴다고 하였다.

나중에 대성이 보낸 편지에 이미 깨끗하고 순진하게 늙은 한 노인이 되었지만, 아직 운니(雲泥)의 탄식이 있다고 한 구절에서 퇴계는 대성이 지난날의 마음에 품었던 것이 아직까지도 남아 있음을 알게 되었다고 했다.

〈김영란법〉에서는 본인의 것을 직접 호소하는 것은 청탁인지 민원인지 구별하기 어려운 면이 있어서 청탁의 범위에 넣지 않았다. 억울한 사정을 설명하는 민원과 부정청탁의 구분이 쉽지 않기 때문에 이 법에서는 '본인 것은 내가 직접 얘기해도 된다'고 열어놓았다.

퇴계는 청송(聽松) 성수침(成守琛, 1493~1564)의 아들이 율곡 이이(李珥)를 통해 부친의 묘비명을 청탁하면서 필묵은 보낸 적이 있었다. 그는 이를 받을 수 없다고 하면서 선비의 자취를 알아서 善言과 德行을 후세에 전하는 것은 글 쓰는 사람의 풍의(風義) 문장 여하에 달려 있으므로 그가 조정의 고위관료이든 시골의 필부필부이든 가릴 것이 없다고 하였다.

즉, 학문과 덕행이 높은 징사(徵士)의 묘비명은 굳이 고위관료에게 청탁할 필요가 없다는 것이다. 하지만 퇴계는 성수침의 선비정신을 기리며 선물은 받지 않고 묘비명을 써 주었다.

김영란 위원장은 사람들에게 청탁과 돈과의 거리가 얼마나 가까운지 알게 하면 다수의 선한 사람들이 부정부패로 빠지는 것을 막을 수 있다고 하였다. 또 情으로 하는 일들이 우리 사회에 반드시 좋은 것만은 아니라는 생각을 여러 사람에게 전해서 입법의 필요성을 느끼게 하여, 우리 사회에 이 법이 제시하는 수준의 윤리의식과 윤리기준이 필요하다는 것을 공직자뿐 아니라 국민들이 느낄 수 있게 하는 것이 목표라고 하였다.

(2) 추천에 대한 도덕적 판단

〈김영란법〉에서는 소수의 악당이 아니라 다수의 선한 사람이 부정행위를 저지르는 상황이라면 그것을 통제하는 방법이 중요하다고 하였다. 그래서 행동강령을 도덕적인 각성장치로 활용하면 도덕적인 규범을 머리에 떠올리도록 하는 것만으로도 태도를 바꿀 수 있다고 하였다. 선한 사람들도 정해진 기준을 한번 깨고 나면 더 이상 자신을 통제하려 들지 않기 때문에 청탁을 주고받는 사람들 사이의 관계를 명확하게 할 필요가 있다는 것이다.

동중서는《한서》에서 모든 열후(列侯)와 군수, 관리들이 각기 그 백성들 가운데서 현자를 골라 해마다 2명씩 추천하여 숙위하게 하되 이로써 대신들의 능력을 따져 현자를 추천한 자는 상을 내리고, 무능한 자를 추천하면 문책하라는 상소를 올렸다.

이렇게 하면 제후나 관리들이 모두 구현(求賢)에 정성을 다할 것이며, 천하의 인재를 얻어 관리로 재능을 다하게 할 수 있어서 三王의 융성을 쉽게 이루고 요순(堯舜)과 같은 칭송을 받을 수 있다고 하였다.

《조선경국전》「거유일조(擧遺逸條)」에는 천거제도로 유일천거제(遺逸薦擧制), 효행천거제(孝行薦擧制), 공천제(公薦制), 보거제(保擧制) 등을 두었는데, 이를 유일(遺逸) 또는 은일(隱逸)이라고도 하였다. 그 가운데 유일천거제는 학덕이 높은 재야의 인재를 등용하려는 제도이다.

이는 재야에 입언수훈(立言垂訓)의 공업(功業)과 도덕적으로 뛰어난 인품을 지니고 있으면서도 널리 알려지기를 꺼려하는 선비나, 재능은 뛰어났지만 발탁되지 못한 선비들을 추천하자는 취지였다. 당시 이조(吏曹)에서 유일(遺逸)의 선비를 채용하도록 천거하자, 퇴계는 남명(南冥) 조식(曺植)을 추천하면서 다음과 같이 말했다.

> "나를 알아주지 못해서라고 한다면 깊이 숨어 있는 사람 가운데서 뛰어난 이를 뽑은 것이니, 알아주지 않는다고는 말할 수 없을 것입니다. 또 시기가 아니라고 한다면 임금이 성스러워 현명한 사람 구하기를 갈망하시니, 시기가 아니라고 말할 수도 없을 것입니다(以爲人不知也 則拔尤於幽隱 不可謂不知 以爲時不可也 則主聖而渴賢 不可謂非時)."

지금은 세상이 남명을 필요로 하고 있으니, 출사하여 나라를 위해 능력을 발휘할 시기라는 것이다. 그러면서 퇴계는 특명으로 품계를 넘어 6품직에 서임(敍任)하니, 이것은 실로 우리 동방에 예전에 거의 없던 장한 일이기 때문에 벼슬을 하지 않는 것은 義가 아니며, 군신 간의 윤리를 폐하는 것이 된다고 하였다.

실제로 예전 선비들이 간혹 벼슬하는 것을 어렵게 여겼던 것은 과거(科擧)가 사람을 어지럽게 하는 것으로 비쳐졌거나, 文科나 武科 합격자가 아닌 사람을 초사(初仕)로 참봉(參奉) 같은 말직인 잡진(雜

進)을 천하게 여겼기 때문에 선비들이 종적을 감추고 나아가는 것을 달갑게 여기지 않았었다.

하지만 이 경우는 산림에서 천거된 것이니 혼탁한 것도 아니고, 6품직은 잡진처럼 더럽지도 않다고 퇴계는 남명을 설득하였다. 게다가 남명 혼자가 아니라 성수침(成守琛)과 이희안(李希顔, 1504~1559)도 함께 천거되어 이미 부임했음을 덧붙였다.

퇴계는 조식(남명)이 거듭 벼슬을 사양한 데 대한 섭섭한 감정을 드러내기도 했다. 이에 조식은 "植과 같이 어리석은 사람이 어찌 자신을 아껴서 그랬겠습니까? 단지 헛된 이름을 얻음으로써 한 세상을 크게 속여 聖上에게까지 잘못 알려지게 된 것입니다. 남의 물건을 훔치는 것도 도둑이라 하는데, 하물며 하늘의 물건(관직)을 훔치는 데 있어서이겠습니까?" 라고 답변하였다.

《경국대전》「吏典」〈천거〉에는 중앙과 지방의 문반, 무반 3품 이상의 관리는 3년마다 정월에 각각 3품에서 무직(無職)까지의 인재 3명을 천거할 수 있었다. 그런데 천거된 사람이 뇌물에 관련되거나 삼강오륜을 위반한 죄를 범하면 추천한 사람도 같이 책임지게 하는 양벌제도였다.

《서경》에 어진 이에게 미루고 능한 이에게 사양하면 모든 관원들이 和하고, 화하지 않으면 정사가 잡될 것이니, 천거한 자가 관직을 잘 수행하면 이는 너희가 능한 것이며, 천거한 자가 훌륭한 사람이 아니면 이는 너희가 책임을 감당하지 못하는 것이라고 하여 추천한 사람도 책임을 져야 함을 말하고 있다.

이 제도는 의도는 좋았으나, 시간이 흐르면서 재능을 갖춘 인재보다는 고관이나 권문세가들의 친인척이 요직을 독차지하거나 청탁을 통해 관직을 얻으려는 무리들의 전유물로 전락되는 경우도 많았다.

동중서는 재능이 없는 자는 오랜 세월을 근무해도 소관(小官)이지만, 현재(賢材)는 오래지 않아도 황제를 보좌하는 데 장애가 없었다고 하여 근속에 따라 승진하는 것이 아니라 능력을 시험하여 승진케 하고 능력에 맞춰 관직을 수여하며, 덕행을 관찰하여 직위를 정한다면 청렴하거나 그렇지 못한 자의 관로가 다를 것이며, 현자와 불초한 자의 처지가 달라질 것이라고 하였다.

퇴계는 남을 위하여 청탁성 편지를 써주는 일은 비록 상황에 따라 차이는 있지만, 흔히 남에게 천시(賤視)되고 미움 받게 된다고 하여 들어주는 경우가 거의 없었다. 때론 이런 자신이 부끄러운 생각이 들 때도 있었고, 일체 들어주지 않는 것 또한 인정머리 없어 보여 결정하기가 쉽지 않았다고 하였다.

퇴계의 이 말은 김 위원장의 말과도 통한다. 즉, 아니라는 말을 명확하게 하는 것도 훈련이 필요하다는 것이다. 흔히 윗사람에게 'No'라고 하면 버르장머리 없는 사람이라 배웠는데, 공직자라면 버르장머리 없는 사람이 되어야 하며, 이 법이 그런 훈련을 시키는 법이 되어야 한다는 것이다. 'No' 라고 못하는 이유가 처음에는 인간관계 때문이었지만, 점점 더 구렁텅이로 빠져들면서 'No' 자체를 못하게 된다는 것이다.

3) 음직(蔭職)의 농단(壟斷)과 전최(殿最)의 모순

1) 음직의 취지와 농단의 천박(賤)

음직은 고려와 조선시대 父나 祖父가 관직생활을 했거나 국가에 공훈을 세운 경우, 그 자손을 과거에 응시하지 않고 특별히 서용(敍用)하는 제도로서 문음(文蔭), 남행(南行), 백골남행(白骨南行), 음사(蔭仕), 음직(蔭職)이라고도 한다.

음직은 원칙적으로 맏아들만 받을 수 있었으나, 맏아들이 사망 등의 이유로 음직 혜택을 받을 수 없는 경우에 맏손자나 둘째아들 등이 품계를 낮춰 받을 수 있었으며, 아버지나 할아버지의 사망이나 퇴직과는 관계가 없었다.

음직을 받은 사람들은 어린 나이에 쉽게 관직을 받을 수 있었고, 과거에 합격하여 9품부터 출발하는 사람보다 빨리 승진할 수 있었다. 이를 서양에서는 네포티즘(nepotism)이라 하며, 친척에게 관직이나 지위 · 명예 등을 부여하는 연고주의(緣故主義) 또는 족벌정치(族閥政治)라고도 한다.

〈김영란법〉에서는 이와 같이 사적 이익과 공공이익이 충돌할 가능성이 있는 상황에 직면하게 되면 그 충돌을 방지하도록 업무를 처리할 방법을 정해두자는 것이다. 예를 들어 외교부장관이 자신의 딸이 외국어 능력자여서 특채했다 하더라도, 이것은 공정성을 의심받을 만한 심각한 문제가 있으므로 공개경쟁으로 뽑으라는 것이다.

《맹자》에서 계손씨가, "괴이하다, 자숙의여, 자기가 정치를 하다가 쓰이지 않으면 곧 그만두어야 할 터인데, 또 자제(子弟)로 경을 삼게 하였으니, 사람들이 누구인들 부귀를 원하지 않겠는가마는 홀로 부귀의 가운데서도 농단(龍斷)[17]을 독점하는 이가 있다(異哉 子叔疑 使己爲政 不用則亦已矣 又使其子弟爲卿 人亦孰不欲富貴 而獨於富貴之中 有私龍斷焉)." 고 하였다.

이 구절을 떠올리며 퇴계도 1563년에 장남 준(寯)이 음사(蔭仕)로 마관(馬官, 종6품인 안기도찰방安奇道察訪)이 되었을 때, 스스로 농단의 천박함을 범하고 있어서 심히 부끄럽다고 하였다.

"요사이 문음의 은택을 받은 사람부터 수령이 된 자에 이르기까지 아무것도 모르고 함부로 행동하여 오로지 자기 이익만 생각하고 남은 돌아보지 않는 것을 보면 사람을 답답하고 걱정스럽게 한다. 인심이란 지극히 위태로운 것이니, 진실로 경계해야 할 것이다(近見門蔭之人 至爲守令 無知妄作 專利一己 不顧其他 令人懣悶 人心至

17) 농단(龍斷) : 원문은 용단(龍斷)으로 되어 있지만, 여기서는 「용(龍)」이 「농(壟)」의 뜻으로 쓰인다. 「농단(壟斷)」이란 원래는 우뚝 솟은 언덕을 말하였으나, 바뀌어서 「혼자 차지」 즉 「독점(獨占)」이란 뜻으로 쓰이게 된 것이다. 농(壟)은 언덕, 단(斷)은 낭떠러지, 즉 높직한 낭떠러지를 말한다. 다시 말해 앞과 좌우를 잘 살펴볼 수 있는 지형과 위치를 말하는데, 이곳에 서서 시장 상황을 종합적으로 판단한 뒤에 그 날의 물가 동향을 예측하고 나서 물건이 부족할 만한 것을 도중에서 모조리 사들여 폭리를 취하는 행동에서 생긴 말이다. 《맹자》 공손추.에 있는 말이다.

危 眞可戒也)."

퇴계는 아들 준이 봉화현감이 되었을 때도 주변에 친구가 많아서 관청의 일을 처리하는 데 반드시 방애(妨礙)가 많을 것이므로 원성 또한 잦을 것이라 생각했다. 또 인근에 처가 친척들의 전장(田莊)도 있기 때문에 퇴계는 여러모로 불편한 심사였다.

그래서 처음부터 법칙상 당연히 바꾸어주어야 한다고 했는데, 끝내 그렇게 되지 않고 부임을 하게 된 것이 자신에게는 걱정거리이지 결코 기쁨이 되지 못한다고 하였다. 만약 다른 곳과 바꾼다면 무방하겠으나, 바꿀 수 없다면 부임할 리가 만무하며 차라리 일찍 사직하고 그에 걸맞은 직책을 받는 것만 못하다고 하였다.

〈김영란법〉에서는 청탁에 많이 노출된 사람들이 상대방의 마음을 상하게 하지 않으면서 거절하려는 것은 무척 괴로울 것이란 점을 고려했다. 그래서 국가를 위해 봉사하겠다고 출발한 공직자들이 이런 법이 있어야만 끝까지 선의로 봉사할 수 있다고 하였다. 뇌물을 받거나 사리사욕에 따라 일하는 사람까지 백 퍼센트 계도할 수는 없겠지만, 최소한 '착한 사람들'은 보호해서 처음부터 발을 담그지 않게 해야 성공할 수 있을 것이라 판단했다.

조선의 음사(蔭仕)는 세력 있는 집안의 자손들은 비록 용렬해도 대대로 관직을 세습할 수 있었고, 가난한 선비는 영재(英材) 준걸(俊傑)이라도 벼슬하기 어렵게 하는 면도 있었다. 심지어 관직에 추천된 사람 중에는 글을 모르는 사람도 있었다. 또한 음직(蔭職)을 받은 뒤

과거에 합격하면 고위직으로 승진할 수 있는 길이 열렸으므로 어린 나이에 음직으로 관직을 받고 나중에 과거에 합격하여 고속 승진하는 폐단이 생겨 문제가 되기도 했다.

이는 최근에 문제로 지적되었던 이른바 출근해서 업무는 보지 않고 진급시험 준비하는 것과 비슷하였다. 일부는 음직으로 출발하여 부정을 일삼거나 아부를 일삼아 지탄의 대상이 되기도 했는데, 이는 과거 합격자들이 음직 출신을 비하하는 경향이 있었기 때문에 부정을 저질러서라도 과거 합격에 매달렸던 것이다.

황종희는《명이대방록》에서 지금의 폐단을 개정하지 않고 옛 제도의 폐단만을 답습한다면 악순환이 반복되어 마치 다람쥐 쳇바퀴 돌 듯 날로 과거제도를 경시하는 경향만 짙어 참다운 인재들은 등용될 수 없게 될 것이라고 하였다.

즉 그는 경학을 배우지 않은 선비가 나타나게 될 것이며, 경서는 아예 손에서 놓고 학업에 열중하지 않을 것이며, 심지어 선왕의 道는 시대에 맞지 않을 뿐더러 아무 쓸모없는 도구라고 여기게 될까봐 우려하였다.

이는 마치 김영란 위원장이 엘리트들은 스스로를 부패하지 않다고 생각하지만, 그들끼리 서로 결탁하고 있으니 부패한 걸 못 느끼는 것이라는 말과 같은 논리다. 바로 이러한 결탁을 깨기 위해서 필요한 것은 이해충돌 상황을 엄격히 규제하는 것이고, 그런 상황이 생길 경우에는 매뉴얼에 따라 행동할 수 있도록 하자는 것이다. 즉, 지나친 유대관계를 끊어 서로 유착관계에서 업무가 이뤄지는 걸 막아야 한다는 것이다.

(2) 전최의 모순

조선시대 수령이 지방을 통치할 때 힘써야 할 일곱 가지 사항을 《경국대전》에는 수령칠사(守令七事)로 기재되어 있다. 수령칠사란,

첫째, 농상성(農桑盛)은 농사일과 누에를 잘 자라게 하는 일
둘째, 호구증(戶口增)은 인구 늘리는 일
셋째, 학교흥(學校興)은 교육을 진흥시키는 일
넷째, 군정수(軍政修)는 군사관계 정사를 잘 닦는 일
다섯째, 부역균(賦役均)은 부역을 균등하게 부과하는 일
여섯째, 사송간(詞訟簡)은 소송을 간소하게 처리하는 일
일곱째, 간활식(奸猾息)은 아전들의 농간을 막는 일 등이다.

이 가운데 지방관들의 인사고과와 직접적으로 관련된 것은 아이러니하게도 일곱 번째 간활식(奸猾息)으로, 아전들의 농간을 막는 일이었다. 지방관 등은 아전들의 농간을 막는 관리감독의 임무가 있었지만, 또한 이들의 입으로 전해지는 소문도 무시할 수 없어서 함부로 대할 수 없는 뜨거운 감자 같은 부류였다.

명나라 여곤(呂坤)은 《신음어(呻吟語)》에서 정계를 정화(淨化)한다는 명분으로 남의 결점을 가차 없이 들추어내고 청의(淸議)하는 일

이 작금의 현실로써 청의는 외관상으로는 청렴결백한 것 같지만, 실질적으로는 청의를 주창하는 사람은 형옥(刑獄)을 다스리는 관리보다 더 냉혹하다(淸議之人 酷於治獄之吏)고 했다.

이처럼 조선의 관리들도 가장 의식했던 것은 바로 선비들을 품평하여 논의하는 청의(淸議) 또는 사론(士論)이었다. 퇴계가 관직에서 물러나 민간인 신분이었을 때에도 부임하는 지방관들이 퇴계를 배알하고 선물하려 했던 것도 여론과 평가를 의식했던 것과 무관하지 않았다.

여기에는 유향소(留鄕所)[18]의 전직 고위관료 출신자나 그 지방의 유지들이 주를 이뤘는데, 가장 문제가 되는 경우는 개인 사정으로 고향에 머무는 현직 고위관료와 지방관으로 부임한 관리들 사이에 문제가 발생하기도 했다.

퇴계의 문인인 금계(錦溪) 황준량(黃俊良, 1517~1563)의 경우가 여기에 해당한다. 황준량이 성주목사로 부임했을 때, 현직 고위관료였던 권응창(權應昌, 참판으로 당시 성주에 거주)과 좌석문제로 감정적인 대립이 있었다. 이 얘기를 들은 퇴계는 다음과 같이 말했다.

"내 생각에는 두 사람이 모두 양보하여 각기 제 자

18) 유향소(留鄕所) : 조선 초기에 악질 향리(鄕吏)를 규찰하고 향풍을 바로잡기 위해 지방의 품관(品官)들이 조직한 자치기구. 향사당(鄕射堂) · 풍헌당(風憲堂) · 집헌당(執憲堂) · 유향청(留鄕廳) · 향소청(鄕所廳) · 향당(鄕堂) 등으로도 불린다. 그 시원은 정확하지 않으나 고려시대의 사심관제(事審官制)를 모방해 고려 말과 조선 초 지방 군 · 현의 유력인들이 자발적으로 조직한 것으로 보인다.

리에 앉되, 지방관의 자리는 조금 낮은 데로 옮겨서 마주 대하지 않도록 하여 감히 맞서지 않는다는 뜻을 나타낼 일입니다(鄙意兩讓之餘 各坐本位 而土主之坐 遷就近下 不敢直與相對 以示不敢當之意而已)."

이 문제는 단순히 두 사람이 다 같이 양보한다고 해서 넘어갈 일이 아니라고 판단하여 퇴계가 자신의 생각을 전해준 것이다. 당시 황중량은 지방관으로 정3품이었고, 고을에 있던 권참판은 직책을 그만 둔 야인이 아니라, 2품으로 조정의 당상관이었다. 퇴계는 고을에 2품관이 있으면 반드시 이런 경우를 당했을 것이라고 생각하면서도 준량에게는 지방관으로서 2품관은 다스려야 할 백성으로서 대할 수 없다는 것과 2품관보다 높다고 자처해서도 안 된다고 말했다.

혹시 2품관이 백성 된 입장에서 지방관을 높이 받든다고 하더라도 함부로 주인자리에 앉아서는 안 된다는 것이 퇴계의 충고였다. 여기에 덧붙여 퇴계는 평소에 자신의 계급이 이와 같으면서도 고향에 온 이래 아직 한 번도 城 안에 들어간 일이 없어서 이와 같은 상황에 직면한 적이 없지만, 만약 지방관이 자신을 찾는다면 지방관을 높여 받든다고 하였다. 그러면서 준량이 자신이 보여준 예절을 잘 이해해서 앞으로 그러한 경우를 당할 때를 대비하면 다행이겠다고 하였다.

관직이란 백성의 일을 근심하는 것이 최우선이라 정성을 다해야 되는 것이니, 절대로 소소한 일을 돌보지 않는 것으로써 고상하다고 생각하지 말아야 고을 백성들을 위하는 일이 된다는 것이 퇴계의 생각이었다.

조선에서 당시 풍문탄핵제(風聞彈劾制)[19]라는 것이 있어서 소문만으로도 관리를 탄핵할 수 있었다. 이 제도는 당나라 측천무후(則天武后)가 처음 시행한 것으로, 중국에서도 각 왕조와 군주에 따라서 폐지와 부활이 거듭될 정도로 논란이 많았던 법이었다.

반면에 무고한 자에게 같은 벌을 받게 하는 반좌율(反坐律)이 적용되지 않았기 때문에 언관들이 탄핵이 받아들여지지 않았을 경우 겪게 될 자신의 지위나 신변에 대한 위험에서 벗어나 사대부에 대한 냉정하고 객관적인 평가를 할 수 있다는 장점도 있었다.

또한 일반 백성들에 의한 소문도 위협적이었기 때문에 풍문탄핵제(風聞彈劾制)는 관리들로 하여금 올바른 행동을 하도록 유도하였다. 그러나 조선의 선비들은 염치(廉恥)를 중히 여겼기에 언관의 탄핵을 받으면 사실이든 아니든 무조건 사직하곤 했다.

특히 조선 중기에는 언관의 사대부에 대한 자유로운 탄핵을 보장한다는 점을 악용해서 소문에 따라 공정하게 사대부를 감사하지 않고 객관성을 상실한 채 자신의 사사로운 감정에 따라 풍문탄핵권을 남용하는 사례도 많았다.

수령과 향리가 서로 감독하고, 수령과 유향소는 서로 감시하며, 또 사족(士族)이 향리를 감시하는 체제에서 이와 같은 여론 형성의 중심

19) 풍문탄핵제(風聞彈劾制) : 조선에서 많은 논란을 일으킨 법 중에 하나이다. 풍문거핵(風聞擧劾)이라고도 하는데, 풍문(風聞)만으로도 관리를 탄핵할 수 있는 제도로서 관리들의 불법과 부정을 미리 방지하기 위한 법이었다. 조선은 선비들의 염치를 중히 여겼기에 언관의 탄핵을 받으면 사실이든 아니든 무조건 사직해야 했다.

에 사족들의 모임인 유향소(留鄕所)가 있었다. 이런 모임을 카르텔 사회라고 하는데, 미국 콜게이트 대학교 마이클 존스턴(Michael Johnston) 교수가 한국 사회를 엘리트 카르텔 사회라고 한 말을 김영란 위원장이 처음 소개하였다.

이러한 사회에서는 법조 엘리트, 행정 엘리트, 언론 엘리트 등 엘리트들이 모여 있다 보니, 대화도 잘되고 신뢰하게 되고, 서로 신뢰하니까 인맥이 쉽게 형성되고, 한쪽에서 어려운 청탁을 해도 그렇게 쌓아온 인맥으로 문제를 해결해 준다는 것이다.

그러다 보니 다른 사람들이 일이 생기면 이 엘리트 그룹에 속한 사람들에게 부탁하게 되고, 그룹 내에선 서로서로 청탁을 전달하게 되고, 점점 더 돈독히 관계를 쌓고 또 자기들끼리 서클을 넓혀 사회 전체를 지배하게 되는 것이 엘리트 카르텔의 모습이라는 것이다. 이런 모습은 근무평가가 파행적으로 행해지는 결과를 낳았다.

《경국대전》「고과(考課)」조에 경외관원(京外官員)의 근무실적을 다방면으로 조사해 성적을 매기는 고과제도를 전최(殿最)라고 하였다. 전최는 당상관을 제외한 모든 관리에게 적용되었다. 중앙은 당상관이 관원을, 지방은 관찰사가 지방수령을 평가하여 매년 6월 15일과 12월 15일에 왕에게 보고하였는데, 사헌부, 사간원, 세자시강원의 관리들은 등급평가를 받지 않았다.

전(殿)은 근무고과에서 최하등의 등급을 말하고, 세부적으로는 전야의 황폐, 호구의 감소, 부역의 번다(繁多), 학교의 부진, 사송(詞訟)의 지체와 같은 경우의 성적을 뜻하였다. 최(最)는 최상등을 말하며 세부적으로는 전야(田野)의 개간, 호구의 증가, 부역의 균등, 학교의 흥성, 사송(詞訟)의 간결 등이 잘되었을 때의 성적을 말하였다. 전최(殿最) 또는 포폄(褒貶)이라고도 한다.

최하(最下)가 '전(殿)', 최상이 '최(最)' 였는데, 성적이 우수한 상고(上考)와 중간인 중고(中考), 하등인 하고(下考)로 나뉘었다. 전최 평가에서 열 번 가운데 열 번 모두 상고를 받으면 한 단계(階) 승급되었고, 두 번 중고를 받으면 무록관(無祿官)으로 녹봉을 받지 못했으며, 세 번 中考를 받으면 파직되었다. 물론 下考는 바로 파직되었다.

퇴계는 숙부 이우(李堣, 1469~1517)의 묘갈지(墓碣誌)에서 다음과 같이 전최(殿最)를 언급하였다.

> "부군도 본디 늘 하늘의 공을 탐냈다 하여 부끄러워해 왔으므로, 마음속으로 다행으로 여겨 편안해졌다. 다만 애매한 말에 대해서는 묵묵히 있을 수가 없어서 소를 올려 스스로 해명하였더니, 임금께서 손수 하교하여 위로하며 답을 주었다. 을해년에 안동부사에 임명되었고, 병자년에 정사의 실적이 최(最)를 받았으므로 임금께서 장려하는 말씀을 내리고 다시 가선(嘉善)의 품계를 주었다(府君固常以貪天之功爲恥 至是 心始幸而安焉 顧於黮闇之言 不容默默 乃上疏自明 上賜手敎慰答焉 越明年乙亥 拜安東府使 丙子 又以政最加奬諭 復授嘉善)."

중종반정 이후 갑술년 봄에 공신들의 전최를 논의하던 사람들이, 반정 때 승지(承旨)들은 아무런 공이 없고 허물만 있었다고 하여, 그들의 훈공(勳功)과 품계에 대한 재평가(追)를 청하자, 중종이 이들의 의견을 따랐다. 당시 중종은 비록 왕이었지만, 실권은 신료들에게 있었다. 반정이 일어났을 때, 이우는 대신들이 대비에게 아뢰어 명을 받는 일에 승지가 없어서는 안 된다는 말을 듣고 대비전(大妃殿)에 가서 중종 추대를 옹호했었다.

당시 사람들이 그 전후관계를 알지 못하고 풍문으로 들은 것을 바탕으로 전최를 낮게 매겼는데, 이우가 적극적으로 소를 올려 전최를 좋게 받게 되었다는 것이다. 이우처럼 적극적으로 소장을 올려 소명한 경우는 원래대로 복귀가 되기도 했지만, 대부분이 평가받은 고과에 승복하였다.

퇴계도 관동지방에서 근무하고자 지원했지만, 그 지역 관리들 중 전최가 낮아 공석이었던 곳은 정선(旌善)뿐이었다. 이곳은 관청의 일이 엉망이어서 몸이 약했던 퇴계에겐 감당할 수 없는 지역이었다. 그래서 외직으로 보임하는 소원을 이루지 못하고 국고의 곡식만 축내고 있다고 술회한 바 있다.

고봉(高峯) 기대승(奇大升, 1527~1572)도 「제정교리문(祭鄭校理文)」에서, "벼슬은 이익을 위하지 아니하여 출처가 때에 맞았습니다. 산수가 좋은 고을에서 한가로이 지내며 오로지 어버이를 받들려고 했었는데, 끝내 고과에서 中考를 받아 벼슬을 그만두고 집에서 가난하게 살았습니다(仕不爲利 與時屈伸 婆娑林丘 聊以奉親 竟致中考

在家食貧).” 라고 하며 전최를 언급하였다. 이때 고봉은 中考의 평가를 받은 후 낙향했었다.

근무평가에 관한 규정은 여러 가지가 있었으나 원칙대로 시행되지는 않았다. 수령과 향리 그리고 유향소의 사족(士族)들이 서로 견제하고 감시·감독해야 하는 본래의 역할이 무디어지고, 뇌물이라는 매개체를 통해 담합도 이뤄졌다. 그로 인해 유향소를 감시하는 경재소(京在所)나 지방관을 감독하는 관찰사도 한 몸이 된 상황에서는 평가를 상·중·하로 구분하였지만, 대체로 좋은 평가를 할 수밖에 없었다.

평가에 下가 너무 없는 경우, 중앙에서 승지를 파견시켜 조사 부실의 책임을 물어 관찰사를 파직시키기도 하였다. 게다가 힘없고 배경 없는 가문의 자제들은 중고나 하고를 받는 경우가 많았다.

3. 퇴계의 金品 등 수수(授受)에 대한 자세

1) 금품수수와 접대의 한계

(1) 금품수수의 죄와 벌

《대학》에서는 재물을 모으면 곧 백성들이 흩어지고, 재물이 흩어지면 곧 백성들이 모이며, 재물이 부적절하게 들어오면 또한 부적절하게 나가게 된다(財聚則民散 財散則民聚 貨悖而入者 亦悖而出)고 하여 인간관계에서 부당한 금품을 수수했을 때의 말로를 보여주고 있다.

또《관자(管子)》에서는 사람의 情은 이익을 보면 좇지 않을 수 없어서 7, 8천 척의 높은 산이라도 오르지 못할 곳이 없고, 아무리 깊은 물속이라도 들어가지 못할 곳이 없어서, 창고 안이 충실해야 예절을 알고, 의식이 족해야 영욕을 안다(倉庫實而知禮節 衣食足而知榮辱)[20]고 했다. 인간이 이익을 탐하는 것은 당연하지만, 적절한 절제가 필요함을 역설하고 있다.

조선 후기 최한기(崔漢綺, 1803~1877)는《인정人政》에서 관직에

20) 창고실이지예절 의식족이지영욕(倉庫實而知禮節 衣食足而知榮辱) : 관중(管仲)이 여기서 말한「예절」은 곧 예의염치(禮義廉恥)를 말한다. 그는 곧 입국(立國)의 요체는 지례(知禮 : 예의염치를 아는 것)에 있고, 知禮의 핵심은 창고를 채우는 데 있다고 주장한 것이다. 禮治의 성패는 바로 富民의 달성 여부에 달려있다고 주장한 셈이다.

뜻을 두고 돈을 주면 그것은 뇌물이고, 생계가 어려운 사람에게 돈을 주면 그것은 기부이다. 명목은 기부인데 뇌물로 주려는 의도가 숨어 있다면 말하지 않아도 알 수 있으니 받아서는 안 된다. 훗날 돈을 준 사람이 바란 대로 된다면 뇌물이라는 혐의를 피하기 어렵고, 바란 대로 되지 않는다면 원망을 초래하게 된다고 하였다. 같은 돈을 주더라도 주는 자의 의도에 따라 영욕과 원망의 길로 나뉜다는 것이다.

조선의 세종대왕은 1424년에 관료들의 반대에도 불구하고 뇌물수수를 근절하기 위해 뇌물을 준 사람과 받은 사람 모두를 처벌하는 양자처벌법을 제정하였다.

《육전조례(六典條例)》「이전(吏典)」〈고공사(考功司)〉에는 수령이 뇌물수수죄를 범하면, 이 사람을 천거한 사람을 파직시키되 중한 자는 삭탈관직하고, 암행어사가 표창한 바 있으면 그 어사도 또한 삭탈관직 한다고 규정하고 있어서 함부로 천거하거나 표창할 수도 없었다.

《서경》의 註에서 朱子는 순히 여기는 바를 살피는 것은 사람을 아는 요점으로, 그 순히 여기는 바를 분명히 알아서 과연 바르고 딴 마음이 없는 뒤에야 마음을 미루어 크게 위임하고 四體를 펴 다스려서 받은 백성을 상조하게 하는 것이 사람을 임용하는 요점이라고 하였다.

퇴계가 관직에 나가는 아들 준에게 당부했던 말도, 모든 일을 천만 근신하여 부끄럽고 후회할 일은 하지 말라는 것이었다. 특히 보수가 적고 지위가 낮은 관직(冷官)에 있으면서 염정고담(廉靜苦淡)한 마음가짐을 지니지 않으면 부당한 행위에 빠질 수 있음을 경계한 것이다.

퇴계가 단양을 떠나 죽령에 이르렀을 때, 관졸들이 삼 다발을 지고 와서 퇴계에게 바치려고 하였다.

> "이것은 아전(衙田, 관청의 밭)에서 거둔 것이온데, 노자로 쓰기로 전례가 되었기에 바치겠습니다(此衙田所收例爲行需故追納之)."

이때 퇴계는 자신이 명한 것이 아닌데 왜 지고 왔느냐고 하며 물리쳤다. 삼 다발을 지게에 지고 왔다는 것은 전별금 치곤 지나친 거액이었음에 틀림없다. 특히 '전례(前例)가 되었다' 는 말은 오래 전부터 지속되어 왔던 부패의 온상이었음을 암시한다.

당시 조선에서는 은화가 귀했기 때문에 주로 인삼과 베(布)나 곡물이 화폐를 대신하여 거래되었다. 그 중 사신을 따라가는 통역관인 역관(譯官)들에게 따로 경비를 주는 대신 인삼 여덟 꾸러미(八包)를 매매할 권리를 주었다. 八包는 보통 인삼 80근을 뜻하는데, 인삼은 중국의 지배층들이 가장 선호하는 품목이기에 이를 팔아 경비로 쓰라는 뜻이었다.

기존 부패행위 통제의 사각지대를 보완하려는 〈김영란법〉 에서는 현재 관행으로 여겨졌던 스폰서, 떡값, 전별금 등이나 대가와 결부되지 않은 경우도 부정부패의 시발점으로 인식하고 있다. 또한 다양화 · 은밀화 · 고도화된 새로운 유형의 부패행위에 대한 기존 반부패 법령의 규제 사각지대의 보완도 필요하다고 보고 있다. 그래서 도덕이나 윤리에 맡겨둘 수 없는 부분은 법제도를 통해 새로운 윤리와 도덕으로 자리 잡을 수 있도록 유도해야 한다는 것이다.

인삼은 현금성 물품이지만 흔히 일상의 소소한 물건처럼 현금에서 멀어질수록, 즉 돈이란 관념이 흐릿해질수록 사람들은 부정행위의 유혹에 넘어가기가 쉽다. 또 부정행위와 자기 자신과의 거리가 멀수록 덜 주저하게 되어 자기 일에 대한 부정행위를 청탁하기는 어려워도 남의 것을 전달하기는 더 쉽게 생각할 여지가 생기게 된다.

자기 이익을 위한 것이 아니라는 나름의 합리화는 과염선치(寡廉鮮恥), 즉 부끄러움은 느끼지만 염치를 모르는 상황을 연출하게 된다.

조선시대 관직에 진출한 자에게 경제적 부담이 되었던 관례 중 하나가 신참 또는 신래(新來) 불리기[21]였다. 예문관의 신관이 된 자가 전지와 주택 등 가산을 팔아 그 비용으로 쓰고 빚을 갚지 못하고 죽자, 과부가 된 그의 아내가 눈물로 일생을 보낸 경우(1540년 중종 35년)도 있었다.

당시 신관들은 무척 큰 금액이 필요했는데, 이 돈을 보충하기 위

---

21) 신래(新來) 불리기 : 과거에 합격한 사람 대다수는 예문관, 성균관, 교서관, 승문원 등 4관(館)에 수습직원인 권지(權知)라는 직책으로 발령을 받아 근무하게 되는데, 우선 배치된 부서의 관리들 앞에서 신래 불리기라는 절차를 거쳐야 했다. 이때는 악대가 음악을 연주하는 가운데 구경꾼들 앞에서 선배 두 사람이 신참의 양 옆에 한 명씩 붙어서 겨드랑이를 끼고 음악소리에 맞추어 앞으로 당겼다 뒤로 끌었다를 반복하기도 하고, 얼굴에 먹물로 고양이를 그리기도 하였다. 이를 거부하면 합격 후에 하는 유가행진(遊街行進)도 못하게 했다.

해 부정을 저지르게 되거나, 암묵적으로 금품수수가 이뤄지게 되었다. 앞서 언급한 기대승은 성격상 이런 관행을 쉽게 보아 넘기지 못해 상사와 부딪치는 경우가 많아 전최에서 中考를 받았던 것도 이와 무관하지 않았다.

1528년 중종 23년 실록에는 신관을 학대하는 일은 내금위가 가장 심해서 면포 500필이 있어도 감당하지 못하니, 이는 심한 폐풍이라는 말이 기록될 정도로 접대문화의 폐해가 심했음을 알 수 있다.

윤복(尹復)이 안동부사가 되어 퇴계를 방문했을 때, 예단을 놓고 갔다. 후에 확인해 보니 노루고기가 들어있어서 곧 편지와 함께 이를 돌려보냈다. 또 인사차 온 관리로부터 단자(單子)를 받았을 때, 그 속에 장복(獐鰒) 등 어물이 들어 있다는 것을 알았을 때도 퇴계는 만일 이미 받은 것이라고 하여 그냥 둔다면 전에 했던 것은 헛된 일이 될 뿐 아니라, 뒤에 두 번 다시 사양하기가 어렵게 된다고 하여 물품을 돌려보냈다.

김영란 위원장은 이 법은 누군가 자동차에 금품이 든 박스를 놓고 가면 지체 없이 돌려줘야 하지만, 그럴 수 없을 경우 기관장에게 신고하라는 식으로 방법을 마련해준 법이라고 하였다.

이를 두고 인간관계를 끊게 하는 것이 옳은지 말들이 많았지만, 공직에 인간관계를 섞으면 곤란하다는 것이 그녀의 생각이었다. 즉, 공적인 업무를 의심받을 수 있는 관계를 끊게 하기 위해 그 기준을 자세히 정해 주고 지키게 해서 공직자가 처음부터 오염되는 것을 방지하자는 것이다.

이규보(李奎報, 1168~1241)는《동문선》「주뢰설(舟賂說)」에서 뇌물의 효과를 배에 비유하였다.

> 저 배는 사공에게 술을 먹여 사공이 있는 힘을 다해서 노를 저었기 때문에 빠르다오.

두 배가 강을 건너는데, 크기나 사공의 수가 같았고 말이나 사람의 수도 거의 비슷했지만, 유독 한 배는 나는 듯이 저쪽 강둑에 닿았는데, 자신이 탄 배는 머뭇거리며 빙빙 돌 뿐 나아가지 못하자, 그 이유를 물었더니, 사공에게 술을 대접했기 때문이라고 했다.

심지어 이 작은 거룻배가 가는 데도 뇌물의 있고 없음에 따라 속도가 달라지는데, 벼슬길의 바다를 건너는 경쟁에서는 오죽하겠는가라고 하면서 지금까지 자신이 관직에 대한 은명을 입지 못한 것도 당연하다고 탄식했다.

이는 공무원들이 민원창구에서 민원인으로부터 돈 받고 일을 빨리 처리해 줬던 관행, 이른바 급행료였던 셈이다. 차츰 이런 관행의 꼬리가 길어지자 걸리지 않기 위해서는 아는 사람에게만 돈을 받는 걸로 바뀌어 갔고, 금액은 커지게 되었다. 여기에 위험수당의 일종인 보험료가 더해졌기 때문이다.

모르는 사람으로부터는 돈을 안 받는 것처럼 보였지만, 돈을 받는다면 이것은 친분을 쌓는 것이지 뇌물은 아니라는 무딘 감정으로 변하게 되었다. 이를 바로잡겠다는 것이 〈김영란법〉의 정신이다.

통과된 〈김영란법〉 에는 금품수수가 제한되는 범위를 배우자로 한정하였다. 여기에다 돈을 받지 않는 청탁도 금지하고, 청탁이 없는 금품수수도 금지하였다. 그런데 두 가지가 합쳐져서 일어나면 뇌물죄가 되는데, 따로따로 일어나면 뇌물죄로 처벌하지 못하는 경우가 생긴다. 그걸 막기 위해서 각각 따로 금지 규정을 두었다.

이 두 가지가 이해충돌방지와 합쳐지면 공직자라는 직위를 이용해서 개인적인 이익을 추구하는 것을 막는 데까지 확장될 수 있게 된다. 이와는 별도로 공무원의 금품수수나 금품 요구는 그 자체가 범죄여서 대가관계가 없더라도 신고할 수 있다고 규정하고 있다.

(2) 접대문화의 심각한 폐해

부패문제의 효과적인 해결을 위해서는 사회·문화적 구조를 바탕으로 변화하는 부패의 속성과 국민의 기대 수준을 고려한 원인 진단이 필요하다.

2015년도 국민권익위원회의 부패인식도 조사 결과, 일반국민(36.3%), 공무원(46.1%), 기업인(42.3%), 외국인(33.8%) 모두 '부패유발적 사회문화' 를 우리 사회의 부패 발생의 주된 원인으로 지적했다. 우리사회 부패의 주된 원인은 뿌리 깊은 청탁관행과 고질적인 접대문화 등은 이런 '부패 유발적 사회문화' 에서 기인한다고 생각된다.

퇴계는 아들 준에게 접대할 때의 주의할 점 두 가지를 들어 당부했다. 하나는 상부의 손님이 관할 경계에 들어오기 전에 매사를 시간에 맞게 처리하라는 것이었다. 또 하나는 나라 사신을 대접할 때의 예는 아주 융숭해야 하며, 태만하고 소홀히 해서 때를 맞추지 못하는 허물이 있어서는 안 된다는 것이다.

전자를 제대로 행하지 못했을 때는 늙은 아비를 부끄럽게 하는 것이 되지만, 후자가 잘못되면 이는 사리와 체면에 관계되는 일이기에 각별히 조심하라고 일렀다.

실제로 중국 사신단이 한 번 올 때마다 조선은 정치·경제적으로 큰 타격을 입었다. 관원들 중에는 병을 핑계 삼아 일을 피했다가 탄핵되어 엄하게 다스려지는 경우가 많았다. 실제로 퇴계는 병이 나서 사진(仕進)할 수 없는 상황이 되었을 때, 스스로 일을 피해서 죄를 짓게 되었다고 하여 심히 부끄러운 일이라고 하였다.

그러던 중 사신이 3일 동안만 머무르다 돌아간다고 했던 일을 두고, 온갖 폐단이 모조리 없어져서 중국 사신과의 만남이 매번 이 정도라면 나라가 기울 근심은 없을 것이라고 하였다.

한때 성균관의 유생들이 음식이 좋고 나쁜 것에 따라 선비 양성을 잘하고 못하는 것이라 여겨서 음식이 조금이라도 뜻에 맞지 않으면 비방하는 여론이 물 끓 듯하였다. 관원들 중에는 일부러 명예를 얻기 위해 과도한 음식대접으로 국고를 탕진하여 전복(典僕, 관아에 소속된 하인)도 유지하지 못한 경우도 있었다.

이를 두고 퇴계는 아주 잘못되었다고 생각했다. 그래서 자신이 관관(館官)이 되었을 때 오직 禮와 義로써 선비를 대접했고, 음식대접에는 힘쓰지 않았다. 이 때문에 성균관 유생들의 불평이 많았다. 결국 귀족 자제들의 입맛을 고칠 수 없다는 것을 알고 퇴계는 병을 핑계로 나가지 않았다.

퇴계는 금계(錦溪) 황준량(黃俊良, 1517~1563)에게 보낸 편지에서도 접대의 원칙에 대해 말하였다.

> "손님을 소홀히 대하지 않는 것은 진실로 훌륭한 정치이지만, 모든 일은 過와 不及에 문제가 있는 것입니다. 전번에 말한 것도 행여 후한 데 지나쳐서 폐단에 이를까 걱정이 되어서 한 것입니다(無忘賓旅 固爲善政 但凡事只在過與不及之間 前所奉告 恐或過厚而成弊云耳)."

퇴계는 황준량에게 친구들에게 과도하게 접대했던 것에 대해 이미 충고한 적이 있었다. 그런데 또 이런 문제로 관내 백성들 가운데 불평하는 사람들이 많다는 얘기를 듣고, 퇴계는 황준량이 신녕(新寧)이나 단양(丹陽) 고을을 맡았을 때에는 이러한 일이 없었던 배경을 환기시켰다.

실제로 황준량은 단양에 부임했을 때 사방을 둘러보아도 가옥이라고는 겨우 수십 호밖에 남아있지 않았었고, 이들도 모두 궁핍한 생활을 하고 있었다. 이렇게 된 연유를 물어 그 실정을 알고는 '관은 민을 근본으로 삼는 법'이라 생각하고 곧 상소하였다.

임금의 특명으로 10년간 공납할 20여 가지 조목을 면제받는 전례

없는 은전을 입게 되어 단양의 백성들도 고무(鼓舞)되었고, 사람들이 사방에서 모여들 정도로 잘 다스렸었다. 하지만 성주에서는 백성들의 원성을 받게 된 것은 황준량이 지인들에게 스스로 은택을 베풀어야 한다고 생각하고 친구들의 요구를 거절하지 못했기 때문이라고 퇴계는 생각했다. 만약 이런 생각을 바로 고치겠다는 단호한 태도로 매사에 임하지 못할 바에는 깨끗하게 금계(錦溪)로 돌아와 쉬면서 죽계(竹溪)의 풍월이나 읊조리는 것이 상책이라고 말했다.

이어서 퇴계는 황준량을 곤란한 상황에 처하게 했던 성재(惺齋) 금난수(琴蘭秀, 1530~1604)와 월천(月川) 조목(趙穆, 1524~1606)을 훈계하였다.

준량이 두 사람 대우하기를 보통사람들보다 다르게 했던 것은 두 사람이 염치를 알아 존경할 만한 사람이라고 해서 후하게 대접했는데, 두 사람이 자중할 줄을 모르고 公事도 아니면서 자주 준량이 있는 곳을 찾아간 것이 첫 번째 문제였고, 두 번째는, 찾아갔더라도 사정(私情)에 따라 공사를 폐하거나 자신의 체통을 잃고 정도에 어긋난 간청 따위를 했다는 것이다. 비록 준량의 도량이 넓어서 용납은 해주었지만, 마음으로 분명 천하게 여겼을 것이라고 퇴계는 훈계했다.

퇴계는 두 사람에 대한 실망감을 드러내면서 이를 유추하여 생각해 보고 모든 일에 조심하도록 일렀다. 그러면서도 두 사람의 체면을 생각해서 여러 사람이 있는 곳에서 할 말을 다하지 못할까 싶어서 편지로 남겼고, 그 편지를 조사경(趙士敬)에게 꼭 보여주라고 당부했다.

퇴계의 눈에 조목(趙穆, 자는 士敬)이 고쳐야 할 점이 더 있었기 때문이다. 유자의 집에서 음식을 장만하여 손님을 청한다는 것은 원래 어려운 일인데, 게다가 관원을 청한다는 것은 더더욱 옳은 일이 아니라는 것이 퇴계의 생각이었다. 그런데 평소에 끼니조차 자주 걸렀던 집에서 남들의 겉치레나 일삼는 짓을 흉내 내서 접대한 것을 두고 잘 생각해 보라고 했던 것이다.

퇴계는 사람이 벼슬을 하는 것이 분수 밖의 일도 아니고, 또 벼슬을 하고 안하고는 오로지 인연에 따라야 할 일이지만, "사람은 명성과 이익의 세계에 빠지기 쉽기 때문에 공직자가 되려는 사람은 우선 자신을 굳게 지켜서 몸을 욕되지 않게 하는 것이 첫 번째 할 일이라고 하였다.

즉, 지나치게 너그러워 교유(交遊)하는 사람들의 편의나 봐주는 공직자가 돼서는 안 된다는 것이다. 김영란 위원장은 청탁하고 접대하고 접대 받고 하는 모든 게 문제가 된다는 경각심을 갖도록 하는 게 더 중요한 목표였으며, 그런 생각이 뒷받침되어야 이 법이 받아들여질 것이라고 생각했다.

사실 고질적인 접대가 문화로 자리 잡은 것은 금품이나 향응은 당장의 대가성이나 직무관련성이 없더라도, 장차 도움 받을 일이 있을 것으로 생각하고 제공하는 경우가 많기 때문이다. 결국 접대문화는 공정한 경쟁을 가로막아 공직자의 공정한 직무수행을 저해할 뿐만 아니라 공직자의 직무수행에 대한 의혹과 불신을 초래한다.

2) 물품수수의 분별과 처리

(1) 물품수수의 분별

엄밀히 말해서 퇴계에게는 물건을 받거나 사양한다는 의미로 수수(授受)보다는 사수(辭受)가 적절한 표현이다. 퇴계는 선물을 받으면 반드시 義로써 헤아려 받기도 하고 사양하기도 했지만, 박절하게 하지는 않았다.

> "어버이를 위하는 마음이 비록 절실하나, 만일 조금이라도 의롭지 아니하게 구차히 얻은 물건이 있으면 불가하다(大抵爲親之心雖切 若少有非義苟得之物 不可耳)."

퇴계는 아들이 보내온 물품일지라도 출처가 무방함을 알았을 때 그것을 받았다. 가령 꿩을 보냈다면, 이러한 물건을 취하는데 그 마땅함을 확인한 뒤에야 가능하다는 것이다. 퇴계는 몰라서 하지 않은 것은 그 앎이 참된 앎이 아니며, 하되 스스로 힘쓰지 않은 것은 다 같이 자포자기하게 될 것이고, 힘쓰되 사견을 고집하는 것은 道를 해치는 자와 다를 것이 없다고 하였다.

또한 이름이 드러나는 게 꺼려져서 다른 사람에게 양보하는 것은 퇴산(退産, 아기를 못 낳는 여자)으로 자처하는 격이고, 우환을 염려하여 하류에 처하려 하는 것은 흐리멍덩하게 살아가기를 자청하는 격이라 하였다. 물품을 수수하는 데도 확고부동한 자신만의 기준이 있어야 함을 강조한 것이다.

퇴계는 아들 준이 자주 물건을 보내오자, 마땅하지 않음을 다음과 같이 말했다.

> "내가 거짓으로 외모로만 말한다고 여기느냐? 옛사람이 이르기를, '모든 일은 어버이의 뜻에 순종하라'는 것을 네가 생각하지 않느냐? 다음부터는 자세히 살펴서 하라(以我假爲外言耶 古云 凡事順親之意 汝不思之耶)."

마땅하지 않다고 여겼는데도 준이 자주 물품을 보냈던 일을 두고 퇴계는 준이 다스리는 고을의 재정에 누가 되지 않겠다는 뜻을 이해하라고 충고했던 것이다. 퇴계는 관이 본래 봉급이 박(淸冷)하기 때문에 혹 봉록(俸祿)을 먹고 남은 것이 있다 하더라도 반드시 많지 않을 것이라 여기고 이러한 물건을 실어 보낸 것을 두고 마음이 편치 않았던 것이다.

특히 소소한 먹을거리는 상관이 없겠지만, 과도한 물품을 보내면 듣고 보기에도 좋지 않을 뿐만 아니라, 벼슬하는 사람이 마음을 맑게 하여 일을 살피는 도리가 아니라는 것이다. 게다가 이런 일은 나중에 수습하기 곤란한 경우가 있을 수도 있으니 하지 않는 것이 좋다고 하였다.

부모를 생각하는 자식의 마음이 아무리 간절하더라도, 조금이라도 의리에 어긋나는 것을 구차하게 받을 수는 없다는 것이 퇴계의 생각이었다. 한번은 준이 은어(銀魚)를 보내왔을 때, 그 고을엔 어장을 만들지 않았는데 은어를 보낸 것은 분명 자신을 위해 아랫사람을 수고롭게 하여 잡도록 독촉한 것으로 판단하여 퇴계는 자신의 배를 채우기 위해 봉화(奉化) 현에 누가 될 수 없으니, 관중의 일에 사용하라고 충고했다.

또 그는 한재가 극심해 풍년을 기대할 수 없다고 생각해서 백성도 매우 곤궁할 것이고, 관 또한 곤궁할 수밖에 없다고 여겨 제미(祭米)도 보내지 않는 것이 옳다고 하였다. 조상을 받드는 일에 의리에 어긋난 물건을 쓸 수 없다는 것이다.

〈김영란법〉에서는 수수 금지 금품 등의 예외 사유로 사교·의례 등 목적으로 제공되는 음식물·선물 등은 원활한 직무수행 등의 목적상 제한이 있으므로, 가액 범위 내라도 직무관계자로부터 수수하는 경우에는 제한받을 수 있다고 규정하고 있다.

또한 공직자와 제공자의 관계, 사적 친분관계의 존재 여부, 수수 경위와 시기, 직무관련성의 밀접 정도 등을 종합적으로 고려해 공정한 직무수행을 저해할 수 있는지를 개별적으로 판단한다고 규정하고 있다.

퇴계는 또한 물건을 사양하거나 받을 때 바른 도리를 중요하게 여겼다. 한번은 주·현의 관가에서 보낸 물품을 사양하지 않고 받자, 조목(趙穆)이 이를 매우 불쾌하게 여겼다

"어떤 관리가 자못 염치없는 사람으로 자주 찾아와 뵙고 때로는 물건을 보내기도 했는데, 선생은 그것도 받았다(有一官頻不廉數來謁 時或致物 先生亦受之)."

주자의 "사람은 염치가 있어야 한다. 부끄러움이 있으면 능히 하지 않는 바가 있다. 염치를 모르면 또 무슨 짓인들 못하겠는가!"라는 말을 염두에 두고, 조목이 직접 묻지는 못했지만, 퇴계는 이를 맹자의 「각지불공장(却之不恭章)」을 들어 설명하였다.

즉, 맹자는 사람들과 교제할 때의 마음가짐에 대해 묻는 질문에 '공손함'이라고 말했다. 반면에 예물을 물리치는 것을 두고 '공손하지 못한 것'인지 묻는 질문에 대해서, 맹자는 존귀한 자가 물건을 주면 받는 자가 그(존귀한 자)가 물건을 취했던 것이 義에 맞았는지 義에 맞지 않았는지를 생각해서 義에 맞았다고 판단한 뒤에야 받는 것은 공손하지 못한 것이라고 하여 물건을 물리치지 않는다고 말했다.

〈김영란법〉에서는 사교·의례·부조 목적으로 제공되는 음식물·경조사비·선물 등으로서 대통령령으로 정하는 가액 범위 안의 금품 등 사회 일반으로부터 직무집행의 공정성을 의심받지 않을 가액 범위 내의 음식물을 선물하는 것은 예외 사유로 본다. 여기서 대통령령으로 정하는 '가액범위 안'은 대통령령으로 정하는 가액을 포함한 그 '이하'를 의미한다고 규정하고 있다.

또 이덕홍이, "공자는 친구의 선물이라면 거마(車馬)까지도 사양하지 않았던 이유를 묻자, 퇴계는 "그것은 의리로 주는 것이라 사양할 길이 없다." 고 하였다. "그러면 어찌하여 김이정(金而精)이 주는 노새를 받지 않았습니까?" 라고 질문했을 때, 퇴계는 옛날 사람은 부모가 계시면 남에게 선물로 거마를 주지 않았으므로 그 사람에게 부모가 계시는데, 자신이 받을 수 없었다고 하였다.

한번은 퇴계가 받은 선물 중에서 마른고기는 돌려보내고 필묵(筆墨)만 받자, 이를 두고 문인이 "만일 그것이 의로운 것이라면 모두 받아야 할 것이요, 의롭지 않은 것이라면 모두 받지 않아야 할 것인데, 왜 그 크고 작은 것을 가려서 받았습니까?" 라고 묻자, 퇴계는 주자의 사례를 들어 답변하였다.

> 내 일찍이 주자가 조자직(趙子直)의 선물에서 인삼과 부자(附子)는 받고 봉록을 쪼개 보낸 것은 물리쳤으며, 또 어떤 사람의 선물에서는 강게(江蟹)는 받고 베는 물리친 것을 보았다. 이는 그 당시 조공(趙公)이나 어떤 사람은 다 잘못이 있었지만, 그 허물이 절교할 만큼 크지 않았기 때문에 가벼운 물건은 받아서 절교하지 않는 뜻을 보이고, 중한 물건은 물리쳐 그 사람의 잘못을 깨우친 것이다.

인삼과 부자도 상황에 따라선 고가 선물이지만, 봉록은 현금으로 자신과 상대방 모두에게 큰 부담이 된다. 퇴계가 주자의 예를 든 것은 필묵은 선비가 친교의 예로 받았지만, 마른고기는 분명 고가의 물건으로 받기에는 도리에 어긋나는 것이었다.

맹자는 사귐을 道로써 하고 그 접함을 예로써 하면 공자도 받으셨다는 말을 하면서, 퇴계는 사양에도 도리가 있는 법이어서 만일 친구 또래 같으면 모르지만, 만일 손위 어른이라면 그 명령을 순리로 따를 뿐 굳이 사양할 필요는 없는 것이니, 편치 않다는 뜻을 보이면 된다고 하였다.

이런 경우 「청탁금지법」의 수수 금지 금품 등의 예외 사유 제1호는 공공기관이 소속 또는 파견 공직자 등에게 지급하거나, 상급 공직자 등이 위로·격려·포상 등의 목적으로 하급 공직자 등에게 제공하는 금품 등을 말한다. 상급 공직자 등과 하급 공직자는 직무상 명령에 복종하는 관계이므로 같은 공공기관 소속 공직자 등 사이에서만 성립이 가능하다고 규정하고 있다.

(2) 물품의 처리방법

퇴계가 안동부사가 되었을 때, 어떤 사람이 혼인문제로 퇴계에게 하례한 후 고기선물을 주었다. 퇴계는 이를 사양하다 마지못해 두고 가라고 하고 나중에 사람을 시켜 돌려보냈다. 또한 기일(忌日)에 손님 대접을 할 때면, 자신이 기(忌)하기 때문에 손님을 소찬(素餐)으로 대접한 것을 두고 마음이 편치 않게 여겼으며 손님이 준 선물까지 돌려보냈다. 이를 지켜본 문인이 불편한 심기를 드러내자 퇴계는 이렇게 말했다.

받는 것이 이미 옳지 않다면 집에 두는 것이나 남에게 주는 것도 모두 말이 안 되는 것이다. 그러므로 나는 그렇게 처리한 것이다.

안동부사가 보낸 어육(魚肉)을 퇴계가 제삿날이라고 해서 받지 않았는데, 문인의 생각으로는 그것을 받아서 집에 두기 곤란하면 이웃이나 친척에게 나눠주어 선물 보낸 사람의 성의를 받아주는 것이 좋을 것 같다는 것이었다. 퇴계는 어육선물이 마침 제삿날에 왔는데, 그것을 돌려보내는 것이 핑계일 듯하다고 문인이 책망하는 것도 당연하다고 하면서 그 사람에게는 제삿날이라 해서 사절하고, 그 기일을 핑계 삼아 어육만 받는다는 것은 옳지 않다고 하였다.

만약 손님이 주는 고기를 받아 두었다가 뒷날 먹는다고 하면 더욱 부당한 일이기 때문에 함부로 받지 않았다는 것이다. 퇴계가 일찍이 월란사(月瀾寺)에 있을 때, 선물 받았던 어포를 이웃 노인들에게 나눠준 적이 있었는데, 이를 염두에 두고 문인들이 질문했던 것이다.

또 관에서 제수(祭需)와 상구(床具)를 보냈을 때도 퇴계는 공직에 있지 않기 때문에 관에서 준 것으로 제사를 지낸다는 것이 마음이 편치 않았었다. 하지만 호의를 거절했을 때 상대방이 불편하게 여길까봐 사양을 하지 못하고 받기도 했다.

퇴계는 문인이 조사경(趙穆)에게 종이를 주려 했던 일을 두고 다음과 같이 말했다.

> "그대가 남에게 의리로써 물자를 선사하면 그 사람도 그대의 물자를 그냥 받을 리가 없을 거요(公有資物於人之義 人無受饋於公之理)."

전라도에 사는 이평숙(李平叔)이 감사의 뜻으로 종이꾸러미를 선물했는데, 이를 조사경이 거절했던 것을 두고 퇴계가 했던 말이다. 이를 두고 평숙은 종이를 보낸 것은 자신의 큰 잘못이지만, 거절을 당한 뒤에 가슴이 두근거릴 정도로 후회하였으며, 일이 이렇게 뒤죽박죽된 지경에 이르렀다고 생각하자, 밤새 심적 갈등으로 춥지 않은데도 얼음이 엉겼다고 하였다.

이 말을 듣고 퇴계는 머나먼 천리 밖의 객이라 행자도 넉넉지 않았기에 사경이 종이를 받지 않는 것은 당연한 것이라고 하였다. 즉, 평숙의 잘못이 종이를 선물한 데에 있는 것이 아니라, 바로 보내온 사연 속에 있다고 하였다. 본인의 처지를 먼저 고려한 후 선물하는 것은 의리에 합당하지만, 상황만을 고려해서 선물하는 것은 받는 사람의 의리에 반한다는 것이다.

또한 퇴계는 문인이 파직당해 관을 떠날 때 받은 물품을 처리하는 것에 대해 다음과 같이 말했다.

> "여러 곳 위아래 일들에 대하여 여기서도 대략 들었지만 보통이 아닌 어긋난 의리인데, 어떻게 덮어놓고 받을 것이오. 황이 이미 사람을 시켜 향소에 알리고 그들

로 하여금 그 사실을 겸관(兼官)[22]에게 자세히 아뢴 다음 창고에 넣어 단단히 봉해두었다가 신관이 부임한 후 그가 알아서 처리하도록 하게 하였으나, 그도 혹시 잘못 전해질까 염려스러워 지금 또 일찍이 향소에다 서간을 보냈었다오(但諸處上下事 此亦略聞 此事非常乖義 何可冒受乎 滉已令人告于鄕所 使其具白兼官 入庫堅封 以待新官之來 而聽其所處 又恐言傳或差 今早又簡諭于鄕所矣)."

퇴계는 문인이 관으로부터 탄핵을 받아 파직을 당했을 때, 유향소(留鄕所) 또는 사마소(司馬所)에서 미처 전별연을 못하지 않았을까 염려했었다. 그러나 예우에 무리가 없을 정도로 전별연을 치렀다는 말을 듣고 매우 다행스런 일이라고 생각했다.

하지만 문제는 여러 곳으로부터 과도한 선물을 받았다는 사실이 퇴계를 불편하게 하였다. 유향소는 바로 여론을 수렴하고 수령을 보좌하면서 향리를 감독하는 사족들의 모임이고, 사마소는 그 지방의 생원(生員) 또는 진사(進士)들이 모이는 곳인데, 이 두 곳에서 전별연을 받은 것은 좋지만, 파직당한 후에는 물건 하나라도 마음대로 해서는 안 된다는 것이 퇴계의 생각이었다.

그래서 퇴계는 받았던 물품을 모두 유향소에 알리고 신관이 올 때

---

22) 겸관(兼官) : 자신의 고유한 직책 외에 다른 관직을 겸임할 때의 관직. 겸함(兼銜)이라고도 한다. 삼국시대부터 조선시대까지 오랜 기간 존속된 이 제도는 권력을 집중화하고, 행정의 효율성을 높일 뿐만 아니라, 국가예산의 절감과 유능한 인재의 활용을 위해 실시되었다.

까지 겸관이 관리하는 창고에 보관하도록 했다. 마침 겸관이 없어서 입고하지 못했을 것으로 판단하여 물품명을 편지에 기재하여 유향소에 보냈던 것이다. 받은 물품으로 인해 이후 조금이라도 말썽이 될 소지를 아예 없애겠다는 것이다.

김영란 위원장은 카네이션 한 송이 백 송이가 문제가 아니라, 꼭 카네이션을 선물해야 한다는 강박관념, 그런 것에서 좀 자유로워지면 모두가 자유로울 수 있다고 생각했다. 그래서 공직자와 민원인 사이의 情도 좋지만, 기준을 세운다는 관점에서 볼 때, 그녀는 '카네이션 한 송이도 안 된다' 고 획일적으로 처리하는 게 서로에게 더 편한 점이 있다고 하였다.

3) 공물 수취의 문제와 대책

(1) 조선의 조세제도의 변화

조선의 조세제도는 전기에서 후기로 가면서 많은 변화가 있었다. 건국 초기에 시행했던 과전법은 풍흉(豐凶)에 따라 수전(水田)인 논과 한전(旱田)인 밭에 모두 과세했으며, 1결당 30두를 초과 징수할 수는 없었다.

논과 밭은 생산 면적에 따라 징수했는데, 세종 때에는 이를 좀 더 세분화하여 풍흉에 따라 과세에 차이를 두었던 연분구등법(年分九等法)과 토지의 비옥도에 따라 차등을 두었던 전분 6등법을 시행하였다. 이와 같은 과전법 체제의 세수 방식에 많은 폐단이 일자, 세종 때에 새로운 전세제도(田稅制度)인 공법(貢法)이 확정되었다.

이후 세조 때에 이르러 토지가 부족하게 되자, 건국공신들의 자제들에게 암묵적으로 세습되었던 수신전(守信田) · 휼양전(恤養田)이 폐지되었고, 현직 관리에게만 토지를 지급하는 방식으로 바뀌면서 관리들이 퇴직 후를 생각해서 농장을 확대하였다.

명종 11년(丙辰年, 1556)에 이르러서는 직전제마저 폐지되었고, 지주와 전호가 연결되어 나타나는 토지소유 형태인 지주전호제(地主田戶制) 확산이 가속화되었다. 이 때 퇴계가 살았던 대구, 경북지역의 전 농민 중 3%만이 자영농이었고 97%가 소작농이었다. 이 제도 하에서 표면적으로는 전세(田稅) 가액이 낮아진 것처럼 보였지만, 농민에게는 전혀 도움이 되지 않았다.

토지 소유자에게 부과하는 세금으로 지주들은 소작농에게 대납을 강요하는 경우가 많았다. 이런 상황에서 조선사회가 안고 있는 총체적인 문제인 지주전호제를 철폐하지 않는 한 조선의 미래는 없다는 암울한 인식은 이후 논의될 유성룡 · 이이 · 김성일 등의 소(疎)를 통해 알 수 있다.

서민들에게 세금은 호랑이보다 무서웠다. 공자도 《논어》 「先進」 편에서, 계씨(대부)가 주공보다 더 부유한데도, 염구(冉求)가 그 대부를 위하여 세금을 걷어 그의 부를 늘리는 것을 보고 공자가 말했다. "求는 내 제자가 아니다. 제자들은 북을 울려 그를 공격해도[23] 좋

23) 명고이공(鳴鼓而攻) : 춘추시대(春秋時代) 노(魯)나라의 귀족인 계씨(季氏)는 대대

다"고 하여 가혹한 세금 징수에 크게 분노했다.

퇴계도 문인에게 백성들의 고충에 귀 기울이라는 편지를 보냈다.

> "조세를 독촉하는 목소리가 슬프기만 합니다. 전혀 독촉하지 않을 수 없는 형편이지만, 역시 가을 서리로 하여금 봄비 혜택을 이기게 해서는 안 될 것입니다(催租聲 嗟勢固不得以盡無 亦恐不可使秋霜勝春澤耳)."

퇴계는 공채(公債)를 완수하기 위해서는 하호(下戶)에게 징수하지 않을 수는 없으나, 지나치게 엄하게 책망하지 말고 마련할 수 있도록 포용하되, 만약에 마련하지 못하는 자는 대신 납부하여 우선 내년을 기다리는 것이 참으로 백성을 덜 힘들게 하는 방법이라고 하였다. 극도의 흉년에는 너그럽게 징수하는 것이 이치로, 굶어 죽는 백성에게 매질을 가하기 어렵기 때문이다.

또 퇴계는 도망간 자를 수색해서 군액(軍額)을 보충시키는 것도 국가의 큰일이지만, 물에 빠지고 불에 타듯이 다급한 상황에 처한 백

로 높은 관직에 올라 권세를 누렸는데, 노나라의 재상인 계강자(季康子) 때에는 그 재산이 늘어나 군주보다 많았다고 한다. 계강자는 토지제도를 개혁하고 토지에 따라 조세를 받으려는 정책을 펴나가자 공자는 이에 반대하였다. 그러나 공자의 제자로서 계씨의 가신(家臣)인 염구(冉求)는 계강자의 정책에 적극 찬성하였다. 염구는 백성들에게 세금을 거두어들여 계강자에게 바침으로써 계강자의 재산이 점점 늘어났다. 크게 화가 난 공자는 제자들에게 말하였다. "염구는 이제 나의 제자가 아니니 너희들은 북을 울리며 그를 공격해도 좋다(求非吾徒也 小子鳴鼓而攻之可也)."

성을 구제하는 것이 먼저이기 때문에, 문인이 조정에 백성의 세금납부 정지를 요청했던 것을 두고 강령(綱領)은 하나로 운운하였고, 조목(條目)은 열 가지로 운운하였다고 가상히 여겼다.

조정에서 공부(貢賦)를 면제해 주는 처사는 예전에 없었던 특전으로, 피폐한 고을을 소생시키려는 왕의 뜻이므로 비록 신묘한 장인(匠人)의 도끼[24]는 상처를 내는 일이 없다고 하지만, 현실적으로 재정에 한계가 있으니, 과객 · 유인 · 학자 등에 소요되는 비용을 줄이라고 하였다.

특히 이러한 폐단의 중심에 있던 아전을 의식해서 퇴계는 아전의 집이 관아 근처에 그대로 있는 것 자체가 불가하니, 손님이 있으면 현(縣) 곁으로 피할 것을 당부했다. 아전의 가벼운 언행을 우려하였던 것이다.

또한 퇴계는 봉화현감인 아들 준에게 공물을 수취할 때의 두 가지 주의사항을 당부하였다.

> "만일 독촉함이 너무 지나치고 가려 받아들임이 너무 가혹하면 이 같은 흉년에 백성들이 고통을 견디지 못하여 반드시 큰 원망을 하게 될 것이니, 반드시 마땅함

---

24) 옛날 초나라 서울 영(郢)에 사는 사람이 자기의 코끝에다 백토를 파리 날개만큼 얇게 발라 놓고, 장석(匠石)에게 그 흙을 깎아내게 했다. 장석이 바람소리가 날 정도로 도끼를 휘둘러 백토를 깎아냈는데, 백토는 다 깎여졌지만 코는 다치지 않았고, 영 땅 사람도 똑바로 서서 조금도 흐트러짐이 없는 모습이었다. 《장자》 「서무귀徐無鬼」 편에 있는 "雖云妙斲無傷"을 말한다.

을 헤아리고 알맞음을 참작하여 행하도록 하라. 관청에 납부하는 것도 그러하다."

첫째, 국곡(國穀)은 납입을 재촉하되 그 곡식은 또 가려서 받지 않을 수 없지만, 인심이 한쪽에 치우치게 되면 깨닫지도 못한 사이에 반드시 폐단이 생기게 된다는 것이다.

국가가 조(租)를 받는 제도는 미곡과 콩을 조세로 바치게 했으나, 콩을 납부하고 모자라는 것은 목면·마포·기름·꿀 등 기타 생활에 필요한 물품들을 받아들였는데, 이를 전결공물(田結貢物)이라 하였다. 그 외로 논밭의 결수를 합산하고 거기에 잡물을 부과시켜 각 관아에 납부하게 했는데, 이를 원공물(元貢物)이라 하였다.

서리들이 공물을 관아에 방납하고 백성으로부터 받아내는 미포(米布)가 본 세금의 수십 배가 되어 백성은 매우 곤궁하게 되었는데, 관아의 세수 부족이 극심하다고 해서 지나치게 세수 확보에만 마음을 두면 자연히 마음은 중요하게 여기는 쪽으로 기울어지게 되어 여기서 병폐(病弊)점이 나올 수 있다는 것이다.

둘째, 현감이 베푼 연회에 참석했던 사람들이 면전에서 했던 선치(善治)를 기대한다는 말들이 오히려 나중에 큰 원망의 화근이 될 수 있으니 경계하라는 것이다.

다른 수령들은 모두 환상(還上)[25]이 늦으면 四面의 권농(勸農)[26]

25) 환상(還上) : 조선시대 각 고을의 사창(社倉)에서 춘궁기에 백성들에게 꾸어주었던 곡식을 가을에 이자를 붙여 받아들이는 일. 환사(還賜). 환자(還子).

을 재촉하여 맹렬하게 거두려 하는 데는 그만한 이유가 있기 때문에, 엄한 교령(敎令)으로 재촉하되 오래 되어도 교령을 따르지 않은 자들이 있으면 이들을 가려서 상황에 마땅하게 논죄(論罪)하라는 것이다. 즉 선치를 기대한다는 말의 함정에 빠지지 말라는 것이다.

퇴계는 관아에 숯을 바쳐야 할 때에도 종들이 아들 준을 믿고 경주에서 구입하면 저렴할 것이라고 여겨 구입을 부탁하더라도 들어주지 말라고 일렀다. 이를 빙자해서 폐단을 일으킬까 우려했기 때문이다. 이렇듯 고을 일을 다스릴 때에는 한결같이 간단하고 조용히 하는 것이 중요하다고 하였다.

그러면서도 퇴계는 백성들에게 세금을 거둘 때에는 가볍고 간략하게 하더라도, 자신이 백성으로서 세금을 바쳐야 할 때는 조금도 더하거나 덜함이 없었고, 도리를 어겨 명예를 구하는 일도 하지 않았다. 반면에 공채를 납부하지 못한 문인에게 보리 5斗가 들어 있는 자루를 보내서 공채(公債) 변상의 부족분에 보태기를 바라기도 했다. 비록 작은 도움이지만, 변상분이 부족할 때는 한 되 한 말도 보탬이 되기 때문이라고 한 퇴계의 말에서 당시 세금을 납부하는 것이 얼마나 힘들었는지를 알 수 있다.

(2) 공납의 폐해와 대책

조선의 세금체계는 크게 조(租)·용(庸)·조(調) 세 가지로 나뉜다.

---

26) 권농(勸農) : 지방의 坊이나 面에 딸려서 농사를 장려하는 有司를 말한다.

조(租)는 농지세를, 용(庸)은 병역의무인 군역(軍役)과 노동력을 제공하는 역역(力役)을, 그리고 조(調)는 지역 특산물을 국가가 징수하는 것으로 정기 공납인 상공(常貢)과 부정기 공납인 별공(別貢), 진상(進上) 등으로 구성되어 있었다.

특히 상공(常貢)은 '생산하지 않은 물건에도 과세하는 불산과세(不產課稅)'로서 이후 공납의 변화는 바로 이 상공의 변화라고 할 수 있다. 상공이 문제가 되었던 것은 빈부 차이를 전혀 고려하지 않은 세금이었기 때문에 공납 시즌이 되면 물가가 심한 경우 백 배까지 치솟을 정도로 농민들의 부담을 가중시켰다. 당장 상공을 하지 못하는 농민을 위해 웃돈(人情)을 받고 상인들이 대납해 주게 되면서 뇌물로 얼룩진 부패와 비리의 온상이 시작되었다.

각 고을의 아전(서리)이 대납 상인들과 결탁하여 농민이 납부하면 이를 막고 일종의 브로커인 상인을 통한 대납만 받는 이른바 방납(防納)의 폐단이 15세기 중반부터 시작되었다.

백성들이 공물을 각 司에 납부하면 서리들이 받아들일지 여부를 결정했는데, 공물 수취를 담당한 관리가 공물의 질을 문제 삼아 퇴짜를 놓는 것을 점퇴(點退)라 했다. 공물의 품질이 낮다는 이유로 그 귀퉁이에 '退' 자를 찍어 물리치는 것이다.

퇴짜를 남발하는 서리 뒤에는 공물을 대납해주고 웃돈(人情)을 받아 챙기는 방납업자(防納業者)들이 있었다. 백성들은 몇 배의 웃돈을 주고 방납업자들의 물품을 사서 납부하지 않을 수 없었다.

아전은 자신을 감시하는 유향소의 좌수와 별감 그리고 수령에게 뇌물을 주고 수령은 또 관찰사에게 뇌물을 주고, 관찰사는 중앙 고위 관료에게 뇌물을 주는 이른바 먹이사슬로 이어지는 수취 체제의 문란이자 당시 윤원형(尹元衡) 중심의 척신정치(戚臣政治)의 문제점이었다.

1547년 명종2년 실록에 사간원에서 각사(各司)에서 방납하는 폐단은 그 유래가 이미 오래되었습니다만, 근래에 흉년으로 인하여 물가가 상승해서 옛날에 한 필 하던 값이 지금은 10배까지 올라서, 한 물건을 바치는데 가산을 탕진하게 되므로, 방납자가 이로 말미암아 더욱 이익을 노립니다. 이는 수령들이 수송을 직접 감독하지 않고 백성으로 하여금 스스로 바치게 하기 때문에 방납하는 사람이 간사한 짓을 마음대로 하는 것이라고 상소했던 것이 이런 현상을 말해준다.

이를 견디지 못한 농민들의 유망(流亡)이 가속화되었고, 국가재정에도 심각한 악화를 초래하였다. 정부에서는 호패법과 오가작통법(五家作統法)[27]을 통해 농민유망방지책을 강화했으나, 이에 견디지 못한 일부 백성들의 불만이 임꺽정의 난으로 나타나게 되었다.

퇴계는 시골에 있을 때, 나라의 세금이나 부역이 있으면 반드시 평민보다 앞서서 바쳤으며 한 번도 늦게 낸 적이 없었다. 그래서 마을의 아전들도 퇴계의 신분을 알지 못할 정도였다. 이렇게 자신의 신분을 드러내지 않았던 것은 퇴계가 아들 준에게 사람의 자제 된 자

27) 오가작통법(五家作統法) : 조선시대 유민(流民)을 방지하기 위해 실시한 제도로서, 다섯 가구를 1통으로 묶어 서로 도망가는 것을 감시하는 제도. 유민이 발생하면 국가에서는 조세 대상자와 군역 대상자가 줄어들어 재정이나 국방상 문제가 발생하였다.

는 마땅히 삼가고 조심해서 법도를 지켜야 한다고 훈계했던 말에서도 알 수 있다.

또 관가에 납부한 곡식을 임의로 취해서 쓴다는 것은 유교 가문의 자제로서 글을 읽어 義를 아는 사람이 할 일이 아니라고 충고하였다. 지금 당장 이 마음자세를 고치지 않는다면 뒷날 고향에 돌아와 살더라도 가는 곳마다 사람들에게 허물거리가 될 것이라고 하면서 거듭 경계하였다.

이렇듯 세금에 대해서는 누구나 그 신분에 관계없이 납부해야 하며, 혹시 세금을 관리하는 입장에 있다 하더라도 한번 납부된 국가의 재산은 함부로 유용해서는 안 된다는 것이 퇴계의 생각이었다.

한번은 문인이 퇴계의 허락 없이 관에 공물 면제를 요청한 적이 있었다. 이를 두고 퇴계는 이렇게 말했다.

> "황이 지금까지 공물 한 가지도 면제해 달라고 요청하지 않은 것은 백성이 주상께 올리는 도리를 私情으로 폐지할 수 없기 때문이었습니다(滉從前未嘗請除一貢物者 以民供上之道 不可以私廢之也)."

퇴계는 진상품으로 할당된 꿩 두 마리를 이미 관아에 바쳤는데, 이 사실을 알지 못했던 문인이 공물을 면해 준 것에 대한 감사의 뜻으로 성주에게 꿩을 바치면서 퇴계가 납부해야 할 진상품도 면제해 줄 것을 요청한 일이 있었다. 이에 성주가 꿩 두 마리를 돌려보내자,

퇴계는 미안한 생각에 다시 바치겠다고 요청했지만, 성주가 들어주지 않아 그대로 받은 일이 있었다.

이를 두고 퇴계는 전에 조목이 꿀을 바치면서 공물 면제를 요청했던 것도 부당한 일인데, 게다가 문인이 또 꿩을 바치면서 공납 면제를 요청하였기 때문에 마음이 몹시 불편했었다. 결국 퇴계는 두 사람이 깊이 생각하지 못한 처사였다고 심하게 충고하였다. 즉, 자신들의 입장만 생각할 것이 아니라 성주의 입장도 생각해 보라는 것이었다.

요즘 세상에 시골에 사는 품관 무리들이 공물을 의도적으로 바치지 않으려 하거나 혹은 강하게 면제나 감면해 줄 것을 요구하는데, 두 사람까지 공물 면제를 요청하면 대체 수령은 어디서 나라에 바칠 물건을 구하겠는가를 생각해 보라는 뜻이었다.

당시 조선은 공납문제로 전국이 신음하고 있었다. 퇴계는「무진경연계차(戊辰經筵啓箚)」에서 백성들의 비참한 현실을 다음과 같이 전하였다

> "혹독한 관리와 포악한 아전들이 이것을 기화로 간계를 부려 협박하고 구박하며 침해하고 독촉함이 성화(星火)보다 급하고, 살을 깎고 뼈를 부수는 듯한 착취가 끝이 없습니다(酷吏暴胥 因緣作奸 脅驅侵督 急於星火 剝膚椎髓 靡有限極.)."

옛 말에 한 가지 곡식이라도 흉년이 들면 백성들이 굶주리게 된다

고 하였는데, 모든 곡식이 다 흉작이라 백성들이 배를 채울 수도 없고, 목화도 없어서 백성들이 몸을 가릴 방도가 없는데도 관리들의 횡포는 극에 달했음을 말하고 있다. 게다가 굶주림과 추위가 절박하면 백성들은 믿고 의지할 데가 없어서 모두 살림을 작파하고 이리저리 흩어질 생각으로 봇짐을 싸 짊어지고 나서는 통한의 현실을 적나라하게 보여주고 있다.

그 참혹한 광경을 보고 사방의 감사 등 관원들이 재해를 근심하고 흉년을 구휼하도록 조정에 잇따라 보고를 올렸는데도 조정에서는 명령을 내려서 도탄에 빠진 백성을 구제할 방법은 강구한 적이 없었고, 오히려 가택을 수색하여 장정을 낚아가고 중(僧)들을 잡아가는 데만 혈안이 되어 있을 뿐 민생과 치안은 뒷전으로 밀려난 참혹했던 시대상을 엿볼 수 있다.

율곡(栗谷) 이이(李珥, 1536~1584)가 황해도 관찰사(觀察使)로 부임한 뒤 백성들이 겪는 폐단에 대하여 아뢴 상소문인 〈진해서민폐소(陳海西民弊疏)〉에서 進上의 번거롭고 무거운 폐단을 절실하게 표현하였다.

이이는 황해도의 백성들이 날마다 사냥이나 고기 잡으러 가느라 틈이 없어 밭에 풀을 매지 못하고 집이 부서져도 수리하지 못하니 수고로움은 열 곱절이나 된다고 하였다. 또 도내의 군읍에 사슴이 많지 않아서 모두 베나 재화를 가지고 서울로 가서 사게 되는데, 대부분 귀족들 집안에서 사게 되고, 그 값이 엄청 비싼데다가 가끔 한번 진상했던 물건이 돌고 돌아 다시 바치는 수도 있으니, 이것은 백성의 피땀을 착취하여 귀족들이 이익을 추구하는 바탕을 만들어줄 뿐이라고 하였다.

게다가 황해도는 서울과의 수일 거리여서, 날씨가 따뜻할 때도 생물을 진상하다 보니 아침에 준비하여 저녁에 봉진(封進)하더라도 서울에 도착하면 색과 맛이 변질되어 퇴짜를 맞아 대체할 물품을 마련할 수도 없다는 것이다. 전에 봉진이 무사히 통과되었던 것은 빛깔과 맛이 변하지 않아서가 아니라 관리에게 뇌물을 줬기 때문이라고 하였다.

이이(李珥)는 이에 대한 대책으로 황해도의 경우 생물은 2월 이전과 10월 이후에만 봉진하게 하고, 3월 이후부터 9월 이전에는 본도의 생물을 경기의 건물(乾物)과 바꾸도록 개선하면 공진(供進)하는 물품이 어선(御膳)에도 합당하고, 군읍은 납기일에 도착시켜야만 한다는 책임감에서 면하게 된다고 하였다.

학봉(鶴峰) 김성일(金誠一, 1538~1593)은 「황해도순무시소」에서, 황해도에는 어느 한 사람이나 어느 한 물건도 병들지 않은 것이 없어서 보기에 참담하고 마음이 아파 차마 말할 수가 없다고 하면서, 다음과 같이 6가지의 폐단을 지적하였다.

첫 번째는 一族을 침해하여 추징하는 폐단입니다.

두 번째는 노제(老除)의 차례가 된 자나 불치병으로 인해 폐인이 된 자에 대해 군역을 면제해 주지 않는 폐단입니다.

세 번째는 수군과 육군이 유방(留防)하거나 부방(赴防)하는 데 따른 폐단입니다.

네 번째는 무비(武備)를 해이하게 하는 폐단입니다.

다섯 번째는 여외(旅外)의 군사를 헛되이 늘리는 폐단입니다.

여섯 번째는 공부(貢賦)를 상정하여 부역을 면제하지 않는 데 따른 폐단입니다.

그 중 가장 심각했던 것은, 첫 번째 일족을 침해하여 추징하는 폐단이었는데, 한 사람이 국가의 조세(租稅)를 납부하지 않고 도망치면(逋欠포흠) 그 역(役)이 구족(九族)에게까지 미치고, 구족이 내지 못하면 인보(隣保)[28]에게까지 미치며, 인보들이 내지 못하면 마침내 일족은 죽고 마을은 빈터만 남는 지경에 이르게 되는데, 여기에 아전의 농간이 더해져 웃돈(人情)이나 뇌물을 바치지 않은 백성들은 더욱 힘들다는 것이었다.

다음으로 문제가 심각했던 것은 공부(貢賦)를 상정(詳定)하여 부역을 면제하지 않는 데 따른 폐단이라고 하였다. 백성들을 편안하게 하는 정사는 대동법을 실시해 부역을 면제하는 것으로서, 공부가 많기는 해도 정해진 숫자가 있으며, 전결(田結, 논밭의 조세)은 많고 적음이 같지 않으나 역시 정해진 숫자가 있어서 각 고을에서 먼저 공부와 전결이 얼마인지를 헤아린 다음, 귀천과 경중의 비율에 따라서 차등을 두는 방식으로 역(役)을 아예 정하자는 것이었다.

---

28) 인보(隣保) : 조선시대의 지방자치조직의 하나. 백성의 생활과 인구의 실태를 파악하고, 수화(水火)를 구제(救濟)하고 유이(流移)와 도둑을 방지하여 서로 보호하고 서로 지키게 함으로써 풍속(風俗)을 이루게 한다는 목적에서 조직된 것. 10호(戶) 혹은 3~4호(戶)로써 한 인보(隣保)를 삼고, 그 중에서 항산(恒産, 생활을 유지할 수 있는 일정한 재산과 生業)이 있고 믿을 만한 사람을 택하여 정장(正長)으로 삼아, 인보 안의 인구를 기록하여 주장(主掌)하게 하였다.

그러면 백성들이 미리 진공(進貢)할 물품이 무엇인지를 알게 되어 토산품이면 시기에 맞추어 채집하거나 잡고, 타 지역 생산품이면 미리 사두게 되어 백성들은 마련하는 데 걱정이 없고, 관가는 늦게 내는 데 따른 벌을 받지 않게 되니, 공사간이 다 편하고 일 역시 간단하다고 하였다.

서애(西厓) 유성룡(柳成龍, 1542~1607)은 〈공물작미의(貢物作米議)〉에서 호조가 세금을 2말로 감해서 민간의 부담이 다소 가벼워졌는데도 백성이 불편하다고 한 것은 이유가 다른 데 있다고 하면서 세 가지를 그 예로 들었다.

첫째, 호우(豪右, 土豪)[29]들은 번번이 가볍고 헐한 것을 가려 바치고, 빈민과 하호(下戶)들은 무겁고 힘겨운 것을 부담하였는데, 제도가 바뀌면서 구별 없이 일률적으로 정해지자, 숨기고 회피하거나 변통할 방도가 없게 되자 호우들이 불편하다고 한 것이고,

둘째, 감영과 병영에 초하루마다 바치던 종이가 당초에는 상공(常貢)에 포함되지 않았었는데, 호조가 2말 중에 넣으면서 종이를 변통할 길이 없게 되자 감사가 불편하다고 했으며,

셋째, 서울 각사의 하급관리가 지방의 공물을 분점(分占)하여 세습적으로 독점하였었는데, 이를 폐하고 모두 국용으로 삼다 보니 하급관리들의 중간 이익이 없게 되자 불편하다고 했다는 것이다.

---

29) 호우(豪右) : 호족이라 일컫는 호문대호(豪門大戶)를 가리킨다. 토호(土豪)라고도 하며, 국가권력과 어느 정도 대립적인 위치에 있으면서 향촌에 토착화한 지방 세력이었다. 토호들은 중앙 정계의 변화에 따라 수시로 이해를 달리하는 가운데 토호로 존재하기도 하고, 사부(士夫) 및 관료로 존재하기도 하였다.

유성룡은 이에 대한 대책으로 1결(結)에 2말이 결코 많은 것은 아니지만, 나라의 위급한 정세는 바로 양곡의 부족에 있다고 하면서 공물의 부족은 변통하여 넘길 수 있으나, 미곡은 항상 유지하지 않을 수 없기 때문에 미곡으로 대납하는 일을 추진하자는 것이었다.

즉, 공물을 미곡으로 대납하되 1결마다 2말을 납부하게 하여 군수(軍需)에 보충하게 되면 한 해에 7만여 석이 확보되고, 백성의 힘도 소생할 것이라고 주장하였다. 그러나 유성룡의 주장은 중간 이익을 노리고 방납하던 상인들과 지방관, 더 나아가 중앙의 관료들의 반대에 부딪쳐 관철되지 않았다.

공납의 전세(田稅)화는 세제가 바르게 개혁되고 있다는 상징이기도 했다. 즉, 농지를 많이 소유한 지주들은 세금을 더 내고, 토지가 없는 전호들은 면제받을 수 있었기 때문에 지주는 반대하고 전호는 찬성했던 입장이었다. 이는 조광조(趙光祖)에서 시작되어 이이와 유성룡 등이 모두 주장했었지만, 양반 사대부들의 반대 때문에 모두 실패하고 말았다.

이후 쌀 이외에 다른 것으로 세금을 납부할 수 있게 한 대동법은 광해군(1608)대에 비로소 경기도 일원에서 처음 실시되었다가 100년 후인 숙종(1708)대에 이르러, 조세를 중앙의 경창(京倉)으로 조세미를 운반하지 않고 현지에서 군사비나 접대비 등으로 쓰도록 했던 잉유(仍留) 지역인 평안도와 함경도 그리고 제주도를 제외한 전국으로 확대 실시되었다.

4. 청렴(淸廉)시대를 위한 조건

에르난 코르테즈(Hernán Cortés, 1485~1547)가 아즈텍을 정복했을 때, 원주민들이 스페인 사람들은 왜 그렇게 금에 집착하는가라고 묻자, 그는 나와 내 동료들은 금으로만 치유될 수 있는 마음의 병을 앓고 있기 때문(I and my companions suffer from a disease of the heart which can be cured only with gold)(Yuval Noah Harari, *Sapiens*)이라고 대답했다. 돈이면 뭐든지 해결할 수 있다고 믿는 물질만능 주의적 사고 그대로이다.

2007년 미국의 한 투자자가 65만 100달러에 워런 버핏과의 점심기회를 낙찰 받고 그에게 얻은 교훈을 '매사에 진실해라', '아니라고 말하는 걸 어려워하지 마라', '좋아하는 것을 해라' 등 3가지로 정리해서 소개했다. 진실과 정직을 재는 '내면의 척도(Internal Yardstick)'는 버핏의 시대정신이라 할 수 있는데, 투자자는 이 가치를 돈으로 산 것이다.

그렇다면, "돈으로 살 수 있지만 사면 안 되는 것들이 있을까? 사람의 신장처럼 살 수는 있지만, 거래하면 도덕적으로 문제가 되는 대상"(Michael J. Sandel, *What money can't buy*) 외에 인간의 정신작용에서 발원되는 것들 중에는 무엇이 있을까? 이는 헤르더에게는 민족정신을 표현할 수 있는 '언어'가 되겠고, 헤겔에게는 민족이 자기를 실현하고 향유해야 할 사명인 '민족정신'이 되겠다.

또 폴 케네디 교수는 한국인들은 '어떻게 하면 더 잘할 수 있을까' 혹은 '어떻게 하면 더 잘 배울 수 있을까', '어떻게 하면 상황을 더 개선시킬까' 라는 우환의식(憂患意識)[30]이 한국을 잿더미에서 빠르게 일으킨 저력이라고 했는데, 이 저력 또한 돈으로 살 수 없는 우리의 민족정신이라 하겠다.

숭고한 민족정신 외에 돈으로 사서는 안 되는 가치 하나를 더 든다면, 아마 시대의 요청으로서 청렴정신이 아닐까 싶다. 최근 우리나라에서 지속적으로 발생하고 있는 공직자의 부패·비리로 인해 공직에 대한 신뢰와 공직자의 청렴성이 위기를 맞고 있다. 이는 공정사회, 더 나아가 일류국가로 나아가는 길에 장애 요인이었지만, 효과적으로 이를 규제할 제도적 장치가 구비되지 못했다.

이러한 가운데 〈김영란법〉은 기존 법률의 한계를 보완하여, 부정청탁 및 금품 등 수수금지를 위한 통제장치를 종합적으로 법제화한 것이다. 아울러 공직자들의 공정한 직무수행을 보장하고, 이들에 대한 국민의 신뢰를 담보하여 진정한 청렴사회를 향한 시대적 요청에 부응한 법이라 할 수 있다.

---

30) 우환의식(憂患意識) : 대만의 학자 서복관(徐復觀)이 처음 제시한 학술적 용어이다. 이는 일상적인 공포나 절망 따위의 감정과는 다른 것으로, 군자의 근심이나 걱정은 범인들의 일상적인 근심이나 걱정과는 차원을 달리하는 도덕적 완성을 대상으로 하는 의식을 일컫는다. 전쟁과 재난을 수도 없이 겪어야 했던 중국인들이 체득한 '위험 요소 미리 감지하기' 의 한 단면이다. 그래서 왕조의 통치에 참여했던 중국 역대 문인과 관료들은 늘 걱정과 근심으로 지새우는 경우가 많았다. 중국인들 스스로는 이를 '우환의식(憂患意識)' 으로 적는다. 가장 대표적 성어가 「거안사위(居安思危)」다. '평상시에도 위기를 생각하라' 는 주문이다.

퇴계는 《주자서절요(朱子書節要)》 서문에는 며칠 이내로 매미 소리가 더욱 맑아져서 이를 들을 때마다 그대의 고매한 인품을 생각하지 않을 수 없다는 내용의 주자가 동래(東萊) 여조겸(呂祖謙, 1137~1181)에게 보낸 편지 중 일부를 소개했다.

이 글의 깊은 의미를 파악하지 못했던 문인이 고상한 말들도 많은데 하필 매미입니까? 라고 반문했다. 이에 퇴계는 그저 사람마다 보는 바가 같지 않듯 그 선호하는 바도 또한 다르다고 말했지만, 퇴계에게 매미는 그 이상의 의미를 띠고 있었다.

중국 서진(西晉)의 시인 육운(陸雲, 262~303)은 〈한선부(寒蟬賦)〉에서 매미를 지극한 덕을 지닌 곤충(至德之蟲)으로 군자의 다섯 가지 덕목, 즉 문덕(文德)·청덕(淸德)·염덕(廉德)·검덕(儉德)·신덕(信德)을 지녔다고 하였다. 그 중 청덕은 매미가 오로지 맑은 이슬과 수액만 먹고 살기 때문에 청렴함을 상징한다. 그리고 염덕은 농민이 애써 일군 곡식을 탐하지 않기 때문에 염치가 있음을 뜻한다.

《맹자》는 사람이 부끄러움이 없으면 안 되니, 부끄러움이 없는 것을 부끄러워하면 비로소 부끄러워할 일이 없게 된다고 했다. 퇴계가 평소에 부끄럽다는 말을 자주 했듯이, 옛 선비들은 廉자를 중요하게 여겼으며 자주 恥자를 붙여서 같이 썼다. 그것은 '홀로 깨끗하려는 노력' 보다 '스스로 부끄러워하는 자세' 를 중하게 여겼다는 징표이다.

《관자(管子)》에서는 禮·義·廉·恥를 나라를 지탱하는 네 가지 줄기(四維)라 하였다. 그 중 廉은 악을 덮지 않는 것(廉不蔽惡)이고,

恥는 굽음을 좇지 않는 것(恥不從枉)으로, '염치' 란 곧 '스스로 올곧아져 그릇된 것을 덮거나 추구하지 않는 행위' 임을 강조했다.

퇴계는 벼슬에 나아가면 직책은 제대로 수행하지 못하면서 녹만 탐한다(叨冒侍曠도모시광)는 비난을 받았었고, 벼슬에서 물러나면 지체하고 도망하여 부끄럽게도 성은을 저버렸다(稽逋慙負계포참부)는 책망을 자주 들었다고 하였다. 이처럼 선비가 관직에 나아가면 수없이 많은 불미스런 일들을 마주하게 된다. 그 중에서 선비가 몸을 욕되게 하거나 절개를 잃고 과오를 범하는 일 등은 모두 스스로 자초한 것들이다.

퇴계는 그 원인이 되는 언행을 '求(청탁)' 라는 한 글자에서 찾았다. 선비라면 누구나 求하려는 대상과 자신이 처한 상황에 따라 의리와 곡절이 다르다지만, 중요한 것은 부질없는 탐욕과 사사로운 생각을 버리고 의를 중시해야 한다.

《여씨춘추》「순민(順民)」에 탕왕이 7년 동안 가뭄이 들자, 이를 정치를 잘못한 자신의 탓이라고 여겨 상림(桑林)에서 기우제를 지내며 하늘에 비는 장면이 기록되어 있다. 즉,

'자신의 정치가 고르지 못했는가?'

'백성들이 직업을 잃었는가?'

'궁(宮)이 지나치게 높고 화려한가?'

'측근의 청탁이 행해졌는가?'

'뇌물이 행해졌는가?'

'참소하는 자가 창성했는가?'

등 여섯 가지를 들어 스스로를 자책했다.

유학의 정신인 자성(自省)과 자송(自訟)을 몸소 실천했지만, 이때에도 뇌물과 청탁이 언급된 것으로 보아, 예나 지금이나 청탁과 뇌물이 사회적으로 문제가 되었음을 알 수 있다.

흔히 청탁이 진화하면 뇌물과 같이 오는 게 아니라 윤리·도덕적인 관계성을 비집고 들어온다고 한다. 윤리는 객관화된 도덕이며, 윤리관계는 객관화된 도덕관계이다. 곧 도덕관계는 개체의 '도덕'을 기초로 하여 수립되며, 주체의 '도덕'을 통해서 형성된다.

이러한 윤리·도덕적인 관계를 보호하려는 〈김영란법〉은 다양화, 은밀화, 고도화된 새로운 유형의 부패행위에 대한 보완이 필요하다고 보고 있다. 그래서 도덕이나 윤리에 맡겨둘 수 없는 부분은 법제도를 통해 새로운 윤리와 도덕으로 자리 잡을 수 있도록 유도하려는 데 중점을 두고 있다.

이런 맥락에서 〈김영란법〉은 강행적 '처벌 규정'이 없어도 지켜야 할 것을 정해둔 일종의 윤리강령이라 할 수 있다. 행동강령에 이미 금액을 정해둔 조항이 있는데도 처벌규정이 없어서 안 지켜지니까 할 수 없이 법으로 규정해둔 것뿐이다. 여기에다 '아닌 걸 아니라고 말하는 자유를 조금이라도 찾아주자는 것'은 이 법의 목적이고, '아닌 걸 아니라고 말할 수 없게 하는 부분을 찾아내 조금씩 고쳐나가는 것'은 이 법의 정신을 확장한 것이다.

변화는 열망을 창출한다. 항상 기존의 관습에서 벗어나는 것은 혼란을 불러일으키게 마련이지만, 그럴수록 보다 자유롭기를 바라는 열망 또한 강한 면모를 보이게 된다.

이미 익숙해진 둥지에서 벗어날 때는 으레 '두려움' 과 '설렘' 이 동반되기 마련이다. '두려움' 은 기존의 익숙한 삶을 재구성하기 위해서는 먼저 자기 자신을 무너뜨릴 필요가 있다는 것이고, '설렘' 은 미지의 세계를 향해 나아가기 위해서는 자신의 짐을 덜고 장애를 허물어뜨려서 자신만의 청사진이 무엇인지를 찾아내야 한다는 것이다. 이것이 새로운 문화를 찾아 나서는 바른 자세이다.

법이 새로운 문화를 창도하거나 문화 자체를 바꿀 수는 없다. 셰익스피어는 법이 거인의 힘을 가진 것은 더 없이 좋은 일이지만, 그 힘을 거인처럼 쓰면 독재가 된다고 하였다. 법이 강제로 문화를 바꾸려 하면 그건 독재라는 '두려움' 을 낳지만, 문화가 선도해 가는 상황에서 법이 뒷받침되면 그건 새로운 질서에 다가서서 향상된 문화를 범접할 수 있다는 '설렘' 을 머금게 한다.

우리는 여태껏 너무 익숙해진 습관을 고치지 못하고 있었을 뿐 타성에 젖은 관습에 부단히 의문을 제기해 왔었다. 이제 그 변화의 순간을 맞고 있다. 법 하나를 만들어서 문화를 바꾸는 것이 아니라, 법과 문화 그리고 문화와 법이 서로를 변화시키며 더 나은 사회, 곧 청렴사회로 나아가는 여정은 이제 돌이킬 수 없는 순리가 되었다. 그 순리대로 나아가게 하는 방향타가 바로 '퇴계의 청렴정신' 이자 '〈김영란법〉 의 정신' 이라고 본다.

제2장. 심화읽기 : 청렴사회와 열린사회의 대화
— 동양의 大同社會와 서양의 열린사회

〈미리 읽기〉

전통적으로 동아시아에서는 정치적 이상세계를 의미하는 말로 유가의 대동사회라는 용어를 사용해왔다. 네가 따르고, 거북점이 따르고, 시초점(蓍草占)이 따르고, 경사가 따르고, 서민이 따르면 이를 大同이라 하니, 몸이 건강하고 자손의 길함이 있다는 말에서 대동이란 인간의 마음속에 내재되어 있는 仁과 義를 바탕으로 덕치를 행함으로써 인간의 착한 본성을 회복하여 도덕적 주체성을 확립하고자 하는 이념임을 알 수 있다.

인간의 상상력은 나의 꿈을 사람들과 공유하게 되면 비전이 된다는 생각에서 유토피아를 잉태하게 되고 새로운 변혁의 시대를 희구하게 된다. 유토피아의 실현이 가능하다고 보는 근거도 인간이 근본적으로 '소유를 위한 지배'가 아니라 '존재에 대한 사랑'을 지향한다고 믿기 때문이다.

대동사회와 유토피아는 두 가지 상반된 관념을 지니고 있다. 하나는 전자가 존재했던 곳을 향해 나아가려는 의지이고, 후자는 존재하지 않았던 곳을 희구하는 상상력에서 차이점이 있고, 다른 하나는 위의 두 개념이 모두 현실의 뒤틀린 소유와 지배에 대한 충동에서 벗어나 인간의 존재와 존재 간의 범애(汎愛)를 지향하려는 데서 공통점이 있다고 하겠다.

열린사회는 불변의 규칙이나 전통적 권위에 의존하는 것이 아니라, 이성과 자유 및 인간에 대한 박애의 신념에 의존한다. 유가에서는 성왕이 다스리는 세계야말로 '하나 된 인류'로 이루어진 '열린사회'라고 생각한다.

열린사회는 사람들 간의 조화를 중시하고, 차이와 다양성이 존중됨으로써 비로소 공존과 평화가 가능한 곳이다. 물질만능 시대에 公보다 私를 앞세우려는 우리의 과욕이 大同을 소강(小康)으로, 열린사회를 닫힌사회로 변질시키는 주된 원인이 아닐까 한다.

이에 대한 근본적인 해법은 경제논리에 매몰된 욕망의 세계화(globalization)가 아니라 참다운 인류평화를 실현하기 위한 '위대한 통일의 세계화(大同 : the Confucius' Theory of Great Unity)'에서 모색될 수 있다. 오직 이와 같은 통일된 세계에서만 인간은 저마다 갖고 있는 모든 역량을 꽃피울 수 있고, 사랑으로 열매를 맺게 하는 휴미니즘의 유토피아(Utopia)이자 '내 안에 그대 있음(萬物皆備於我矣)'을 확인하는 '사랑의 기술(汎愛)' 이기 때문이다.

공자는 순수한 인간의 본질이 올바르게 구현되어, 모든 국가와 민족이 공존하는 대동사회를 이룩하는 데 궁극적인 정치적 이상을 두었다. 그에게 대동사회란 개인의 양심과 사랑 등의 도덕의식을 기반으로 하여 인간의 생명을 존중하고 사랑을 실천하며, 인간관계의 신의와 화목을, 그리고 공동체의식을 기반으로 하여 인류애를 실천하고 자연과의 친화적 관계를 이루며, 경제적 균분과 장애자 우선의 사회복지를 실현하는 사회이다.

이러한 사회가 칼 포퍼에게는 열린사회이자, 에리히 프롬에게는 건전한 사회가 되고, 토마스 모어의 유토피아인 것이며, 이와 같은 동·서양의 모든 이상사회관을 아우를(綱) 수 있는 것이 유가의 대동사회라 생각한다.

1. 大同과 열림의 함의(含意)

전통적으로 동아시아에서는 정치적 이상세계로의 변혁을 창도(倡道)해 나가는 말로 '위대한 통일' 즉 '대동(大同, The Confucius' Theory of Great Unity)'이라는 말을 사용해왔다. 대동이란 용어는 《周易》「大有」괘의 大자와 〈同人〉 괘의 同자의 합성어이다. 즉, 대인과 대인이 덕을 합함으로써 大同하는 이상세계가 이뤄진다는 유가의 이상사회 관념이다.

이는 인간의 도덕성에 바탕을 두고 참된 인간의 道를 사회에 실현하고자 하는 사회사상이자 인간의 성선(性善)에 대한 확고한 신념을 전제로 하여 개인적으로는 부단히 수양하여 인격을 완성하고, 사회적으로는 평화공존의 사회를 지향하는 염원이다.

또한 대동이란 인간의 마음속에 내재되어 있는 仁과 義를 바탕으로 덕치를 행함으로써 인간의 착한 본성을 회복하여 도덕적 주체성을 확립하고자 하는 이념이기도 하다. 그래서 대동사회에서도 유가의 덕치가 근본이 된다.

덕치란 덕으로 다스리는 것이다. 다스린다는 것은 곧 治人을 뜻하며 치인은 곧 나를 다스리는 것이 선행되어야 한다. 바꾸어 말하면 주체적인 나의 확립이 없이는 보편적인 인간을 다스리는 방법은 존재하지 않으며, 따라서 사회도 존재하지 않는다는 것이다.

《중용》에서는, "정치를 행하는 것은 사람에게 달려 있다. 사람을 취하는 것은 자신으로 하며, 몸을 수양하는 것은 道로 하며, 道를 수양하는 것은 仁으로 한다(爲政在人 取人以身 修身以道 修道以仁)"고 하였다. 이는 대동사상의 근저에는 '나'가 '너'가 되고, '너'가 '나'가 되는 철학적 인간학으로서 남을 나와 같이 생각하는 仁사상이 자리하고 있음을 암시한 것이다.

《맹자》의, "만물이 모두 내 안에 구비되어 있다(萬物皆備於我矣)"는 말에서도 '我'를 '나'가 '너'를 구별하는 개체로서의 '我'가 아니라, '나'와 '너'를 동일한 존재로서 파악한 것은 인간을 포함한 만물이 일체가 된다는 사상으로 仁사상에 근거하고 있다. 그래서 仁이란 내가 타자를 사랑하고 타자가 나를 사랑하는 대대(對待) 관계에서의 범애(汎愛)인 것이다.

인간은 끊임없이 평화스러운 세상을 갈구해 왔고, 평등한 사회에서 행복한 삶을 영위하기를 꿈꿔왔다. 이렇게 간절한 염원이 현실에서 기대할 수 없게 되었을 때 인간은 무한한 상상력을 발휘하게 된다. 그러한 상상력은 '나의 꿈을 사람들과 공유하게 되면 비전이 된다'는 생각에서 이 세상에 존재하지도 않는 곳인 유토피아를 잉태하게 되고, 새로운 변혁의 시대를 희구하게 된다.

에리히 프롬이 그의 저서 《건전한 사회》에서 유토피아의 실현이 가능하다고 보는 근거도 인간이 근본적으로 '소유와 지배'가 아니라 '존재와 사랑'을 지향한다고 믿기 때문이다. 인간의 원초적 충동은 존재와 사랑을 향한 충동이며, 소유와 지배를 향한 충동은 존재와 사랑을 향한 충동이 저지당했을 때 그러한 충동이 왜곡되어서 나타나게 된다.

이와 같이 仁을 근본으로 여기는 곳이 유가(儒家)의 '대동사회'이고, 서구의 개념으로는 '열린사회'라고 생각한다. 이에 대해 인류의 역사를 열린사회와 닫힌사회의 투쟁으로 보았던 칼 포퍼(Karl Raimund Popperr, 1902~1994)는 주술사회나 부족사회 혹은 집단사회를 닫힌사회로, 개인이 스스로의 결단을 내릴 수 있는 사회를 열린사회로 명명했다.

비록 우리가 근대에 이르러서 불합리한 규범이나 신분적인 속박으로부터는 벗어났다고 하지만, 우리가 살고 있는 사회는 닫힌사회로 낙인찍힐 만한 요소들이 도처에 산재해 있다. 우리가 부족주의의 영웅시대로 돌아가려 하면 할수록 우리는 종교재판, 비밀경찰, 낭만화된 깡패 행위에로 가는 것이 더욱 확실해진다. 이들은 이성과 진리의 억압으로 시작하여 우리의 인간적인 모든 것을 가장 야만적이고 포악한 파괴로 끝내기 때문이라고 포퍼는 말한다.

오늘날 우리는 仁義와 道德의 힘으로 도처의 적들로부터 우리를 지키면서 한편으로는 이들을 인간다움의 길로 인도하고 '큰 틀의 하나됨'으로 변화시켜 나가야만 하는 기로에 서 있다고 할 수 있다. 칼 포퍼는 이것이 우리에게 무척 힘겨운 일이 되겠지만, 그것은 우리가 마땅히 부딪쳐서 딛고 일어서야만 하는 문제들이라고 본다. 그는《열린사회와 그 적들》에서 다음과 같이 말한다.

우리가 어린 시절로 되돌아가기를 꿈꾸고 사람들과 더

불어 행복을 찾고자 한다면, 인간다움과 이성과 책임의 십자가를 지는 일에 위축되어 버린다면, 용기를 잃어버리고 긴장에 찌들어 버린다면, 어떻든 우리는 우리 앞에 놓인 단순한 결정을 분명하게 이해함으로써 우리 자신을 강화하도록 해야 할 것이다. 우리는 금수(禽獸)로 돌아갈 수 있다. 그러나 우리가 인간으로 남고자 한다면 오직 하나의 길, 열린사회로의 길이 있을 뿐이다.

포퍼가 말하는 열린사회는 유가의 천하위공(天下爲公) 사회를 말한다. 이 말에는 천하에 공의(公義)를 구현하기 위해 私를 없애고 私利를 추구하지 않아야 한다는 뜻이 함축되어 있다. 옛날 성왕이 천하를 다스릴 때는 반드시 공을 앞세웠다. 그래서 公하면 천하가 平하게 되고, 公하지 않으면 천하가 平하지 않은 것이 된다. 군주를 세운 것도 公義를 구현하기 위한 것일 뿐이었다.

그러므로 천하는 한 사람의 천하가 아닌 만인의 천하이고, 음양의 조화는 한 부류만 기르기 위한 것이 아니며, 감로(甘露)와 시우(時雨, 때맞추어 내리는 비)는 일물(一物)을 위하여 사사롭게 내리는 것이 아니듯, 만민의 군주는 한 사람을 위한 것이 아닌 것이다. 공자 또한 공정하면 모두가 기뻐한다고 하였다.

유가에서 바라본 이상사회인 대동사회와 서구의 열린사회가 추구해 나가는 지향점이 곧 대동의 이념에 부합된다고 할 수 있다. 즉, 동·서양의 모든 이상사회관을 아우를 수 있는 것이 유가의 대동사회임을 전제하고, 먼저 《예기》 「예운」 편에 나타난 공자의 정치적 이상을 중심으로 경전(經典)으로 본 대동의 의미와 대동사회와 유토피아의 동이(同異)점을 고찰하고, 다음으로 왕도정치로 대변될 수 있는 열린사회를 향한 요소들이 무엇인지 알아본다.

또 중국의 역사상 성군(聖君)이 통치하던 열린사회에서는 이러한 요소들이 어떤 식으로 나타났는지를 조명하여 이를 현대사회가 나아갈 길에 푯대로 삼는 데 의의를 두고자 한다. 아울러 진정한 대동사회를 향해 나아가는 길에 우리가 견지해야 할 태도와 각오는 무엇인지를 지적하고자 한다.

2. 大同社會와 유토피아

1) 경전으로 본 대동의 의미

大同이란 단어가 중국 경전에서 가장 먼저 사용된 건은《장자》에서이지만, 현재의 대동사회와 가까운 뜻으로 보이기 시작한 것은《예기》「예운(禮運)」편에서이다. 그래서 동양의 이상정치에 대한 논의는 공자에게서 발원되었다고 할 수 있다. 공자는 이러한 이상을 현실의 삶과 연속선상에서 추구했는데, 이를 대동과 소강(小康)이라는 개념으로 역설했다.

《예기》에 나오는 대동의 의미를 살펴보자.

> 大道가 행해지자 천하를 公으로 생각하고, 어질고 능한 인물을 택하여 지위를 전하였으며, 신의를 가르치고 화목을 길렀다. 사람들은 자기의 어버이만을 어버이로 섬기지 않고, 자기의 자식만을 자식으로 사랑하지 않았으며, 노인은 여생을 잘 마치게 하며, 장년은 쓰이게 하며, 어린이는 성장하게 하며, 홀아비와 과부와 고아와 자식 없는 노인과 질병에 걸린 사람들은 모두 부양을 받을 수 있게 하며, 남자는 자기의 직분이 있고, 여자는 돌아갈 가정이 있게 한다. 재물이 버려지지 않도록 하지만 사사로이 저장할

필요가 없으며, 사람이 몸소 수고로움을 싫어하지만 자기 만을 위할 필요가 없었다. 간사한 꾀는 막혀 일어나지 않았으며, 도적이 없어 문을 닫는 일이 없었다. 이를 일컬어 대동이라 한다(大道之行也 天下爲公 選賢與能 講信修睦 故人不獨親其親 不獨子其子 使老有所終 壯有所用幼有所長 鰥寡孤獨廢疾者 皆有所養 是故 謀閉不興 盜賊不作 外戶不閉 是謂大同).

대동이란 유가의 이상사회, 즉 공공사회의 상징적 용어로 쓰였다. 즉 '천하를 한 집안으로 여기고 전 중국인을 한 사람으로 여긴다(以天下爲一家 以中國爲一人)' 는 것으로 차별이나 구별 없이 전체 사회가 한 가족으로 이뤄진 곳이라고 여기는 사상이다.

'大同'은 '小康'의 상대적인 개념이다. '소강' 이 禹·湯·文·武·成王·周公의 정치를 의미한다면, 대동은 행복한 생활을 추구한 사람들의 선량한 소망을 반영한 것이다. 대동사회의 기본적인 내용을 진정염(陳正炎)은《중국의 유토피아 사상》에서 다음과 같이 여덟 가지로 파악하였다.

첫째, 대동사회의 궁극적인 원칙은 '천하위공(天下爲公)[31])이다.

둘째, 재산의 공유는 대동사회의 경제적 기초이다.

31) 천하위공(天下爲公) : 천하가 한 집의 사사로운 소유물이 아니라는 뜻. 또는 임금의 지위를 이른다. "천하는 백성 모두의 것, 대의 앞에 사사로움은 없다(天下爲公 大公無私)."

셋째, 각자 진력하여 사회를 위하여 노동한다.

넷째, 성별 · 연령과 사회의 수요에 따라 분업을 한다.

다섯째, 현자를 지도자로 뽑고 능력 있는 자에게 관직을 수여한다.

여섯째, 사유개념이 없으며, 진정한 박애(博愛)가 인간의 사상을 지배한다.

일곱째, 전체 사회 성원이 단결하고 사랑하며, 성실하고 속임 없이 각자의 위치를 확보하며, 아름답고 행복이 충만한 생활을 한다.

여덟째, 도적과 전쟁이 없어 전 사회가 모두 태평한 생활을 한다.

여기서 여러 경전에 나오는 대동의 의미를 알아보자. 먼저 《시경》에서는 신령한 누대를 착수하여 규모를 정하고 기초를 세우니 백성들이 자식처럼 몰려와 짓자 며칠 안 되어 이루어졌다고 하여 文王은 유악(遊樂)도 올바른 道에 벗어나지 않았기 때문에 백성들도 문왕의 유악을 함께 기뻐했다는 내용으로 대동의 상징인 영대(靈臺)를 노래하고 있다.

또 《서경》에서는 큰 의문이 있거든 마음으로 헤아리고, 경사들에게 헤아리게 하고, 서인들에게 헤아리게 하고, 점을 쳐서 헤아리게 한다. 그대가 긍정하고, 거북점이 긍정하고, 시초점(蓍草占)[32]이 긍정하

32) 시초점(蓍草占) : 시초라는 빳빳한 풀나무를 가지고 치는 점. 나중에는 시초 대신

고, 경사들이 긍정하고, 서민들이 긍정하면 이를 대동이라 한다고 언급하고 있다.

한편 《노자》에서는 아는 자는 말하지 않고, 말하는 자는 알지 못한다. 그 구멍을 막고, 그 문을 닫으며 그 날카로움을 꺾고, 그 엉킨 것을 풀며, 그 빛을 누그러뜨리고, 세속의 먼지와도 함께한다.33) 이것을 가리켜 '현묘하게 하나 되는 것'이라 한다고 하고, 또 나라를 작게 만들고 백성들을 적게 만들어서34) 열 명, 백 명의 군인들이 소지한 병기를 가지고 있더라도 그것을 사용하지 못하도록 해야 하며, 백성들로 하여금 죽음을 소중히 여기게 하여 멀리 이사 가지 못하도록 해야 한다고 하였다.

구하기 쉬운 댓가지를 주로 사용함. 시초점은 중국에서 약 3천 년 전부터 시작된 것으로 보이며, 죽통 같은 것에 댓가지들을 넣고 점칠 때 죽통을 흔들거나 그 안에 있는 댓가지들을 꺼내서 양손으로 나누면서 점을 친다.

33) 빛을 누그러뜨리고, 세속의 먼지와 함께한다(和其光 同其塵) : 자기의 지덕(智德)과 재기(才氣)를 감추고 세속을 따름을 이르는 말. 또는 부처가 중생을 구제하기 위하여 그 본색을 숨기고 인간계(人間界)에 나타남을 이르는 말. 진정한 앎이 있는 사람은 그 이목구비를 틀어막고, 지혜의 문을 닫으며, 지혜의 날카로움을 꺾고, 지혜 때문에 일어나는 혼란을 풀고, 지혜의 빛을 늦추고, 그리고 속세의 티끌과 하나가 되니, 이것을 현동(玄同)이라 한다. "도(道)는 언제나 무위(無爲)하면서도 하지 않음이 없다"라고 말하는 노자의 도가사상(道家思想)을 단적으로 나타내 주는 말 중의 하나가 바로 「화광동진(和光同塵)」과 「현동(玄同)」이라고 볼 수 있다.

34) 소국과민(小國寡民) : 작은 나라에 적은 백성. 즉 문명의 발달 없는 무위(無爲)와 무욕(無慾)의 이상사회를 이르는 말. 노자는 문명의 발달이 생활을 풍부하고 화려하게 하지만, 인간의 노동을 감소시키고 게으름과 낭비와 생명의 쇠퇴현상을 가져온다고 하면서 소박하고 작은 「소국과민」의 사회를 도연명의 《도화원기》에 나오는 「무릉도원」과 같은 이상사회, 이상국가로 보았다.

또한 《맹자》 는 하·은·주가 흥성할 때에도 땅이 사방 천리가 넘지 않았는데, 제나라 땅이 그만큼 넓고, 어디서든 닭 우는 소리와 개 짖는 소리가 서로 이어 들려 사방 국경까지 이를 정도로 제나라 백성들이 많으니, 땅을 다시 넓히지 아니하며, 백성을 다시 외국에서 모아들이지 않더라도 인정을 행하여 왕 노릇하면 능히 막을 이가 없을 것이라고 하였다.

이와 같은 예들은 모두 표현상 혹은 개념상 약간의 차이는 있지만, 큰 틀에서 인간 중심의 大同을 말한 것이라 할 수 있다.

특히 인간 중심의 삶을 강조한 공자는 사회와 모든 인간관계를 벗어나 한번 가면 다시는 돌아올 수 없는 그런 코마(Coma)의 저편이 아니라 현 세상에서 역사를 이루고 인간관계를 쌓으면서 언제든 다가갈 수 있는 德治가 행해지는 사회, 즉 인간이 서로 부비며 살아가는 대동세를 구상했다. 그래서 공자는 종주정명(從周正名)의 이념 아래 주례를 회복하려고 했고 선왕을 드높였다.

춘추(春秋) 이후 선왕지도(先王之道)에 대한 얘기는 공자에 이르러 이상정치론으로 승화하였으며, 후세의 유가들은 이상정치를 언급할 때마다 반드시 선왕지도를 말하곤 하였다. 즉, 요·순을 모체로 서술하고 문·무를 본받으며 성인은 나와 같은 부류의 사람으로 요·순도 보통 사람들과 같으니, 사람은 누구나 성인이 될 수 있다고 생각했다.

공자가 실현하고자 했던 이상정치는 메르시에(Louis Se' bastien Mercier)가 《서기 2440년》 에서 다뤘던 디스토피아(dystopia)[35]적인

---

35) 디스토피아(dystopia) : 역(逆)유토피아라고도 한다. 가공의 이상향, 즉 현실에는 '어디에도 존재하지 않는 나라' 를 묘사하는 유토피아와는 반대로, 가장 부정적

내용과 흡사한 면이 있다. 이 책에서 18세기에 태어난 주인공이 오랫동안 동면 끝에 눈을 떠 보니 25세기가 되어 있었다. 세상 어느 곳에도 아직은 존재하지 않지만, 미래의 어느 시점에서 '여기'에 존재하게 될 이상사회를 미리 본 것이다.

특징적인 것은 유토피아의 개념을 '좋은 곳'에서 '좋은 때'로 전환시켰으며, 인간사회의 무한한 진보와 인간의 완전 가능성에 대한 희망을 심어 주었다는 점이다. 이는 공자가 꿈꾸던 이상사회도 미래에 새롭게 설계될 신세계가 아니라 과거에 존재했던 아름다운 시절(좋은 때)의 복원에 있다는 것과 맥이 통한다.

'道와 禮'가 무너진 춘추시대를 살았던 공자로서는 '道와 禮'란 '말 자체가 불필요한 도덕적으로 완전한 이상사회'나, 그렇지 아니면 '道와 禮가 확립된 차선의 사회'를 열망하였던 것이다. 그가 자신이 살아 있는 동안에 적어도 소강(小康)은 실현이 가능하다고 믿고 주유열국(周遊列國)했던 이유도 과거에 존재했던 세계의 복원이 가능하다고 보았기 때문이었다.

역사적으로 중국에서 개혁을 시도했던 사람들은 그 모델을 언제나 과거에서 찾았으며, 복고(復古)는 곧 개혁이라는 사상이 정치뿐만 아니라 사회의 전 분야에서도 당연한 것으로 여겨졌다. 청나라 말기에 암울한 현실을 극복하려 했던 강유위도 중국 최초의 근대적 유토피아론

인 암흑세계의 픽션을 그려냄으로써 현실을 날카롭게 비판하는 문학작품 및 사상을 가리킨다. 미래를 진지하게 논하려면 utopia, dystopia 쌍방의 시점에서 언급해야 한다.

이라 할 수 있는《대동서》에서 점진적으로 태곳적 대동의 세계로 돌아갈 것을 주장하고 있다.

> 땅이 이미 같아지고, 나라들이 이미 같아지고, 인종도 이미 같아지며, 정치·풍속·예교·법률·척도·언어·문자가 하나로 같아진다면 대동으로 기원하지 않고 무엇으로 할 것이 있겠는가? 내가 감히 단언하건대, 다가오는 만 년 이내에 반드시 대동으로 기원하게 될 것인데, 비록 세계 여러 나라의 문자에 다름이 있어도 뜻은 반드시 여기서 벗어날 수 없을 것이다.

1919년에 출판된《대동서》는《예기》「예운편」에 묘사된 유가(儒家)의 이상세계를 유럽식의 근대사상으로 재해석하여 일종의 유토피아 사상을 만들고 그것을 실현하는 방법을 설파한 책이다.

「예운」편은 비록 대동사회를 단 107자로 묘사하였지만, 그것이 제시한 강령은 공유제에 기초한 대동사회를 한 곡의 웅장한 음악처럼 들려주고 있다. 이는 가사와 곡조뿐만 아니라 내용과 형식에 있어서도 비교할 수 없을 정도로 완전 사유제를 상정한 '소강' 사회에서는 들을 수 없는 음악으로 비유할 수 있다.

게다가「예운」편의 묘사는 과거에 실재했던 이상사회에 대해 공자가 회고하는 형식으로 이뤄졌다. 이는 흡사 플라톤이《크리티아스(Kritias)》에서 부강했으나 정신적으로 타락하였던 아틀란티스

(Atlantis)를 부유하면서도 도덕적으로 뛰어났던 아테네에 비교하면서 이상국가가 실존했었다고 신봉했던 것과 유사한 면이 있다고 하겠다.

2) 대동사회와 유토피아의 同異

유가의 대동사회를 서양에서 찾는다면 아마 유토피아를 가장 먼저 떠올릴 것이다. Utopia는 토머스 모어(Thomas More)가 처음 사용했을 때부터 두 가지 뜻을 함의하고 있었다. 즉 하나는 이 세상 어디에도 없는 곳(no place)이라는 의미와 또 한 가지는 이 세상에서 최상의 곳(ideal place)이라는 의미였다.

전자는 환상적인 이상사회로서 환희와 열락의 지상낙원을 뜻하는 코케인(cockaigne)이나 파라다이스와 유사한 개념으로 자연 상태의 단순·소박·순수의 목가적이며 평화스러운 곳을 말하는 아르카디아(arcadia), 그리고 그리스도교 종말론의 한 변형으로 미래지향적이며 기존의 사회질서와 동떨어진 새로운 세계의 시작을 의미하는 천년왕국(millennium)과 같이 인간의 의지와 노력으로도 이를 수 없는 곳을 말한다.

후자는 플라톤의 《이상국가론》, 해링턴의 《오세니아》, 그리고 강유위의 《대동서》 등에서 다루고 있는 내용이다. 이것은 앞으로 논의하려고 하는 열린사회로서의 유토피아의 주된 내용이기도 하다. 유토피아는 인간이 지배하고 통제하는 사회로서 다른 이상사회에 비해서는 현세적이다. 그것은 자연과 인간의 극적인 변화나 초자연적인 힘에 의

한 해결은 기대하지 않으며 이상화하는 것은 주로 사회제도와 조직이다.

Utopia라고 하더라도 인간들이 천사처럼 선한 본성만을 갖고 있지는 않으며, 자연은 인간의 욕망을 무한대로 충족시킬 정도로 풍요롭지 않기 때문에 살기 좋은 세상은 결국 인간이 개척해 나가야 한다는 등의 몇 가지 전제를 둔다는 점에서 환상적인 이상사회와는 구별된다.

여기서 알 수 있듯이, 유토피아는 인간의 존엄성과 자유를 최우선으로 하고 최소한의 권력과 통제로 유지되는 완벽한 사회이지만, 궁극적으로는 실현할 수 없는 사회를 뜻한다. 즉, 유토피아란 현실세계 혹은 현실적인 정치질서나 사회질서의 초상화가 아니다.

그것은 시간의 어떤 순간에도 존재하지 않으며, 또 공간 가운데 그 어떤 점에도 존재하지 않으며, '어디에도 없는 곳(nowhere)' 이다. 하지만 폴란드 철학자 에른스트 카시러(Ernst Cassirer, 1874~1945)는《인간이란 무엇인가》에서 바로 이러한 어디에도 없는 곳에 대한 상념이 시련을 감당해내고 현대 세계의 발전에 있어서 그 강력함을 증명해준다고 하였다.

여기서 우리는 대동사회와 유토피아의 근본적인 차이를 알 수 있다. 즉 대동사회는 과거에 존재했던 이상사회를 희구하는 인간의 원초적 열망에서 비롯된 현실의 찬연한 승화를 기저(基底)로 하고 있는 반면에 유토피아는 과거에 존재하지도 경험하지도 않았던 인간의 결핍된 욕망에서 발원된 현실 부정을 바탕으로 하고 있다는 점이다.

그렇다면 우리는 과연 유토피아를 현실에 접목시키는 것이 불가능한가? 에리히 프롬(Erich Pinchas Fromm, 1900~1980)은 인간이 지닌 惡에 대한 공격성은 단순히 사회적 환경적 부산물 혹은 인간의 본성이 아니라, 인간에게 내재된 존재자로서의 잠재적 가능성이라고 하여 유토피아에 대한 낙관론을 지니고 있다. 다시 말해 인간은 천선개과(遷善改過)하려는 노력에 따라 이상사회를 건설할 수 있다는 것이다.

이상사회를 향해 나아가고자 하는 우리의 상상력과 의지가 하나 되어 비관적이면서도 부실(不實)한 현실의 장벽을 걷어내고, 희망적이고 견실(堅實)한 미래의 정초(定礎)를 바로 세울 수 있을 때 우리에게는 변혁(變革)의 희망이 주어진다.

그리고 그런 상상력은 우리를 구태의연한 악습으로부터 해방시키고, 고루한 사상의 편린(片鱗)에서 벗어나게 한다. 또한 무능력하고 무의미한 강계(疆界)에서 벗어나 전 지구촌이 '큰 틀의 하나'가 되고, 전 인류가 '하나의 공동체'에서 '하나 된 인류'로 살아가는 현실을 다시 한 번 사유할 수 있게 해주는 원동력이 될 수 있을 것이다.

이를 위해 칼 포퍼가 《더 나은 세상을 찾아서(*In Search of a better world*)》에서 주장했던 것처럼 인류가 지구상에 존재한 이래 '하나 된 인류'란 이념은 이룰 수 없는 꿈이었는지도 모른다. 하지만 이러한 꿈을 실현하기 위해서는 '더 나은 세상'을 위한 '하나 된 인류'가 출현할 필요가 있게 된다.

여기서 하나 된 인류를 위해 요구되는 새로운 인간상은 흙으로 빚거나 아담의 갈비로 잉태된 것과 같은 종교적 상념에서 비롯된 환형적(幻形的) 존재가 아니라, 인류의 이상에 공헌하면서 모두가 하나임을 자각하는 그런 존재들이어야 할 것이다.

이런 맥락에서 볼 때 유토피아 사상의 핵심은 정태적(靜態的)이고 박제된 현실의 제도들을 바로 보려는 비판정신과 이를 동태적(動態的)이고 살아 숨 쉬는 인간적인 영역으로 바꾸려는 개혁의식에 있다고 할 수 있다.

유토피아는 암울한 현실에 대한 대안인 동시에 현실의 속박으로부터 일탈하려는 '액정화된 틀로부터의 자유'에서 비롯되고 있기 때문에 개선을 촉구하고 변혁을 갈망하여 새로운 가치와 목표를 추구하는 사상이라고 할 수 있다. 여기서 우리는 유토피아가 반드시 긍정적인 측면만을 지니는 것이 아니라 부정적인 측면 또한 적지 않았음을 감지할 수 있다.

유토피아는 마치 그리스 로마신화에 나오는 '프로크루스테스의 침대'처럼 인간의 몸에 맞게 침대를 만드는 것이 아니라, 침대에 맞게 인간의 다리를 잘라버리는 사회로 비춰지는 것도 당연하다. 하지만 유토피아는 다양한 방식으로 사람들에게 희망의 원리이자 현실을 벗어날 수 있게 하는 동력이기도 했다. 왜냐하면 유토피아는 인간의 존재와 사랑을 최우선으로 하는 사회이기 때문이다.

그 사랑은 내 안에 머무를 때 '自愛'이지만 타자에게까지 미치게 되면 '他愛'가 된다. 自愛가 자기보존의 원리, 즉 자유와 평등의 원리라면 他愛는 나와 남과의 관계를 유지하려는 협동과 유대의 원리이며, 모든 사람의 복지와 행복을 증진하려는 博愛의 원리이다.

따라서 자기의 이익을 추구하려면 타인의 이익과의 평등을 고려하지 않을 수 없으므로 박애는 곧 인간은 누구나 평등하고 인간으로서 사랑하고 사랑받을 수 있음을 의미한다. 그러므로 나와 주변인들만 사랑한다는 편애를 멀리하고 나와 주변인들에 대한 사랑이 남을 사랑하는 것과 멀지 않음을 인식하고 실행 가능하게 하는 것이 박애이다. 박애는 곧 仁에서 발원된 범애(汎愛)이다.

하늘과의 관계에서 인간다움은 낳고 또 낳게 하는 이치이고, 인간과 관계된 인간다움은 보편적인 사랑의 미덕이다. 하늘도 인간적이다. 하늘은 만물을 유지시키고 길러주며, 변형시키기도 한다. 또한 이들을 낳고 더욱 성장시켜 완성시켜 주는 것도 하늘이다. 바로 인간도 하늘로부터 仁을 부여받아 비로소 인간다움을 지닌 인간이 된다.

仁자는 '인간을 의미하는 말' 과 '많음을 의미하는 말' 로 이뤄져 있다. 즉, 仁은 함께 살아가는 것이 인간의 길임을 의미함과 동시에 관심을 내포한 사랑의 힘이다.(The word jen consists of one part meaning man and another part meaning many. It means that the way of men is to live together. It connotes attraction. It is the power of love. *A Source Book in Chinese Philosophy*)

그런 인(仁)에 바탕을 둔 대동사회에서는 물자는 풍족하지만 사유재산은 축적하지 않으며 모두가 공평하게 나눠 가진다. 또 누구나 똑같이 교육을 받을 권리가 있고 도덕을 중시하며 자유를 추구하되, 재물이나 영토를 늘리기 위한 전쟁은 배척되는 곳이다.

이런 관점에서 유토피아란 '어디에도 없는 장소(no-wherc)' 라기보다는 그 장소에 이를 수 있다는 '가능태' 를 가리킨다는 점에서 '지금 여기(now-here)'를 일컫는 말이기도 하다.

'어디에도 없는 곳'이라는 유토피아 본래 의미는 영원히 '나의 자리는 가질 수 없다'는 정신적 패배의식으로 이어진다. 이런 의식 속에서 나 스스로 타자를 멀리하며, 나 또한 나의 자리에서 끊임없이 벗어나 겉돌게 된다.

여기서 유토피아를 '어디에도 없는 장소(no-where)'가 아니라 현재를 넘어서는 곳으로 이해하고, 그리고 상상 속에서만 머물러 있어서 다가설 수 없는 미래의 신기루 같은 곳이 아니라 '지금 여기(now here)'로 받아들일 수만 있다면, 이는 공자가 대동의 이상을 단순히 헛된 공상이 아니라 언젠가는 실현 가능한 목표로 믿었다는 사실과도 통하게 된다.

그러한 믿음의 근거 역시 그러한 사회가 과거에 존재한 적이 있었다는 사실 때문일 것이다. 그 사실은 다시금 인류에게 이상사회로 나아갈 수 있다는 여지를 남겨주어 인류 공동체라는 크게 하나 됨을 이뤄나갈 수 있다는 신념에서 대동사회와 유토피아는 접점을 이룬다고 하겠다.

대동사회와 유토피아는 존재했던 곳을 향해 나아가려는 의지와 존재하지는 않았지만 존재의 가능성에 뜻을 두고 부단히 그곳을 희구하는 상상력에서 차이점이 있다. 반면에 현실의 뒤틀린 소유와 지배에 대한 충동에서 벗어나 인간다움의 정감이 넘치고 존재와 존재, 더 나아가 존재와 비존재까지도 다 끌어안을 수 있는 범애(汎愛)를 지향하려는 데서 공통점이 있다고 하겠다.

3. 열린사회와 성군(聖君)의 정치

1) 열린사회를 향하여

'열린사회(open society)'와 '닫힌사회(closed society)'라는 용어는 앙리 베르그송(Henri Bergson)의《도덕과 종교의 두 원천(*two sources of Morality and Religion*)》(1935)에서 처음 사용되었다. 닫힌사회는 마(주)술적 금기에 대한 믿음에 의해 특징지어지고, 반면에 열린사회는 사람들이 금기에 대해 어느 정도 비판적으로 그들의 至善의 권위에 의존해서 토론 후에 결정을 내리도록 학습된 사회이다.

포퍼는, "열린사회를 닫힌사회와 대립적인 성격으로 규정하고, 닫힌사회에서 열리사회로의 이행은 인류가 수행한 가장 위대한 혁명 가운데 하나라고 본다. 왜냐하면 이 혁명은 고대 아테네의 민주주의에서부터 시작되어 그곳에서 비로소 열린사회의 기본 신념인 이성과 자유 및 박애의 사상이 시작되었기 때문이다.

그래서 열린사회만이 우리가 인간으로 살아남을 수 있는 유일한 사회라고 정의한다. 열린사회에서는 행위의 규범들이 고정 불변한 것으로 간주되지 않고 필요에 의해서 얼마든지 변경될 수 있는 약속의 체계에 불과한 것이며, 개인들이 스스로 판단을 내리고 독자적인 결단을 내릴 수 있다는 것을 열린사회의 특징으로 보고 있다.

즉, 칼 포퍼가《열린사회와 그 적들》에서 말했던 열린사회는 불변의 규칙이나 전통적 권위에 의존하는 것이 아니라, 이성과 자유 및 인간에 대한 박애의 신념에 의존한다. 또한 각자가 자신의 이성을 사용하여 판단을 내리며, 다른 사람의 자유와 권리를 인정하고 형제애 속에 살 것을 동의할 때만 존재하는 사회인 것이다.

또한 열린사회로의 이행이 기술의 발달만으로 자동적으로 이루어지는 것은 아니다. 열린사회를 향한 효과적인 행위는 이성의 기준 위에서만 가능하다고 포퍼는 강조한다. 그러므로 열린사회로 향한 우리의 길은 우리가 우리의 이성을 얼마나 참된 삶의 안내자로 간주하는가에 달려있다. 즉 인간에 대한 사랑과 합리성을 바탕으로, 자유의 가치와 인간이 지닌 비판적 힘의 가치가 중요하게 여겨질 때 비로소 진정한 열린사회는 도래한다는 것이다.

유가에서는 聖王이 다스리는 세계야말로 '하나 된 인류' 로 이루어진 '열린사회' 라고 생각한다. 이것이 바로 유가에서 말하는 이상사회라고 할 수 있다. 유가에서는 성군이 다스리는, 즉 왕도사회를 꿈꿀 수 없는 이상세계나 피안의 세상으로 상정하지 않는다.

《서경》「홍범」에는 치우침이 없고 기울어짐이 없어서 왕의 의리에 따르며, 사사로이 좋아함을 만들지 않아 王道를 따르며, 사사로이 미워함을 만들지 않아 王道를 따르고, 치우침이 없고 당파가 없으면 왕도가 탕탕(蕩蕩)할 것이며, 당파가 없고 치우침이 없으면 왕도가 평평할 것이며, 마음을 거꾸로 가지거나 삐딱하게 가지는 일이 없어야 王道가 바르고 곧게 된다고 하였다.

또 민심을 천심(Vox Populi Vox Dei : 국민의 소리는 하늘의 소리다)으로 알고 항상 시중(時中, 때에 맞게 처신함)하는 자세로 치세함으로써 '성왕의 도'에 이르는 政事가 道라고 하였다. 정사라는 것은 공동체 의식을 중요시하여 전체가 고르게 삶을 영위할 수 있게 하는 것이다. 政이란 바르게 하거나 바룬다는 뜻을 가진 正의 의미로 해석하면 하나에 그치는 일지(一止)인 것이다.

이것은 바로 결핍된 것을 메워서 원만함을 이루어주는 것이며, 인간세계가 열락할 수 있게 되는 실천인 것이다. 誠을 바탕으로 行道하고 得道하는 道學정신을 실현함으로써 서로가 원망이 없고 서로가 다투지 않고 더불어 사는 공동체 의식을 지닐 수 있는 것이다.

맹자는, "성인이 천하를 다스림에 콩과 조가 물·불처럼 풍성하게 있게 되었으며, 콩과 조가 물·불처럼 가득한데 백성들 중 어질지 않은 사람이 있겠는가?" 라고 하였다. 도덕이상이 지극한 성인의 나라에서는 모든 사람이 도덕적인 군자가 된다는 것이 열린사회에서의 현실이라는 것이다.

《논어》에서 사람이 道, 즉 理想을 키울 수 있지, 이상, 즉 道가 사람을 키우지는 않는다(人能弘道 非道弘人)고 한 것처럼 그 사람이 현실 권력의 군주이든 도덕이상의 성인이든 유가사상은 피치 못할 인치(人治)의 연장선상에서 열린사회를 꿈꾸었다.

또《순자》에서는 좋은 법이 있음에도 (정치적으로) 혼란스러운 경우는 있으나, 군자가 있음에도 혼란스러운 경우는 옛날부터 지금까지 아직 들어본 적이 없다고 했듯이, 그 군자는 학문을 통해 이루어지고 도덕이상에 대한 실천력을 가지고 성인을 향해 가는 사람이다.

지적 성취와 도덕적 실천력을 겸비한 사람을 만드는 것이 유가 王道의 핵심이고, 모든 사람이 군자가 되면 자연히 이상적인 열린사회가 되는 것이다. 군자는 사람들과 화합하지만 부화뇌동하지는 않고, 소인은 부화뇌동하지만 사람들과 화합하지는 못한다(君子和而不同 小人同而不和)는 말에서, 和를 창조적이고 생산적인 에너지의 소유자들로 이루어진 열린사회로, 同을 폐쇄적이면서도 소모적인 다툼에 매몰된 사람들로 이루어진 닫힌사회라 할 수 있다.

여기서 和는 다양성을 인정하는 것을 의미하며 관용과 공존의 논리인 반면에, 同은 다양성을 인정하지 않고 획일적인 가치만을 용납하는 것을 의미하는 지배와 흡수합병의 논리이다. 그런 의미에서 和와 同은 철저하게 대를 이루고 있다. 하지만 이러한 차이와 다양성이 존중됨으로써 비로소 공존과 평화가 가능하며, 나아가 진정한 문화의 질적 발전이 가능한 것이다.

상하가 바로 서고 좌우가 제자리에 위치하듯이, 열린사회에서는 구성원들 간에 禮와 義가 바르게 서고 德이 그 바탕에 위치하게 된다. 윗물이 맑아야 아랫물이 맑다는 것과 같이 공자는 윗사람이 예를 좋아하면 백성들이 윗사람을 공경하지 않는 이가 없고, 윗사람이 의를 좋아하면 백성들이 윗사람에게 복종하지 않는 이가 없으며, 윗사람이 믿음을 좋아하면 백성들이 감히 진실하지 않을 수 없는 것이다. 이렇게 되면 사방의 백성들이 제 아이를 포대기에 업고 올 것이니, 어찌 윗사람이 몸소 농사짓는 일을 하겠는가? 라고 말한다.

오늘날 우리들 집안도 마찬가지듯이 최고 어른은 분명히 부드러운 인간관계, 즉 덕의 화신이어야 한다. 《서경》에 그물이 벼리에 붙어있어야 조리가 있어 혼란스럽지 않은 것과 같고, 농부가 밭에서 일하고 힘써 밭 갈아야 또한 가을을 맞는 것과 같은 논리다.

위정자가 사심을 버리고 백성들에게 참된 덕을 베풀어 인척들과 벗들에게까지 그 영향이 미쳐야 비로소 그들은 덕이 쌓여 있다고 말할 수 있다. 이는 흔히 내가 덕을 베푸니 너희들도 따라서 덕을 베풀어야 한다는 말은 명령을 내리는 자로서의 위정자가 아니라 덕성의 화신으로서의 지도자를 상정한 것이다.

《맹자》의, "나의 어른을 어른으로 여김으로써 다른 어른에 미쳐가고, 나의 아이를 아이로 여김으로써 다른 아이에 미친다면, 천하를 다스리는 것은 손바닥에 놓고 움직이는 것과 같이 쉽다(老吾老以及人之老 幼吾幼以及人之幼 天下可運於掌)"는 말이 뜻하는 것처럼, 그 점진적인 과정이 열린사회의 결과적인 모습으로 그려지게 된다.

또 공자는 《논어》에서 忠과 恕를 말했다. 忠恕는 공평하게 하는 것이니, 덕에 나아감은 충서로부터 시작하고 이것이 지극해지면 공평해지고, 천하에 공을 행하면 '나'와 '남'을 함께 비춰보게 된다. 그러므로 仁은 恕할 수 있는 바탕이 되고 타자에 대한 사랑의 근거가 되는 것이니, 恕는 仁을 베푸는 것이요, 사랑은 仁의 작용이 되는 구조이다. 즉, 내 안에 잠재되어 있는 仁의 마음을 확대하여 타자에 대한 사랑의 마음으로 승화되어 나갈 때 진정한 인류애에 바탕을 둔 공존공영의 대동사회가 이루어질 수 있을 것이다.

이것이 《대학》에서 말하는 평천하의 세상인 것이며 유가의 대동사회인 것이다. 대동사회가 본령이고 열린사회가 이의 작용으로 볼 때, 열린사회 또한 구성원들 사이에 인간으로서 인간다움의 도덕성 구현이라는 전제 없이는 이룰 수 없는 요원한 것임에 틀림없다.

이 仁에 기반한 忠恕의 정신으로 德政을 베풀어서 이러한 도덕적 자아의 기반 위에서 대동을 이루자는 것, 즉 '존재와 가치' 더 나아가 '존재와 존재'를 격리시키지 않으려는 것이 유가사상의 본질이라고 본다.

2) 역사상 성군지치(聖君之治)의 자취

사마천의《史記》「周本記」에는 성왕(成王)이 세상을 떠나자 소공(召公)과 필공(畢公)은 제후들을 거느리고 태자 교(釗)를 선왕의 묘당에 예를 올리게 하고, 文王과 武王이 왕업을 어렵게 이루었음을 알려서 절약과 검소함에 힘쓰고 탐욕을 부리지 말며 진실한 믿음으로 왕도에 임하도록「고명(顧命)[36]」을 지었다고 전해진다.

태자 교가 마침내 즉위하니 이 사람이 강왕(康王)이다. 강왕은 즉위하여 제후들에게 문왕과 무왕의 위업을 널리 알려 실행하도록「강고(康誥)」를 지었다. 흔히들 이상사회를 표현하는 말로 형조불용(刑措不用)[37] 혹은 획지위뢰(劃地爲牢)[38]라는 말을 쓰는데, 주나라 초기 성

36) 고명(顧命) : 왕이 임종시에 왕자나 대신들에게 최후로 남기는 말. 유명(遺命)·유훈(遺訓)·유조(遺詔)·유고(遺誥)·유교(遺教)라고도 하였다. 보통 후계 문제·장례절차·선정당부(善政當付) 등을 그 내용으로 하였다. 기원은 주나라의 성왕(成王)이 임종 시에 군신들을 불러 강왕(康王)의 보호와 선정의 시행을 당부한 것에서 비롯하였다.

왕과 강왕 시절에 천하가 태평하여 40년간 형벌을 쓰지 않았으며, 심지어 감옥이 없어서 죄지은 사람은 스스로 땅 위에 선을 긋고 감옥으로(劃地爲牢) 여겼다는 것이다. 역사는 이를 '성강의 치(成康之治)' 라고 한다.

한나라는 '孝로써 천하를 다스린다(以孝治天下)' 는 사상을 기반으로 三綱을 제시하고 효자비, 충신사, 열녀문 등을 세워 나라를 다스렸다. 그래서 황제 이름 앞에 孝를 붙여서 명명했으며, 인(仁)과 덕(德)을 중시했다. 특히 문제(文帝)와 경제(景帝)시대에 사회가 안정되어 태평성세를 구가하였다.

《사기》「효문본기」에서 태사공은, 공자가 말하기를 틀림없이 한 세대가 지난 뒤에야 어진 정치가 이루어진다. 또 선한 사람이 백 년 동안 나라를 다스려야 난폭한 정치를 없앨 수 있다고 했으며, 또 한나라가 일어나 효문제에 이르기까지 40여 년이 되니 덕이 지극히 성대해졌다. 문제가 내린 유조(遺詔)에는 천하 관민(官民)의 복상을 3일로 하라는 내용이 있었는데, 이는 복상 규정을 엄수하고 후장(厚葬)하는 유

---

37) 형조불용(刑措不用) : 형법(刑法)을 폐하고 쓰지 않는다. 백성들이 죄를 저지르지 않아 형법을 적용하지 않으니, 곧 나라가 잘 다스려지고 平安하다는 말.

38) 획지위뢰(劃地爲牢) : 한(漢)나라 때의 역사가 사마천(司馬遷)은 친구 임안(任安)에게 보낸 편지 〈보임소경서(報任少卿書)〉에서 "선비는 땅에 금을 그어 만든 감옥이라 하여도 선비의 기세로 들어가서는 안 되며, 나무를 깎아 만든 형리일지라도 심문에 응한다고 대답하여서는 안 되는 것이니, 이는 미리 마음을 분명하게 정하였기 때문이다(士有畵地爲牢 勢不可入 削木爲吏 議不可對 定計於鮮也)." 라고 하였다. 이는 궁형(宮刑)을 당하고서도 꺾이지 않는 선비의 기개를 드러낸 말이라고 할 수 있다.

가의 방식을 따랐던 것이다.

또 사마천은《史記》「고조공신후자연표(高祖功臣候者年表)」의 序에서 천하가 처음으로 안정되었다. 대성(大城)과 명도(名都)는 산망(散亡)하여 셀 수 있는 호구는 열에 두엇에 지나지 않았고, 대후(大侯)는 만가(萬家)에 불과하였으며, 작은 것은 오륙백이었다. 그 후 몇 년이 흘러 백성이 모두 향리로 돌아가니 호는 더욱 늘었다고 기술하였다.

실제로 文帝는 중국 역사상 검소하기로 이름난 황제였다. 그는 봄철에 친히 적전(藉田)을 갈아 농업과 누에치기를 장려하였으며, 백성들에게는 조세와 부역을 경감시켰다. 문제에 이어 즉위한 경제(景帝)도 백성에게 휴식을 제공한다는 정책을 실시하였기 때문에 40년 가까이 공전(空前)의 번영을 이뤘고 사회는 안정되어 태평성대를 구가하였다. 이 시대를 문경의 치(文景之治, BC 157~BC 141)라고 부른다.

역사는 당태종(唐太宗) 이세민(李世民, 貞觀 599~649)에 이르러 또 한 번의 성군의 정치(聖君之治)를 맞게 된다. 이세민은 항상 모든 일을 자신에게서부터 시작하려 했다. 이는 전형적인 유가의 정치 자세이다. 유가의 정치는 인간존중이 바탕이므로(以人爲本) 백성은 국가의 근본(民爲邦本)이 된다.

이세민의 이름에 민이라는 글자가 있어서 이를 피하기(避諱) 위해 '以民爲本' 대신에 '以人爲本'으로 쓴 것이지만, 以民爲本은 중국 역사상 가장 선진적인 민본사상이라 할 수 있다. 정관(貞觀)시대에는 이덕화민(以德化民)과 이민위본(以民爲本)을 고집스럽게 관철했는데, 이는 '정관의 정치(貞觀之治)'의 기본 원칙이었다.

또 정관시대에는 선정으로 형사재판이 사라졌고, 밤에는 문을 잠그지 않아도 될 정도로 사회가 안정되었다. 여행자는 식량을 가지고 다니지 않아도 언제 어디서든 먹을 수 있었다. 이는 사회 치안이 유지되고 도덕 수준이 높았던 것을 꼽을 수 있지만, 무엇보다 나라에서 가장 귀한 것이 백성이고, 토지는 그 다음이며 군왕이 가장 나중으로, 민심을 얻어야만 나라를 얻을 수 있다는 통치자의 철학이 《맹자》의 사상에 근거하였다는 점이다.

여기에다 이세민은, 군주는 국가를 근간으로 하고, 국가는 백성을 기본으로 한다. 백성을 핍박해 군주를 받들게 하고 그들의 살을 잘라 자신의 배를 채우면 배는 부르겠지만 몸은 죽어가고 군주는 부자가 되지만 나라는 망하고 만다는 자신만의 통치철학을 지니고 있었다.

예부터 군주의 재난은 바깥이 아닌 그 자신으로부터 야기된다고 하였다. 원하는 것이 많으면 막대한 재물을 써야 하고, 재물을 얻기 위해서는 세금을 무겁게 거둘 수밖에 없다. 세금이 무거워지면 백성은 근심하며, 백성이 근심하면 나라는 위기에 처하게 된다. 나라가 위기에 처하면 군주 또한 존재할 수 없다는 사실을 이세민은 항상 마음에 새기고 함부로 행동하지 않았다.

한마디로 정관시대의 통치자들은 모두 백성을 중시하는 정치를 실천하려 했는데, 이것이 정관의 정치가 출현할 수 있었던 중요한 배경이기도 하였다. 정관시대는 중국 역사상 가장 모범이 되는 열린사회이자 대통합(大同)의 시대였다.

중국의 역사에서 앞에 언급한 '문경지치(文景之治)' 는 후세 당대의 '정관지치(貞觀之治)' 와 함께 모두 황제의 칭호와 연호를 붙인 봉건 왕조의 번영시대를 칭송하는 말이 되었다. 이와 더불어 중국 역사 4,500여 년, 그리고 300여 명의 황제 중에서 덕치(德治)를 잘 행했던 황제가 있으니, 그들이 바로 청나라의 강희제와 건륭제이다.

강희제는 어떤 인물인가? 강희제는 인명을 중시했으며 형벌을 신중하게 적용해야 함을 《주역》 을 인용하여 말하곤 하였다.

> "상(象)에 이르기를 산 위에 불이 있는 것이 여(旅)괘의 괘상이니, 군자가 형벌 쓰는 것을 밝게 삼가 감옥에 머무르지 아니하니라."

산의 고요함이란 형벌을 내릴 때 신중해야 함을 의미한다. 초목에 불을 붙이면 급속히 번지듯이 긴급을 요하는 소송사건은 신속하게 처리해야 하며, 통치자는 형벌을 사용하는 데 정확하고 신중해야 한다. 통치자의 의도는 앞으로는 더 이상 형벌을 가하는 일이 없게 하기 위해 지금 형벌을 내리는 것이다.

즉, 황제의 권력은 사람을 살릴 수도 죽일 수도 있어서 황제는 조정의 관료들이 저지른 행정상의 실수들은 바로잡을 수 있지만, 이미 처형된 죄인들은 결국 되살릴 수 없으므로 사람들이 도덕심(道德心)을 함양하도록 고무시키려 하였다.

여기에다 그는 백성을 보살피는 일에 인간으로서 할 수 있는 최선을 다하고 그 다음은 천명에 맡기는 것이 자신이 해야 할 바라고 하였다.

조너선 스펜스는《강희제》에서 이렇게 말하였다.

> 극심한 가뭄이 들었을 때는 들판에서 열심히 일하고 나서 좋은 날씨를 기대해야 한다. 극심한 가뭄이 들었을 때, 나는 소금에 절인 채소조차 입에 대지 않은 채 거적을 깐 오두막에서 사흘 동안 기도하였다. 그 다음에는 천단(天壇)으로 갔다.

강희제는 문관이 금전을 탐하지 않고 무관이 죽음을 두려워하지 않는다면 나라가 태평하지 못할까 염려할 필요가 없다고 하였다. 관료의 道는 백성을 성심으로 다스리고 애정으로 감싸주어 백성이 어버이처럼 사랑하게 하는 데 있다고 하였다. 또 그는 孔子 사상을 중시하여 공자의 집에서 제를 올리고 절하였으며, 제례 음악을 듣고《대학》과《주역》의 진강(進講)을 들었다. 한편으로 하늘을 공경하고 조상의 가르침을 본받는 것을 가장 중요한 일로 여겼으며《중용》의 문구를 자주 인용하였다.

> 군자는 현재의 처지에 합당하게 행하고 그 외는 원하지 않는다. 윗자리에 있을 때 아랫사람을 능멸하지 않으며, 아랫자리에 있을 때 윗사람에게 잘 보이려 아부하지 않고 자신을 바르게 하고 남에게 요구하지 않으면 원망하는 이가 없을 것이니, 위로는 하늘을 원망하지 않으며 아

래로는 사람을 원망하지 않는다(君子素其位 而行不願乎其外 在上位不陵下 在下位不援上 正己而不求於人 則無怨 上不怨天 下不尤人).

위민(爲民)정치를 성군을 가늠하는 제일의 척도로 볼 때, 건륭제 또한 성군이라 할 수 있다. 마크 C. 엘리엇(Mark C. Elliot)은 그의 저서 《건륭제 : 하늘의 아들, 현세의 인간(*Emperor Qianlong: Son of Heaven, Man of the World*)》에서 건륭제가 즉위 한 달 만에 선포한 칙서(勅書)에는 천하를 통치하는 방법은 中道를 찾는 것이 중요하다. 그래서 너그러움은 엄격함을 통해 바로잡아야 하고, 엄격함은 너그러움에 의해 완화되어야 한다. 엄격함과 온유함을 조화롭게 행하여 태평하고 정직한 정부를 이룩할 것이라는 건륭제만의 통치철학이 담겨 있다고 주장했다.

엘리엇은 중국역사상 가장 오랜 기간 재위하며 화려한 성대를 이룩해낸 황제 건륭제의 삶과 업적에 관해 기술하면서 건륭제는 천리에 따라 다스리고 조상을 존숭하였으며 고대 성인을 본받으려 했다고 강조했다. 건륭제 집권 시기에 도덕심의 기준은 여느 때보다도 높았으며 효제(孝悌)를 크게 강조되었다. 그래서 황제가 효를 몸소 보여줄 필요가 있었다. 이는 중요한 덕목이었다.

孝는 강희제가 반포한 「성유십육조(聖諭十六條)」[39]의 첫째 조목에

39) 성유십육조(聖諭十六條) : 강희제(康熙帝)가 백성들을 교화하고 질서를 바로잡고자 공표했다. 《청성조실록(淸聖祖實錄)》 권34에 실려 있는 것을 간단히 기술해 보

나오는데, 「성유십육조」는 한 달에 두 번씩 모든 향촌에서 큰 소리로 낭독되어야 하는 교훈적이고 도덕적인 훈령이었다. 그러한 분위기에서 성장한 건륭은 효제(孝悌)에 자연히 익숙해 있었다. 효가 바로 훌륭한 정부의 기초를 이룬다는 조부(강희제)의 입장은 공자가 훌륭한 지혜의 원천으로 평가했으며, 건륭이 8세 때 이미 암기한 바 있는《대학》에도 잘 반영되어 있었다.

청나라 말기 사상가이자 정치가였던 강유위(康有爲, 1858~1927)는, "대동사회에서는 완전히 평등하고 공정하며 인간미 넘치고 훌륭한 정치가 행해지므로 대동사회로 나아가는 길만이 사람들로 하여금 고통에서 벗어나 지극한 행복을 찾게 해주는 것"이라고 하였다. (《대동서》*The philosophy of Great Unity*)

그러면서 그는 인간이 겪는 고통은 시간과 장소에 따라 상상할 수 없을 정도로 많지만 고통을 6가지로 대별[40]하고 이들에 속하는 하위 고통들을 각각 나열하였다.

면 다음과 같다. •부모에게 효도하고 형에게 복종하는 것을 존중하라 •종친들에게 관대하라 •이웃과 화목하라 •뽕나무 심기와 농업에 힘써라 •절약과 검소를 중시하라 •학교를 번창케 하라 •잡설을 근절시켜라 •법을 알려주어라 •예의와 양보의 미덕을 밝혀라 •본업에 성실하도록 힘써라 •자식들을 훈육하라 •남을 함부로 무고하지 마라 •범인을 은닉하지 마라 •세금을 완납하라 •보갑제(保甲制)를 결성하라 •분노와 해묵은 원한을 풀어라.

40) 1. Seven sufferings from living 2. Eight sufferings from natural calamities 3. Five sufferings from conditions of life 4. Five sufferings from government 5. Eight sufferings from human feelings 6. Five sufferings from being objects of honor and esteem

4. 인류공존의 이상사회를 향하여

유가(儒家)의 대동사회도 결국은 사람과 사람이 모여서 이루어진 사회이다. 사람과 사람이 모인다는 것은 무엇인가? 공동체사회에서 필연적으로 바탕에 두어야 할 것이 바로 질서(秩序, eunomia)이다. 그 질서가 바로 우리의 삶이요 이상사회로 가는 희망찬 노정이다. 그 질서는 가까이는 '나'에게서 비롯되어서 '너'에게로, 그리고 다시 '우리'에게로 윤회되는 생명인 것이다.

그 질서가 《대학》에서는 혈구지도(絜矩之道)로 나타난다. 상하와 전후좌우에 존재(存在, sein)에 대한 당위(當爲, sollen)로서 '앎과 행함이 하나가 되게 하는 것(知行合一)' 즉 길고 짧음과 넓고 좁음을 나와 남에게 똑같이 적용하면 방정(方正)하지 않음이 없을 것이라는 인간의 근본적인 자아에 도덕적 필연성(權道, müssen)인 규구(規矩)를 상정한 것이다. 이러한 도덕적 자아의 기반 위에 대동을 이루자는 것, 즉 '존재와 가치' 더 나아가 '존재와 존재'를 격리시키지 않으려는 것이 유가사상의 본질이라고 할 수 있다.

어느 사회나 여러 가지 모순점은 있기 마련이다. 토머스 모어 자신도 유토피아가 아무 문제도 없는 이상국가라고 생각하지는 않았다. 다만 그런 목표를 가지고 있다면 더 나은 세계를 꿈꾸며 현실세계를 개선해 나가려는 노력을 그치지 않을 것이라는 것이 그의 생각이었을 것이다. 유토피아는 완성된 모습의 이상향이 아니라 계속적으로 발전해

가고 있는, 즉 궁극적으로는 극복되어야 할 대상이 되는 사회인 것이다.

오만과 독선이 난무하는 현실에서 일탈하려는 찰나적인 사고에서 유토피아를 희구하려는 것이 아니라, 진정한 의미의 대동사회를 지향한다면, 또 유가사상을 존승(尊承)하고 '천하는 모두에게 공유(天下爲公)' 된다는 대동사상을 주창(主唱)한다면, '나의 보편성이 너의 특수성' 을 매몰해서는 곤란하다. 다시 말해서 '나의 사(社)' 가 길이 보편성을 지니자면 역설적으로 '너의 회(會)' 의 특수성도 강조되어야 한다는 것이다.

그래야만 진정으로 '나' 와 '너' 가 하나가 되는 '대동의 사회' 가 도래할 수 있는 것이다. 이런 관점에서 "가장 지방적인 것이 세계적인 것" 이라는 괴테의 말은 공자가 말한 조화롭지만 서로 같지 아니하여야 한다(君子和而不同 小人同而不和)라는 세계관과도 소통하게 된다.

나와 남을 동등하게 인식하는 것이 공동체 형성의 중요한 정신적 기반이 된다. 인간이 개인으로서 누군가를 다스린다는 사상은 나를 수신하여 가정을 바르게 할 수 있어야만 나라를 다스리고, 천하를 평안하게 할 수 있다는 데 그 핵심이 있다. 모든 다스림이 곧 나로부터 비롯되기 때문이다. 한편으로 이것은 기본적으로 공동체 구성원들의 다양성을 인정하고 지지하는 입장에서 유가 전통이 가진 정신적 자산을 웅변하자는 것이기도 하다.

이를 위해서 자신이 하고 싶지 않은 일을 남에게 시키지 말아야(己

所不欲 勿施於人)하며, 자기가 서고자 할 때에는 남부터 세워주고, 자기가 이루고자 할 때에는 남부터 이루게 하려는 마음가짐(己欲立而立人 己欲達而達人), 즉 타자를 성취하게 함이 곧 참된 자아의 완성이 된다(成己成物)는 자세가 대동사회로 나아가는 길의 초석이 되어야 한다.

또 열린사회를 가로막는 배타적 원리주의, 폐쇄적 민족주의, 집단적 열광주의, 독단적 교조주의를 벗어 던지고 평화와 평등, 인정과 배려, 온유와 정감, 덕치와 예치가 크게 세상에 쓰여 위로는 천조(天造)로부터 아래로는 인사에 이르기까지 어느 한 가지도 '나'와 '우리'라는 공동체의 문제가 되지 않는 것이 없다는 사실을 직시해야 한다.

이것은 '나'는 수기(修己)요 '우리'는 치인(治人)의 문제가 되는 공동체적 인간관계가 중요하다는 생각을 함의하고 있기 때문이다.

물질만능 시대에 公보다 私를 앞세우려는 우리의 과욕이 대동을 소강(小康)으로, 열린사회를 닫힌사회로 변질시키는 주된 원인이 아닐까 싶다. 이에 대한 근본적인 해법은 경제논리(利)에 매몰된 욕망의 세계화(globalization)가 아니라 현 사회에 팽배해 있는 '반목과 불신'을 극복하고 참다운 인류평화를 실현하기 위한 '위대한 통일의 세계화(大同 : the Confucius theory of Great Unity)'에서 모색될 수 있음을 주시할 필요가 있다.

오직 이와 같은 통일된 세계에서만 인간은 저마다 가지고 있는 모든 역량을 꽃피울 수 있고, 사랑으로 열매를 맺게 하는 휴머니즘의 유토피아(Utopia)이자 '내 안에 그대 있음(萬物皆備於我矣)'을 확인하는 '사랑의 기술'이기 때문이다.

공자는 순수한 인간의 본질이 올바르게 구현되어, 모든 국가와 민족이 공존하는 대동사회를 이룩하는 데 궁극적인 정치적 이상을 두었다. 그에게 대동사회란 개인의 양심과 사랑 그리고 상호 신뢰와 공존의식 등 제반 도덕정신의 반석 위에 구성원들이 하나로 뭉쳐진 평화로운 사회였다.

이런 사회에서는 인간의 생명을 존중하고 사랑을 실천하며, 인간관계의 신의와 화목을, 그리고 공동체 의식을 기반으로 하여 인류애를 실천할 것이 요구되었다. 여기에 자연과는 친화적인 관계를 이루며, 경제적 균분과 장애자 우선의 사회복지를 실현하는 것은 필수적인 사항이었다.

이러한 사회가 칼 포퍼에게는 '열린사회(the Open society)' 이자 에리히 프롬에게는 '건전한 사회(the Sane society)' 가 되고, 토머스 모어의 유토피아(Utopia)인 것이며, 이와 같은 동·서양의 모든 이상사회관을 아우를(綱) 수 있는 것이 유가의 대동사회라고 본다.

안동 도산서원

제2부. 인간심리의 발견

제1장. 퇴계와 알프레드 아들러의 대화

제2장. 퇴계와 왕양명의 대화

제3장. 퇴계와 溫故知新의 대화

제1장. 퇴계와 알프레드 아들러의 대화
— 퇴계의 心學과 알프레드 아들러의 心理學

〈미리 읽기〉

마음과 몸의 관계를 중심으로 퇴계 이황의 心學과 알프레드 아들러(Alfred Adler, 1870~1937)의 心理學을 비교하는 것은 동서양의 학문 간 소통이라는 관점에서 의미있는 일이라 생각된다. 퇴계는 마음은 性과 情을 통섭하는 밝은 德이므로 온갖 이치를 갖추어 만사에 대응할 수 있다고 하였다. 이는 儒學에서 말하는 心개념을 포괄적으로 정의한 것이다.

마음을 보존하고 배양함으로써 마음의 본래 모습을 드러내려는 존양론(存養論)은 유학의 수양론이자 참 자아를 실현하는 방법론이라 할 수 있다. 그래서 자기수양은 내적 도덕성을 쌓아가는 과정이므로 인간의 보편적인 감정을 그 수양의 출발점으로 삼아야 한다.

알프레드 아들러의 개인심리학은 개인의 능력을 찾아내는 데 핵심이 있다. 이 과정에서 용기는 협동하고 사회적 관심을 표현해 낼 수 있는 능력이라 할 수 있다. 자신의 삶을 유용한 방향으로 이끌어 나갈 때, 개인은 스스로 가치 있는 존재임을 自得하게 된다.

이러한 자득이 삶의 자취로 드러나는 것이 행복감이고, 그 강도는 타인과의 협동 정도에 비례하게 된다. 여기서 마음과 몸을 통해서 인간 존재는 자신의 개인적 결함을 사회에 기여하는 방향으로 향상시켜 나가게 된다.

인간은 누구나 타인과 협동하고 사회에 기여하면서 독특한 존재로서 자기를 창조해 간다. 즉, 인간의 삶은 자기완성이란 목적을 추구하고 이를 달성해 나가는 과정으로서 이는 인간 이해의 핵심 과제를 이룬다고 하겠다.

개인이 하는 일 가운데 가장 어려운 일은 자신을 알고 자신을 변화시키는 것이다. 따라서 개인은 자신이 타고난 조건과 살아가는 태도를 파악하고 이를 성찰할 필요가 있는데, 이는 유학의 정신과도 접맥되어 내자성(內自省)과 내자송(內自訟)의 문제로 귀결될 수 있다고 하겠다.

공동체적 감정을 통해 개인의 자각은 주관적으로 표현된다. 개인이 다른 사람들과 협동하려고 노력하는 동안 삶의 여러 상황들에 익숙해지기 때문에, 공감은 사람들이 주고받는 능력에 대한 다른 표현이라고 할 수 있다.

즉, 개인이 보편적이고 인간적인 면과 마주하면서 개인과 개인 사이에 연결되는 정서적 고리가 곧 공감이 되는 셈이다. 아들러는 공감이 형성된 환경에서 개인은 누구나 동등하다는 법칙이 성립한다고 하였고, 퇴계는 이를 '모두 공경하라(一切敬之)' 고 하였다.

두 학자의 학문을 비교하기에 앞서 마음을 크게 하고 안목을 높여서 결코 먼저 한 가지 설을 주장하지도 않으면서 마음을 비우고 기운을 평온하게 하여 천천히 그 의취(義趣)를 살피려 한다. 그래야 두 학자의 견해가 올곧게 귀결되어 주밀하고 치우침이 없을 것으로 생각되기 때문이다.

또한 같음 가운데 다름이 있음을 인지하고, 다름 가운데 같음이 있음을 인식해야 한다는 퇴계의 학문 자세와, 끊임없이 자신은 다른 사람들과 다름을 강조하여 어떻게 하면 모든 사람보다 뛰어날 수 있을까만을 궁리하는 오만한 자세로는 결코 원만한 관계를 형성할 수 없다는 아들러의 學問正向을 바로 보려한다.

다만 여기서는 두 학자들의 사상의 '다름' 보다는 '같음' 이라는 측면에 초점을 두고 논의를 전개함과 아울러 인간이해를 위한 바람직한 지향점을 제언하고자 한다.

1. 人間存在의 始原을 찾아서

유학은 궁극적으로 인간의 문제를 핵심 화두로 삼는다. 일상의 人事에서부터 우주의 萬物에 이르기까지 인간의 문제가 本이자 末이고 始이자 終인 셈이다. 인간 존재를 구성하는 것은 마음(정신)과 몸이다. 퇴계는, "精이란 음백(陰魄)이 엉켜 정해진 英이고, 神은 양백(陽魂)이 발용(發用)하는 妙이다(精者 陰魄凝定之英 神者 陽魂發用之妙)"라고 하였다

반면에 아들러는 그의 저서《*Understanding Human Nature*》에서 정신이란 오직 움직이고 살아 있는 유기체에만 존재한다. 정신은 자유로운 활동과 긴밀한 관계가 있다(We attribute a soul only to moving organisms. The soul stands in innate relationship to free motions)고 하였다.

마음(정신)과 몸의 관계는 유학에서 근본문제 중 하나로 여겨, 심성론(心性論)의 학문적 관심에 있어서나 수양론(修養論)의 실천적 관심에 있어서도 이 문제는 중요한 연구대상이 되어 왔다.

'인간은 어디서 왔으며' 또 '인간을 구성하는 요소는 무엇인가'라는 물음에 대해 동서양의 생각은 차이를 보인다. 먼저 동양에서는 '하늘이 백성을 낳았다'고 하거나, '하늘은 인간의 아버지요 땅은 인간의 어머니'라 하여 인간은 하늘로부터 왔으며, 인간 존재에 관한 인식의 근거로 우주가 하늘과 땅 그리고 인간의 3요소로 구성되

어 있다고 보았다.

또한 퇴계는, "天地의 太極이 인간에게는 곧 性이고, 天地의 動靜陰陽이 인간에게는 곧 心이며, 천지의 金·木·水·火·土가 인간에게 있어서는 곧 仁·義·禮·智·信이자, 천지의 化生萬物이 인간에게 있어서는 곧 萬事라고 하면서, 대개 一陰一陽 流行造化가 곧 천지의 心이기 때문에 인간이 이것을 얻어 태어났으니, 또한 이것으로 心을 삼는 것"이라고 하여 인간의 존재의의와 구성 요소를 구체적이면서도 종합적으로 설명하였다.

반면에 서양에서는 생명의 본질은 인간을 구성하고 있는 원자들이나 분자들이 결합되는 방식에 있으며, 심지어 인체를 구성하는 화학물질의 총 가치가 97센트 혹은 10달러밖에 되지 않는다고 주장한 학자들도 있었다. 즉, 자연계에는 금이나 은, 백금, 티타늄 같은 고가품도 많지만, 인간의 육체는 값싼 원소로만 되어 있어서, 70kg 체중의 인체를 구성하는 원소(물질)의 총량을 시장가격으로 환산하면 3,000원 정도를 넘기 어렵다고 한다.

과연 우리 인간이 단순히 분자들의 구성에 불과하단 말인가? 하지만 천체물리학자들은 인체를 구성하고 있는 물질들은 지구와 같은 작은 별에서는 만들어질 수 없다고 한다. 그러면 도대체 인간은 어디서 왔단 말인가?

미국의 천체물리학 칼 세이건(Carl Edward Sagan, 1934~1996)은 《코스모스(*Cosmos*)》에서 해럴드 모로위츠(Harold Morowitz)라는 학자의 말을 빌려 인간 한 명을 구성하는 데 필요한 각종 분자물질을 화공약품 가게에서 구입하려면 약 1,000만 달러가 든다고 하였다. 그렇다고 단순히 필요한 분자들을 그냥 병 안에 넣고 흔들어 섞는다고 해서 인간이 만들어져 나오지는 않을 것이다.

한편 영국의 생물학자 리처드 도킨스(Clinton Richard Dawkins, 1941~)는 《만들어진 신(*The God Delusion*)》에서 인간에게는 수백만 년에 걸쳐 진화한 마음의 능력 중 도덕적 판단을 지시하는 보편도덕의 준칙이 있어서, 그 안에 다양한 도덕 체계들을 구축할 수 있는 원리들이 구비되어 있기 때문일 것이라고 하였다.

여기서 마음을 대상화하여 좀 더 심도 있게 논의할 필요가 있다. 유학에서는 인간의 본질을 올바르게 구현하기 위한 방법으로 마음의 본체를 인식하고 수양의 방법을 구명하는 학문적 관심을 心學이라 일컬어 왔다.

특히 주자 이후에 유학에서 心을 둘러싼 수양을 心學이라고 일컬었는데, 퇴계의 心學은 道學의 입장에서 바라보는 심성수양론(心性修養論)을 의미하는 것이고, 陽明의 心學은 심즉리설(心卽理說)에 근거한 심본체론(心本體論)을 의미하는 것으로, 서로 의미하는 바가 다르다.

한편 심리학을 인간의 삶의 의미와 인간의 행동 그리고 인간의 운명에 미치는 제반 영향을 파악하여 이를 인류의 행복을 위해 善用하려는 학문이라 정의할 때, 아들러의 개인심리학은 공동체적 감정(혹은 감각) (Gemeinschaftsgefühl, the social feeling)에 정초한 '인간성 심리학의 원류'라 할 수 있다.

프로이트는 인간은 과거에 축적된 '성욕(리비도)'의 지배를 받아 행동한다고 주장했다. 즉, 이는 인간을 규정하는 것은 과거이므로 자력으로 미래를 바꿀 수 없다는 이론이다.

아들러는 그 주장에 정면으로 맞섰다. 그는 유전이나 성장 배경 등의 '원인'이 행동을 규정하지는 않고, 인간은 미래의 '목적'에 따라 스스로 행동을 결정하며, 자기 의지로 언제든 자신을 바꿀 수 있다는 '목적론'과 '자기 결정성'을 내세웠다.

아들러의 이론은 빅터 프랭클(Viktor Frankl, 1905~1997), 매슬로(Abraham Maslow, 1908~1970), 에리히 프롬(Erich S. Fromm, 1900~1980), 윌리엄 글래서(William Glasser, 1925~2013) 등에게 영향을 끼쳤으면서도 인간 본연의 마음을 찾아보기 위해 누구든 아무 때나 거리낌 없이 뭔가를 꺼내 올 수 있는 공동 채석장 같은 보고(寶庫)라 할 수 있다.

이렇듯 공동체적 감정은 사람들이 살아가는 데 필요한 정신적인 조건이자 인간의 신체 건강에도 지대한 영향을 끼친다. 그래서 더 큰 집단에 대한 전반적인 문제들을 이해하기 위해 우리는 부단히 다른 사람 혹은 다른 문화에 대하여 관심을 갖게 된다.

여기서 서로 다른 문화권의 사상을 견주다 보면 우리의 관점과 완벽히 일치하는 사회나 제도 그리고 사고체계 등을 찾는다는 것은 여간 어려운 일이 아니다. 하물며 동서양 두 학자들의 사상을 비교함에 있어서는 더 말할 필요가 없다고 하겠다.

먼저 두 학자의 학문을 비교하기에 앞서 마음을 크게 하고 안목을 높여서 결코 먼저 한 가지 설을 주장하지도 않으면서 마음을 비우고 기운을 평온하게 하여 천천히 그 의취를 살피려 한다(必須大著心胸高著眼目 切勿先以一說爲主 虛心平氣 徐觀其義趣). 그래야만 두 학자의 견해가 올곧게 귀결되어 주밀하고 치우침이 없게 될 것이라 생각하기 때문이다.

또한 같음 가운데 다름이 있음을 인지하고, 다름 가운데 같음이 있음을 인식해야 한다(就同中而知其有異 就異中而見其有同)는 퇴계의 학문 자세와 "끊임없이 자신은 다른 사람들과 다름을 강조하여 어떻게 하면 모든 사람보다 뛰어날 수 있을까 만을 궁리하는 오만한 자세로는 결코 원만한 관계를 형성할 수 없다.(The imperious individual who must have a dominant role, and is anxious to play the chief part is concerned with but one question in all life, How can I be superior to everyone? This role carries all manner of disappointments with it. (Alfred Adler, *Understanding Human Nature*)" 는 아들러의 學問正向을 바로 보려는 시도이기도 하다.

다만 여기서는 두 학자들의 사상의 '다름' 보다는 '같음' 이라는 측면에 초점을 두고 논의를 전개함과 아울러 인간이해를 위한 바람직한 지향점을 제언하고자 한다.

2. 퇴계의 心法과 아들러 심리학의 특징

1) 퇴계의 心의 통섭(統攝)과 체용(體用)

(1) 心法의 의미와 性·情을 통섭하는 心

맹자는 마음의 기관은 사유에 있다고 하였고, 주자는 마음이란 인간의 神明으로 모든 이치를 갖추고 있으므로 무슨 일에나 응할 수 있는 것으로서 '기운의 알맹이' 이자, '텅 비고 영특한 것 자체가 마음의 본체' 라고 하였다.

이렇듯 마음은 인간을 말하면서 빼놓을 수 없는 기관이자 정신이다. 인간은 땅에 기반을 둔 존재로서 生理와 心理와 사회성을 지닌 동시에 天德의 요소인 허령불매(虛靈不昧), 즉 마음에 잡스러운 것이 없고 영묘하여 어둡지 않은 영적 존재(spiritual being)이다. 그래서 단순한 이성이나 지성의 心인 'mind' 로 이해해서는 안 된다. 또 心을 영어로 옮길 때, 서구에서 사용되는 마음의 개념과 구별하기 위해서 mind가 아니라 mind & heart로 번역하였다.

생리학적 측면에서 보면 마음은 중요한 장기여서 이것 없인 살 수 없고, 심리학적인 측면에서 보면 인간은 마음 없이는 사유할 수 없다. 즉, 마음은 중추로서 인간의 모든 생각·말·행동 등은 다 이 마음의 사유를 통해서 결정된다고 할 수 있다.

儒學에서는 인간의 불완전성을 인정하지만, 한편으로 인간은 모든 사물 속에서 가장 탁월한 존재라는 사실에 주목하여 인간의 기운이 '빼어나고 가장 영특한' 까닭은 인간에게는 이치를 깨달을 수 있는 마음이 있기 때문이라고 하였다.

퇴계도 本源(마음)의 자리에 대해 강구(講求)하였으나, 여전히 가부를 알 수 없다고 하면서 오히려 문인에게 질정(叱正)을 받고 싶다는 말을 한 바 있다. 그러면서 先儒가 학문을 논할 적에 반드시 풀어진 마음을 거두고 덕성을 기르는 것을 최초로 시작할 곳으로 삼았던 것을 미루어볼 때, 心은 만사의 근본이 되고, 性은 모든 선(善)의 근원이 된다는 말을 마음의 바탕으로 삼아야 한다고 하였다.

퇴계는 문인에게 성문(聖門)에서 말하는 心法의 요체를 다음과 같이 설명하였다.

> "대개 미리 대비하지 않을 수 없는 것이 事이기는 하나 기대하는 마음을 갖는 것은 옳지 않으며, 대응하지 않을 수 없는 것이 物이지만 마음에 두고 잊지 않는 것은 옳지 않은데, 聖門에서 心法을 배우는 요체가 바로 여기에 있습니다(蓋不可不豫者事也 而有期待之心則不可 不可不應者物也 而存留不忘則不可 聖門之學 心法之要)."

퇴계에 의하면, 萬事와 萬物을 바로 정리하지 못하고 그것을 가슴에 남겨두는 것은 모두 옳지 않다는 것으로, 이는 마음속에는 한 가지 일도 있게 해서는 안 된다는 말과 같은 心法을 의미한다. 다시 말해서, 마음이 발동하지 않았을 때는 存養의 공부가 깊어지고, 마음이 발동하였을 때는 성찰(省察)의 습관이 익숙해져 참을 쌓고 오래 힘쓰면 정일(精一)의 방법으로 마음을 포착하게 된다는 성학(聖學)과, 본체를 보존하여 어느 경우에나 이를 응용할 수 있는 心法이 동시에 얻어질 것이라고 말했다.

퇴계는 주자가 心은 性과 情을 포괄하니, 性은 본체이며 情은 작용이라고 한 말을 인용하여 심통성정(心統性情)에 대해 다음과 같이 자신의 견해를 밝히고 있다.

> "理와 氣가 합해서 心이 되니 자연히 허령(虛靈) 지각(知覺)[1]의 묘가 있습니다. 고요하여 理를 갖춘 것이 성이지만, 이 性을 담아서 싣고 있는 것은 心입니다. 움직여 만사에 응하는 것은 情이지만, 이 情을 베풀어 쓰는 것도 心입니다. 그러므로 심통성정(心統性情)이라고 한 것입니다(理氣合而爲心 自然有虛靈知覺之妙 靜而具衆理 性也 而盛貯該載此性者 心也 動而應萬事 情也 而敷施發用此情者 亦心也 故曰心統性情)."

---

1) 허령(虛靈) 지각(知覺) : 허령은 주송이나 기도 등으로 일심이 되어 솟아오르는 영지요, 지각은 사색과 오랜 연마를 통해 얻어지는 것이다.

性이라는 글자, 특히 人性은 중국 철학사에서 대부분 生으로 해석되었다. 인간은 天命을 받아 태어나 하늘의 뜻을 따르거나, 자연을 본받으면서 인간의 몸에 구체적으로 나타난 것을 '性' 혹은 더욱 정확히 말하면 '인성' 이라고 부른다.

性과 情이 작용한다는 것, 즉 마음이 움직이는 것은 본성이 원인이고, 본성의 움직임은 마음이 그렇게 한 것으로, 이는 마음이 性과 情을 통섭하게 되는 所以를 말한 것이다. 다시 말해, 心은 性이 아니면 所以가 없어서 心이 먼저 動한다고 말할 수가 없고, 性은 心이 아니면 性 스스로 動할 수 없기 때문에 선후가 있을 수 없다는 말이 된다.

게다가 理와 氣가 합하여 心이 되므로 자연히 虛靈知覺의 妙가 있게 되며, 靜하여 모든 이치를 갖추고 있는 것은 性이지만, 이 性을 담아서 싣고 있는 것은 心이고, 또한 動하여 만사에 응대하는 것은 情이지만, 이 情을 베풀어 쓰는 것도 역시 心이 된다.

퇴계는 心이 통성정(統性情)하는 방법을 다음과 같이 설명하였다.

"心이 性을 통섭하니, 仁·義·禮·智는 性인데 또 仁義之心이라는 말이 있는 것입니다. 心이 情을 통섭하니, 그러므로 측은·수오·사양·시비는 情인데, 또 측은지심·수오지심·사양지심·시비지심이라는 말이 있는 것입니다. 心이 性을 통섭하지 않으면 그 未發의 中을 이룰 수 없어서 性이 쉽게 손상됩니다. 心이 情을 통섭

> 하지 않으면 中節의 和를 이룰 수 없어서 情이 쉽게 방탕합니다. 학자는 이를 알아서, 반드시 먼저 그 心을 바룸(正)으로써 그 性을 기르고 그 情을 추스르니, 학문의 道를 얻게 됩니다(心統性 故仁義礼智爲性 而又有言仁義之心者 心統情 故惻隠羞悪辞譲是非爲情 而又有言惻隠之心 羞悪辞譲是非之心者 心不統性 則無以致其未発之中而性易鑿 心不統情 則無以致其中節之和 而情易蕩 學者知此 必先正其心 以養其性 而約其情 則學之爲道得矣)."

대체로 心은 性, 情을 통솔하고 있으므로 心이 만일 기름(養)을 잃게 되면 性이 홀로 존재할 수 없게 된다. 더구나 마음을 기르지 않고서 참으로 性을 알 수 있는 사람은 세상에 없을 것이라고 퇴계는 말했다.

즉, 마음에는 性과 情이 있는 바, 性은 본성 자체는 善하지만 情이 지나치게 흐르면 금수로 전락할 수 있기에 지나치게 흘러가는 것을 막아야 한다. 그래서 性과 情을 적절히 조화시켜서 心이 性情을 주재하게 되는 것이다. 性과 情이 제대로 잘 통제되어 도덕성을 갖추고자 하는 것이 바로 심통성정(心統性情)론의 뜻이다.

心이 性을 통섭하지 못한다면 미발(未發)의 中을 이루지 못하고, 心이 情을 통섭하지 못한다면 중절(中節)의 和를 이룰 수 없게 된다. 그러므로 心을 바르게 하고 性을 기르며 情을 조절해 나가는 것은 敬을 통해서 가능해진다. 퇴계는 天理와 人欲의 분별과 中節과 不中節의 나뉨이 오직 마음이 주재를 하느냐 주재를 하지 않느냐에 달려 있을 뿐이며, 情이 그 어떤 잘못을 일으킬 수 있음이 아니라, 마음이 주재하지 못하여 그 올바름을 상실한 것이라고 하였다.

(2) 心의 체용(體用)과 동정(動靜)

퇴계는 사람의 마음이란 자기가 처하는 환경에 따라 옮겨가고 변화하니 경계하고 두려워해야 한다고 하였다. 그는 또한 心을 단지 한 덩어리의 혈육으로 여겨서는 안 된다고 하면서 心을 다음과 같이 정의하였다.

> "心은 하나일 뿐이니, 心 안에서의 心과 心 한 자의 心과 心이 먼저 動한다는 心이 어찌 두 개나 세 개의 心이 있는 것이겠습니까(心一而已 心中之心字與一心字之心 心先動之心 安有兩箇三箇心耶)?"

퇴계는 心을 본래 흉중을 뜻하는 방촌(方寸)이라 하여 방촌에 거두어들이면 太極이 내 몸에 있고, 만사에 흩어 놓으면 그 쓰임이 무궁하다는 서산(西山) 진덕수(眞德秀, 1178~1235)[2)]의 말을 빌려 心을 설명하였다. 즉, 心을 융통성 있게 봐야지, 만약 心을 한 덩어리의 혈육으로 생각한다면 心이 아니라 心의 神明이 오르내리는 집이라고 하였다. 퇴계는 선유들의 말을 예로 들어 마음에 體와 用이 있다는

---

2) 진서산(眞西山) : 송(宋)의 주희(朱熹)의 문하생으로 〈선거권유문(仙居勸諭文)〉이 유명하며 《대학연의(大學衍義)》를 지었다.

논리를 다음과 같이 밝히고 있다.

> "적(寂)과 감(感)을 체용이라 한 것은 《주역》에 근본하였고, 動과 靜을 체·용이라 한 것은 《대기(戴記)》[3]에 근본하였고, 未發과 已發로 체·용이라 한 것은 子思에 근본하였고, 性과 情을 체·용이라 한 것은 《맹자》에 근본하였는데, 모두 마음의 體와 用에 대한 것입니다(其以寂感爲體用 本於大易 以動靜爲體用 本於戴記 以未發已發爲體用 本於子思 以性情爲體用 本於孟子 皆心之體用也)."

퇴계는 사람의 한 마음이 비록 천지 사방에 가득하고 古今에 뻗치며 유명(幽明)을 꿰뚫고 은미한 것에도 투철하더라도, 그 요점은 體와 用 두 글자에서 벗어나지 않는다고 하였다. 이에 대한 근거로 퇴계는 程子·朱子 이래로 여러 유현들이 도리를 논하고 마음을 강론하거나 변석(辨釋)할 때도 모두 體와 用으로 설명했다고 하였다.

또한 퇴계는, "마음은 하나뿐인데 體를 가리켜 말한 것도 있고 用을 가리켜 말한 것도 있다."는 정자의 말을 빌려서 體와 用이 있는 것을 가리켜 마음이라 하였으므로 마음을 충분히 설명하였기 때문에 따로 體와 用이 없는 마음이 근본이 되어 마음의 앞에 있을 수 없다

---

3) 《대기(戴記)》: 《예기(禮記)》의 다른 이름. 《소대기(小戴記)》라고 하여 한(漢)나라 대성(戴聖)이 편찬한 예(禮) 49편의 《소대례(小戴禮)》가 곧 《예기》이다.

고 하였다. 그러면서 퇴계는 體와 用의 이원성에 대하여 다음과 같이 말하였다.

> "道理에 대하여 말한 것이 있으니, 아득하여 조짐이 없으나, 萬象이 빠짐없이 갖추어 있다는 것이 그것이고, 사물에 대하여 말한 것이 있으니, 배는 물에 다닐 수 있고 수레는 육지에 다닐 수 있으며, 배와 수레가 물과 육지에 다닌다는 것이 그것입니다(有就道理而言者 如沖漠無眹而萬象森然已具 是也 有就事物而言者 如舟可行水 車可行陸 而舟車之行水行陸 是也)."

퇴계에 의하면 배와 수레의 형상을 體라 하고, 물에 다니고 육지에 다니는 것을 用이라 하면, '형상이 있기 전에는 體가 없고, 動하기 전에는 用이 없다' 고 해도 괜찮지만, 만일 아득한 것을 體로 삼는다면 이 體는 형상이 있기 전의 것이 된다.

또한 마음에 體와 用이 있음을 허령 · 지각으로 제시하기도 하였다. 여기서 허령은 마음이 형체로 나타나지 않는 理의 虛함에 따른 영명(靈明)한 지각능력을 가리키며, 이를 두고 마음의 허령한 본체가 지각작용으로 나타나는 것이라 한다. 따라서 그는 인간 마음의 기본 작용으로서 지각과 사유를 주목하고 있다.

퇴계는 마음을 적연부동(寂然不動)하여 발동하지 않은(未發) 體와 감이수통(感而遂通)[4]하여 이미 발동한(已發) 用으로 구별하여 마음에서 未發의 體가 성품(性)이고 已發의 用이 감정(情)이라고 하였다.

여기서 一身을 주재한다는 것은 바로 마음이 적연부동한 未發의 상태에서나 감이수통하는 已發에서나 곧 정시(靜時)와 동시(動時)에서 항상 일신을 주재하는 것임을 뜻한다.

퇴계는 仁義中正 등 도덕적 관계 또한 서로 體用이 되고 서로 방해하지 않는다고 하였는데, 本으로부터 末에 이르는 것도 있고, 用으로부터 體에 통달하는 것도 있다고 하였다. 즉 인의중정은 각기 體用이 있어서 仁이 用이 되고 義가 體가 될 수도 있고, 仁이 體가 되고 義가 用일 수도 있기 때문에 서로 體用이 되는데, 動과 靜에 대하여 이를 대거하여 말하면 나뉘어 두 가지 일이 되지만, 머리와 끝을 통틀어 말하면 통한 한 가지 일이 된다고 하였다.

2) 아들러의 個人心理學과 심리증상

(1) 분리될 수 없는 개인과 인간 이해

인류의 목표는 인류를 유지하는 것이다. 인류 전체도 개인으로 구성되어 있듯이, 아들러의 개인심리학은 사회적 존재로서 개인을 강조한다. 여기서 개인(individual)은 사회집단의 반대개념으로서의 개인이 아니라 사회와 분리할 수 없는 존재라는 의미로 인간은 마음과

4) 감이수통(感而遂通) : 점괘(占卦)에서 신이 감응하여 모든 일을 알린다는 의미. 《주역(周易)》 계사전(繫辭傳)에, "역(易)은 생각도 없고 하는 것도 없어 고요히 움직이지 않다가 느끼고 마침내는 천하의 일을 통한다. 천하의 지극한 신비로움이 아니면 그 누가 여기에 참여할 수 있겠느냐."라고 했다.

몸이 서로 긴밀한 영향을 주고받아 서로 분리할 수 없는 하나의 통합체라는 것이다.

이는 정신과 육체의 상호작용과 사회적 관심을 중시하는 아들러가 왜 자신의 심리학에 개인이라는 명칭을 붙였는지에 대한 일반적인 해석이라고 할 수 있다. 즉, 모든 種이 자기보존의 기술을 갖고 있듯이, 인간도 특유한 자기보존의 기술을 갖고 있는데, 이 기술이 아들러 심리학에서는 공동생활, 사회, 문명이라고 일컬어진다. 그래서 아들러 심리학을 흔히 個人心理學이라고 부른다.

유학(儒學)에서도 인간의 정신을 어떻게 규정하고 그 모범적 전형을 어떻게 실현할 것인지가 중요한 연구대상이었다. 莊子는, "마음(정신)은 사방으로 통하여 흘러서 극치에 이르지 않음이 없으니, 위로 하늘에 이르고 아래로는 땅에 서려서 만물을 化育하지만, 이를 무엇이라 형용할 수 없으니, 上帝와 같다고 이른다." 고 하였다.

즉, 정신이라는 말은 일반적인 한자어지만, 유학의 전통적인 용어로는 '마음(心)' 이라 할 수 있다. 그래서 유학에서는 정신(마음)과 몸을 상대하여 설명할 수 있는 것처럼 心·身을 상대시켜 이해하는데, 이 마음과 몸의 문제가 아들러 심리학에서도 중요한 문제로 논의된다.

아들러는 개인의 삶에서 모든 문제는 직업, 사회, 性이라는 세 가지의 범주 안에 포함된다는 입장을 취한다. 또한 이 세 가지 문제에 대한 답을 하는 과정에서 모든 개인은 자신이 생각하는 삶의 의미에 대한 깊은 인식을 분명하게 드러내게 된다.

특히 개인심리학에서는 두려움의 원인을 찾는 일보다 두려움의 목적을 밝히는 것에 더 집중하는데, 이를 유학에서는 인간의 마음이 작용하여 나타나는 과정의 양상으로 喜·怒·哀·懼·愛·惡·欲의 七情을 들고 있다. 바로 이 七情이 소위 왜곡된 심리인 셈인데, 대개 심리가 왜곡되면 편견이 생기게 되어 자신도 모르게 부정확한 판단이나 부정확한 행위에 빠져들게 하는 원인이 되기도 한다.

이와 같은 감정을 통해서 아들러는 인간 본성을 이해하는 기술은 곧 인간 행동의 역동적인 패턴을 이해하는 기술이 된다고 하였다. 이를 아들러는 다음과 같이 풀어서 말하였다.

> 인간 이해라는 학문에는 또 다른 중요한 측면이 있는데, 그것을 소위 사회적인 측면이라고 할 수 있다. 이는 사람들이 서로를 더 잘 이해할 수 있다면 의심할 여지없이 서로서로 더 잘 지낼 수도 있고, 서로에게 더욱 친밀하게 다가갈 수도 있다는 것을 의미한다.

여기서 이해한다는 것은 어떤 의미를 공유한다는 것이지, 개인적 정신기능을 말하는 게 아니다. 이해란 공유된 매개체를 통해 우리 자신을 다른 사람들과 연결하는 행위이고 인류의 공통적인 경험에 따르는 것이다. 타인과 관계를 맺으려면 눈을 맞추는 게 필요하다. 자기중심적인 사람들은 다른 사람들과 똑같은 방식으로 세상을 바라보지 않는다.

심지어 동료를 쳐다보지도 않으려 한다. 그들은 시선을 돌리고 딴 데를 바라본다. 이런 태도에는 인간이해의 의지가 전혀 없다고 할 수 있다. 이 말은 유학에서 말하는 인간이해와 수양론의 실천적 구현을 위한 과제이자 인간존재를 조화롭게 완성하려는 근본적인 이상과도 맥이 통한다고 할 수 있다.

인간이 하는 일 가운데 가장 어려운 일은 자신을 알고 자신을 변화시키는 것이다. 개인은 각자 자신의 삶을 창조해 나가지만, 사회적 관심은 인간의 삶의 의미를 결정짓는 데 매우 중요하다. 개인심리학의 핵심은 개인의 협동을 위한 능력의 정도를 발견하는 것이고, 용기는 협동하고 사회적 관심을 표현해 내는 능력으로 읽혀진다.

개인이 자신의 삶을 유용한 방향으로 이끌어 나갈 때, 개인은 각자가 가치 있는 존재임을 자득하게 된다. 이러한 자득이 삶의 체취로 드러나는 것이 행복감이고, 그런 행복감의 강도는 타인과의 협동의 정도에 비례하게 된다.

(2) 마음과 몸의 상호작용에 따른 심리증상

오래 전부터 사람들은 마음이 몸을 지배하는지, 아니면 몸이 마음을 지배하는지를 놓고 수없이 논쟁을 거듭해 왔다. 철학자들도 이 논쟁에 가담하여 여러 입장을 밝혀 왔다. 하지만 개인심리학에서는 몸과 마음은 각자 따로따로 떨어져 있다고 보지 않고 양자의 상호관계를 그 전체로서 이해하려는 것은 유학에서도 동일하다.

유학에서는 마음을 몸과 상대되는 구성요소로 파악하기도 하지만, 오히려 마음이 성품이나 몸을 모두 자체 안에 포함하고 있는 통합의 중심체라고 본다. 즉 마음은 몸과 분리되어 존재하는 것은 아니나, 몸을 명령하고 주재하는 지위에 있는 존재이다. 마음은 한 몸의 주재라 하여 인간의 신체적 동작과 의지의 작용이 모두 마음에 주재를 받는 것이라 하였다.

이렇듯 인간의 생명은 움직이고 있기 때문에, 몸만 발달시켜서는 성숙한 인간이 될 수 없다는 논리와도 통한다. 우리의 행위는 마음에 의해 영감을 받는다. 우리 몸의 발달은 마음에 의해 그 방향이 결정되며 도움을 받는다. 하지만 마음이 자기의 역할을 과시할 정도로 강조하는 일은 결코 바라지 않는다.

우리가 역경을 극복하려 한다면 신체적인 능력이 동반되어야 하지만, 마음은 몸이 보호될 수 있도록 환경을 다스리기만 하면 된다. 병과 죽음, 파괴, 사고, 기능장애 등은 일종의 열등감을 발아시키는 온상이 될 수 있기 때문에 절실하게 마음을 다스릴 필요가 있게 된다.

여기서 열등감이란 개인이 어떤 일에 대해 잘 적응하지 못하거나 혹은 준비되어 있지 않아서 그 일을 해결할 수 없다는 자기의 확신을 언행으로 표현하는 경우에 나타난다. 이를 적용해 보면, 우리는 눈물이나 변명 또는 노여움도 열등감의 표현일 수 있다는 것을 알 수 있다.

열등감이란 단어를 현재 통용되는 맥락으로 처음 쓴 사람이 아들러라고 알려져 있다. 아들러는 열등감을 독일어로 Minderwertigkeitsgefuhl라고 하였는데, '가치(wert)' 가 '더 적은(minder)' '느낌(gefuhl)' 이라는 뜻이다. 즉 열등감이란 자신에 대한 가치판단과 관련된 말로서, 가치란 말의 의미도 사회적인 맥락에서 성립한다고 할 수 있다.

열등감은 어른이 되어서도 사라지지 않지만, 다른 사람보다 크게 뒤떨어지는 사람들만의 전유물도 아니다. 인간은 누구나 어떠한 이상과 목표를 내걸고 그것을 향해 전진한다. 하지만 거기에 도달하지 못하면 자신이 뭔가 모자라다고 느끼게 되는 일종의 열등감을 갖게 된다.

아들러는 사람이 행동하는 동기는 열등감에서 나오고, 이 열등감을 우월감으로 추구하는 과정이 성격 형성에 많은 영향을 준다고 하였다. 그래서 중요한 요인으로 열등감과 인정욕구를 꼽았다. 아들러는 이 둘의 관계를 다음과 같이 설명하였다.

> 열등감이 너무 심해져 미래의 삶을 제대로 준비할 수 없으리라는 공포로 변하면 보상을 추구하는 노력 속에 위험이 자라게 된다. 단순한 보상으로는 만족하지 못하고 과잉 보상을 추구하게 되는 것이다. 권력과 우월을 추구하려는 노력이 과장되고 극심해지면 병적인 상태가 된다.

아들러는 열등감은 누구에게나 있기 때문에 열등감 자체는 나쁜 것이 아니라고 하였다. 인간이 무기력한 상태에서 벗어나려는 보편적인 욕구를 우월성 추구라 하는데, 여기에는 향상되고자 하는 욕구가 포함되어 있다.

인류사에서 과학의 진보도 일종의 우월성 추구라고 할 수 있듯이, 아들러는 열등감도 무익한 측면으로 향하게 하여 정말 중요한 문제를 배제시키지 않는다면 성장의 촉진제가 된다고 하였다.

아들러는 '열등성', '열등감', '열등 콤플렉스' 라는 세 가지 개념을 명확하게 구별하여 사용했다. 열등성이란 눈이 어둡다든가, 키가 작다든가, 위장이 약하다든가 하는 구체적인 사실로서 뒤떨어지는 성질을 말한다.

열등감이란 자신이 열등하다고 주관적으로 생각하는 것이다. 즉 실질적으로 열등성을 갖고 있다고 해도 그것을 열등하다고 생각하면 열등감이 되지만, 그렇지 않으면 열등감이 되지 않는다. 열등감은 어디까지나 주관적이다.

열등감을 악화시켜 열등 콤플렉스로 굳히는 이 요인들 중 첫 번째는 육체적 결함이고, 두 번째는 그 사람의 사회적·종교적·경제적 조건과 관계있고, 세 번째는 집단에서의 위치에서 비롯된다고 아들러는 말했다.

물론 여기서 주의해야 하는 것은 열등과 우월에 붙여진 콤플렉스라는 말은 열등감과 우월을 추구하는 마음이 지나치게 강하다는 것을 보여주는 것에 불과하다는 뜻이다. 마찬가지로 열등 콤플렉스와 우등 콤플렉스라는 말은 모순된 두 가지 경향이 같은 한 인간 속에 존재한다는 것도 이해할 수 있다.

마음과 몸은 하나가 되어 서로 협력한다. 마음은 몸을 움직이게 하는 요인으로서, 몸에 들어있는 모든 잠재력을 이끌어내서 몸이 안정되고 모든 어려움을 이겨내도록 돕는다. 몸이 운용하는 모든 행위와 모든 상징 등에는 마음의 命이 내려져 있다. 마음과 몸을 통해서 인간 존재는 자신의 개인적 결함을 사회에 기여하는 방향으로 향상시켜 나가게 된다.

유학에서는 마음과 몸을 인간존재의 이중구조로 인식하고 이들 간의 긴장과 균형 속에서 인간이해를 추구하고 있다. 이런 과정에서 마음도 몸의 영향을 받을 수 있지만, 인간생명의 주체는 마음으로 이해된다. 마음은 인격의 통합적 중심으로서 올바른 인격의 상태를 실현하기 위해 노력하는 도덕적 주체라 할 수 있다.

3. 퇴계의 心공부와 아들러의 共感 심리

1) 퇴계의 心의 주재성과 心치유 공부

(1) 한 몸의 주재자인 心과 전덕(全德)

儒學에서 "마음을 다하면 본성을 알고, 본성을 알면 하늘을 알게 된다(盡其心者 知其性也 知其性 則知天矣)." 고 한 것은 하늘이 세계를 주재하는 지위에 있다는 것을, 마음이 인간의 몸을 주재하는 지위에 있다는 것과 대응시키고 있음을 의미한다. 이렇듯 心의 문제에 초점을 두고 인간의 가치와 존재의 의의를 탐구하려는 것이 퇴계 心學의 핵심이라고 할 수 있다.

이는 하늘과 인간이 마음을 통하여 합일될 수 있음을 의미하는 것이기도 하다. 퇴계에게 인간이 인간 노릇을 하는 까닭과 인간이 그 숭고한 진리를 터득하여 이를 실천에 옮기고, 마음을 굳게 하면서도 옳은 일은 돌이켜보는 자세로 평범한 인간의 자아를 초월하여 聖人의 경지에 들어갈 수 있는 所以를 깨닫는 것은 모두 다 마음을 통어(統御)하는 방법들이 된다.

주자는 마음은 몸을 주재하는 것으로서, 하나이지 둘로 나눌 수 없으며, 주체이지 대상이 될 수 없고, 사물에 명령하는 존재이지 사물에 의해 명령받지 않는다고 하였다.

마음은 한 몸의 주재(主宰)라 하고 敬은 한 마음의 주재요, 萬事의 근본이라고 하여 敬이 마음을 주재하고 마음은 몸을 주재한다는 것이다. 여기서 一身이란 마음과 몸이 결합된 인간존재의 통체로서 마음이 一身을 주재한다는 것은 혼연한 大體로서 一身 속에서 自在하는 것이라 언급하여, 大體인 마음이 小體인 몸과 구별되면서도 몸을 떠나지 않음을 의미한다.

퇴계는 마음이 一身 속에 있다고 하면서도, 마음이 일신에 갇힌 것이 아님을 밝혀 마음과 몸의 차이를 뚜렷이 부각시켰다.

> 무릇 體와 用을 겸하고 動과 靜을 갖추어 一身의 주재가 되며 고리처럼 끝이 없어서 반복하여 그치지 않는 것이 마음의 작용이다. 그러므로 일상생활에 있어서 一動·一靜도 이로 말미암아 공부에 힘쓰지 않아서는 안 되니, 이른바 오직 마음을 거울로 삼는다는 것이다. 그러나 공부에 힘 쓸 때에는 반드시 敬으로 一心의 주재를 삼아야 바야흐로 능히 靜하여도 조존(操存)하여 마음을 쓰지 않는 허무적멸에 빠지지 않아야 한다(夫兼體用 該動靜 爲一身主宰 而如環無端 反覆不已者 心之爲也 所以日用之間 一動一靜 莫不由是而加工焉 所謂惟心是監者也 然其加工也 必以敬爲一心主宰 方能靜而操存 不昧於虛寂不 用之處).

여기서 主宰란 말은 운용, 통솔을 뜻한다. 그러므로 一身의 주재란 무엇보다도 신체의 각 기관들을 통일적으로 작용케 하여 개체를 원활히 활동할 수 있도록 함으로써 개인으로 하여금 의지적이고 선택적인 행위를 할 수 있도록 통솔함을 뜻한다. 이렇듯 마음은 고정된 것이 아니라 살아 있는 것이기에 무한히 성장하고 확장될 수 있으며, 마음의 능동적 활동이 두루 미쳐 헤아릴 수 없으므로 신령스러운 것이다.

대체로 맹자는 인간의 체내에 꽉 차 있는 것은 본래 仁愛하는 마음뿐인데, 밖에서 오는 유혹과 압력 등의 영향으로 말미암아 마음이 밝은 德을 잃게 된다. 德이란 '곧은 마음' 이다. 이는 본래의 마음을 뜻하며 德은 마음의 근본 성질이 된다.

학문의 목적도 바로 이 잃어버린 본래의 마음을 추구하여 되찾는데 있다. 《상서(尙書)》에서는 방심(放心)에 대해, "교만하고 음탕하고 자기 능력을 너무 믿고 과시하면 장차 악으로 말미암아 스스로 결말을 고할 것이다. 비록 放心을 거두어들이지만 주례(周禮)로 그 마음을 제어하기가 힘들 뿐" 이라 할 정도로 마음의 추구를 중시하였다.

또한 주자가 오직 聖人만이 道가 크고 德이 온전하다고 한 말은, 퇴계가 마음을 자기가 마음대로 다루어 자기 몸을 주재할 수 있게 된다고 하는 말과 같은 맥락에서 이해될 수 있다고 하겠다. 마음은 性과 情을 통섭하는 밝은 德이므로 온갖 이치를 갖추어 만사에 대응할 수 있다.

이는 유학의 心 개념을 포괄적으로 정의한 것으로 마음의 본래 모습을 '마음은 몸을 주재하고', '신명이 깃들여 있어서 밝게 통달하는 기능'을 지녔으며, '밝은 德의 속성'을 지녔다는 것으로 간명하게 정리할 수 있다. 그래서 마음의 문제는 퇴계 心學의 핵심을 이루고 있다고 하겠다.

(2) 자기수양을 통한 心치유 공부

《大學》에서 자신을 수양하고자 하는 사람은 먼저 그 마음을 바로잡아야 하고, 마음이 바른 후에 자신이 수양된다고 하였다. 修身을 하기 위해 마음을 바로잡는다는 말은 마음이 분하고 화가 나면 올바를 수 없고, 두려워도 올바를 수 없고, 지나치게 좋아도 올바를 수 없고, 근심·걱정이 있어도 올바를 수 없기 때문이다.

다시 말해서, 마음이 그곳에 있지 아니하면 보아도 보이지 않고 들어도 들리지 않고 먹어도 그 맛을 알지 못하게 된다. 즉 修身하려면 그 마음을 바로잡아야만 한다는 것이다.

퇴계는 「숙흥야매잠(夙興夜寐箴)」에서, "밤이 깊어 자리에 들면, 손발을 가지런히 모으고 생각을 일으키지 말아야 심신이 돌아와 쉬게 된다. 야기(夜氣)[5]를 길러서, 곧게 안정시키면 근원을 회복한다."고 하여 夜氣를 길러 마음의 본래 모습을 찾는 방법을 제시하고 있다.

---

5) 야기(夜氣) : 밤에 잠자는 동안 몸과 마음이 정화되어 야기(夜氣)가 길러진다. 하지만 본마음을 보존하지 못하면 그것조차 보존하기 어려우며, 그렇게 되면 금수(禽獸)와 다를 바가 없다. 《맹자》「고자(告子)」上.

마음의 작용 속에서 본래 모습과 외물에 의해 가려진 것을 정밀하게 살펴 이를 제거하는 것이 성찰(省察)의 과제라면, 마음의 본래 모습을 지켜서 기르는 것은 存養의 과제로서, 고요할 때의 존양과 발동할 때의 성찰은 마음을 지켜가는 공부의 방법이 된다.

퇴계는 한 문인에게, 회암(晦庵)선생도 처음에는 또한 심기의 병이 없지 않았다고 하면서 다음과 같이 말한 바 있다.

> "심기의 질환은 바로 이치를 살피는 것이 투철하지 못해 허공을 뚫어 억지로 찾으려 하고, 마음을 잡는 데 방향을 잃어 싹을 뽑아 자라도록 돕는 데에서(揠苗助長)[6] 비롯된 것입니다. 그래서 자기도 모르게 마음을 수고롭게 하고 힘을 다하여 이 지경에 이르게 되는 것이니, 이 또한 초학자들의 공통된 걱정거리입니다(心氣之患 正緣察理未透 而鑿空以强探 操心昧方而揠苗以助長 不覺勞心極力以至此 此亦初學之通患)."

퇴계는 문인이 학문을 하면서 이치를 궁리할 때는 너무 깊게 하여 현묘(玄妙)한 데 빠졌고, 힘써 행할 때는 너무 서둘러서 억지로 찾으려 하였기에 조장(助長)하는 병이 생겼다고 하였다. 게다가 그는 마

6) 알묘조장(揠苗助長) : 자연의 순리를 따르지 않고 억지로 힘을 쓰거나 꾀를 내어 일을 이루려다가 도리어 일을 그르치는 것을 비유하는 말이다. 같은 뜻으로 빨리 하려고 하다 도달하지 못한다는 말인 욕속부달(欲速不達)이 있다. 반대말로 차례를 따라 점점 나아간다는 뜻의 순서점진(循序漸進)이 있다.

음에 화환(禍患)이 심해진 점을 고려해야 한다고 하면서 이것을 다스리는 약 처방은 문인이 스스로 깨달아야 한다고 충고하였다.

그러면서도 그는 心氣를 항상 순탄하게 하면서, 울화가 치밀어 성을 내지 않게 하는 것이 긴요한 방법임을 제시하였다. 또 퇴계는 한 문인이 '뒤늦게 뉘우치는 일'이 있다고 말하자, 다음과 같이 일러 주었다.

> "지금 이 병을 고치고자 하면 역시 달리 구할 것이 아니라 말씀한바 그대로 마음을 평평하게 갖고 일을 약략(略略)히 수습하되, 계속 노력하여 순숙한 경지에 이르면 자연히 마음 바탕이 허명(虛明)하여 사물에 더렵혀지지 않으리니, 그렇게 되기를 의식적으로 하지 않아도 저절로 그렇게 될 것입니다(今欲治此病 亦不待他求 只就來喻存心法 平平存在 略略收拾處 能接續用工 至於純熟 則自然心地虛明 不累於事物 非有意放下 而自放下矣)."

퇴계는 일찍이 자신이 마음의 병을 얻은 적이 있었으나, 고치는 법을 늦게 깨달아서 최근에야 비로소 공부에 힘쓸 수 있었다고 하면서, 마음이 차분하고 기운이 평안해야 일이 순조롭게 되고 이치에 어긋나지 않게 된다고 하였다.

그렇지 않으면 공부가 중단되고 괴로워하기만 할 뿐 일도 제대로 되지 않고, 게다가 잠깐 사이에도 마음을 잃게 되어 곤란한 상황에 처하게 되면 옛 상태로 되돌아가 얽어 매이고 둘러싸여 벗어날 수 없게 되는데, 이것이 바로 이 마음의 병이 된다고 하였다.

또 '착한 일이 항상 있는 것이 아니어서 궁구(窮究)하더라도 쉽게 경지에 이르지 못할 것 같다' 고 의심하던 문인에게는 다음과 같이 말하였다.

> "자기를 나무라고 자신의 생활을 자책함이란 이것이 곧 善의 발단이고 사사로운 생각은 아닙니다. 그러나 그 한 가지 일이 늘 가슴속에 가로놓여 있어 풀리지 않는다면 역시 사사로운 생각과 인색한 습관에 같이 귀결되니, 반드시 天理로 융화하되 그 흔적이 없기를 기다린 후에야 마음이 그 올바름을 얻게 될 것입니다(夫罪己責躬 是乃善端之發 非私意也 然此一事橫在肚裏 而不釋 則亦同歸於私意吝習 必須天理融化無痕 然後心得其正矣)."

퇴계의 말에 의하면 일 자체가 마음의 병이 될 수는 없으나, 일을 마음속에 두고 있으면 그 자체가 병이 되기 때문에 좋은 일이든 나쁜 일이든 혹은 큰일이든 작은 일이든 하나라도 마음에 남겨둬서는 안 된다는 것이다.

마찬가지로 비록 善한 것으로 생각되는 일일지라도 털끝만큼도 집착해서는 안 된다고 하면서 주자의 말을 빌려서, 만약에 항상 가슴속에 남겨둔다면 이것이 도로 쌓여 한 덩이의 사사로운 생각을 일으키게 되므로, 이럴 경우엔 마음의 자리에 나아가 추구하고 함양하여 차츰차츰 밝혀 나간다면 곧 그 움켜져 있던 사사로운 생각도 당연히 차츰차츰 소멸될 것이라고 문인에게 일러주었다.

유학에서의 자기수양은 내적 도덕성을 쌓아가는 과정이므로 당연히 인간의 보편적인 감정을 그 수양의 출발점으로 삼아야 한다. 자신의 마음을 보존하고 배양함으로써 마음의 본모습을 드러내려는 존양론은 유교의 수양론이자 참 자아를 실현하는 방법론이라 할 수 있다.

이렇게 하여 익숙한 데까지 이르게 되면 어떠한 경우에도 옳음을 잃지 않게 되어 마음은 편안해지고 생각은 깊어져 언제 어디서든지 그 근원을 만나게 된다는 것이 퇴계의 생각이었다.

2) 아들러의 공감심리와 활동성

(1) 수평적 共感을 통한 심리 치유

개인심리학을 배우기 위해서는 무엇보다도 먼저 '공동체적 감정' 이라는 개념을 이해할 필요가 있다. 감정이란 성격 특징들이 나타나는 고조된 정서 상태다. 그것은 제한된 시간 속에 정신기관의 상태가 표출되는 것으로서, 우리에게 알려진, 혹은 알려지지 않은 어떤 필요에 의해 갑작스럽게 또 일정한 방향성을 가지고 방출된다. 아들러는 '분노, 슬픔, 감정의 남용, 역겨움, 불안(공포)' 등을 분리적 감정으로, '기쁨, 연민, 수치심' 등을 결합적 감정이라 하였다. 아들러가 주창한 공감은 신뢰를 기반으로 한다. 여기서 신뢰란 근거가 있을 때만 믿는 것과 달리 조건 없이, 믿을 만한 근거가 없을 때조차도 믿는 것을 말한다.

아들러 심리학에서는 자기 신뢰든 타자 신뢰든지 설령 배신당할 가능성이 있는 상황에서도 믿는다는 데서 출발한다. 그래서 무조건 믿는 것을 신뢰라 하고, 근거가 있을 때만 믿는다는 의미의 신용과 구별하고 있다.

또한 공동체란 회사나 학교만이 아니라 보다 넓은 국가나 세계까지도 포함하며, 그 범위를 판단하기 곤란할 때에는 보다 큰 집단을 기준으로 하면 된다고 아들러는 말한다.

결국 공감은 사람 사이를 더 조화롭게, 더 화목하게 만들고 관계를 안정시키며 몸과 마음을 건강하게 한다. 나아가 사회를 튼튼하게 하고 협동심을 고취하여 세상이 조금 더 평화롭고 친절한 곳, 조금 더 살기 좋은 곳이 되도록 기여하는 것으로 보이지만, 또한 열등감과 권력욕의 지속적인 영향을 받는다.

개인에게는 열등감이 나타나는 바로 그 순간에 그의 정신적 삶의 과정이 시작된다. 그것은 삶을 고요하고 즐겁게 향유하기 위해 균형감각을 찾으려는 일종의 불안인데, 아들러 심리학의 실천적 목표가 바로 공감을 육성하는 것이고, 이 공감이 발전하면 이러한 불안도 해방시킬 수 있다는 것이다.

아들러는 한 인간의 인생을 전체적으로 파악해 보면 그 사람의 모든 반응 행동, 충동 속에 인생에 대한 태도가 정확하게 드러난다고 보았다. 이 때문에 개인심리학은 인생을 움직이는 비밀의 힘을 이해하고자 하는 의도에서 발달하게 되었다.

그것은 성장하고자 하는 힘이자 어떤 방향에서 패배를 경험하지만, 또 다른 방향에서는 성공을 지향하는 원동력이 되기도 한다. 그는 이것을 목표를 향해 노력할 때 나타나는 목적론적인 힘이자 그 노력에 마음과 몸의 모든 역량이 결집된 힘이라고 하였다.

아들러는 공감의 범위를 다음과 같이 확장하여 설명하였다.

> 공동체 감정은 어떤 경우에는 일반적으로 아이의 전 생애를 통해 유지되며 변화되고 제한되기도 하고, 가족을 넘어 그의 동료, 민족, 마지막으로 인류에까지 외연이 확장된다. 이 감정은 이런 경계를 넘어 동물이나 식물, 생명이 없는 존재들, 온 우주에 이르기까지 확대될 수도 있다.

아들러에 의하면, 인간은 자신만의 약점, 부족함, 그리고 한계 때문에 항상 타인과 연결되어 있어서 인류를 위한 가장 위대한 행복은 타인과의 연대에 있다는 것이다. 이러한 연대를 위해서는 용기가 있고, 자신이 있고, 세상에 자신이 있을 곳을 가지고 있는 사람만이 인생의 좋은 점과 나쁜 점의 양면을 모두 활용할 수 있게 된다.

결국 인생의 중요한 문제는 대인관계로 집약될 수 있는데, 아들러는 업무관계, 교우관계, 애정관계 등을 통칭하여 '인생의 과제'라고 불렀다. 이러한 과제를 올바르게 수행하도록 도와주는 것이 일종의 아들러식 치료가 된다.

아들러의 개인심리학에서 치료는 우호적인 분위기에서 대화로 시작된다. 이를 통해 의사는 선의(善意)와 인내(忍耐)라는 공감의 태도를 보임으로써 환자의 마음을 얻게 된다. 환자를 분석하고 재교육하는 동안에, 의사는 개인적 권위를 모두 벗어던진 채 의사와 환자가 합동 연구자로 동참하게 된다.

마치 훌륭한 교육자처럼, 의사는 자신의 지위를 이용하여 학생에게 굴욕감을 주는 것이 아니라 용기를 불어넣게 된다. 정신과의사와 환자는 서로 머리를 맞대고 새로운 목표를 찾아낸다. 이때 목표는 언제나 능동적이고 인간적인 목표가 된다. 이는 사회적 존재로서의 인간을 다루어야만 한다는 필요성을 강조하는 아들러 개인심리학의 핵심이기도 하다.

이런 식으로 진행되는 치료에서 의사가 환자를 교화하거나 설교하지 않아도 환자는 용기와 공동체적 감정을 점점 더 키워나가게 된다. 그러는 가운데 의사는 환자에게 점점 더 어려운 과제를 제시하는 식으로 접근해서, 환자로 하여금 세 가지 과제 전부에서 정상에 이르게 한다.

이 과정에서 만약 올바른 본보기를 제시하고 싶다면, 환자 안에 있는 것 가운데서 사소하더라도 잘하는 것을 발견하여 그것을 칭찬해 주면 된다. 만약 비교할 필요가 있다면, '과거의 그 사람'과 '현재의 그 사람'을 비교하면서 그 사람이 본인의 장점을 더욱 키워나가도록 독려해 주기만 하면 된다.

공동체적 감정을 통해 개인의 자각은 주관적으로 표현된다. 개인이 다른 사람들과 협동하려고 노력하는 동안 삶의 여러 상황들에 익숙해지기 때문에, 공감은 사람들이 주고받는 능력에 대한 다른 표현이라고 할 수 있다. 즉, 개인이 보편적이고 인간적인 현상과 마주하면서 개인과 개인 사이에 연결되는 정서적 고리가 곧 공감이 되는 셈이다.

아들러는 공감이 형성된 환경에서 개인은 누구나 동등하다는 법칙이 성립하게 된다고 하였고, 퇴계는 이를 일체경지(一切敬之)라고 하였다.

(2) 자기완성을 위한 全人의 활동성

인간관계가 힘들다고 느끼는 이유는 상대에게 완전함을 추구하기 때문이다. 그러나 완전한 인간은 존재하지 않는다. 누구나 자신의 결점을 그대로 받아들일 수 있을 때 비로소 자신을 사랑할 수 있다. '있는 그대로의 자신을 받아들이는 것'을 심리학 용어로는 '자기 수용'이라고 한다. 이는 강요를 멈추고 타인에게 존중받는 경험을 늘려주는 것이고, 상대와 자신의 불완전함을 인정하는 것이다.

아들러의 공감과 활동성의 관계를 xy 축으로 설정했을 때, 이 두 개념 간의 관계를 네 개의 분면(四分面)[7]으로 대별할 수 있다.

7) 사분면(四分面) : 평면상에 하나의 직교축을 설정한 뒤 4개 부분으로 나눴을 때,

첫째, 공감과 활동성이 모두 陽인 1사분면(四分面)은 사회적으로 유용한 사람이자 건전한 유형의 사람, 즉 全人의 공간이라 할 수 있다. 이와 같은 全人은 인간의 고유한 성품을 실현하면서 나아가 하늘의 보편적 성품에 인간의 성품을 일치시켜 갈 수 있는 존재들이다.

유교에서는 이를 天人合一이라 하며 인간의 수양론적 이상이요 목표라 할 수 있다. 그것은 인간이 현실 속에서 天人合一을 구체적으로 경험한다는 신비적 의식이나 인간존재가 근본적으로 天을 내재화한 존재로서 天과 일치한다는 天의 범신론적 이해와 거리가 있다고 하겠다.

전인에게 마음의 기능은 사고하는 것이다. 생각하기 때문에 바깥의 사물을 파악할 수 있고, 생각하지 않으면 알지 못한다. 이 사고할 수 있는 마음은 생각이 없는 감각기관이나 신체를 통어할 수 있기 때문에, 이들같이 마음을 지키는 인간이 온전한 인간인 全人이 될 수 있는 것이다.

이들은 자기완성(成己)을 통해 만물의 완성(成物)으로 전개해 나가는 사람들로서 공부를 통해 마음을 밝게 하고, 마음의 본성을 실현케 하여 德을 이루는 존재들이다.

둘째, 공감은 陽이나 활동성은 陰인 2사분면은 공감과 활동성 두 가지는 동반되기 마련이라고 여겼기 때문에, 여기에 해당하는 사람이 없다고 할 수 있다.

이때 경계를 포함하지 않은 각 부분을 각기 제1사분면 · 제2사분면 · 제3사분면 · 제4사분면이라고 한다.

셋째, 3사분면으로, 공감과 활동성이 모두 陰의 영역으로서 2가지 부류로 나뉜다. 하나는 '상대로부터 빼앗는 사람'으로서 이런 부류는 다른 사람이 뭔가 해주는 것을 당연하게 여기고 감사하지 않는다. 또한 자신을 도와주지 않는 사람을 싫어하고 화내기 때문에, 대인관계도 인생도 제대로 굴러가기 힘들다.

이런 부류를 유학에서는 향원(鄕原)[8]이라 하여 가장 멀리해야 할 사람으로 여겼다. 이 부류에 속하는 사람들은 감사(感謝)는 평등한 시선, 칭찬은 위에서 내려다보는 시선을 견지하고 있게 된다. 하지만 위에서 내려다보는 시선으로 '칭찬받는 것'보다는 같은 높이에서 '감사받는 것'이 자기에 대한 신뢰와 타인에 대한 신뢰를 키우는 데 훨씬 유효하다. 이들은 베풂과 감사의 경험을 늘리는 것으로 공동체적 감정을 키우는 것이 무엇보다 요구된다.

또 하나는 '세상으로부터 도망치는 사람'으로, 이런 부류는 낮은 공동체적 감정으로 인해 인간관계가 원만하지 않아 사람들을 피해 숨는 유형으로, 범죄자 · 정신병자 · 알코올 중독자 · 변태성욕자 · 자살 충동을 느끼는 사람들로서 각기 자신들만의 문제를 안고 있는 사람들이다.

이런 부류를 유학에서는 자포자기(自暴自棄)라 하여 많은 문제점을 야기하는 인물들로 생각되어 사람들이 멀리하였다. 즉 입만 벌리면

---

8) 향원(鄕原) : 매사에 옳고 그름을 분명하게 따지지 않고 시속에 맞추어 두루뭉술하게 삶으로써 온 고을 사람들의 칭송을 받는 사람. 뚜렷한 가치관이 없고 삶의 태도가 진지하지 않아 위선적인 사람이라는 의미를 내포하고 있다.

禮와 義를 비방하곤 하는데, 이것을 自暴(자포)라 하고, 仁義를 실천할 수 없는 자를 自棄라 하는데, 自暴者(자포자)와는 함께 이야기할 수 없고 自棄者와는 함께 일할 수 없기 때문이다.

아들러는 이들의 문제가 같은 곳에 뿌리내리고 있다고 보았다. 즉 그들은 자신을 가장 우선시하기 때문에 다른 사람으로부터 도움을 받고 있음을 실감하지 못하므로 사회적으로 고립을 자초하게 된 것이고, 그들 스스로가 자신의 자리가 없다고 느끼고 그 보상으로서 문제 행동을 일으킨다고 정의했다. 그래서 이 부류에 있는 사람들이 공동체적 감정이 있고, 그것을 발전시킬 수만 있다면 모든 고통에서 해방될 것이라고 단언했다.

넷째, 4사분면으로, 공감은 陰이나 활동성은 陽에 속하는 사람들로서, 이들은 주변을 지배하려 하거나 자신이 상대보다 우선한 활동을 많이 하려고 한다. 이들의 지배적인 모습이 싫어 주변 사람들이 떠나기 때문에, 이들은 결코 순탄한 인생을 살 수 없는 부류라고 할 수 있다. 사람이 된다는 것은 자신이 열등하다고 느끼는 것을 의미한다.

인간은 누구나 자신의 열등감을 수용하고 극복할 수 있으며 자신의 우월성, 즉 자기완성을 추구할 수도 있다. 또한 인간은 있는 그대로의 모습으로 자신이 되기 위해 불완전을 극복할 용기를 내려고 하기 때문에 어떤 것도 자신감과 책임감에 대한 개인의 결심을 막을 수는 없다.

인간은 누구나 타인과 함께하면서 협동하고 사회에 기여하면서 자신의 인생과제를 달성해 가고자 한다. 모두가 열심히 일하고, 서로 의지할 친구를 사귀고, 사랑하는 연인과 친밀감을 형성하면서 삶을 영위하고 있다. 다시 말해서 인간은 자신들만의 독특한 존재로서 자기를 창조해 가는 존재들이다.

인간의 삶은 자기완성이란 목적을 추구하고 이를 달성해 나가는 과정으로서 이는 인간이해의 핵심과제를 이룬다고 하겠다. 개인이 하는 일 가운데 가장 어려운 일은 자신을 알고 자신을 변화시키는 것이다.

따라서 개인은 자신이 타고난 조건과 살아가는 태도를 파악하고 이를 성찰할 필요가 있는데, 이는 유학의 정신과도 접맥되어 스스로 내 마음을 살펴보는 내자성(內自省)과 자신의 허물을 보고서 마음으로 자책하는 내자송(內自訟)의 문제로 귀결될 수 있다고 하겠다.

4. 두 心論의 '같음'과 指向

퇴계는 마음과 몸을 상대시켜 파악하였는데, 이 문제는 아들러 심리학에서도 중요한 문제로 논의되고 있다. 일 자체가 마음의 병이 될 수는 없으나, 일을 마음속에 두고 있으면 그 자체가 병이 되기 때문에 좋은 일이든 나쁜 일이든, 혹은 큰일이든 작은 일이든 하나라도 마음에 남겨둬서는 안 된다고 하였다.

이를 아들러는 개인 삶에서의 모든 문제는 직업 · 사회 · 성으로 대변되는데, 이 세 가지 문제에 대한 답을 찾는 과정에서 자신의 삶의 의미에 대한 인식을 분명하게 드러낸다고 하였다. 여기서 아들러의 개인심리학은 몸과 마음이 각자 따로 떨어져 있다고 보지 않는다. 이와 같이 양자의 상호관계를 그 전체로서 이해하려는 것은 유학에서의 입장과 동일하다고 하겠다.

마음은 본래 몸과 분리되어 존재하는 것은 아니나, 몸을 명령하고 주재하는 지위에 있는 존재이다. 따라서 인간의 마음은 움직이므로, 몸만 발달시켜서는 성숙한 인간이 될 수 없다.

퇴계는 문인이 학문을 하면서 이치를 궁리할 때는 너무 깊게 하여 현묘(玄妙)한 데 빠졌고, 힘써 행할 때는 너무 서둘러서 억지로 찾으려 하였기에 조장(助長)하는 병이 생겼다고 하였는데, 이 말은 아들러에게 열등감으로 해석된다. 즉, 그는 열등감은 주로 개인이 어떤 일에 대해 잘 적응하지 못하거나, 혹은 준비되어 있지 않아서 그 일을 해결할 수 없다는 것을 언행으로 표현하는 경우에 나타난다고 하였다.

퇴계는 잠깐 사이라도 마음을 잃어 곤란한 상황에 처하게 되면 과거로 돌아가 그곳에서 벗어나지 못하게 되는데, 이것이 곧 이 마음의 병이 된다고 하였다. 이와 같은 마음의 병에 걸리지 않기 위해, 아들러는 열등감은 누구에게나 있기 때문에 열등감 자체는 나쁜 것이 아니라 개인이 무기력한 상태에서 벗어나려는 보편적인 욕구를 지녀야 한다고 하였다.

이를 아들러는 우월성 추구라고 했는데, 여기에는 보다 더 나아지고자 하는 욕구도 포함되어 있다. 또한 개인수양이란 각자의 행위에서 인간성을 함양하는 과정이다. 퇴계는 고요할 때의 존양(存養)과 발(發)할 때의 성찰(省察)은 마음을 지키는 공부의 기본이라고 하였다.

이 말은 아들러에게는 몸과 마음을 건강하게 하여 사람 사이를 더 조화롭고 화목하게 하며 나아가 사회를 튼튼하게 하고 협동심을 고취하여 세상을 평화롭고 더 살기 좋은 곳이 되도록 하려는 공감공부로 이해된다.

진실한 삶의 의미는 우리 모두가 공유하려는 공통의 의미를 지니고 있다. 이는 한편으로 타인과 공유할 수 있고, 타인을 타당한 존재로 받아들일 수 있다는 진리를 함의하고 있다. 삶의 문제에 있어서 핵심은 언제나 다른 사람들의 앞길에 도움이 되는 쪽으로 나아가면 된다는 데 있다.

인간이라면 똑같이 느끼는 공통의 문제를 인간존재의 선한 마음으로 풀어나가기를 바라기 때문이다. 인간존재의 마음은 몸에 대해 주재적 지위를 확립하고 神明으로서 밝게 통달하여 살아 움직이는 기능을 발휘한다는 것으로 파악된다.

여기에 도덕적 속성이라는 측면에서 조망해 본다면 유학에서 말하는 마음의 본래 모습은 聖人이자 全人이 지향하는 仁義의 가치가 인간의 성품에 내재된 天理로 인식될 수 있다.

이렇듯 퇴계의 心學은 "남의 아름다운 점은 이루어주고, 남의 좋지 못한 점은 드러내지 않는다(成人之美 不成人之惡)" 는 공자의 말을 실천한 학문으로서 天理를 체득하고 체인(體仁)한 전인적 인간상, 즉 공동체적 감정을 각성케 하는 인간상은 인간존재에 대하여 '모두 공경한다' 는 일체경지(一切敬之)를 행위의 준칙으로 삼았던 인문정신의 수원(水源)이라 할 수 있다.

이는 아들러가 말하는 우주적 감정이며, 우리 안에 살고 있는 전우주와 우리가 연결되어 있음을 함의(含意)한 것으로 인간 존재의 피할 수 없는 본성이라고 할 수도 있다. 또한 퇴계에게 仁은 아들러에게는 사랑으로 해석된다. 즉 仁은 사랑의 이치(愛之理)로서 대상을 아끼려는 마음이다(愛 猶吝也).

아들러는 오늘날 사람들 가운데 소수만이 사랑에 성공하거나, 사랑이 과거보다 이루어지기 힘든 이유로 '용기의 상실' 을 지적하였다. 서로를 아끼며 사랑하는 데도 용기가 필요한 것이다. 그가 제1차 세계대전이 발발하자 군의관으로 참전했던 경험은 그에게 사회적 책임의식과 인류애를 확장시켜 준 것이었다. 이후 정신과의사가 된 아들러가 사회적 협력과 공동체의식을 주장하고 인간을 구분하거나 배제하는 것이 아니라 사랑으로 감싸며 해결책을 찾은 것은 자신의 경험을 승화시킨 까닭이다.

아들러가 다른 심리학자들과 차별되는 점은 사회적 연대, 공동체의식, 개인의 용기와 노력이 결합함으로써 우리의 미래가 긍정적으로 바뀌게 된다는 그의 확고한 믿음이었다. 아들러는 만일 자신이 아이들에게 하나의 재능을 줄 수 있다면 용기를 주겠다고 이야기할 정도였다.

아마 이는 퇴계의 말로 사랑받는 자도 의문을 갖기 때문(見愛者有疑)일 것이다. 이렇듯 인간은 사랑을 받으며 진보해 왔다. 인간이 타인을 보면서 온정과 사랑 같은 감정을 느끼는 것은 '천성적으로' 남을 돕고 '남의 마음에 공감하려는 차마 거역할 수 없는' 인간 내면의 추진력이 있기 때문이다.

퇴계가 가정에서 효제(孝悌)의 도리를 독실하게 하여 집안을 화목하게 하고, 맹자의 뜻에 따라 나의 어버이를 높여서 남의 어버이에게까지 미치게 하고, 나의 어른을 공경하여 나아가 남의 어른에게까지 미치도록 한다고 하였듯이, 아들러가 중점을 두었던 것도 인간과 사회의 중요성에 대한 인식이었다.

즉, 인간이 세계와 자신에 대해 어떤 의미를 부여하느냐는 자신들만의 생활양식에 따라 변할 수밖에 없다는 것이다. 인간은 고독을 느낄 때도 타인을 필요로 한다. 이는 인간은 사회라는 맥락 속에서 비로소 개인이 되고, 인간의 삶에는 반드시 타인의 그림자가 모자이크

되어 있기 때문일 것이다.

더 나아가 퇴계가 천하가 한 집안이 되며 나라 안이 다 같은 한 사람이 되는 것이니, 세상의 나이 많은 사람은 모두 우리 한 집안의 어른(天下爲一家 中國爲一人)이라 하여, 이웃과 나라와 세계가 하나의 가족공동체를 이룬다고 하였다.

사람들은 공통된 의미 공간에 살면서 타인의 감정·행동·의도를 직감적으로 이해할 수 있는 일종의 신경 하드웨어인 거울뉴런(Mirror neuron)[9] 장치를 지니고 있다. 거울뉴런이란 개인을 넘어서, 직감적이며 공동으로 서로를 이해할 수 있는 신경학상의 공간이라 할 수 있다. 아들러는 이를 공동체적 감정이라고 하였다.

공동체 감각은 주위 사람이 나를 도와준다는 타인에 대한 신뢰와 내가 주위 사람을 도와줄 수 있다는 자기에 대한 신뢰, 그리고 내가 공동체에 속할 수 있다는 소속감 등 세 가지로 구성된다. 오늘날 인간이 비록 인간성 상실의 시대를 배회하고 있다고 하더라도 '신뢰가 있어야 할 곳에는 마땅히 신뢰가 싹터야 한다.'

이를 위해 만약 온전한 덕(全德)을 갖춘 全人이 인간의 일상생활의 궁극적 의미를 드높이고 인간의 관계성을 최고로 중시한다면 신뢰공동체이자 사회공동체(Civitas)를 창도(昌道)해 나가야 한다.

---

9) 거울뉴런(Mirror neuron) : 타인의 행동을 보고 있기만 해도, 또는 어떤 행동이 일어나는 과정에 대해 이야기를 듣기만 해도 자신이 그 행동을 하는 것처럼 활성화된다. 이를 통해 인간은 타인의 의도를 파악하고 공감할 수 있으며 다양한 활동과 언어를 모방하여 학습할 수 있다. 반면 자폐증의 원인이 거울뉴런계의 손상 때문이라고 주장하는 '깨진 거울(broken mirror) 가설' 도 제기된 바 있다. (시사상식사전, 지식엔진연구소)

신뢰공동체는 가정에서부터 형성되는 것이다. 군자의 길이 부부의 평상적 삶에 그 단초를 가지고 있다고 하는 것은 인륜에서 시작된다는 뜻이다. 그것은 유학 전통이 항상 사회적 의미를 강조했던 사실과 완전히 일치한다.

또한 사회공동체란 혈연단체, 지연단체의 영역을 넘어서 정치적 결합체라는 의미의 라틴어 키비타스(Civitas)에서 유래된 말로 오늘날 공동체의식을 가진 시민, 공동체 구성원, 공동체의식 등의 의미로 쓰인다. 이에 발맞춰 많은 사상가들이 모든 인류가 함께하는 실질적 공동체를 이루려는 희망을 공유하고 있다.

퇴계와 아들러의 사상 또한 그 희망의 여정에 지남(指南)이 될 수 있다고 본다. 인간은 존재 자체를 위해 높은 수준의 협력과 사회문화를 필요로 하기 때문에 자발적인 사회적 노력이 요구된다.

《E T.》라는 영화의 이별 장면에서 E. T.는 아이의 손을 자신의 가슴에 가져가며 '아프다(Ouch)' 고 말한다. 상대방이 아프다고 할 때 나도 아픔을 느끼고, 그를 이해하고, 그리고 그의 행동에 적절하게 반응해 줄 수 있다는 것은 의식적인 노력을 통해 한 개인인 '나' 가 또 다른 개인인 '너' 에게로 다가설 수 있게 하는 것으로 진정한 공감 능력의 발현이라고 할 수 있다.

공동체적 감각은 이기적 동기와 대조되는 이타적 동기가 아니다. 오늘날 통용되고 있는 공동체적 감각이나 사회적 관심 혹은 사회적 공감능력이라는 개념들은 아들러가 이뤄낸 가장 중요한 타자에 공헌하려는 진지한 의지로 인정받는다.

결국 공동체적 감정도 타고나는 게 아니라 의식적으로 발달시키고자 하는 노력의 소산이라고 볼 때, 바로 그러한 노력이 사회적인 관심(Social Interest)을 견인하는 근원이 될 수 있다고 하겠다.

삶에 대한 관심과 사랑은 휴머니즘적 철학의 기초가 된다. 이러한 철학은 "건전한 사람은 삶을 사랑하고, 슬픔은 죄이고 기쁨은 덕이며, 生의 목표는 살아 있는 모든 것"이라는 정신의 바탕이 된다. (《인간의 마음》에리히 프롬). 이는 마치 타고르(Rabindranath Tagore, 1861 ~1941)가, "내 마음속 가장 깊은 성소에 당신이 머물러 있음을 알기에, 내 마음으로부터 모든 악을 몰아내고 사랑을 꽃피우기 위해 언제나 애쓴다." (《기탄잘리Gītāñjali》)는 바로 그 마음이다.

또한 알베르트 슈바이처(Albert Schweitzer, 1875~1965)가, "오고우에 강에서 마주한 물과 원시림의 인상을 표현할 길이 없어 꿈을 꾸는 것 같은 기분"이라고 했던 그 마음과도 같다. 왜가리 한 마리가 날아올랐다가 고목 위에 내려앉고, 파란 새들이 물위에 떠 있으며 물수리 한 쌍이 하늘 높이 맴돌고 있다. (《물과 원시림 사이에서》) 실로 그가 삶의 외경을 마음에 담는 순간이 아닐 수 없다.

이러한 삶에의 외경은 가족을 넘어 동료, 민족 더 나아가 인류로까지 외연이 확장된다. 또 여기서 발생되는 감정은 이런 경계를 넘어 동물이나 식물, 생명이 없는 존재들은 우주에 이르기까지 확대될 수도 있다. 완전한 의미에서 인간은 인류애라는 깊은 감정을 고양시켜 인간 존재로서의 의무를 실천해야만 온전히 존재의 의의를 찾을 수 있기 때문이다.

제2장. 심화읽기 1 : 퇴계와 왕양명의 대화
— 퇴계의 양명 心學에 대한 이해와 비판

〈미리 읽기〉

퇴계의 이단(異端)에 대한 인식과 육·왕학(陸王學)을 이단이라고 규정하게 된 배경, 그리고 양명(陽明)의 언설에 대하여 퇴계가 자신의 논리를 전개해 가는 과정을 밝힘으로써 주자학으로 대변되는 퇴계의 도학(道學)과 양명의 심학(心學)과의 동이(同異)점을 진단해 보는 것도 의미 있는 시도라고 여겨진다.

공자는 정명(正名)을 주장하였다. 정명에서 '명' 이란 글자 혹은 문구이며, 正名이란 자의를 바르게 한다는 뜻이다. 즉 정확한 해석구와 사용어를 가지고 어구의 잘못된 해석과 사용을 바로잡으며, 명사 개념의 함의를 아주 정확하게 결정한다는 의미이다. 이는 名과 實의 관계를 언급한 것으로 볼 수 있다. 공자의 正名은 명사 개념의 정치적·윤리적 내함을 확정하는 데 중점을 두기에 정명분(正名分)의 내용과도 다소 관련이 있다.

이러한 사고의 흐름은 한무제(漢武帝)이후 동중서(董中舒)로 이어졌다. 그는 자신이 건의했던 백가를 몰아내고 오직 유가의 학술을 존중하라(罷黜百家 獨尊儒術)는 정책을 강력하게 펼치는 가운데 명실학(名實學)의 발전에 지대한 영향을 끼쳤었다.

선유(先儒)들의 이와 같은 정명사상을 이어받아, 퇴계가 정학(正學)과 이학(異學)으로 나누고, 이를 다시 정주학(程朱學)만을 대중지정(大中至正)의 도학(道學)으로 확정하고, 육·왕학을 노장(老莊)이나 선학(禪學)으로 인식하여 이단으로 규정한 데는 퇴계만의 명확한 준거의 틀이 있었다. 즉, 퇴계가 孔·孟·程·朱로 전수된 도통의 계보를 존숭하여 이를 正學으로 받아들이고, 불교, 노장(老莊)학, 육·왕학을 모두 이단으로 간주하였던 주된 이유를 두 가지 측면에서 찾아볼 수 있다.

하나는, 학문에 익숙해지지 않은 문인들이 퇴계가 이단으로 규정한 학문이나 사상에 젖어들어 헤어나지 못할 수도 있다는 우려 때문이었다. 또 하나는, 퇴계는 일단 초학자들이 이단에 빠져들게 되면 정도의 차이는 있을지언정 하늘을 속이고 성인을 무시하며 인의(仁義)를 가로막는 죄를 범하게 되는 측면에서는 똑같다고 보았다.

그래서 퇴계가 이학(異學)의 문제점들을 비판하기에 앞서, 사문(斯文)에 종사하는 학자들로 하여금 먼저 자신들을 성찰하고 가다듬게 했던 것은 학문 자세를 강조하는 퇴문(退門)의 지결(旨訣)에 연유하는는 바가 크다고 하겠다.

한편, 퇴계가 정주학의 학문적 전통에 근거하여 양명학을 비판하고 배척한 것은 이후의 학계에 양명학의 발전을 저해하는 원인이 되었으며, 이와 같이 타 학문을 이단(異端)이라 하여 배척하는 자세는 한편으론 사상의 자유를 억압하는 결과를 낳기도 하였다.

하지만 퇴계의 양명학 비판은 퇴계가 당시에 도학의 정통이념을 확립하고자 하는 의지의 소산으로 보아야 할 것이다. 또한 퇴계가 양명학의 비판을 통하여 주자학을 대중지정한 도학으로 여기는 과정에서 그의 비판 정신의 정수를 엿볼 수 있다.

1. 異端의 유래와 양명의 심학

유교사상은 인간이 어느 한쪽으로 치우치는 것을 우려한다. 그런 점에서 가장 오랜 기간 논의의 중심에 있었던 개념 가운데 하나가 이단이라고 할 수 있다. 이단(異端)의 端이란 구체적인 사건의 실마리, 단서(端緖), 또는 끝을 의미하며 善惡 · 是非에 대한 가치판단이 내려지기 이전 단계를 뜻하는 말이다.

여기에 벽(闢)자를 붙여 흔히 벽이단(闢異端[10])으로 언급하게 되었다. 闢은 '열다', '피하다' 는 뜻을 담고 있으며, 異端이 성인의 道와 길을 달리하는 이론이기 때문에, 막힌 곳을 틔워서 넓은 안목을 지니도록 이단을 논박(闢)한다는 의미를 지니고 있다. 이단이 곧 성인의 道와 길을 달리하는 이론이므로 이를 열어서 막힌 곳을 틔워주기 위한 것이다. 성인의 道와 다르면 반드시 성인의 道를 해치게 되기 때문에 이단을 논박한다는 것이 벽이단의 핵심이다.

정도를 실현하기 위하여 이단을 대하는 태도는 공격하고 배척하는

---

10) 벽이단론(闢異端論) : 정통(正統)을 수호하기 위해 이단(異端)을 배척하는 주의나 주장. 일반적으로 전통적 권위를 확인하고 기존의 질서를 고수함으로써 사회적 안정을 기할 것을 희구하는 명분이나 그 정치적 기반을 정통이라고 하며, 이와 대립해 기성 체제를 부정하고 전혀 상반되는 가치를 창출함으로써 자가(自家)의 권익을 스스로 옹호하는 이해집단이나 혹은 그와 같은 입장에 있는 계층을 이단이라고 부른다. 중국철학사에서 절대적인 위치를 확립한 유교사상은 분명히 정통의 입장이었으며, 제자백가(諸子百家)들 가운데 특히 공맹(孔孟)을 반대해 그 이론을 비판했던 몇 개의 학파는 이단으로 간주할 수가 있다.

대립적 관계에만 그치는 것이 아니다. 양단(兩端)은 유교의 참된 도(正道)인 중용의 원리에서 동떨어진 이단적 요소로, 정도는 하나인데 이단은 무수히 많으므로 벽(闢)은 바로 정도의 길을 열어 나아가는 것이다.

이러한 사고의 흐름은 멀리는 고대에 요(堯)·순(舜)·우(禹)로 전승된 16자 도(道)의 요체인 "사람의 마음은 늘 위태롭고, 도의 마음은 잘 드러나지 않는다. 오로지 정밀하게 살피고 한결같이 지켜 중용을 붙잡아야 한다(人心惟危 道心惟微 惟精惟一 允執厥中)." 로부터, "이단에 힘을 쏟아 연구하면 해가 될 뿐(攻乎異端 斯害也已)" 이라는 공자의 이단관을 거쳐 변론을 통한 벽이단(闢異端) 정신의 선구자라고 할 수 있는 맹자로 이어졌다.

맹자는 당시 수많은 학파들 중 유독 양주(楊朱)와 묵적(墨翟)의 사상을 비판하였다(能言距楊墨者 聖人之徒也). 개인의 주체성만을 지나치게 강조하는 양주의 위아주의(爲我主義)[11] 사상은 차별적 이기주의로 흐르기 쉽고, 사회의 전체성을 맹목적으로 앞세우는 묵적의 겸애주의(兼愛主義) 사상은 인간의 주체성을 도외시한 무분별한 이상주의로 경도될 수 있기 때문이다.

---

11) 위아주의(爲我主義) : 옛날 사람들은 터럭 하나를 희생하여 천하를 이롭게 하는 일을 허용하지 않았고, 온 천하를 들어서 한 몸을 떠받들게 하는 일도 취하지 않았다. 사람은 각각 자기 몸의 한 터럭도 희생하지 말 것이며, 사람이 각자 천하를 이롭게 하지 말아야 천하는 다스려질 것이다. 양주의 「위아주의」는 모든 사람이 각자 자신만을 위하고, 천하를 위하는 일을 하지 않을 때 비로소 천하가 다스려질 수 있다는 사상이다. 이는 이기적 동기에서 남을 해지지 않는다는 점을 전제하기 때문에 이기주의와는 다르다.

또한 그는 "앞서간 성인의 도를 지키고, 양주와 묵적을 막아내며, 방자하게 지껄이는 말을 몰아내고, 요사스런 이론을 내는 자들이 못 나오게 한다." 고 하며 이들을 물리칠 수 있는 사람은 성인을 따르는 무리라 하여 이단을 엄격하게 배척하였다.

맹자는 이처럼 엄중하게 이단을 배격하였다. 맹자 사후에는 이단의 설이 더욱 성해졌고 혹세무민하여 仁義를 해쳤으며, 사람의 마음을 빠져들게 하여 유가의 도를 해치는 일은 노장(老莊)과 불가(佛家)가 성행함에 이르러 극에 달하였다.

당(唐)대의 한유(韓愈)는 老莊과 佛家에 대해 반박하는 것을 자신의 소임으로 삼았다. 그는 맹자의 공이 우임금 못지않다고 하면서 819년에 「불골표(佛骨表)」[12]라는 상소를 올려 불교는 오랑캐의 법일 뿐이라 하여 당시 황제가 부처의 사리를 모시는 것을 비판하였다.

송(宋)대의 정호(程顥)는 道가 밝지 않은 것은 이단이 해치기 때문이므로 이단을 논박한 뒤에야 道로 들어갈 수 있다고 하였다. 또 주자는 《근사록》에서 석씨(釋氏)는 배움을 끊어버리고 돈오(頓悟)를 구하고 下學의 공부가 없으며, 도(道)와 기(器)는 본래 서로 떨어지지 않는데다 사물을 버리고 이치를 밝히며 자취를 없애고 마음을 구하기 때문에 道를 알 수 없다고 하였다.

즉, 성인의 도가 다시 찬란히 밝아지고 불교의 기풍이 감히 유행하지 못하였기 때문에, 이는 마치 태양이 중천에 뜨자 도깨비가 도망

12) 「불골표(佛骨表)」: 당나라 때 불골(佛骨, 사리)을 궁중으로 모셔 들이자, 한유는 그 부처의 뼈를 물이나 불에 던져버려야 한다는 내용의 「불골표(佛骨表)」를 올렸다가 조주좌사로 좌천되었다.

가 숨고, 봄바람이 따스하게 불자 얼음이 녹는 것과 같았다는 말로 불교를 배척하였다.

조선 중기 이후에 송(宋)대의 육상산과 명(明)대의 왕양명의 학설이 소개되었을 때, 퇴계는 주자학의 입장에서 저술을 통해 양명학을 날카롭게 비판하였다. 퇴계는 양명학의 지행합일설(知行合一說)을 두고 형기(形氣)에 있어서는 지행합일이 가능하지만, 불학불면(不學不勉)하면 알 수도 없다고 주장하여 의리를 강조함으로써 정주학(程朱學)의 본령을 재확인하였다.

심지어 주자학의 내부에서도 이기(理氣)·성정(性情)의 개념적 차이에 따라 예리하게 논변하는 것은 발상의 근원에서 털끝만큼이라도 차이가 나면 의리의 실행에 이르러서는 천리나 되는 오류가 도출될 수 있다는 비판적인 자세로 벽이단의 논리를 강조하였다.

조선은 개국 초기에 송대 성리학의 벽이단(闢異端)을 받아들여 엄밀한 비판정신을 통해 고려왕조의 기본이념이었던 불교를 효과적으로 억압할 수 있었다. 특히 고려 말의 목은(牧隱) 이색(李穡, 1328~1396)은 당시 불교의 여러 종파인 오교양종(五敎兩宗)[13]이 이익을 도모하는 소굴이라고 비판하였다.

포은(圃隱) 정몽주(鄭夢周, 1337~1392)는 불교와 유교가 가지고 있는 근본적인 차이를 道의 개념에서 찾았다. 유교의 道는 모두 다 일상생활에서 쓰이는 道이며 초월적이고 특이한 道가 아닌 반면에

13) 오교양종(五敎兩宗) : 고려전기 이후 조선 초기에 있었던 5개의 교종과 2개의 선종을 의미하는 불교 종파.

불교의 道는 친척을 다 저버리고 남녀를 끊고 홀로 수행하며 육식을 하지 않는 것임을 지적하여, 이러한 불교는 일반인이 따를 수 없는 道라 규정하였다.

또한 정도전(鄭道傳)은 그의 저서 《불씨잡변(佛氏雜辨)》에서 이단에 대해 도학이념의 진리를 어지럽히고 道를 해친다는 측면과 윤리적인 문제로서 '부모를 부모로 여기지 않고 임금을 임금으로 여기지 않는다'는 반인륜적 사상이라 규정하여 유교적 기본 사회공동체의 윤리질서를 어지럽히는 측면, 그리고 중화주의 입장에서 불교를 오랑캐로 규정한 측면 등을 주로 거론하여 불교를 이단으로 배척하였다.

이와 같은 학문 분위기에서 다른 사상을 연구하기란 참으로 어려웠고, 이는 당시 지식인들로 하여금 주자학 이외의 이학(異學)을 받아들이지 못하게 하는 원인이 되었다. 이러한 까닭으로 학자들의 연구 방향에 있어서도 주자학에 의한 엄격한 통제가 따르게 되었고, 자연히 양명학에 대해서는 그 전래 시기나 변천 과정마저도 음성적인 형태로 받아들여지게 되었다.

특히 퇴계가 양명학을 이단으로 비판한 이래 조선의 선비들에게 주자학과 관련된 서적이 주로 소개되었고 양명학과 관련된 서적은 배척되었다. 이런 학문 경향을 두고 조선 후기 양명학자인 정인보(鄭寅普, 1893~?)는 《양명학연습陽明學演習》에서, "조선에는 양명학파는 없고 주자학파뿐이니 따로 주자학파라는 이름도 없었으며, 책상 위에 양명학과 관련된 책이 놓인 것만 보아도 이단사설을 따르는 자로 취급되었다."고 말했을 정도였다.

종래 조선에 양명학이 전래된 시기에 대해서는 홍인우(洪仁祐)의 「치재일기(恥齋日記)」 계축 6월 18일조에 의한 1553년(明宗 8년)으로 하는 설, 류성룡의 《서애집(西厓集)》「陽明集後」에 의한 1558년(明宗 13년)으로 하는 설, 퇴계의 「전습록논변(傳習錄論辯)」에 의한 퇴계 당시로 하는 설, 그리고 박상(朴祥, 1474~1530)의 《납재집(訥齋集)》과 김세필(金世弼, 1473~1553)의 《십청헌집(十淸軒集)》을 근거로 해서 1521년(中宗 16년) 이전으로 추정하는 설 등이 있다.

그러나 전반적으로 양명학은 퇴계 이전에 전래되었다고 할 수 있다. 이에 대한 근거로 현상윤(玄相允, 1893~?)은 《조선유학사朝鮮儒學史》에서, '퇴계가 왕양명의 글을 통렬히 논변하여 조목조목 변척(卞斥)을 가하면서 양명학을 배척하는 「전습록논변」을 지었던 것'을 그 예로 들었다.

퇴계가 이단을 어떻게 인식하였는가? 그리고 육·왕학을 이단이라고 규정하고 특히 양명의 언설에 대하여 퇴계가 자신의 논리를 전개해 가는 과정을 밝힘으로써 주자학으로 대변되는 퇴계의 도학과 양명의 심학과의 동이(同異)점을 진단해 보는 것도 의미 있는 시도라고 여겨진다.

2. 퇴계의 正道와 異端에 대한 이해

1) 大中至正한 道의 인식과 실천

전통적으로 유학에서는 심·성·정(心性情)의 인간학적 문제와 인간존재의 근거를 해명하는 과제로서 태극·이기(太極·理氣)의 우주론적 문제를 거론하였다. 중정의 道理로써 지극히 바름은 인간이 마땅히 행해야 할 의리로 파악되었는데, 이는 인간의 내면에 대한 심리적 분석인 심성정(心性情)의 문제로 집약되게 되었다.

中은 유교 최고의 덕목이며 실천윤리이다. 특히 대립 대응하고 있는 두 항을 동시에 고려하여 그 균형성과 조화를 추구하는 中의 논리는 전형적인 대칭적 사고 틀로서 유교사상과 문화의 기저를 이루는 원형적 논리로 기능하고 있다.

유교의 특징으로 일컬어지는 대자(對自)적인 자기완성과 대타(對他)적인 사회 교화, 인식과 실천, 그리고 경험적인 학습과 주관적인 사유의 통일은 바로 中의 논리를 기반으로 한 것이다. 퇴계는 중정(中正)을 양익(兩翼)에 비유하여 다음과 같이 말하고 있다

> "공자는, '글을 널리 배우고 예로써 요약하라.' 하였고, 자사(子思)는 '덕성을 높이고 학문을 말미암으라.' 하였고, 맹자는 '널리 배우고 자세히 말함은 장차 이를

돌이켜 요약함을 말하려 해서이다.' 하였다. 주자는 박문(博文)과 약례(約禮) 두 가지가 서로 필요한 것은 수레의 두 바퀴나 새의 두 날개와 같아서 하나가 없이는 굴러가고 날아갈 수가 없으니, 이것은 실로 주자의 설이다. 우리 유가의 가법이 본래 이와 같다(孔子曰 博學於文 約之以禮 子思曰 尊德性而道問學 孟子曰 博學而詳說之 將以反說約也 二者之相須 如車兩輪 如鳥兩翼 未有廢一而可行可飛者 此實朱子之說也 吾儒家法)."

공자·자사·맹자의 전통은 두 가지를 양륜(兩輪), 양익(兩翼)으로서 경중(輕重)을 둘 수 없으며, 병진(竝進)하는 것이라 하였다. 즉, 존덕성(尊德性)과 도문학(道問學) 어느 쪽으로도 기울어지지 않기 때문에, 양자는 퇴계 말대로 상자상구(相資相救)하여 대중지정(大中至正)한 道인 정학(正學)으로 나아가는 까닭이 된다.

유학에서 공부란 일련의 연마 과정을 통해 현재의 상태를 善 또는 至善의 상태에 이르게 하려는 노력을 가리킨다. 不善의 상태에 처해 있는 나를 善에 이르게 할 방법, 善과 不善이 혼재한 상태에 처한 나를 善으로 나아가게 할 방법, 그리고 善한 상태에 있지만 나를 至善의 경지에 도달하게 방법 등에 관한 수양을 말한다. 이를 두 가지로 정리하면 '개과천선(改過遷善)'이냐 '천선개과(遷善改過)'냐의 문제로 귀결되는 마음공부이다.

퇴계는 《중용》의 도문학과 존덕성을 박문과 약례와 같이 인식공부와 실천공부로 이해하였다. 박문을 약례와 마찬가지로 중시하고, 도문학을 존덕성과 마찬가지로 중시하는 것은 이학(理學)과 심학(心學)의 커다란 차이 가운데 하나이다. 퇴계는 심학을 중시하지만, 이학자(理學者)로서 박문과 약례 또는 도문학과 존덕성 사이의 균형을 유지하는 것을 학문의 이상으로 생각하였다. 그는 주자의 大中至正을 다음과 같이 설명하였다.

> "주자의 학문은 대중지정하여 한쪽으로 치우치는 데 떨어지는 폐단이 없는데도 오히려 스스로 부박하고 범범한 문제가 있다고 하면서 문인들에게 수렴하고 착실한 공부를 하여 지금부터 거슬러 올라가 찾으라고 힘껏 경계하였다. 그런데도 종유(從遊)하던 선비와 사숙(私淑)하던 이들 중에는 혹 그 뜻을 깊이 본받지 못하고 입과 귀로만 익히는 데로 흘러간 사람이 적지 않았다(以爲朱子之學 大中至正無墮於一偏之弊矣 猶自謂有浮泛之失 力戒門人以收斂著實工夫 自今而遡求之其從遊之士 私淑之徒 或未能深體此意 流而爲口耳之習者不少)."

퇴계는 이 두 가지 공부는 유학의 종지(宗旨)로서 바꿀 수 없는 것이라고 하였다. 그래서 퇴계는 주자의 학문을 대중지정하여 이 도문학과 존덕성 두 가지 방법을 조화롭고 균형 있게 사용하였으나, 육상산은 인식공부에 해당하는 박문을 무시하였다고 비판하였다. 즉, '육경

(六經)은 모두 나의 각주(註脚)' 라고 한 상산의 생각은 도문학 공부를 무시한 것이 된다.

퇴계는 주자와 상산을 비교하여 주자는 유학(儒學)이요 육상산은 선학(禪學)으로 전자는 바르고 공평하며 후자는 간사하고 사납기 때문에 서로 같을 수 없다고 하였다.

주자는 존덕성(尊德性)은 자기의 마음을 보존하여 도체(道體)의 큰 것을 다하는 것이고, 도문학(道問學)은 지혜를 극진하게 하여 도체(道體)의 세밀한 것을 다하는 것으로 이 두 가지는 德을 닦고 道를 이루는 큰 단서라고 하였다.

존심은 마음을 보존하는 것으로, 학문의 초기에 경(敬)하여 방심(放心)을 거두는 데에도 필요하고, 또한 지(知)를 한 뒤에 실천을 하는 데도 필요한 바, 일반적으로 행(行)에 해당하며, 致知는 지식을 지극히 하는 것으로 知에 해당한다.

도학의 연원을 확인하고 도통(道統)의 계보를 찾고자 하는 퇴계의 노력은 바로 이 도문학의 공부와 존덕성의 공부를 어떻게 종합할 것인가에 대한 사상적 모색이었던 것으로 보인다. 퇴계는 주자의 학문이 도통의 맥을 이었다고 다음과 같이 말하고 있다.

> "주자의 학문은 이 두 가지를 다 극진하게 함으로써 도통 연원의 바른 맥을 얻었다. 박문에다 약례까지 양쪽 다 지극하여 연원 정통을 이어받은 그 분은 朱子였다(博約兩至 淵源正脈)."

주자는 일평생을 두고 박문과 약례 이 두 가지에 종사하여, 조금이라도 한쪽에 치우치는 일이 있으면 곧 깊이 반성하고 통렬하게 고치고 바로잡아 대중지정한 道에로 나아갔다. 퇴계는 도문학의 공부라고 하더라도 자신에게 절실하지 않으며 실천이 결여된 구이지학(口耳之學)[14]을 비판하고, 문자에만 천착하는 유의 학문적 태도를 매우 경계하였다.

퇴계는 학자들이 독서를 하더라도 성현의 말씀을 대충 훑어보고 한 번쯤 몇 구절을 필사하고 그것으로 그칠 뿐 자세히 음미하지도 않으며, 더구나 실천공부에 돌아볼 겨를이 없으니, 성현들의 위기지학(爲己之學)[15]과는 더욱 멀어지고 있다고 경계하였다.

퇴계는 성학이 知와 行, 도문학과 존덕성의 양 방면을 병진함으로써 달성되는 학문이라 생각하였으며, 「무진육조소」에서 임금이 성학 공부에 힘쓸 것을 강조하였다.

"성학의 공부에 부지런히 힘쓰소서. 속히 이루려 하

---

14) 구이지학(口耳之學) : 들은 것을 새기지 않고 그대로 남에게 전하기만 할 뿐 조금도 제것으로 만들지 못한 학문을 말한다. 《순자(荀子)》 〈권학편(勸學篇)〉에 있는 말이다. "(구이지학은) 소인의 학문이다. 귀로 들은 것이 입으로 나온다. 입과 귀 사이는 네 치일 뿐. 어찌 일곱 자의 몸에도 채우지 못하는가(小人之學也 入乎耳出乎口 口耳之間則四寸耳 曷足以美七尺軀哉)."

15) 위기지학(爲己之學) : 자기 자신의 본질을 밝히기 위한 학문. 자기의 인격수양을 위하여 학문을 함. 孔子가 한 말로, 옛날 학자는 진실로 자기 자신의 지덕을 닦기 위하여 학문을 하였다는 말. 《논어》 헌문편의 "옛날에는 자기 자신을 위해 배웠지만, 오늘날은 남을 위해 한다(古之學者爲己 今之學者爲人)." 에서 비롯되었다.

지도 마시고 스스로 한계를 긋지도 마시며, 지극함을 다 바쳐 이에 과연 소득이 있으시면 그 밖의 일은 실로 날에 따라 밝아지고 일에 따라 충실해질 것입니다(尤勤勵不息於聖學之功 毋欲速 毋自劃 以極其至於此而果有所得則其他事固亦隨日隨事而益明益實)."

퇴계는 理와 義가 마음을 즐겁게 해주는 것은 맛있는 고기가 입을 기쁘게 하는 것처럼, 우리의 성정은 참으로 요순처럼 될 수 있다고 강조하고 있다. 그래서 일을 속히 이루려 하거나, 한계를 설정하지 말고, 한갓 일상의 비근하고 하찮은 것 가운데도 실로 높고 깊고 원대하여 무궁한 것이 존재할 수 있음을 알아야 한다고 일깨우고 있다. 퇴계는 임금이 大中至正의 가르침을 따를 것을 역설하고 있다.

"선왕의 도술을 밝혀 한 시대의 나아갈 방향을 정하여 표준을 세워서 인도하지 않으면 어떻게 온 나라 사람으로 하여금 쌓인 의혹을 풀고 여러 갈래의 이단학설을 버리고 크게 변화하여 우리의 대중지정한 가르침을 따르게 할 수 있겠습니까(然於是乎若不明先王之道術 定一代之趨尙 以表率而導迪之 亦何能使一國之人 回積惑而舍多岐 一變而從我於大中至正之敎乎)."

퇴계는 근원을 더듬어서 치도(治道)를 내고 본말을 통찰하여 대중을 세운다는 고인의 말을 인용하여 왕이 도술을 밝히고 인심을 바로 잡는 것을 표준으로 삼을 것을 주장하고 있다. 이렇게 하면 온 나라 사람이 쌓였던 의혹을 풀고 이단에서 벗어나게 되며, 여기에 이르게 된 뒤에는 퇴계 자신이 한 말은 모두 새로운 정사를 펴는 데 바치는 것으로 조술한 바가 있어서, 가공으로 지어낸 것이 아님을 믿게 될 것이라고 자신 있게 말하고 있다.

퇴계는 주자학이 존덕성과 도문학 어느 한쪽에 기울어짐이 없는 대중지정한 道로서 정학(正學)이라고 하였으며, 존덕성에 편중하는 상산과 양명의 학문을 이학(異學)이라 하였다. 즉 존덕성이라는 주관적인 면에 편중되어 객관지(客觀知)를 궁구하는 도문학을 소홀히 하였으므로 異學이라 한 것이다.

즉 퇴계는 주자와 육상산 두 사람이 같지 않음은 일부러 같지 않으려는 데에 뜻을 둔 것이 아니라고 하면서도 도학의 연원을 확인하고 도통의 계보를 중시하였다. 그러면서 퇴계는 문인들이 수렴하고 독실히 공부하여 이 도문학의 공부와 존덕성의 공부를 양륜(兩輪), 양익(兩翼)처럼 어떻게 수렴시킬 수 있을지에 대한 방법을 모색하게 하였다.

2) 異端에 대한 이해와 한계

공자는 정명(正名)을 주장하였다. 정명에서 '명'이란 글자 혹은 문구이며, 정명이란 字義를 바르게 한다는 뜻이다. 즉 정확한 해석구와 사용어를 가지고 어구의 잘못된 해석과 사용을 바로잡으며, 명사 개념의 함의를 아주 정확하게 결정한다는 의미이다.

이는 名과 實의 관계를 언급한 것으로 볼 수 있다. 방입천(方立天)은 《중국철학과 인식의 문제》에서 공자의 정명은 명사 개념의 정치적 · 윤리적 내함(內含)을 확정하는 데 중점을 두기에 정명분(正名分)의 내용과도 다소 관련이 있다고 하였다.

이러한 사고의 흐름은 한무제(漢武帝) 이후 동중서로 이어지게 된다. 그는 자신이 건의했던 "백가를 몰아내고 오직 유가의 학술을 존중하라(罷黜百家 獨尊儒術)."는 정책을 강력하게 펼치는 가운데 명실학(名實學)의 발전에 지대한 영향을 끼쳤다. 결국 동중서는 공자의 정명설(正名說)을 정명분(正名分)의 길로 이끌어냈다고 할 수 있다.

선유들의 이와 같은 정명사상을 이어받아, 퇴계는 광범위하게 이단을 비판하면서 이단(異端) · 이학(異學)과 정도(正道) · 정학(正學)의 구분을 명확히 하였다. 그는 문인이 책을 읽다가 '과저의사(過底意思)'란 말을 '일이 지나면 마침내 후회가 있게 된다(事過方有悔)'는 뜻으로 이해된다고 하자, 퇴계는 過자를 이렇게 설명했다.

> "거기의 '過' 자는 '正' 자와 對가 되는데, '正' 이란, 바로 아주 좋은 곳에 해당하는 것이고, '過' 라는 것은 이미 과다한 것으로, 너무 좋은 것이 지나쳐서 다시 좋지 않게 되었다는 뜻이 있으므로 '후회' 라 한 것이다(過字對正字 正是正當恰好處 過則已是過多也 過了恰好而

有不好意思 故爲悔).”

‘過’ 자의 의미 속에는 正에 반대되는 異의 의미가 들어 있음을 암시하고 있다. 즉, 과유불급(過猶不及)에서 ‘過’ 자나 ‘不及’ 이 모두 中正에 이르지 못한 것이라는 관점에서 보면 이는 모두 ‘넘치거나’, ‘이르지 못해서’ 후회로 남게 되는 것이다.

또 퇴계는 사람을 가르치거나 교제하는 경우에 절도에 맞게 처신해야 한다는 문제에 있어서도 이치는 본래 같지만, 이일(理一) 가운데 타고난 기질은 사람마다 천차만별이니, 이것이 이른바 분수(分殊)라고 하였다.

성리학에서 理一은 우주의 본체를 의미하는 理가 인간과 사물세계에 적용될 때 그 理의 통일성과 보편성의 측면을 가리킨다. 인간의 경우에는 그 理의 통일성과 보편성이 天에 의해 부여된 性이 된다.

分殊는 우주의 본체를 말하는 太極의 理가 현상 사물세계에 실현될 때 氣의 차이에 따라 드러나는 사물의 특수성과 차별성을 말한다. 즉, 성인은 비록 두 끝을 다 가르치지만 순서를 뛰어넘지는 않기 때문에, 이것은 더욱 몰라서는 안 된다는 것이다.

그러면서 퇴계는 이 말은 연평(延平) 이동(李侗, 1093~1163)이 주자에게 “만약 이일(理一)로 개괄하고 분수(分殊)를 살펴보지 않는다면, 이것은 바로 학자가 자신도 모르게 그럴 듯하면서도 진리를 어지럽히는 학설에 빠지는 까닭이 된다” 고 했던 말은 바로 이 경우에 해당한다고 말한다.

여기서 퇴계는 제자가 이일(理一)에 대해서는 약간 깨달음이 있는 것 같으나, 분수(分殊)에 대해서는 전혀 이해하지 못하고 있음을 지적하고 있다. 즉 정도는 하나뿐인데 이단은 무수하게 많이 존재할 수 있다는 것이다. 개별적 理와 보편적 理의 관계에 관한 논리는 진리 자체의 일상성과 우주적 보편성의 연관관계에 관한 논리이기도 하다.

그러나 이러한 생각은 이미 정자(程子, 정호程顥, 정이程頤)에 의해 제기되었고 주희(朱熹)에 의해 우주론으로 해석되어 이일분수(理一分殊)[16]의 이론으로 정리되어 있었으므로 퇴계의 독자적 생각은 아니다. 퇴계는 인간이 우주 내 존재로서 우주적 차원의 원리인 理一과의 종적 연관성과 우주 만물에 내포된 분수지리(分殊之理)와의 횡적 연관성 위에 있다는 주희의 이론을 계승하면서도 양자를 상호 소통시키고 그것을 공허한 이론에 그치지 않고 진정한 삶의 원리로 만드는 것은 결국 인간에게 달린 문제로 보았다.

이미 理一은 길이요 실행이며, 정도가 아닌 이(異)라는 벌판에 정도의 길을 열어 나아는 것에 비유할 수 있는 것이다. 퇴계는 장자(莊子)에 빠졌던 문인에게 다음과 같이 말했다.

---

16) 이일분수(理一分殊) : 세계를 관철하는 보편적인 원리와 구체적 · 개별적인 원리 사이에 일치성이 있다고 보는 성리학 이론. 모든 사물의 개별적인 이(理)는 보편적인 하나의 理와 동일함을 설명하는 이론이다. 세계를 관철하는 보편적인 원리와 구체적 · 개별적인 원리 사이에 일치성이 있다고 보는 것이다. 만물이 이법(理法)의 구현이고 그것이 일리(一理)로 귀결한다는 불교의 화엄사상을 근거로, 유교적 도덕으로 재정립하여 만든 성리학 이론으로서 정이(程頤)와 주희(朱熹)가 그 理를 확립하였다.

"우리 道가 자족한데 하필이면 異學에 기어다니면서 인증을 바라며 합하기를 구할 것인가(吾道自足 下筆匍匐於異學)."

퇴계는 문인이 장자를 읽고 그것에 중독된 연유를 알겠다고 하면서 異學이 사람의 마음을 옮기기 쉽기 때문에 참으로 두려운 일이라고 하였다. 여기서 그가 장자(莊子)를 이학(異學)으로 지칭하고 있음을 알 수 있다.

유교 입장에서 볼 때는 老莊의 도가와 불교를 당연히 이단이라 할 것이다. 학자가 한번 이학에 빠져 중독이 되면 정도인 사문(斯文)[17]으로 이미 빼앗긴 마음을 옮기기가 쉽지 않다고 하면서, 이를 우려한 퇴계는 왕에게 불교를 배척할 것을 청하였다.

"신이 삼가 보건대, 동방 이단의 가장 심한 폐단은 불교이니, 고려는 이 때문에 나라가 망하게 되었습니다. 비록 조정의 융성한 다스림으로도 오히려 그 뿌리를 끊지 못하여 때때로 틈타서 치성해지니, 비록 선왕께서 곧바로 그 그른 것을 깨달으시고 빨리 씻어버리셨지만, 그 여파와 찌꺼기가 아직도 남아 있습니다(臣伏見東方異端

---

17) 사문(斯文) : 성인(聖人)의 학문 즉, 유학을 말한다. 《논어》 「자한」 편의 "하늘이 이 성인의 도를 없애지 않으시니, 광 땅의 사람들이 나를 어찌하리오(天之未喪斯文也 匡人 其如予何)." 에서 유래하였다.

之害 佛氏爲甚 而高麗氏以至於亡國 雖以我朝之盛治 猶未能絕其根柢 往往投時而熾漫 雖賴先王旋覺其非 而汎掃去之 餘波遺燼 尙有存者).”

퇴계는 고려의 멸망 원인을 불교의 폐단에서 찾으면서 그 뿌리를 완전히 뽑지 않으면 곧 무성해져서 허망함을 혹 즐기고 숭상하여 성인을 업신여기고 예법을 멸시하는 풍습이 간혹 일어나게 되어 공리만을 따지고 이익을 꾀하는 폐단이 오히려 고질이 되었음을 강조하고 있다. 한때 불교에 입문했던 율곡 이이(李珥, 1536~1584)에게 불교를 이단으로 설정하고 이에 관한 입장을 다음과 같이 말하고 있다.

“성인의 시대는 멀고 성인의 말씀은 사라져서, 이단이 참된 이치를 어지럽히게 되었으므로, 옛날에 총명하고 재주 있고 걸출한 인사로서 처음부터 끝까지 이단에 미혹되어 빠진 자들이야 본래 논평할 가치도 없지만, 처음에는 정도를 지키다가 마지막에 사도(邪道)에 빠진 자도 있고, 중립을 취해 양쪽 다 옳다고 한 자도 있으며, 겉으로는 배척하는 체하면서 속으로는 찬양하는 자도 있으니, 그들이 이단에 빠져 들어감이 정도의 차이는 있을망정, 하늘을 속이고 성인을 무시하며 인의(仁義)를 가로막는 죄는 똑같습니다(聖遠言湮 異端亂眞 古之聰明才傑之士始終迷溺者 固不足論矣 亦有始正而終邪者 有中立

而兩是者 有陽排而陰右者 其人雖有淺深 而其誣天罔聖 充塞仁義之罪 一也)."

퇴계는 당시 이단에 대하여 선비들이 취하고 있는 입장을 세 가지로 구분하여 전보다 한층 더 명확히 밝히고 있으며, 오직 정자(程子)·횡거(橫渠)·회암(晦菴) 같은 선유들이 잠시 불가에 드나듦이 있었지만, 곧 그 잘못을 깨달아 사문(斯文)으로 돌아왔음을 강조하고 있다. 다음 글에서 퇴계는 율곡이 불교에서 다시 유교로 돌아와 道에 함께 나아갈 수 있음을 치하하고 있다.

"아, 천하의 큰 지혜와 대단한 용기가 아니면 그 누가 능히 홍수 같은 탁류를 벗어나 참된 근원으로 돌아올 수 있겠습니까. 지난날 남들이, 그대가 불교 서적을 읽고 꽤 중독되었다고 하는 말을 듣고 오랫동안 애석하게 여겼었는데, 일전에 나를 찾아와 그 사실을 숨기지 않고 그 잘못을 말하였으며, 이제 두 번 온 편지의 뜻이 또 이러함을 보니, 나는 그대가 도에 함께 나아갈 수 있음을 알겠습니다(天下之大智大勇 其孰能脫洪流而返眞源也哉 往聞人言 足下讀釋氏書而頗中其毒 心惜之久矣 日者之來見我也 不諱其實而能言其非 今見兩書之旨又如此 吾知足下之可與適道也)."

율곡이 불교에 입문했던 것을 '홍수 같은 탁류' 로 비유하고 있으며, 지난날의 잘못을 시인하고 여기서 벗어나 '참된 근원' 인 사문으로 돌아와 道에 함께 나아갈 수 있음을 퇴계는 다행으로 여기고 있다. 그러면서도 새로 맛 들이려는 것은 달지 않고 익숙한 것은 잊기 어려운 법이라서, 오곡(五穀)의 열매가 여물기 전에 가라지와 피가 먼저 익지나 않을까 우려하였다.

오곡에 대한 이물이 '가라지와 피' 이듯이 퇴계는 불교를 정도에 대한 이단으로 분명히 규정하고 있다. 정주학(程朱學)을 正學으로 여겨 이를 올바르게 확립하는 것을 사명으로 자임하고 있는 퇴계로서는 불교의 배척은 당연한 귀결로 받아들여졌었다.

퇴계는 일생 동안 공·맹·정·주의 학을 正學으로 높이 받들고 그 기본정신을 실천하기 위해 부단히 노력하였으며, 불교와 노장학, 육왕학 등의 학문과 이론들을 이단사설이라 지칭하며 엄격하고도 철저하게 배척하였다.

김성일의 기록에 의하면, 퇴계는 이단을 끊기가 마치 음탕한 노래나 예쁜 계집을 끊기와 같이 어렵다고 두려워하며 불교서적을 읽고 그 잘못된 점을 비판하고자 하지만, 물을 건너는 자가 처음에는 얕고 깊은지를 시험해 보다가 마침내 물에 빠지는 일이 있는 것처럼 될까 두려워 그렇게 하지 못한다. 학자는 마땅히 성현의 글만 읽고 그것을 이해하기만 하면 되므로 이단의 문자는 전연 몰라도 방해가 되지 않는다고 하였다.

서애(西厓) 유성룡(柳成龍, 1542~1607)이 17세(1558)에 아버지의

임지인 의주에 있을 때, 중국에서 귀국하는 사은사 일행이 압록강 변에 버린 짐 속에서 양명집을 보게 되었다. 이 일은 그 후 유성룡의 사상과 학문에 적지 않은 영향을 끼쳤으며, 우리나라 양명학 전래사에 있어서도 획기적인 사건으로 기록된다.

《선조실록》 27년 7월 17일 기록에 의하면 유성룡은 이후 양명학의 실상을 비판하면서 지금 사람으로 남언경(南彦經, 1528~1594)에게서 배운 사람은 양명을 많이 숭상한다고 지적한 바 있다. 이는 남언경과 그의 문인인 이요(李搖)가 당시 양명학에 경도되었음을 단적으로 보여준 것이다.

양명학은 이후에도 줄곧 조목(趙穆), 박세채(朴世采), 한원진(韓元震) 등에 의해 많은 비판을 받게 된다. 양명학에 대한 배척은 재야 사림(士林)들의 사론(私論)이었을 뿐만 아니라, 조정의 유신들에 있어서도 명나라에서 양명을 문묘에 종사하자는 의논이 있었던 것을 계기로 조정의 공론(公論)이 되었으며, 심지어 조선과 중국 유학자 사이에 양명학 논쟁이 야기되었다.

퇴계는 양명을 포함한 이단을 비판하는 내용을 주로 문인들과의 서신교환이나 질문의 제목이나 조목인 문목(問目)에서 언급했다. 그 주된 이유를 두 가지 측면에서 찾아볼 수 있다.

첫 번째로 학문에 익숙해지지 않은 문인들이 퇴계가 이단으로 규정한 학문이나 사상에 젖어들어 헤어나기 어려워할지 모른다는 우려 때문이었다. 두 번째로 퇴계는 초학자들이 일단 이단에 빠져들게 되면 정도의 차이는 있을지라도 하늘을 속이고 성인을 무시하며 仁義를 가로막는 죄는 똑같다고 보았다.

퇴계는 학자들이 이단에 빠지는 것을 '도리는 큰 길처럼 평탄한데 굳이 그 길을 버리고 곁길이나 풀숲 속으로 들어가려 하는 것'으로 비유하였다. 그는 우리 유가의 道만으로도 충분한데, 굳이 이단의 학문에 들어가서 이단의 이론을 끌어다 유가의 이론에 합할 필요가 없다는 것이었다.

이단은 다만 마음속으로 범범하게 보고서 널리 배우는 데 밑바탕으로 삼으려고 하면 모를까 "그 독에 중독되면 헤어나기 어렵고 또 이단의 학문은 사람을 변화시키기 쉽기 때문에 매우 두려워하고 경계해야 한다(今覺已中其毒如此 異學移人之易 深可畏 千萬切戒之)." 고 퇴계는 생각했다.

이렇게 된 배경으로는 '聖人의 시대는 멀고 성인의 말씀은 사라져서, 이단(異端)이 참된 이치를 어지럽히게 되었다.' 고 하여 정신이 피폐해진 시대적 한계도 지적하기도 하였다.

이 때문에 이학(異學)의 폐해 점들을 비판하기에 앞서, 그가 사문(斯文)에 종사하는 학자들로 하여금 먼저 자신들을 성찰하고 가다듬게 했던 것은 학문 자세를 강조하는 퇴문(退門)의 학문적 결단에 연유하는 바가 크다고 하겠다.

3. 퇴계의 육왕학 비판의 정곡(正鵠)

장횡거(張橫渠)의 기학(氣學)과 정자 · 주자의 이학(理學)을 합쳐서 道學이라 일컫는다. 중국의 정사로서 25사 가운데 하나인 《송사열전(宋史列傳)》에서는 송나라 때 유학자들의 간략한 전기를 소개하면서, 「도학전(道學傳)」(卷427~430)과 「유림전(儒林傳)」(卷431~438)이라는 두 개의 영역으로 분류하고 있다. 바로 이 점에서 「도학」이 독특한 학풍의 명칭인 것을 확인할 수 있다.

여기서 「道學傳」 속에는 우리가 흔히 '송조 6현'이라 일컫는 주렴계(周濂溪), 정호, 정이, 장재(張載), 소옹(邵雍), 주희와 정자, 주자의 문인들을 포함하여 24명을 수록하고 있다. 즉, 4권으로 된 도학전의 첫째 권에는 주렴계 · 정호 · 정이 · 장재 · 소옹의 5명을 수록하고, 둘째 권에서는 정호 · 정이의 제자들을 열거하고, 셋째 권에는 주희와 장재를 수록하였고, 넷째 권에는 주희의 제자들을 열거하였다.

그 이외의 학자들은 별도의 「유림전(儒林傳)」에 수록되어 있다. 특징적인 것은 육상산을 「유림전」에 넣고 있는 사실에 근거하여 도학과 심학을 대비해 설정한 것이다.

도학은 성명(性命) · 의리(義理)의 學을 가리키는 것으로서, 이기론(理氣論)의 형이상학적 견해에는 다양한 차이를 보인다. 하지만 도통의 계보[18]를 확립하고 절의(節義) 사상을 중하게 여겨, 수양과 예학

18) 朱子가 세운 도통계보 : '요 · 순 · 우 · 탕 · 문 · 무 · 주공 · 공자 · 증자 · 자사 · 맹

의 실천적인 면을 중시하여 道의 정통을 실현하려는 강한 의지를 지녔다고 하겠다.

퇴계는 「백사시교전습록초전(白沙詩敎傳習錄抄傳)」에서 상산학(象山學)에 대해 다음과 같이 말하고 있다.

> "진백사와 왕양명의 학문은 모두 상산으로부터 나왔으며, 본심을 위주로 하였으니 모두 선학이다(謹按陳白沙王陽明之學 皆出於象山 而以本心爲宗 蓋皆禪學也)."

일찍이 김성일은 퇴계가 《이학통론(理學通論)》을 찬술하여, 주자로부터 원(元)·명(明)에 이르기까지 도학을 한 선비들의 언행에 대해 여러 책에 흩어져 있는 것을 빠짐없이 다 모으고, 또 육씨의 지파에 대해서도 기록하여 학자들로 하여금 이단에 빠지지 않게 하였다고 술회한 바 있는데, 퇴계는 왕양명의 학문이 육상산으로부터 나왔으므로 심즉리(心卽理)를 주장하는 양명학을 선학(禪學)이라고 보고 있는 것이다.

퇴계가 양명을 비판하는 글은 다섯 편인데, 글이 쓰인 순서는

자·주돈이·정호·정이'이다. 한유는 '요부터 맹자'까지의 도통 계보를 언급했고, 정이천은 주돈이를 제외하고 '요부터……정호'까지를 도통 계보로 보았다. 원대에 이르러서는 '요부터……주자·장재(張載)'까지 포함된 보다 폭넓은 도통 계보를 주장하였는데, 이는 원대의 유학자들이 이민족 치하에서 도학을 지켜냈을 뿐만 아니라, 실천적인 성격을 강화시키겠다는 투철한 사명감과 무관하지 않다고 본다.

「심경후론(心經後論)」, 「백사시교변(白沙詩教辯)」, 「전습록논변(傳習錄論辯)」, 「백사시교전습록초전 인서기후(白沙詩教傳習錄抄傳 因書其後)」, 「초의려선생집 부백사 양명초후 복서기말(抄醫閭先生集附白沙 陽明抄後 復書其末)」이다. 여기서는 「심경후론」을 제외하고 퇴계가 변척(卞斥)의 중심으로 삼았던 「전습록변」부터 시작해서 네 편의 글 속에 나타난 육왕학에 대한 퇴계의 비판 내용을 살펴보기로 한다.

1) 「전습록논변(傳習錄論辯)」에서의 양명학 비판

퇴계는 「전습록논변」에서 왕양명의 '친민설(親民說)', '지선(至善)을 추구하는 방법', '지행합일설(知行合一說)'을 주로 비판했다. 이 주장들은 전부 《전습록》 첫머리에 나오는 부분으로, 이에 대한 비판은 나머지 부분의 비판에도 적용될 수 있다.

왕양명의 위 학설이 수립된 배경에 그의 제자 서애(徐愛, 호 橫山, 1487~1517)를 빼놓을 수 없다. 서애는 왕양명이 '성인의 도는 나의 성에 구비되고 있으니', '사물을 통해 깨달으려 하는 것은 오류'이고 '理가 사물에 없다면 그것은 나의 마음에 있다'고 주장하는 심즉리(心卽理)[19]를 자득한 후 주자학과 결별한 뒤 최초로 양명 문하에 들어가 제자가 된 사람이다. 양명보다 16세 연하였는데, 스승의 사랑을 가장 많이 받았다.

19) 「심즉리(心卽理)」설은 양명학의 근간이 되었으며 주자의 「성즉리(性卽理)」설과 대비된다.

양명의 아버지 왕화(王華)는 서애의 인격과 재능을 높이 평가해서 그의 딸(양명의 여동생)과 결혼시켜 사위로 삼았다. 양명도 그에게 각별한 관심을 가졌고 장래에 학문적으로 대성할 것을 기대했던 것 같다. 하지만 서애는 건강이 좋지 않아 정덕 13년(1518) 양명이 47세 되던 해 31세로 요절하였다. 그 후 양명학파에서는 서애를 공자가 아끼던 제자로 요절한 안자(颜子), 즉 안회에 비유해서 '王門의 颜回'로 불렀다.

친민설과 지행합일설은 왕양명과 그의 제자 서애가 주고받은 하나의 문답으로 이루어져 있다. 그리고 '지선을 구하는 방법'에 관한 논의는 왕양명과 서애가 주고받은 세 가지 조항의 문답과 양명과 정조삭(鄭朝朔) 간에 주고받은 한 개의 문답으로 이루어져 있다. 이제 이들 문답과 이에 대해 퇴계가 변박(辨駁)한 내용을 자세히 검토해 보기로 한다.

(1) 朱子의 친민설(親民說)에 관한 문답 및 퇴계의 변박

〈서애(徐愛)의 질문〉

《대학》의 道가 친민(親民)에 있다는 것을 선생은 마땅히 구본(舊本)에 따라야 한다고 하시는데 어째서입니까?

〈왕양명의 답변〉

《대학》의 '작신민(作新民)'에서 '신(新)'자는 스스로 새로워지

는 백성이니 '재신민(在新民)'의 '新' 자와는 같지 않다. 아래의 치국·평천하의 내용에도 모두 '新' 자에 대해서는 발명함이 없다. 예를 들면, 군자는 그 어진 덕을 어질게 여기고, 그 친한 이를 친히 하며, 소인은 그 즐겁게 해줌을 즐거워하고, 그 이롭게 해줌을 이롭게 한다는 말과 어린아이를 보호하듯이 한다는 말과 백성의 부모라는 말 따위는 모두 '친(親)' 자의 뜻이다.

'친민'은 맹자의 '친한 이를 친하게 하고 백성을 사랑한다'는 말과 같은 뜻이므로 친하게 한다는 것은 바로 사랑하는 것이다. 백성들이 친하지 않으므로 순임금은 설(契)을 사도(司徒)로 임명하여 오교(五教, 오륜五倫의 가르침)를 펴서 친하게 하였으며, 《요전(堯典)》에는 구족(九族)을 친히 하여 화합함에 이르렀다고 하였으니, 이것이 바로 '親民'이다.

그리고 공자는 백성을 편안히 하라고 말씀하셨으니, 백성을 편안히 한다는 것은 바로 '親民'이다. '親民'이라고 말하면 곧 가르치고 기르는 뜻을 겸하고, '신민(新民)'이라고 말하면 곧 한쪽으로 치우침을 알 수 있다.

〈퇴계의 변박〉

퇴계는 양명의 답변에 대해 다음과 같이 변박하였다.

> 《대학》의 道는 명덕을 밝히는 데 있다고 한 것은 자기가 배움으로 말미암아 그 덕을 밝히는 것을 말한 것

이요, 이어서 백성을 새롭게 하는 데 있다고 한 것은 자기가 배운 것을 미루어 백성에게 미치게 하여 백성으로 하여금 그 덕을 새롭게 함을 말한 것이다(大學之道在明明德者 言己之由學以明其德也 繼之曰 在新民者 言推己學以及民 使之亦新其德也).

비판의 요지는 명덕이나 신민(新民) 이 두 가지가 모두 學자의 뜻을 띠고 있어서 일관되게 말한 것이기 때문에 기르고 친히 한다는 뜻과는 처음부터 상관이 없는데, 양명은 이에 감히 방자하게 선유(先儒)의 정론을 배척하고 함부로 방불한 여러 학설을 인용하여 억지로 끌어 붙이면서 조금도 기탄이 없으니, 그 학문의 오류와 마음의 병통을 볼 수 있다는 것이다.

(2) '지선(至善)을 추구하는 방법'에 대한 문답과 퇴계의 변박

〈서애(徐愛)의 세 가지 질문〉

① 지선을 마음에서만 구한다면 천하의 사리를 다하지 못함이 있지 않을까?

② 부모를 섬기는 효와 군주를 섬기는 충은 그 사이에 허다한 도리가 있는데, 이를 살피지 않아도 되는가?

③ 부모를 섬길 때에도 겨울에 따뜻하게 해드리고 여름에 시원하게 해드리며, 저물면 잠자리를 정해 드리고 새벽에 문안하는 것과 같

은 허다한 절목이 있는데, 이들을 강구하지 않고 오직 미음에서만 지선을 추구할 수 있는가. 그리고 만약 사리를 탐구해야 한다면 어떻게 그것을 탐구해야 하는가?

〈왕양명의 답변〉

이 세 가지 질문에 왕양명은 조목별로 답변한다. 이를 간단히 말하자면, '마음 밖에는 사물도 없고 이치도 없다' 는 것이다. 왕양명은 '마음이 곧 이치' 이니 인욕을 버리고 천리를 보존하는 노력을 해서 양지양능(良志良能)을 회복하기만 한다면 허다한 사리와 충효의 절목(節目)은 자연히 알게 된다고 말한다.

〈퇴계의 변박〉

퇴계는 이것은 본래 궁리(窮理) 공부를 논한 것인데, 오히려 실천의 공효(功效) 측면에 입각하여 뒤섞어 말했다고 변박한다.

〈정조삭(鄭朝朔)의 질문〉

至善은 또한 모름지기 사물 상에서 옳고 마땅함을 찾아야만 바야흐로 지선이 될 수 있습니까?

〈왕양명의 답변〉

왕양명은 이 질문에 대해 사물이 아니라 마음에서 옳고 마땅함을 찾아야 지선이 된다고 답한다. 사물에서 옳고 마땅함을 찾는 것은 분장한 배우들이 실물이 아니라 실물을 가장한 것과 마찬가지로 지선을 가장한 데 불과한 것이므로, 마땅히 지선은 천리와 같은 마음에서만 구하여야 한다는 것이다.

〈퇴계의 변박〉

퇴계는 위의 왕양명의 답변에 대하여 다음과 같이 변박한다.

> "양명은 다만 외물이 마음의 누가 되는 것을 근심하여, 사람의 떳떳한 마음과 만물의 법칙의 참되고 지극한 이치가 곧 내 마음에 본래 갖추어진 이치이며, 강학하고 궁리하는 것이 바로 본심의 體를 밝히고 본심의 用을 통달하게 하는 것임을 알지 못하였다(陽明徒患外物之爲心累 不知民彛物則眞至之理 卽吾心本具之理 講學窮理 正所以明本心之體 達本心之用)."

마음에 근본하지 않고 겉으로만 사물의 이치를 강구하는 것은 분장하는 배우와도 같으나, 마음에 근본하여 사물의 이치를 탐구하는 것은 그렇지 않다.

양명은 외물이 마음에 누가 되는 것만 알고 그 이치를 강구하여 마음의 이치와 연결시키면 안과 밖에 서로 통하고 정밀(精)한 것과

거친(粗) 것이 일치되어 집안, 나라, 온 천하에 도달하여도 막힘이 없다는 것을 알지 못하여 도리어 사사물물을 일체 쓸어 없애고 모두 본심에 끌어들여 뒤섞어 말하려 하기 때문에 이것이 곧 석씨(釋氏)의 견해와 다를 바가 없다는 것이 퇴계의 요지이다.

(3) '지행합일설(知行合一說)'에 관한 질문과 퇴계의 변박

〈서애의 질문〉

사람들은 부모에게 마땅히 孝道해야 함을 알고 형에게 마땅히 공경해야 함을 알면서도 도리어 효도하지 못하고 공경하지 못하는 자가 있으니, 그렇다면 知와 行은 분명 두 가지입니까?

〈왕양명의 답변〉

이 말은 이미 사사로운 뜻에 막히고 단절되었기 때문에 知와 行의 본체는 아니다. 성현이 사람들에게 知와 行을 가르친 것은 바로 이 본체를 회복하려고 한 것이다. 《대학》에 아름다운 여색을 좋아하듯이 하라고 말하였다.

〈퇴계의 변박〉

퇴계는 왕양명의 이와 같은 답변에 대하여 다음과 같이 변박한다.

> "양명은 호색을 보고 악취를 맡는 것을 知에 소속시

키고, 호색을 좋아하고 악취를 싫어하는 것을 行에 소속시켰다. 그러고는 '보고 맡을 때에 이미 좋아하고 싫어하는 것이지, 본 뒤에 다시 마음을 세워 좋아하는 것이 아니며, 맡은 뒤에 다시 마음을 세워 싫어하는 것이 아니다.' 라고 하면서 이것으로 지행합일의 증거를 삼았으니, 그럴 듯하다. 그러나 양명은 진실로, 사람이 善을 보고 좋아하는 것이 과연 호색을 보고 저절로 좋아하는 진실과 같다고 생각하는가(其以見好色聞惡臭屬知 好好色惡惡臭屬行謂見聞時已自好惡了 不是見了後又立箇心去好 不是聞了後別立箇心去惡 以此爲知行合一之證者似矣 然而陽明信以爲人之見善而好之 果能如見好色自能好之之誠乎)?"

양명의 지행합일설에 대하여 퇴계는 두 가지로 나눠서 명쾌하게 비판하고 있다. 먼저 대개 사람의 마음이 형기(形氣)에 발하는 것은 배우지 않아도 저절로 알고 힘쓰지 않아도 저절로 능하기 때문에, 좋아하고 싫어하는 것이 있는 곳에 표리가 한결같아서 호색을 보기만 하면 곧 아름답다는 것을 알아서 마음에 진실로 좋아하게 되고, 악취를 맡기만 하면 곧 나쁘다는 것을 알아서 마음에 진실로 싫어하게 되므로, 이 경우는 行이 知에 붙어 있다고 해도 된다고 퇴계는 인정한다.

하지만 의리에서는 얘기가 달라진다고 퇴계는 말한다. 즉, 배우지 않으면 알지 못하고 힘쓰지 않으면 능하지 못하게 되어, 겉으로 행하는 것이 반드시 내면에 진실한 것은 아니기 때문에 善을 보고도 善인 줄 알지 못하는 자가 있으며, 善임을 알고도 마음으로 좋아하지 않는 자가 있을 수 있어서, 선을 봤을 때 이미 스스로 좋아한다고 말할 수 없다는 것이다.

또한 불선을 보고도 싫어할 줄 알지 못하는 자도 있으며, 惡임을 알고도 마음으로 싫어하지 않는 자가 있으니, 惡을 안 때에 이미 스스로 싫어한다고 말할 수 없다는 것이다.

《대학》의 표리여일(表裏如一)한 호오(好惡)를 빌려서 배우는 자들에게 자기를 속이지 말도록 권면한 것은 옳지만, 양명이 저 형기(形氣)의 하는 바를 끌어대어 의리의 知行에 대한 설을 밝히려 한 것은 대단히 옳지 않다고 주장한다.

그러므로 의리의 知行을 합하여 말하면 참으로 서로 필요하고 병행하여 한쪽이 없어서는 안 되지만, 나누어 말하면 知를 行이라 할 수 없는 것은 行을 知라 할 수 없는 것과 같기 때문에 합하여 하나라고 할 수는 없다는 것이 퇴계가 양명의 지행합일설을 비판하는 요지이다.

2) 「백사시교변(白沙詩教辯)」에서의 양명학 비판

(1) 〈진헌장(陳獻章)의 두 가지 주장〉

백사(白沙) 진헌장(陳獻章, 1428~1500)[20]은 그의 「시교(詩教)」

20) 진헌장(陳獻章) : 호 백사(白沙). 명나라의 유학자. 오강재에게 사사하고, 송대 육

에서 자신의 견해와 초려(草廬) 오징(吳澄, 1249~1333) 의 견해를 인용하여 다음과 같이 말하고 있다.

> 스승이 입으로 전수해 주는 것을 얻지 못하면 끝내 스스로 깨달을 理가 없다.

> 귀를 잡고 가르쳐주면 글자 한 자를 모르는 범부라도 이 신묘한 경지에 나아가게 할 수 있다.

(2) 〈퇴계의 변박〉

퇴계는 이에 대해 다음과 같이 비판한다.

> 초려의 이 말은 또한 선가의 돈오하는 기틀이니, 성문에는 이러한 법이 없다(滉按草廬此言 亦禪家頓悟之機 聖門無此法).

퇴계에 따르면 유학의 방법은 도문학 · 존덕성 · 궁리 · 거경(居敬) · 격물치지 · 성의정심 등과 같이 이론적인 탐구와 실천 수양의 병진(竝進)이지 결코 이론적인 탐구가 배제된 실천 수양만을 통한 돈오(頓悟)가 아니다.

상산의 학풍을 계승하였다. 유교경전의 자질구레한 해석에 몰두하는 명대의 주자학에 반발하여 실천성을 강조하였다.

퇴계는 육구연(陸九淵)·왕수인(王守仁)·진헌장·오징 등 육왕학파에 속하는 유학자들이 선가(禪家)의 돈오에 영향을 받아 도문학·궁리·격물치지 등의 과정을 거치는 것을 무시한 채 존덕성·거경·성의정심만을 중시하고 정좌(靜坐)를 통한 마음의 수양만을 추구한다고 비판하였다.

이것은 인간의 일상사마저 소홀하게 하고 기피하게 하여 마침내 인륜과 사회의 모든 질서를 파괴하는 무사무군(無父無君)의 결과를 초래할 것이므로, 이를 방지하기 위해서는 반드시 일상생활을 통해 사물의 이치를 탐구하고 그것을 생활 속에서 실천하도록 노력해야 한다고 퇴계는 확신하였다.

3) 「백사시교전습록초전 인서기후(白沙詩教傳習錄抄傳 因書其後)」에서의 양명학 비판

〈진헌장과 왕양명의 학문 비교〉

퇴계는 진헌장과 왕양명의 학문을 비교하면서 그 둘의 학문이 모두 육상산으로부터 나온 것으로 선학(禪學)과 비슷하지만, 그래도 진헌장의 학문은 유학에서 크게 벗어나지 않은 데 비해 왕양명의 학문은 크게 잘못되었다고 말했다.

그의 마음 또한 강하고 사나워서 자기주장이 강하며
말이 장황하고 휘황찬란하여 사람들로 하여금 현혹되게

하였다(其心强狠自用 其辯張皇震耀 使人眩惑而喪其所守).

왕양명은 '심즉리(心卽理)'라는 말을 만들어 이를 성현의 가르침에 합하지 않으면 경전의 가르침을 경솔하게 고치고 변경하며, 자기의 옳지 못한 견해만을 주장한다는 것이다.

그리하여 道를 배반하고 성인을 비난하여 주희의 학설을 홍수와 맹수의 피해와 같다고 배척하는가 하면, 또한 번문(繁文)의 폐단 때문에 진시황이 책을 불태운 것을 공자가 《시경》과 《서경》을 산정한 뜻에 맞다고까지 하게 되니, 이런 그가 어찌 도를 아는 군자이겠느냐 라고 퇴계는 비판한다.

4) 「초의려선생집 부백사 양명초후 부서기말(抄醫閭先生集 附白沙陽明抄後 附書其末)」의 양명학 비판

〈정좌(靜坐)에 관한 견해〉

퇴계는 정좌에 관하여 다음과 같이 주장한다.

> 정좌의 학문은 정호·정이 두 선생에게서 나왔으나 그 말이 禪學과 유사하였는데, 연평과 주자에 와서는 심학의 근원이 되어 禪學이 아니다(靜坐之學 發於二程先生 而其說疑於禪 然在延平朱子 則爲心學之本原而非禪也).

〈퇴계의 변박〉

퇴계는 진헌장의 경우는 사물을 싫어하고 정(靜)을 구하기 위하여 선학으로 들어갔음을 밝히고 양명에 대해서는 다음과 같이 비판하였다.

> 왕양명의 경우에는 禪學과 같으면서도 다르고, 또 정좌만을 주장하지도 않아서 그 올바름을 해침이 특히 심하다(至於陽明 似禪非禪 亦不專主於靜 而其害正甚矣).

그러한 까닭에 진헌장과 왕양명의 글을《연평답문(延平答問)》[21]의 뒤에 붙여서 정좌의 학문이 잘못되기 쉬우므로 소홀히 할 수 없음을 나타낸다는 것이다. 그러면서 퇴계는 자신의 주장이 엉성함을 크게 느끼고 있던 중 양염(楊廉)의《이락연원록(伊洛淵源錄)》속에서 자신의 견해를 갖게 해주었던 대목을 보았고, 그 내용을 자세히 기록하여 스스로 참고한다고 말하고 있다.

퇴계는 이렇게 유가의 정좌 공부가 근본적으로 거경공부(居敬工夫)임을 강조하고 그것이 선교나 육왕학의 정좌공부(靜坐工夫)와는 근본적으로 다르다는 점을 분명히 하였다.

후자의 경우 靜에 치우친 나머지 動을 싫어하여 평범한 일상의 일들을 배제하게 되는 폐단에 빠지는 반면, 전자는 동정을 관통하고 속의 마음과 밖의 사물을 합일하므로 모든 것을 두루 갖추어 있되, 그

---

21)《연평답문(延平答問)》: 주희가 스승 이통(李侗)과의 철학적 대화를 정리한 책을 말한다.

것은 지극히 공평하여 어느 한편으로도 치우침이 없고 털끝만큼의 사사가 없기 때문이다.

그래서 퇴계는 朱子의 학문은 大中至正하여 한쪽으로 치우치는 폐단이 없지만, 범범한 문제점도 있기 때문에 門人들에게 수렴하고 착실하게 공부할 것을 강조했다. 그 공부 방법으로는 현재로부터 거슬러 올라가 그 범범하게 된 문제의 원인을 찾으라는 것이었다. 하지만 퇴계를 따르던 선비나 私淑하던 이들 중에는 간혹 그 뜻을 깊이 인식하지 못한 나머지 입과 귀로만 익히는 쪽으로 빠져든 사람들도 적지 않았었다. 퇴계가 유학을 正學, 聖學으로 지칭하고 여타의 학문을 異端, 邪學으로 배척한 이유가 바로 여기에 있다.

5. 退溪의 異端 비판이 남긴 것

도학 체계 속에서 '벽이단론(闢異端論)' 은 도학이 그 정통성을 확립하기 위한 이론으로서, 안으로는 道統을 정립하여 도학이념의 일관적 해석을 유지해 가고, 밖으로는 도학과 다른 사상을 이단으로 배척함으로써 자기 확립을 하는 논리이다. 유교는 이러한 도통주의에 입각해서 이단 배척론이 매우 엄격하게 추구되었다.

송나라와 조선의 도학자들은 가장 엄격한 정통주의자들이었고, 이단을 철저히 비판하고 배척하였다. 하지만 정통성 내지 순수성을 지킨다는 것은 고귀한 의미와 가치를 지니지만, 한편으론 지나치게 순수성만을 고집한 나머지 폐쇄성을 면치 못한 채 공허한 형식주의라는 나락으로 떨어질 수도 있다.

조선의 유학은 송대 성리학의 벽이단론을 수용하여 엄밀한 비판정신을 그 특징으로 한다. 이는 조선 초에 고려의 기본이념이었던 불교의 거대한 세력을 억압하는 데 효과적으로 발휘되었으며, 이후 조선시대를 통하여 양명학, 서학 등 반주자학적 사상을 철저히 배격하여 타 사상의 형성을 불가능하게 하였다.

이런 학풍의 기류에 따라 조선의 선비들은 주자학을 사상적 정통성으로 받아들였고 그들의 학문세계에서도 관철시켰다. 반면에 양명학이 이단으로 몰리면서 일부 학자들 사이에서는 겉으로는 주자학자라 칭하면서도 속으로는 양명학자라는 뜻의 외주내양(外朱內陽)이라는 상황이 연출되기도 하였다.

퇴계에 의해 첨예하게 표면화된 이단론은 중국의 정주(程朱)의 心學에 입각해서 사문(斯文)의 道만으로도 넉넉한데, 굳이 이단의 학문에 들어가 이를 이끌어서 합할 필요가 없다는 데서 비롯된 것이었다. 여기에 이단의 학문은 사람을 변화시킬 수 있다는 것도 우려를 낳게 했던 원인이었다.

반면에 《周易》 〈恒〉 괘의, "성인의 道를 오래하면 천하가 바뀐다."는 말은 정주학만을 正學으로 신봉하던 당시 유학자들에게 "연원(淵源)을 찾아서 치도(治道)를 밝혀내고 본말을 관통하여 大中을 세운다."는 생각을 더욱 공고하게 하는 금과옥조(金科玉條)였다.

퇴계가 양명학의 비판을 추구한 것은 주로 왕양명의 《전습록》에 대한 비판이었으며, 그 비판 작업의 결실이 바로 16세기에서 양명학 비판의 결정판이요, 이후 양명학 비판의 지침을 제공하였던 「전습록 논변」이다.

그러나 그의 양명학에 대한 비판 작업은 심학의 원류를 거슬러 올라가는 것이요, 그 근원인 남송의 육상산에 대한 비판으로부터 출발하여 원대(元代)의 朱·陸 절충론자인 초려(草廬) 오징(吳澄)에 대한 비판으로 내려올 뿐 아니라, 명대 심학의 선구적 인물로서 백사(白沙) 진헌장과 그의 제자인 의려(醫閭) 하흠(賀欽)을 왕양명과 연결시켜 비판적으로 검토하였던 것이다.

퇴계는 육상산의 心學은 한 번에 뛰어넘고 갑자기 깨달음(頓悟)의 학문일 뿐이며, 궁리(窮理)는 정신을 피로하게 하는 것으로 여겨

問學하는 공부를 하지 않으니, 불교의 불립문자(不立文字)[22]하고 견성성불(見性成佛)[23]하는 것과 같다고 비판했다.

이는 窮理와 問學의 학문을 벗어나는 것을 禪學의 돈오(頓悟)에 해당하는 것으로 파악함으로써 육상산을 불교와 같은 이단이라 규정했던 단초가 되었다.

퇴계의 육·왕학 비판이 조선 후기 사회에 지대한 영향을 끼쳤다. 정주학의 학문적 전통에 근거하여 양명학을 비판하고 배척한 것은 양명학의 발전을 저해하는 원동력이 되었다. 또한 타학문을 이단이라 하여 배척하는 자세는 사상의 자유를 억압하는 결과를 낳게 되어 정통이념이라고 주장했던 사상마저 액정화된 사고의 늪 속에 빠져 정체되는 면도 있었다.

하지만 퇴계의 양명의 심학을 비판했던 것은 당시 道學의 정통이념을 확립하고자 하는 사명의식에서 비롯된 것으로 보인다. 또한

---

22) 불립문자(不立文字) : 언설과 문자가 지니고 있는 형식과 틀에 집착하거나 빠지는 것을 경계해야 한다는 불교교리. 선의 종지를 표현하는 어구인 '불립문자(不立文字)·교외별전(敎外別傳)·직지인심(直指人心)·견성성불(見性成佛)' 가운데 한 구절로서 일반적으로 교외별전의 한 구와 함께 언급된다. 문자를 내세우지 않는다는 말은 언설(言說)과 문자를 활용하지 않는다는 뜻이 아니라, 언설과 문자가 지니고 있는 형식과 틀에 집착하거나 빠지는 것을 경계하는 뜻이다. 문자에 얽매이지 말고 자유자재하게 활용하는 禪의 입장을 단적으로 표현한 말이다.

23) 견성성불(見性成佛) : 선종의 종지(宗旨)를 간결하게 나타내는 대표적인 말이다. 견성성불은 본래 가지고 있는 자기의 본성을 깨달아 보는 것, 참 자기를 알게 되는 것, 깨달음이 열리고 깨달으면 부처가 된다는 것, 다시 말하면 자기 성품의 본래 자리를 알고 모든 법의 근본 자리와 일치하는 깨달음을 얻어 부처와 하나가 되는 인격을 갖추는 것을 의미한다.

이단에 대한 비판의식을 통하여 주자학을 大中至正한 학문인 道學을 굳건히 하고 도통을 확립하려는 의지에서 퇴계 자신만의 비판정신의 진면목이 유감없이 발휘되었다고 할 수 있다.

퇴계가 學을 正學과 異學으로 나누고, 이것을 다시 정주학(程朱學)만을 대중지정의 道學으로 확정하고, 육·왕학을 老莊이나 禪學으로 인식하여 이단으로 규정한 데에는 그만의 명확한 준거의 틀이 있었다.

퇴계는 孔·孟·程·朱로 전수된 道統의 계보를 존숭하고 이들의 학문을 正學으로 받아들였고, 불교, 노장학, 육·왕학을 모두 이단으로 간주하여 철저히 배격하면서, 아직 학문적으로 뿌리내리지 못한 학자들이 이러한 異學에 젖어들어 正道正學으로서의 대중지정한 道에 이르지 못할까 우려하였다.

제3장. 심화읽기 2 : 퇴계와 溫故知新의 대화
— 溫故知新에 대한 퇴계의 해석 그 특이점

〈미리 읽기〉

퇴계가 《중용》과 《논어》에 나오는 온고지신(溫故知新)의 의미를 다르게 해석했던 그 특이점을 알아본다. 유학에서는 오직 때에 따라 변이(變易)하는 것을 일러 떳떳하고 항상(恒常)하는 道인 常道라 한다. 恒은 일정함을 말한 것이 아니기에, 일정하면 恒常하지 못한 것이 된다.

溫故와 知新도 끊임없이 순환하는 道이다. 溫故는 고유성의 자취이고 知新은 참신성의 좌표가 된다. 고유성을 반석삼아 참신성을 쌓으려는 시도는 곧 오랜 기간의 시행착오를 전제로 도전과 실패를 거듭하면서 축적하지 않고서는 얻을 수 없는 창조적 역량이다.

먼저 퇴계는 《중용》의 온고지신은 德을 닦아 道를 이루고 마음을 보전함을 위주로 하였기 때문에 溫故에 중점을 두었다고 하였다. 《중용》은 道를 전하는 책이므로 德을 쌓고 道를 닦아야 하는 소이연(所以然)을 말한 것이다.

德을 쌓아 道에 나아간다는 것은 오늘날 무가치들의 가벼움이 중시되고 가치들의 가치가 경시되는 풍조에서 어떻게 가치들의 고유성을 찾고 그 진지함을 사유할 것인가를 숙고하게 한다.

그리고 《논어》의 온고지신은 스승의 자격을 논하여 道를 아는 것을 위주로 하였기 때문에 知新에 중점을 두었다고 하였다. 이는 배움이란, 전에 들은 것을 때로 익히고 새로 터득함이 있으면 배운 것이 나에게 있어서 그 응용됨이 끝이 없다는 뜻이다.

퇴계는 스승이 되려는 자는 연역(演繹)과 추론(推論)을 잘해야 하며 인간다움을 강조하였다. 이는 《논어》는 핵심이 溫故라는 전통성보다는 知新이라는 창조성에 있음을 뜻한다.

퇴계는 우리로 하여금, "당신은 미래에 대한 상상보다 과거에 대한 기억이 더 많은가?" 혹은 "미래에 대한 상상이 과거에 대한 기억보다 더 많은가?"를 스스로 자문하게 한다. '지혜의 영속성'을 지켜 '창조의 역동성'을 열어 가라는 것이 퇴계의 대답일 듯싶다.

이런 맥락에서 진정한 가치는 물려받은 것이 아니라 찾아지는 것이며, 답습되기보다는 창조되는 것이고, 수용된 것이라기보다는 전승된 것이라 할 수 있다.

《중용》과 《논어》 두 경전이 주는 溫故知新의 뜻이 본래 같지 않은 것은 말이 각각 거기에 알맞은 바가 있듯이, 道에 다가가는 방도에도 같지 않음이 있음을 뜻한다. 《중용》의 溫故知新을 앞에 언급한 것은 道와 德의 故를 안배한 것이고, 《논어》의 溫故知新을 뒤에 둔 것은 역(繹)과 추(推)의 칙(則)을 유념한 것이다. 다시 말해, 萬事와 萬物이 존재하는 所以然의 까닭(故)을 심구(深究)하고 만사와 만물이 존립하는 所當然의 법칙(則)을 궁구하여 '존재와 가치'를 '기억하고 상상함'과 아울러 '지혜의 영속성'을 지켜 '창조의 역동성'을 열어가려는 것이다.

이는 '천지 만물과 고금의 사변(事變)에 이르기까지 지실한 이치(至實之理)와 지당한 법칙(至當之則)이 존재한다'는 퇴계의 말과도 통한다. 이른바 천연적으로 존재하는 中(天然自有之中)에 이르는 방법이다.

'지혜가 지나간 미래'이고 '창조는 와 있는 미래'라면, 그 中은 지혜와 창조 어느 쪽으로도 치우치지 않는(不偏不倚) 곳에서 합일되는 특이점이 되리라.

1. 오래된 미래를 열며 : 故와 新의 존재와 가치

유학에서는 오직 때에 따라 변역(變易)하는 것을 일러 常道라 한다. 《주역》에서 "易은 천지와 더불어 같이함이니, 천지의 道에 따라 천문을 보고 지리를 살펴 그윽하고 밝은 까닭(故)을 안다고 한 것도 다름 아닌 천지가 만물을 품고 있으면서도 날줄과 씨줄로 베를 짜듯 한 치의 어긋남도 없이 始에 근원하여 終을 돌이키기 때문이다.

맹자는 군자만이 常道에 돌아갈 뿐이니, 常道가 바르게 되면 서민이 흥기하고, 서민이 흥기하면 이에 사악하고 간특함이 없을 것이라 하여 진리의 正道를 제시하였다.

퇴계는, "道를 터득한 자만이 天命을 보전하여 아름다운 빛을 전할 수 있다는 常道 회복(得其道者 保天命而垂休光 於焉而復其常矣)"의 방도를 말하면서, 자신은 평생 義에 따라 행동하려 하였기 때문에 제자들이 士君子의 常道로써 자신을 꾸짖기를 원했다(本皆責滉 以士君子之常道).

그러면서도 그는 어쩔 수 없는 상황에서 마땅한 도리가 없을 때, 차선으로 권도(權道)를 행할지라도 道의 본질이 어그러지고 편벽되면 이 또한 道를 어지럽히는 것이라 하여 거듭 경계하였다. 이와 같이 항상 하되 다함이 없는 常道는 곧 영원불변의 진리인 셈이다. 유교의 진리관은 언제 어디서든 영원한 것을 지키면서 능숙하게 변화에 대응하고 시대에 순응하면서 날로 새로워진다(守常以達變 順時而日新)

는 응변(應變) 통시성(通時性)[24]을 온축하고 있다.

어쩌면 진리와 세월은 가는 것도 오는 것도 아니며, 時間 속에 사는 우리가 가고 오고 변하는 것인지도 모른다. 그렇다면 어제의 삶과 오늘의 삶은 분리될 수 있을까? 혹자는 과거의 미래는 미래에 있고, 현재의 미래는 과거에 있으며, 미래의 미래는 현재에 있다고 한다.

이는 곧 과거에 근거하지 않은 현재가 있을 수 없듯이, 현재에 기초하지 않은 미래도 없고, 미래 또한 현재에 터한다는 시간의 순환을 웅변한 셈이다. 순환(循環)에 대하여 퇴계는, "循이란 이른바 발이 땅에서 떨어지지 아니한 상태에서 어떤 물체를 감도는 것과 같다는 뜻이니, 대개 그 둘레를 따라 돌고 돌아 시작도 없고 끝도 없는 것이라고 하였다.

동양인들에게 時間이 순환성을 띤 것으로 읽히듯, 캐나다의 배핀섬에 사는 에스키모인들은 '먼 과거' 를 가리킬 때나 '먼 미래' 를 가리킬 때도 똑같이 '우바티아루(uvatiarru, 에스키모어)' 라고 한다. (《시간자결권》 칼 오너리) 이들 文化에서는 시간은 가기만 하는 게 아니라 오기도 한다는 것이다.

마치 時間이 항상성을 지닌 채 스스로 갱생(更生)과 갱신(更新)을 반복하면서 미래로 나아가는 것처럼 보인다. 하지만 '未來' 라는 것은 없고, '未來들' 만 있을 뿐이라고 주장하는 학자도 있다. (《시빌

24) 통시성(通時性) : 통시성(diachronic)은 시간의 흐름에 따르는 과정을 연구하는 것이며, 반면 공시성(synchrony)은 어느 특정한 순간에 체계의 상태를 연구하는 것이다. 이를테면, 언어는 역사적으로 연구되거나 혹은 언어가 구성하고 있는 구조적 관계의 측면에서 연구될 수 있다.

라이제이션》 니얼 퍼거슨)

이 말은 역사를 읽어내는 방법은 다양하지만, 확실한 것은 없는 반면에 과거는 하나이므로 역사는 단순한 과거의 연구가 아닌 시간 그 자체의 연구라는 말과도 통한다. 이런 관점에서 삶은 역사성의 자취(故)이고 역사성은 곧 삶의 지혜(新)가 된다.

일례로, 몇 해 전 조선총독부로 쓰였던 건물을 철거했을 때, 많은 사람들이 환호했던 것은 역사적 감정이 시대의 분노로 표출된 반사적 행동(故)이었다.

반면에 부끄러운 역사도 우리 역사의 일부이므로 기억하고 기념할 만한 가치가 있는 것으로 평가하려는 것은 뼈아픈 상흔(傷痕)이 *存在*[25]의 의의로 승화된 반성적 사고(新)이다.

이는 제롬 방데가 "민족들의 사회를 수립한 뒤에는(故), 정신들의 사회를 세우려고(新) 노력해야 한다." (《가치는 어디로 가는가?》 제롬 방데)고 말한 것처럼 가치의 正向을 가늠하는 잣대이기도 하다.

인류가 생겨난 이래로 인간은 진리, 선, 성스러움, 미 같은 절대적 가치들, 즉 문자로 기술된 역사와는 독립적이면서도 비시간적인 가치들을 추구해 왔다. 가치란 존재하는 사물이 지닌 고유한 속성을 표현한 말로 사물과 인간과의 관계라는 사회적인 맥락 속에서 성립하는

---

25) 존재란 독일어로 Sein이라 하지만 영어로는 '~이다(Nothingness)' 와 '~에 있다(Being)' 등으로 나타낼 수 있다. 퇴계는 지극한 유(有)가 있고 지극한 실(實)이 있다(至有者在焉 至實者存焉)고 하여 *存*과 *在*를 구분하여 썼다. 즉, 존재는 공간적으로 '있음(有)' 을 나타내는 '*在*' 와 시간적으로 생명을 유지하는 '*存*' 의 합성어이다.

추상적 개념이다.

이런 맥락에서 至善을 지향하는 유학 또한 가치를 중시하는 학문이라 할 수 있다. 유학은 性理로 표현되는 인간의 본성과 天理를 주된 공부 대상으로 삼지만, 善惡과 正邪을 분별하는 義理 문제를 핵심 가치로 여긴다.

가치문제를 논의할 수 있는 모든 智慧와 知識도 앞서 살다간 이들의 사색과 탐구를 통해 쌓여진 것들이다. 지금 인류가 호사를 누리고 있는 文化와 文明은 물론이고, 인간이 만물의 영장으로 군림할 수 있었던 것도 집단지성의 축적된 지식이 전승된 결과이다.

같은 맥락에서 미국의 심리학자 스티븐 핑커(Steven Arthur Pinker)는《빈 서판(Blank Slate)》에서 "인간이 무한할 정도로 다양하고 광대한 理性과 知識을 갖게 된 것은 경험으로부터(故)이다." 라고 하였다. 빈 서판(Blank Slate)이란 '깨끗이 닦아낸 서판(scraped tablet)' 이라는 뜻으로 라틴어 '타불라 라사(tabula rasa)' 를 의역한 말이다.

이를 빌게이츠(W. Henry Bill Gates III, 1955~)의 말로 풀이하자면, 인간은 부단히 '인식(認識)의 틈(cognitive niche)' 을 채우면서(新) 진화했다는 것으로 이해될 수 있다.(《생각의 속도》)

흔히 생물학에서 자주 언급되는 이 'niche' 라는 말은 어느 생물이 살아남기 위해 다른 생물의 생존 방식을 따르지 않고 독자적인 생존 방식을 취하는 것을 의미한다.

바로 그 채워진 틈이 아물어 더욱 단단해지면 이를 바탕삼아 신사고를 열어가려는 '창의적인 역량' 즉 '개념설계 역량' 이 新이 된다. 하지만 고유성을 반석삼아 참신성을 쌓으려는 시도는 오랜 기간의 시행착오를 전제로 도전과 실패를 거듭하면서 축적(故)하지 않고서는 얻을 수 없는 창조적 역량(新)인 것이다. (《축적의 시간》 서울대학교 공과대학)

이는 학자가, "학문을 하면서 노력을 절실하게 하고, 정밀하고 익숙하게 글을 읽고, 깊이 완미하고 오래 축적하면 저절로 나아갈 방도가 바르고 단서가 분명하게 된다(爲學 只在用功密切 讀書精熟 玩味之深 積久之餘 自當漸見門戶正當 端緒分明)." 라는 퇴계의 말에서도 유추될 수 있다.

축적된 지식은 인지된 정도에 따라 '안다는 것을 알고 있는 것(Known-knowns)', '안다는 것을 모르는 것(Unknown-knowns)', '모르고 있다는 것을 아는 것(Known-unknowns)', 그리고 '모르고 있다는 것조차 모르는 것(Unknown-unknowns)' 으로 나뉠 수 있다 ("There are known knowns" is a phrase from a response United States Secretary of Defense Donald Rumsfeld gave to a question at a U.S. Department of Defense)[26].

未知의 無知 상태인 Unknown-unknowns는 "심오함을 다하고 조짐을 연구(所以極深而硏幾)" 하는 수단으로, 또 Unknown-knowns는 "옛것은 알고 지금 것을 모르면, 물이 아니라 육지에 빠져 죽는다"

---

26) 도널드 럼즈펠드 미국 국방장관이 2002년 2월 12일 미 국방부(DoD) 뉴스 브리핑에서 이라크 정부와 테러집단에 대한 대량살상무기(WMD) 공급을 연계한 증거가 부족하다는 질문에 답한 문구다.

는 육침(陸沈)[27]으로, 그리고 Known-unknowns는 "지금 것은 알고 옛것을 모르면, 대낮에도 눈이 멀어 앞을 보지 못한다" 는 맹고(盲瞽)로, 더 나아가 Known-knowns는 "천하에 性을 말함은 故일 뿐이니, 故라는 것은 順利를 근본으로 삼는다" 는 정신으로 여겨 이에 이르려는 것이 溫故知新의 진정한 추향(趨向)이라 생각된다.

유학의 정신을 늘 새롭게 해석하여 새 시대의 가치관을 모색하려 하였던 선유(先儒)들의 자취는 후대에 많은 시사점을 남긴다. 그 시사점이 곧 우리에겐 '얼' 이자 '정신' 이 된다. 여기에는 선유들이 불변의 가치를 확고하게 지키는 가운데 시대의 변화와 요구를 명확하게 파악하여 따를 것(因)은 따르고 고칠 것(革)은 고쳐서 알맞게 대처하였던 혜안이 담겨있기 때문이다.

이 글에서는《중용》과《논어》에 나오는 溫故知新에 대한 퇴계 해석의 특이점을 심구하여 그 혜안을 모색하고자 한다. 부제에서 언급된 특이점(singularity)이란 말은 미국의 대표적 AI 전문가 미래학자인 레이 커즈와일(Ray Kurzweil)의 저서《특이점이 온다》에서 차용한 용어이다.

이 말은 원래 천체물리학에서 블랙홀 내 무한대 밀도와 중력의 한 점을 뜻하는 용어이나, 여기서는 그 너머를 알 수 없을 정도로 큰 변화가 있게 되는 시점을 뜻하는 말로 사용되었다.

퇴계가「성학십도」를 만들고 각 그림 아래에 자신의 견해를 덧붙여 임금께 올렸던 것도, "옛 것에 의지하여 장차 유익함이 있을 것"

---

27) 육침(陸沈) : 물 없이 가라앉음. 인간에 은거함. 대은(大隱).《장자(莊子)》잡편(雜篇) 칙양(則陽).

이라고 생각했기 때문이다. 그는 옛 현인과 군자들이 성학(聖學)을 밝히고 심법(心法)을 얻어서 도(圖)를 만들고 설(說)을 만들어 사람들에게 도(道)에 들어가는 문과 덕(德)을 쌓는 기초를 가르친 것이 오늘날 세상에 행해져 해와 별같이 빛난다고 하였다.

이 또한 지난 성현들에게서 힘입은 것을 착안하여 장래에 유익한 것이 있기를 바라는 마음인 온고지신의 정신임을 알 수 있다. 오랫동안 여러 분야에 종사하는 많은 사람들이 溫故知新이란 말을 사용해왔다. 다만 이 말의 뜻을 구분 없이 같은 맥락으로 풀이하면 溫故知新의 본래 의취와 오히려 멀어진다고 생각되어 본 글에서는 퇴계의 견해를 설명할 뿐 술이부작(述而不作)[28]하고자 한다.

28) 술이부작(述而不作) : 자신의 저술이나 창작을 두고 저자가 겸손의 뜻으로 하는 말이다. 공자의 성품은 겸손하여 자신의 저술을 두고 이렇게 말했다. "전해 말하고, 새것을 만들지 않으며, 믿어 옛것을 좋아하는 것을, 가만히 우리 노팽(老彭)에게 비교해 본다." 고 했다. 그러나 옛것을 좋아하는 것만큼은 노팽(은나라의 현인)과 비교할 수 있다. 《논어》의 술이편(述而篇)에 나오는 말이다.

2. 《중용》의 溫故知新에 대한 퇴계의 해석

19세기 언어학자인 막스 뮐러(Max Müller)는 "언어야말로 우리에게는 루비콘 강이다." 라고 하였다. 인간이 언어를 사용하면서부터 과거의 지혜를 배울 수 있었고, 이를 후세에 전승할 수도 있었음을 비유적으로 표현한 말이다. 지혜를 통해 인간이 분명한 사고력을 갖게 되었으며, 정신 능력을 예리하게 할 수 있었던 것은 모두 언어가 준 선물이다.

언어가 곧 정신이다. 많은 학자들이 의도적으로 '영혼(soul)' 이 아니라 '정신(mind)' 이라는 말을 사용하였듯이, 전승되어진 언어가 사색(思)과 삶(生)의 자취라고 한다면, 精神은 전승되어진 혼이자 얼이다.

퇴계는 정신을 정의하면서 精이란 음백(陰魄)이 엉켜 정해진 英이고 神은 양혼(陽魂)이 발용(發用)하는 妙라고 하였다(精者 陰魄凝定之英 神者 陽魂發用之妙). 여기서 精神은 의식, 언어, 현세와의 관계 속에서 이해되는 반면 영혼은 불멸성, 내세에서의 역할을 기본으로 하기 때문에 개념상의 차이는 현격하다. (《생각의 역사》 피터 왓슨)

하지만 의식의 흐름이라는 점에서 古典은 선각자들의 영혼이 깃든 생각이자 그 자체로 정신이라 할 수 있다. 즉, 고전은 과거에 생각되고 기록되고 조각되고 그려진 최고의 것으로 보존할 가치가 있는 유익한 것이라는 관념인 것이다. 바로 이러한 생각과 정신을 온축한 관념이 溫故知新이다.

퇴계는《중용》에 나오는 온고지신의 의미를 묻는 문인에게 이렇게 답변하였다.

> "《중용》은 德을 닦고 道를 이룸을 논하여, 마음을 보전함을 주로 하기 때문에 溫故에 중점을 두었다(中庸論修德凝道 以存心爲主 故重在溫故)."

《중용》은 道를 전하는 책이므로 德을 쌓고 道를 닦아야 하는 所以然의 까닭(故)을 퇴계가 말한 것이다.《중용》25장에 君子는 德性을 높이고 학문을 말미암으니, 광대함을 지극히 하고 정미(精微)함을 다하며, 高明을 다하고 中庸을 따르며, 옛 것을 잊지 않고 새로운 것을 알며, 厚함을 돈독히 하고 禮를 높인다고 하였다.

아서 웨일리(Arthur Waley)는 *The Analects of Confucius*(《논어》)의 溫故知新을 "낡은 것을 살려 새로운 것에 대한 지식을 얻을 수 있는 자는 교사가 되기에 적합하다(He who by reanimating the Old can gain knowledge of the New is fit to be a teacher)"라고 표현하였다. 여기서 'by reanimating' 에서 수단의 의미를 지닌 by를 사용하여 옛 것에 생명력을 불어넣는 행위에 강세를 두어 '溫故' 의 의미를 부각시켰다.

溫故知新에 대한 주자의 견해를 퇴계의 시각에서 세 가지로 분석해 볼 수 있다. 첫째, 존덕성(尊德性)은 마음을 보존하여 도체(道體)

의 큼을 다하는 것이다.

주자는 일말의 私意로도 스스로 가리지 않는 것을 치광대(致廣大)라 하였고, 私慾으로 스스로를 얽매이지 않게 하는 것을 극고명(極高明)이라 하여 이미 익힌 바를 함영(涵泳)하는 것을 溫故로 말하고 있다. 또 이렇게 이미 능한 바를 돈독하게 하는 것이므로 이는 모두 存心의 등속이라 하였다.

퇴계는 이를 좀 더 세분하여 溫故가 存心의 등속인 점에 대해 存心과 致知를 선후로 나누고 存心을 우선하여 설명하였다. 먼저 尊德性의 尊은 공경하고 받들어 잡는 뜻이고, 德性은 사람이 하늘로부터 받은 바의 正理로서 단순히 보이고 나타난 것이 곧 道라고 말한 것이 아니라, 혼자 있을 때를 삼가는 것이 道를 보존하기 위한 것이라고 하였다.

퇴계는 道란 일상생활에서 유행하여 어디를 가도 없는 곳이 없고, 理가 없는 곳이 없으므로 어느 곳에서든 공부를 그만둘 수 없다고 하였다.

특히, 공자가 냇가에서 가는 것이 이와 같아서 낮과 밤을 쉬지 않는다고 했던 말에서 주자는 天地의 조화가 가는 것은 지나가고 오는 것이 이어져서 한 순간의 그침도 없으니, 바로 도체의 본연이라고 하여 지적할 수 있고 쉽게 볼 수 있는 것으로 냇물의 흐름만한 것이 없다고 하였다.

이에 대해 퇴계는 바로 '가는 것' 이 道를 설명한 곳(此正說逝字爲道處)으로 멈추지 않는 물의 흐름은 끊임없는 자기실현의 과정이라고 하였다. 즉, 유학에서 인간이 나아가야 할 참된 길(道)을 물의 흐름에 비유한 것이다.

더 나아가 퇴계는 안자(顏子)가 말 없는 가운데 성인의 말을 깨달은 것이 곧 道體의 가깝고도 절실함을 안 것이라 했는데, 여기서 말한 道의 본체란 그것을 추구하는 인간과 분리될 수 없음을 말한 것으로, 인간의 본성에 내재된 道로 생각되었다.

그렇기 때문에《중용》에서는 잠시도 道에서 떨어질 수 없다고 하였다. 道를 이미 익힌 바에 함영(涵泳, 푹 젖어들다)하여 존심하는 이유에 대해서 퇴계는 주자의 말을 빌려 이미 알고 있는 도리를 함양(涵養)하여 항상 나에게 있게 하기 때문이라고 말했다.

둘째, 道問學은 지식을 지극히 하여 道體의 세세함을 다하는 것이다. 주자는 이치를 분석할 때는 털끝만한 차이가 없게 하고, 일을 처리함에는 過·不及의 잘못이 없으며, 義理는 날마다 알지 못하던 것을 알고, 節文은 날마다 삼가지 못하던 것을 삼가는 것은 모두 致知의 등속이라고 하였다.

퇴계는 이를 좀 더 세분하여 道問學이 致知의 등속인 이유에 대해 행하여 가장 좋은 곳에 이르러 조금도 지나치거나 불급함이 없게 하는 것은 바로 알기를 분명히 하여 일마다 하나의 가장 좋은 곳을 아는 것이라고 하였다.

이어 퇴계는 致知의 조목으로 다음 네 가지를 들었다.

> "배우기를 넓게 하지 않을 수 없고, 묻기를 세심하

게 하지 않을 수 없고, 생각하기를 신중하게 하지 않을 수 없고, 분변하기를 명백하게 하지 않을 수 없으니, 이 네 가지가 치지의 조목입니다(故學之不可以不博 問之不可以不審 思之不可以不愼,辨之不可以不明 四者 致知之目也)."

퇴계는 致知라는 말에는 性情, 形色, 그리고 일상의 떳떳한 윤리에서부터 천지 만물과 고금의 事變에 이르기까지 지실(至實)한 이치와 당연한 법칙이 존재한다고 하여 이를 천연적으로 존재하는 中이라고 하였다. 또한 이 상태가 지속되어 공력이 깊어지면 어느 순간 자신도 모르는 사이에 의혹이 눈 녹듯이 풀리고 시원스럽게 진리에 관통하게 되는데, 이를 두고 퇴계는 '참으로 아는 것(眞知)' 이라고 하였다.

퇴계는 道體의 세세함을 다한다는 것은 비유로 표현하려는 뜻이 있더라도, 그 자연무위의 기상만을 취하는 것이 좋다는 뜻으로 풀이하였다. 하지만 보통 이와 같이 비유를 취해서 표현하는 것은 그 기상만 일컫는 것이 아니라, 이것을 가지고 저것을 예를 들어서 道體가 자연히 발현하는 유행의 실상을 보이려는 경우도 있다고 하였다. 예를 들어, '잊지도 말고 조장(助長)하지도 말라' 는 말에는 道體가 나 자신에게 있기 때문에 자연히 발현되고 유행하는 실상을 볼 수 있다는 것이다.

반면에, "솔개는 날아 하늘에 이르고, 물고기는 못에서 뛴다" 는 말에는 도체가 사물에 있어서 자연히 발현되고 流行하는 실상을 볼 수 있다는 것이며, "기수(沂水)에서 목욕하고 읊으며 돌아오리다" 는 말 속에 일상생활의 道가 있어서, 자연히 발현되고 유행하는 실상을 볼 수 있는 것이 된다.

셋째, '尊德性而道問學' 은 德을 닦고 道를 모으는 큰 단서이다.

주자는 存心이 아니면 致知할 수가 없고, 存心한 자는 또 致知를 하지 않으면 안 되므로 이 다섯 句는 큰 것과 작은 것이 서로 자뢰(資賴)하고 머리와 끝이 서로 응하여 聖賢이 德에 들어가는 방법을 보여줌이 이보다 더 자세함이 없기 때문에, 배우는 자가 마땅히 마음을 다해야 한다고 하였다.

이에 퇴계는 조카가 질문한 道와 德에 대해 다음과 같이 말하였다.

> "《중용》은 述하여 道를 밝히는 것이기 때문에 道를 가지고 말하였고, 《대학》은 배워서 德을 이루는 것이기 때문에 德을 가지고 말한 것이다(中庸述以明道 故以道言 大學學以成德 故以德言)."

《중용》에서는 道에 들어간다고 하였고, 《대학》에서는 德에 들어간다고 하였는데, 굳이 道와 德을 나누어 놓은 연유에 대해 퇴계가 위와 같이 답변한 것이다.

그는 또 《중용》의 大旨는 誠인데, 智·仁·勇 3達德을 가지고 말한 뜻도 결국 誠은 중용의 道의 大旨가 되고 3달덕은 중용의 道에 들어가는 大旨가 된다고 하였다.

게다가 그는 사물의 이치가 지극함에 도달한 뒤에야 지식이 지극해진다는《대학》장구의 뜻에 대해서는 주자의 말을 빌려, 지식이 지극하지 못할 때에는 비록 뜻을 성실히 하고자 하나 그 道가 말미암을 길이 없기 때문이라고 하였다.

덕성을 높일 줄 알면 반드시 天命과 人倫을 중시하여 저속한 일을 하지 않고, 시종일관 뜻을 공손히 하여 학문할 것을 생각하면 자신도 모르게 德이 닦여지게 된다. 퇴계는 中和와 中庸이란 말도 理致로 말하면 나눠지지 않지만, 처한 상황으로 말한다면 性情의 측면에서 中和이므로 안(內)이 되고, 德行이라는 측면에서 中庸이 되므로 德行을 性情과 상대되게 하였기 때문에 밖(外)이라고 하였다.

이 말대로라면 德은 道를 행하여 얻게 되는 것을 말하므로 안과 밖을 아울러 일컫는 말이 된다.

퇴계는 道는 형상도 없고 넓고 커서 착수할 곳이나 따라서 행할 방도를 알기 어렵기 때문에, 사람들에게 道에 들어가는 門과 德을 쌓는 기초를 보여주기 위해 부득이하게《성학십도(聖學十圖)》29)를 만들었다고 하였다.

퇴계가《성학십도》를 작성한 것은 모두 군주로 하여금 정치의 대본인 德을 세우게 하기 위해서였다. 이 德은 바로 대학의 명덕(明德)의 덕이요, 태극도설(太極圖說)의 정(靜)을 주로 해서 인극을 세운다고 한 인

29)《성학십도(聖學十圖)》: 선조 1년(1568)에 이황이 성학(聖學)의 개요를 그림으로 설명한 책. 성학과 심법(心法)의 요점을 설명하기 위하여 여러 성리학자들의 도설(圖說)을 취사하여 채택하고, 자신의 의견을 첨부하였다. 숙종 7년(1681)에 오도일(吳道一)이 간행하였다.

극으로서의 德이며, 서명(西銘)에 말한 "성인은 천지와 덕을 합한다." 고 한 德이며, 인설도(仁說圖) 에서 말한, '천지가 만물을 낳는 마음' 으로서의 仁의 德이며, 심학도(心學圖)에서 말한 양심(良心) · 본심(本心) · 적자심(赤子心) · 대인심(大人心) · 도심(道心)을 뜻하는 德이며, 심통성정도(心統性情圖)에서 말한 본연지성(本然之性)의 발인 사단(四端)의 德이다.

이 德을 어떻게 올바르게 인식하고 어떻게 일상생활에 있어서 체득(體得)·실천(實踐)하며 어떻게 하루에 만 가지 일이 전개되는 제왕의 자리에서 그것을 적절하게 정치에 구현시키는가 하는 구체적인 방법 · 절차를 말한 것이 소학도, 백록동규도, 경제잠도, 숙흥야매잠도의 내용이다.

인간이 倫理를 중시하고 道德을 지녀야 하는 까닭은 뭘까? 또한 어떠한 정신과 자세로 그 윤리의 질서를 지키며 도덕을 실천할 것인가? 핵심은 윤리와 도덕은 바로 우리 삶의 본질이며, 존재자로서의 가치에 대한 적극적인 표현이라는 데 있다.

이에 德을 쌓아 道에 나아간다는 것은 오늘날 무가치들의 가벼움이 중시되고 진정한 가치가 경시되는 풍조에서 어떻게 가치들의 고유성을 찾고 그 진지함을 사유할 것인가라는 질문에 응답하려는 자세라 할 수 있다. 그 핵심 역량은 퇴계가 《중용》의 溫故知新에서 溫故에 방점을 찍은 이유에서 찾을 수 있다고 하겠다.

3. 《논어》의 溫故知新에 대한 퇴계의 해석

"예언은 사라진 능력이다. 인간은 미래에 대해 어떤 명확한 희망도 부여받지 못했고(Nothing to be done), 기다림에 지친 채(Nothing happens), 거의 무지한 상태에 빠진 존재들이다(People are bloody ignorant apes)."

이는 프랑스 소설가이자 극작가인 사무엘 베케트(Samuel Becket, 1906~1989)의 《고도를 기다리며(Waiting for Godot)》에 나오는 대사를 논자가 본 논문의 내용에 맞게 번안한 것이다.

이 작품은 마치 죄수가 앞날을 예측할 수 없는 상황에 처해 있듯이, 막연하게 뭔가를 기다리고 있는 인간존재(Being)에 대해 지대한 관심을 갖고 인간을 감싸고 있는 모든 사변적인 것들을 비유적으로 묘사하고 있다.

'Nothing to be done'은 이 작품의 주제이다. 이 말은 자기 스스로를 표현해내지 못하고 남의 것만을 흉내 내기에 급급하거나, 남에게서 받은 이념 · 사상에 무젖어 있는 현대인들에게 존재자로서 자신의 삶을 제대로 살고 있는지 자문하게 하는 화두이기도 하다.

그렇다면 무엇으로, 또 어떤 근거를 가지고 이 비관론을 잠재우고 신사고를 열어 갈 희망(Godot)을 찾을 수 있을까? 아니면 마냥 기다려야만(Waiting for) 하는가?

《한비자(韓非子)》에는 춘추시대 제나라 환공(齊桓公)이 관중과 습붕을 데리고 고죽국을 정벌하러 떠났던 일화가 나온다. 그는 봄에 떠났지만 겨울이 되어 되돌아올 때 길을 잃어 버렸다. 이 때 관중은 늙은 말의 지혜를 활용하였다. 늙은 말을 풀어주고 그 말을 따라가 드디어 길을 찾았다[30]는 고사나 《열자(列子)》에 나오는 과거의 사례를 살펴봄으로써 미래를 미루어 짐작한다(觀往以知來)는 말은 모두 경험을 통해서, 혹은 과거의 사례를 거울삼아 다가올 일을 연역(演繹)하거나 추론함을 일컫는다.

때론 난감한 상황에서 말이 앞길을 열어가는 연역의 길라잡이가 되기도 하고, 지나간 일들이 앞일의 향방을 제시하는 추론의 이정표가 되기도 한다. 이와 같은 것들이 知新인 셈이다. 퇴계는 《논어》에 나오는 溫故知新의 의미를 묻는 질문에 이렇게 답변하였다.

> "《논어》는 스승 삼을 만한 것을 논하여, 道를 아는 것을 주로 하였기 때문에 知新에 중점을 두었다(論語論可以爲師, 以知道爲主. 故重在知新)."

《논어》에서는, "공자가 이르기를, 옛 것을 잊지 않고 새 것을 알면 스승이 될 수 있다(子曰 溫故而知新 可以爲師矣)." 고 하였다. 이를 로저 에임스(Roger T. Ames)는, "The Master said : Reviewing the old as a means of realizing the new such a person can be

30) 노마지지(老馬之智) : 관중의 총명과 습붕의 지혜로도 모르는 것은 늙은 말을 스승으로 삼아 배웠다. 그러나 그것을 수치로 여기지 않았다. 여기서 「노마지지(老馬之智)」라는 고사성어가 생겨났다.

considered a teacher." 라고 번역하였다. 그는 우리말의 자격조사에 해당하는 전치사 as를 사용하여 새 것을 깨닫기 위한 수단으로 옛 것을 검토한다고 하여 知新을 강조하였다.

朱子는 溫은 찾고 연역하는 것이고, 故는 예전에 들은 것이요, 新은 지금에 새로 터득한 것이라 풀이하였다. 즉, 이는 배움에 있어 예전에 들은 것을 때때로 익히고 항상 새로 터득함이 있으면 배운 것이 나에게 있으므로 그 응용이 끝이 없다는 뜻이다. 이를 퇴계의 시각에서 세 가지로 분석해 볼 수 있다.

첫째, 스승이 되기 위해서는 학자는 연역(演繹)을 잘 해야 한다.

정자(程子)는 習이란 거듭함을 말한 것이니, 때로 다시 생각하고 연역해서 가슴속에 흡족하게 하면 기쁜 것이라고 하였다.

퇴계는 연역이란 지금은 알 수 있는 것으로 인하여 점진적으로 알 수 없는 미묘한 것을 구해 나가는 것이지만, 그렇다고 근사한 설을 끌어다 부회(附會)하거나 사문의 차이나는 말을 증명해서도 안 된다고 하였다.

가령 '태산이 높다' 는 것은 태산이 비록 높지만 한계가 있다는 뜻으로 매 일마다 그 속성에 따른 한계가 있다는 사실을 단편적으로 비교(比)한 것인데, 이를 태산으로 도체를 비유(喩)한 것이라고 한 것이 그 과장된 예가 된다는 것이다.

마찬가지로 퇴계는 책을 읽되 마음을 괴롭힐 정도까지 읽어서도 안 되고, 때로는 오히려 많이 보는 것은 해가 된다고 하였다. 다만 그는 글의 뜻에 따라 그 의미를 기뻐하면서 깊이 생각하고 연역할 것을 주문한 것이다. 퇴계는 그 방법으로 「태극도(太極圖)」[31]를 예로 들었다.

"자리 오른편에 걸어놓고 아침저녁으로 마음을 붙여 자세히 들여다보며 연역하여, 이 도식을 통해 스스로 깨우쳐 마음을 계발하여 진전이 있기를 바랍니다(揭諸座右 朝夕潛心玩繹 庶幾因圖自牖 啓發其衷而有少進益也)."

퇴계는 문인이 한 번 지적을 받은 후에 고쳐 만든 「태극도」와 부기한 해설을 가지고 와서 자신에게 보여주었을 때, 그는 도식과 그 해설 내용에 대한 증거를 보이면서 일일이 잘못된 곳, 쓸모없는 곳, 보충해야 할 곳 등을 지적하여 교정하고 완전하게 고쳐줬다. 그러면서 그는 오류가 더 있는지 여부는 알 수 없지만, 할 수 있는 데까지는 최선을 다했으므로 위와 같이 하면 도표(圖)를 이해할 수 있을 것이라고 하였다. 결과적으로 퇴계가 제시한 「태극도」를 제대로 이해하는 방법은 연역에 있음을 알 수 있다.

퇴계는 또한 궁리하는 것도 일상생활의 평이하고 명백한 곳에서 간파하고 이를 익숙하게 익혀서 스스로 아는 것에 우유함영(優游涵

31) 태극도(太極圖) : 송대(宋代)의 학자 주돈이(周敦頤)가 만든 도형. 우주의 근본과 만물의 발전하는 이치를 도해(圖解)로 밝힘. 우주의 근본인 태극이 음양을 낳고, 음양이 오행(五行)으로 분화하며, 오행의 정(精)이 응결하여 만물을 만든다는 원리가 원형의 그림으로 제시되어 있다.

泳)해야 한다고 하였다. 그렇게 되면 이루려는 뜻을 세우지 않더라도 익히는 중간에 배운 바를 잘 살피고 관리하여 마음속에 잊지 않게 되며, 게다가 쌓인 것이 오래 되면 저절로 융회(融會)하여 터득하게 되는 것이 있게 된다고 하였다. 이 또한 연역의 한 방법을 말하고 있다.

둘째, 스승이 되기 위해서는 학자는 추론(推論)을 잘 해야 한다.

《논어》에서 안자는 밝은 지혜가 비추는 바에 시작에 나아가면 끝을 알았고, 자공은 추측하여 알아서 이것을 인하여 저것을 알았다고 하여 자공은 추론하여 이해하였음을 말하고 있다.

맹자는 옛 사람이 다른 사람들보다 크게 뛰어났던 것은 다른 것이 아니라, 자신이 행했던 것을 잘 미루어(推) 확장했기 때문이라고 하여 자신의 행위로부터 다른 분야까지 그 범위를 유추 적용하였음을 알 수 있다.

퇴계는《논어》에서 學을 논한 것은 모두 투철한 말 아닌 것이 없으므로 그것을 미루어서 극대화하면(推而極之) 둔하고 어리석은 자에게도 도움이 된다고 하면서 문인에게 주의할 점도 잊지 않았다.

> "오직 이 物은 미루어 나가지 못하나 사람은 능히 미루어 나갈 수 있을 따름입니다(惟是物不能推而人能推耳)."

퇴계는 학문을 하면서 비록 類로써 미루어 나간다(以類而推)고 할

지라도 지나치게 알 수 없는 경지까지 앞서 나가게 되면 推理가 너무 심원하여 딱 들어맞지 않게 되므로, 마음에 얻게 되는 것은 적고 의혹은 많아져서 좋지 않다고 하였다.

가령, 제자가 '벼랑에 꽃피고 봄은 고요한데, 시냇가 나무에 새 울고 물은 졸졸 흐르네. 우연히 산 뒤쪽에서 소년과 어른 데리고서 한가히 산 앞쪽에 와서 고반을 보았네' 라는 詩를 읽고서, 이 詩는 '위아래의 天地 기운이 함께 흘러 만물이 각각 그 처소를 얻는 신묘함이 있는 듯하다' 고 말하자, 비록 그런 뜻이 조금 있긴 하지만, 유추해서 말한 것이 너무 지나치게 높다고 지적하였다.

퇴계는 주자가 集註와 章句를 지으면서, 한 글자를 해석하고 한 구절을 풀이하는 데서부터 한 장의 뜻을 추론하는 데 이르기까지 한결같이 당시에 성현들이 말한 것을 따랐음을 강조하였다.

그 예로 퇴계는 자신이 만년에 지은 「무진육조소(戊辰六條疏)」의 제5조에서 "복심을 미루어 이목을 통할 것(其五日 推腹心 以通耳目)" 이라고 하여 推論을 언급하였다. 이렇듯 퇴계는 「疏」를 지으면서 추론해서 6조의 글로 나눠 지은 것이므로 임금께 도움이 될는지는 장담할 수는 없으나, 가까이 두고 경계의 말로 삼는 데는 도움이 될 것이라고 하였다. 결과적으로 퇴계는 「무진육조소」를 이해하는 핵심을 추론에 두었음을 알 수 있다.

셋째, 남의 스승이 될 수 있는 사람의 자격이다.

퇴계는 가르침은 반드시 위에서 바로서야 아래에 사무치게 되고, 그 가르침의 근본이 있게 되어 멀리 오래 갈 수 있다고 하였다. 그렇지 않으면 마치 근원 없는 물이 아침에 가득했다가 저녁에는 없어지는 것처럼 오래 갈 수 없음을 비유하여 스승의 책임을 다음과 같이 말하고 있다.

> "하루라도 고비(皐比)[32)]에 앉아 있으면 하루에 대한 그 책임이 있는 법인데, 감히 그 책임을 소홀히 여기겠습니까(一日坐皐比 則一日有其責 其敢忽乎)?"

스승이 가르치는 방법과 선비가 배우는 방법, 그리고 행인이 따라 행하는 방법은 모두 정도에 맞게 감내하면서도 감동을 줘야 한다. 게다가 스승은 자신 스스로가 체득함이 없으면 남을 감동시킬 수가 없게 된다.

퇴계는 실제로 강론했던 것을 생각할 때 여전히 개운하지 못한 점이 있다면, 이것은 실제로 터득하지 못하고 억지로 말했기 때문이므로 몸 둘 바를 모르겠다고 한 바도 있다.

그래서 퇴계는 記問의 배움만으로는 스승이 될 수 없다고 비판하였는데, 이 말은 記問의 학문은 마음에 터득함이 없어서 아는 것이 한계가 있기 때문으로 풀이된다.

그래서 퇴계는 누군가를 지도하는 입장에 있으려면, 케케묵은 상습

32) 고비(皐比) : 스승이 앉는 자리. 또는 스승을 가리키는 말. 고비란 원래 호피(虎皮)를 뜻하는 말로서 스승이 호피를 깐 자리에서 강의한 데서 스승을 의미하게 되었다.

을 따라서도 안 되고, 실속 없는 겉치레를 취하지도 말아야 한다고 하였다. 즉 이와 같은 자세로 학문하면 어느 한 순간에 그릇된 생각에 빠지게 되어 본래의 義理에서 멀어질 수밖에 없게 된다는 것이다.

이는 마치 글을 읽을 때는 오직 암기하는 데 힘쓰고, 문장을 지을 때는 오직 표절만을 일삼는 것과 같아서 하루 종일 한 글자에 마음을 쓰고 종신토록 힘쓰더라도 이 한 글자에서 벗어나지 못하는 것과 같은 이치가 된다.

퇴계는 학문을 논한 선유들의 여러 설들은 모두 실제적 경험들, 즉 병들어 아픈 곳을 잘 아는 데서 나온 말들이라고 하였다. 따라서 보지 않고서 헤아리거나, 병들지 않고서 신음하는 천단(淺短)의 학설과는 차원이 다르다는 것이 그의 주장이다.

이런 절실한 마음으로 학문을 오랫동안 익숙하게 하면 자연히 마음과 정신이 융화되어 깨끗이 초탈한 경지에 이르게 된다. 하지만 학문을 하면서도 이를 실천에 옮기지 못하면, 비록 아는 것이 많더라도 귀하게 여기지 않았다는 점에서 퇴계는 과업(科業)을 참된 학문이 아니라고 보았다.

이런 관점에서 보아 퇴계의 생각을 정리해 보면, 《논어》의 溫故知新은 핵심이 溫故라는 전통성(traditionality)에 있는 것이 아니라, 知新이라는 창조성(creativity)에 있다고 하겠다. 아울러 진정한 의미의 가치라는 것도 물려받은 것이라기보다는 찾아지는 것이며, 답습된다기보다는 창조되는 것이고, 수용되는 것이라기보다는 전승되는 것이라 할 수 있다.

4. 지속 가능한 기억과 상상 : 故와 新의 특이점

모든 존재는 저마다 내재적인 가치를 지니고 있다. 故와 新도 각각 독립적이면서도 각각의 내재적인 가치를 지니면서 서로 관계 맺고 있다. 故에만 매달렸거나 新에만 마음을 두었던 사람들을 결국 육침(陸沈)과 맹고(盲瞽)로 몰아넣은 것은 다름 아닌 시간의 물살이었다.

그 물살이란 것도 그저 흘러가버린 것이 아니라 '존재했던 것(Used to be)' 이 시금석이 되어, '지금 존재하는 것(To be)' 으로 일깨워지고, 나아가 '존재하게 되는 것(Be to be)' 이라는 정신문화로 맥동하게 된다. 흔히 인간은 현재에서 과거를 돌아보고 미래를 조망한다. 이는 현재를 반석삼아 과거를 소재로 미래에 이루려는 그들만의 비전을 그려 나가려는 것이다.

토머스 프리드먼(Thomas L. Friedman)은 그의 저서《세상은 평평하다(*The World is Flat*)》에서, 우리는 정녕 "미래에 대한 상상보다 과거에 대한 기억이 더 많은가?" 아니면 "미래에 대한 상상이 과거에 대한 기억보다 더 많은가(Do you have more Memories than Dreams? Do you have more Dreams than Memories)?" 라는 질문을 던졌다.

이 물음에 대한 답은 '변화한 것' 에만 있는 것도, '변화하는 것' 에만 있는 것도 아니다. '변화하지 않은 것' 을 찾아 이를 '새롭게 인식' 하는 데 있다고 할 수 있다. 이것이 진정한 유학(儒學)의 힘이고 溫故知新의 정신이다.

여기에는 상황에 따라 고유성을 지키면서 참신성을 궁구하려는 수성(守城)과 공성(攻城)의 두 축이 존재한다. 守城이 미래인의 입을 빌려 축적된 가치(故)를 도외시하려는 현대인의 자세를 비판(《돌이켜보면 2000에서 1887년을》 에드워드 벨러미)하는 쪽이라면, 攻城은 미래의 어느 시점에 이르면 인간의 수명을 무한히 연장할 수 있을 정도로 변환되는 특이점을 적극 강조(《특이점이 온다》 레이 커즈와일)하는 쪽이라 할 수 있다. 이 또한 시간의 물살이다.

"인간은 시간을 재고, 시간은 인간을 잰다." 고 한다. 여기서 時間의 '時' 字는 해가 돋아 하늘로 점점 떠오르는 것을 형상화한 것으로, 태양의 움직임을 시간의 추이에 따라 나타낸 것이다. '間' 자는 하늘을 여닫는 문 사이에 해가 떠 있는 형상으로 두 글자가 모두 태양과 관계있다.

헤라클레이토스가 "태양은 날마다 새롭고(Ho helios neos ep hemerei)", "사람은 같은 강물에 두 번 들어갈 수 없다." 고 한 것은 변치 않는 대자연에서도 세상의 변화를 포착하여 道體가 天地流行함을 인식한 것이라 할 수 있다.

퇴계 또한 물이 멈추지 않고 흐르는 것이 바로 道라고 말한 것은 끊임없는 자기실현의 과정이자, 인간이 나아가야 할 참된 길(道)을 표현한 것이다. 인간이 참된 길에서 벗어날 수 없듯이 道는 이를 넓히려는 인간과 분리될 수 없다. 분리되는 순간 더 이상 道가 아니기 때문이다.

그래서 道는 인간의 본성에 내재된 것으로 받아들여진다. 그 본성에 德을 닦아 人事를 다하고 하늘의 뜻을 받들며 理致에 맞게 베풀어져야 常道가 회복된다.

퇴계는 道體란, 사람들이 일상생활에서 응수(應酬)하는 사이에도 流行하는 것이어서 잠시 멈추거나 휴식함이 없으므로 어떤 일에 기필(期必)하지도 말고, 잊어버리지도 말며, 털끝만큼의 안배도 하지 말고 助長하지도 말아야 한다고 하였다.

이렇게 한 연후라야 마음과 理가 하나가 되고, 나에게 있는 道體가 결함도 없고 막힘도 없게 된다고 하였다. 또 그는 人物의 生함이 日用의 사이에 洋洋한 것이 또한 天命의 流行이듯이, 오직 이 物은 미루어(推) 나가지 못하나 사람만이 능히 미루어 나갈 수 있을 뿐이라고 하였다.

퇴계는 연일 빈객이 찾아와서 자신이 사리를 궁구할 겨를이 없다고 말하곤 하였다. 그러면서도 그는 推論을 잘하는 방법으로 스승이 된 자는, "내가 가르치는 것이 올바르지 못함이 있는가, 없는가?" 로 반드시 자신을 반성해야 하고, 선비는 반드시 "내가 배우는 것이 부정함이 있는가, 없는가?" 로 반성하여 올바르면 더욱 힘쓸 것을 생각하고, 조금이라도 부정이 있다면 빨리 고쳐서 바르게 해야 한다고 하였다.

그는 강론할 때는 의심나는 점이 많기 때문에 글의 뜻을 명확히 밝히고 생각을 바르게 해야만 후학을 잘못 인도하지 않을 수 있다고 하였다. 심지어 그는 서원의 동주(洞主)나 산장(山長)의 자리에도 세속을 떠난 선비나 벼슬자리에 있지 않은 사람 중 才德이나 명망 그리고 실상이 반드시 발군(拔群)의 아름다움이 있어 우뚝하게 一世의 사표가 될 사람이라야 된다고 하였다. 이는 누군가를 가르친다는 것은 스스로 선생이면서 학생이어야 한다(斅學半)는 퇴계 자신의 도덕적 결단에 기초한 말이다.

그런 맥락에서 학문을 한다는 것은 본질적으로 자기 자신을 스스로 밝히는 과정이다. 그래서 학자가 배워서 옳은 일을 한다면 다행이지만, 배워서 구차하게 입신양명으로 통하는 일을 한다면 그 통하는 것이 세속의 흐름을 따라 온갖 문제와 걱정거리를 일으키므로, 묵묵히 자신의 본뜻을 지키는 것만 못한 것이 된다.

학문의 길은 날로 나아가지 못하면 반드시 날로 퇴보하게 된다. 끊임없이 스스로 이미 익힌 바를 함영(涵泳)해야 한다. 보는 이가 없어도 계신(戒愼)하고, 듣는 이가 없어도 공구(恐懼)하려는 '도덕적 실천'을《중용》에서는 '도를 닦는다'고 하였다.

우리가 타고난 도덕적 특성을 발현시키기 위해 학문에 말미암으려는 것도 그 목적은 도덕적 자각의 수준을 향상시키는 데 있다. 그래서 儒學에서 道는 '볼 수 있거나 보이는 것(see-saw)'이 아니라 학자가 저마다 내면에 울리는 소리를 듣고 自得하여 이를 실천에 옮기는 것이다. 道는 항상 지근거리에 있다. 이 거리는 다가서는 사람의 수양 정도에 따라 좁혀지고 항상 새롭게 변화하게 된다. 소위 故와 新의 거리도 마찬가지다.

《중용》과《논어》두 경전이 주는 溫故知新의 뜻이 본래 같지 않은 것은 말이 각각 거기에 알맞은 바가 있듯이, 道에 다가가는 방도에도 같지 않음이 있음을 뜻한다. 논의를 하면서 《중용》의 溫故知新을 앞에 언급한 것은 道와 德의 故를 안배한 것이고, 《논어》의 溫故知新을 뒤에 둔 것은 繹과 推의 칙(則)을 유념한 것이다.

다시 말해, 萬事와 萬物이 존재하는 所以然의 까닭(故)을 심구하고 만사와 만물이 존립하는 所當然의 법칙(則)을 궁구하여 존재와 가치를 기억하고 상상함과 아울러 지혜의 영속성을 지켜 창조의 역동성을 열어 가려는 것이다.

이는 '천지 만물과 고금의 사변(事變)에 이르기까지 지실한 이치(至實之理)와 지당한 법칙(至當之則)이 존재한다는 퇴계의 말과도 통한다. 이른바 천연적으로 존재하는 中에 이르는 방법이다.

'지혜가 지나간 미래'이고 '창조는 와 있는 미래'라면, 그 中은 지혜와 창조 어느 쪽으로도 치우치지 않는 곳에서 합일되는 특이점이 되리라. 퇴계가 溫故와 知新을 나누어 분석하였던 핵심 쟁점을 응용하여 앞으로 4차산업혁명시대의 '인간 존재의 가치와 위상'에 대한 연구는 매우 유의미한 일이 될 것이라 생각된다.

이는 인간 존재의 가치를 되새기고 그 위상을 정립하는 계기가 될 뿐만 아니라, 정태적(靜態的)인 분석을 넘어서 동태적인 현실을 음미하려는 시도이자 하나의 새로운 의미로 다가올 오래된 정신을 찾아 나서는 求道이기도 하여 연구의 가치 또한 높을 것으로 판단되기 때문이다.

제3부. 교학상장의 대화

제1장. 퇴계와 고봉 기대승의 대화

— 만남과 知와 사랑의 대화, 그리고 그 자취를 따라서

〈미리읽기〉

이 글은 '퇴계와 고봉(高峰) 기대승(奇大升, 1527~1572)의 만남과 대화'를 주제로 삼았다. 그들의 대화를 통해 오늘날 우리가 마주하려는 것은 한 세대 가까운 차이에도 불구하고 서로를 존경하고 존중하면서 대대(對待) 관계로서의 대화를 나누고 서로가 서로를 독려하면서 끊임없이 스스로를 성찰해 나가는 모습과 자세이다.

만남은 주체적인 '나'가 또 다른 주체자인 '너'에게로 다가섬이고, '너'가 '나'에게로 다가옴이다. 만남은 대화를 낳게 되는데, 대화란 곧 이성의 나눔을 뜻한다. 대화가 맑은 영혼과 부드럽게 정화된 빛에 싸여 순수한 이성을 그려낼 때, 그 대화는 사랑이라는 예술로 승화하게 된다.

사랑이 한 사람의 '너'에 대한 한 사람의 나의 책임이기에 그 어떤 감정에도 있을 수 없는 것, 모든 사랑하는 사람들에게 있는 한결같음이라 한다면, 퇴계와 고봉의 만남과 그들의 영혼이 깃든 사랑의 대화는 성찰의 시간에 대한 다른 이름이자 자신의 자기 비춤에 다름 아니다.

특히 학문을 함에 있어서 소중한 것은 인간적인 만남을 통한 대화이다. 그래서 학자가 대화를 멀리하는 것은 결국 세상을 등지고 살아가는 것으로 비유될 수 있다. 퇴계는 이를 두고 학문을 강론하면서 대화할 벗들이 없이 쓸쓸히 지내는 것을 '둔체(鈍滯)의 근심'이라고 하였다.

서로 어울리지 않는 것들이나, 제어하기 어려운 것, 또는 극복하기 어려운 것은 종종 강제력에 의해서가 아니라 오히려 사랑과 조화를 통해서 해결될 수 있다. 마찬가지로 퇴계와 고봉도 대화의 근본적인 의도가 道를 밝히는 데 있고, 두 사람 모두 私意가 없는 경우라면 반드시 異見이 조화를 이룰 것이라고 하였다.

즉, 근본이 같다면 사소한 것은 굳이 따지지 않더라도 끝내는 반드시 의견이 같아질 것이라고 그들은 믿었다. 이러한 자세는 후유(後儒)들이 퇴계와 고봉이라는 오래된 미래에 다가갈 수 있게 해주는 道理이자 그 정신을 이어가야 할 所以然이기도 하다.

정신은 선유에게만 있거나 우리에게만 있는 것이 아니다. 선유와 우리 사이에 끊임없이 맥동하는 사상의 흐름이다. 바로 그 사상은 선유의 몸속을 돌고 있던 피가 죽음과 함께 응고되어 고정된 死物이 아니라 선유가 살았던 그 시대에 선유가 숨 쉬었던 공기가 순환하고 윤회되어 우리에게로 다가온 시대정신이다. 우리가 선유들의 부름에 응답할 수 있을 때, 우리는 그의 정신 안에서 살게 된다. 우리가 그의 존재와 사상을 '혼신의 熱情'과 '부단한 努力' 그리고 '지극한 精誠'을 기울여 선유들과 尙友로 마주하게 될 때, 우리는 비로소 선유의 정신을 이어갈 방도를 알게 된다.

시간과 공간의 격절(隔絕)에도 불구하고 선유들의 사유와 실천을 대물림한다는 것은 오늘을 살아가는 후유들이 체험하여 실행하지 않을 수 없는 '선유들의 영혼의 울림이자 자각의 채찍'이라 할 수 있다. 두 巨儒의 탁월한 철학적, 학문적 유산은 그들 스스로가 획득한 저 '자의식의 빛' 속에서만 이해될 수 있기 때문이다.

1. 先儒를 그리며

세상엔 수많은 '만남과 대화' 가 있었다. 그 중에 '소크라테스(Socrates BC 470~BC 399)와 플라톤(Platon, BC 428~BC 347?)의 만남과 대화' 가 있었다. 이는 기원전 4세기에 플라톤이 쓴 소크라테스와의 대화이다. 플라톤은 그의 스승 소크라테스가 42세였을 때 20세의 나이로 제자가 되었고, 스승이 재판에서 사형선고를 받고 죽을 때까지 8년 동안 친밀한 사제관계를 유지했다. 플라톤이 28세였을 때, 그 8년간의 대화를 '변론' 형식으로 발표한 것이었다.

또 '괴테(Goethe, Johann Wolfgang von 1749~1832)와 에커먼(Eckermann, Johann Peter 1792~1854)의 만남과 대화' 가 있었다. 에커먼은 30세 때 73세의 괴테를 보고, "그 뛰어난 인물을 처음 만났을 때는 물론이고, 수년간이나 그 사람과 함께 보낸 후에도 여전히 그의 가르침을 필요로 했다." 고 말했다.

그 후 그는 괴테의 말을 마음에 새길 정도로 즐겁게 기록했고, 그것을 자기 삶의 지표로 삼고자 했다. 그러나 9년이라는 세월에 걸쳐 자신을 행복하게 해주었던 괴테의 말의 풍성함에 비해 자신이 글로 옮겨 적은 것은 실로 미미하다고 여겼다.

이를 에커먼은, "마치 두 손을 활짝 펴고 상쾌한 봄비를 잡아 보려고 애를 쓰지만, 그 빗물의 대부분을 손가락 사이로 흘려보내고 마는 소년과도 같다." (《괴테와의 대화》 요한 페터 에커먼)고 말했다.

그리고 '화이트헤드(Whitehead, Alfred North 1861~1947)와 루시언 프라이스(Lucien Price)의 만남과 대화' 가 있었다. 루시언 프라이스가 화이트헤드를 처음 만났을 때는 49살이었고, 화이트헤드는 71세였다. 43회에 걸친 대화록을 마치고 나서 2년 후에 출판되기 시작했다.

대화는 화이트헤드가 86세에 숨을 거두기 한 달 전까지 13년 반 동안 계속되었다. 루시언이 화이트헤드와 대화를 하기 위해 직접 영감을 받은 것은 에커먼의 3부로 구성된《괴테와의 대화》(1836~48)에서였다. 그는 에커먼의 업적을 경모했었고, 평생 동안 그의 책을 반복해 읽곤 하였다.

우리는 이들 대화에서 저마다 특징을 알 수 있다. 플라톤의 사고의 기술에 대한 뚜렷한 공헌은 논변이라기보다는 소크라테스의 입을 통해서 말하는 바를 기술하는 경향이 강했다. 그래서 플라톤의《대화편》에서는 여러 발언자가 서로 다른 의견을 제시하는 형식으로 진행되는 것이 아니라, 독단적으로 결말짓는 것을 인정하는 원리가 지배적이다. '이끄는 대로 기꺼이 논의에 따라가기 방식의 대화' 라 할 수 있다.

또 괴테는 무엇보다도 자신을 제한시키고 자신을 고립시키는 것이 최상의 방법이라고 하면서 나로 하여금 옆길로 새지 않도록 조심할 것이며, 늘 한 가지 분야에만 집중하도록 당부했다. 내가 자연과학 분야에 눈을 돌릴 기미가 보이기라도 하면 그는 나에게 그것을 그만두고, 지금은 문학에만 힘을 쏟으라는 충고를 했다는 면에서 '일반적인 대화라기보다는 독백에 가까운 대화 방식’이라 할 수 있다.

그리고 화이트헤드는 독단에 빠지지 않았다. 그는 독단적 단정을 기피하였다. 게다가 나는 그와 논쟁을 벌이는 일은 하지 않았다. 내가 한 역할은 대화를 진행하고 다양한 생각이 흘러나오도록 도와주는 일이었다. 즉, 그는 논쟁의 가장 나쁜 점은 좋은 토론을 파괴하는 데 있다고 하였다는 면에서 ‘독단적인 단정을 피하기 위해 논쟁도 피하는 대화 방식’이라는 속성을 찾아볼 수 있다.

논자는 이들 서양의 3대 대화에 견줄 만한 대화로 퇴계(李滉)와 고봉 기대승(奇大升)[1]의 예를 들고 싶다. 우리에겐 ‘퇴계와 고봉의 만남과 대화’가 있었다. 흔히 학계에서 사용하던 ‘논변’이란 말을 사용하지 않고 ‘대화’라고 한 것도 따지고 보면 이분법적 사고에서 벗어나고자 하는 노력의 일환이다.

실제로 퇴계와 고봉은 8년간의 4 · 7논변[2]만이 아니라 다양한 분야에 걸쳐 대화를 주고받았음을 알 수 있다. 그 대화를 통해 오늘날 우리가 마주하려는 것은 두 거유(巨儒)에 대한 생뚱맞은 존경심을 유발하려는 것이 아니라, 한 세대 가까운 차이에도 불구하고 서로를 존경하고 존중하면서 대대관계로서의 대화를 나누고 서로가 서로를 독

---

1) 기대승(奇大升) : 조선 중기의 성리학자. 《주자대전(朱子大全)》을 발췌하여 《주자문록(朱子文錄)》(3권)을 편찬하는 등 주자학에 정진하였다. 32세에 이황의 제자가 되었다. 이황과 12년 동안 서한을 주고받으면서 8년 동안 사단칠정(四端七情)을 주제로 논쟁을 하였다.

2) 4 · 7논변(論辨) : 퇴계 이황과 고봉 기대승이 사단 · 칠정을 주제로 편지를 통해 주고받았던 논변이다. 사단칠정논변의 핵심은 도덕 심성과 도덕 실천이다

려하면서 끊임없이 스스로를 성찰해 나가는 모습과 자세이다.

마르틴 부버(Martin Buber, 1878~1965)는《나와 너(*Ich und Du*)》에서 만남을, "주체적인 '나'가 또 다른 주체자인 '너'에게로 다가섬이고, '너'가 '나'에게로 다가옴"이라 정의하였다.

즉, 너와 나의 만남은 은혜로 이루어지는 것(Das Du begegnet mir von Gnaden)이지 찾아서 얻게 되는 것이 아니다. 여기서 나와 너 사이에는 어떠한 목적도, 갈망도, 어떠한 매개물도 없으며, 바로 모든 매개물이 무너져 버린 곳에서 만남은 일어나게 된다.

또한 만남은 대화를 부른다. 대화는 이성의 나눔이다. 대화(dialogue)는 dia(between)+logue(speak)로 '서로 다른 이성', 혹은 '이성의 나눔'이란 뜻이다. 그 대화가 맑은 영혼과 부드럽게 정화된 빛에 싸여 순수한 이성을 그려낼 때, 그 대화는 사랑이라는 예술로 승화하게 된다.

예술의 근원적 기원이 하나의 장르가 어떤 사람에게 다가와 그를 통하여 작품이 되기를 원한다는 데 있듯이, 진정한 대화는 인간이 주어진 삶과 세계에 어떻게 올바르게 대처하며 살아갈 것인지를 궁구하는 사유에서 발원된다고 할 수 있다. 이는 인간의 본질적인 행위이자 존재의 의의이기도 하다.

이런 맥락에서 儒學이 근본적으로 지향하는 것은 인간본위의 포괄성이 짙은 인문주의이며 심도 있는 비판정신이다. 이는 대화를 통해 맞섬이 가능한 상황에서 꽃을 피운다. 즉, 그 정신의 일면은 지식이라는 꽃이 행동이라는 열매로 형상화될 때 만개하게 된다. 여기서 진리에 대한 인식이 실천과 하나 될 필요성이 요구된다.

유학에서 학문은 이론을 구성하는 이론적 지식이라기보다 행위규범을 중시하는 실천적 지식의 성격이 강한 까닭에 知는 실행과 분리해서 생각할 수 없다. 퇴계는 고봉을 가리켜 禮로써 임금을 섬기고 義로써 진퇴하였으니, 知行이 일치했다고 하면서 학자가 인식하고 실천해야 하는 義理가 무궁하기 때문에 학문을 함에도 끝이 없다고 하였다.

여기서 학문은 '지식의 체계'를 뜻하는 말로서 단순한 지식이 집적된 것과는 차원이 다르다. 學問은 '學'과 '問' 두 글자로써 '學·問·思·辨·行'의 다섯 가지 내용을 다 포괄한 개념이며, '學' 한 글자를 學問의 의미로도 사용한다. 주자는 "이 다섯 가지는 자신을 성실하게 하는 공부의 조목이라고 했다.

學·問·思·辨은 善을 선택하여 지혜롭게 되는 것이므로, '배워서 아는 것'이며, 독행(篤行)은 선을 굳게 잡아 어질게 되는 것이므로 '이롭게 여겨 행하는 것'이라고 하였다. 실천적인 학문이 존귀하고 탁월한 이유는 인간의 본성이 가장 바라는 불멸성이나 영속성을 지니고 있기 때문이다.

그 영속성의 흐름을 이어간다는 것, 다시 말해 시간과 공간의 격절(隔絕)에도 불구하고 선유들의 사유와 실천을 대물림한다는 것은 오늘을 살아가는 後儒들이 체험하여 실행하지 않을 수 없는 '先儒들의 영혼의 울림이자 자각의 채찍'이라 할 수 있다. 이에 본 글은 "선유가 남긴 당대를 초월하여 모든 시대에 남을 만한 통찰의 섬광은 무엇이며, 그 섬광은 어디서 비롯되는가?"라는 질문을 시종여일 온축하고 있다.

이런 관점에서 後學들이 지켜야 할 본분은 퇴계와 고봉이 자신들만의 철학적 토대를 구축해 나가는 과정에서 보여준 비범함과 명민함을 향한 자의식과 열정적인 고뇌에 겸허한 자세로 응답할 준비를 하는 데 있지 않을까 싶다.

왜냐하면 두 거유(巨儒)의 탁월한 철학적, 학문적 유산은 그들 스스로가 획득한 저 '자의식의 빛' 속에서만 이해될 수 있기 때문이다. 사랑이 한 사람의 '너' 에 대한 한 사람의 '나' 의 책임이기에 그 어떤 감정에도 있을 수 없는 것, 즉 모든 사랑하는 사람들에게만 있는 한결같음이라고 한다면, 퇴계와 고봉의 만남과 그들의 영혼이 깃든 사랑의 대화는 성찰의 시간에 대한 다른 이름이자, 자신의 자기 비춤에 다름 아니다.

따라서 이 글에서 지향하려는 것은 먼저 '퇴계와 고봉' 두 선유들을 그리며, '시대의 진유(眞儒)[3]와 이학(理學)의 통유(通儒)[4]' 로 일컬어지는 그들의 만남과 대화를 통해 당시의 시선을 오늘의 시각으로 바라보고 되새기고자 함이다.

성균관의 동쪽 齋를 바라보며(見泮宮東齋)

파르라니 고운 새싹이
靑雲처럼 솟아오르는 봄날에

---

3) 진유(眞儒) : 참된 선비. 유도(儒道)를 참되게 체득한 유학자(儒學者).

4) 통유(通儒) : 세상의 일이나 학문에 두루 통달한 유학자.

兩南北斗의 光耀는 저 높은 곳에서
敬과 義로 햇살을 이루어
東齋로 모여든다. ———————————— 天

두 그루 은행나무 사이로
先儒들의 滔滔한 모습이
봄의 陽炎처럼 피어오르고
그 魂은 登瀛洲5)한 師表로 남아
여기 뜨락에 맴돈다. ———————————— 地

그 기억의 향기에 젖어
선유들을 바라봄이 이토록 아득한데
그리움은 또 어찌나 悽然한지
지나간 오백여 년의 星霜이
이 텅 빈 齋에 無常하다 ———————————— 人

숭고한 예던 길을 나서며
무등의 瑞氣를 온 몸에 받아
그 높은 뜻은 日月되어 길이 빛나네!
언젠가는 함께 가야 할 그 길에서
陶山과 樂菴은 後儒의 指南이려니 ————— 道

— 박종용

---

5) 등영주(登瀛洲) : 선비가 영예를 얻은 것을 신선이 산다는 전설상의 산인 영주에 오르는 것에 비유한 말이다.

2. 진유(眞儒)와 통유(通儒)의 만남과 대화

1) 진유와 통유의 만남

모든 참된 삶은 인간적인 만남에서 비롯된다. '너'는 '나'와 만난다. 그러나 '너'와의 직접적인 관계에 들어서는 것은 '나'이다. 그러므로 관계란 택함을 받는 것인 동시에 택하는 것이다. 괴테는 유쾌한 관계를 맺고 있는 뛰어난 사람들의 존재 그 모두를 일컬어 사람들이 언제나 기꺼이 돌아가고 싶어 하는 고향이라고 하였고, 화이트헤드는 철학자는 세계가 창조되는 기반을 창조하게 된다고 하였는데, 그 기반이 그에게는 바로 인간의 인간적인 만남인 셈이었다.

고봉(高峰)이 32세에 급제한 후 퇴계를 처음 만난 것은 1558년 10월이었다. 그 때 퇴계는 기대승 같은 사람은 학문과 인물이 지난날 들었던 것보다 뛰어났으니, 성조(聖祖)에서 이러한 선비를 등용한다면 실로 사문(斯文)의 큰 경사일 것이라고 극찬을 하였다.

퇴계와 고봉의 만남은 대략 5차례 정도로 추정되지만, 지적 대화의 깊이로 본다면, 이들의 만남은 '보편적이고 인간적인 조우'를 통해서, 즉 '책보다는 훨씬 더 많은 것을 인간을 통해서 인간다움'을 알게 하는 일깨움이라 할 수 있다.

퇴계와 고봉의 만남은 다양한 색조와 빛을 내는 프리즘의 성격을 띠고 있다. 그러면서도 그 프리즘은 두 개의 접점에서 수렴되게 된다. 하나는 나라 사랑하는 마음에서 우러나오는 공심(公心)의 빛이라고 할 수 있다.

먼저 퇴계는 고봉이 나라의 동량(棟梁)이 될 인재임을 이미 알고 있었고, 이런 사실을 임금과의 대화에서 가감 없이 말하였다. 《고봉선생논사록》[6]에 따르면, 임금이 학문하는 사람 중에 아뢰고자 하는 자는 없는가? 어려워하지 말고 부디 말하라고 했을 때, 퇴계는 다음과 같이 대답하였다.

> "이 일은 말하기 어렵습니다. 제 뜻에 두고 있는 사람이 지금 한두 명이 아닙니다만, 그 중에 기대승의 사람됨은 옛 문자를 많이 보았고, 성리학에 있어서도 소견이 가장 뛰어나니, 그는 바로 통달한 유학자입니다(以某人爲有 得而啓之也 其中奇大升之爲人 多見文字 於理學所見 最爲超詣 乃通儒也)."

그러면서 퇴계는 고봉의 미진한 점으로, 수렴하는 공부가 부족한 점, 즉 고봉의 학문 방법이 해박(該博)으로만 달리고 수렴하여 요약(斂約)하는 데는 소홀히 여김을 면하지 못한 듯하다고 지적하였다.

아울러 자신이 항시 이것을 고봉의 단점으로 여겨 공부에 매진할 것을 권하지만, 고봉만한 유학자도 얻기가 쉽지 않다는 사실은 분명

6) 《고봉선생논사록(高峯先生論思錄)》: 고봉 기대승이 경연(經筵)에서 왕에게 계주(啓奏)했던 말을 2권 2책으로 모아 엮은 책이다.

히 하였다. 이에 임금이 고봉은 문장을 잘 짓는 것으로 안다고 말하자, 퇴계도 "그의 문장 또한 쉽게 구할 수 없는 수준"이라고 칭찬하였다.

후에 고봉이 이 사실을 전해 듣고 자신이 지식도 별로 없으면서 문자를 조금 익힌 것뿐인데, 퇴계의 과찬으로 분수에 넘치는 허명(虛名)을 얻었다고 생각하였다. 마침 퇴계가 안동으로 돌아갈 때 전송하러 나온 고봉은 다음과 같이 질문하였다.

> "(선생이 임금께) 계달한 말을 듣고 몹시 민망하고 절박하였습니다. 어찌하여 천청(天聽)을 번거롭게 하였습니까(竊聞啓達之言 至爲憫迫 何以煩瀆天聽乎)?"

이에 퇴계는 본인이 늘 지방에만 있었으며 서울에 와서도 교우를 하지 않아 본래 아는 사람이 없는데, 그래도 고봉과는 서찰을 통해 학문을 논하는 관계였으니, 자신이 아는 사람은 오직 고봉뿐이라고 대답하였다. 그러면서 퇴계는 고봉이 남보다 낫다고 여겨서가 아니라 "그저 임금의 下問에 답하지 않을 수 없어서 아뢴 것이며, 옛사람도 자신이 아는 사람을 천거하라고 하였으니, 고봉이 따질 일이 아니라고 답하였다.

물론 퇴계가 고봉에게 한 말은 고봉을 안심시키기 위해서 에둘러서 한 말이라고 생각되지만, 그래도 고봉은 이 말을 듣고 마음이 약간 놓였다고 말하였다. 왜냐하면 당시 정계의 상황으로 봤을 때, 퇴계가 누군가를 추천했다고 지목하는 이들이 매우 많았으므로 고봉도 난감했을 것으로 판단된다.

고봉 또한 퇴계를 '東方의 大賢'으로 존경하였으며, 고봉의 후학은 고봉과 道學을 논변한 퇴계를 문순공 이황은 시대의 저명한 진유(文純公李滉 以命世之眞儒)라고 하였다. 고봉이 스승을 생각하는 면에 있어서는 퇴계가 고봉을 생각하는 것과 별 차이가 없어 보인다.

경연장에서 임금이, "이황은 옛사람을 빌려서 말하면 어떠한 사람인가? 이 사람을 옛날의 어떤 사람에게 비유할 만한가?"라고 고봉에게 하문했을 때, 고봉은 다음과 같이 대답하였다.

> "고인에 비하자면 누구와 같다 할지 모르겠습니다. 그러나 우리나라의 학문하는 사람들에 대해서는 고려로부터 조선조 초기에 이르기까지 기록한 글이 모두 없어졌는데, 다행히 수습한 것을 보건대, 이 사람의 문장과 같은 자는 드뭅니다. 처음 이 사람이 올라왔을 때 올린 소장은 程子나 朱子의 글과 조금도 다를 것이 없었으니, 그 학문과 그 공부와 그 의논이 하나하나 모두가 옳은 것이었습니다(古人則不可知也 東方學問之人 自前朝至國初 其文湮沒 幸收拾見之 如此人之文者蓋寡初上來時 其所上疏 與程朱之書無異 其學問其工夫其議論 一一皆是)."

이에 덧붙여 고봉은 "이황의 德은 겸손하고도 공손하여 조금도 자신이 옳다고 여기지 않으며, 자신의 주장을 버리고 다른 사람의 바른 소견을 따르려는 자세가 매우 훌륭한 점이다." 라고 하였다.

게다가 그는 퇴계를 가리켜 程·朱學을 독실하게 믿어 공부가 순수하고 지극하며, 고서를 널리 보고 품성이 소탈하여 젊었을 때부터 편안히 물러나 있어서 이러한 습관이 천성이 된 사람이라고 하였다.

퇴계와 고봉의 만남에서 볼 수 있는 또 하나의 초점은 '두터운 정과 은혜로움' 으로 표현될 수 있는 사랑의 빛이라고 할 수 있다. 퇴계는 고봉이 전최(殿最)가 낮게 나와서 관직을 떠날 것을 고민할 때나, 당로(當路)에게 미움을 받아 관직을 떠나려고 해도 친구들이 붙잡아 못한다는 편지를 받았을 때에도 자신의 생각을 이렇게 말하였다.

> "옛사람은 이런 경우에 처해서 그렇게 처신하지는 않았을 듯합니다. 어찌 그렇게 합하지 않는데 억지로 머무를 수 있는 이치가 있겠습니까(愚恐古人處此 似不應如是也 安有不合如許 而可强留之理乎)?"

퇴계는 고봉이 다른 사람들을 꺾기를 좋아해서 고봉을 원망하고 미워하는 자가 많다는 사실을 매우 걱정하고 있었다. 그래서 편지를 보내 간절히 주의를 주었지만, 진정 고봉이 깨달았는지는 퇴계도 자신하지 못했다. 한번은 고봉이 관직에 들어선 지 얼마 되지 않아 은둔하는 도리를 물었을 때, 퇴계는 다음과 같이 고봉을 일깨웠다.

> "너무 높게 자처하지 말고, 세상을 경륜하는 데 급히 용기부리지 말고, 자기주장을 너무 지나치게 하지 말아야 합니다. 몸을 이미 세상에 내어 나라에 바치기로 허락했으면 어찌 그 물러날 뜻만 오로지 지킬 수 있겠습니까? 뜻하기를 道義로 기준을 삼으면 어찌 나아감만 있고 물러남이 없을 수 있겠습니까(勿太高於自處 勿遽勇於經世 凡百勿太過於自主張 身旣出世而許國 則何可專守其退志 志以道義爲準則 則又何可有就而無去)?"

퇴계는 고봉이 학문이 넉넉하면 벼슬하고, 벼슬이 넉넉하면 학문한다는 것을 교훈으로 삼아야 한다는 것이었다. 한편 1569년에 퇴계가 고봉에게 써 보낸 편지에서는 고봉이 관직을 떠나 고향으로 돌아갈 결심한 것을 두고 적극 독려하기도 하였다.

> "지난번에 주신 편지에서 벗들의 견제를 받는다고 하였는데, 어찌 조정의 기상이 이러한 때에 붕래(朋來)의 복(復)을 기대할 수 있겠습니까? …… 어찌 깊이 괴이하게 여기고 한스럽게 여길 것이 있겠습니까? 오직 떠나는 것만이 있을 뿐입니다(曩日書云 爲朋友所牽掣 此說實疎 蓋朋來之復 豈可望於爻象若此之時乎……. 亦何足深作怪恨)."

'붕래(朋來)의 복(復)' 이란 주역 복괘(復卦)에 나오는 말로 양효(陽

爻) 한 개가 회복되기는 하나 그 형세가 미약하여 여러 음효(陰爻)를 이길 수 없기에 반드시 여러 양효가 회복된 다음에 사물을 낳는 공을 이룰 수 있듯이, 군자가 소인을 이기려면 반드시 많은 군자가 모여야만 소인을 이길 수 있다는 것을 뜻한다.

고봉이 비로소 고향으로 돌아갈 날이 머지않았다는 것을 알았을 때, 퇴계는 이를 두고 매우 훌륭하고 마땅한 결정이라고 하였다. 오직 퇴계에게 한탄스러운 것은 고봉이 고향 광주로 내려가면 호남과 영남은 산천이 막히고 길이 멀어져서, '의심난 것을 강론하거나 허물을 경계해 줄 사람' 인 고봉과 서신을 주고받기가 어려워진다는 점이었다.

그러면서도 서신을 서울로 보내서 여러 손을 거쳐 전달할 희망은 있으므로 서로 노력한다면, "마치 자리를 함께하여 상(床)을 맞대고 거처하는 것과 다름이 없을 것" 이라고 스스로 위안하기도 하였다.

퇴계는 고봉이 일단 떠나면 곧 돌아올 기약이 없을 것이라는 사실을 잘 알고 있었다. 게다가 자신의 병이 날로 심해져 가고 있다는 것을 미루어 보았을 때, 고봉에게 마지막 당부를 하였다.

> "앞으로 서로 만날 날이 요원하여 기약이 없으니, 대업을 더욱 닦아 아주 높고 깊은 경지에 이르도록 힘써서 당시의 인망에 부응하기를 바랍니다(自今奉晤邈無指期 惟冀益勵大業 務爲崇深 以副時望)."

퇴계는 아마도 다시는 이승에서 고봉을 만나기 어려울 듯하다는 것도 알았던 듯싶다. 고봉이 한번 찾아온다고 했을 때, 마땅히 도산서사에서 화롯가에 앉아 밤새도록 이야기하기를 바라고 또 바랐었는데, 결국 이뤄지지 않았고, 고봉에 대한 생각이 간절해지면 퇴계는 자신도 모르게 떨어지는 눈물을 주체하지 못하였다.

1570년 10월 15일에 퇴계는 고봉에게 보낸 편지에서 고봉의 성격에 너무 모가 드러나서 시사(時事)가 우려된다고 충고하였다. 하지만 고봉이 이 편지를 받았을 때는 이미 퇴계는 이 세상 사람이 아니었다.

퇴계는 마지막 편지에서도 고봉을 걱정하고 있었다. 〈퇴계 선생에 대한 제문〉 에서 고봉은 퇴계에 대한 간절한 그리움을 표현하였다.

> "근년 이래로 저는 田里에 엎드려 있어서 비록 학문을 연구하고 탐색하는 일에 힘을 다하지는 못합니다만, 또한 때로는 한두 가지 새로운 견해가 있습니다. 그러나 이것을 질정(質正)할 곳이 없으니, 매양 옛날 선생과 왕복하며 논변하던 즐거움을 생각하면 더더욱 슬픔을 이기지 못하겠습니다(比年以來 屛伏田間 雖不克盡力於研索 亦時有一二之見解 顧無所於訂質 每念昔時往復論辨之樂 尤不勝其悲也)."

평소에도 늘 걱정이 이 사람 고봉에게 있다고 말하곤 했던 스승을 생각할 때, 고봉이 퇴계를 그리워하는 심정은 이루 형언할 수 없었을 것 같다.

고봉이 퇴계에게 올린 "쫓겨나 돌아왔을 때 귀밑털 세려 하였으나, 두 사람 만나는 기쁨 어이 헤아릴 수 있었겠습니까(竄逐歸來鬢欲蒼, 二人相見喜何量)." 라는 詩 구절에서도 퇴계와 고봉의 만남의 의미를 충분히 감지할 수 있다.

2) 知와 사랑의 대화

소크라테스는 영혼을 소중히 여기고 정신을 더욱 훌륭하게 하며, 지혜를 사랑하여 자신과 남을 돌아보면서 사는 삶이 인간다운 삶이라고 하였다. 플라톤이 지혜를 사랑하는 그의 말에 물렸다고 할 정도로 지혜는 생명력을 지니고 있다.

생명체 하나하나가 자기동일성을 지니고 있듯이, 철학적 사유에서 비롯되는 지식에도 자기동일성이 적용되는 듯하지만, 여기에는 미세한 차이도 존재한다. 즉 어떤 지식은 사라지기도 하고, 또 어떤 다른 지식이 생겨날 수도 있다는 것이다.

지식이 영원히 사멸되지 않고 무한 생성이 가능하게 하는 것은 대화이다. 특히 학문을 함에 있어서 소중한 것은 인간적인 만남을 통한 대화이다. 그래서 학자가 대화를 멀리하는 것은 결국 세상을 등지고 살아가는 것으로 비유될 수 있다. 이는 지극히 슬픈 일이기도 하다.

소크라테스는 옳고 확실하고 또 이해할 수 있는 논의가 없지 않은데, 과거에 때로는 옳아 보이고 때로는 옳아 보이지 않는 논의를 많이 보았다고 해서 허물을 자기 자신과 자기의 지능의 부족 탓으로 돌리지 않고 도리어 논의에 돌리고, 마침내 논의란 논의를 모조리 증오하면서 여생을 살아가며 사물들에 관한 진실과 지식을 떠나서 살아간다는 것을 슬픈 일로 보았다. (《플라톤의 대화편》 플라톤)

퇴계는 대화할 벗들이 없이 쓸쓸히 지내는 것을 '둔체의 근심(鈍滯之憂)이라 하였다. 논의의 근간은 대화에서 비롯된다. 완전히 같은 두 장의 나뭇잎이 존재하지 않듯이 사람들 중에도 그 가치관이나 사고방식이 꼭 일치하는 경우는 더더욱 존재하지 않는다.

그래서 대화를 잘하는 데에도 사랑은 전제조건이 된다. 대화의 구성요소가 너와 나로 이루어져 있듯이, 사랑은 나와 너 사이에서 살아 숨 쉰다. 그래서 "사랑은 하나인 것이다. 감정은 소유되지만 사랑은 생겨난다. 감정은 사람 안에 깃들지만 사람은 사랑 안에서 살아간다."

사랑이 빠진 대화는 대화가 아니다. 괴테는, "사람의 언어와 천사의 말을 하더라도 사랑이 없으면 그것은 소리 나는 놋쇠와 울리는 꽹과리에 지나지 않는다."라고 하였다. 知와 사랑의 의미도 지혜로운 대화를 통하여 깨달을 수가 있다.

바로 퇴계와 고봉의 대화는 이런 깨달음의 연속이었다. 두 거유(巨儒)들이 보여준 깨달음의 정수를 두 가지로 대별하자면, '대화의 상대에 대하여 존중하는 자세'와 '자신의 오류에 대해 겸허히 인정하는 태도'라고 할 수 있다. 먼저 퇴계는 고봉에게 무한 존중을 표하였다.

> "명언(明彦)은 비록 침밀하지는 못하나 매우 얻기 쉽지 않은 사람입니다. 나도 이 사람에게서 얻은 바가 많습니다(明彦雖不能沈密 甚不易得 吾於此人 所得亦多矣)."

일찍이 퇴계는 고봉과 변론한 일을 말하면서 고봉의 재주와 웅변에 있어서 지금 세상에서는 그와 견줄 만한 사람을 얻기가 어려울 정도라고 문인에게 말한 바 있다. 비록 고봉이 가끔 잘못된 고집과 억지로 다툼을 벌이는 경우가 있기는 하지만, 이것 또한 '구차하게 뇌동(雷同)하지 않으려는 호기에서 비록된 것이므로 이것을 보고 그를 과소평가해서는 부당하다고 퇴계는 말하였다.

또한 퇴계는 고봉으로부터도 편지를 받고 깨우치게 된 것을 다음과 같이 말하기도 하였다.

> "계체의 복(服)에 관해 논술하여 비설(鄙說)[7]의 오류를 깨뜨렸는데 원용(援用)이 널리 두루 미치고 증거가 명백해서 사람으로 하여금 탄복해 마지않게 하였습니다(內一條論繼體之服 以破鄙說之誤 援引周悉 證據明白 令人歎伏不已)."

퇴계는 고봉의 편지를 받기 전까지는 단지 의례경전(儀禮經傳)만을 보고 방증이 될 만한 항목을 찾아 이를 유추하여 만약 형제의 명분이 없어지지 않았다면 수숙(嫂叔)의 상복도 당연히 古禮에 따라야 한다고

7) 비설(鄙說) : 자신의 학설을 겸손하게 표현한 말.

생각했던 것이다. 그래서 문헌통고(文獻通考)와 통전(通典)을 빌려 보고서 역대에 계체의 복(繼體之服)[8]에 관한 설이 있었음을 알고는 참으로 놀랐을 뿐만 아니라, 앞서 주장했던 설이 잘못되었음을 깨달았다고 생각했는데, 고봉의 변박(辯駁)과 해창(該暢)한 견해에는 미치지 못했음을 밝혔던 것이다."

그래서 퇴계는 천하의 여러 서적을 다 읽어보아야 한다는 것을 더욱 깨닫게 되어 매우 다행이라는 말도 덧붙였다. 한편 고봉도 사칠논변(四七論辨)에 대해서 퇴계의 견해를 다음과 같이 존중하였다.

> "자세히 참구하고 나서야 비로소 (선생의 견해가) 잘못되지 않음을 알았습니다(自言子細參究 始知其非誤)."

고봉이 예전엔 퇴계의 설이 잘못되었다고 강하게 배척했었는데, 나중에 자신의 견해가 잘못되었음을 밝히면서 호남에서 퇴계에게 편지를 보낸 것이다.

이 편지에서 고봉은 퇴계의 인정을 받지 못한 것은 아마도 그 용어 사용이 적당하지 못했기 때문이며 다만 사단칠정을 理와 氣로 해석하는 데 있어서 분명하게 잘라서 처리하지 못했기 때문에, "그 이론이 한편으로 치우치게 되었고, 말의 사용에도 실수가 있었다." 고 하면서 요점만을 짚어서 비평해 주기를 원했다.

---

8) 계체의 복(繼體之服) : 상을 당해서 입는 옷으로 조선 후기 예송논쟁에서 계체복을 입는 문제를 두고 치열한 논쟁이 있었다.

고봉이 보낸 총설과 후설 두 편의 글을 보고 퇴계는 그 말이 순수하고 한결같이 바른 데서 나왔으므로, 고봉이 사람을 알아보는 안목이 벌써 높아져서 선입관을 주장하지 않고 초연하게 밝고도 넓은 경지에 올랐다고 인정하였다.

게다가 그동안 자신의 논변 가운데 잘못된 곳을 지적해 주었던 점에 대해서도 모두 이치에 맞으니 참으로 가상하다는 말로 고봉을 높였다. 퇴계와 고봉이 물격(物格)에 대한 해석을 두고도 서로 의견 차이를 보였었다.

> "理가 비록 만물에 흩어져 있기는 하나, 실제로는 한 사람의 마음에 벗어나지 않는다는 일단은 小註의 주자 학설을 자세히 생각하여 보니, 理가 주밀하다는 말이 불가하지 않음을 처음으로 깨닫게 되었습니다. 그러니 명언(고봉)의 학설을 따르는 것이 타당하겠습니다(理雖散在萬物, 而實不外一人之心一段 見補亡章或問 小註朱子說而細思之 始悟理到之言 未爲不可 今當從明彦說)."

퇴계는 고봉이 '이를 到'의 '到'자로 이치가 이르렀다(理到)는 '到'자를 삼기 위해 이치가 이르렀다는 理到의 출처가 있는 3~4가지 조항을 가지고 따졌으나, 그때 즉시 답장을 보내지는 못하였다.

이는 퇴계 자신이 혹시 잘못 깨닫고 있는 것은 아닌지 해서 미뤄두고 깊이 생각하는 중이었는데, 고봉이 理가 주밀한 여러 설을 증거로 보인 것 때문에 대학혹문(大學或問)을 참고한 후에 퇴계가 고봉의 설을 인정하게 된 것이다.

《대학》의 물격(物格)에 대하여 주자는 '물리의 지극한 곳에(理) 도달하지 않음이 없다' 고 주해하였는데, 퇴계가 처음에는 물리의 자발성을 인정할 수가 없어서 마음이 물리의 극처에 도달한다고 주장했다가 임종을 몇 달 앞두고 이의 자발성을 인정하게 되어 '물리의 극처가 내 마음에 도달한다' 는 것으로 자신의 주장을 고쳤다.

또한 무극(無極)에 대한 해석도 역시 고봉이 제시한 것으로 인해 퇴계가 제유(諸儒)의 학설을 두루 상고해 보고, 황면재(黃勉齋, 1152~1221) 같은 이가 이미 분명히 설명을 했었는데도 자신이 상고하지 않은 잘못을 인정하였다.

그 후 퇴계는 물격(物格), 무극(無極) 등에 대해 바뀐 설명 초본을 문인을 시켜 우경선(禹景善)에게 보이도록 하였고, 고봉에게는 고을 사람 편에 고친 초본을 부쳤다.

퇴계는 고봉의 사람됨을 매우 중히 여겼다. 고봉이 이미 얻은 것이 많은데도 불구하고 물러나 공부를 더 하는 것을 보고 퇴계는 고봉이 한 가지 일만 해도 남들이 따라가지 못할 정도라고 하면서 고봉의 능력을 높였다.

다만 고봉이 호기를 아직 버리지 못하고 의리의 학문에 정밀한 연구가 부족하여 남의 말을 듣고 자신의 견해와 맞지 않는 곳이 있으면 곧 붓을 들어 공격하면서 많은 말을 늘어놓아 자기를 내세우고 이기기를 구하는 뜻이 있는 것은 큰 단점이라고 하였다.

그러면서도 퇴계가 고봉을 생각하는 마음은 다함이 없었다. 당시에 사람들이 고봉을 가리켜서 하는 말을 듣고 퇴계는 다음과 같이 말하였다.

> "세상을 깔보고 사람을 능멸하여 말을 삼가는 데 부족하고 몸을 검속하는 데 소홀하다고 하니, 과연 그런 점이 있으면 통렬히 고쳐야 할 것이고, 그런 점이 없더라도 더욱 힘써야 할 것입니다(今人皆云 左右傲物陵人 短於謹言 疎於檢身 果有之 所當痛改)."

퇴계의 기본적인 생각은 곤궁하거나 영달하는 것도 천명에 달려 있는 것이고, 남들이 혹평하는 것도 역시 천명으로 받아들이면서 이런 일을 당했을 때 스스로 자신을 돌아보고 사리에 맞게 통렬히 반성을 해야 한다는 것이었다. 그래서 그는 고봉에게 이런 평판을 듣게 된 연유를 생각해서 고향에 가거든 온갖 잡념 떨쳐버리고, 문을 닫고 땅을 깨끗이 쓸고서, 학문으로 마음을 다스리며, 깊이 생각하고 언행을 단속하라고 거듭 거듭 일렀다.

왜냐하면 당시 조정에서 퇴계가 고봉을 추천했던 일에 말이 많았었기 때문이다.

> "세상 사람들이 내가 사람을 알아보지 못하고 잘못 천거하였다고 다투어 말들 하지만, 나는 아직도 잘못 천거했다

는 후회를 하지 않는 것은 내가 그대에게 기대하는 것을 사람마다 더불어 알 수 있는 바가 아니기 때문입니다(世人爭言滉不知人而失薦對 滉尙未有失薦之悔者 以其所望於左右 有非人人所與知也)."

퇴계는 고봉이 고향으로 돌아가서도 서울에서 있었던 일을 잊지 못하여 술(酒) 때문에 얼굴빛이 달라졌다는 말을 듣고 고봉이 부디 호연(浩然)하고도 태연(泰然)하기를 바란다고 하였다.

만일 방탕한 기분으로 술독에 빠져서 성현의 문장(門墻)에서 멀어지게 된다면, 이것이 바로 고봉을 공격하는 사람들이 실로 사람을 잘 알아본 꼴이 되고, 이렇게 되면 퇴계 자신도 비록 잘못 천거한 것을 후회하지 않으려 해도 어쩔 수 없게 된다고도 하였다.

그러면서 퇴계가 고봉을 일컬어 道에 뜻을 두는 것으로 입지를 세운다는 말을 '우리 명언(고봉)' 은 세 번 되풀이하여 깊이 생각하라고 말하는 지점에서는 스승과 제자를 넘어 마치 부자지간을 연상케 한다.

이렇듯 고봉은 심사가 편치 않았지만, 퇴계가 선부군(先父君, 선친)의 갈명(碣銘, 묘갈명)을 부탁했을 때 성심을 다해 글을 지어 보낸다.

"생각을 다해 문사(文詞)를 다듬어서 내 先人의 숨은 뜻을 찬양해 주셨으므로, 이 갈문을 받은 이후 엄숙한 마음으로 반복하여 읽어 보고는 지극한 감명의 눈물을 금할 수 없었습니다(極意硏詞 用闡我先人幽翳之志 拜受以還 反覆莊誦 不勝感涕篆刻之至)."

어느 집안 자손이든 조상을 기리는 글을 다른 사람에게서 구하려고 할 때, 정성이 지극하더라도 평생 구하지 못하는 경우도 있고, 여러 代에 이르러서도 뜻을 이루지 못하는 경우도 많은데, 퇴계 자신은 불과 몇 달 동안 편지를 주고받으면서 '미천한 소원을 이루었다' 고 기뻐하였다.

그는 또 그 동안 드러나지 않고 가려져 있던 선인의 뜻과 슬피 사모하던 자식의 정성이 비로소 한이 없게 되었다고 하였다. 스승 퇴계의 일을 자신의 일처럼 성심을 다한 고봉에게 퇴계는 깊고 후한 은혜를 갚을 길이 없어 마음과 골수에 새겨서 고마움이 하늘과 더불어 끝이 없다고 하였다.

3) 궁성(宮聲)과 치성(徵聲)의 조화

모든 조화의 본성은 그 구성 요소들이 어떻게 화합을 이루는가에 달려 있다. 음악도 그러하다. 마치 '음궁과 칠현금의 화음처럼' 화음이 높은 음과 낮은 음으로 되어 있는데, 처음에는 파열음을 내다가 나중에는 기술적으로 협화하게 되는데, 무릇 화음이란 협화음이요, 협화음은 일종의 조화를 의미한다.

《논어》「팔일(八佾)」편에서, 공자는 魯나라 大師에게 음악을 일컬어 음악은 알 수 있으니, 처음 시작할 적에는 五音을 합하여 풀어놓을 때에는 조화를 이루며, 분명하며 연속되어서 한 장을 끝마쳐야 한다고 하였다.

이는 마치 괴테가 가시덤불에는 포도송이가 열리지 않고, 엉겅퀴에는 무화과가 열리지 않는다고 한 것처럼, 서로 어울리지 않는 것들이나, 제어하기 어려운 것, 또는 극복하기 어려운 것은 종종 강제력에 의해서가 아니라 오히려 사랑과 조화를 통해서 해결될 수 있게 된다는 말과도 통한다.

왜냐하면 사람이란 하나의 세계에만 속박되어 있지 않고, 거기에서 벗어나 몇 번이고 되풀이하여 관계의 세계로 들어갈 수 있기 때문이다. 이 관계의 세계에서 '나'와 '너'는 서로 자유롭게 마주 서 있으며, 어떠한 인과율에도 얽매이지 않고 물들지 않은 상호관계에 들어서는 것이다. 결국 이런 상호관계에서 조화를 이루려는 노력은 각 구성원들의 성실성에 달려있다고 할 수 있다.

퇴계와 고봉의 대화는 바로 이러한 상호관계의 조화라는 성실성에 기반하고 있다. 퇴계는 당시의 상황을 "黨의 분열이 이미 드러나서 邪와 正이 마구 뒤섞였다"고 표현할 정도로 정국이 혼미한 상황이었다. 대개 그들의 正見은 정론과 유사한 사이비 학설에 현혹되지 않으면서 正道의 본원을 밝히고 이단의 사설(邪說)을 물리치되 상세하고 풍부하며 순수하여 한결같이 正學에서 나온 것이었다.

한 문인이 퇴계와 고봉의 관계를 이렇게 표현하였다.

"대개 그 부드러움과 팽팽함이 서로 도움이 되고 궁성과 치성이 서로 어울리는 것은 몇 시대 만에야 한 번 만나는 정도였습니다(蓋其韋弦相益 宮徵相合 迨曠世而一遇也)."

도무지 어울리지 않을 듯한 剛과 柔 그리고 궁음과 치음 같은 부조화가 끝내는 조화를 이루게 된 것을 두고 제유(諸儒)들이 퇴계와 고봉의 관계를 마치 장횡거(張載)와 정씨 형제(程顥·程頤)나 서산(西山) 진덕수(眞德秀, 1178~1235)와 주자의 관계와 같다고 비유하였다.

한번은 평안남도 중화(中和)군에서 《용학석의(庸學釋義)》에 《어록석(語錄釋)》을 첨부해서 새로운 책 한 권으로 판각(板刻)한 후 이것이 모두 퇴계의 학설이라고 주장한다는 말을 듣고 퇴계가 몹시 당황한 일이 있었다. 퇴계는 고봉에게 다음과 같이 말했다.

"부디 중화군에 도착하거든 바쁜 일들을 우선 접어두고 즉시 그 책판을 찾아다가 감시 하에 현장에서 불사른 뒤에 떠나기 바랍니다. 만일 그렇게 하지 않고 다만 군수에게 부탁하여 태워버리게 한다면 끝내 아무 도움도 없을 게 분명하니 부디 소홀히 하지 말기를 바랍니다(伏望行到右郡 撥置鞅掌 卽索取其板 監視燒火於庭 而後乃去 至祝至祝 不然 若只囑郡守 使之燒毁 則其終無益 必矣 更須毋

忽).”

《용학석의》는 퇴계가 일찍이 《대학》과 《중용》 두 책에 관한 우리나라 여러 학자들의 학설이 가닥 잡히지 않은 것을 보고서 그것을 모아 뺄 것은 빼고 취할 것은 취해서 동일한 뜻으로 귀결시키고자 한 것이었다.

간혹 논변한 곳이 있긴 하나 아직 책으로 낼 정도는 아니었는데, 우연히 이를 구해 본 군수 안상(安瑺)과 당시 중화의 훈도였던 문명개(文命凱)가 함께 책판을 만들었던 것이다. 때마침 고봉이 원접사(遠接使) 종사관으로서 관서로 간다는 말을 듣고 퇴계가 고봉에게 그것을 없애라고 부탁했던 것이다.

스승의 간절한 부탁에 고봉이 다음의 詩를 지어 퇴계에게 보냈다.

세속 학자는 글을 끌어붙여 진리를 탐구치 않고,
입과 귀로만 서로 전하여 道가 멀어졌도다.
흘러 다니는 차(箚)나 기(記)는 더욱 미혹시키는데,
사문을 가탁하여 또 다시 사람을 그르치므로
불살라 어리석음 경계하라는 공이 나에게 명하심은
인격연마와 사업성취 어느 것을 몸소 구하심인가?
빈 뜰에 남은 재를 쓸고 돌아오며 재삼 탄식함은
뜬세상에 분분하는 괴이함에 성나기 족하기 때문이네.

俗學牽文不究眞
禾一口耳道彌酒
流傳箚記尤滋惑
假托師門更誤人
焚棄警頑公命我
研磨居業孰求身
空庭掃嵐還三歎
浮世紛紛足怪嗔

(「中和新刊退溪學 庸語錄解疑」《고봉선생문집》)

고봉이 직접 그 책판을 찾아 불사른 후에 詩를 지어 퇴계에게 보낸 것이다. 이에 퇴계는 몹시 기뻐하면서 이 詩의 운을 차운하여 고봉에게 답시(答詩)를 지어 보냈다.

퇴계와 고봉의 대화는 어느 한 분야에 국한되어 있지는 않았다. 고봉이 퇴계에게 보낸 선생의 문목(問目)에 답함에는 다양한 논의가 이뤄졌었다. 그 중에서 고봉이 비판의 강도를 높였던 것은 나정암(羅整菴)[9]이《곤지기(困知記)》[10]에서 人心과 道心을 性·情이라

9) 나정암(羅整菴) : 명(明)의 유학자로 이름은 흠순(欽順)이고 자는 윤승(允升)이다. 정암은 그의 호이며 잠깐 선(禪)사상을 접했지만, 후에 그것이 옳지 않음을 깨닫고 주자학에 철저히 몰두했다. 이(理)보다도 기(氣)를 주장하였으며 마음수양을 무시한 궁리(窮理)는 없다고 하여 주자학의 새로운 경지를 열었다. 왕양명(王陽明)과의 논쟁은 유명한데, 양명의 '치양지설(致良知說)' 주장은 그에게서 영향을 받은 것이다.

한 대목이었다.

"나정암은 理氣를 한 물건이라 하였으니, 그 견해가 매우 잘못되었습니다(整菴以理氣爲一物 其見甚乖)."

일찍이 고봉이 나정암의 人心·道心說에 대해 그 가운데서 이치에 맞지 않는 것과 나머지 문단에서 말한 것까지 아울러 철저하게 바로잡아 회답해 주기를 바란다는 퇴계의 편지를 받고서, 고봉이 나정암의 오류를 지적하는 글을 쓰겠다고 답했다.

이에 퇴계는 이는 길 잃은 사람에게 길을 찾도록 도와주는 격(庶幾令人暗中得路)으로 자신도 그 글을 꼭 읽어보고 싶다고 할 정도로 적극적인 관심을 보였다.

당시에 나정암의 《곤지기》를 높이고 숭상하는 이가 많았었다. 왜냐하면 그 내용을 보면 공맹(孔孟)과 정주(程朱)를 추존하여 宗主로 삼긴 하였으나, 나씨의 학문은 선학에서 나와 얼굴만 바꾸어 성현의 말씀으로 문식(文飾)하였기 때문에 바로 피음사둔(詖淫邪遁)[11]

10) 《곤지기(困知記)》: 명나라 나흠순이 편찬한 책. 송나라의 유학을 받아들여 불교를 비판하는 것이 주 내용이며, 당나라 이후 가장 정통한 불교 배척론이라고 일컬어진다. 5권.

11) 피음사둔(詖淫邪遁) : 번지르르한 말 속에서 본질을 간파한다는 뜻이다. 누구나 말을 그럴 법하게 보이려고 꾸미기에 얼핏 들으면 다 옳은 말 같다. 그러나 자세히 들여다보면 하나만 알고 둘은 모르는 피사가 있고, 외곬에 빠져 판단을 잃은 음사가 있다. 바른 길을 벗어난 사사가 있고, 궁한 나머지 책임을 벗으려고 돌려막는 둔사가 있다.

이 심한 경우에 해당한다고 고봉이 비판했던 것이다.

또 나정암이 道心을 性이라 하였고 人心을 情이라 하였는데, 만일 그렇다면 사람의 性은 미미하고 情은 위태롭다는 것이 된다. 이것은 순자(荀子)의 性惡說에 가깝게 되어 학자가 나정암의 이 말을 빌려 사람의 情은 善을 행할 수도 있고 惡을 행할 수 있어서 위태롭다고 한 것은 고자(告子)의 단수(湍水)[12] 학설과 가깝게 된다는 게 고봉의 생각이었다.

고봉이 〈곤지기발(困知記跋)〉을 지어 나정암의 학설을 비판적으로 논변한 글을 읽고 퇴계는, "이 의논은 극히 명쾌하다. 참으로 쉽지 않다."라고 거듭 말했다.

퇴계와 고봉의 대화는 4·7논변에서 고봉이 理之發은 理만을 가리키는 말이고, 氣之發이라는 것은 理와 氣를 함께 섞어서 말하는 것이라고 주장한 것에 대하여, 퇴계가 근본은 같고 끝이 다르다(本同末異)고 말하였는데, 퇴계가 이 설에 대해 같다고 본 것은 바로 '근본이 같다'는 것이었다.

그러나 고봉은 이를 근거로 사단·칠정은 결코 理·氣에 나누어 붙일 수 없으므로 이것이 끝이 다르다는 것이라고 하였다. 이에 퇴계는 다음과 같이 말하였다.

---

12) 고자(告子)의 단수(湍水) : 고자는 전국시대의 사상가로 이름은 不害이며, 단수(湍水)는 여울물이다. 고자는 일찍이 "사람의 본성은 여울물과 같다. 여울물은 동쪽으로 터놓으면 동쪽으로 흐르고 서쪽으로 터놓으면 서쪽으로 흐르니, 사람의 본성 역시 선으로 인도하면 선해지고, 악으로 인도하면 악해진다." 하였다.(《맹자》「告子」上)

"뜻이 道를 밝히는 데 있고, 두 사람 모두 私意가 없는 경우라면 반드시 의사가 일치할 날이 있을 것입니다. 그러나 이것은 이치에 통달하고 학문을 좋아하는 군자가 아니고서는 할 수 없습니다(志在明道 而兩無私意者 必有同歸之日 此非達理好學之君子)."

퇴계는 근본이 이미 같다면 사소한 것은 굳이 따지지 않더라도 끝내는 반드시 의견이 같아지게 되므로 四端七情을 논한 총설과 후설 두 편은 반복하여 깊이 생각해 보면, 처음에는 의견이 들쑥날쑥하여 달랐으나, 끝내는 분명해져서 결론이 같아졌다고 하면서 다음의 詩를 지어 고봉에게 보냈다.

짐을 진 두 사람 경중을 다투지만,
생각하니 높고 낮음 같아져 버렸네.
이쪽을 누르고 저쪽으로 돌리자면,
짐의 무게 언제나 공평해질까.

兩人馱物重輕爭
商度低昂亦已平
更剋乙邊歸盡甲
幾時馱勢得勻停 (《퇴계선생문집》)

퇴계는 한쪽의 견해가 혹시 타당하더라도 학문을 절실하게 하는 데는 도움이 되지 않을 뿐더러 부질없는 다툼으로 비치게 될까봐 우려하여 논변을 마무리하려 하였다.

퇴계는 지금까지 보여줬던 고봉의 밝은 견해와 높은 논리가 지금 보내온 양설(兩說)처럼 명료하고 투철했더라면 결코 끝이 다르다고 하지는 않았을 것이라고 하면서, 그는 일찍이 두 사람이 주고받으며 논변한 글[13]을 모아서 한 책으로 만들려고 한 것은 그때그때 각자가 관찰하고 반성함으로써 결점을 고쳐나가기 위해서였다고 하였다. 다만 그는 중간에 수습하여 기록하지 못한 것은 대단히 유감스런 점이라고 하였다.

---

13) 퇴계와 고봉의 왕복서 (퇴계는 59세, 고봉 33세 때 시작)

명종14년(1558년) 10월 고봉이 과거급제 후 한양에서 처음 퇴계를 배알하다.
명종14년(1559년) 1월 퇴계가 고봉에게 고친 천명도설에 대해 의견을 묻다.
명종14년(1559년) 3월 고봉이 사단칠정에 대한 첫 번째 편지를 쓰다.
명종14년(1559년) 10월 퇴계가 사단칠정에 대한 첫 번째 답장을 쓰다.
명종15년(1560년) 8월 고봉이 사단칠정에 대한 두 번째 편지를 쓰다.
명종14년(1560년) 11월 퇴계가 사단칠정에 대한 두 번째 답장을 쓰다.
명종16년(1561년) 1월 고봉이 사단칠정에 대한 세 번째 편지를 쓰다.
명종17년(1562년) 10월 퇴계가 사단칠정에 대한 세 번째 답장을 썼으나 보내지 않고, 대신 논쟁을 중지하자는 편지를 쓰다.
명종21년(1566년) 7월 고봉이 사단칠정에 대한 후설과 총론을 쓰다.
명종21년(1567년) 9월 퇴계가 고봉에게 복제에 대한 문목을 편지로 쓰다.
명종21년(1569년) 6월 퇴계가 고봉에게 돌아가신 부친 묘갈문을 부탁하다.
선조3년(1570년) 10월 퇴계가 격물치지의 해석을 수정한 편지를 쓰다. 「심통성정도」에 대한 고봉의 논의에 답장을 쓰다.
(이 외에 퇴계와 고봉은 30여 건의 문목을 주고받았다.)

3. 매향(梅香)과 유향(遺香)의 별리(別離)와 기억

1) 퇴계와 매화(梅花)의 향기

선철(先哲)들마다 죽음을 맞이하는 자세에는 약간의 차이가 있다. 괴테는, "죽음이란 참으로 이상한 그 무엇이야. 매번 죽음을 치르면서도 자신에게 소중한 사람이 죽으리라고는 생각지도 않으니 말이야. …… 익숙한 현실세계로부터 조금도 짐작할 수 없는 다른 세계로 옮겨가는 게 너무나 강제적이어서, 뒤에 남은 사람에게는 참으로 깊은 충격을 안겨준다." 고 하였다.

아마도 철학자로서 표리여일(表裏如一)하고 내외합일(內外合一)을 말한 사람은 소크라테스가 처음일 듯싶다. 그는 스스로, "전 생애를 통하여 무슨 일을 하든지 公人으로서든 또는 개인으로서든 같은 종류의 사람이었음이 드러날 것이라고 하였다.

內外合一이라는 측면에서는 퇴계를 떠올리지 않을 수 없다. 당시 정존재(靜存齋) 이담(李湛, 1510~1575)은 선조에게, 이황은 어려서부터 표리가 한결 같았으며(表裏如一) 문장과 도덕을 둘 다 갖췄기 때문에 임금이 정성껏 성학과 정치의 도리를 듣는다면 반드시 도움이 될 것이라고 하였다.

고봉은 더 나아가, "퇴계의 도덕과 학문은 옛사람과 다름이 없으니 옛사람의 마음이 이렇다면 곧 퇴계의 마음 역시 이러할 것이므로 임금이 그 뜻을 알아서 처리하는 것이 퇴계를 대하는 방도에 합당할 것이다." 라고 하였다.

12월 3일 퇴계는 주변을 정리하면서 매화 분재를 옮기라고 하였다. 이유는 설사가 나기 때문에 매화 兄에게 불결한 냄새가 미칠까봐 마음이 편치 않다는 것이었다. 이렇듯 퇴계에게 매화는 평생지기였다. 그래서 '兄' 자를 붙여 극진히 여겼던 것이다.

퇴계는 1569년 봄에도 매화 詩 1수를 지었다.

매선(梅仙)이 있어 쓸쓸한 나의 짝이 되니
소쇄한 객창에 꿈속의 혼처럼 매화 향기만이
동으로 가며 그대를 데려가지 못해 한스러우니
서울이라 풍진 속에 고이 간직하게나.

頓有梅仙伴我凉
客牕蕭灑夢魂香
東行恨未携君去
京洛塵中好艶藏
(「漢城寓舍 盆梅贈答」《퇴계선생문집》)

퇴계가 한성 우사에 있으면서 분매를 얻어 늘 책상에 두고 대하였는데, 장차 떠나면서 이 시를 지어 작별인사를 대신한 것이었다. 고봉은 퇴계가 보냈던 시를 차운하여 다음 詩를 퇴계에게 보냈다.

공은 매화 찾아 고향 산으로 돌아가려 하는데
나는 영화와 녹봉(榮祿)을 탐해 풍진에 머무르네
향 피우고 닻줄 매는 곳 어디쯤이던가
비바람에 날 어둑한데 홀로 사립문 닫노라

公欲尋梅返舊山
我貪榮祿滯塵間
燒香繫纜知何處
風雨冥冥獨掩關
(「앙차퇴계선생매화시仰次退溪先生梅花詩」《高峯先生續集》)

이 시는「퇴계선생의 매화 詩에 우러러 차운하다」는 칠언절구 詩로서 고봉이 비바람이 심하던 날 배를 타고 간 퇴계를 걱정하며 지은 것이다.

퇴계는 뜻밖의 화답 詩를 받고 고봉이 자신을 얼마나 생각하고 있는지를 알 수 있겠다고 하면서 또 화답 詩를 지어 보내지만, 뒷날 혹시라도 볼 수 있을지는 의문이라고도 하였다.

퇴계는 이러한 생각에 잠기면서 고향으로 돌아오는 내내 고봉과 보낸 그 때의 일을 회상하면 마치 일장춘몽 같아서 어떻게 지났는지도 모를 정도였다.

고봉이 나를 완성시켜 준 분의 은혜는 나를 낳아준 분과 같다고 말했듯이, 퇴계는 고봉에게 스승을 넘어 부모와 같은 존재였다.

> "李生의 급보를 받고 선생이 8일 저녁에 역책(易簀)[14]하셨음을 알았습니다. 저는 놀라 울부짖어 실성통곡하며 애통함이 흉중에 가득하였으므로 이 몸이 살아 있다는 것을 스스로 알지 못할 지경이었습니다(忽得李生之報 伏聞 先生易簀於初八之昏 驚呼失聲 痛徹心膂 不自知此身之生而存也)."

이렇듯 고봉에게 퇴계는 남다른 존재였기에 퇴계의 죽음은 고봉에게 하늘이 무너지는 듯한 슬픔이었다. 그런 스승 퇴계가 항상 道體가 장수하고 강녕하기만을 축원했었는데, 갑작스런 비보를 듣고 달려가 뵐 수 없는 고봉의 심정이 그가 지은 「퇴계선생만장(退溪先生輓章)」에 절절이 그려져 있다.

> "간절한 가르침 외람되게 이어받았는데, 새 무덤에 달려가 통곡하지 못했네(叨承誨諭切 痛哭隔新阡)."

고봉이 퇴계의 죽음을 쉽게 받아들이기 어려웠을 법도 하다. 왜냐하면 고봉의 생각에 자신의 완악하고 비루한 자질을 실질적으로 인

14) 역책(易簀) : 증자(曾子)가 죽음에 임박해 자리를 바꾸었다는 데서 유래한 말로서 학식(學識)과 덕망이 높은 사람의 죽음이나 임종(臨終)을 이르는 말로 쓰이게 되었다. (《예기禮記》 「단궁檀弓」)

도해 준 지극한 은혜를 퇴계로부터 입었다고 생각하고 있었기 때문이었다.

그래서 은혜가 깊고 義를 중히 여겨 마음으로는 매일 퇴계를 향해 가고 있음을 감출 수가 없었다. 다음 글에서도 퇴계의 죽음을 애도하는 고봉의 심정이 잘 드러나 있다.

> "대들보가 꺾이고 태산이 무너졌으니, 제가 다시 어떻게 마음을 가누겠습니까. 위로는 사문(斯文)이 땅에 떨어짐을 애도하옵고, 아래로는 만학(晩學)이 의지할 곳을 잃음을 슬퍼하오니, 어찌하여 저로 하여금 뼈가 놀라고 혼이 날아가게 하지 않을 수 있겠습니까(樑木之摧而泰山之頹乎 吾復何以爲懷也 上悼斯文之墜地 下憐晩學之失依 曷爲不使我骨驚而魂飛也)."

대들보가 꺾이고 태산이 무너졌다는 것은 퇴계의 죽음을 슬퍼하는 말이다. 《예기》「단궁」에서 공자가 세상을 떠나기 일주일 전에, "태산이 무너지는구나. 대들보가 꺾이는구나. 철인이 시드는구나(泰山其頹乎 梁木其壞乎 哲人其萎乎)." 라고 노래하였는데, 자공(子貢)이 이 노래를 듣고는, "태산이 무너지면 우리가 장차 어디를 우러러보며, 대들보가 꺾이고 철인이 시들면 우리가 장차 어디에 의지하겠는가(泰山其頹 則吾將安仰 梁木其壞 哲人其萎 則吾將安放)!" 라고 하였다.

퇴계 사후 1년이 지났는데도 고봉의 슬픔은 여전했던 것 같다. 선조 4년(1571) 辛未년 1월에 고봉은 먼 곳에서나마 퇴계의 영좌(靈座) 앞에 주과(酒果)의 제전(祭奠)을 갖추어 再拜하고 곡을 하면서 퇴계의 빈 자리를 슬픔으로 달랠 수밖에 없었다.

2) 高峯과 百世의 유향(遺香)

철학적인 영혼은 항상 죽음 맞이 연습을 한다. 철학은 다름 아닌 죽음의 연습인 것이다. 그래서 정작 죽음이 가까웠을 때 죽기를 주저하는 사람이라면 그 사람은 애지자(愛智者), 곧 철학자가 아니고 육체를 사랑하는 자임에 틀림없다. 아마도 그 사람은 동시에 돈이나 권력을 사랑하는 자이거나, 그렇지 않으면 둘 다 사랑하는 자임에 틀림이 없다.

죽음을 면할 방법은 얼마든지 있다. 하지만 어려운 것은 구차하게 죽음을 면하는 것보다 이름을 버리는 것이 훨씬 어려울 수가 있다. 선비에게 이름은 목숨과도 같이 소중하다. 퇴계가 고봉에게 간곡히 부탁한 말도 이와 무관하지는 않았다.

> "벽립만인(壁立萬仞)의 기상으로 화살처럼 곧게 나아가야 합니다(或者壁立萬仞 如矢而行)."

퇴계는 오래도록 기약하여 한 번 나아가고 한 번 물러남에 학문을 위주로 하게 되면 자연히 의리의 무궁함을 깊이 알게 되고 스스로 만족해하는 뜻을 버리게 되며, 진실을 쌓고 노력을 오래 하면 道가 이룩되고 德이 확립되어 공부는 스스로 높아지고 학업은 스스로 넓어지게 된다고 하였다.

문인이 학문하는 사람에 관해서 물었을 때, 퇴계는 “고봉은 성품이 두텁고 무거워 仁에 가까우며, 앞 사람의 지나간 자리를 따라서 지키니 필시 길을 잘못 들어 다른 곳으로 가지는 않을 것이다.” 라고 고봉의 강직함을 말한 바 있다.

퇴계는 고봉이 낙향한 후에 書室을 새로 지어서 장수(藏修, 학문을 닦는 곳)의 樂(악)을 부치고, 또 그 서실의 호칭을 악암(樂庵)으로 게시한 것이 매우 알맞고 좋다고 하면서, “며칠 동안이나마 정답게 지내면서 그 중의 樂이 어떠한지를 함께 참여하여 느껴보지 못한 것이 한스럽다.” 는 소회를 밝히기도 하였다. 아울러 그는 고봉이 마음을 존양하고 학문을 하면서 그 뜻을 시부(詩賦)로 표현한 것이 있으면 인편으로 보내주기를 원했다.

경오(1570)년 2월 고봉이 귀향하던 날, 당대의 이름난 선비들이 모두 한강에 나와 고봉을 전별하였다. 이때 배 안에 앉아 있던 누군가가 사대부가 조정에서 처신할 때 시종 명심하고 지켜야 할 것이 있다면 무엇인지 물었을 때, 고봉은 다음과 같이 답변해 주었다.

> “幾 · 勢 · 死 세 글자면 더 말할 것이 없겠지요(幾勢死三字 足以盡之云).”

이 말은 대체로 군자가 나아가고 물러남에 있어서 "마땅히 먼저 기미를 살펴 의리에 어긋나지 않게 해야 하고, 나아가 時勢를 알아서 구차한 걱정을 없게 하며, 끝내 목숨을 걸고 道를 잘 지켜야 할 따름이다." 라고 고봉이 설명하자, 듣는 이들이 모두 탄복하였다. 또한 고봉은 운강(雲江) 김계(金啓, 1528~1574)와 잠재(潛齋) 김취려(金就礪, 而精 1526~?)에게 다음 詩를 지어 주었다.

세월은 유유히 물처럼 흐르는데
천기도 이와 같아 멈추질 않는구려
지난해 작별하며 가슴 아파하던 곳
오늘 귀향길도 근심만 절로 나네

歲月悠悠水共流
天機如許不曾留
前年惜別傷心地
今日南歸亦自愁
(「고봉선생연보」(《고봉선생문집》)

이정(而精)은 고봉이 떠나던 날 기성정(箕城亭)에서 함께 하룻밤을 보냈는데, 고봉이 '流' 자 운(韻)으로 詩를 지어주자, 이정이 이 詩를 퇴계에게 보냈다. 나중에 퇴계는 이 시를 읽고 슬픈 생각이 들어

암연(黯然)한 회포가 지난해 동호(東湖)에서 고봉과 이별할 때보다 배나 더했다고 하였다.

공교롭게도 이 詩는 지난해 같은 자리에서 퇴계를 송별하며 지은 시를 고봉이 차운한 것이었다. 고봉의 마음속에 만감이 교차했을 것으로 판단된다.

스승을 보낸 자리에 고봉 자신이 서있는 것, 유유히 흐르는 물은 스승과 이별할 때나 오늘 송별을 받고 있을 때나 변함없이 흐르는데, 자신이 있는 자리에 스승은 없고 詩의 韻이 향기가 되어 가슴을 먹먹하게 한다. 고봉이 바라본 것은 물만이 아니었을 것이다.

태양은 수면 위로 떠올랐다 다시 수면 아래로 가라앉지만, 저 태양은 내일도 변함없이 떠오를 것이다. 스승도 저 태양처럼 매일 뵐 수 있으면 좋으련만…….

2년 후에 고봉은 귀향 중에 병으로 사망하게 된다. 고봉은 자신의 평소 지론인 幾·勢·死를 신명처럼 여겼던 선비답게 의연하게 죽음을 맞이하였다.

> "내가 곧 죽을 것인데, 내 어찌 공해(公廨)에서 죽겠는가(吾將死矣 吾豈死於公廨)."

여기서 공해란 관아의 건물을 지칭하는 말로, 협의로는 공무를 집행하는 청사만을 말하지만, 광의로는 청사와 부속 건물은 물론 관에서 건설한 창고나 누정(樓亭) 등도 포함하여 지칭한다. 고봉은 아들 기효증(奇孝曾)에게 아픈 몸을 이끌고 부축을 받아 서서 옷을 정제하고는 갓을 가져와 씌우라고 명하였다.

일찍이 퇴계는 고봉의 장남인 기효증(奇孝曾)이 편지를 가지고 왔을 때, "난초처럼 향기롭고 옥처럼 빛나는 그의 모습에 나도 모르게 온갖 근심이 사라지는 듯했다(蘭玉映人 不覺幽鬱之去體也)." 라고 하며 기효증을 칭찬했다.

고봉은 마치 죽음 연습이라도 한 사람처럼 흔들림이 없었다. 고봉은 아들 효증을 돌아보며 말하기를. "너는 경박스러우니 진중한 의사를 지닌다면 내 걱정이 없겠다." 하고는 말이 끝나자 눈을 감았다.

율곡(栗谷) 이이(李珥, 1536~1584)는, "거침없는 그 문장 서책 속에 빛이 나고, 높고 높은 그 기개 구름 속에 맺혔는데, 초사로서 흐느끼며 초혼할 길 전혀 없음을 애달파하였다."

또 송강(松江) 정철(鄭澈, 1536~1593)은 고봉의 죽음 앞에, "흐려져 가는 사류(士類)의 추향(趨向)을 누가 밝히고, 저하되어 가는 세상의 도의를 누가 높이겠는가(士趨之汚 孰能淑之 世道之卑 孰能升之升之淑之)?" (「祭文門人鄭澈松江」)라며 슬퍼하였다.

고봉을 잃은 슬픔을 아마도 가장 절실하게 표현한 사람은 학봉(鶴峯) 김성일(金誠一, 1538~1593)일 듯싶다.

사문이 마침내 불행해지니	斯文竟不幸
우리도 이제 어찌될 건가	吾道將何如
몇 해 전 선사를 떠나보내어	頃歲哭先師

유림에 그 기상 참담만 한데　　儒林已慘沮
믿은 것은 하늘이 사문 도우사　　尙賴天未喪
공에게 그 道脈 잇게 함이었네　　俾公尋緖餘
……
아, 도통 주고받는 중대한 일을　　嗚呼授受機
다시 맡을 사람 그 누구인가　　更作何人歟
도산의 언덕 점점 슬퍼지고　　陶丘轉悲凉
앞의 일들이 심히 한탄스럽네　　後事堪噫噓
(「挽章(金誠一鶴峯)」(《고봉선생문집부록》)

학봉은 퇴계에서 고봉으로 이어지던 도맥(道脈)의 흐름이 혹시 단절되지나 않을까 하는 우려와 고봉을 잃은 슬픔이 교차하고 있음을 알 수 있다.

고봉이 서거한 지 431년이 지난 뒤에 문헌공 고봉 기선생(文憲公 高峯 奇先生)을 기리는 신도비 명 병서(并序)에 전 부총리 겸 경제기획원장관 서울특별시장이었던 조순(趙淳)은 다음과 같은 시를 지어 고봉의 영전에 올렸다.

"별 중에 북두성과 같았고, 맹자의 말씀대로 천명을 순하게 받으셨으며, 백세에 향기를 남기셨도다(如星有斗 順受天命 百世遺香)."

3) 별리(別離)의 기억을 넘어

소리는 증발하는 반면에, 써진 것은 영속성을 지닌다. 써진 것에는 비교적 영속성 있는 형태 속에 살아남을 만한 가치가 있기 때문이다. 이러한 가치를 퇴계는 주자의 말을 빌려 말로는 다하지 못하나, 이치는 남음이 있다고 표현하였다.

말로 다하지 못하는 감정은 詩에서 두드러지게 나타난다. 특히 詩를 짓는다는 것은 옛사람들이 힘써 권면하고 어짊을 베푸는 道理 측면에서 본다면 소소한 일일지 모르지만, 詩에는 생각이나 그 뜻을 서로 쏟고 풍자하여 깨우치며 느끼고 발명하는 쾌락이 있었으므로 옛사람들이 詩를 즐겨 지었던 것이다.

말의 범위를 넘어서서 글로 기록하는 것 자체만을 놓고 본다면, 뭔가를 기록한다는 것은 비교적 소극적이고 피상적인 경험을 전달하는 것쯤으로 간주될 수도 있다. 하지만 괴테는 현재는 언제나 현재로서의 자신의 권리를 주장하기 때문에 시인의 마음속에 날마다 솟아오르는 사상이나 느낌은 그 모두가 표현되기를 원하고 또 표현되어야만 한다고 말했다.

즉, 시를 쓰는 동기와 소재가 현실로부터 나와야 하며, 모두가 현실에서 자극을 받고 현실에 그 뿌리와 기반을 두고 있어야 한다는 것이다.

퇴계와 고봉의 만남도 그리고 이별도 현실이었다. 퇴계에게 고봉과의 헤어짐은 영원한 別離가 되었다. 그 이별은 이승에서 마지막이 되었다. 1569년 3월 4일에 고봉은 〈퇴계 선생과 작별하다〉는 詩를 지어 퇴계에게 보냈다.

한강수 도도히 만고에 흐르는데
선생의 이번 걸음 어찌하면 만류할까
백사장 가 닻줄 잡고 머뭇거리는 곳
이별의 아픔에 깊은 시름 끝이 없어라

江漢滔滔萬古流
先生此去若爲留
沙邊拽纜遲徊處
不盡離腸萬斛愁
(「奉別退溪先生」《고봉선생속집》)

이 詩는 고봉이 퇴계의 은혜를 받들어 경배한다는 詩를 써서 떠나가는 스승에게 올렸던 것이다.

훗날 퇴계는 동호(東湖)의 배 위에서 정답게 얘기하던 일이 꿈에서도 늘 생각이 나곤 했었는데, 봉은사까지 나를 따라 나와 하룻밤을 묵은 것은 그 뜻이 더욱 깊었다는 내용의 편지를 고봉에게 보냈다.

고봉의 마음속엔 자주자주 찾아가 배우지 못한 것이 이별을 앞두고서 그저 하염없는 무상감으로 밀려올 뿐이었다.

배에 나란히 앉았으니 모두 다 좋은 사람
돌아가려는 마음 종일 끌리어 머물렀네
한강물 가져다 작은 벼루에 담아
이별의 무한한 시름을 써내려가노라

列坐方舟盡勝流
歸心終日爲牽留
願將漢水添行硯
寫出臨分無限愁
(「退溪先生次韻」《고봉선생속집》)

정작 이별의 자리에서 퇴계와 고봉은 각자 술에 취해서 그저 서로 바라보기만 할 뿐 아무 말도 없었다. 이렇게 천리의 이별을 한 후, 그리움에 사무친 퇴계에게 전달된 고봉의 편지와 詩는 고봉의 얼굴을 온전하게 다시 보는 듯한 기분 그 자체였다. 퇴계는 매우 위로가 되었고, 그 행복감을 말로는 형용하기 어려울 정도였다.

퇴계와 고봉은 우리의 기억 속에 살아 있다. 도산과 월봉(月峯)은 우리 삶 속에 살아 있다. 도산서원의 전신인 도산서당은 퇴계가 1558년에 터를 닦고 건물을 짓기 시작하여 1560년에 낙성해 1561년 11월에 〈도산잡영(陶山雜詠)〉을 지었던 곳이며, 퇴계가 직접 강학했던 곳이다.

월봉서원은 1578년에 기대승의 학문과 덕행을 추모하기 위하여 광산군 비아면 산월리에 망천사(望川祠)를 창건하여 위패를 모셨다. 1646년(인조 24년)에 현재의 위치로 이전하고, 1654년(효종 5년)에 '월봉(月峯)'으로 사액되었다.

도산과 월봉은 형상화된 물 자체(itself)로서 우리의 기록유산으로 남아 있다. 하지만 수많은 세월이 지나더라도 지워지지 않을 만큼 기억으로 남게 할 수 있는 방법은 무엇일까? 선유들의 행적을 논할 수 있는 것은 마음과 자취이다.

실천으로 드러나는 것에는 깊고 낮음이 있으며, 자취로 인하여 드러나고, 자취의 드러남은 마음에 새겨져 정신으로 발현된다. 대체로 마음이란 일신의 주재이며 만사의 근본이니, 行이란 마음이 발한 것이요, 자취는 곧 行이 드러나고 마음이 나타난 것이다.

퇴계와 고봉의 만남과 그들의 영혼이 깃든 사랑의 대화는 그 자체로 과거이자 현재이고 현실이자 이상이라 할 수 있다. 현재의 시각으로 과거를 돌아보고, 그리고 다시 과거의 시선으로 오늘을 관조하는 것은 통시적으로 우리의 삶을 음미해 보자는 시도이기도 하다. 이는 퇴계와 고봉이라는 '오래된 미래'에 다가서는 하나의 방편이 될 수도 있다.

고봉이 퇴계선생의 광명에서 밝힌, "산은 평평해질 수 있고, 돌은 닳아 없어질 수 있지만, 선생의 이름은 천지와 더불어 영원할 것을 내 아노라(山可夷 石可朽 吾知先生之名 與天地而竝久)."라는 말처럼, 두 거유(巨儒)의 정신은 우리에게는 가슴 떨리는 벅찬 현실이자 이상이요,

학문의 출발점이자 종착점임을 바로 되새겨야 하는 '所以然의 故' 이기도 하다.

조지훈 시인이 「별리」에서, "십리라 푸른 강물은 휘돌아 가는데 / 밟고 간 자취는 바람이 밀어 가고 / 방울소리만 아련히 / 끊질 듯 끊질 듯 고운 뫼아리 / 발 돋우고 눈 들어 아득한 연봉을 바라보니 / 이미 어진 선비의 그림자는 없어……" 라고 했던 그 '밟고 간 자취' 와 '그림자' 가 故이다.

'밟고 간 흔적' 은 없지만, '밟았던 이치' 는 남아 있다. 또한 '선비의 그림자' 는 없지만, 그림자가 '지나간 이치' 는 남아 있다. 그 이치는 기약 없이 떠나간 선비를 사모하여 슬피 우는 여인의 마음속에 별리의 정한으로 남는다.

이 글의 취지도 선유사상의 존재의 의의와 정신의 자취(故)를 찾고자 함이다. 모든 존재하는 것들의 故에는 저마다의 가치가 있게 마련이다. 현재를 넘어 미래로 일관될 윤리를 세우기 위해서는 이 가치들에 대한 통시적 연구가 요구된다. 왜냐하면 가치들은 응고된 유산과는 거리가 먼 것으로 끊임없는 유동 속에서 미래를 향해 주어지는 상속이기 때문이다.

퇴계와 고봉의 사상에 내재해 있는 진리와 그 所以然의 까닭(故)을 심구하고, 여기서 후학들의 삶에 정신적 자양분이 될 所當然의 법칙(則)을 궁구하는 것도 선유와 밀접한 관계망을 형성하면 선유의 숨결과 손길이 또 하나의 자취가 되어 우리의 삶에 따스한 입감과 촉감으로 우리를 스쳐 지나리라 생각하기 때문이다.

4. 마음에 담아서

"천년 세월이 멀고도 멀건만, 유독 나의 마음에 와 닿는 것이 있음에라(夫何千載之遙遙 乃獨有會於予心)." 라는 말은 퇴계가 고봉에게 한 말이자, 지극한 근심 속에 지극한 즐거움이 들어있다는 진리를 알고서 한가할 때면 자주 읊조리곤 하던 말이다. 퇴계의 마음에 와 닿은 것은 과연 무엇이었을까? 혹시 퇴계가 고봉에게 보낸 편지에 답이 들어있지 않을까 싶다.

> "자신의 몸에 되돌려 구하고 실천을 통해 입으로 천리를 말하는 근본을 삼아 날마다 연구하고 체험하는 공부를 하여야 거의 知와 行이 함께 나아가고 말과 행실이 서로 살피게 되어 聖門에 죄를 얻지 않을 것입니다(以反躬實踐爲口談天理之本 而日事研窮體驗之功 庶幾知行兩進 言行相顧 不得罪於聖門)."

德 있는 사람의 말과 吉한 사람의 말은 많지 않으면서도 사람으로 하여금 감동을 자아내게 한다. 그러나 이런 말을 실천으로 옮기는 것은 지켜보는 이들의 뇌리에 더욱 소중한 것으로 각인될 수도 있다.

퇴계는 知行 중에서도 行을 중시하였다. 그래서 퇴계는 매사를 마음에 두고 진실로 잊지 않으면 사람과 사물을 접하더라도 곧 이것이

行이 되는 것이니, 道 아닌 것이 없게 되고, 진실로 마음으로부터 잊게 되면 죽을 때까지 行하더라도 단지 속사(俗事)에 불과하다는 것을 강조하곤 하였다.

흔히 인간은 현재에서 과거를 돌아보고 미래를 조망한다. 현재를 반석삼아 과거를 소재로 미래에 이루려고 하는 비전을 그려나가는 것이다. 이런 맥락에서 진정한 역사란 쓰이는 것이 아니라, 이미 머릿속에 그려 둔 비전을 현실의 삶에 궤적을 그려 넣는 작업이라고 할 수 있다. 그 궤적을 좇다 보면 자연 사상의 흐름도 추적이 가능하게 된다.

하나의 사상이 생명력을 지닌 채 태어나고 존립하고 사멸할 때까지 여기에는 일련의 시간적 요소가 투입되게 된다. 화이트헤드는 '사상의 생명' 이라는 것은 각양각색이어서 어떤 것은 2백 년 살고, 어떤 것은 2천 년이나 살아남기도 하지만, 어떤 것은 1년이나 2년밖에 가지 않은 것이 있는가 하면, 어떤 것은 그것을 거론하고 성과를 거두기까지 수세기나 기다려야 하는 것도 있다고 하였다.

그렇다면 '퇴계와 고봉' 그리고 '고봉과 퇴계' 의 사상의 생명은 수명이 어떻게 될까? 이는 우리가 선유들의 사상을 어느 정도 받아들일 준비가 되어 있느냐에 달려 있지 않을까 싶다.

다시 말해서, 선유들의 사상의 생명줄은 본래 길게 타고났지만, 이를 받아들이는 우리의 品과 格이 어느 정도냐에 따라 단명할 수도 있고 혹은 더 길게 수명이 연장될 수도 있다. 사상의 흐름을 흔히 큰 강에 비유하곤 한다.

이는 강은 강물이 막힘없이 흘러가도록 길로서의 소임을 다하는 것이 강의 德이 되듯이, 우리도 선유들의 사상이 막힘없이 기억의 강물에 쉼 없이 흘러가도록 계승하고 발전시켜 전승하는 데까지 우리의 德을 다할 뿐이다. 《고봉집(高峰集)》에 다음과 같이 기록되어 있다.

> 고봉은 탁월하고 명확한 자질로 행동거지는 오직 도산(陶山)을 본보기로 삼았고, 조정에서 경륜을 펼 때도 역시 오직 퇴계를 준칙으로 삼았다. 그 천품은 간결하고 사람을 쉽게 용납하지는 않았으나, 오직 퇴도(退陶)에게는 誠心으로 열복(悅服)하였으며, 퇴계 역시 고봉에게는 극진히 추허(推許)하고 항상 사석(師席)을 사양하였다.

이 글에서 제목 자체를 흔히 학계에서 사용하던 '논변' 이란 말을 사용하지 않고 '대화' 라고 한 것도 이분법적 사고에서 벗어나고자 하는 노력의 일환이다.

사람들이 괴테에게, "당신과 실러(Johann Christoph Friedrich von Schiller, 1759~1805) 둘 중에 어느 편이 더 위대한가?" 라고 물었을 때, 괴테는 어떻게 답변했을까? 아마 현명한 대답은 "세상 사람들이 논쟁거리로 삼을 만한 인간이 두 명이 있다는 걸 기뻐해야 한다." 는 쪽일 것이다.

마찬가지로 우리가 퇴계와 고봉의 사상을 바로 보고 제대로 이해하기 위해서는 '퇴계의 주장이 설득력 있다' , 혹은 '고봉의 견해가 타당하다’는 식의 일검양단(一劍兩斷)하는 식의 시각에서 벗어나 우리에겐 “퇴계와 고봉이 있었고, 그들의 인간적인 만남과 사랑의 대화를 통해서 발원된 사유와 실천을 대물림할 수 있음에 행복하였네.”가 되어야 할 것이다.

왜냐하면 두 巨儒는 서로서로 ‘소위 서로를 닦는 터전(所謂交修之地)’으로 삼으려는 겸허한 자세를 자신의 자기 비춤이자 수양의 거울로 삼았을지도 모르기 때문이다.

제2장. 심화읽기 : 퇴계와 고봉의 서정적 대화

— 퇴계의 장구지소(杖屨之所)에 대한 고봉의 화답 詩

〈미리 읽기〉

이 글은 퇴계의 장구지소(杖屨之所)에 대한 고봉의 화답 詩들을 상징(象徵) · 함축(含蓄) · 고락(孤樂), 그리고 연정(戀情)이라는 범주로 大別하여 분석하고 그 의의를 심고(審考)한 것이다.

후유가 선유를 바로 보려는 것은 먼 과거를 알고자 하는 지원(知遠)이고, 선유와의 대화는 곧 과거와 현재를 연결하여 과거를 통해 현재를 이해하고 현재와 미래를 소통하게 하려는 것이다.

글에 두 도학자가 나눴던 무언의 무한한 대화와 고고한 선비정신의 정수를 그려내려는 의도도 상상(想像)의 정적(靜的) 소재로부터 형상(形像)의 동적(動的) 생명을 이끌어 낸 고봉의 詩들을 통해서 그 시 속에 담긴 퇴계의 마음을 유추해 보려는 시도이자, 퇴계정신의 지향점을 읽어내려는 소통의 한 방법이라 하겠다.

퇴계는 만년에 도산에 터를 잡아 집을 짓고 독서하며 소일했다. 하지만 도산은 강가에 있었기 때문에 겨울에는 몹시 추워 지낼 수가 없었고, 봄 · 여름에만 서당에 거처할 수 있었다.

그러면서도 퇴계는 간혹 꽃 피는 아침이나 달 밝은 밤에는 혼자 쪽

배를 타고 물굽이를 따라 오르내리다가 흥이 다하면 돌아오곤 하였다. 그는 자연의 넉넉함과 산중의 고적감을 느끼면서도 도산(陶山)에서의 즐거움에 조용히 세상을 잊은 것 같았다.

고봉의 시에서 느껴지는 함축미는 은(隱)과 수(秀)가 정교하게 짜인 정제된 詩語의 절제된 운용에 있다. 여기에 시구가 지칭하는 대상의 원관념을 제대로 이해하기 위해서는 그 詩語의 역사성에 대한 지식이 선행되어야 한다는 점도 함축미를 한층 더하게 한다.

퇴계는 고봉이 보내온 매화 詩 두 수를 받아보고, 고봉의 시를 평하면서 시상과 운치가 시원하여 매화의 풍운(風韻)을 그대로 터득한 듯한 느낌이라고 할 정도로 극찬을 아끼지 않았다.

퇴계에게 외로움과 즐거움은 같은 뿌리에서 발아된 하나의 생명체였다. 산은 푸르고 물은 맑으니 혼자 있기에도 도산은 충분히 흥취가 있었지만, 이것을 함께 즐길 사람이 없다는 것은 외로움으로 남았다.

퇴계에게 독학(獨學)의 길은 일상의 외로움으로 그려지지만, 산중의 기약 없는 기다림은 임천지락(林泉之樂)의 즐거움으로 이어진다. 다만 그에게 한 가지 욕심이 있었다면, 아마도 그것은 지인들과 동고

동락하고 싶다는 열망이었을 것이다. 고봉도 퇴계를 향한 유련(悠戀)의 情은 다함이 없었다.

퇴계는 고봉이 그리워지면, '마음속에 품고 있거늘 어찌 하룬들 그댈 잊으리.' 라는 시구를 읊으며, '그대 그리우면 이 강가로 오리라.' 고 독백하였다.

반면에 고봉은 선생이 그리워지면, '사랑하되 만나지 못하여 머리 긁으며 머뭇거릴 뿐' 이라는 시구를 읊으며, '산천이 가로막혀 선생을 배알할 길이 없기에 동쪽으로 가는 구름을 바라볼 때면 매번 나도 모르게 마음이 그곳으로 달려가곤 한다' 고 방백하였다.

고봉의 詩에서는 고봉 특유의 의지로 인해 '자아의 세계화' 가 '자아의 형상화' 로 생동하게 된다. 마치 도산서당이 꿈의 무대라면, 고봉의 詩들은 그 무대 위에 펼쳐지는 파노라마가 된다.

도산의 장구지소가 삼라만상의 생명을 창조적으로 잉태하는 도홍경(陶弘景)이라면, 고봉의 詩風은 번창한 생명의 정원에 불어오는 부드럽고 잔잔한 바람이라 할 수 있다. 그리하여 고봉이 도산을 대상화하여 쓴 詩들에는 퇴계라는 인간의 향기가 진동한다고 하겠다.

1. 퇴계의 장구지소(杖屨之所)와 고봉의 詩 世界

고대 수메르인들은 문학작품 가운데 가장 오래된 것으로 알려진 《길가메시》라는 서사시를 남겼다. 중요한 사건(事)을 길게 펼친다(敍)는 뜻의 서사시(敍事詩, epic)는 대개 민족의 형성과 관련된 신화나 전설 또는 모험 등이 이야기로 구전된 형식이다.

반면에 글로 기록된 가장 오래된 詩는 C.E. 6세기경에 지어진 카시다(Qasidah)라는 송시 형식이다. 형식적으로 송시는 100행 이상도 가능하지만, 작품 전체가 하나의 운율로 이루어진다. 시인은 자신이 가보았던 이국적인 장소를 회상하면서 은유, 암시, 격언 등을 사용하여 자신이 좋아하는 주제들을 표현하였다.

한편 《서경》에서는 "사람의 사상이나 감정이 아직 말로써 표현되지 않은 것은 뜻(志)이며, 말로써 나타낸 것을 詩(詩 言志 歌 永言 聲依永)"라고 하였다. 아름다운 말로 사상이나 감정을 표현하는 것이 詩의 본질이라고 한다면, 詩는 '사람의 감정이나 품성을 올바르게 유지하는 것'(《문심조룡文心雕龍》 유협劉勰)이라는 의미를 내포하고 있다고 하겠다.

《시경》의 300여 편 詩들도 작가의 감정이 사사로이 치우치지 않았기 때문에 사특함이 없는 성인의 말에 부합한다고 할 수 있다. 고봉은 퇴계가 근엄하고 공손하여 모든 사특함을 이겨냈다(嚴恭勝百邪)고 하였다. 이렇듯 사람이 하늘로부터 받아 생겨난 감정은 외물에 대한 감응으로 그 뜻을 노래할 때, 그 자체가 모두 자연이라 할 수 있다.

일반적으로 詩의 기능에 있어서 서사시이든 서정시이든, 언어적 장치로서의 詩는 그 자체의 아름다움으로 고양된 생명의 정신을 표현한다. 그래서 모든 詩의 정수는 진실이므로, 진실하지 못한 단어는 아무리 견고한 詩의 옷을 입었더라도 詩가 되지는 못한다.

퇴계는 詩를 지어 서로 왕복하는 것은 옛사람들이 힘써 권면하고 어짊을 돕던 도리에서 본다면 하찮은 일로 여겨질지 모르지만, 서로 생각이나 뜻을 쏟고 풍자하여 깨우치며 느끼고 표현해내는 쾌락이 있기에 옛사람들이 즐거워하였다고 하여 詩의 기능이나 효용을 확장하여 詩를 정의하였다.

이러한 詩적 정감은 고봉의 경우도 예외는 아니었다. 퇴계와 고봉의 만남은 '보편적이고 인간적인 조우'를 통해서 인간다움을 알게 되는 일깨움의 순간이라 할 수 있다.

퇴계는 고봉이 32세에 과거에 급제한 후 서울로 왔다는 것을 알고 편지를 보내려 하였으나, 고봉이 한참 신래불리기(新者, 과거에 합격한 사람 대다수는 예문관, 성균관, 교서관, 승문원 등 4館에 수습직원인 權知라는 직책으로 발령을 받아 근무하게 되는데, 우선 배치된 부서의 관리들 앞에서 신래 불리기라는 절차를 거쳐야 했다)로 시달리고 있었고 퇴계 자신도 건강이 좋지 않았던 상황이라 여의치 않았었다.

그 때 고봉이 연속 세 통의 편지를 보낸 것을 보고 퇴계는 고봉이 자신에게 경도(傾倒)되어 있음을 알았으며, 또한 고봉의 글을 읽고 감탄하게 되었다고 하였다.

퇴계는 만년에 고향에 내려가 있으면서 평소에도 늘 걱정이 고봉에게 있다고 할 정도로 고봉에 대한 생각이 각별했었다. 그는 고봉이 도산으로 한번 찾아가 뵙겠다고 했던 말을 기억하며, 고봉이 오면 도산서사(陶山書舍)의 화롯가에서 밤새도록 이야기하기를 간절히 바랐으나 끝내 이뤄지진 않았다.

고봉도 자신의 완악하고 비루한 자질을 실질적으로 인도해 준 지극한 은혜를 퇴계로부터 입었다고 생각하고 있었기 때문에 은혜가 깊고 義를 중히 여겨 마음으로는 매일 퇴계를 향해 가고 있음을 감출 수가 없었다.

고봉은 '꿈속에서 퇴계 선생을 뵙다' 라는 詩를 지어 올렸다.

지난밤엔 나막신에 지팡이 짚은 선생을 뫼셨고
오늘밤엔 관곡(款曲)하게 웃으며 담소를 나눴네
분명해진 한 생각은 여전히 세상을 걱정하시니
선생께서 매화에만 집착한 것이 아님 알겠노라

前夜依俙杖屨陪
今宵款曲笑談開
分明一念猶憂世
可識先生不著梅
(《고봉선생문집》 권1 〈몽견퇴계선생夢見退溪先生〉)

《퇴계선생문집》에는 장구지소(杖屨之所)의 짚신을 뜻하는 '구(屨)' 자가 10회, 나막신을 의미하는 '극(屐)' 자가 13회, 그리고 가죽신을 의미하는 '혜(鞋)' 자가 13회, 그리고 신발을 나타내는 '혜(鞵)' 자가 2회 나온다.

흔히 장구지소는 지팡이를 짚고, 짚신이나 가죽신을 신고 거닐던 곳이자 머물면서 훈도(薰陶)하던 곳이라 일컬어진다. 훈도란 가르치는 사람의 인품과 덕으로 다른 사람의 人性을 기르고 도덕을 함양케 하여 인간답게 살아가도록 교화하고 훈육하는 것을 말한다. 퇴계에게는 도산과 그 주위 명소가 장구지소이자 그 정신과 자취의 터전인 유촉지지(遺囑之地)가 된다.

처음으로 퇴계가 도산정사(陶山精舍)의 명칭을 지으려 했을 때, 남북조 때의 학자 도홍경(陶弘景)[15]이 살았던 곳의 언덕 위에 백운(白雲)이 많다는 말에서 弘景을 취하려 한 적이 있었으나, 결정하지는 않았다.

퇴계의 장구지소는 고봉이 꿈속에서 거닐었던 또 하나의 세계였다. 마치 莊子가 꿈속에서 나비가 되어 즐겁게 날아다녔던 것처럼, 高峯도 꿈속에서 陶山이란 세계를 맘껏 거닐었다. 만약 아름다운 정원과 향기로운 꽃들로 가득 찬 도홍경 같은 세계가 없었더라면, 莊子가 비

---

15) 도홍경(陶弘景, 456~536) : 儒·佛·道 삼교(三敎)에 능통했던 중국 남조(南朝)의 양(梁)나라 학자. 양나라 무제(武帝)의 신임이 두터웠으며, 국가의 길흉·정토(征討) 등 대사(大事)에 자문역할을 하여 산중재상(山中宰相)이라고 불리었다. 퇴계는 陶弘景이 이름을 가리키는 고유명사가 아니라 자연의 이상적인 삶을 의미하는 전성명사로 활용하고 있는 듯하다.

록 나비가 되었다 하더라도 어디 날아갈 곳이나 있었을까?

또한 고봉의 詩세계에 나타난 절제된 詩道, 고결한 지조, 청초한 풍미, 신선한 영감, 새로운 눈뜸, 그리고 비범한 상상 등이 전해질 수 있었을까?

흔히 사람의 인품과 성정을 말할 때, 《시경(詩經)》에 나오는 온유돈후(溫柔敦厚)란 말이 쓰이곤 한다. 여기서 '온'은 그 사람의 언사나 얼굴빛이 온화한 것을 말하고, '유'는 성정이 부드러운 것을 말하며, '돈'은 상하로 이뤄진 곡식 보관용 그릇으로 풍성하고 넉넉함을 뜻하는 말이다.

그래서 주자는, "《시경(詩經)》의 詩는 인정(人情)에 근본하고 사물의 이치를 다하여 풍속(風俗)의 성쇠를 징험하고 정치(政治)의 잘잘못을 볼 수 있으며, 그 내용이 온후(溫厚)하고 화평(和平)하여 풍자해서 깨우침이 뛰어나다."고 하였다.

한편 독일의 시인이자 철학자인 프리드리히 슐레겔(Friedrich von Schlegel, 1772~1829)은, "형식과 이름을 갖추고 있는 그러한 문학이란 초목 속에서 태동하고 광명 속에서 빛나며 어린이의 마음속에서 미소 짓고 청춘의 정점에서 가물거리며 사랑에 빠진 여성의 가슴속에서 불타는 무형식이야말로 시초의 근원적인 문학으로서 詩"라고 하여 동양의 시적정서와 사뭇 흡사하게 시를 정의하였다.

이런 시적 정서에 가장 들어맞는 것이 고봉의 詩風이라 여겨진다. 그의 시 세계에는 고봉이 무의식 속에서 사랑의 힘에 이끌려 일찍이 가 본 적도 없던 도산서사에 대한 동경과 그곳에 담긴 퇴계의 마음을 헤량하여 기록한 서정(敍情)의 정수(精髓)라 할 수 있다.

퇴계의 깊은 철학세계를 고봉의 詩가 담고 있는 상징, 함축, 고락(孤樂), 그리고 연정이라는 범주로 대별하여 이를 오늘의 시선으로 관조하고 내일의 시각으로 음미하려 한다.

이런 맥락에서 큰 업적은 전배(前輩)에게 빛이 나고, 유풍은 후인에게 미친다(大業光前輩 流風被後人)는 고봉의 말처럼, 후유가 선유를 바로 보려는 것은 '먼 과거를 알고자 하는 지원(知遠)' 이고, 선유와의 대화는 곧 '과거와 현재를 연결하여 과거를 통해 현재를 이해하고 현재와 미래를 소통케 하라는《서경》의 교훈(疏通知遠 書敎也)' 이라 하겠다.

여기에 두 도학자가 나눴던 무언의 무한한 대화와 고고한 선비정신의 정수를 그려내려는 의도는 상상의 정적(靜的) 소재로부터 형상의 동적 생명을 이끌어낸 고봉의 시들을 통해서 그 시 속에 담긴 퇴계의 마음을 유추해 보려는 시도이자, 퇴계정신의 지향점을 읽어내려는 구도(求道)의 한 방법이라 하겠다.

2. 陶山의 상징성과 高峯 詩의 함축미

1) 퇴계에게 陶山은 어떤 곳이었나?

퇴계에게 도산은 어떤 곳이었나? 퇴계는 57세(丁巳年, 명종 12년, 1557)에 승지(勝地)를 구입하여 1558년에 도산서당의 터를 닦고 건물을 짓기 시작하여 1560년 가을에 낙성하였다. 1561년 11월에 「도산잡영(陶山雜詠)」을 쓰기까지 퇴계는 여러 차례 도산에 대한 자신의 소회를 밝힌 바 있다.

즉, 창랑에 집짓는 일 또는 도산의 경영은 그만둘 수가 없다고 하거나, 도산의 건축은 정녕 어쩔 수가 없다고 하면서 세상사에 너무 치우쳐 있음이 싫어 도산정사를 잡은 것이 늘그막의 가장 관심거리라고 하였다.

도산에 승지를 구입하고, "아직 정사를 짓지 않았을 때에도 山水가 맑고 기이하여 자신이 구하는 바에 꼭 맞는다." 고 하면서, 퇴계는 여기에 모옥(茅屋)을 짓고 노년을 보내고 싶은 생각 간절하나 감당할 힘이 없다고 했던 말에서는 희망 섞인 기대감과 비관적인 현실감이 함께 묻어 나온다.

퇴계와 도산을 담당하였던 연승(蓮僧, 법련法蓮)과는 기이한 인연이 었다. 퇴계가 임금의 부름을 받아 떠날 때 연승이 먼저 기와를 구워놓고 집을 지어야 한다고 하였다. 하지만 이는 요(堯)임금은 萬乘의 지존인데도 초가집 처마 끝마저 자르지 않아도 된다고 할 정도였는데, 하물며 山村 사람이 은거하면서 소일할 곳을 초가가 아닌 기와로 지붕을 잇는 것은 호사스런 행위로 여겨져 퇴계가 받아들이기에는 매우 부담스러운 것이었다.

그렇지만 기와를 굽는다는 것이 그리 쉬운 일도 아닌데다 눈앞에 아른거리는 집 모습을 상상하는 것만으로도 기뻤기에 퇴계는 연승이 하고자 하는 방식을 받아들였다. 퇴계는 도산의 설계도 격인 도본(圖本)을 두 번씩이나 그려 보냈다.

이런 퇴계의 심정을 고봉은 다음 詩에 그려내고 있다.

작은 집 이루어지자 편안하기 쉬움을 알겠으며
질그릇 바가지 상차림이 얼굴빛 기쁘게 하네
소요하면서 해 마치니 무엇을 일삼겠는가
형상은 방원(方圓)에 있고 물은 쟁반에 있도다

容膝堂成審易安
陶匏登案足怡顔
優遊卒歲知何事
象在方圓水在槃
(《고봉선생문집》 권1 「도산서당」)

그 도본에 따르면 퇴계는 도산에 대한 조감도를 머릿속에 그려놓고 있음을 알 수 있다. 가령, 堂은 반드시 정남향으로 하도록 하는 것은 禮를 행하기에 편리하도록 함이고, 재(齋)는 반드시 서쪽 정원을 마주보도록 한 것은 아늑한 정취가 있도록 함이며, 그 나머지 방 · 부엌 · 곳집 · 대문 · 창 등도 모두 의미를 내포하고 있기에 구조가 바뀌지나 않을까 우려하기도 했다.

퇴계에게 도산은 언제나 마음에서 잊힌 적이 없었다. 그래서 도산을 떠올리기만 해도 자신도 모르게 웃곤 하였다. 마침내 도산정사 한 칸을 지어 구름 가운데서 책 읽을 모습을 상상하면서 진(晋)나라 사람들이 배에 술을 싣고 풍류를 즐기는 것보다 더 나을 것이라고 한 대목에서는 퇴계가 도산에 얼마나 마음을 두고 있는지를 짐작할 수 있다.

61세에 도산의 당재(堂齋) 두 칸이 이루어졌을 때는 용슬(容膝)[16]할 정도의 공간이지만, 병을 요양할 만하고 때때로 다니는 재미는 말로 표현하기가 어려우나, 다른 방들은 경제 사정이 여의치 않아 공사를 중지하게 되어 아이와 조카들이 오가곤 하는데 거처할 곳이 없는 것이 한 가지 흠이라고 하였다.

비로소 여름에 방 3칸이 완성되었을 때도 나머지 공사는 자력(資力)이 모자라 중단을 해야 했지만, 그래도 가을이면 이미 세운 집에 들어가 살 수 있을 것이라는 희망을 품고 있었다.

---

16) 용슬(容膝) : 무릎을 움직일 수 있는 편안함이란 뜻으로, 도연명은 「귀거래사(歸去來辭)」에, "남창에 기대어 오연(傲然)히 즐거워하니, 무릎이나 들어갈 작은 집이 편안하기 쉬움을 알겠노라(倚南窓以寄傲 審容膝之易安)." 하였다

3행의 하사(何事)는 퇴계가 늘그막에 일삼겠다던 학문과 수양을 말한다. 방원(方圓)은 '하늘은 둥글고 땅은 모났다' 는 뜻이니, 바로 천지의 음양상수(陰陽象數)[17]를 말하는 것이고, 물이 쟁반에 있다는 것은 마음 갖기를 쟁반의 물을 받들 듯이 조심한다는 뜻을 지닌다.

퇴계는 《천명도(天命圖)》에서 인간의 오성방통(五性旁通)뿐만 아니라 두원족방(頭圓足方)의 형상을 도식화하였다. 즉, 인간이 천지의 모습을 닮았음을 강조하여 우주·자연을 인간의 부모나 생명의 원천이라고 간주하는 것은 곧 우주·자연과 인간을 본질적으로 동일시한 사고라 할 수 있다.

퇴계는 도산정사가 완공되기 전부터 「도산기(陶山記)」와 「도산잡영(陶山雜詠)」을 기록하고 있었다. 그는 스스로 마음속에 즐거움을 주는 것이 적지 않기 때문에 말을 하지 않으려 해도 말하지 않을 수가 없어서 각 곳에 따라서 그 일을 기록하여 칠언절구 18수를 지었

17) 음양상수(陰陽象數) : 象數란 《주역(周易)》의 괘(卦)에 나타난 형상과 변화를 말한다. 물건(物)이 있으면 이치(理)가 있고 이치가 있으면 모양(象)이 있으며, 모양이 있으면 숫자(數)가 있고, 숫자가 있으면 기술(術)이 있다. 그러므로 그 기술을 추구하면 그 숫자를 헤아리고, 그 숫자를 추구하면 그 모양을 알 수 있으며, 그 모양을 추구하면 그 이치를 알 수 있다. 이치라 함은 가운데(中)에 갖추어져 있음이요, 모양이라는 것은 밖으로 드러남이다. 숫자라는 것은 모양을 추구할 수 있는 법도(法道)이며, 기술이라 함은 이치를 추구하는 미묘함(妙)함이다. 그러므로 마음이 그 위치에 바로 한 뒤에라야 역(易)이 그 가운데 바로 서는(正立) 것이다. 河圖의 숫자는 곧 음양이 나열된 것이며, 음양의 모양은 곧 太極이 나타나는 것이니, 태극의 이치가 모양에 갖추어져 숫자에 나타나면 천만가지의 모든 변화가 이 10수의 안을 벗어나지 않는다.

다고 하였다.

하지만 퇴계는 「도산기 「와 「도산잡영」 은 산거(山居)에 일이 없어 필묵이나 놀리며 스스로 오소(娛笑)한 것으로 병중에 장난삼아 적어 근심과 쓸쓸함을 달래고자 무료한 중에 빚어진 것이라 자제들에게도 보여주지 않았었다.

혼자서 도산에 대한 詩를 지은 것이 너무 빠른 것 아닌가? 라는 의문이 들 때면 참으로 莊子가 이른바 달걀을 보고 시간을 알려고 하는(見卵求時) 것과 같은 격이라고 생각하면서도, 대체로 아직 그 옥사(屋舍)가 완성되지 않았고, 그 시의 내용은 모두 예상해서 지은 것이어서 실제와는 차이가 있다고 스스로 위안하였다.

퇴계는 건물 명칭을 한꺼번에 붙이지 않은 것도 집이 완성되기 전에 먼저 이름을 지어놓곤 하던 옛사람들의 방식을 흉내 냈다고 하였다. 이런 퇴계의 마음을 헤아려 고봉이 도산정사 다음으로 지은 詩가 「완락재(玩樂齋)」 였다.

함양은 조용한 속에 공부 더해야 하고
미루어 행함은 움직일 때 통함을 안다
경과 의가 순환하는 묘리 탐구해야만
증자 자사의 가르침 같음을 믿게 되리라

涵養宜加靜裏功
推行還覺動時通

須探敬義循環妙
方信曾思立教同
(《고봉선생문집》 권1「완락재」)

완락재(玩樂齋)는 퇴계(61)가 도산에서 거처하며《심경부주》를 읽었던 곳이자 여러 제자에게 투호(投壺)를 시켜서 그 덕성을 지켜보았던 곳이다.

게다가 이덕홍(李德弘)에게 선기옥형(璿璣玉衡, 오늘날의 지구의地球儀)을 만들게 하여 天象을 살폈으며, 실제로 선기옥형이 완락재에 보관되어 있던 곳이기도 하다.

퇴계는 완락재에서 잠잘 때, 한밤중에 일어나 창을 열고 앉아 있노라면, 달은 밝고 별은 깨끗한데 강산이 괴괴하고 얼어붙은 듯이 고요하여 마치 천지가 열리기 전의 세계인 듯한 생각이 들었다고 하여 천체에 대한 관심을 깊게 갖게 된 곳이기도 하였다.

3행의 경의순환묘(敬義循環妙)는《주역》에 "敬으로써 안을 곧게 하고 義로써 밖을 방정하게 하여, 敬과 義가 확립되면 德이 외롭지 않다(敬以直內 義以方外 敬義立而德不孤)."는 구절과 "순(循)이란 이른바 발이 땅에서 떨어지지 아니한 상태에서 어떤 물체를 감도는 것과 같다는 뜻이니, 대개 그 둘레(環)를 따라 돌고 돌아 시작도 없고 끝도 없는 것이라고 했던 퇴계의 순환개념을 접목시켜 고봉이 설명한 것이다.

즉, 敬과 義가 안과 밖을 돌고 돌아 시작도 없고 끝도 없어서 자연히 합일하니 운용을 예측할 수 없다는 정신의 묘리를 말하고 있다.

4행의 증사립교동(曾思立教同)은 《대학장구》 「성의장(誠意章)」에서, “악을 미워하기를 악취를 미워하는 것과 같이 하며, 군자는 반드시 홀로 있을 때 삼간다(如惡惡臭……故君子必愼其獨也).”는 구절과 《중용장구》 제1장의 숨겨진 곳보다 더 드러남이 없으며, 은미한 일보다 더 나타남이 없다. 그러므로 군자는 홀로 있을 때 삼간다는 증자, 자사의 말을 합해서 고봉이 설명한 것이다.

즉, 증자・자사의 가르침은 남들이 보지 않는 곳에 홀로 있을 때 삼가고 조심하는 君子의 자세를 말하는 것으로 서로 지향점이 같다는 것을 의미한다. 이러한 퇴계의 자세를 고봉은 다음 詩에서 유인(幽人, 속세를 피해 조용히 사는 이)으로 표현해 내고 있다.

살 곳 마련함에 굳이 점칠 것 있겠나
강가에 뻗친 지름길 사립문에 들어가네
그윽한 사람 잠심(潛心)할 곳이 있으니
곧고 길함 평이한 길에서 얻으리라

卜築何須强灼龜
江潭延徑入柴扉
幽人恰有潛心地
貞吉從敎履道夷
(《고봉선생문집》 권1 「유정문幽貞門」)

완락재가 지어진 후 유정문을 세울 무렵, 퇴계는 자신이 본래 생각했던 것은 나지막한 집이었기에 굳이 살 집은 기거하기에 편안하면 될 뿐이라고 생각하고 있었다. 그런데 분암(墳庵)에 들어가 재를 올리는 동안 목수가 임의대로 서재 높이와 넓이가 각각 8척이나 될 정도로 높고 크게 지은 것을 두고 몹시 부끄럽고 한스럽게 여겼다. 퇴계의 소탈한 성품을 알 수 있는 대목이다.

2행의 경입(徑入)은 퇴계의 詩에 나오는 '말응산경우모새(末應山徑憂茅塞)'라는 시구를 착안한 것이다. 이는 《맹자》의 "산의 언덕에 난 좁은 길은 조금씩 넓어지는데 잠깐만 이용해도 큰 길이 되지만, 한동안 이용하지 않으면 풀이 그것을 막아 덮어 버린다(山徑之蹊間 介然用之而成路 爲間不用 則茅塞之矣)."는 구절을 암시한 것인데, 고봉은 이를 '강가에 뻗친 지름길 사립문으로 들어가네.'로 표현하였다.

또 다른 구절인 '도재유정각탄이(道在幽貞各坦夷)'는 《주역》의 밟고 가는 길이 평탄하니, 그윽이 숨어사는 군자가 (마음을) 곧고 바르게 가지면 좋은 일이 있다는 구절과 부드러운 데 거처하며 中을 얻었으니 밟는 것이 탄탄하고 평이한 길이다. 밟는 것이 탄탄하고 평이한 길을 얻었지만, 또한 반드시 그윽하고 곧으며 편안하고 조용한 사람이 거처해야만 곧고 굳으며 길할 수 있다는 구절을 고봉이 시에다 함축해서 표현한 것이다.

퇴계는 만년에 도산에 터를 잡아 집을 짓고 독서하며 소일했다. 퇴계에게 도산은 천직(天職) 같은 곳이라 집이 완비되지 못했다고 오래

비워둘 수가 없었다. 많은 골짜기와 산봉우리에 둘러싸여 병치레하기에는 허물이 없어 자신의 어리석은 분수에 딱 맞는 곳이라 여겼다.

하지만 도산은 강가에 있었기 때문에 겨울에는 몹시 추워 지낼 수가 없었고, 봄·여름에만 그곳에서 거처할 수 있었다. 결국 퇴계가 도산에 머무를 수 있는 시기는 초봄부터 여름 중반까지였고, 6, 7, 8 3개월은 너무 더워서 도산에 기거하지 못했으며, 또 9, 10월 두 달에 다시 그곳에 머물고 동짓달과 섣달 두 달은 너무 추워서 거처하지 못했다.

그러면서도 퇴계는 간혹 꽃 피는 아침이나 달 밝은 저녁에는 혼자 쪽배를 타고 물굽이를 따라 오르내리다가 흥이 다하면 돌아오곤 하였다. 때론 마음속으로 자연의 넉넉함과 산중의 고적감을 느끼면서도 도산에서의 즐거움에 조용히 세상을 잊은 듯하였다.

2) 先王의 志道와 고봉의 詩風

퇴계는 도산에 작은 집을 짓고 선왕의 도를 읊을 장소로 삼고자 하였다. 그는 나이 들어서도 학문에 대한 열정은 그치지 않았지만, 스스로 학문의 효과가 미진하다고 느껴 마치 캄캄한 밤중에 촛불을 비춰도 촛불이 지나고 나면 보이는 것이 없듯이, 금이 간 그릇에 물을 담았을 때 물이 새어나가듯 하다고 말하곤 하였다. 그래도 몸에 익은 습관은 잊히지 않았기에 오히려 학문을 한다는 것이 고기 맛 같은 즐거움이 있다고 하였다.

퇴계(64)는 수심을 잊게 되자, 산중의 삶이 분수에도 맞고 궁핍한 형편마저 자신이 편안히 여기는 삶의 자세엔 아무런 해가 되지 않는다고 하였다. 다만 안타까운 것이 있다면 정신이 흐릿해지고 눈이 어두워져서 책을 오래 볼 수가 없다는 점이었다.

게다가 학문이 좀처럼 진척되지 못하고 있다는 사실을 스스로 알면서도 교분이 두터운 사람들이 멀리 있어서 함께 논할 자가 없다는 것을 항상 허전해하고 쓸쓸해하였다. 이런 퇴계의 심정을 고봉은 다음 詩에 잘 드러내 보였다.

배우고 익힘 어찌하여 자주 나는 새를 취하나
조존하고 사색함 참으로 때가 있지 않도다
가슴속에 무젖어 기쁘게 해야 하니
반드시 눈썹 펴는 것만이 기쁜 것 아니로세

學習如何取數飛
操存思索諒無時
須教浹洽中心悅
未必撑眉獨解頤
(《고봉선생문집》 권1 「시습재時習齋」)

퇴계는 학문이란 그 일을 익혀 참답게 실천하는 것이라고 하였다.

그 가능한 일을 익힌다는 것은 그것을 아는 것, 즉 인식에 기초하여 자기 몸에 체득시키는 것을 의미하므로, 학문이란 실천과 수신을 떠나서 생각될 수 없음을 암시한 것이다.

바로 1행의 習은 이미 배운 것을 거듭함이니, 때로 다시 생각하고 연역해서 가슴속에 무젖게 하면 기쁨은 저절로 오게 된다는 것이다. 즉, "善事를 몸소 닦아 실천하는 것이 학문이란 측면에서 본다면 可란 善과 같고, 學은 行과 같은 의미를 지니게 된다."

2행은 사람 마음의 속성을 비유한 것으로 잡으면 존재하고 놓으면 없어져서, 출입하는 것이 때가 없어 그 향하는 바를 알 수 없다는 맹자의 말을 고봉이 압축해서 표현한 것이다. 이는 곧 마음을 보존하기 위해 노력함을 암시하는 것으로 전지진지(全知眞知)의 학문하는 기본 자세를 말하고 있다.

퇴계는, "생각한다는 것은 마음에 求하여 징험이 있고 얻음이 있음을 말한다." 고 하여 마음의 조련공부(條練工夫)를 이룬 것을 眞知라 하였다. 여기에다 고봉이 참된 공부 방법을 언급한 詩가 관란헌(觀瀾軒)이다.

구덩이에 차고 험한 곳도 행하는 일 어떠한가
도에 뜻을 두고 문장을 이룸 참으로 감탄하네
급한 여울 눈여겨보면 본원이 있음 아나니
선철(先哲)이 흥기시킴 많았음을 공경하고 흠모하네

盈科行險事如何

志道成章足歎嗟

寓目急湍知有本

仰欽先哲起人多

(《고봉선생문집》 권1 「관란헌觀瀾軒」)

1행의 영과(盈科)는 군자가 단계를 밟아 부단히 노력해야 道에 이를 수 있음을 뜻한다. 맹자는, "근원 있는 샘물이 퐁퐁 솟아나서 밤낮으로 쉬지 않는지라, 구덩이를 가득 채운 뒤에 전진하여 바다에 이르는 것"이라 하여 부단히 공부해야 함을 강조했다.

퇴계는 말만 앞세워 경쟁하듯 하는 공부는 무익하며, 진실한 공부도 하다말다 하는 것은 기습(氣習)의 편벽 · 물욕의 가림 · 세상사의 견제 등에 불과하기 때문에 괴로운 일이라고 하였다. 다행히 자신은 산중에 머물기에 물욕의 가림과 세상사의 견제는 적지만, 편벽된 기습은 바로잡기 어려워 정원(三徑)[18]을 서성이면서 적극적으로 친구(强輔)의 도움을 바랐다.

하지만 그런 벗을 쉽게 마주하기는 힘든 상황이었다. 그러던 중에 고봉의 편지를 받으면, 마치 큰 보물을 얻은 듯 펼쳐 읽어보고는 깊이 감복한 나머지 자신이 늙고 혼미하다는 이유로 결코 자포자기하지는 않겠노라 다짐하기도 하였다.

---

18) 삼경(三徑) : 정원(庭園) 안의 세 갈래의 좁은 길. 뜻이 변하여 은자(隱者)의 문안의 뜰을 이른다.

2행의 志란 正大하고 성실하며 확고하여 변하지 않는다는 뜻이다. 맹자는, "나아가 벼슬하면 천하 사람을 모두 착하게 하고, 궁하게 살면 자기 몸 하나만 착하게 한다." 고 하였다. 여기서 두보(杜甫)는 뜻을 얻었으면 해야 할 바(겸선천하)를 행한다고 하여 志를 특히 강조하였다.

朱子는 '詩는 뜻이 가는 바이니, 마음에 있으면 뜻이고, 말로 나오면 詩' 이므로, 성덕군자는 뜻이 고명하고 순일한 경지에서 나오기 때문에 詩를 배우지 않고도 잘 지었다고 하였다.

퇴계도 고봉에게 우리들은 이미 이 일에 뜻을 두었고, 남도 또한 우리를 그렇게 여기고 있으니, 우리는 제각기 노력해서 그 이름에 걸맞도록 할 것이요, 헛된 명성으로 실제의 화를 받아서는 안 된다고 하면서 서로 경계해야 한다고 말한 바 있다.

고봉이 고향으로 돌아가서도 관직에 있을 때의 섭섭했던 것들을 마음에 두어 술 때문에 얼굴빛에 드러나기까지 한다는 말을 들었을 때도, 퇴계는 고봉이 오막살이에 거처하는 것을 편히 여기지 못하고 대그릇에 담은 밥과 표주박에 담은 국물(簞食瓢飮)의 맛을 달게 여기지 못하기 때문에 마음이 우울해서 비수(悲愁)에 젖게 된다고 충고하였다.

그러면서 道에 뜻을 두지 못하고 방달(放達)하게 되면 학업은 진취되지 않을 것이고 허물만 쌓일 것이니, 道에 뜻을 두는 것으로 입지를 세운다는 말을 세 번 되풀이하여 깊이 생각하길 바란다는 편지를 고봉에게 보냈다.

이런 퇴계의 道에 대한 생각을 고봉이 함축하여 표현한 것이 「천연대(天淵臺)」이다.

솔개와 물고기 비단 지적해서 그러한 것 아니라
위로는 하늘 있고 아래로는 못 있도다
우연히 조그만 대에 올라 정경이 묘하니
지난날엔 괴롭게 옛 책만 대하였도다

鳶魚非但指爲然
仰有靑天俯有淵
偶上小臺情境妙
向來辛苦對陳編
(《고봉선생문집》 권1 「천연대天淵臺」)

천연대는 《시경》의, 새가 하늘에 날기 위해 날개를 움직이고, 고기가 물에서 뛰기 위해 지느러미를 움직이는 이치를 말하는 '연비려천 어약우연(鳶飛戾天 魚躍于淵)' 에서 나온 말이다. 그 註에서는 "태연히 자득하여 그 所以然을 알 수 없는 것" 으로 사람을 진작시킴을 말한 것이라 하였다.

《중용》 의 註에서는 子思의 견해를 인용하여, "화육(化育)이 流行하여 上下에 밝게 드러남이 이 理의 用 아님이 없음을 밝힌 것" 이라고 설명하고 있다.

3행의 妙에 대해 문인이 '태극성정지묘(太極性情之妙)' 에서 '묘' 라고 한 이유를 질문하자, 퇴계는 '묘' 자는 지극히 묘해서 형용하기 어렵고 명명하기 어렵다는 뜻으로 性에도 이치가 있고 情에도 또한 이치가 있기 때문이라고 답변하였다.

퇴계가 달밤에 문인에게 다음의 「무이구곡(武夷九曲)」詩를 외게 하고 詩 한 수를 지어주었던 곳도 천연대였다.

한밤중 신선이 되어 노닐다가 꿈에서 깨어나
그윽한 친구 불러 강대에 올랐도다
맑은 바람 뜻이 있어 소매 품에 맞아 주고
밝은 달 정이 많아 술잔을 보내주네

半夜游仙夢自回
起呼幽伴上江臺
淸風有意迎懷袖
明月多情送酒杯
(《퇴계선생언행록》 권3 「정사성鄭士誠」)

理라는 것은 형이상의 道로써 만물을 낳는 근원인 이유를 설명하면서 퇴계는 학문의 길은 차례를 뛰어넘어 나아갈 수 없기 때문에,

공자의 문하에서도 안자(顔子)와 증자(曾子) 이상이 아니면 性이나 天道에 대해서 듣지 못했는데, 주돈이(周敦頤), 장재(張載), 정호(程顥), 정이(程頤), 주희(朱熹) 때에 이르러 성인이 나지 않고 우리의 道가 밝아지지 못해 자세히 말해두지 않으면 道學이 거의 끊기게 될 것 같으므로, 말을 만들고 글을 지어 뒷사람에게 가르친 것이므로, 배우는 자들이 그 책을 읽고 의미를 터득하면 마땅히 스스로 알게 될 것이라 하여 문인에게 도맥(道脈)의 연원(淵源)을 설명한 곳이기도 하다.

흔히 詩의 함축미를 말할 때나 시적 언어를 운용할 때 은(隱)과 수(秀)라는 기법을 활용하게 된다. 隱은 글 밖에 함축된 '말 밖의 뜻'을 가리키는 용어로, 겉으로 드러나지 않은 복잡하고 미묘한 의미를 통해 그 섬세함을 표현해 내는 기법으로 일종의 내포된 의미를 지칭한다고 할 수 있다.

반면에 秀란, 작품 가운데 가장 두드러진 말을 가리키는 용어로, 한 작품 안에서 여타 다른 부분들과 비교되는 특출함을 통해 그 아름다움을 표현해 내는 기법으로 외연적 의미를 지칭하는 말과도 통한다.

이런 점에서 고봉의 시에서 느껴지는 함축미는 隱과 秀가 정교하게 교직(交織)된 '정제된 시어'의 '절제된 운용'에 있다고 하겠다. 여기에 시구에서 말하고자 하는 대상의 원 관념을 제대로 이해하기 위해서는 그 시어가 온축하고 있는 역사성에 대한 지식이 선행되어야 한다는 점도 함축미를 한층 심중(深重)하게 한다.

퇴계는 고봉이 화답해 온 매화 詩 두 수를 받아보고, 고봉의 시를 평하면서 시상과 운치가 시원하여 매화의 풍운(風韻)을 그대로 터득한 듯한 느낌이라고 할 정도로 극찬을 아끼지 않았다.

다음 詩는 고봉이 '퇴계 선생의 매화시에 우러러 차운하다(仰次退溪先生梅花詩)' 는 칠언절구 8수 중 두 번째로 韻은 1구 '매', 2구 '래', 4구 '퇴' 이다. 아래는 고봉이 퇴계에게 보낸 편지이다.

맑은 창가 가지에 매화꽃 환히 피었건만,
나는 벌들이 찾아드는 것도 반기질 않네.
오늘 이별의 회한에 공연히 홀로 괴로워,
술 여러 잔을 거푸 들이마시고 쓰러지네.

晴牕深著一枝梅
不許遊蜂取次來
今日別懷空自苦
百觴澆下任欹頹 (《고봉속집》 제1권 존재만록存齋謾錄)

한강에서의 이별이 꿈결처럼 아득합니다. …… 앙모(仰慕)하는 마음 말로 다하기 어렵습니다. …… 매양 모시게 될 날이 멀어졌음을 생각할 적마다 저의 마음이 절로 슬퍼집니다. 보내주신 〈매화편〉을 차운하여 저의 생각을 담은 詩 한 편을 올립니다. 1569년 3월 15일 대승(大升)은 배상(拜上)합니다.

3. 퇴계의 孤·樂과 고봉의 戀·情

1) 퇴계의 孤·樂에 대한 심미적 의식

외로움이든 즐거움이든 도덕적인 정감이 싹튼 가운데 美의 경지를 체험하게 되는데, 이것이 바로 마음속의 즐거움인 심중지락(心中之樂)이다. 더욱 즐거움이란 정감의식이 자아를 완성하고 실현하는 가운데 자아가 느끼는 것이기 때문에 자아를 체험하는 가운데 얻어진다.

여기서 심미적 의식이라는 것도 순수한 자연미나 형식미가 아니라 일종의 도덕의식인 셈이다. 그래서 흔히들 "지혜로운 자는 물을 좋아하고 어진 자는 산을 좋아 한다(知者樂水 仁者樂山)" 고 말하곤 한다.

퇴계(60)는 도산에서 혼자 두보의 '江村에 홀로 돌아와 쓸쓸히 여생을 보낸다' 는 구절을 음미할 때면 제자들에 대한 그리움이 더욱 간절해지곤 하였다.

퇴계에겐 오직 산사가 즐거운 곳이긴 한데, 마음대로 거처하기에는 병든 몸이 버거워 외로운 마음을 홀로 달랠 뿐이었다. 이런 때 편지를 보내 고적함을 위로해 주는 지인들의 뜻 깊은 배려가 있으면 그저 감사할 따름이었다.

퇴계(61)는 궁벽한 산속 생활에도 달리 부대끼는 것 없이 한가한 세월을 보낼 수 있었지만, 함께 공부할 동지가 없다는 것이 자신을 더욱 외롭게 했다.

퇴계는 시시각각 밀려드는 외로움에 빠져들 때면, 으레 "해 저물어 가는 궁산(窮山)에 더불어 회포를 이야기할 것인가?" 또는 "장차 누구와 더불어 그 즐거움을 함께할 것인가?" 와 같은 말을 혼자 되뇌곤 하였다. 이런 퇴계의 심정을 고봉은 다음 詩에 절실하게 표현해 내고 있다.

몸을 감춤은 빈 골짝에 도망치려 해서가 아니고
뜻 가다듬는 것은 처음을 회복하기 바라서네
아득히 전현의 밝디 밝음 마음을 상상하니
이 헌함에 거처하며 세속 인연 멀리하리

收身非欲慕逃虛
勵志唯應冀復初
緬想前修心炯炯
一軒棲息俗緣疎
(《고봉선생문집》 권1「암서헌巖棲軒」)

퇴계가 문인에게, 공부를 함에는 먼저 主宰를 세워야 하며 敬으로 그 주재를 세울 수 있다고 공부 방법을 논의한 곳이 바로 암서헌이었다. '그윽한 천사(川沙)에 이장(李丈)이 산다' 는 詩구절에서 퇴계는 川沙에 살았던 이덕홍의 조부 이현우(李賢佑)의 집을 볼 때마다 그 검소함에 탄복하였고, 암서헌은 온전히 그 집을 본받아 지은 것이었다.

퇴계의 이런 면모를 염두에 두고 이 시를 음미하면, 1행의 收身은 현실도피가 아닌 암울한 현실에 대한 새로운 시도를 의미한다고 하겠다.

2행의 '처음을 회복한다'는 복초(復初)를《대학주》에서는 "'復其初'의 初는 '그 당초의 明德을 회복한다'는 것으로 氣質과 물욕에 가려지지 않았을 때가 바로 明德의 初"라고 설명하고 있다.

또한《주역》에서 발견할 수 있는 가장 고귀한 교훈은 인간의 정신을 진작시켜 잘못을 고쳐 善으로 옮기게 한다는 것인데, 바로 '돌아옴(復)'이란 말에서 천지의 마음을 볼 수 있다고 하겠다. 퇴계는 암서헌에 머물 때, 양면에 서가를 만들고 서쪽 면만 반쪽을 막고 그 가운데를 비워두었다.

이를 기이하게 여긴 문인이 이렇게 비워 둔 이유를 묻자, 퇴계는 "여기는 내가 기거하고 잠잘 곳이다. 성인의 교훈을 뒤에 두고 등지고 앉는 것이 편안치 않기 때문에 이와 같이 했을 뿐이오."라고 하였다.

3행에서 고봉은 퇴계가 말한 '성인의 교훈'을 '전현의 밝디 밝은 마음'으로 이해한 듯싶다. 퇴계(65)는 항상 하늘이 초야에 은거하도록 기회를 주었다고 여겨 더욱 학문에 힘쓰겠노라 결심했지만, 몸이 쇠약하고 재주가 없어 제대로 행하지 못했음은 옛사람들에게 매우 부끄럽다고 하였다.

또한 퇴계는 홀로 쓸쓸히 지내면서도 간혹 고봉이 생각나면, 그리운 마음이 날마다 가슴속에 쌓이지만 천리 먼 길이라 쉽게 달려갈 수 없음을 한스럽게 여길 뿐이었다.

퇴계(69)가 고향으로 돌아가 해골을 묻겠다고 임금께 청하고(乞骸骨)[19] 도산으로 왔을 때, 시내와 산은 옛 그대로였지만, 자신의 소원대로 자연 속에서 유유자적하며 노니는 즐거움은 아직 누리지 못한 상태였다.

하지만 '청량한 경계 속으로 들어왔다' 는 독백에서는 퇴계가 몸소 경험할 수 있게 된 즐거움만큼은 이루 형용할 수 없을 정도였음을 알 수 있다. 퇴계가 느꼈을 법한 즐거움을 고봉은 「탁영담(濯纓潭)」이란 詩에 담고 있다.

못가 거닐면서 읊으며 취했다 깨곤 하니
밝은 훈계 생각하면 마음 불안하여라
그러나 스스로 취함 맑고 흐림에 있으니
오늘은 참으로 내 갓끈을 씻을 만하네

潭上行吟悅醉醒
潛思明訓意無寧

---

19) 걸해골(乞骸骨) : 해골을 빈다는 뜻으로, 재상이 나이가 들어 조정에 나오지 못하게 되었을 때 주군에게 모든 관직에서 물러나기를 주청(奏請)하는 말. 고려·조선시대의 재신들도 임금에게 벼슬을 사퇴할 것을 청할 때 이 말로 표현했다고 한다. 《사기(史記)》 〈평진후전(平津侯傳)〉 등 여러 곳에서 이 말이 나온다.

縱然自取由淸濁

今日眞堪濯我纓

(《고봉선생문집》 권1 「탁영담濯纓潭」)

퇴계는 굴레(官職)에서 벗어난 뒤로는 인간낙사(人間樂事)를 온전히 누리고 있었으나, 자신을 관직에 추천하는 사람들로 인해 늘 마음이 편하지 않았다. 퇴계는 자신이 홀로 장빈(漳濱)[20]에 지내며 몸은 날로 쇠약해지는 것 같아 근심에 쌓이곤 하였다.

그래서 옛사람이 참으로 자신의 마음을 알아준 것 같다는 믿음과 물고기나 새를 보는 즐거움이 없었더라면 아마도 세월을 보내기 어려웠을 것이라고 하였다. 병약한 몸은 비록 고단하나 마음은 한없이 편안하여 퇴계의 마음이 곧 자연이 되었음을 고봉은 3행에서 정신과 육신을 대구(對句)지어 청탁(淸濁)이라 표현하였다.

詩人이 作詩를 할 때 외부의 형식에만 치중하면 내심세계의 문제를 해결할 수 없게 된다. 문제의 관건은 진실하고 경건한 내재 정감이 있느냐 없느냐이다. 이런 정감이 있다면 진정한 심리적 만족을 느끼는 것, 그것이 바로 즐거움(樂)이 된다.

그래서 진정한 의미의 즐거움(眞樂)을 찾으려면 오로지 스스로 개척하듯 찾아야 한다. 자신이 원하는 것을 찾으려 하면 매우 수고롭고

20) 장빈(漳濱) : 와병(臥病)을 뜻하는 시어이다. 삼국시대 위(魏)나라 건안칠자(建安七子) 중 하나인 유정(劉楨)이, "내가 고질병에 한번 걸려 맑은 장수(漳水) 물가에 숨겼노라(余嬰沈痼疾 竄身淸漳濱)." 라는 표현을 쓴 데서 유래한다.

어려운 경지에 이르게 되는데, 이것이 바로 좋은 징조가 될 수 있는 것이다.

이런 점에서 퇴계의 즐거움도 매우 적극적으로 찾아서 얻어낸 참된 즐거움(眞樂)이라 할 수 있다. 퇴계는 혼자 있을 때도 마치 함께 지내고 있는 것 같은 즐거움을 내심으로 느꼈으며, 와유지락(臥遊之樂)[21]을 즐기기도 하였다.

퇴계는 도성 안에 있을 때는 참된 즐거움을 모른 채 지내는 사람들의 마음을 헤아려 와유지락을 즐기면서 유완(遊玩)의 의취가 호연(浩然)하게 발해지는 林泉의 樂이 바로 여기에 있다고 자부하였다.

퇴계는 청량산에 나들이할 계획을 세웠지만, 병든 몸이라 함께 산놀이를 하지 못하게 되었을 때는 일행들이 함께 도사(陶舍)로 돌아와 산수의 즐거움을 말해 주고 자신의 막히고 답답한 속을 씻어 주기를 원했다. 외롭되 결코 즐거움을 잃지 않으려는 퇴계의 마음을 고봉은 「반타석(盤陀石)」에 비유하였다.

金과 土가 정기 남겨 묘하게 형체 되었으니
물결 따라 보일락 말락 이치 밝히기 어렵네
거센 물결 몰아쳐도 끝내 어쩔 수 없으니
하늘이 외로운 뿌리 늙어도 기울지 않게 했으리

21) 와유지락(臥遊之樂) : 집에 들어앉아 상상적으로 명산을 노니는 즐거움으로 남조(南朝) 때 종병(宗炳)이란 사람이 산수를 좋아해 멀리 놀러 다니기를 즐겼는데, 병이 들어 노닐 수 없게 되자 방안에 누워 상상적으로 노닐겠다는 말을 한 데서 유래했다.

金土淪精妙結形
隨波隱見理難明
狂瀾盪擊終無奈
天許孤根老不傾
(《고봉선생문집》 권1 「반타석盤陀石」)

퇴계는 개울물이 반타석을 한 번 휘저어 휩쓸고 간 뒤에 흐르는 물소리를 들으면, 금과 옥을 두드리는 것 같아 누구든지 한번 와서 함께 들어볼 만하다고 할 정도로 유독 반타석에 관심을 드러냈었다.

산중에서 비를 만나니 기쁨이 들판에 솟구치고, 산 마주하여 샘물 소리 들으니 境界와 의취(意趣)가 서로 조화를 이루며, 만물이 소생하니 뜰 앞의 풀잎도 제각각 푸름을 더해 간다. 이럴 즈음이 되면, 小堂에서 하루를 보내던 퇴계의 즐거움 또한 무궁했을 듯하다.

한번은 퇴계가 조카 교(寯)와 손자 안도와 덕홍과 함께 달밤에 탁영담(濯纓潭)에 배를 띄워 강물을 거슬러 올라가다가, 반타석에 배를 대고 역탄(櫟灘)에서 닻줄을 푼 적이 있었다.

술이 세 순배가 돌자, 퇴계는 옷깃을 바로하고 단정히 앉아 소공(蘇公)이 비록 병통(病痛)은 있지만, 그 마음에 욕심이 적었던 것은, '진실로 나의 가진 바가 아니면 비록 털끝만 한 것도 취하지 않는다.'라는 한유가 스스로 청렴을 노래했던 「전적벽부(前赤壁賦)」의 시구를 읊었던 곳도 반타석이었다.

퇴계는 자신의 의지와 관계없이 관직에 나아가게 되었을 때, 관직에서 물러나 분수를 지키려던 생각이 "땅을 쓴 듯 없어졌다."고 하거나, "造物의 마장(魔障, 일에 마가 생기는 일)으로 유선의 꿈(遊仙之夢)이 깨지고 말았다."고 한탄했다. 그의 바람은 오로지 언제든지 돌아가 깨끗한 물과 백로를 만나고 싶다는 열망뿐이었다.

이러한 열망이 현실적으로 어렵다고 느껴질 때면, 퇴계는 두자미(杜子美, 두보의 字)의, "어느 때 한 칸의 띠집에서(何時一茅屋), 흰 구름 곁에서 늘그막을 보낼까(送老白雲邊)"라는 시구를 반복하거나, "조용히 단표(簞瓢)를 대하고 홀로 한숨짓는다(靜對簞瓢獨喟然)"는 주자의 詩를 읊고는 때로 탄식에 빠지기도 하였다.

퇴계에게 외로움과 즐거움은 같은 뿌리에서 발아된 하나의 생명체였다. 산은 푸르고 물은 맑으니 혼자 있기에도 도산은 충분히 흥취가 있었지만, 한편으로는 이것을 함께 즐길 사람이 없다는 것은 외로움으로 남기도 했다. 산골에 바람이 불면 바람결에 실려 오는 외로움에 더해지는 것은 오로지 하나도, 둘도 사람이 그립다는 생각뿐이었을 듯하다.

그래서 퇴계는 손꼽아 날을 세면서 지인들이 하루속히 돌아오기만을 기다리노라면, 마음에는 어느새 즐거움으로 가득 차곤 하였다. 퇴계에게 독학(獨學)의 길은 일상의 외로움으로 그려지지만, 산중의 기약 없는 기다림은 또 다른 즐거움으로 이어진다. 다만 그에게 한 가지 욕심이 있었다면, 아마도 그것은 지인들과 동고동락하고 싶다는 열망이었을 것이다.

2) 퇴계의 자취에 대한 고봉의 戀·情

퇴계는 대은(大隱)은 성시(城市)에도 숨을 수 있으니, 꼭 山林으로 고치(高致)를 삼을 필요는 없으나, 갈아도 닳지 않고 검은 물을 들여도 물들지 않을 수 있음은 大賢 이상이 아니면 어렵기 때문에 산림의 의의가 실제로는 城市보다 낫다고 하였다.

하지만 선비에게 결연히 세상을 떠나 산림으로 돌아가는 일은 혹 뜻대로 되지 않는 경우가 많다. 이 또한 어찌할 수 없는 일이지만, 부득이 城市에 처한다 하더라도 다만 자기 자신이 지키는 바와 즐기는 바가 어떠한지가 문제될 뿐이다.

퇴계는 천성이 번거로움을 싫어하여 조용한 거처를 택한 것은 본래 한가롭게 지내면서 병을 고칠 생각이었다. 그래서 흔히 사람들은 세상이 자신을 알아주지 않는다고 하지만, 퇴계는 자신의 공소(空疎)함을 알아주지 않음을 한탄하였다.

퇴계는 소강절(邵康節)의 "암벽 가에 조그마한 서옥을 짓고(築此巖邊小書室), 나의 참된 낙을 즐기니 낙이 무궁하네(樂吾眞樂樂無窮)." 라는 詩구절을 자주 읊었다. 書室에 앉아있을 때는 책으로 둘러싸인 채 향불을 피워놓고 고요히 앉아 있는 모습은 마치 그렇게 일생을 마칠 것 같은 생각이 들 정도였다.

이런 퇴계의 모습은 고봉에게 세속에 물들지 않은 청사(淸士)로 비쳐졌을 듯싶다.

진흙탕에도 물들지 않아 온전한 천연을 아는데
깨끗한 밝은 모습 어여쁘기도 하여라
생각해 보니 말없이 서로 대하는 곳에
한 가닥 맑은 흥취 그대 위해 유난하리

一團淸興爲君偏
於泥不染解全天
濯濯明姿更可憐
想得無言相對處
(《고봉선생문집》 권1 「정우당淨友塘」)

정우(淨友)는 연꽃을 칭한다. 주돈이(周敦頤)는 연꽃을 좋아하여, "나는 홀로 연꽃이 진흙에서 나왔으면서도 물들지 않고, 맑은 물결에 씻기면서도 요염하지 않으며, 속이 비어 있고 겉이 곧으며 덩굴 뻗지 않고 가지 치지 않으며, 향기가 멀수록 더욱 맑고 우뚝 깨끗이 서 있어, 멀리서 바라볼 수는 있으나 함부로 가지고 놀 수 없음을 사랑한다(予獨愛蓮之出於淤泥而不染 濯淸漣而不夭 中通外直 不蔓不枝 香遠益淸 亭亭淨植 可遠觀而不可褻翫焉)." (「애련설愛蓮說」)고 하였다.

고봉은 4행에서 無言相對라 하여 퇴계와 연꽃을 對의 관계로 설정했다. 주자는 대개 對라고 하는 것은 혹은 左右로 하며, 혹은 上下로 하며, 혹은 前後로 하고, 혹은 多寡로 하며, 혹은 類로 對하며, 혹은 反으로 對한다. 되풀이해서 이것으로써 추리한다면 천지에 참으로 하나도 우뚝 對 없이 고립된 것이 없다고 하였는데, 이 시에서 고봉은 퇴계의 삶의 본질이 연꽃의 속성과 맞닿아 있음을 대대관계로 묘사하였다.

퇴계는 정우당에 홀로 있으면서 비가 내리고 냇물이 불어 오르는 것을 보고 있노라면 갖가지 자연의 변화 현상이 자신의 눈을 온전히 즐겁게 해준다고 여겼다. 그런데 연못 둑을 새로 쌓은 데다 견고하지 못했던 탓으로 모두 개울물에 휩쓸려 무너졌으나 서호(西湖, 매화)와 기옥(琪澳, 대나무)은 다행히 화를 면하여 강둑에 간신히 옮겨 심어 시들지 않도록 하였다.

하지만 한두 그루 남은 연꽃을 보호할 방법이 없게 되었을 때, "백인(伯仁)의 죽음이 자신 때문이었다(誠恐伯仁由我而死[22])." 는 진(晉)나라의 고사를 빌려 애석하고 한스러운 감정을 표현하였다. 실로 생물에 대한 외경(畏敬)이 아닐 수 없다.

이와 같이 미물을 관조하는 숭고한 정신으로 자연을 바라볼 수만 있다면, 실로 자연은 인간의 영원한 자취이고, 인간은 자연의 진중한 표현이 된다. 그 정감어린 표현을 고봉의 절우사(節友社)란 詩에서 만끽할 수 있다.

> 동산의 오솔길에 재배하여 세 길을 내었으니
> 대나무 · 소나무 · 매화 · 국화 서로 어울렸네

---

22) 我不殺伯仁 伯仁由我而死 : 백인이 나로 말미암아 죽다. 백인을 직접 죽이지 않았지만, 죽은 사람에 대해 자신이 책임이 커서 죄책감을 느낀다는 말. 남의 잘못이 아니라 나의 탓임. 동진(東晉)의 왕도(王導)가 한 명언으로 알려져 있다. 《진서(晉書)》

바람서리 · 비 · 이슬에 영화와 시듦 다르니
조화의 미묘한 기틀 스스로 아노라

壇徑栽培一對三
竹松梅菊便相參
風霜雨露殊榮落
造化微機幸自諳
(《고봉선생문집》 권1 「절우사節友社」)

퇴계는 처음 하봉(霞峰)에 집을 지었다가 중간에 죽동(竹洞)으로 옮기고, 마침내 도산에 자리를 정했다. 집 서쪽 시냇가에 집을 지어 이름을 한서(寒栖)라 하였고, 샘물을 끌어서 당(塘)을 만들어 이름을 광영(光影)이라 하였다.

이곳에 매화와 버들을 심고 그 사이에 세 갈래 길을 내어 앞의 탄금석(彈琴石)과 동쪽의 고등암(古藤巖)이 시내와 밝고 아름다운 산이 온전히 하나의 별천지를 이루게 하였는데, 고봉이 이를 一對三으로 표현한 것이다.

퇴계는 梅花를 찾겠다는 약속(尋梅之約)은 神仙을 바란다 해서 볼 수 있는 것이 아님과 같다고 하자, 고봉은 퇴계에게, "한 번 웃고 서로 만남도 하늘이 빌려주었으니, 사립문에 선학이 없은들 어떻습니까(一笑相逢天所借 不須仙鶴共柴關)?" (「梅花答」)라는 시로 화답하였다.

퇴계에게 매화를 찾겠다는 약속(尋梅之約)이나, 의금의 행차(衣繡之

行) 등은 간절히 원하는 바였지만, 언제 이런 소원을 이룰 수 있을는지는 항상 의문이었다. 이런 퇴계에게 영매(嶺梅)가 향기를 내뿜거든 때로 한 가지(一枝) 보내달라는 사연은 글은 읽는 이로 하여금 숙연한 느낌을 갖게 한다고 하였다.

4행의 '造化微機幸自諳'은 시인 이백의 "밖으로는 조화를 스승으로 삼고, 안으로는 마음의 원천을 얻어(外師造化 中得心源)" 조화의 신비한 힘을 잡아채고 그 힘을 자신의 신통함으로 지니라는 시구처럼, 고봉은 퇴계가 이미 조화의 미묘한 기틀을 스스로 터득하여 자신만의 지고지순한 경지에 이르렀음을 암시하고 있다. 고봉은 〈농운정사(隴雲精舍)〉란 詩에서 이를 더욱 구체적으로 표현하고 있다.

뭉게뭉게 산머리 몇 조각구름
늘 기뻐하게 되면 문득 그대를 생각하노라
이 물건은 가져다주기 어려움을 아니
말없이 그윽한 회한 스스로 십분 즐긴다네

藹藹山頭幾片雲
每當怡悅輒思君
也知此物難持贈
脉脉幽懷自十分
(《고봉선생문집》 권1 「농운정사隴雲精舍」)

퇴계는 도산서당을 짓고 마치 주자가 道士를 시켜 운곡(雲谷)을 지키게 했던 것처럼, 서당을 지키도록 산승(山僧)을 머물게 했던 곳이 농운정사였다. 1·2행에는 고봉이 평소에 퇴계를 그리워하는 마음이 담겨져 있다. 고봉은 "선생을 생각하면 城市에 침울한 생각이 드네(憶君城市鬱幽思)." 라고 하거나, "추운 계절 서울에서 아련히 서로 생각하네(月寒京洛淡相思)." 라는 시를 '선생의 한가한 취미를 흠모하며 그리움을 금치 못해 감히 거친 생각을 읊습니다(欽想閒趣 懷不能已 敢綴蕪思)' 라는 제를 붙여 보낸 적이 있었다.

한번은 동호(東湖)의 망호당(望湖堂)에 매화 한 그루가 아주 아름다웠는데, 퇴계가 남쪽으로 떠날 무렵에 막 꽃이 핀 것을 기리기 위해 술을 가지고 찾아가서 시 두 수를 쓴 적이 있었다.

실제로 2행의 君은 퇴계가, "천리 남쪽으로 떠남에 너를 잊기 어려워서 또 찾아와 옥산퇴(玉山頹)가 되었다(千里南行難負汝 敲門更作玉山頹)." 는 시구에 나오는 바로 그 매화를 일컫는다.

'옥산퇴' 란 몸을 가누지 못할 정도로 술에 마음껏 취한다는 뜻으로 《세설신어(世說新語)》〈용지(容止)〉에 혜강(嵇康, 竹林七賢의 중심인물인 중국 삼국시대 魏의 시인 겸 철학자)의 자태가 마치 외로운 소나무가 홀로 선 것처럼 빼어나 그가 술에 취해서 넘어지면 옥으로 된 산이 무너지는 듯하였다는 데서 유래한 말이다.

퇴계가 이별을 앞두고 이 매화가 유독 가엾고 초췌하게 느껴져 남쪽으로 가는 객이 하루가 저물도록 그대와 함께 술 마셨다는 것을 고봉이 상징적으로 묘사하고 있다.

4행의 自十分은 퇴계가 自得의 경지에 이르렀음을 고봉이 이렇게 표현한 것이다. 맹자는, 군자는 자기 스스로 참되고 바른 길을 깨달아 얻어(自得) 그 안에 깃든다고 하였다. 또한 程子는 배움이란 자기 안에서 구하는 것(自求得之)이라고 하였으며, 주자는 자기 자신을 위한 진리나 道의 체득이라는 문제를 실천적인 자기수양의 문제로 삼았다.

이렇듯 道를 체득한다는 것도 일종의 인식이다. '자기 자신을 위한 배움' 은 자기 안에서 참되고 바른 길을 찾아, 그렇게 찾은 참되고 바른 길 안에서 깊은 내적 만족을 누리는 것이다. 이는 인간이 내심으로 자신의 본성을 체험하고 체득하여 대자연의 만물도 저마다의 본성을 실현케 할 수 있음을 알게 될 때 저절로 터득되는 즐거움이자 일종의 정신적 자유를 얻는 과정이다.

특히 퇴계(69)가 고봉과 작별할 때 앞으로 서로 만날 날이 요원하여 기약이 없으니, 大業을 더욱 닦아 높고 깊은 경지에 이르도록 힘써서 인망(人望)에 부응하기를 바란다고 했을 때 '높고 깊은 경지' 가 바로 자기를 살펴서 천하를 알게 되는 自得의 단계이자, 진정한 의미의 정신적 자유를 누리는 眞樂의 단계라 할 수 있다.

퇴계는 고봉이 고향에 '학문을 닦는 곳(藏修)' 이라는 書室을 지어 그 서실의 호칭을 낙암(樂庵)이라 게시한 것이 매우 알맞고 좋다고 하면서 며칠 동안이나마 정답게 지내면서 그 중의 樂이 어떠한지를 함께 참여하여 느껴보지 못한 것이 한스럽다는 소회를 밝히기도 하였다.

고봉도 퇴계를 향한 유련(悠戀)의 情은 그침이 없었다. 말없이 그윽한 회한에 휩싸인 경우는 퇴계뿐만이 아니었다. 평소 "마음속에 품고 있거늘, 어찌 하룬들 그댈 잊으리(中心藏之何日忘之)." (《시경》)라는 시구를 읊으며, '그대 그리우면 이 강가로 오리라' 는 퇴계의 그리움은 고봉에게는, "사랑하되 만나지 못하여 머리 긁으며 머뭇거릴 뿐(愛而不見 搔首踟躕)." (《시경》 「패풍(邶風)」) "산천이 가로막혀 선생을 배알할 길이 없기에 동쪽으로 나는 구름을 바라볼 때면 매번 나도 모르게 마음이 그곳으로 달려가곤 한다(山川間之 奉拜靡由 東望飛雲 每不覺神魂之馳遡焉)." (〈퇴계선생도산기문발〉)는 연민의 情으로 쌓여갈 뿐이었다.

4. 유인(幽人) 고봉 詩의 향기로 남아

꿈결에 나눈 속삭임은 아무리 정겨운 대화라 할지라도 잠에서 깨어나는 순간 아련한 기억으로 맴돌 뿐이다. 기록되지 않은 꿈은 기억에서 사라진다. 아무리 강변하려 해도 현실성이 결여된 공허한 메아리로 들릴 뿐이다. 실로 寓言이 아닐 수 없다.

중국작가 公木은 《선진우언개론先秦寓言槪論》에서, "흔히 寓言이란 사상에 옷을 입히고 살과 피를 부여하여 그것을 형상화한 것인 반면에, 일반 서사 문학작품은 생명에 형체를 가지고 부여하는 것이 아니라, 생명력이 풍부한 형체이며, 사상을 형상화한 것이 아니라 사상성이 풍부한 형상이 된다." 고 정의하였다. 그래서 寓言은 꿈의 대화라 할 수 있다.

동·서양을 막론하고 꿈은 다양한 문학작품의 소재가 되었다. 퇴계는 인생이란 한바탕 꿈인데 도외시하여 논할 게 뭐 있겠나(一枕邯鄲 膜外何論)라고 하였다. 반면에 셰익스피어는《한여름 밤의 꿈》에서 시인의 눈은 하늘과 땅을 두루 살핀다. 그러다 상상이 차츰 형상화되면, 시인의 붓은 미지의 사물들로 하여금 형상을 갖추게 하고 또 공중의 허무에 일정한 장소와 이름을 준다. 그런 재주는 뛰어난 상상력이 있기 때문이라고 하였다.

바로 그 인간 영혼의 고도로 자유로운 상상과 풍요로운 변화를 우리는 고봉의 詩세계에서 마주하게 된다. 고봉에게 도산서당의 장구지소는 陶弘景이자 에덴동산이었다.

마크 트웨인은《아담과 이브의 낙원일기》에서 "에덴동산은 나에게 꿈입니다. 그곳은 이루 형언할 수 없을 정도로 빼어나게 아름다웠습니다. 이제 그곳을 잃어버렸고, 더 이상 그곳을 볼 수가 없습니다."라며 이브의 목소리로 '에덴동산의 상실(Paradise Lost, 失樂園)'을 고하였다.

하지만 고봉은 도산서당을 찾았고(復樂園, Paradise Regained), 그곳 도처에 詩를 남겼다. 또한 그곳에서 사랑을 찾았고, 그곳에다 즐거움을 남겼다. 그래서 그곳에 가면 기록된 꿈과 사랑의 대화, 그리고 참된 즐거움(眞樂)은 결코 사라지지 않는 향기로 남아있다.

"인간과 조화를 이루는 것을 사람과의 즐거움이라 하고, 자연과 조화를 이루는 것을 하늘과의 즐거움이라 한다(與人和者 人樂 與天和者 天樂)." (《莊子》)

이쯤 되면 가히 자연이라고 불리는 것이 인간이고, 인간이라고 불리는 것이 곧 자연이 된다고 하겠다.

고봉의 詩들을 종합해 보면 林泉의 樂을 즐겼던 퇴계가 곧 자연이었음을 알 수 있다. 왜냐하면 퇴계도 산중에 함께 있을 때는 그 노니는 곳 외에 밖을 알지 못했는데, 산에서 나와 돌이켜 생각해 보니, 비로소 산에 있는 자가 神仙이었음을 깨달았다고 하였기 때문이다.

자기를 살펴서 천하를 인식한다는 것은 자연(天)을 인식하는 객관적인 준칙을 인식하는 것이 아니라, 자연(天)을 위해 주관적인 원칙을 제도하는 것이다. 그래야 비로소 앎(知, 認識)은 만물을 두루 하고, 원칙(道)은 천하를 건지는 데 지나침이 없게 된다.

즉, 앎에는 의리가 포함되어 있는 것이니, 그 의리가 만물의 이치를 두루 다하는 것이다. 또한 이치에 순하게 하는 것은 하늘을 즐거워하는 것(樂天)이고, 분수에 편안히 하는 것은 명을 아는 것(知命)이니, 이치에 순하게 하고 분수에 편안히 하기 때문에 근심하는 바가 없게 된다. 바로 퇴계가 그랬다.

고봉의 詩 세계에는 인간과 우주는 조화를 이루고 있고, 인간과 인간은 서로 감응하며, 인간과 사물은 균형을 이루고 있다. 각자 처한 곳에서 저마다 가치창조의 원천이 되고 있다. 도산의 장구지소에 대한 고봉의 詩들의 원천은 퇴계이다.

퇴계에서 시작되어 퇴계로 정점을 이루고 다시 퇴계로 끝나는 실로 詩의 순환이라 하겠다. 그 정점에 있는 詩가 고봉에겐 「부용봉(芙蓉峯)」이었을 듯하다.

산의 형상은 흡사 꽃모양 같지는 않지만
깊고 빼어남은 아름다운 이름 받을 만하네
더욱 그윽한 사람의 향기로운 덕 자욱하니
한결같이 아름다운 흥취는 하늘이 이뤘도다

山形非必似花形
深秀猶堪當美名

更有幽人葆馨德

一般佳趣類天成

(《고봉선생문집》 권1 「부용봉芙蓉峯」)

퇴계(64)가 고봉에게 들려준 말 가운데 최고는 단연, 눈 쌓이고 얼어붙은 산골에서 삶은 궁색하지만, 천만다행인 것은 먼지 묻고 좀 먹은 책에서 우러나는 성현들의 유복(遺馥)이 난초의 향기가 몸에 스며드는 것보다도 더 향기롭다는 것이지 않았을까 싶다.

고봉이 '(선생의) 아스라한 맑은 모습은 학보다 더한 신선으로 비쳐졌고', '꽃 같은 마음은 언뜻 봄하늘에 드리워졌네(縹緲淸標鶴上仙 故將芳意露春天)' 라고 읊었던 시구처럼, 고봉에게 퇴계는 하늘이 빚어낸 '부용봉' 이자 '유인(幽人)' 그 자체였다.

고봉은 이 시를 짓고 나서 퇴계선생께 올리려 했으나, 그렇게 하지 못했다. 문득 첩(帖)에 써둔 채 머뭇거리다가 갑자기 '산이 무너지는 아픔' 을 만났다고 하였다. 이 말은 孔子가 자신이 세상을 떠날 꿈을 꾸고 아침에 일찍 일어나 뒷짐을 지고 지팡이를 짚은 채 문 앞에서 한가로이 거닐며 노래하기를, "태산이 무너지겠구나. 들보가 부러지겠구나. 철인이 죽게 되겠구나(泰山其頹乎 梁木其壞乎 哲人其萎乎)!" (《예기》 「단궁檀弓」 上)라고 하였다.

이후 '산이 무너지는 아픔' 이란 말은 일반적으로 스승이나 철인의 죽음을 의미하지만, 여기서는 퇴계선생이 돌아가신 것을 말한다.

고봉은 뒤늦게 유첩(遺帖)을 어루만지며 슬퍼하다가 김이정을 만났을 때, 퇴계선생과 함께했던 옛 일들을 서로 이야기하다가 오열하고 이 시첩을 그에게 건네주었다. 고봉이 할 수 있는 말은 그리 길지 않았다.

> "비루한 말이 비록 천근(淺近)하지만, 깊은 생각에서 나온 말이니, 만약 선생께서 지하에서 일어나신다면 반드시 이 마음을 잘 알았다고 하실 것이다. 아! 슬프도다(抑鄙言雖淺 而亦有意思 如使九原可作 先生必以爲相悉者矣 嗚呼悕矣) (壬申五月日 奇大升書于漢城終南之寓舍)(《고봉선생속집》 권1)

퇴계는, "무슨 일로 그 세월 다 보냈는가(於何玩其光), 한 해가 벌써 저물어 가네(以至歲向晩)."라는 한유(韓愈, 768~824)의 시 구절을 자주 애송했다. 고봉의 마음속에도 퇴계가 묵언으로 들려준 이 詩 구절의 뜻(志)이 새겨졌으리라.

주자는 '詩는 뜻이 가는 바이니, 마음에 있으면 뜻이고 말로 나오면 詩가 된다고 하였듯이, 흔히 詩가 뜻을 말하는 것(詩言志)이라고 할 때, 여기서 志는 사상 · 비전 · 정보 · 제도 등을 의미한다고 할 수 있다.

반면에 시인의 志는 이념의 틀이 선행되고, 형상은 그것을 해석하기 위해 인위적으로 부과된 것일 뿐이다. 그러므로 '詩言志'의 詩는

'세계를 자아화' 하는 서정이 아니라 '자아를 세계화' 하는 교술(教術)에 해당한다고 하겠다.

고봉이 "義理를 모으는 것도 뜻을 지니는 데 있다(集義在持志)." 고 하였듯이, 그의 詩에서는 고봉 특유의 의지(志)로 인해 '자아의 세계화' 가 '자아의 형상화' 로 생동하게 된다.

마치 도산서당이 꿈의 무대라면, 고봉의 詩들은 그 무대 위에 펼쳐지는 파노라마가 된다. 陶山의 장구지소가 삼라만상의 생명을 창조적으로 잉태케 하는 도홍경(陶弘景)이라면, 고봉의 詩風은 번창한 생명의 정원에 불어오는 부드럽고 잔잔한 바람이라 할 수 있다. 그리하여 고봉의 詩들에서는 퇴계라는 인간의 향기가 진동한다고 하겠다.

제4부. 한학(漢學)공부의 방법

제1장. 퇴계 자신과의 성찰적 대화

제2장. 퇴계 자신과의 학문적 대화

제3장. 퇴계 자신과의 탐구적 대화

제1장. 퇴계 자신과의 성찰적 대화

— 퇴계의 적확(的確)한 문자와 문장 운용 방법

<미리 읽기>

퇴계가 문자를 적확하게 운용하였던 면면을 조망하면서, 그가 文字의 순리를 살리면서도 문장의 올바른 규칙을 지켰던 '정론의 기틀'을 제시하고자 한다. 이를 위해 문장이 함축하고 있는 의미를 '隱'과 '秀'의 기법으로 구분하고, 다어의(多語義)의 용례와 어휘의 대상에 따른 지의(旨意) 분화를 조명함과 아울러 잉어(剩語, 쓸데없는 말)와 첩어(疊語, 반복되는 말)를 정리하여 전체적으로는 至善한 문장을 향해 끊임없이 퇴고(推敲)를 감내하던 先師의 정신을 그려내는 데 있다.

먼저 퇴계는 글은 명백하고 적확하고 합당해야 한다고 하였다. 그는 문장을 이루는 장구 하나하나가 조금이라도 정확하거나 적확하지 않다고 생각되면 이를 고치는 데 조금도 주저하지 않았다. 글이란 아무리 수정해도 미진한 부분이 있으므로 반드시 거듭해서 고쳐진 뒤에야 비로소 더욱 훌륭해져 후세에 전해지더라도 의심이 없게 된다는 것이다.

퇴계는 이미 글을 완성한 후에도 반포를 서두르지 말고 계속 교정하여 고치라고 하였다. 잘못된 곳과 어색한 곳을 고치지 않으면 文理가 성립되지 않는 곳이 많기 때문에 꼼꼼하게 보충하거나 고쳐야 한다고 하였다.

또한 그는 문장의 正法을 강조하면서 주해(註解)의 필요성을 강조하였다. 특히 문장이 난삽하여 읽기 어렵게 되면 의심과 불확실성이 야기되므로 주해 중에도 꼭 주해를 덧붙여야 한다고 했다. 이를 위해 퇴계가 문자를 엄정하게 운용하였던 사례를 잉어와 첩어로 설명하였다.

퇴계는 옛사람들이 평생 강학(講學)하면서도 오히려 시간이 부족하다고 여겼던 까닭은 의미를 세밀하게 이해하지 못하여 진의를 밝히기 어려웠기 때문이라고 보고 의미의 主客과 심천(深淺)이 중요하기 때문에 의미를 파악하려면 본래 말한 뜻의 의취(意趣)를 이해해야 한다고 하였다.

퇴계는 글 속의 문의(文義)가 지의(旨意)이고 글 속의 道理가 文理이기에, 글자의 뜻 또한 쓰인 자리에 따라 융통성 있게 보면서 마땅히 당시의 뜻을 잃지 않아야 한다고 강조하였다. 그는 학자들이 속히 지의를 파악하지 못하는 문제점은 文字를 정밀하게 연구하지 못하고 이치를 분석하기를 투철하게 하지 못하기 때문이라고 하였다.

퇴계는 문장을 읽으면서는 그 의미하는 바의 새김을 찾고, 句나 辭

에서는 그 뜻을 찾아서, 비록 한 자 한 획의 미세한 곳까지도 예사로 지나쳐 버리지 않았다. 그러면서도 그는 일찍이 한 번도 선유들의 글자를 함부로 지우거나 고치지 않았다.

다만 그 글줄 위에다가 방주(旁註)를 붙여서 "아무 글자는 마땅히 아무 글자로 해야 하지 않을까." 라고 자신의 생각을 덧붙일 뿐이었다. 그가 文字을 대할 때 얼마나 자세하고, 삼가면서도, 정밀함에 더하여 적확하게 의미를 분별하려 했는지를 가히 알 수 있겠다.

1. 文字와 文章의 정의

인류가 고안해 낸 역사상 가장 훌륭한 산물 중의 하나가 文字일 것이다. 인류는 모든 삶의 궤적을 문자로 기록하게 되면서 그들만의 정신문화를 올곧게 보존하고 더욱 발전시켜서 후세에 전승할 수 있었다.

그들이 걸어온 그대로의 기록이 역사이고 보면, 사람은 사라져도 정신사(史)는 썩지 않고 살아 숨 쉰다고 할 수 있다. 이렇듯 정신의 역사는 시간 속에서 이루어지고, 인류의 역사는 '시간 속에서의 정신의 전개'이지만, '자연은 공간 속에서의 이념의 전개'이다

《주역》에서는 功과 業은 변화하는 데서 나타나고, 성인의 뜻은 말에서 나타난다고 하였다. 《좌전》에서는 비록 오래되어도 사라지지도 않고 썩지도 않는 것으로, "가장 좋은 일은, '덕을 쌓는 일', '공을 쌓는 일', '좋은 말을 남기는 것'이다. 비록 오래되어도 없어지지 않으니, 이를 삼불후(三不朽)라고 한다.

그래서 훌륭한 글이나 말을 남기는 것은 일상의 호흡처럼 잠시도 곁에서 떠날 수 없으면서 영원히 사는 방법과도 접맥되어 있다고 할 수 있다. 유가에서 문장을 논할 때는 반드시 성인의 표준으로 검증해야 하며, 성인의 표준을 탐색함에 있어서는 반드시 經書에 의거해야 한다.

유협(劉勰)은 《문심조룡(文心雕龍)》에서 성인의 문장이란 그 내용

이 정확하면서도 문채가 화려하고, 문채와 내용이 동시에 함께 갖추어져 있다. 그래서 만일 성인의 문장에서 어떤 표준을 찾아내어 입언(立論)한다면 훌륭한 문장이 될 수밖에 없다고 하였다.

《서경》에서는 언어를 선택할 때에는 그 핵심을 세심하게 살피는 일을 중요시해야지, 기이한 것을 좋아해서는 안 된다(辭尙體要 不惟好異)고 하였다. 그러므로 학자는 언어를 정확하게 사용함으로써 분명한 논점을 세울 수 있고, 핵심적인 뜻을 세심하게 살핌으로써 언어적 표현이 이루어지게 된다는 것을 알게 된다.

이러한 흐름을 가장 자연스럽게 계승 발전시킨 학자가 조선조 중기의 퇴계 이황이라고 할 수 있다. 퇴계의 글을 대하는 엄격한 자세를 문봉(文峯) 정유일(鄭惟一, 1533~1576)은 다음과 같이 회상하고 있다.

> "선생은 義理를 풀이하여 말할 때에 명백하고 적확하여, 심오하거나 모호한 말을 한 적이 없었다(先生論說 義理明白的當 未嘗爲幽深玄窅之言)."

이와 같은 퇴계의 생각은 만년에 식견이 매우 정밀하고, 의리를 논하는 데 쉽고도 분명하였던 하서(河西) 김인후(金麟厚, 1510~1560)를 높게 칭송한 점에서도 드러난다.

퇴계는 文은 인정과 체면에 따라 구차히 할 수 없으며, 만일 글씨를 쓸 때도 그 간계(間界)와 字行의 크고 작음과 높고 낮음을 적당히 맞추어 십분 정제해야 하며 직접 살펴보아야만 소략(疏略)하고 잘못된 실수를 면할 수 있다고 하였다.

그래서 문장에 약간이라도 의심스러운 부분이 있으면 주자가 제비표시를 한 것처럼, 퇴계는 상대방이 고칠 부분을 상고를 잘 할 수 있도록 붉은 점을 쳐두었다. 또 그는 몇 마디라도 다른 쪽지에 기록해 두거나, 자신의 뜻과 합당하지 않으면 註를 붙여서 고칠 곳을 살펴보고 적당히 헤아려 거취하곤 하였다. 이러한 뜻으로 다시 윤색(潤色)을 가하여 문장을 진선진미(盡善盡美)하게 하는 것이 좋다고 하였다.

> "인쇄를 하든 안 하든 그건 논할 바 아니지만, 책은 반드시 잘못이 없어야 합니다(其印不印 姑所不論 書本則必欲無訛)."

책의 첫머리부터 끝부분까지 수차례의 교정을 거치지 않은 책이라면 비록 인쇄하더라도 전혀 귀중하지 않으며, 책의 내용 또한 정확하게 이해해야지 그냥 막연하게 아는 것은 도움이 되지 않는다고도 하였다.

퇴계는 주자가 글의 잘못된 곳이 있으면 이를 바로잡으려 했던 정신을 높이 평하여, 주자의 집주(集註)와 장구(章句)에 대해 백세토록 이견이 없는 까닭은 여러 학설의 장점을 모아, 버리고 취하기를 정밀하게 하였고, 조금이라도 온당치 않은 부분이 있으면 고치기를 꺼려

하지 않고 至善에 나아가기 위해 고칠 만한 것이 없게 된 후에야 그쳤기 때문이라고 하였다.

이렇게 하기 위해서는 부단한 工夫의 과정이 요구된다. 孔子의 유학이 주희에 이르러 완전히 다른 차원의 학문으로 발전하였으며, 주희의 공부는 공자가 중시한 현실의 문제는 도외시하고 실증이 없는 지나치게 주관적이고 관념론적인 진리 추구에 그치고 마는 경향이 있었다고 비판을 받기도 했다.

유학에서 공부란 일련의 연마과정을 통해 현재의 상태를 至善의 상태에 이르게 하려는 노력이다. 그래서 善은 다만 매사의 지극한 理요, 文章은 이 위의(威儀)의 제도로 보았다.

일찍이 율곡(栗谷) 이이(李珥)가 퇴계를 가리켜, "머리 굽혀 下學에 힘쓰고 깊이 생각하고 정밀하게 연구하였으며, 실 끝을 헤치고 털끝을 가를 정도로 문자를 깊고 명확하게 보았다. 게다가 여러 말들이 제각기 달라서 굵고 가는 것이 쓰임이 다르기 때문에 그것을 절충하여 하나로 모으되 주자를 스승으로 삼았다." 고 하였다. 至善한 문장을 지향하는 퇴계의 자세는 주자가 문장을 대하는 자세와 매우 일치한 면이 있었음을 알 수 있다.

이렇듯 문자의 기능이 뜻을 전하는 데 있다고 하지만, 학자는 반드시 문장을 바르게 이해해야 한다. 만일 문장을 이해하지 못하면, 비록 문자를 약간 안다 해도 그 뜻을 말에 나타내지 못하는 것은 자명한 이치이기 때문이다.

그래서 퇴계는 우연히 비록 글자 한 자를 쓰더라도 점이나 획은 반드시 정돈하였고, 글자체는 방정하고 중후했다. 그리고 시 한 수를 우연히 읊더라도 한 글귀 한 글자를 반드시 깊이 생각하고 고쳐서 함부로 남에게 보이지 않았었다.

이 글에서는 퇴계가 문자를 적확하게 운용하였던 면면을 조망하여, 그가 문자의 순리를 살리면서도 문장의 올바른 규칙을 지켰던 '정론의 기틀(正法)'을 제시하고자 한다. 이를 위해 먼저 문장이 함축하고 있는 의미를 은(隱)과 수(秀)라는 기법으로 구분하고, 다의어(多語義)의 용례와 어휘의 대상에 따른 지의(旨意) 분화를 조명한다. 아울러 잉어와 첩어를 정리하여 전체적으로는 至善한 문장을 향해 끊임없이 퇴고를 감내하던 先師의 정신을 그려내는 것이 이 글의 목적이다.

2. 퇴계의 문자의 순리와 운용

1) 文의 형상과 문자의 順理

중국의 한자는 사건을 의미적으로 묘사한 표의문자이다. 이는 한자의 구성 원리이기도 한데, 글자 원리상 한자는 상형(象形), 지사(指事)의 '文'과 이러한 문의 합성자인 회의(會意), 형성(形聲)의 '字' 그리고 운용 면에서 전주(轉注), 가차(假借)라고 하는 '六書'로 구성된다.

여기서 六書란 말은 여섯 가지 문자(Six Scripts)로 번역되어 왔는데, 이것은 한자의 여섯 종류를 일컫는 것이 아니라, 한자의 형성에 관한 여섯 가지 원리를 일컫는 것이므로 '여섯 가지의 도해(圖解, Six Graphic Principles)'라고도 한다.

흔히 언어·문자 학자들은 협의파(狹義派)와 광의파(廣義派)로 나뉜다. 협의파는, 문자는 언어를 기록하는 부호라고 생각하고, 광의파는, 사람들은 문자로 정보를 전달하므로 일정한 뜻을 나타내는 그림이나 부호도 모두 문자라고 부를 수 있다고 생각한다. 전통적인 한어(漢語)의 문헌 중에 종래 '문자'라는 말을 언어를 기록하는 부호라고 했기에 여기서는 협의파의 견해를 취하고자 한다.

원래 文字의 '文'은 무늬를 의미한다. 무늬는 형체를 이루는 모든 것을 지칭하는데, 하늘의 무늬는 해·달·별 들이고 땅의 무늬는 산·냇물·초목 등이 된다.

이렇듯 만물의 자연적인 무늬 혹은 문채(文)라는 것이 文의 기본적인 뜻이라고 볼 때, 사람이 그린 文은 文字가 되고, 그가 천지의 무늬를 본받아서 문자로 표현한 것이 文章이 된다고 하겠다.

동양에서는 文을 기예의 일종으로 글쓰기, 말달리기, 활쏘기 등으로 생각했으며, 특히 文章은 말단의 재주라 하여 높이 평가하지 않았다. 다시 말해서 본질은 道이고 文은 그 말단으로 여겨 文의 존재의미는 道를 드러내는 것쯤으로 받아들여졌다.

공자가 문행충신(文行忠信)[1]의 四敎 가운데서 文을 맨 첫머리에 놓긴 했지만, 그것은 어디까지나 나머지 세 가지의 것들과 함께 어우러져야 한다. 이는 흔히 덕행에 힘쓰고 명성을 드높이려는 사람들 중에는 성인을 모범으로 삼지 않는 사람이 없는데도 불구하고, 文字를 다듬어 文章을 짓고자 하는 경우에 경서(經書)를 전훈(典訓)으로 삼지 않는 경우가 많기 때문이다.

《논어》의 文으로 벗을 만나고 벗을 통해 사랑의 덕을 닦는다(曾子曰 君子以文會友 以友輔仁)는 문장에 나오는 文은 학문을 뜻한다. 학문을 익힘으로써 벗을 모은다면 道가 더욱 밝아지고, 벗의 善을 취하여서 仁을 돕는다면 德이 날로 진전된다는 뜻이다

《근사록》에서는 모든 어린아이들의 직분은 자기가 해야 할 일을 다 하고 그러고도 남은 힘이 있으면 글을 배운다. 자기가 해야 할 일

1) 문행충신(文行忠信) : 학문·실천·충실·신의라는 뜻으로 공자가 교육의 근본으로 삼은 네 가지 덕을 이른다. 《논어(論語)》「술이(述而)」편에 유래하는 말이다.

을 다 하지 않고 먼저 글을 배우는 것은 자신의 내면을 기르는 학문이 아니라고 하여 文을 '글을 배우는 의미' 로 보고 있다.

주자는 道란 文의 근본이고 文은 道의 지엽(枝葉)이니, 오직 道에서 근본하고 文에서 발하게 하는 것이 모두 道이다. 三代(夏·殷·周)에 성현의 문장은 다 이 마음을 그대로 따라 나온 것이니, 文이 곧 道라 하여, 文이 道를 싣는 것은 마치 수레가 물건을 싣는 것과 같아 수레를 만드는 사람은 그 바퀴와 끌채를 꾸미고, 글을 짓는 사람은 그 문사(文辭)를 잘 해야만 모든 사람들이 이를 사랑하여 쓰게 된다고 하였다.

또한 주자는 文이란 덕행에 기대어 짓는 것이며, 덕행이란 文을 통해 전파되는 것이므로 '문자는 원래 뜻을 파악하기 어렵다' 고 하였다. 그래서 그는 문자를 본다는 것은 문자를 이해하기 위해서가 아니라, 바로 자기의 성정대로 일을 이해하자는 것이기 때문에 학자는 반드시 主一해야 한다고 하였다.

오늘날의 학자들이 문자 볼 줄을 모른다는 말도 결국은 먼저 사의(私意)를 세워 스스로 자기의 說을 주장하면서 그저 성인의 언어를 빌어 말을 일으키고는 문득 자기의 뜻을 가지고 말을 이어가기 때문이라 해석할 수 있다.

한편 퇴계는 문인 이덕홍(艮齋 李德弘, 1541~1596)에게는 문자의 의의를 다음과 같이 설명하였다.

선생께서 일찍이 말하기를, 글이란 뜻을 충분히 통달

하기만 하면 된다. 그러니 배우는 자는 문장을 이해하지 않을 수 없다. 만약 문장을 이해하지 못한다면 비록 문자를 대충 안다고 하더라도 言辭의 뜻을 통달할 수가 없는 것이다(先生嘗曰 書達意而已 學者不可不解文章 若不解文章 雖曰粗知文字未能達意於言辭).

퇴계는 문자를 문장을 이해할 수 있는 수단으로 이해해야지 생각이 문자 그 자체에 머물러서는 문장의 함의를 파악할 수 없다고 강조하였다. 보통 학자가 글을 읽을 때 가장 중요한 것은 반드시 성현의 말과 행동을 마음에 새기는 것이다.

그리고 조용히 글의 뜻을 찾고 묵묵히 완미한 뒤라야 비로소 배우는 자에게 학문이 진보하는 성과가 있게 된다. 하지만 대충대충 읽고 넘기거나 그저 외우기만 할 뿐이라면, 이는 글자나 글귀를 들은 대로 말하는 나쁜 습관에 불과한 것이므로 비록 많은 글을 외우고 머리가 희도록 經을 이야기하더라도 아무런 도움이 되지 않는다는 것을 퇴계는 지적하고 있다.

퇴계는 선조에게 「무진육조소」를 지어 올리면서 입으로 진술하면 정신이 어둡고 말이 어눌해서 한 가지를 들고 만 가지를 빠뜨릴까 염려되어, 이에 '감히 문자로 뜻을 전달한다'고 하였다.

자신이 글을 지어 추론해서 6조로 나눈 것이므로 임금이 이를 가까이 두고 경계의 말씀으로 삼는 데 약간이나마 도움이 될 것이라고 생각했다. 이는 주자가 성현의 책을 읽되 句句마다 字字마다 하나하나 이해하여 전체를 선택할 필요는 없으나, 이렇게 오래하면 당연히 얻음이 분명해지고, 지킴이 순수하여 익숙해질 것이라고 한 말과 통한다.

퇴계는 대개 문장은 성인의 나머지요, 자획은 또 문장의 末이라 하여, 글자마다 그 훈계를 따르고 구절마다 그 뜻을 추구해야 한다고 말한다. 또한 일은 그 이치에 맞게 하고, 뜻은 적요하게 하면서도 써 온 내력이 없는 글자는 사용하지 않아야 하며, 삭제할 것은 삭제하고 나서야 비로소 위아래의 문자의 뜻이 순조롭게 된다(今蒙刪去 於上下文義順易)는 것이 퇴계가 말하는 文字의 순리론(順理論)이다.

2) 多義語의 용례와 대상에 따른 문자 운용

퇴계는 글 속의 文義가 旨意이고 글 속의 도리가 文理이기 때문에, 글자의 뜻 또한 쓰인 자리에 따라 융통성 있게 보면서 마땅히 당시 가르침의 뜻을 잃지 않아야 한다고 강조하였다.

그는 文理를 이해하는 자신의 방식이 옳은지 그른지를 질문하는 제자에게, 차라리 상세하게 읽을지언정 성글게 읽어서는 안 된다고 하였다. 즉 그의 말에 따르자면, 말에는 저마다 마땅한 뜻이 있기 때문에, 글자의 뜻을 이해할 때는 본래의 의미나, 동일한 개념일지라도 상이한 의미를 분별하는 것이 좋다는 것이다.

이 말은 글을 읽어 義理를 구하려면 간략하게 볼지언정 자세하게 보지 않으며, 대강대강 볼지언정 세밀하게 보지 않아야 비로소 남은 곳이 있게 된다는 주자의 말과 구분해서 이해할 필요가 있다.

(1) 多義語의 용례에 따른 구분

다의어는 둘 이상의 기의(記意, signifie)가 하나의 기표(記標, signifiant)와 결합된 것으로 한 단어가 여러 의미를 지니고 있어서 단어의 경제적 운용이라는 측면에서는 매우 유용하다고 할 수 있다. 하지만 다의어 속성상 야기되는 글의 모호성은 문장의 전후 맥락이나 내용의 상황 전개로 이해해야 하는 번거로움도 따른다.

첫 번째, 格을 예로 들 수 있다. 퇴계는 "먼저 格明德하고 그 다음 格修身한다." 고 말한 제자의 논의는 대체로 타당하다고 인정하였다. 대개 퇴계는 格物하는 까닭은 致知하기 위함이니, 어떤 物이라도 格하지 않음이 없기 때문에 性情과 心身으로부터 모든 것이 다 이해되어야 하지만, 그렇다고 해서 格物이라고 하는 것은 가능하나, '格明德' 이나 '格修身' 등은 말이 되지 않는다고 하였다.

그러면서도 퇴계는 "格法을 삼가서 지킨다" 라고 할 때의 格은 오직 고쳐야 할 道만을 가리킨 것인지, 오랫동안 고치지 않는다는 것을 아울러 가리키는 것인지 명확히 이해할 수 없다는 제자의 질문에 '고쳐야 할 것이라면 분명하게 고치고, 고쳐서는 안 될 것이라면 고치지 않는 것, 이것을 格法을 지킨다고 하는 것이기 때문에, "이 문장의 格에는 당연히 두 가지 뜻을 아울러 지니고 있다." 고 대답하였다. 하지만 만약에 끌어다 억지로 맞추는 경우라면 그것은 이미 格法이 아니라고 퇴계는 말했다.

또 《대학》 經文에 나오는 物格의 註에 '무불도(無不到)' 는 이치를 궁구하여 이치의 지극한 곳에 이른다는 뜻으로, 여기서 到는 格자의 뜻이다. 반면에 《대학》 「或問」의 '지지선(止至善)' 을 논한 註에 '無不到' 는 善을 행하여 선의 지극한 곳에 이른다는 것이므로 여기의 到는 止자의 뜻이다.

여기서 전자는 知를 말하였고, 후자는 行을 말한 것이므로 동일한 格이지만 의미는 같지 않음을 지적하여 퇴계는 다의어의 속성을 정확하게 파악하여 운용해야 한다고 강조하였다.

두 번째, 樂을 예로 들 수 있다. 퇴계는 《논어》 의, "지혜로운 사람은 물을 좋아하고, 어진 사람은 산을 좋아한다. 지혜로운 사람은 움직이고, 어진 사람은 고요하니, 지혜로운 사람은 즐겁게 살고, 어진 사람은 장수한다(知者樂水 仁者樂山 智者動 仁者靜 智者樂 仁者壽)." 는 구절에 나오는 仁과 智에 대해 다음과 같이 설명하였다.

> "성인의 뜻이, 아마 仁과 智의 이치가 은미하고 오묘하여 사람들이 쉽게 이해하지 못하기 때문에 이 점에 대해 혹은 그 기상과 의사를 가리키기도 하고, 혹은 체단(體段)과 효험을 가리키기도 하며, 다시 형용을 되풀이하여 사람들로 하여금 그 기상으로 인해 진실을 구하여 기준과 모범의 극치를 삼게 하려는 것일 뿐 그 무슨 山水에 나아가 仁과 智를 구하려는 것은 아니다(故吾恐聖人之意 豈不

以仁智之理微妙 人未易曉 故於此或指其氣象意思 或指其體段效驗 而反覆形容之 欲人因可象而求其實 以爲指準模範之極耳 非欲其就山水而求仁智也)."

산이 仁이 되고 물이 智가 되거나, 또는 사람과 산수가 본래 동일한 성품임을 말하는 것이 아니다. 다만 仁者는 산과 비슷하기 때문에 산을 좋아하고, 智者는 물과 비슷하기 때문에 물을 좋아한다고 말한 것이다. 퇴계의 말에 따르자면, 여기서 비슷하다는 것은 단지 어질거나 지혜로운 사람의 氣象과 意思를 가리킨 것일 뿐이라는 것이다.

다시 말해서, 퇴계는 다만 내 마음에 돌이켜서 그 실질적인 것을 얻는 것이므로, 참으로 내 마음 속에 仁과 智의 진실이 충만하여 바깥으로 나타난다면, 산을 좋아하고 물을 좋아하는 것은 그렇게 절실히 구하지 않더라도 저절로 그 즐거움이 있을 수 있게 되는 것이다.

한갓 그 높고 푸른 것만을 보고서 仁者의 좋아함을 말하거나, 깊고 흘러가는 것만을 보고서 智者의 좋아함을 말한다면 이것은 아마도 산만하고 황당하여 본래의 의도에서 더욱 멀어질 수밖에 없다.

퇴계는 권호문(權好文)[2)]에게 "사람과 산수의 성품이 본래 동일한 것만 알고 그 나뉨의 다른 것을 모른 것이 첫 번째 잘못이고, 산수의

2) 권호문(權好文) : 퇴계를 스승으로 모셨으며, 같은 문하생인 유성룡, 김성일 등과 교분이 두터웠고 이들로부터 학행을 높이 평가받았다. 만년에 덕망이 높아져 찾아오는 문인들이 많았다. 이황은 권호문을 두고 소쇄산림지풍(瀟灑山林之風)이 있다고 하였고, 친구 류성룡도 강호고사(江湖高士)라 하였다. 평생을 자연에 묻혀 살았다.

동정을 체득하여 仁과 智의 도리를 행한다는 것은 성인 말씀의 본뜻이 아니니, 이는 두 번째 잘못이 된다." 고 지적하였다.

퇴계는 구절의 의미를 파악하는 방법을 이렇게 제시하였다.

> "구두와 글 뜻 사이에서 조용히 탐색하고 마음가짐과 행동의 실천을 체험한 연후에야 그 마음이 고요해지고 이치가 밝아져서 차츰 참 의미를 보게 된다(從容乎句讀文義之間 而體驗乎操存踐履之實 然後心靜理明 漸見意味)."

> "학문을 잘하는 사람은 말뜻을 강구하되 반드시 가까운 데부터 하는 법인데, 가까운 데를 소홀히 하는 자는 말뜻을 아는 자가 아니다(何昔賢之學 如彼其鈍 而今人之學 如是其敏歟)."

퇴계는 주자와 정자(程子)의 말을 인용하여 다의어는 의미를 제대로 파악하는 것이 중요하다고 하였다. 그는 학자들이 문의(文義)의 비슷한 것만 엿보고도 자신이 이미 알았다고 여기거나, 더 이상 거기에 의심을 내지 않는 것을 보고, 어찌 옛 현인들의 학문은 저같이 둔한데, 지금 사람의 학문은 이같이 민첩하단 말인가라고 스스로 반문하기도 했다.

이 말은 마치 옛사람들은 문장의 정밀함이 이와 같았으나, 훗날 사람들은 읽는 것이 이처럼 거치니 매우 탄식할 만하다는 주자의 말과 상통한다 하겠다. 퇴계는 이를 학자들이 旨意를 파악하지 못해 문자를 정밀하게 연구하지 못하고, 이치 분석 또한 투철하게 하지 못했기 때문이라고 하였다.

(2) 대상에 따른 문자의 旨意 분화

퇴계가 문형(文衡)[3]의 자리에 있을 때, 지인들로부터 비문이나 제문을 지어달라는 부탁을 많이 받았었다. 하지만 그는 대부분 거절하였다. 주자는 이런 경우를 비유해서 평생 사람이 와서 문장을 탈취하는 것이 두려웠다고 말했다.

이에 반해 퇴계가 부탁을 거절했던 이유는, 청탁하는 글이 많기도 했었지만, 대상이나 상황에 따라 글을 쓰고 안 쓰고를 준별하는 퇴계 자신의 신중함에서 비롯된 것으로 보아야 한다.

동고(東皐) 이준경(李浚慶, 1499~1572)이 그 伯氏인 병조판서 이윤경(李潤慶)의 비문을 부탁했다가 퇴계가 거절하자, 마침내 이를 변경하여 갈(碣)을 부탁한 적이 있었다. 퇴계가 이를 사양하며 다음과 같이 말하였다.

> "2품 정경의 묘에 새길 글을 어찌 황 때문에 비를 고쳐 갈로 할 수 있겠습니까(二品正卿墓刻 何可以滉故 改碑爲碣乎)."

3) 문형(文衡) : 저울로 물건을 다는 것과 같이 글을 평가하는 자리라는 뜻으로 대제학(大提學)을 일컫는 말이다.

이준경이 비(碑)라고 하지 않고 갈(碣)[4]이라고 한 것은 혹시 갈문(碣文)이라 하면 퇴계가 글을 지을지도 모른다고 생각했기 때문이었다. 그러나 퇴계의 생각은 달랐다. 二品도 불가한데 正一品의 지극히 높은 지위에 있는 분의 글은 더 말할 나위 없이 불가하여 이는 더욱더 감히 받을 수가 없다는 것이 거절한 사유였다.

이와 같이 대상에 따라 용어 사용을 엄격하게 구분하는 경우는 퇴계가 선친 이식(李埴, 1463~1502)의 묘갈문을 고봉 기대승(奇大升)에게 부탁한 글에서도 잘 드러난다. 퇴계는 서문 중에 자신의 글말을 기록한 곳에는 모두 퇴계 자신을 지칭하여 이름 字를 我자로 대신해서 썼고, 고봉이 스스로 말한 곳에는 先生이라고 칭하였다.

이에 퇴계는 다음과 같이 고칠 것을 청하였다.

> "내가 여기에 미안한 생각이 있어 지난번 편지에서 이미 고쳐주기를 청했었는데, 보내신 답서에서는 나의 말을 옳게 여기지 않고 그대로 쓰셨습니다(此爲未安之意 前書已請改之 答書不以爲可而仍用之)."

위와 같이 편지를 보낸 후에도 퇴계는 반복하여 생각해 보고 끝내 적절치 않다는 결론을 내린다. 그 이유로 그는 대체로 임금 앞에서는 신하의 이름을 부르고, 아비 앞에서는 아들의 이름을 부르는 것이 禮가 되기 때문이라는 것이다.

---

4) 갈(碣) : 가첨석(加檐石)을 얹지 않고, 머리 부분을 둥글게 만든 작은 비석.

지금 비록 자신의 이름을 바로 칭하지는 않더라도 선례를 따라야 한다고 하였다. 그러면서 퇴계는 춘정(春亭) 변계량(卞季良, 1369~1430)이 지은 호정(浩亭) 하윤(河崙, 1347~1416)의 선고(先考) 비명을 선례로 들었다.

그 비명 첫머리에는 관작(官爵)과 정호(亭號)를 한꺼번에 들어야 했기에 先生이라 칭했지만, 그 후론 다시 선생이란 글자를 쓰지 않고 오직 정승공(政丞公)이라고만 칭했던 것을 예로 들어 퇴계는 이 비명을 참으로 본받을 만하다고 하였다.

그러므로 이 갈명 역시 첫머리에 퇴계 자신을 칭한 곳에는 비록 관작과 호를 아울러 써서 '판중추부사모선생(判中樞府事某先生)'이라 하더라도, 그 뒤로는 퇴계가 스스로 말한 것을 기록한 곳에는 모두 판추공(判樞公)이라 쓰고자 한다고 고봉에게 말했다.

다음 문장에서처럼 퇴계는 인간관계에서도 용어를 정확히 사용하고 있음을 알 수 있다.

> "다만 책선의 분의로써 처하는 것이 그래도 피차간에 유익할 것입니다(直以責善之分相處 庶彼此胥有益矣)."

그는 자신보다 8살이나 많은 용암(龍巖) 박택지(朴澤之, 1493~1562)가 보낸 편지에 사제(師弟) 간에나 쓰는 용어인 '지(贄)' 자를 쓴 것을 보고 이러한 겉치레나 지나친 예절은 세상의 웃음거리가 될 뿐만 아니라, 붕우간의 義에는 무익하다고 생각되기 때문에 그러한 허례를 일체 버리기 바란다고 말했던 것이다.

이와 같이 용어에 붙잡힌 관계가 중요한 것이 아니라, 다만 책선(責善)하는 붕우의 직분과 도리로써 처하는 것이 서로에 유익하다는 것이 퇴계의 생각이었다. 이는 퇴계보다 3살 위인 벽오(碧梧) 이대성(李大成, 1498~1581)과의 관계에서도 찾아볼 수 있다.

이대성이 퇴계에게 보낸 편지에 '읍(揖)' 자를 사용하다가 점차 이를 고쳐 '배(拜)' 자를 사용하려는 경향이 있자, 퇴계가 이를 두고 다음과 같이 말한다.

> "벼슬의 높고 낮음을 가지고 조석으로 만나 놀던 사이를 변경할 수 있겠습니까? 더욱이 이른바 직급의 서열이란 것은 조각구름이 허공에 떴다가 바람을 따라 지나가는 것과 같습니다(況所謂爵秩者 如片雲在太空 隨風過去)."

이대성은 직급을 의식해서 용어를 구분하려 했으나, 퇴계는 오히려 대성이 자신을 잘 알지 못하는 것이 많은 것 같다고 생각하였다. 이와 같이 용어로 구분하는 것은 더욱 서로 잘 아는 뜻이 아니며, 대성과 어려서부터 친구로 사귀어 온 지가 벌써 오래되었기 때문에 처음부터 그러한 생각을 한 바가 없으니, 이런 말은 정작 대성을 위해서도 취할 바가 아니라는 것이 퇴계의 생각이었다.

퇴계는 자신을 지칭하거나 제자에게 겸양어를 명확히 구분해서 사용하도록 가르쳤다.

"어른 앞에서 '나' 라고 일컫는 것은 매우 온당하지 못한 일이다(先生曰 於長者之前稱我 甚不穩當)."

퇴계는 문인 이덕홍이 연장자 앞에서 '나' 라는 칭호를 사용하는 것을 보고 연장자께 칭호를 어떻게 사용해야 하는지를 충고하고 있다. 그러면서 옛날 吳라는 성을 가진 사람이 항상 자기를 '나' 라고 일컫자, 그 때 사람들은 그를 불러 '오나(吳我)' 라고 불렀다는 일화도 들려주었다.

그렇다고 해서 지나치게 자신을 낮춰 부르는 '소인' 같은 칭호도 온당치 않다고 퇴계는 말했다. 이에 덕홍이, "그러면 자기를 일컬을 때에는 무어라고 합니까?" 라고 묻자, 퇴계는 옛날 사람은 자기를 일컬을 때에는 반드시 그 이름을 들었는데 이것을 본받으면 된다고 하였다.

퇴계는 손자 안도가 편지에, "아버지께서는 10일에 길을 떠나십니까?(父定發於十日耶)?" 라고 묻는 말끝에 '耶' 자는 '否' 자로 써야 한다고 했다. 또 어른들에게 올리는 편지에는 문장이 끝나는 곳에 '뿐입니다(耳)' 라는 글자를 써서는 안 된다고 말했던 것으로 보아 퇴계는 일상생활에서나 학문할 때에도 句나 文字 한 자 한 자에 대하여 얼마나 적확하게 운용하려 하였는지를 알 수 있다.

3. 퇴계의 문장의 의미 구분과 正法

1) 隱과 秀로 文章의 의미 구분

은(隱)이란, 글 밖에 함축된 '말 밖의 뜻'을 가리키는 용어로 문장의 겉으로 드러나지 않은 복잡하고 미묘한 의미를 통해 그 섬세함을 표현해 내는 기법을 말한다. 즉, 문장의 내포된 의미를 지칭한다고 할 수 있다.

반면에 秀란, 작품 안에서 가장 두드러진 말을 가리키는 용어로, 한 작품 안에서 여타 다른 부분들과 비교되는 특출함을 통해 그 아름다움을 표현해 내는 기법을 말한다. 즉, 문장의 외연적 의미를 지칭하는 말과도 통한다고 하겠다.

퇴계는 대체로 천하 만물은 그저 하나의 이치이며, 이 이치에 합당한 것을 가리켜 義라 한다. 그렇기 때문에 義理와 언어를 분별없이 뒤섞어서 말한다면 같지 않을 것이 없을 것이고, 또 억지로 끌어다가 맞추어 말한다면 近似하지 않은 것이 없게 된다.

그래서 당초 성현들이 말했던 본뜻을 그대로 따르지 않으면 충분히 경훈(經訓)을 밝혀내지 못할 뿐만 아니라, 진의를 파악하기 어려워 실제로 이해하는 데 혼란이 야기된다. 이는 주자가, "고인의 학문은 엄숙하고 공손하게 자신을 지키는 것으로 우선을 삼았고, 글을 읽어 이치를 궁구함으로써 그 의취를 드러내어 밝혀야 한다는 말과도 통한다고 하겠다.

가령 '文義에만 매달린다'는 말은 하도낙서(河圖洛書)[5]의 상수의 원리는 전연 이해하지 못하면서 "다만 책에 의지해 문자로만 뜻을 파악하고 그 뜻으로 추측하여 설명하려는 것이다."라고 할 수 있다.

이는 마치 '상수에만 섭렵한다(涉於象數)'는 말처럼, 文義에 중점을 두지 않고 상수만 어설프게 섭렵하는 자는 그 상수의 참뜻마저 터득할 수 없다는 말과 통한다고 퇴계는 말했다.

결국 옛사람들이 종신토록 강학(講學)하면서도 오히려 시간이 부족하다고 여겼던 까닭도 의미를 세밀히 파악하는 데 틀리기도 쉬울 뿐더러 제대로 밝히기도 어려웠기 때문이었다. 이를 두고 퇴계는 공부에 착수하기는 쉬워도 이루기가 쉽지 않았을 것이라고 하였다.

그렇다고 해서 학문을 그만둘 수도 없었던 학자들의 고충을 퇴계는 의미를 파악하는 데서 찾고 있다.

> "의리는 천하의 公正한 것이므로, 무엇이 먼저이고 무엇이 나중이며, 누구는 스승이고 누구는 제자이며, 저것은 무엇이고 이것은 무엇이며, 무엇을 취하고 무엇을 버려야

5) 하도낙서(河圖洛書) : 고대 중국에서 예언이나 수리(數理)의 기본이 된 책. 《하도(河圖)》와 《낙서(洛書)》를 합친 것으로, 《주역(周易)》의 기본이 되는 책이며, 전한(前漢) 말에서 후한(後漢)시대에 이루어졌다. 《하도》는 복희씨(伏犧氏)가 황하에서 얻은 그림으로, 이것에 의해 복희는 역(易)의 팔괘(八卦)를 만들었다고 하며, 《낙서》는 하(夏)나라의 우(禹)가 낙수(洛水)에서 얻은 글로 이것에 의해 우(禹)는 천하를 다스리는 대법(大法)으로서의 《홍범구주(洪範九疇)》를 만들었다고 한다.

> 하는지를 한결같이 지당한 데 귀결시켜 이것을 바꿀 수 없기 때문이 아니겠습니까(豈不以義理天下之公也 何先何後 何師何弟 何彼何此 何取何舍 一於至當而不可易耳)?"

퇴계는 대체로 선배를 이러니저러니 논란하는 것은 진실로 후학으로서 감히 경솔히 할 수 없는 일이지만, 이치를 분석하고 道를 논할 때는 털끝만큼도 구차하게 할 수는 없다고 말하고 있다.

또한 그는 제자로서 스승의 저서를 논의해도 혐의로 여기지 아니한 것은, 다름이 아니라 知言의 순수하고 결함됨을 정정할 때라고 보았다. 그러기에 의미를 논할 경우에도 도리를 알고 시비를 공정하게 가릴 수 있는 제자를 얻어서 그 잘잘못을 논하여 제거할 것은 제거하고 그대로 둘 것은 두고 다시 간행한다면 후학에게 다행한 일이 될 것이며, 자신을 위하여서도 후의(厚意)가 될 수 있다고 하였다.

퇴계는 문장의 의미에서 主客과 深淺을 파악하는 것도 중요하다고 하였다.

> "말에 주체와 객체가 있고, 뜻에 얕고 깊음의 차이가 있어서 그러할 뿐이다(只以言有賓主 意有淺深而然耳)."

퇴계는 문장의 의미를 논설할 때 주객과 심천을 파악하여 정미한 곳을 소홀히 할 수 없는데, 이는 털끝만큼이라도 차이가 있으면 천리나 어긋나기 때문이라고 하였다. 그래서 그는 지금 당장은 학자들의 소견이 아직도 미치지 못하더라도 억측으로 판단하지 말고 주관을 세우고 의론을 정립하여 자신만의 의리가 성숙되고 안목이 높아진 후에 천천히 의논해야 할 것을 권하였다.

퇴계는 다음 문장에서 겉(表) 자와 속(裏) 자의 의미를 설명하고 있다.

> "겉과 속이라는 것에 대해 제가 고찰하기로는, '겉'이란 하도·낙서에 나타난 수이고, '속'이란 하도·낙서에 숨겨진 이치로서, 하도에 구주(九疇)의 수가 포함되었고 낙서에 팔괘(八卦)의 位가 갖추어진 것을 가리킨 것으로 여겨집니다(表裏 性傳按 表者 數之形於圖書者也 裏者 理之隱於圖書者也 蓋云河圖含九疇之數 洛書具八卦之位也)."

이 글에서 퇴계는 단순히 數가 겉(表)이 되고 理致가 속(裏)이란 것을 말한 것이 아니라, 뚜렷이 드러나게 이루어진 것, 즉 눈에 보이는 것(外延)인 秀를 '겉'이라 하였다.

또 隱의 겉으로 드러나지 않은 것(内包)을 일러 '속'이라 하였다. 가령 문인이, "솔개는 하늘로 날아 올라가고, 고기는 못에서 뛴다고 한 말 역시 수레는 물로 다니지 못하고, 배는 육지로 다니지 못한다는 뜻이 아닙니까?" 라고 질문했을 때, 퇴계는 거기에 그런 뜻이 없는 것은 아니지만, 이 말의 隱은 진실한 道의 미묘한 작용이 위와 아래에 밝게 드러나고 흘러 충만함을 뜻하는 것이라고 말했다.

다시 말해, 위에 있어서는 솔개가 날아 하늘로 올라간다는 것이 隱인 道의 묘용(妙用)이고, 아래에 있어서는 고기가 못에서 뛴다는 것이 隱이 된다.

이를 사람의 경우에 비유하면, 인륜관계에 있어서 부부가 잘 알고 잘할 수 있는 일이나, 성인도 잘 알지 못하고 잘하지 못하는 일 같은 것도 隱이 된다. 그것이 퍼지고 행해져서 위와 아래에 나타나 보이는 것이 분명하다고 할 수 있는 것이 秀의 의미가 된다.

이것은 누가 그렇게 시킨 것이 아니라 자연의 묘한 이치로서 그렇게 되지 않을 수 없는 것이니, 중요한 의미는 묵묵히 마음으로 생각하여 깨달아야 한다. 게다가 '잊지도 말고 조장하지도 말라(勿忘勿助)'는 말도 결국은 그 도체가 나 자신에 있어서 자연히 발현되고 유행하는 실상을 볼 수 있게 됨을 뜻한다.

이는 호연지기(浩然之氣)를 기름에 있어서도 효과를 미리 기대하지 말아야 하며, 앎을 추구할 때도 잊지 말아야 하며, 조장하지도 않아야 한다는 뜻으로 풀이된다. 이러한 경지는 반드시 개체를 인식해서 알아야만 본체도 비로소 터득할 수 있다는 것이 된다.

퇴계는 隱을 파악하는 방도를 다음과 같이 제시하였다.

> "만일 이것을 자세히 알고자 하신다면 모름지기 먼저 본래 말한 뜻의 의취(意趣)를 찾은 뒤에 이것을 보면 알기가 어렵지 않을 것입니다(若欲知之須先尋本語意趣而後

看此 則必無難解)."

퇴계는 의미를 파악하려면 먼저 본래 말한 뜻의 의취(意趣), 즉 은(隱, 道의 妙用)을 구해야 하며, 이를 위해서 긴요하고 절실하게 문장의 의미를 파악하는 데 익숙해져야 한다고 하였다.

퇴계는 공자가, "자신이 서려고 하면 남을 세운다(己欲立而立人)."는 문장에서 己는 일반적인 뜻이고, 안회(顔回)에게 말한, "자기를 극복하고 예로 돌아가는 것이 인이다(克己復禮爲仁)."의 己는 곧 私의 뜻이라고 하였다.

이렇듯 퇴계는 한 글자의 사이에도 하나는 公으로 하나는 私로 갈라져 天理 人欲과 得失의 구분이 하늘과 땅처럼 동떨어질 수 있음을 암시하고 있다. 그래서 말 가운데는 비슷한 것이 많아서 이들 간에 아마도 해롭지 않다 하여 바로잡을 방도를 생각지 않는다면 옳지 않을 것이며, 털끝만큼의 차이가 천 리나 그르치게 되므로 더욱 살피지 않을 수 없다.

2) 文章의 正法과 용례

글로 문장을 꾸미고 말하는 것은 예술의 차원이고, 도덕은 그 실제(實際)가 된다. 실제인 도덕을 지극히 하면서도 예술의 경지를 유지하는 것은 글이 지닌 미덕이 된다.

퇴계에 의하면, 문장에서 문자를 활용할 때, 기이한 뜻을 내는 곳도 절도(節度)와 방략(方略)이 있어야 하고, 써온 내력이 있어서 본받을 만하여야 존귀하여 실패하지 않게 된다. 즉, 만일 문장의 절도와 방략이 없이 지나치게 기이한 것만을 좋아한다면, 학자들이 당연히 실패하게 되므로 기이함만을 귀하게 여겨서는 안 된다는 것이 퇴계의 생각이었다.

> "正法을 써야 할 곳에는 마땅히 正法을 써야 할 것입니다(其合用正法處 止當用正法 可也)."

퇴계는 대개 문자는 떳떳한 격식 이외에 스스로 기축(機軸)을 내야 하기 때문에 마치 병법에서 기이한 계책을 내기를 무궁무진하게 하는 것과 같아서 진실로 묘한 부분이라고 하였다.

그래서 그는 문장을 고치려고 할 때는 당연히 正法을 써야 하며, 만일 기이한 것만을 쓰면서 문장의 正法을 싫어한다면 이것이 곧 기이한 것을 좋아하는 데에만 스스로 지혜를 낭비하는 병폐라고 하였다.

특히 퇴계는 기문(記文)으로 전하여지는 글에 오·탈자가 많게 되면 더욱 사람들이 비웃고 꾸짖게 되므로 통렬히 삭제하고 개정하여 법도에 맞아야만 사람들의 지적을 다소라도 면할 수 있다고 하였다.

그래서 그는 제자들과 교류하면서 모두 잘못이나 과실이 있으면 서로 마땅히 바로잡고 꾸짖어서 과실이 적도록 해야 하는 것은 붕우간의 도리이므로, 입 다물고 용서하듯 서로 저버리는 일은 오히려 좋지 않은 것으로 여겼다.

또한 퇴계는 문장을 대할 때에는 그 어의(語義)가 옹색하고 졸렬한 경우가 많아 더욱 문장과 문장을 매개하는 경우라 해도, 틀림없이 빠진 글자가 있을지도 모르니 함부로 헤아려서 어떤 글자일 것이라고 단정해서도 안 된다고 했다.

만일 이런 경우가 생기면 그저 의심할 만한 것은 그 문세(文勢)가 거침없이 흘러내려 기이한 것을 좋아하고 숭상하는 뜻이 있었을 것으로만 파악해야 한다고 하였다. 그러면서 퇴계는 주해(註解)의 필요성을 강조하였다.

> "文章이 난삽하여 읽기 어려운 경우가 있다(詰屈而難讀也)."

> "거듭 의심이 생기므로 註解 중에도 꼭 주해를 덧붙여야 한다(疑難之餘 重生疑難 註解之中 又須註解)."

퇴계는 문장에 주석이 있는 것이 마치 사람의 몸에 다리가 있는 것과 같다고 하여 각주(脚注)의 필요성을 역설하였다. 그는 또 문장을 논하면서 굳이 그 문장과는 요원하고 우활하여 긴요하지 않는 증거를 들이대면서 이것저것을 거론하게 되면 문장이 난삽해지기 때문에 이런 경우 주해가 있더라도 상세한 주해를 붙여야 한다고 하였다.

(1) 잉어(剩語)와 첩어(疊語)의 정리

문장 중에 과잉(過剩)된 말이나 의미가 중첩(重疊)된 말, 그리고 "하늘의 性을 체득하여 성인의 성(誠)에 이르기를 구한다(體天之誠以求至於聖人之誠)." 는 문장에서처럼 전도(轉倒)된 말이 있을 경우가 있게 된다. 좋은 문장을 기대하려면 이러한 문제점들에 대해 세심하게 주의를 기울여야 하고, 저울질하듯 엄밀히 따져보고 다듬어서 조금도 흠이 없게 해야 한다.

먼저 중첩(重疊)에 대해 퇴계는 다음 문장을 예로 들었다.

> 파리가 날아다니고 모기가 지나간다는 말은 헐뜯는 말이 귀에 가득히 들린다는 말과 뜻이 중첩되었다(蠅蚊語與上毁言塞耳意疊).

말의 뜻을 고려하지 않고 군더더기의 뒷말을 붙이는 것을 퇴계는 중첩된 말이라고 했다.

그는《대학》에 나오는 "明德의 明과 修身의 修를 대비하면, 明은 '밝힌다' 는 明이므로 知行을 겸해서 말한 것이다. 그래서 '格明德' 이라고 말한다면 격치(格致)와 修身이 함께 열거되는 말이 되기 때문에 格을 知라고 하든가, '明' 을 知라고 해야 하는 문제가 생긴다고 하였다.

다시 말해서, 만약 格을 知라고 한다면 '明之의 知' 가 잉어(剩語)가 되고, 明을 知라고 한다면 '格之의 知' 가 첩어(疊語)가 되기 때문에, 이를 다시 격수신(格修身)이라고 하면 明德의 知와 行 밖에 또 修身의 知와 行이 있게 되므로 역시 도리에 맞지 않고 말이 되지 않는다고 퇴계는 보았다.

또 퇴계는 문인 정자중(鄭子中, 정유일)이 보낸 글을 읽고서 문장에 중첩된 요소가 있음을 다음과 같이 지적하고 있다.

"理는 형체도 없고 그림자도 없으나, 이것이 만사와 만물의 理이다(此理無形無影 而萬事萬物之理)."

퇴계는 위 문장에서 이치를 의미하는 두 理자는 서로 중첩되므로 마땅히 앞의 理자를 없애든지, 그렇지 않으면 뒤의 理자를 象자로 대신 바꾸는 것이 옳을 것 같다고 말했다.

또한 퇴계는 「소백산유람기」에서도 주경유가 백운대(白雲臺)라 한 것을 이미 백운동(白雲洞)과 백운암(白雲庵)이 있어서 이 명칭은 혼동되니 白자를 靑자로 고쳐 청운대(靑雲臺)라고 하는 것이 좋겠다 하여 중첩된 어휘를 피하고자 했던 것 같다.

그러면서도 같은 글에서 자하대의 북쪽에는 두 봉우리가 동과 서로 마주하고 있는데, 그 봉우리의 빛이 하얗게 보여서 자신이 그 동쪽 봉우리를 백학봉(白鶴峰)이라 명명했고, 그 서쪽 봉우리를 백련봉(白蓮峰)이라 명명하여 이른바 백설봉과 함께 모두 백(白)이라고 칭하였다. 이런 경우는 소백산의 이름에 부응하게 하기 위해, 그 실상을 들어 말한 것이므로 중첩에 해당되지 않는다고 하였다.

항상 퇴계의 고민 가운데 하나는 학문의 진보에 있었다. 비록 학문의 진보가 더디게 이뤄지더라도 전에 비해 조금이라도 계발된 점이 있다면, 자신이 전에 했던 말의 문제점을 스스로 알 수 있을 것이라 생각했다. 그렇게 되면 몇 년 뒤에 오늘 지은 문장을 살펴보았을 때 또 어떻게 받아들여질지 고민이 될 것이 분명하다.

원래 이치란 캐어 보기란 쉽지 않으며, 의미를 정밀하게 하기도 쉽지 않다. 말을 아는 것도 쉽지 않을 뿐더러 마음을 다한다는 것도 쉽지 않기에 성현의 사업에 이른다는 것은 더더욱 쉽지 않을 것이다. 하지만 이러한 과정을 겪어야 문장이 공평정대하고 적확하여 문제가 없을 것(平正的確 無病痛)이라고 퇴계는 확신하였다.

(2) 바른 문장을 위한 적확(的確)한 용어 활용

일찍이 주자는 사람들이 문자를 볼 때, 흔히 일천하게 보거나 박하게 보는 문제점이 있다고 하였다. 문자를 일천(淺)하게 보면 그 문장의 이치를 다 이해하지 못하게 되는 경우가 많다. 반면에 문자를 박(迫)하게 보면 그 문장의 이치를 두루 다 이해할 겨를이 없게 된다.

이를 보완할 방법으로, 의미와 정밀함을 겸하기 위해서 종횡(縱橫)하고 착종(錯綜)하여 각각 문장의 맥을 파악하는 방법이 있음에도 사람들은 한 면만을 보고 듣고 이것에 붙잡혀 다른 설들은 모두 저버리게 된다.

퇴계가 국학(國學)의 책임자로 있을 때, 여러 유생(儒生)들이 서로 공부하던 학설들을 모아 본 적이 있었다. 그 내용 중에는 참으로 이해할 수 없는 곳이 있는가 하면 사람의 뜻을 민망하게 하는 곳도 많았다. 특히 문장을 잘못 보고 잘못 인식했거나 辭(句)에 얽매여 잘못 해석하는 등의 폐단을 이루 다 구제할 수 없을 정도였다고 하였다.

이런 경우를 두고 주자는 후생들로 하여금 본분에 의거하여 훈고(訓詁)와 文意를 분명히 알도록 하는 것이 급선무라고 하였다. 이 말은 공부를 하면서도 싫어하지 않는 것이 날마다 오래되고 달마다 깊어지면 자연히 마음과 문장의 이치가 익숙해져서 힘을 얻는 곳이 있게 된다는 것이다.

그렇지 않고 사람들 중에는 차례를 뛰어넘어 오히려 후생들을 그르치고 서로를 속이는 행위를 지속하게 되면 그 자체가 이치에 밝지 못한 원인이 된다는 뜻이기도 하다.

여기에 해당하는 첫 번째 예로 '子' 와 '字' 를 들 수 있다. 퇴계는 한 문인에게 보낸 편지에서 「진도차자(進圖箚子)」[6]의 '子' 자가 작거나 큰 것 모두 '字' 자로 되어 있었다. 비록 요즘 사람들이 습관적으로 '字' 자로 쓴다 하더라도, 실제로는 '子' 자로 쓰는 것이

---

6) 진도차자(進圖箚子) : 진(進)은 글을 '王에게 올린다' 는 의미이고, 차(箚)는 '내용이 비교적 짧은 글을 올린다' 는 뜻이며, 圖는 '도표(圖表)를 그려 넣는다' 는 것으로 '짧은 글에 도표를 붙여 올린다' 는 뜻이다.

옳기 때문에 지금 고치지 않을 수 없다고 말한 것은 퇴계의 엄밀한 문자 운용의 예를 보여준다고 하겠다.

두 번째 예로 二와 貳를 들 수 있다. 퇴계는 「경재잠(敬齋箴)」의 “두 가지 일로써 마음을 두 갈래로 하지 말고, 세 가지 일로써 마음을 세 갈래로 하지 말라(弗貳以二 弗參以三)” 에서 不二의 二는 마땅히 貳로 해야 하고, 不三의 三은 마땅히 參으로 해야 한다고 말했다.

이 글자는 대체로 모두 통용하는 것이 마땅하지만, 이것이 통용할 수 없는 곳이 있으니, 여기가 바로 그런 곳이라고 퇴계는 말했다.

세 번째 예로 ‘晉’과 ‘普’자를 들 수 있다. 이 두 글자의 구별은, ‘덕을 널리 베푼다’는 등의 말로 미루어보면 두 가지가 다 의미가 있어 취사선택하기가 어려울 것으로 보인다. 하지만 晉자가 이 뜻에 더 가깝고 올바른 의미를 지닌 것으로 확정할 수 있다. 그 이유로 퇴계는 晉에는 進자의 뜻이 있어 ‘상덕(尙德)’이란 뜻에 더욱 가까워서 뜻이 범범한 普자와는 같지 않기 때문이라고 하였다.

네 번째 예로 ‘予’나 ‘吾’자를 들 수 있다. 이 두 글자는 모두 ‘나’를 지칭한 말이다. 《논어》에서 자공이, “나는 남이 나에게 끼침을 좋아하지 않는 것을 나도 또한 남에게 끼침이 없으려고 한다(我不欲人之加諸我也 吾亦欲無加諸人).” 고 한 말의 我자나 吾자는 같은 것으로서 다 일반적인 뜻을 말한 것이다.

하지만, “공자는 네 가지를 끊었으니 억측함도 없고, 기필함도 없고, 고집함도 없고, 나를 내세움도 없다(子絕四 毋意 毋必 毋固 毋我).” (《논어》 「자한」)는 말에서 我자는 곧 私의 의미가 된다고 퇴계는 말하였다.

다섯 번째 예로, '통복(通復)'을 들어 보자. 문인이 이 두 글자는 정자(程子)가 복괘(復卦)의 맨 아래 한 획은 곧 動이니 어찌 靜이라 하겠는가? 라고 하였고, 주자는 사람에게 있어서는 고요함이 지극하면 움직인다고 했던 말을 질문했다. 이를 두고 퇴계는 《통서(通書)》를 거론하면서 이 책에서 원형(元亨)은 誠의 通함이고, 이정(利貞)은 誠의 돌아감이라고 하였는데, '通復' 두 글자는 여기서 나온 것이지만, 復卦의 復과는 다르다고 설명하였다.

문장에서 증거로 끌어들인 말은 간혹 숨겨진 책이나 괴팍한 글에서 꼭 상고한 후에 그 뜻을 알 수 있는 경우가 있다. 그래서 문장에 따라서는 한 번 의심이 나면 거듭 의심이 생기기 때문에 주해 중에도 꼭 주해를 덧붙여야 한다. 이런 이유 때문에 깊이 숨겨진 뜻을 밝히지 않을 수 없으며, 전해지는 글의 잘못된 부분도 바로잡지 않을 수 없게 된다.

옛사람들이 종신토록 강학하면서도 오히려 세월이 부족하다고 여겼던 까닭도 문장의 의미를 세밀하게 파악하기가 어려웠기 때문이었다. 게다가 의미를 제대로 파악하는 데는 틀리기도 쉽고 의미를 정확히 밝혀내기도 어려웠을 뿐만 아니라, 이 일에 착수하기도 쉽지만 착각하기도 쉽기 때문에 그만둘 수도 없는 일이었다.

4. 한학의 기본인 문자연구의 방향

흔히 어떤 문제에 대한 학술적인 연구 결과를 체계적으로 논한 글을 연구논문이라 하지만, “성인이 내신 영구불변의 가르침을 經書라 하고, 經書의 내용을 상세히 밝혀서 그 도리를 윤리적으로 설명하는 것을 論文이라 한다. 그래서 論을 倫이라 한다(聖哲彝訓曰經 述經叙理曰論 論者 倫也).” (《문심조룡文心雕龍》「論說」) 여기서 論은 경서의 내용을 체계적이고 윤리적으로 밝힌다는 의미이다.

윤리의식을 바탕에 두고 있는 고전이란 옛사람의 말씀을 모은 것이므로, 이것을 읽을 때 마땅히 학자들은 한 단락의 말씀마다 먼저 그 유래를 찾아야만 옛사람이 당시에 말을 한 의미가 무엇인지를 이해할 수 있게 된다.

일찍이 퇴계는 계몽의 글을 보고서 깊숙한 뜻을 천명한 것이 해와 별빛처럼 밝다. 또 여러 선비들의 해석이 모두 정밀하고 통하여 유감이 없지만, 理數의 학문이란 범위가 넓고 미묘하며, 얽히고설켜서 연구하기가 쉽지 않다고 하였다.

그가 이렇게 말한 것은 아마도 학자들이 文字를 대할 때, 한 가지 어려움을 꿰뚫어 알게 되면 또 다른 난언(亂言)이 있어서, 깊이 들어가 의미를 심구할수록 더욱 무궁한 측면이 있다고 여겨졌기 때문일 것이다.

가령 正이라는 문자를 뒤집어 놓으면 핍(乏)字가 되듯이, 문장 중에서 정상적인 문자를 뒤집어 놓거나, 독자가 뒤집어 이해하면 기이한 의미가 도출되게 된다. 그래서 퇴계는 文章은 명백하고 적확하고 합당해야 한다고 하였다.

문장이란 아무리 수정해도 미진한 부분이 있으므로 반드시 거듭해서 고쳐진 뒤에야 비로소 더욱 훌륭해져 후세에 전해지더라도 의심이 없게 된다. 문장을 이루는 句 하나하나가 조금이라도 정확하거나 적확하지 않다고 생각되면 이를 고치는 데 조금도 주저하지 않아야 한다.

퇴계는 백세의 명현을 위하여 후세에 전하는 글을 짓는데, 그 사실을 모르고 근거 없이 허탄한 말을 하면 후세의 학자들에게 죄를 짓는다는 두려운 마음을 지녀야 한다고 하였다. 그래서 그는 주자 이후의 여러 유가들을 상고하고 기록해서 스스로 경계하고 본보기를 삼고자 하였으나, 시골에서는 검토할 만한 책이 없었다.

당시 중국에 가는 제자가 宋·元시대의 역사책에 실린 문장들을 초(抄)해서 보내주면, 이를 바탕으로 여러 책에 흩어져 나타난 사람들을 참고하여 책을 편찬하는 일에 도움이 되었다. 주자는 문리에 밝은 자로 하여금 문자를 抄하게 하였지만, 퇴계는 글자를 抄할 때 글씨를 바르고 정확하게 쓰면서도 그 하는 일에 밝고 충실한 사람을 우선으로 여겼다.

퇴계의 이런 자세를 보고 문봉(文峯) 정유일(鄭惟一)은 다음과 같이 회상하였다.

"(선생은) 글을 짓는 근본을 六經에 두고 옛글을 참고로 하여, 華와 實을 모두 겸하고 文과 質이 모두 알맞아 웅휘(雄渾)하면서도 전아(典雅)하고 청건(淸健)하면서도 화평(和平)하였으니, 그 돌아간 곳을 따져 보면 순수하게 한결같이 바른 필법에서 나온 것이었다(爲文 本諸六經 參之古文 華實相兼 文質得中 雄渾而典雅 淸健而和平 要其歸則又粹然 一出於正筆法)."

퇴계가 문장을 대하거나 책을 출간하려 할 때 잘못된 곳이나 사실과 다른 것을 교정하기를 생명처럼 여겼다는 사실은 그의 임종 순간에도 드러난다.

그는 자제들을 시켜 여러 사람들의 책을 잃어버리지 말고 돌려주라고 하였으며, 그의 손자 안도(安道)에게는 전에 교정한 경주본(慶州本)《心經》을 빌려간 사람으로부터 책을 돌려받아 집경전(集慶殿) 참봉(參奉) 한안명(韓安命)에게 보내 판본 중에 틀린 곳을 고치게 할 정도로 퇴계는 책 교정하는 일을 숙명처럼 여겼다.

또한 유가경전의 책을 각별히 언급했다. 이는 다른 저술 類와는 달라서 사문의 道가 동방에서 없어지지 않는 한 훈해(訓解)는 반드시 후세에 전해질 것이라는 믿음에서 나온 생각이다.

그러므로 미세한 흠이나 의심스러운 곳이 있으면 거듭 고치고 의미를 밝혀서 더 나은 경지로 나아갈 뿐이다. 마치 후세 사람들이 오늘날의 우리들을 보는 것은 오늘날의 우리들이 옛날 사람을 보는 것과 같은 원리가 된다.

이를 위해 어떤 일에 응하고자 하면 먼저 반드시 이치를 궁구해야 한다. 또한 이치를 궁구하고자 하면 또 반드시 마음의 근원이 텅 비고 고요해져 맑고 깨끗하게 기르고 얻어야만 비로소 사물이 시작하기 전의 발단을 관찰할 수 있게 된다.

퇴계는 문장을 읽으면서는 그 의미하는 바의 새김을 찾고, 句나 辭에서는 그 뜻을 찾아서, 비록 한 자 한 획의 미세한 곳까지도 예사로 지나쳐 버리지 않았다. 그러면서도 그는 일찍이 한 번도 선유들의 글자를 함부로 지우거나 고치지 않았다. 다만 그 글줄 위에다가 방주(旁註)를 붙여서 "아무 글자는 마땅히 아무 글자로 해야 하지 않을까?"라고 자신의 생각을 덧붙일 뿐이었다.

퇴계는 대개 사람들의 견해는 서로 다를 뿐 아니라 기호도 다르기 때문에 만약 사람마다 자기 뜻대로 성현의 문장을 고치고 바꾸고 삭제해 버린다면 古經으로 지금 전해지는 것이 완전할 이치가 없게 되어 그 해가 클 것이라고 하였다. 그가 文字를 대할 때 얼마나 자세하고, 삼가면서도, 정밀함에 터하여 적확(的確)하게 의미를 분별하려 했는지를 가히 알 수 있겠다.

제2장. 심화읽기 1 : 퇴계 자신과의 학문적 대화
— 퇴계의 漢文 文字와 문장의 해독 방법

〈미리 읽기〉

퇴계가 漢文 文字 혹은 문장을 해독하면서, 그가 보여준 면면을 제자들과 주고받았던 서간의 문목(問目)을 중심으로 논의한다. 여기에는 퇴계 자신의 학문을 향한 열정과 제자들의 성향이나 자질에 따라 처방의 심천(深淺)을 달리하면서도 진지하게 임했던 그의 가치관이 그려져 있다고 보기 때문이다.

그래서 퇴계가 쓴 2,500여 통의 편지 중에서 問目은 제자들에게는 학문의 세계라는 멋진 신세계(Brave new world)를 여는 열쇠였고, 세상으로 향하는 창(窓)이자, 태산(泰山)에서 천하를 보게 하는 눈(目)인 셈이었다.

학자가 글을 읽을 때 文字 상의 흠을 찾는 데 힘쓰지 않고 마음을 비우고 공손한 자세로 그 책의 내용을 숭상해야 한다. 그렇게 하면 그 책의 한 마디 말, 하나의 구절이라도 본받을 바가 있게 된다. 지엽적인 시각에서 벗어났을 때 고찰하는 공부는 시작된다.

퇴계는 문자의 의미를 분류함에 있어서 그 형체로는 분명히 나타나 있지는 않지만, 어떤 것을 형상화한 문자를 비유하거나, 한 文字가 두 가지 이상의 의미를 겸하고 있어서 맥락으로 이해해야 하는 경우 등을 들어 설명하였다.

퇴계는 지금 사용하고 있는 어떤 글자나 어떤 말로써 옛날의 어떤 글자나 어떤 말에 배합하여 그 의미를 밝히는 것을 츤첩(襯貼)이라고 하였다. 또한 그는 지금 사용하고 있는 어떤 글자나 어떤 말로써 옛날의 어떤 글자나 말을 대역(代易)하여 그 訓을 밝히는 것을 체환(替換)이라 하였다.

문장이 근본에서 줄기로, 줄기에서 가지에 이르는 방식으로 전개되어야 한다는 것은 본문의 큰 근원에 나가서 자세히 이해해야만 횡적 혹은 종적으로 말하더라도 그 어느 곳에서든지 통하지 않는 데가 없어 이치를 깨닫게 된다는 것을 의미한다.

만약 근원적인 큰 뜻이 있는 곳을 버려두고서 곁가지 한두 곳의 흐름만을 자잘하게 거론하여 질문하고 사색하면, 비록 문답을 많이 주고받더라도 번거로울 뿐 효과를 기대하기 어렵다. 또한 한 조목 한 조목씩 개별적으로 분석할 필요도 없다. 이를 위해 퇴계는 헐후어(歇後語)와 긴절어(緊切語) 그리고 한수작(閑酬酌)과 긴수작(緊酬酌)의 의미를 파악하는 것도 중요하게 여겼다.

문장에서 각 文字의 표현이 간략하지 않고 중복된 경우와 같이 잘못되고 빠진 곳을 가려내 이것을 고치지 아니하면 文理가 성립되지 않는 곳이 많게 되니 자세히 보충하고 수정해야 한다.

즉, 문장이란 정밀하면서도 正當해야 한다. 대체로 학자가 신실한 것을 귀하게 여기는 것은 正道를 듣고 굳게 지킬 때 해당되는 말이다. 퇴계는 학자들이 경계해야 할 폐단으로 자희(自喜)와 욕속(欲速)을 들었다.

즉, 자희하면 남의 말을 듣지 않게 되고, 욕속하면 많은 이치를 궁구하지 않게 된다. 이와 같이 하고서 道에 들어가고 德을 쌓아 聖賢의 문장(門墻)에 가까이 가기를 바라는 것은 뒤로 물러나면서 앞으로 나아가기를 바라는 것과 같다고 퇴계는 말했다.

1. 한문 독법의 중요성

말이란 뜻을 전달하는 것이다. 그렇다고 말이 그 뜻을 다하지는 못하기(子曰書不盡言 言不盡意)(《주역》「繫辭」上) 때문에 배우는 사람들은 문장을 이해하지 못할 수도 있게 된다. 또한 문장을 알지 못하면, 비록 문자를 약간 안다고 하더라도 언사(言辭)에서 뜻을 전달할 수가 없게 되는 순환의 고리에 놓이게 된다.

일찍이 주자도 文字를 쓰는 것은 자신의 뜻을 전달하고자 하는 것일 뿐이니, 만약 그 고상하고 오묘한 것을 다하였다고 하더라도 이치상 얻은 바가 전혀 없다면 자기 자신에게도 보탬이 안 되며 세상에도 쓸모가 없다고 하면서 문사(文詞)라는 것은 작은 재주에 불과할 뿐이라고 하였다.

퇴계에게도 文은 쉽게 보아 넘길 일이 아니었다. 그는 스스로 文才가 누졸(陋拙)하다고 생각하여 후세에 전하는 문장에 대해서는 뜻을 가져본 적이 없다고 하였다. 더구나 젊어서부터 병치레를 자주 한 데다 배우지도 못해서 문장의 격식에 있어서도 아는 바가 없다고 하였다.

그래서 문인의 재분(才分)은 저마다 다르기 때문에 자신이 문임(文任)을 감당할 수 없는 고민스럽고 딱한 사정을 들거나, 문형(文衡)이란 중임을 감당할 수 없는 이유로 나이나 질병 그리고 재능 부족을 예로 들곤 하였다.

"비록 글에 능한 사람이라도 나이가 많고 기운이 쇠하면 지은 詩文이 마치 몽당붓으로 글씨를 쓰면 조금도 날카로운 기운도 없고, 무딘 칼로 그릇을 새기면 형상을 이루지 못하는 것과 같다(雖本能文之人 至於年老氣衰 則所作詩文 如以禿筆寫字 頓無鋒穎 鈍刀雕器 不成形制)."

한때 글에 능했다 하더라도 나이 들면 글에 대한 감각 또한 무뎌진다는 사실은 퇴계에게 고금의 통환(通患)으로 현현(顯現)되고 있다. 즉, 이 말에는 문장은 성인의 서여(緖餘)이며 자획(字畫)은 문장의 末이라는 발상에서 문장은 공도(公道)이기에 인정과 체면에 따라 구차히 할 수 없다는 퇴계의 생각이 잘 드러나 있다.

글을 대하는 퇴계의 자세는 일찍이 그가 언급했던 선유들의 말을 인용한 곳에서도 잘 드러난다. 글이란 이 마음을 유지하는 것이므로 일시라도 마음을 방치해 두면 일시에 덕성이 게을러진다. 글은 모름지기 읽어 외우고 나서 정밀히 그 뜻을 생각해야 하는데, 생각하는 것은 한밤중이나 혹은 조용히 앉아 있을 때에 얻어지는 것이 많다.

그리고 책을 보는 것은 자신의 의심되는 부분부터 풀고 자신의 통하지 못한 곳을 밝혀서 볼 때마다 새로움이 더해지면 학문에 진전이 있게 된다. 일찍이 장횡거(張橫渠, 1020~1077)가 '의심이 없던 곳에 의심이 생기면 비로소 학문에 진전되는 것'이라는 말을 빌어서, 퇴계는 글 읽을 때의 正心을 강조하였다.

또 몸으로 체득하고 마음으로 징험(徵驗)하여 한가하되 한적하고 정일한 속에서 말없이 이해해야만 초연하게 글 속의 말과 뜻 이외의 것까지 스스로 터득하게 된다. 그래야만 학자가 글을 읽을 때, 평소의 습관부터 모두 버리고 다시 미치지 못했던 곳까지 채찍질하여 초연히 스스로 터득하게 될 때 비로소 도리에 조금씩 나아가게 된다.

퇴계는 글 읽는 법은 마땅히 차례를 따르고 떳떳함이 있어야 하며, 한결같이 정성을 다하여 게을리하지 않아야 한다. 구두와 글 뜻 사이에서 조용히 탐색하고 마음가짐과 행동의 실천을 체험한 후에 그 마음이 고요해지고 이치가 밝아져서 차츰 참 의미를 보게 된다고 하였다.

그러면서 퇴계는 주자의 문장을 그 예로 들어 평실(平實)하고 우여(紆餘, 문장이 줄줄 풀리어 유창함)하며 그 용도가 포백(布帛) 같으며 그 소리가 종묘제례악의 거문고 소리(廟瑟) 같다고 하였다. 게다가 그 맛은 대갱(大羹)과 같아서 사치스럽고 화려하거나 진동하고 번쩍이는 문사(文辭)로 사람을 현혹하고 갈채하는 것이 없기 때문에 사람들이 모두 즐겨 읽는다고도 하였다.

2. 퇴계의 漢文 文字의 해독 기법

1) 文의 의미와 文字의 갈래

(1) 文의 의미와 文字

《시경》에서는 감정이 소리를 통하여 드러나고 그 소리가 무늬(文)를 이루는 것을 음악(情發於聲 聲成文 謂之音)이라고 하여 '文'은 '무늬'를 의미하였다. 또 《논어》의 文으로 벗을 만나고 벗을 통해 사랑의 덕을 닦는다(曾子曰 君子 以文會友 以友輔仁)는 문장에서 文은 학문을 뜻한다. 학문을 익힘으로써 벗을 모은다면 道가 더욱 밝아지고, 벗의 善함을 취하여 仁을 돕는다면 德이 날로 진전된다는 뜻이다.

또한 文은 다의어로서 문맥에 따라 영어로는 각각 'manifestations', 'patterns', 'writings', 'composition' 혹은 'art' 등으로 번역할 수 있다. 또 우리말로는 '문채', '문학', '문장', '형식', '작품에서의 표현형식' 등으로 번역할 수 있다.

이렇듯 만물의 자연적인 무늬 혹은 문채(文)라는 것이 文의 기본적인 뜻이라고 볼 때, 사람이 그린 文은 文字가 되고, 그가 천지의 무늬를 본받아서 문자로 표현한 것이 문장이 된다고 하겠다. 그래서 주자는 文을 하는 데는 온후돈후한 氣가 필요하다고 하였다.

한편 宋의 염계(濂溪) 주돈이(周敦頤, 1017~1073)가 文은 道를 신

는다(文所以載道也)고 하였듯이, 동양에서는 文을 기예의 일종으로 글쓰기, 말달리기, 활쏘기 등으로 생각했다. 그 가운데 문장은 말단의 재주라 하여 높이 평가하지 않았었다. 대부분이 본질은 道이고 文은 그 말단으로 여겼기 때문에 文의 존재 의미는 道를 드러내는 것쯤으로 받아들여졌다.

《주역》에서는 문자의 글자마다 그 훈계를 따르고 구절마다 그 뜻을 추구하며, 일은 그 이치에 맞게 하고 뜻은 평화롭게 하라(字從其訓 句逆其情 事因其理 意適其平)고 하였다. 또 주자는 당연히 본문에 의거해서 개개의 구절과 낱낱의 글자를 따라가며 문장의 의미를 해석하면서 분명하게 이해해야 한다고 말한 바 있다.

퇴계는 글을 대할 때의 자세를 다음과 같이 말하였다.

> "학문의 功은 안과 바깥이나 몸과 마음의 간격이 없으며, 정미롭고 거친 것과 가려지고 드러나는 구분도 없다. 처음 시작할 때에 그냥 큰 강령만을 꽉 잡아 지켜서 방종하지 말고, 늘 노력을 계속하는 동시에 차츰차츰 엄밀한 성의를 더하며, 그리고는 다시 성현의 글을 읽되, 구절마다 글자마다 하나하나 이해한 뒤에는 첫머리에서부터 마지막까지를 모조리 관통하여야지, 그 중에 선택하려 해서는 안 된다(學問之功 無內外身心之間 無精粗隱顯之分 初時 且要大綱持守 勿令放逸 而常切提撕 漸加嚴密 更讀聖賢之書 逐句逐字 一一理會 從頭至尾 不要揀擇)."

학자가 처음 글을 읽을 때는 큰 줄기인 강령을 기준으로 나아가 차츰 익숙해지면 여기에 엄밀성을 기해야 한다. 그리고 구절마다 글자마다 하나하나를 바로 이해하기 위해서는 성현의 글 중에서 한 단락의 말마다 그 말이 생겨난 유래를 알아야 옛사람이 애초에 내세운 주장의 뜻이 어떠한가를 이해할 수 있게 된다. 게다가 말과 글자를 쓰는 법이 교묘한 경우가 있다는 것을 알아야 비로소 이것과 저것이 서로 계발되어 그 귀추를 이해할 수 있다는 것이다.

(2) 文字를 分·類·屬으로 갈래짓기

분(分)자는 거성(去聲)에 해당하는 것으로 '분할하여 자르다' 나 '일정하게 한정된 분량' 이라는 뜻을 지니고 있다. 예를 들어, '天命으로부터 이하의 心·性·情·意에 대한 선악을 나눈다든지, '존양과 성찰은 그 경중을 나눌 수 없다' 는 문장에서의 分은 한량(限量)의 의미로 쓰인 것이다.

퇴계는 '志' 자와 '意' 자는 그 선후를 나누기 어려운데, 절충할 수 있는 좋은 방법을 묻는 문인에게 다음과 같이 말하였다.

> "이것은 나누어야 할 것도 아닌데 억지로 나누는 것이니, 단지 급하지 않는 것뿐만이 아니다(此不當分而強分之 非但不急而已也)."

주자의 문인이 마음을 잡아서 보존하는 일(操存)'과 '심성(心性)을 닦아 기르는 일(涵養)'을 가지고 앞뒤를 나누려(分)고 하자, 주자가 그런 일은 급하지 않다고 하면서 깊이 그 잘못을 지적한 것을 들어 퇴계가 문인의 질문에 우회적으로 답변한 것이다.

이렇듯 퇴계는 '志'와 '意'는 본래 서로 끝과 시작이 되고, 서로 머리와 꼬리가 되는 것이 아니므로 억지로 선후로 나눌 수(分) 없다는 것이다. 퇴계가 말년에 당시 붕당(朋黨)의 조짐이 나타났기 때문에 '形色을 나누고 한계를 짓는 근심(分形色類界限之患)'이라고 한 말에서도 '분할하여 자르다'라는 분제(分劑)의 의미를 볼 수 있다.

'유(類)'는 동류끼리 나뉘는 것을 말한다(類 以類而分也). 가령 '만물의 정을 유별한다(類萬物之情)'에서 類는 구별을 뜻하는 말이다.

또한 사람과 금수와 초목의 형체를 방(方)·원(圓)과 횡(橫)·역(逆)의 類로 나눌 때는 나뉘는 대상의 형태나 모양, 그리고 방향이라는 속성에 근거하고 있음을 알 수 있다. 다음에서 퇴계는 사람의 성품과 자연의 속성을 類로 나누어 말하고 있다.

> "지혜로운 사람은 물을 좋아하고 어진 사람은 산을 좋아한다(子曰 知者樂水 仁者樂山)."

한편 산을 좋아하고 물을 좋아한다는 말에서 산이 仁이 되고 물이 智가 된다든지, 또는 사람과 山水가 본래 동일한 성품을 지니고 있다는 말이 아니라, 다만 仁者는 산과 비슷한 類이기 때문에 산을 좋아하고, 智者는 물과 비슷한 類이기 때문에 물을 좋아한다고 할 수 있다.

여기서 비슷한 類라는 것은 단지 어질거나 지혜로운 사람의 氣象과 意思를 가리켜 말한 것으로, 이는 모두가 仁, 智 본연의 이치를 진지하게 논한 것이 아니라, 사람의 그 기상다움에 준해서 진실을 구하여 지준(指準)과 모범의 극치를 삼을 따름이라는 것이다.

다시 말해서, 내 마음에 이미 어짊(仁)과 지혜로움(智)의 충만한 이치가 내재되어 있어서 이것이 외양으로 드러난다면 산과 물을 간절히 구하지 않더라도 자락(自樂)의 경지에 이름을 말한 것이다.

퇴계는 속(屬)의 의미가 단지 이 편에 연계시키거나 저 편에 연계시킨다는 말이지, 어떤 일은 바로 어떤 일이라고 하는 것을 말하는 것이 아니라고 하였다.

그는 문인들이 심경찬(心經贊)[7]에서 계구(戒懼)는 도심(道心)에 소속(屬)시키고, 근독(謹獨)은 인심(人心)에 소속시킨 것을 두고 '인심·도심은 발출(發出)하는 곳을 가리켜 말한 것이지 공부하는 곳은 아니라고 생각하거나 근독(謹獨)도 오히려 인심이라 할 수 없는데, 하물며 계구(戒懼)는 미발(未發)한 시점인데 도심이라 하는 것이 가능하겠는가라고 의문을 품자 다음과 같이 말하였다.

> "애석하게도 속(屬)자의 뜻을 생각하지 않고 함부로 쉽게 말하였다(然惜乎不思屬字之義 而輕易爲說也)."

---

7) 심경찬(心經贊) : 송나라 진덕수(眞德秀)가 聖賢의 格言을 모아 心經을 엮고 스스로 지은 贊한 책.

퇴계는 문인들의 생각이 쉽게 여기에 이르지는 못했을 것으로 판단하였다. 주자는 《중용》의 존덕성(尊德性)·도문학(道問學)을 설명할 때, 광대(廣大)·고명(高明)·온고(溫故)·돈후(敦厚)는 모두 存心에 소속(屬)시켰고, 정미(精微)·중용(中庸)·지신(知新)·숭례(崇禮)는 모두 致知에 소속시켰다. 그래서 여기에서도 동류로 나누어 소속시킨 것으로 봐야 한다는 것이 퇴계의 생각이었다.

흔히 心學의 핵심을 총괄하면, 인욕을 막고 천리를 보존한다는 두 가지다. 그렇기 때문에 계구 이하의 여러 설은 이발(已發)과 미발(未發)에 소속시켜야 한다. 또 인욕을 막는 일은 인심 쪽에 소속시켜야 하고 천리를 보존하는 일은 도심 쪽에 소속시켜야 한다는 것이 퇴계가 말하고자 하는 의도였다.

또한 퇴계는 知行의 관점에서 보았을 때, 존양(存養)은 행(行)에 속한다고 하였다. 이는 알지 못하면 참으로 행하기도 어렵다는 것을 가리켜 말한 것이다. 이런 관점으로 풀이한자면, 성의(誠意)와 정심(正心)이 知에 속한다거나 知行을 겸해서 말한다고는 할 수 없다는 것이 퇴계의 생각이기도 하다.

2) 文字의 의미 분별

(1) 문자의 내포된 의미 분류

퇴계는 문자의 의미를 분류함에 있어서 그 형체로는 분명히 나타나 있지는 않지만, 어떤 것을 형상화한 문자를 비유하거나, 한 문자가 두 가지 이상의 의미를 겸하고 있어서 맥락으로 이해해야 하는 경우 등을 들어 설명하였다.

가령 골륜(鶻崙)은 둥근 덩어리요 통째라는 뜻인데, 여기서 골륜은 바로 대추의 둥근 덩어리로서의 통째임을 형상화한 말이다. 이는 대추를 깨물어 씹어 먹지 않고 통째로 삼키면 그 맛을 알지 못한다는 것을 비유한 것이다.

이를 퇴계는 '無極이 太極'에서의 極으로 설명하고 있다.

> "극이라는 뜻은 단지 지극하다는 말일 뿐만 아니라 모름지기 표준이라는 뜻까지 겸하고 있어서 중도에서 있으면 사방에서 바름을 취한다(然極之爲義 非但極至之謂 須兼標準之義 中立而四方之所取正者看)."

'無極이 太極'의 極자에는 두 가지 뜻이 있는데, 앞의 極자는 그것이 형상이 있는 극을 가차(假借)한 것이고, 뒤의 極자는 형상이 없는 이치를 指名한 것이다. 대추를 깨물어 씹어 먹지 않고 통째로 삼키듯 하면, 이 極자가 두 가지 뜻을 지니고 있지는 않다는 말이 된다.

퇴계는 또 道는 하나일 뿐인데 성현들이 가리켜 말한 것이 더러 다른 경우가 있음을 예로 들었다. 즉 그는 일관(一貫)의 道는 전체의 큰 쓰임을 들어서 말한 것이고, 솔성(率性)의 道는 사람과 사물이 따르는 바를 가리켜 말한 것이다. 또한 증자(曾子)는 성인의 忠恕를 말했기 때문에 이것으로 道를 삼았고, 子思는 학자의 忠恕를 말했기 때문에 道

를 어김이 멀지 않았다고 하였다.

> "이른바 道라는 것은 어찌 다른 데서 구하기를 기다리겠습니까. 忠恕에 나아가 그 이치를 궁구하면 忠恕가 곧 道이고, 인의예지에 나아가 그 이치를 궁구하면 仁義禮智가 곧 道입니다(然則所謂道者 何待乎他求哉 卽忠恕而盡其理 則忠恕卽道 卽仁義禮智而盡其理 則仁義禮智卽道)."

퇴계의 입장에서는 일부 학자들이 주장하는 것처럼 忠恕로 道를 삼아야 한다고 주장하면 道에 미진하다고 하거나, 仁義禮智로 道를 삼아야 한다고 주장하면 道라고 이름붙이기는 곤란하다고 하면서 전혀 다른 것을 구해서 道로 삼으려고 하는 것은 논할 바가 아닌 것이 된다.

이러한 시각으로 仁義禮智 네 글자의 뜻만 보고 만다면 비록 기송(記誦)하고 해석하기를 털끝만큼도 어기지 않는다 하더라도 결코 도움이 되지 않는다는 것이 퇴계의 생각이다. 이 네 글자의 뜻을 각각 깊이 생각하고 고요히 앉아 마음을 가라앉히고 음미함과 동시에 스스로 체인하고 체험하여야 비로소 仁義禮智를 道로 삼을 수 있다는 것이다.

다시 말해, 그가 주장하는 것은 '仁' 이란 나의 마음에 있는 것인데 어찌하여 마음의 德이 되고, 어찌하여 사랑의 理가 되며, 어찌하여 온화(溫和), 자애(慈愛)의 도리가 되는지와 '義' 도 나의 마음에 있는 것인데 어찌하여 마음의 제(制)가 되고, 어찌하여 일의 의(宜)가 되며, 어찌하여 절제(斷制)하고 결단(裁割)하는 도리가 되는지를 스스로가 체인(體認)하고 체험해야 한다는 것이다.

또 퇴계는 '禮' 와 '智' 라 하지 않고서 '中' 과 '正' 이라고 한 이유를 묻는 문인에게 주자의 말을 빌려 다음과 같이 말하기도 했다.

> "中은 禮가 알맞은 곳이고, 正은 智가 정확하게 들어맞는 곳이다(中是禮之得宜處 正是智之正當處)."

그는 '禮' 와 '智' 보다는 '中' 과 '正' 이 더욱 친절하다는 것이다. 왜냐하면 '禮' 나 '智' 라고 말하면 오히려 느슨하지만, '中' 이나 '正' 이라고 말하면 절실하게 되어 '禮' 라 하면 혹 들어맞지 않는 곳이 있지만, 이것을 '中' 이라 하면 지나치거나 미치지 못하는 것이 없게 되고 禮가 아닌 형식적인 禮가 없게 되어 그 절차의 표현이 아주 적당해진다는 것이다.

또 어떤 것을 '智' 라고 하면 오히려 바른 것과 바르지 못한 것이 있게 되지만, '正' 이라고 하면 옳고 그름이 확실하고 분명해지기 때문에, 곧 '智' 의 실체가 된다고 그는 말했다.

퇴계는 '性' 자 한 자를 가지고도 이를 세밀하게 분석하여 이해할 것을 문인들에게 주문했다.

> "《대학》 서문의 둘째 대목에 나오는 네 개의 性자는 모름지기 전체 맥락을 잡아 꿰뚫어보아야 한다(大學序第二節四箇性字 須融貫看透)."

그는 네 개의 性 중에서 '仁義禮智之性'의 性자는 하늘이 모든 사람에게 부여한 의미로 보았고, 그 性을 갖고 있음을 알아서 온전히 하지 못한다(不能知性之有而全之)의 '性' 자는 보통 사람들을 기준으로 해서 말한 것이라고 하였다.

한편으로 퇴계는 '그 본성을 다한다(盡其性)'의 性자는 나면서부터 알아 힘들이지 않고 행하는(生知安行) 성인을 기준으로 해서 말한 것이며, '가르쳐주어 그 본성을 회복하게 한다(教之以復其性)'에서의 性자는 관감하여 흥기하고(觀感興起) 배워서 알고 애써 행하는 보통 이하의 사람들을 기준으로 분석하였다.

퇴계는 문자를 이해함에 있어서 이와 같이 먼저 알고 나서 또 거기에 푹 잠겨 오래도록 맛본다면, 저절로 마음에 이해가 되어 즐거움이 있을 것이고, 이렇게 되어야만 心得이 된다고 하였다.

이와 같은 心得함에 있어서 가장 경계해야 하는 것으로 퇴계는 구방심(求放心)을 말했다.

> "성현의 천만 가지 말씀이 다만 사람이 이미 내쳐진 마음을 단속하여 돌이켜 다시 몸에 들어와 스스로 위를 향해 찾아가게 하여 아래에서 배워 위에 통달하게 하는 것이다(聖賢千言萬語 只是欲人將已放之心約之 使反復入身來 自能尋向上去 下學而上達也)."

퇴계에 따르면 물건을 좇아 이리저리 분주하게 달리는 마음만을 가리키는 것이 아니라, 잠깐이라도 생각이 달아나거나 잃어버리는 것이 모두 '放心'에 해당된다.

또 그에게 '求'라는 말도 종신토록 학문하는 기본을 삼는 것을 뜻하는 것이 아니라, 하루 한 끼 밥 먹는 동안 잠시 찾아 붙잡아 두어 시시각각으로 혹은 생각할 때마다, 또는 있거나 처하는 곳 어디에서나 막 새어나감이 있음을 깨달으면 곧 수습하고 정돈하여 깨우쳐 있음을 통틀어 일컫는 뜻이 된다.

(2) 문자의 形狀적 의미 구별

퇴계는 형태나 모양 혹은 특징할 만한 뜻이나 상대적인 뜻으로 문자의 의미를 파악하여 설명하였다. 예를 들어 팔괘도(八卦圖) 아래의 주(註)에 "삼재가 대략 갖추어졌다(三才略具)"고 한 것에 대해 문인이 질문했을 때, 퇴계는 '삼재(三才)'는 천(天)·지(地)·인(人)인데, 재(才)라고 한 것은 응용에 대해 말한 것이라 하였다. 또 '대략 갖추어졌다'라고 한 것은 '삼재'의 상(象)이 그 3획(劃)에 갖추어졌다는 것으로, 위의 획은 천(天), 중간 획은 인(人), 아래 획은 지(地)의 모양을 따른 것이라고 하였다.

그는 또 '변화(變化)'라는 말에서, '變'이란 '化'의 과정이고 '化'는 '變'의 완성이므로, 생수(生數)는 음·양을 논할 것 없이 다 '變'이라 하고, 성수(成數)는 음·양을 논할 것 없이 다 '化'라고 하는 것이 옳다고 하였다.

퇴계는 또한 문인이 질문한 '영략무상영소무밀(寧略毋詳寧疎毋密)' 이라는 글에 대해서는 의미를 파악하는 방법을 다음과 같이 제시하고 있다.

> "글자의 뜻 또한 쓰인 자리에 따라 융통성 있게 보아서 마땅히 당시 가르침의 뜻을 잃지 않아야 할 듯합니다(字義亦隨處活看 當不失當時訓誨之意)."

퇴계는 주자가 평소에는 문인들에게 상세하고 정밀하게 글 읽는 것을 강조하였지만, 여기서는 융통성을 발휘하여 글자를 다른 의미로도 음미할 수 있어야 한다고 말하고 있다.

여기서의 '略' 은 총략(總略)의 약이지 홀략(忽略)을 말하는 것이 아니며, '疎' 는 소통(疏通)의 疎이지 소루(疏漏)를 뜻하는 것이 아니며, '詳' 은 자질구레함을 말한 것이지 빠짐없이 찬찬하다는 뜻은 아니고, '密' 은 구애되어 막히는 것을 말한 것이지 정밀하다는 뜻이 아니라고 퇴계는 말했다.

같은 맥락에서 퇴계는 晉, 普를 구별할 때, '덕을 널리 베푼다' 는 등의 말로 미루어 보면 두 가지가 다 의미가 있어 취사선택하기가 어려울지 모르지만, 晉에는 進자의 뜻이 있어 尙德이란 뜻에 더 절실하다고 보았다.

유원(悠遠)에 대한 문인의 질문에 대해서는 퇴계는 다음과 같이 대답하였다.

'悠' 자는 '길다' 라는 뜻으로 '지금부터 후대까지로 다함이 없다' 는 뜻이고, 久는 그 요점을 잡아서 말한 것으로, '늘 이러하다' 는 뜻이다. 悠는 '처음에서 끝까지 변함이 없다는 뜻' 이고, 久는 '어디에나 항상 존재한다' 는 뜻이다(悠 長也 悠是自今觀後 見其無終窮之意 久是就他骨子裏 說鎮常如此之意 又云 悠是據始以要終 久是隨處而常在).

이를 근거로 퇴계는 '悠遠' 이 아닌 '悠久' 라고 말한 것으로 보아 '悠' 는 아마 시간적인 개념으로 '처음에서 끝까지 변함이 없다는 것' 을 말한 것이며, '遠' 은 공간적인 개념으로, '빛이 사방에 비쳐 아래위까지 이른다는 것과 같은 類로 설명하였다.

퇴계는 또한 호칭에 있어서도 엄격하게 문자의 의미를 구분하였다. 영종, 효종이 모두 본생부(本生父, 자신을 낳아준 아버지)를 황백부(皇伯父)라고 했으나, 皇자는 할아버지에게도 붙일 수 있는 말이어서 《예기》에서도 上下를 통하여 말하였고, 역대에 걸쳐서 상하가 한가지로 사용하였기 때문에 지금 종묘에서도 사용되는 호칭이 되었다는 것이다.

"만약 방친(旁親)에 대하여 皇자를 붙이는 것은 禮에 언급된 바가 없습니다(若加於旁親 則禮所不言)."

퇴계는 皇兄, 皇叔과 같은 것은 모두 皇帝의 皇자이니 우리나라에서 쓸 수가 없는 말이지만, 그렇다고 그저 伯父라고 칭하면 보통 삼촌을 부르는 것과 같게 되므로, 太字를 붙여 태백부(太伯父)라고 칭하는 것이 마땅하다고 하였다.

皇兄, 皇叔, 皇親, 皇子 등의 皇자가 비록 皇帝의 皇자이기는 하지만, 《예기》 「곡례(曲禮)」편에 말한 역대 일반인 집에서 쓰던 皇자의 경우는 본디 '아름답고 크다(美大)' 는 뜻이기 때문에 지금 종묘에서도 쓰고 있는 것이지, 만일 皇帝의 皇자라면 종묘에도 쓸 수 없다.

3) 문자의 츤첩(櫬貼)과 체환(替換)

퇴계는 지금 사용하고 있는 어떤 글자나 어떤 말로써 옛날의 어떤 글자나 어떤 말에 배합하여 그 의미를 밝히는 것을 츤첩이라고 하였다(以今之某字某語 配合古之某字某語 以明其義, 謂之襯貼).

예를 들면, 명덕(明德)을 풀이하는 데에 하늘로부터 얻은 것으로 덕(德)자를 풀이하고 '텅 비고 영능(靈能)해서 어둡지 않다(虛靈不昧)' 는 것으로 明자를 풀이하는 文字 운용의 기법을 일러 츤첩(襯貼)이라 한 것이다.

예를 들어 퇴계는 문인이 유리병자선(琉璃甁子禪)에 대해 질문했을 때 다음과 같이 말했다.

"유리로 병을 만들어서는 스스로 보물이라 여기지만

그러나 그 물건 됨이 견고하지 못해서 부딪치기만 하면 깨뜨러지고 맙니다(琉璃作瓶子 自以爲寶 而其爲物不堅 如有觸著 卽便破碎).”

이 말은 선학(禪學) 공부가 미진하여 ‘잘못된 사실(假)’을 올바른 것으로 인식한 자가 수양이 깊은 선가(禪家)의 한 마디에 바로 분쇄(分碎)되고 만다는 것을 퇴계가 병(瓶)의 깨지기 쉬운 속성을 들어 비유한 것이다.

학자가 자기의 견해만을 고수하거나 주장하려고 하면서 높은 경지에 이른 자에게 질정(叱正)을 구하려 하지 않는 병통을 퇴계가 이렇게 에둘러 표현한 것이다.

또한 “파병이 손아귀에 들어왔다(云欛柄入手)”라는 문구에서 파(欛)는 자루를 뜻하는 말로서 퇴계는 종고(宗杲, 1089~1163)[8]의 장(張)이 그 술책과 권모를 부려 무리들을 현혹케 할 수 있음을 알기 때문에 말한 것이라고 文義를 파악하였다.

퇴계는 한 지인이 자신의 문장과 기상을 칭송하는 글을 읽고 다음과 같이 말하고 있다.

“곤옥처럼 빛난다는 것은 내가 그 색깔도 갖춘 것이

8) 종고(宗杲, 1089~1163) : 남송(南宋) 시대의 선승(禪僧)으로 임제종(臨濟宗) 양기파(楊岐派)의 5대 전인(傳人)이다. 묵조선(黙照禪)을 비판하고 간화선(看話禪)을 제창하여 선종 불교의 발달에 큰 영향을 끼쳤다. 남송 초기에 금(金)나라와의 주전론(主戰論)을 주장한 대표 인물이기도 하다.

없는데, 더구나 그 德에 대해서이겠으며, 세상에 초탈하는 것은 내가 그렇게 되고 싶기는 하나 그 방법에는 밝지 못하며, 풍성(豐城)에서 솟구치는 검기(劍氣)가 예스럽기는 하나 세찬 기세는 아직 나로서는 능하지 못하며, 만학에서 나오는 얼음이 차갑기는 하나 맑고 깨끗함은 아직 나로서는 능하지 못한 것이오(至於崑玉之璀璨 僕無其色 而況其德乎 安期之絕世 僕有其願 而迷其方也 劍發豐城 古則古矣 光談則吾未也, 氷出萬壑 寒則寒矣 淸澈則吾未也)."

여기서 곤옥은 곤륜산(崑崙山)에서 생산되는 아름다운 玉을 가리킨 것인데, 퇴계가 쓴 문장의 아름다움을 비유하는 말이고, 검기(劍氣)는 퇴계의 높은 기상을 뜻하는 말로 쓰인 것이다.

이 외에도 곡기를 끊은 것처럼 수척하고, 두견새 울음처럼 애절하고, 물에 뜬 갈매기처럼 깨끗하다는 등 지인의 이어지는 찬사에 퇴계는 자신이 일찍이 애쓰기는 하였으나, 모두 다 가까이 가지도 못하였다는 말로 답할 뿐이었다.

퇴계는, "지금 사용하고 있는 어떤 글자나 어떤 말로써 옛날의 어떤 글자나 말을 代易하여 그 訓을 밝히는 것을 체환이라 하였다(以今之某字某語 代易古之某字某語 以明其訓 謂之替換)."

예를 들면 '格物을 풀이하는 데에 이르다'로써 格을 훈고(訓詁)하고, 일로써 物을 훈고하는 것처럼 다른 문자를 활용하여 원래 의도한 문자를 쉽게 이해할 수 있도록 하는 표현방식을 체환(替換)이라고 한 것이다.

퇴계는 문인에게 格物·致知를 知와 行으로 풀이하면서 可·學을 다음과 같이 설명하였다.

> "옳다고 한 것은 착함과 같으며, 배운다고 한 것은 행한다는 것과 같은 뜻이다(可 猶善也 學 猶行也)."

옳은 것을 배우는 데도 아직 옳은 데에 이르지 못한다는 말은 한 가지 착함을 얻으면 정성스레 가슴에 새기려 해도 아직 지극히 착한 경지에 이르지 못했다는 말과 같게 되는 것이다.

퇴계의 견해에 의하면 仁義의 근원을 엿보고 禮樂의 실마리를 더듬는다는 문장은 바로 格物을 말한 것이 된다. 그리고 사물의 이치가 다 눈앞에 모였다는 문장은 致知의 공효(功效)이기 때문에 옳은 것을 배운다고 한 것은 마땅히 해야 할 일에 힘쓰는 것으로 보아야 한다. 또 옳은 데 아직 이르지 못한다고 한 것은 行에 아직 이르지 못하여 스스로 힘쓰는 것이 된다.

다시 말해서, 천하의 이치가 모두 눈앞에 모인다는 것은 이치를 궁구함이 깊지 않고서는 불가능한 것이며, 그 이치를 궁구함이 이미 깊은 까닭에 천하의 모든 이치가 한눈에 낱낱이 분석되게 된다.

결국 이 말은 어느 것이 옳은지 그른지를 잘 알아서 그 옳은 것을 배운다는 것은 아는 것을 통해서 몸소 실천한다는 퇴계의 말과 일관된다.

퇴계는 오타(敖惰)라는 두 글자를 다음과 같이 군자의 처신과 관련지어 논하기도 하였다.

> "대개 보통 사람들을 대상으로 말한다면 비록 '상대에 따라서는 거만(敖)하게 할 수 있다'는 것과 또 '사람의 情으로서 있을 수 있는 일'이라고 말할지라도, 오히려 흉덕(凶德)에 연루됨을 면치 못하는 것은, 그것이 한쪽으로 치우치는 폐단에 빠지기 때문입니다(蓋由衆人言之 雖曰因人可敖 亦曰情所宜有 猶未免於帶累凶德者 以其陷於一偏故也)."

이 말은 군자가 평범한 일상에서 禮를 간소하게 하는 것은 그 사리에 맞으면서도, 그의 성정이 깨끗하여 어떠한 의혹에도 연루됨이 없이 中正하고 화평한 기상은 여전히 그대로 있을 수 있다는 것이다.

예를 들어, 비파를 끌어당겨 연주하고(取瑟而歌), 안석에 기대어 누웠다(隱几而臥)는 것이 실제로 공자·맹자가 거만하고 게을렀다는 것을 암시한 것이 아니라, 거만함과 게으름(敖惰)이 성현에게는 이렇게 처신된다고 표현한 것이다.

거만할 '敖' 자는 흉덕을 의미하는 '敖' 자와 글자도 같고 뜻이 다른 것은 아니지만, 군자에 대해서 말할 때만 그 뜻이 조금 다르게 쓰일 뿐이다. 이는 동일한 개념에 상이한 의미가 있음을 뜻한다.

위 예시 문장을 표면적으로만 이해하면 '성인도 거만할 수 있는가' 라는 의문을 자아낼 수 있다. 이렇게 받아들인 문인들에게 주자는, "그것을 당연하게 여겼으면 이미 된 것인데, 하필 성인이 본래 가지고 있는 性이 아니라고 의심할 것인가?" 라고 반문하면서 생각을 넓게 할 것을 요구하였다.

퇴계 또한 배우는 사람이 위 문장을 잘못 이해해서 사물을 거만하게 대하고 세상을 가볍게 여기지나 않을까 우려하였다. 이는 비유하자면, '克' 자를 이해함에 있어 '적을 이긴다' 는 개념보다는 자신의 생활에서 생각은 좋으나 행동에 잘못이 있을 경우 이를 반성하고 고쳐 가면서 하나의 敬에 힘쓰면 되는 것으로 이해해야지, 꼭 '극복하여 이긴다' 는 뜻으로 이해할 필요는 없다는 것과 같은 경우이다.

대체로 천하 만물에는 공히 적용되는 하나의 이치가 있다. 그렇기 때문에 의리와 언어를 만약 분별없이 뒤섞어서 말한다면 같지 않을 것이 없게 된다. 또한 억지로 끌어다가 맞추어 말한다면 근사(近似)하지 않은 것이 없게 된다. 결과적으로 옛 성현들이 말씀하신 본래의 의미를 그대로 따르지 않으면 온전히 경전의 뜻을 이해하지 못하게 된다. 이렇게 되면 진리에 어둡게 되고 실상을 보는 데 혼란을 일으키게 된다. 이런 자세는 참으로 공부하는 사람들이 겪는 공통된 문제점이 아닐 수 없다.

3. 퇴계의 漢文 문장 구성상의 正理

1) 文義의 順理

(1) 意·義의 정의

意義는 '그 안에 숨은 뜻', '속뜻까지 이해하다(盡其底蘊)', '무궁한 의취(無窮之趣)' 등을 뜻하는 語意와 '전편의 대의(全篇之大義)'나 '존양과 함양의 뜻이 같은 것인가(存養涵養之義同否)'와 같은 文義의 줄임말로 字句가 지닌 뜻과 문장이 함축하고 있는 바른 의미를 아울러 이르는 말이다.

퇴계는 주자의 말을 빌려 志와 意를 다음과 같이 설명하였다.

> "志는 마음의 가는 것이니, 한결같이 곧게 가는 것이요, 意는 志가 경영(經營)하고 왕래하는 것이니, 이는 志의 다리(脚)이다. 무릇 영위하고 계획하며 왕래하는 모든 것이 意라고 하였습니다. 또 이르기를, 志는 공공연한 주장으로서 일을 만들려는 것이요, 意는 사사로운 견지에서 살그머니 다니고 간간히 나타나는 것이며, 志는 정벌하는 것 같고, 意는 침략하는 것 같다고 하였습니다. 이러한 설들을 모아보면, 志는 公이요, 意는 私임을 알 수 있습니다(志是心之所之一直去底　意是志之經營往來底　是那志底脚

凡營爲謀度往來 皆意也 又云 志是公然主張要做事底 意是私地潛行間發底 志如伐 意如侵 合此數說而觀之 志公意私可見)."

이에 덧붙여 퇴계는 학자가 만일 어떤 말을 자세히 알고자 한다면 먼저 본래 말한 뜻의 의취(意趣)를 찾은 뒤에 그 말을 보면 이해하기 쉽다고 하였다. 이는 마치 음탕한 음악을 가지고 아악(雅樂)에 비교하려 한다면 자신이 먼저 이미 음탕한 음악에 빠질 수 있으므로, 이를 통렬히 경계하지 않으면 안 되는 것과 같은 이유가 되기 때문이었다. 또 文義와 文理의 차이를 묻는 문인에게 퇴계는 다음과 같이 말하기도 하였다.

"글 속의 의지를 文義라고 하고, 글 속의 도리를 문리라고 한다(書中意旨曰文義 書中道理曰文理)."

그래서 흔히 '文義에 침잠(沈潛)한다' 는 말은 곧 '마음에 잠겨 이치를 살펴본다' 는 것과 같은 類라고 퇴계는 말한다.

하지만 '文義에만 매달린다(專於文義)' 는 말과 같이 원리적인 것을 전혀 이해하지 못하고, 그저 서책에 의지해 글로 말미암아 뜻을 내고 그 뜻을 갖고서 추측하여 설명하려는 學者의 자세를 비판한 것이다.

이러한 자세는 마치 '상수(象數)에만 섭렵한다(涉於象數)' 는 말처럼 文義는 도외시한 채 '상수'의 참뜻도 터득하지 못하는 것과 같은 맥락에서 논의될 수 있다. 그래서 퇴계는 주자의 말을 빌려 다음과 같이 말하였다.

> "차라리 글을 상세하게 (읽을)지언정 성글게 (읽어서는) 안 됩니다(有寧詳毋略等語)."

> "글을 읽어 의리를 구하려면 간략하게 볼지언정 자세하게 보지 않으며, 대강대강 볼지언정 세밀하게 보지 말아야, 비로소 남은 곳이 있게 됩니다(大抵讀書求義 寧略毋詳 寧疎毋密 始有餘地也)."

위의 인용문은 퇴계가 아래 주자의 말을 인용한 것으로, 자세하게 글을 보기 때문에 자잘해지고, 세밀하게 보기 때문에 거기에 얽매이게 된다는 것을 말하고 있다. 이 말은 문자에는 본디 각각 마땅함이 있어서 그 글자의 뜻을 보는 것이 좋다는 것이다.

또한 퇴계는 文義를 보거나 道理를 강구할 때 반드시 먼저 마음을 비우고 겸허한 자세로 하여야 하고, 자신의 견해를 주장하지 말라고 강조하였다. 그의 말에 따르자면, 고금을 막론하고 오직 그 옳은 것만을 따라서 진실을 얻는 것이 흡족하고 좋은 것이지, 그렇지 않으면 자신뿐만 아니라 남들까지 그르치게 된다는 것이다.

한편 퇴계는 말이나 글의 대강의 내용을 뜻하는 大意를 문장 혹은 단락의 큰 뜻인 대지(大旨)와 혼용하여 쓰기도 하였다. 문인이 大學의 大旨를 經文·傳文 어디에도 없는 '敬' 자보다는 首章의 '明德을 밝힌다'는 한 구절을 大旨로 삼는 것이 어떤지 질문했을 때, 퇴계는 다음과 같이 말하였다.

"《대학》 전문의 '지선에 머문다'는 것을 해석한 곳에 '문왕이 敬에 머문다'는 설을 인용하여 오지(五止)의 道를 미루어 말하고, 절차탁마의 공부로써 이었으니 어찌 敬을 말하지 않았다고 할 수 있겠습니까(大學傳止至善處 引文王敬止之說 而推言五止之道 繼之以切磋琢磨之功 豈可謂不言敬乎)?"

至善은 지극히 선한 것으로, 사리의 당연한 극치를 말한다. '머문다'는 止는 머무를 곳을 말하며, 반드시 이에 이르러 옮기지 않는 의사이다.

《대학》에, "《시경》의 '깊고도 먼 문왕이시여! 아아, 끊임없이 빛나고 공경하여 안온히 머무신다.'" 하였다. 여기서 남의 임금이 되어서는 仁에 머물렀고, 남의 신하가 되어서는 敬에 머물렀고, 남의 아들이 되어서는 효도에 머물렀고, 남의 아버지가 되어서는 자애에 머물렀고, 나라 사람들과 사귐에는 믿음에 머물렀다고 하였다.

오지(五止)의 道란 여기서 '仁에 머물렀다'에서 '信에 머물렀다'까지 다섯 止를 말한다. 이 五止 다음에 《시경》 「위풍(衛風)」 〈기욱(淇澳)〉 편을 인용하여, 절차탁마(切磋琢磨)하는 학문 · 수신의 공부를 논하고 있다.

퇴계는《소학》과《대학》은 모두 敬을 주로 삼아야 한다는 말과 또《대학》의「正心章」註에서 반복하여 뜻을 다 밝혔으므로,《대학》의 大旨가 敬에 있다고 말하는 것이 옳다고 하였다.

반면에 明德을 밝힌다는 것은 비록《대학》의 대강령(大綱領)이 되기 때문에 대강령이라고 말하는 것은 옳지만, 大旨라고 말하는 것은 온당하지 않다는 것이 퇴계의 견해였다.

(2) 문장의 順理

퇴계가 일찍이 내 학설의 온당치 않은 곳은 글자의 흠이나 문장의 흐름의 문제(文字之疵 語勢之病也)라고 말한 바 있듯이, 그는 문장의 뜻이 순조로울 것(上下文義順易)을 강조하였다.

여기서 순(順)이란《주역》에서 괘(卦)와 늑(扐)으로부터 과 · 설(過 · 揲)에 이르는 것을 순(順)이라고 하고, 과 · 설(過 · 揲)로 말미암아 늑(扐)과 괘(卦)로 올라가는 것을 역(逆)이라고 할 때의 順처럼, 글이 순리에 따라 문장이 되는 것을 말한다.

가령 큰 틀에서 글의 목차를 설정할 때에도, 강(綱)이나 목(目)이라고 할 것이 아니라, 앞에 몇 가지 제목만 열거하고 그 제목에 대해서는 몇 개의 절로 요약해서 합리적으로 구분하는 것이 낫다는 것이다.

"권의 첫머리 큰 목록을 알아보기 쉽도록 하고, 각 권의 절과 목차의 밑에 일일이 제 몇 절의 무슨 목록의 무슨 말이라고 하는 것이 좋을 것입니다(且於卷首大目錄易解法 及逐卷各節各目下 一一皆云第幾節某目某說)."

이렇게 하는 이유는 학자들이 편집자의 뜻(意)을 즉시 알아볼 수 있도록 쉽게 해야 하기 때문이라고 퇴계는 말했다. 또한 그는 순조로운 문장을 다음과 같이 설명하기도 했다.

"근본은 태극을 가리킨 것이고, '줄기는 양의를 가리킨 것이고, '가지' 는 4가 나뉘어 8이 되는 그 이하의 내용을 말한 것이오. 그러나 양의에서 보면, 양의가 근본이 되고, 사상 이하가 '줄기' 와 '가지' 가 되며, '사상' 에서 보면, '사상' 이 근본이 되고, 팔괘 이하가 '줄기' 와 '가지' 가 되는데, 구절마다 그렇게 번갈아가며 보아야 할 것이오(本 指太極也 幹 指兩儀也 支 謂四分爲八以下也 然自兩儀而看 則兩儀爲本 四象以下爲幹支 自四象而看 則四象爲本 八卦以下又爲幹支 節節如此遞看)."

근본에서 줄기로, 줄기에서 가지에 이르는 방식으로 전개되어야 한다는 것은 본문의 큰 근원에 나아가 자세히 이해해야만, 횡적 혹은 종적으로 말하더라도 그 어느 곳에서든지 통하지 않는 데가 없어 이치를 깨닫게 된다는 것을 의미한다.

만약 근원적인 큰 뜻이 있는 곳을 버려두고서 곁가지 한두 곳의 흐름만을 자잘하게 거론하여 질문하고 사색하면, 문답이 비록 많더라도 공연히 수고로울 뿐 소득이 없으며, 실제로 한 조목 한 조목씩 개별적으로 분석할 필요도 없다고 퇴계는 말하였다. 예를 들어, "너의 어머니에게 봉양하는 약간의 음식을 하사한다(賜爾母養若干需)."는 내용은, "봉양하는 음식 약간을 하사한다(養需若干)."로 고치는 것이 매끄럽다는 것이다.

또 '여비모도(余非慕陶)'의 '非'자는 꼭 제거하여야 그 뜻이 바야흐로 통하게 되는데, 이와 같은 것이 바로 문자의 순리이기 때문이라고 그는 말하였다. 퇴계는 다음과 같이 문장의 순리론을 더욱 엄격하게 적용하고 있다.

> '여모도학공맹자야(余慕陶學孔孟者也)' 여덟 글자는 그 語義가 옹색하고 졸렬하므로, 더욱 매개의 문체가 아닌 것 같습니다. 아마 틀림없이 빠진 글자가 있었을 것이나, 단 감히 헤아려 무슨 글자라고 단정하지 못할 뿐입니다. '불우불구지술(不憂不懼之術)'의 術자도 온당치 못합니다(余慕陶學孔孟者也此八字　語意局促短拙　尤似非梅溪他文之體 疑必有闕字 但不敢揣加某字耳 不憂不懼之術 術字亦未穩).

이 문장에서 퇴계는 두 가지를 지적하였다. 하나는 문장에서 語義의 선택이 잘못되었을 때, 문장 전체가 옹색하거나 졸렬해진다는 것을 강조하였다. 다른 하나는 문장에서 글자가 빠졌거나 적절치 않은 문자를 활용해도 문장 전체가 순조롭지 않게 된다는 것을 지적하였다.

2) 문장의 간약(簡約)과 정당(精當)

(1) 간명하고 요약된 문장

퇴계는 문장에서 각 문자의 표현이 간략하지 않고 중복되거나 또는 뒷받침이 없는 문장 등 잘못되고 빠진 곳을 가려내어 이것을 고치지 아니하면 문리가 성립되지 않는 곳이 많게 되니 자세히 보충하고 수정해야 한다고 하였다.

가령 문세가 거침없이 흘러내려 기이한 것을 좋아하고 숭상하는 뜻이 있게 되면, 논의하려는 대상 밖의 일까지 황당하고 터무니없는 것을 언급하여 시작으로 삼고 끝을 맺게 된다.

또한 학문을 논하면서 굳이 학문과는 거리가 멀고 긴밀하지도 않은 증거를 들어서 이것을 말하고 저것을 말하는 방식은 학자들을 더욱더 의혹케 하고, 문장이 난삽하여 읽기에도 어렵게 된다는 것이다. 반면에 퇴계는 문인의 글을 평하면서 다음과 같이 극찬하기도 하였다.

"원용이 주실하고 증거가 명백해서 사람으로 하여금

탄복해 마지않게 하였다(援引周悉 證據明白 令人歎伏不已)."

글을 지나치게 간략하게 쓰려고, 절취할 때 너무 빠지고 소략(疏略)하는 경우도 병통(病痛)이지만, 원용(援用)된 말이 갖춰지지 않은 채 방증(傍證)이나 유추만으로 이러쿵저러쿵하는 것도 큰 문제가 된다고 퇴계는 보았다.

퇴계는 문인이 보낸 편지에서 본주(本註), 부주(附註) 가운데 설명함이 좋지 않거나 연(衍)자를 보면 함께 삭제해 버린다는 말을 듣고 다음과 같이 말하기도 하였다.

"그대가 능히 이같이 밝혀낸 것은 쉽지 않다고 하겠습니다. 비록 그러하나 다시 찬찬히 생각하니, 사람으로 하여금 의심이 없게 하지 못합니다(公能如此考覈得出 可謂不易 雖然更細思之 使人不能無疑)."

漢·唐의 선비들로부터 宋의 여러 학자들에 이르기까지 모두 經이나 傳 가운데 오자나 연문(衍文, 글 가운데 쓸데없이 긴 군더더기 글귀)이 있으면 그대로 두고 곧바로 고치지 않는 것이 전례였다.

다만 이와 같은 오류들이 발견되면 그 아래에 주를 붙여 '아무 것은 마땅히 아무 것으로 해야 한다'거나 '아무 글자는 틀림없는 연문'이라고 했을 뿐이었다. 그래서 틀린 곳, 부연된 곳, 그리고 옳지 않은 뜻이 있더라도 단번에 붓을 휘둘러 이를 삭제해서는 안 된다고 퇴계가 충고한 것이다.

또 퇴계는 문장이 간명하면서도 요약된 느낌을 주기 위해서는 의미가 과잉되거나 중첩되는 것을 피해야 한다고 하였다. 가령 문인이 질문한 것 가운데서 마대(麻帶)·포대(布帶)라고 하는 것은 《가례(家禮)》와 《오례의(五禮儀)》의 자최(齊衰)[9]에 모두 포대로 쓰인다고는 하였지만, 이미 자최라고 했다면 마대라는 것은 그 안에 포함되기 때문에 별도로 포대라고 말하지 않는다는 것이다.

하지만 무턱대고 동일한 글자가 중복되었다고 해서 다 문제가 되는 것은 아니다. 가령 문인이 질문한 '선이박약위선(先以博約爲先)'이라는 글에서는 표면상으로는 '先' 자가 중첩되었다. 하지만 먼저 학문을 널리 닦고 뒤에 禮로써 단속할 것을 말하고 있기 때문에, 여기서는 이 둘을 함께 말한 것이 옳다고 퇴계는 말하였다. 이 경우 앞의 '先' 자는 허사이고 뒤의 '先' 자는 실사(前先虛辭 後先實辭)가 된다.

(2) 정밀하고 정당한 문장

퇴계가 일찍이 주자의 《四書集註》와 《或問》에 기술된 사설(師說) 한두 가지를 읽고서, 그 사의가 정심하고 지미가 연영(淵永)함을 탄미하지 않은 적이 없었다고 하였다. 이처럼 문장이란 精密하면서도 正當해야 한다는 것이 퇴계가 문장을 대하는 시각이었다.

---

9) 자최(齊衰) : 상례(喪禮)에서 규정한 오복제(五服制) 중의 하나. 거친 생마포로 아랫단을 접어서 지은 상복. 齊는 '자'로 읽는다.

학자들의 다양한 학설은 모두 마음의 거울을 소모하고 침식해야 알 수 있는 것들이다. 더욱 義理는 정밀하고 은미하기 때문에 쉽게 말할 수 없는 것이다. 그래서 학자는 의리를 변석하는 일은 더 없이 精密하고 광박(廣博)해야 한다.

이와 같이 의리를 논설함에 있어서는 정미한 곳을 가장 경홀히 할 수 없으므로 털끝만큼이라도 차이가 있으면 천리나 어긋난다는 생각은 다음 퇴계의 말에서도 잘 드러나 있다.

> "정미한 글의 뜻을 이쪽저쪽에 나누어 소속시킬 때, 양쪽 다 어긋나지 않은 곳에서는, 또한 마땅히 지금 되어 있는 것을 따르고 변동하지 말아야 할 것입니다(或微文精義 分屬彼此之間 兩行不悖處 且當從其見成底 毋爲動著)."

퇴계는 선현의 저술이라 하더라도 의리가 크게 어긋나고 틀려서 후세 사람들을 그르치는 것이라면 논변해서 바른 데로 돌리지 않으면 안 되겠지만, 논설한 바가 본래 틀리지 않았거나, 우리의 견해가 아직 미치지 못한 것은 억지로 의논을 만들어서 빼거나 취하려고 해서는 안 된다고 하였다.

그러면서 퇴계는 주자가 깊이 경계했던 말을 강조하였다.

> "바깥에서 끌어온 說을 많이 끼워 넣어 本文의 바른 뜻을 잡되게 어지럽힌다(此所謂多揷入外來義理 儳亂本文

正意).”

本說에 의거해서 그 뜻을 강구하고 실행해야지, 억지로 없는 것을 가져다가 쓸데없는 말을 더 지어내서 원래의 說에 더하여 또 다른 공부거리로 삼아서도 안 되고, 또한 성현의 말씀을 끌어다가 자기의 생각에 맞추는 폐단에 이르러서는 더욱 안 된다는 것이 퇴계의 생각이었다.

이는 마치 《주역》을 읽기가 어렵지만, 억지로 천착하여 새 설을 만들지 않음으로써 깨끗하고 정미한 본래의 것으로 돌아간다면, 예전에 어렵다고 생각했던 것이 마침내 어렵지 않게 되어 수용할 곳이 있게 되는 것과도 같다고 퇴계는 말하였다.

퇴계는 글을 읽을 때, 마음속으로 교묘한 의심을 품는 것도 문제지만, 지나치게 치밀한 것도 병통이 되기 때문에 이 둘을 아울러 경계해야 한다고 하였다. 왜냐하면 지금 당장 학자들이 굳이 의심하지 않아도 될 곳에다가 애써 의심을 하기 때문에, 반복해서 말해 주어도 오히려 석연찮게 여기는 것이 바로 글을 너무 치밀하게 읽는다는 병이라고 퇴계는 보았다.

그래서 퇴계는 평소에 문인들로 하여금 자신을 비판하도록 독려하곤 하였다.

> “다만 나의 천박한 말에 대해서 아무런 비판도 없이 모두 옳다고 하니, 이것이 어찌 우매하게 꽉 막힌 이 사

람에게 도움이 되겠습니까? 이후로는 통렬히 따지고 꾸짖어 주기를 간절히 바랍니다. 그리하면 정밀한 뜻이 거의 어긋남이 없을 것입니다(但於鄙言 無所銓揀 而俱曰是 此豈有益於懵滯耶 繼此切望 痛加辨詰 庶精義不差也)."

퇴계는 의리가 타당하지 않으면 비록 聖賢의 말이라고 전해지던 것도 또한 반드시 숙고해야 한다는 주자의 말을 들어 성현의 말이 아닌 이상 당연히 따져야 한다고 말했다.

하지만 무엇보다도 학자가 지나치게 자기가 옳다고 고집하여 남의 말을 믿지 않는 것은 비록 유자의 풍도를 갖추고서 독서에 많은 힘을 쏟았더라도 義理를 결코 정명(精明)하게 터득하지 못하게 되며, 이로 인해 그 문자에도 오히려 병통이 있는 곳을 알지 못하게 되어 오래 곤욕을 치르게 된다고 퇴계는 말하였다.

3) 문장의 헐후어(歇後語)와 긴절어(緊切語)

헐후어(歇後語)란 어떤 성어(成語)에서 뒷부분을 생략하고 앞부분만으로 그 전체의 뜻을 나타내거나, 평범한 일상의 자연물을 통해서 과거에 그 자연물과 관련 있던 사실들을 떠올리게 하는 말로서, 한수작(閑酬酌)과 비슷한 의미로 쓰인다.

이와는 대조적으로 긴절어(緊切語)는 문장 속에서, 혹은 사건의 전개 과정에서 없어서는 안 되는 긴요한 용어나 사건을 지칭하는 말로 긴수작(緊酬酌)이라고도 한다.

퇴계는 대체로 주자의 《절요서(節要書)》는 중점을 둔 것이 학문에 있으니, 취할 바도 모두 훈계하고 책려(責勵)하는 뜻으로 주를 삼아야 한다고 하였다.

하지만 한결같이 교훈적인 것만을 취하게 되면, 사람을 구속하고 위축되게 하여 너그럽게 펴지고 즐겁고 평안하며, 원하고 사모하고 흥기하는 의사를 잃게 되기 때문에, 그 사이 사이에 비록 훈계하거나 경계하는 말에 관계되지 않은 것일지라도 대부분 그것을 취한 것이라고 퇴계는 말했다.

> "때로 이런 경관, 이런 물건, 이런 사람, 이런 일을 만나게 되어 황홀히 그분의 기침소리를 듣고 그분의 몸가짐을 보고서 자기도 모르게 깨닫고 기뻐하며 흔쾌히 마음에 맞는 생각이 있으면, 옛사람을 사모하고 道를 향하여 끊임없이 나아가는 마음을 발하게 될 것이니, 이로움이 어찌 작겠습니까(時遇此景此物此人此事 怳若聆其謦欬 睹其儀刑 而不覺有悟悅欣適之意 則其所以助發其慕古嚮道進進無已之心者 爲益豈少耶)."

누구든지 자연의 경치나 일상의 어떤 물건 혹은 한 줄기 바람결에도 大賢이 심상하게 말하고 행동하고 노닐고 쉬던 때를 떠올릴 수 있다.

또한 흔하게 사람을 대하고 사물에 응접하는 자리에서도 단서를 일으키는 정취(情趣)가 어떠한지를 보고자 하여 눈앞에 그려보고 마음속으로 생각하게 되면, 한때 여러 벗들과 함께 스승을 모시고 주선하며 수응(酬應)하던 것도 느낄 수 있게 된다.

심지어 매미의 울음소리에 대한 한 조목을 비유한 뜻도 퇴계에겐 절실하고 타당한 의미로 다가올 수 있다는 것이다. 예를 들어, 《주역》의, "우는 학이 깊숙한 곳에 있는데, 그 새끼가 서로 감응해 화답한다(鳴鶴在陰 其子和之)"는 문장의 명학(鳴鶴)이 여기서 한 번 일컬어진 뒤로 감응한다는 고사가 명언이 되었던 것과 같다.

또 《시경》의, "올빼미가 오디를 먹으면 울음소리가 변한다."에서 비효(飛鴞)가 한번 일컬어진 뒤로 음성이 변한다는 고사도 명언이 되었듯이, 그 안에는 끝없이 좋은 의미가 들어 있다는 것이다. 무엇보다도 매미는 곤충 가운데서도 지극히 맑고 깨끗한 미물로서, 대현이 곤충을 통해 사람을 생각하는 칭호가 된 것도 그 사이에 좋은 의사가 있기 때문이라는 것이 퇴계의 생각이었다.

하물며 정이천이 했던 말이 숙속(菽粟)이나 포백(布帛)과 같은 듯하여 德을 아는 사람들이 더욱 그를 존숭했다는 말처럼 유가의 程子나 주자 같은 여러 현인들의 설화 중에 숙속이나 포백과 같은 것은 사람의 일상생활에서 절실한 것인데도 사람들이 도리어 그것이 귀한 줄 모른다.

콩과 곡식 그리고 비단과 베와 같은 것은 일상생활에서 흔히 쓰는 평범한 것이나, 그것이 실제로는 지극히 귀한 것이라는 의미로 쓰인 비유의 말이다. 퇴계는 이것을 받아들이는 사람에 따라 헐후어로 보면 헐후어가 되겠지만, 긴절어로 보면 또한 긴절어가 된다고 하였다.

《절요서》의 끝부분에 나오는 창포(菖蒲)라는 말도 이와 무관하지 않다고 퇴계는 말했다.

> "창포에 평안을 알리라(菖蒲平安之報)."

아마 창포는 주자가 남강(南康)에 있을 때 즐겨 감상하던 것으로 추측되는데, 지금 농담 삼아 지인에게 물을 때 이렇게 운운한 것이다. 이는 대나무에게 평안을 묻는 고사(故事)를 빌려서 창포에 인용한 것을 퇴계가 인용하여 설명한 것이다.

또 "무숙(茂淑, 주돈이周敦頤)이 창가의 풀을 뽑지 않았다(茂叔窓前草不除去)."는 한 구절도 자신이 뜰에 난 풀과 같다는 것이 아니라, 자신의 생각과 같다는 것을 말한 것으로서, 저 사물들이 자연스레 생의(生意)를 머금고, 자연스레 울 줄 알아서 서로 뜻이 통하니 곧 나와 같다는 것을 말한 것이라고 퇴계는 말했다.

4. 한문 문장 독법의 연구와 기대

두찬날합(杜撰捏合)이란 말이 있다. 퇴계는 이 말을 설명하면서, 사실이 없는데 말을 지어 만드는 것을 두찬(杜撰)이라 이르고, '捏'은 '乃'자와 '結'자의 음을 반절(反切)한 글자로서 억지로 끌어다가 합리화하는 것이니, 이를테면 손가락으로 물건을 끄집어다 모으는 것이라고 하였다.

이는 이치를 궁구하지 않아 학문을 하더라도 알지 못하면서 안다고 할 뿐만 아니라, 사실이 아닌 말을 지어내고 의미가 없는 일을 억지로 끌어다 합리화하여 결국 자신을 속이고 남을 속이게 된다는 것을 의미한다.

이는 학자들이 가장 범하기 쉬운 오류로 퇴계가 가장 우려했던 점이었다. 일찍이 그는 계몽의 글을 보고서 깊숙한 뜻을 천명한 것이 해와 별빛처럼 밝다. 또 여러 선비들의 해석이 모두 정밀하고 문리가 통해서 유감이 없지만, 이수(理數)의 학문이란 범위가 넓고 미묘하며 얽히고설켜 연구하기가 쉽지 않다고 하였다.

이는 아마도 학자들이 글을 대할 때, 한 가지 어려움을 꿰뚫어 알게 되면 또 다른 난언(亂言)이 있어서, 깊이 들어가 의미를 심구할수록 더욱 무궁한 측면이 있다고 여겨졌기 때문일 것이다.

퇴계의 글을 대하는 자세는 거친 글을 통해 정미한 곳으로 들어가야 하고, 한 마디 말에 근거해 열 가지를 미루어 나가야 한다는 것이었다.

학자가 처음 글을 읽을 때는 큰 줄기인 강령을 기준으로 나아가야 하지만, 차츰 익숙해지면 여기에 엄밀성을 기해야 한다는 것이다.

그리고 구절마다 글자마다 하나하나를 바로 이해하기 위해서는 성현의 글 중에서 한 단락의 말마다 그 말이 생겨난 유래를 알아야만 옛사람이 애초에 내세운 주장의 뜻이 어떠한지를 이해할 수 있으며, 말과 글자를 쓰는 법이 이같이 교묘하기 그지없음을 알아야 비로소 이것과 저것이 서로 계발되어 그 귀추를 이해할 수 있다고 하였다.

퇴계는 학자들이 진실로 이해할 수 없는 학설이나 사람의 뜻을 민망하게 하는 학설을 접했을 때, 이를 잘못 보고 잘못 인식하거나 사(辭, 句)에 얽매여 잘못 해설하는 등의 폐단을 이루 다 구제할 수 없게 되는데, 이를 매우 경계해야 한다고 하였다.

한편으로 퇴계는 학자가 글을 읽을 때 문자 상의 흠을 찾아내는 데에 힘쓰지 말고 오로지 빈 마음, 공손한 뜻으로 한결같이 그 책을 높이고 숭상해야 한다고 하였다. 그러면 그 책 가운데 한 마디 말, 하나의 구절을 스승삼고 본받을 바가 있게 되므로 자연 문자 상의 흠이나 찾는 지엽적인 시각에서 벗어나게 되어 비로소 고찰하는 공부에 젖어들 수 있다고도 말했다.

퇴계는 책을 읽을 때에는 단정히 앉아 엄숙하게 외었으며, 글자를 읽으면서는 그 새김을 찾고, 글귀에서는 그 뜻을 찾아서, 비록 한 자 한 획의 미세한 곳까지도 예사로 지나쳐 버리지 않았다. 이처럼 학자가 독실한 것을 귀하게 여기는 것은 正道를 듣고 굳게 지킬 때 해당된다.

퇴계는 학자들이 경계해야 할 폐단으로 자희(自喜)와 욕속(欲速)을 들었다. 즉, 자희하면 남의 말을 듣지 않게 되고, 욕속하면 많은 이치를 궁구하지 않게 된다. 이와 같이 하고서 道에 들어가고 德을 쌓아 성현의 문장(門墻)에 가까이 가기를 바라는 것은 뒤로 물러나면서 앞으로 나아가기를 바라는 것과 같다고 퇴계는 말했다.

그러면서 퇴계는 옛 사람들은 곤궁해도 마음을 수련하며 인내하면서 학업을 진전시켜 나갔는데, 요즘 사람들은 곤궁해지면 바로 뜻을 버리고 물질을 좇기 때문에 학업을 성취하지 못하는 것을 지극히 경계하고 두려워해야 한다고 하였다.

예나 지금이나 학문을 할 때는 노력을 밀도 있게 하고 독서를 精熟히 하는 데에 달려 있을 뿐이다. 또 완미(玩味)하기를 깊이 하고 축적하기를 오래하면 저절로 門戶가 열리고 단서가 분명해진다. 이렇게 하지 않고서 마음으로만 이해하려고 노력하거나 마음에 미약하게 깨달은 바를 표현하려고 애쓰는 것은 실제로 도움이 되지 않는다. 자신의 진지한 고민 없이 남에게서 도움을 취하려 하는 자세도 고생만 할 뿐 학문하는 데는 도움이 되지 못한다.

독서하는 과정도 마찬가지다. 그저 쓴맛도 참고 번거로움도 견뎌내면서 많이 읽고 자주 생각하다 보면 오랜 세월이 지난 뒤에는 점점 눈이 열리기도 하고, 갑자기 마음이 확 트이기도 한다. 누군가에게 질문하더라도 그 때 물어야 한다. 충분히 받아들일 준비가 되지 않은 상태에서 너무 빨리하려고 서두르는 것을 퇴계가 자희(自喜)와 욕속(欲速)으로 비유한 것이다.

제3장. 심화읽기 2 : 퇴계 자신과의 탐구적 대화
— 퇴계의 漢文 文章의 문맥파악 기법

〈미리 읽기〉

퇴계 이황이 자의(字義)·어의(語義)·문의(文義)·대의(大義)·어세(語勢)와 문세(文勢)로 한문 문장의 문맥을 파악했던 방법을 논의한다. 언어는 그 언어를 사용하는 문화의 의사소통 방식을 반영한다.

언어가 글로 표현될 때 의미의 앞뒤 연결이나 언어가 표현해내는 것과 관련된 환경을 파악해낼 수 있는 것은 바로 문맥을 통해서이다.

언어의 맥락은 소통방식에 따라 저맥락(Low-Context) 문화와 고맥락(High-Context) 문화로 나뉜다. 아시아나 아프리카 등과 같은 고맥락 문화에서는 글로 작성된 문서보다 구두(口頭)로 처리하는 습성이 강한 반면에, 서양의 저맥락 문화에서는 매사를 처리하는 데 글로 작성하는 경향이 강해서 전문적이라는 느낌과 동시에 분명하게 소통하는 방식을 선호한다.

퇴계는 학자가 字義를 조용히 탐색하고 체득한 후에 비로소 문장이 나타내고자 하는 진의를 알 수 있다고 하였다. 그래서 그는 문장에서 語義를 특정할 수 있는 믿을 만한 근거가 없을 때는 글자를 억지로 바꾸려 하지 말고 그대로 두는 것이 좋다고 하였다.

또한 학자가 책을 읽을 때는 반드시 文義를 따라 찾아야 하고, 그 다음으로 주석풀이를 세밀히 살피되, 그렇다고 文義에만 얽매여서는 안 된다고 퇴계는 말하였다.

더 나아가 그는 大義를 음미할 때, 요즘 사람들이 쓰는 말로 옛사람의 글을 설명해내되 먼저 자신에게 분명하고 정연하게 한 후에 마치 옛사람과 마주보고 말하듯이 하라고 하였다.

퇴계는 학자가 처음부터 끝까지 한 구절씩 음미하여 앞 글자를 볼 때는 마치 뒤 글자가 있다는 것을 모르는 듯이 하고, 앞 구절을 볼 때는 마치 뒷 구절이 있다는 것을 모르듯이 해야 語勢를 제대로 파악할 수 있다고 하였다.

그리고 글이 처음에는 광채를 발하다가 나중에 졸렬하게 이어진다면 이는 文勢가 막히게 되는 원인이므로 글자마다 서로 방해가 되지 않도록 앞뒤 문맥을 살펴야 한다고 하였다.

이를 위해 그는 사물의 명칭이나 이치를 연구하고 이를 밝힐 수 있을 정도로 정밀한 경지에 이르렀을 때, 그 의미의 실마리가 서로 비슷한 것과 맥락이 어디로부터 왔는지를 미루어 따져봐야 한다고도 하였다.

퇴계는 절맥관계(切脈觀鷄, 닭의 혈맥은 미세하므로 손으로 짚어서 맥을 진단한다는 뜻)를 설명하면서 切은 손가락으로 물건을 짚어서 아는 것을 뜻하는데, 이는 선기옥형(璇璣玉衡)의 한 면에 은정(銀釘)을 붙여 밤하늘이 어두워 눈으로 살펴볼 수 없을 때 손으로 만져보면 알 수 있는 것과 같은 원리로 은정이 곧 절(切)자와 같은 뜻이라 하였다.

또 맥(脈)이 끊임없이 유동되는 것을 짚어보면 仁이 가득히 차고 흘러넘쳐서 生生하여 쉬지 않는 意思를 볼 수 있는데, 이는 마치 어린 병아리의 어여쁨을 보면 만물을 내는 仁의 이치가 성대해져 측달(惻怛)하고 자애로운 意思를 알 수 있다고 하였다.

이렇듯 퇴계는 맥락의 의미를 단순히 언어와 비슷한 형상만으로 상상하고 사유(思惟)하여 얻으려 하면 끝내 터득하지 못하는 이치가 있기 때문에, 학자가 자신의 성정(性情)에 바탕이 되는 공부를 통해서 일상 생활하는 사이에 이를 체험하여 오랫동안 쌓이고 익숙하게 된 뒤에 비로소 절실하게 자신의 것으로 수용할 수 있게 된다고 하였다.

1. 文脈 파악의 필요성과 갈래

문맥(context)이란 맥락이라고도 하며, 글월에 표현된 의미의 앞뒤 연결 또는 어떤 주어진 언어표현이 나타나는 부분과 연관이 되는 언어적인 환경을 말하며, 대화체에서는 화맥(話脈)이라고도 한다.

장자(莊子)가, "언어는 의미 때문에 존재하므로 의미를 얻으면 언어는 잊어도 된다. 언어를 잊은 사람을 만나 얘기를 해볼 수 있을까(言者所以在意 得意而妄言 吾安得夫妄言之人而與之言哉)?"라고 했듯이, 언어학에서 의미(뜻, meaning)는 작자나 화자가 의도하는 것과 독자나 청자에게 전달되는 것을 통칭한 말이다.

내용의 결함이나 의미의 모호함이 때로는 언어를 온전하게 하는 원천이 되기도 한다. 언어는 일반적인 명칭들로 이루어지지만, 일반적이란 말은 언제나 모호성이란 말과도 통한다. 낱말들의 다의성(polysemy)과 동의성은 언어의 우연한 특성이 아니고 언어의 본성[10]에서 비롯된다.

게다가 언어 표현에는 중의성(重義性 또는 模糊性, ambiguity)을 띠고 있는 경우가 많아 의미의 미묘한 차이를 분명하게 이해하기 위해서는 동일한 개념이 주는 상이한 의미를 맥락으로 이해해야 한다.

---

10) 캇시러는 대부분의 대상들이 하나 이상의 속성을 가지고 있어 국면이 달라짐에 따라 어느 한 속성이 이름을 붙이는 데 더 적합한 듯이 보였기 때문에 대부분의 대상들은 인간 언어의 초기에는 하나 이상의 명칭을 필연적으로 갖게 되었다고 하였다. (《국가의 신화》 에른스트 캇시러 지음, 최명관 옮김)

흔히 언어는 그 언어를 사용하는 문화의 의사소통 방식을 반영한다. 이를 미국의 인류학자 에드워드 홀(Edward T. Hall)은《문화를 넘어서(*Beyond Culture*)》에서 언어의 맥락문화를 소통방식에 따라 저맥락(low-context) 문화와 고맥락(high-context) 문화로 나눴다.

저맥락 문화권인 미국과 다른 앵글로 색슨족들은 가능한 문자 그대로 분명하게 의사소통할 수 있도록 훈련을 받는다(In the United States and other Anglo-Saxon cultures, people are trained mostly subconsciously to communicate as literally and explicitly as possible). 그래서 이들의 의사소통은 명징하고 명확하다. 정확한 메시지 전송에 대한 책임은 전달자에게 있기 때문에 상대방이 이해하지 못한다면, 그건 전적으로 말하는 사람의 잘못이 된다.

대조적으로, 고맥락 문화권이라 할 수 있는 인도, 중국, 일본과 인도네시아를 포함한 많은 아시아 문화에서는 메시지가 모호하게 전달되는 경우가 많기 때문에 듣는 사람이 행간의 의미를 읽어 내야 한다(By contrast, in many Asian cultures, including India, China, Japan, and Indonesia, messages are often conveyed implicitly, requiring the listener to read between the lines). 이들 문화권에서 의사소통은 미묘하며 계층화되어 있다. 따라서 메시지를 보내는 쪽과 메시지를 받는 쪽 사이에 공유되는 메시지의 전송에 대한 책임 문제가 따르며 언외의 의미에 의존하게 되는 경우도 허다하다.

여기에 에린 마이어(Erin Meyer) 교수는《컬처 맵(*The culture map*)》에서, "고맥락 문화와 저맥락 문화의 차이를 더 분명하게 제시하였다. 전자는 교육을 많이 받고 지적 수준이 높은 사람일수록 다양한 층위의 내포된 메시지를 잘 이해하며 말하고 듣는 능력도 뛰어난 반면에, 후자는 교육을 많이 받고 지적 수준이 높은 비즈니스맨일수록 명료하고 분명한 방식으로 의사소통을 한다. (In high-context cultures, the more educated and sophisticated you are, the greater your ability to both speak and listen with an understanding of implicit, layered messages. By contrast, in low-context cultures, the most educated and sophisticated business people are those who communicate in a clear, explicit way. Erin Meyer, 2014, *The culture map*)" 는 것이다.

즉, 고맥락 문화에서는 메시지에 담긴 정보보다 맥락을 통해 파악해야 하는 정보가 많은 반면, 저맥락 문화에서는 전달하려는 문장에 대부분의 정보가 담겨 있어서 소통이 명확하게 이뤄진다는 것이다.

이렇듯 언어의 의미를 언어 사용의 맥락 속에서 파악하려는 연구를 화용론(話用論)이라 한다. 이 이론은 언어의 의미가 그 표현되는 문자들의 사전적 의미(lexical meaning)로만 이해되지 않고, 그 문자가 사용된 맥락 속에서 구절의 내면적 의도를 찾아 본의를 해석해 내려는 연구의 한 갈래이다.

동일한 단어라 할지라도 문맥을 떠나서는 어떤 뜻으로 쓰였는지 알 수 없는 경우가 있기 때문에 언어내적 맥락인 문맥상이나 언어외적 맥락인 상황성에 대한 고려가 중의성(重義性)을 파악해내는 데 중요한 구실을 하게 된다. 다음 문장을 예로 들어보자.

그 대의(大義)는 만인에게 뚜렷하다.

순환(循環)이 항상 원활하게 이뤄져야 한다.

위의 첫 번째 문장에서 독자나 청자(聽者)는 大義가 무엇을 의미하는지 도무지 알 수가 없을 것이다. 이를 "많은 글 중에서도 그 글의 大義(the general idea of the passage)는 글을 읽는 사람들에게 뚜렷하게 각인된다."라고 표현한 문장 속에서는 大義의 문맥상의 의미가 뚜렷해진다.

반면에 퇴계가 제갈공명을 언급하면서 "萬歲의 뒤에 해와 달처럼 大義(great moral cause)를 밝혔으니, 그가 세상에 나온 것이 어찌 잘못이라고 할 수 있겠는가(使萬世之下 明大義如日月 其出豈可謂誤耶)?"라고 말한 문장에서도 또한 大義의 문맥상의 의미는 분명해진다.

위의 두 번째 문장에서도 같은 상황이 전개된다. 즉, "사람은 혈액순환(circulation)이 항상 원활하게 이뤄져야 한다."는 문장과 "전철 2호선은 순환(circle line)이 항상 원활하게 이뤄져야 한다."는 문장에서처럼 순환의 의미가 맥락상 극명하게 구별된다.

이렇듯 유학(儒學)에서는 인간이나 자연에 관한 지식의 이치를 설명하는 것이 문장이기 때문에 말과 글이 천하를 움직일 수 있는 것으로 받아들여졌다. 특히 《주역》에서는 말에는 험하고 쉬운 것이 있으니, 말이라 하는 것은 각각 그 갈 바를 가르치는 것이므로 천하를 움직이는 것은 문사(文辭) 안에 있다고 하였다.

그래서 문자는 결단력 있게 써야 하기에 「쾌괘(夬卦)」로 나타냈으며, 문장은 선명하게 써야 하기에 「이괘(離卦)」로 그 명약관화함을 나타냈다. 그렇더라도 말이 그 뜻을 다 나타내지는 못한다(辭未達意).

이를 두고 퇴계는 비록 "말로는 다하지 못한다 하더라도 이치는 남음이 있다(言不盡理有餘)." 고 하거나, "말로는 다 하였는데 뜻은 길게 남는다(言盡意長)." 고 하거나, 또는 "이제 다 해석하지 않으니(今不盡釋) 말하지 못한 것은 마음속으로 이해해야 한다(所不言者當黙會耳)." 고 말한 바 있다.

이와 같은 설명 방식은 전형적인 고맥락 문화의 소통방식이다. 이는 에린 마이어(Erin Meyer) 교수가 《*The culture map*》에서 언급했던 것처럼 사람들은 자신이 의도하는 바를 말하거나, 자신이 말하고자 하는 바를 정확히 의도하는 이른바 저맥락 소통방식으로 메시지가 전달되지 않으면 자신들이 거짓을 말하고 있는 것(I have always believed that people say what they mean and mean what thet say--and if they don't, well, then, they are lying.)으로 오인 받을 수도 있다.

이는 의미론(semantics)에서 의미가 자의 · 어의 · 문의 · 대의 · 어세 · 문세에서 드러나는 개념이나 목적에서 그 맥락이 제대로 유추되지 않기 때문이다. 그래서 이들에 대한 정의(definition)를 내리게 되는데, 이는 말이 지니는 의미 내용에 착오가 일어나지 않도록 뚜렷이 정한 절차이자, 단어와 구(句), 그리고 절(節)의 의미를 설명하는 문장을 의미하기도 한다.

퇴계는 사물의 명칭이나 이치를 나누어 소속시키는 것은 義理를 연구하고 이를 밝혀 매우 정밀한 경지에 이르렀을 때, 그 의리의 실마리가 서로 비슷한 것과 맥락이 어디로부터 왔는지를 미루어 따져야 한다고 하였다.

이는 문장들 간의 뜻이 순조롭게 이어지도록 하기 위해서 문장의 요긴하고 으뜸 되는 줄거리인 요령이 잡히지 않으면(要領不得)[11] 독자가 그 안에 숨은 뜻을 밝힐 수 없기 때문이다. 이에 본 글에서는 자의(字義)·어의(語義)·문의(文義)·대의(大義)·어세(語勢)와 문세(文勢)로 세분하여 퇴계 이황이 한문 문장의 문맥을 파악했던 방법을 심도 있게 연구하고자 한다.

2) 字義와 大義에 의한 문맥 파악

(1) 字義와 語意로 파악하기

字義란, 말 그대로 문자의 의미(the meaning of a character), 즉 문자가 의도하는 뜻을 일컫는 말로서 주자는, 문자는 원래 뜻을 파악하기 어렵다고 하면서 글을 읽을 때는 반드시 옛사람들이 그 글자를

11) 요령부득(要領不得) : 인체의 중요 부분인 허리와 목을 얻을 수 없다는 것이다. 즉, 말이나 글의 중요한 핵심이 잡히지 않는다는 뜻. 한(漢)나라 무제(武帝) 때 중국 북쪽의 월지족(月氏族)을 설득하러 갔던 장건이 끝내 사명이었던 월지의 '요령을 얻지 못하고(要領不得)' 억류 1년 만에 귀국했다는 고사에서 「요령부득(要領不得)」이라는 고사성어가 생겨났다.

쓴 의도가 무엇인지를 보아야 하고, 억지로 설명하지 않고 그저 익숙하게 익히면 점점 분명해진다고 하였다.

퇴계는 어느 것을 따르고 어느 것을 따른다는 식으로 자의(字義)를 풀이하는 경우에는 모두 본 글자의 왼쪽 부분과 오른쪽 부분 윗부분과 아랫부분을 가리키므로 문자의 의미를 세밀하게 찾아 들어가고 사물에 수응(酬應)하면서 새 것, 묵은 것을 살펴 생각할 것을 강조하였다.

가령, "측은한 마음은 사람의 生하는 길이다." 는 문장에서, 대개 生이라는 글자는 '生活' 의 '生' 字이니 生하고 生하여 다함이 없다는 뜻으로 쓰였다. 또 '때로 가고 때로 온다' 는 뜻의 '時往時來' 라는 문장에서는 그 '時' 자가 간혹 '閑' 자로 쓰이는 것은 그 '閑' 자의 字義에 '自得하여 어디에 얽매임이 없는 뜻이 있기 때문이다.

또한 퇴계는 '저자거리에 현상금을 내걸고 능히 한 글자라도 보태거나 덜어내거나 하는 자가 있으면 천금을 주겠다' 12)는 뜻의 '조사양난구(措辭兩難求)' 라는 문장에서는 사람들 중에 감히 한 글자도 보태거나 덜어내거나 하는 자가 없었기 때문에 '兩難求' 라 한 것이

---

12) 일자천금(一字千金) :《사기(史記)》〈여불위열전(呂不韋列傳)〉에 있는 말이다. 여불위는 자기의 빈객들로 하여금 각기 견문한 바를 저술 편집하여《여씨춘추(呂氏春秋)》라고 하였다. 여불위는 이 책을 수도 함양(咸陽)의 성문 앞에 진열하고, 제후의 나라를 돌아다닌 선비나 빈객을 초대하였다. 그리고는, "여기에 한 글자라도 보태거나 덜어내는 자는 상금으로 천금을 주겠다." 고 하였다. 여기서「一字千金」이라는 성어가 생겨났다. 절대 권력자의 자기과시 또는 유능한 인재의 확보를 위한 것이 그 목적이었던 것으로 보인다. 그러나 오늘날에는 단지 '아주 훌륭한 글' 이라는 뜻으로만 쓰인다.

므로, 여기서 '兩' 字의 字義는 '보태거나 덜어내거나 하는 것을 뜻한다고 하였다.

게다가 그는 "오히려 일찍이 아들을 가르치기를 게을리하지 않았다'는 뜻의 '猶未嘗教子爲懈' 라는 문장에서는 글이 너무 소략하기 때문에, "아들을 가르칠 때에 일찍이 조금도 게을리하지 않았다'는 의미의 '其教子未嘗少懈' 로 고쳐야 한다고 하였다.

왜냐하면 '일찍이 학문을 독실하게 하고 게을리하지 않았다'는 뜻의 '嘗篤學不倦' 이란 문장에서는 학문은 일찍이 한 번 하고 마침내 그만둘 수 있는 일이 아니기 때문에 옛 글에 비록 '嘗' 자와 '常' 자를 통용한 곳이 있다 하더라도, '常' 자를 써야 한다는 것이 퇴계의 논리이다.

퇴계는 '志' 자와 '意' 자의 뜻을 다음과 같이 설명하였다.

> "志는 公이요, 意는 私라고 하였는데, 여기서 말한 公과 私의 字義는 善과 惡을 나누어서 말한 것이 아니고, 다만 요즘 사람들이 말하는 公事, 私事 등과 같을 뿐입니다(但志公意私 此公私字 非分善惡而言 只如今人言公事私事之類 公事非必皆善 私事非必皆惡)."

퇴계가 의도한 바는 公事라고 해서 반드시 모두 善하고, 私事라고 해서 모두 惡한 것이 아니라, 다만 관청의 일은 公共에 속하기 때문에 公事라 하고, 민간의 일은 개인에 속하기 때문에 私事라고 하는 것뿐이라는 것이다.

이는 마치 人心은 형기의 邪에서 발생한다는 말과도 같은데, 形氣라고 하여 모두 私邪로운 것이 아니라, 다만 일신상에 속하는 일을 가르쳐 말한 것이라고 퇴계는 말했다.

같은 맥락에서, 퇴계는 유원(悠遠)이란 말에서 '지극히 정성스러운 덕이 사방에 나타난 것' 이라는 정자의 설을 참고하여, '悠' 자는 '시간적' 인 의미를 지니기 때문에 '처음부터 끝까지 변함이 없다는 것' 이라고 말했고, '遠' 은 '공간적' 인 의미를 지니기 때문에 '빛이 사방에 비쳐 아래위까지 이르는 類' 와 같다고 하였다.

결과적으로 퇴계는 글을 읽는 사람은 반드시 말뜻을 가까운 데서부터 강구해야 하므로 이를 소홀히 하는 자는 참으로 말뜻을 아는 자가 아니다. 字義를 조용히 탐색하고 체득한 후에 비로소 그 마음이 고요해지고 이치가 밝아져서 차츰 문장이 나타내고자 하는 진의를 알게 된다고 했다.

즉, 공부를 하려면 이와 같이 알고 나서 또 거기에 푹 잠겨 오래도록 맛본다면 저절로 마음에 이해가 되어 즐거움이 곧 心得이 된다는 것이다.

말의 마술적 기능은 그 語義的 기능에 의하여 가려지기도 하고 또 대체되기도 한다. 일반적으로 語意는 단어의 의미(the meaning of a word)나 본래 말한 뜻의 의취(意趣)를 지칭하는 말로서 言意라고도 한다.

특히 '意' 자는 '의도하다' 는 의미로 쓰인다. 보통 語意를 전환할 때는 문장에서 '然' 자가 사용된다. 주자는 무릇 글을 읽을 때에는, 우선 마음을 비우고 지금 읽고 있는 곳의 문맥상의 의미를 그 자체로 간파하여 말의 뜻(語義)이 분명해지도록 하여 온몸에 푹 배어들듯이 글의 맛을 흠뻑 느낄 수 있어야만 훌륭하다 고 했다.

퇴계는 어의를 설명하면서 '어의가 촉급(促急)하고 이취(理趣)가 궐략(闕略)된다' 고 하거나, 또는 言意라는 말을 사용하여 '그 언의가 너무나도 충후하고 간측(懇惻)하여 세상을 구할 수 있는 약석(藥石)이 된다' 와 같이 語意와 言意를 혼용하여 사용하였다.

또한 그는 어의를 따질 때 맹자의 말을 인용해서 마음이 맡은 것은 생각하는 것이므로, 생각을 하면 얻어지고 생각을 하지 않으면 얻지 못한다고 하여 먼저 그 큰 뜻을 세우면 작은 뜻이 그 큰 뜻을 빼앗을 수가 없다(心之官則思 思則得之 不思則不得也 先立乎其大者 其小者不能奪也)고 하였다.

이런 맥락에서 보면 무릇 사람들의 사사로운 뜻이 생기는 것은 바로 생각을 하지 않기 때문에, 생각했다 하면 곧 사사로운 뜻이 된다고 말하는 것은 퇴계에게 어의가 정밀하지 못한 것으로 들리게 된다.

퇴계는 '만고장공일편심(萬古長空一片心)' 이란 詩句의 어의를 다음과 같이 설명하였다.

> "이른바 '장공일편심(長空一片心)' 이란 것은 어의가 막연하고 허탄하여 터무니없이 가설된 것이어서 완전히 禪家의 한번보고 낌새를 안다는 것과 같고 우리 儒家의

마음으로 알게 되는 것과 같지 않습니다(但所謂長空一片心者 語意曠蕩虛邈 懸空說著 全似禪家頓超氣味 不類吾儒說心處)."

퇴계는 자신도 이 말에 대하여 의심을 가진 적이 있어서 바로 그 위 詩句인 '向來妙處今遺恨'이란 말을 이 시구에 연계한 것으로 보았을 때, 이 구절은 '세월은 흘러가는데, 내 마음의 이르는 것은, 한 자 한 치도 진전되지 못했네'라는 뜻이라고 하였다.

다시 말해, 주자가 전에는 스스로 오묘한 곳이라 생각했던 것에 유한함이 있다는 것을 알고서, 자신의 마음이 萬古長空의 한 조각 외로이 매달린 물건임을 오인하여 그 잘못 들어감이 이와 같았으니, 그로 인해 한스럽게 여겨진다고 말한 것으로 퇴계는 파악하였다.

한편 퇴계는「正心章」小注에 '당구이구(當懼而懼)'라는 말에서 '而'자가 '則'자가 되어야 한다는 것은 상하의 문장으로 예증하여 보면 자연스러울 것 같지만, 혹시 여기서 어의 상으로 글자를 바꾸어야 마땅한 이유가 있어서 '而'자를 사용했을지도 모른다고 하였다.

이렇듯 퇴계는 뜻이 원만하면서도 말이 막히지 않도록 하기 위해 문장에서 어의를 특정할 수 있을 정도로 신뢰할 만한 근거가 없다고 여겨질 때는 문자를 억지로 바꾸려 하지 말고 그대로 두는 것이 좋다고 하였다.

(2) 文義와 大義로 파악하기

문의(文義또는 文理)는 문장의 의의(the meaning of a sentence) 즉, 문장의 의도나 문장에 담긴 뜻을 지칭하는 말이다. 흔히 글 속의 意旨를 문의라고 하고, 글 속의 道理를 문리라고 한다.

주자는 문의를 함께 강설해야 바른 뜻을 도출해 낼 수 있다고 하여 평소에 經을 해석할 때 장구를 지키는 것을 중요하게 여겼다. 이 말은 대부분 학자들이 글의 뜻(문의)을 함부로 추론하고 연역하여 새로이 하나의 문자를 만들게 되면 이를 보는 사람들로 하여금 주석(註釋)과 經文 두 가지를 공부하게 하는 꼴이 되어 본래의 의미는 전혀 알 수 없게 된다는 것과 같은 맥락이다.

퇴계는 '마음에 잠겨 이치를 살펴본다' 는 것을 일러 '문의에 침잠한다(沈潛文義)' 고 하거나, '문의에만 매달린다(專於文義)와 같이 표현하였다. 또 억지로 끌어다 어긋나게 하여 상하의 문장을 상세히 다루지 않았기 때문에 '文理가 이루어지지 않는다' 와 같이 文義 또는 文理를 혼용하여 사용하였다.

그는 文義를 보거나 道理를 강구할 때에는 반드시 먼저 마음을 비우고 겸허한 자세로 해야 하며, 자신의 견해를 주장해서는 안 된다고 하였다.

가령, 퇴계는 문인이 '人心有危' 의 '危' 자를 '大' 자로 풀이하고, '道心有微' 의 '微' 자를 '滅' 자로 풀이하여 인욕이 커지면 天

理가 없어진다는 식으로 풀이한 것을 두고, 이렇게 풀이하게 되면 그 의미의 여하를 막론하고 文義를 해석하는 방법이 잘못되었기 때문에 변론할 가치도 없다고 하였다.

반면에 '밭두둑을 양보한다(讓畔)' 는 말에서 양보한다는 문장의 경우에는 '두 사람이 서로 사양하는 것' 과 '나는 내가 사양하여 남에게 준다' 는 두 가지 의미가 있을 수 있다. 그래서 "이 양반(讓畔)이란 문장에는 두 가지 뜻을 아울러 지니고 있다고 보아야 비로소 문의가 살고 맥락이 통한다." 고 하여 퇴계는 문장의 의미를 함축적으로 해석하였다.

퇴계는 문의를 파악하는 올바른 방법을 제시하기도 하였다.

> "그대가 지금 이 책을 읽으면서도 오히려 얻는 바 없음을 근심하는 것은 문의는 이해하였으나, 심신, 성정 사이에 아직 깊이 배어들지 못한 때문이 아닌가요(足下方讀此書 而猶患夫未有所得者 得非有見於文義 而未見於身心性情之間耶)."

퇴계는 문인이 책은 읽어서 충분히 文義를 파악한 듯하나 心身, 性情에는 깊이 배어들지 않았거나, 또는 심신, 성정에는 깊이 배어들긴 했어도 혹시 진실한 맛의 고유성을 체험하지 못한 경우 등으로 다양하게 문인의 고충을 이해하려 하였다.

이는 주자가 독서는 반드시 마음을 비우고 고요히 생각하여 文義

에 의거해 구절의 맥락을 미루어 찾아서, 이 구절이 가리키는 뜻이 무슨 일을 말하는지 확정해야 한다는 말과 통하게 된다.

이렇게 하기 위해서는 텅 비운 마음으로 이치를 살피고 자기의 의견을 먼저 고집해서 정해 버리지 말고 차츰차츰 쌓아가야 완전히 성숙하게 되는 것이므로, 한 때나 한 달로서 효과를 따져서는 안 된다는 것이 퇴계의 생각이었다.

학자가 책을 읽을 때는 반드시 문의를 따라 맥락을 파악해야 하고, 그 다음 주석의 풀이를 살펴야 한다. 그러나 사람들이 文義 밖에서 낱낱이 찾으려 하거나, 박문(博文)에만 힘쓰고 약례(約禮)의 공부를 늦춘다면, 그 폐단은 반드시 '구이(口耳)의 학문(口耳之學)[13]'에 이르게 된다.

이는 주자가 말년에 제생(諸生)들이 글을 읽을 때, 문의에만 얽매이는 것을 보고, 덕성을 높여서 문의에 빠지는 폐단을 바로잡고자 했던 이유라고 퇴계는 말했다.

대의(大義)는 문장의 중요한 의의(意義)나 요지 혹은 지향을 나타내는 말로 大意·大旨·大要·大綱 등과 같은 의미로 쓰인다. 주자는 대의에 통달하지 못하는 점이 있으면 다른 사람과 상의하는 것을 애석하게 여기지 말아야 한다고 하거나, 장차 大意를 보고자 한다면 대

13) 구이지학(口耳之學) : 들은 것을 새기지 않고 그대로 남에게 전하기만 할 뿐 조금도 제것으로 만들지 못한 학문을 말한다. 《순자(荀子)》 〈권학편(勸學篇)〉에 있는 말이다. "(구이지학은) 소인의 학문이다. 귀로 들은 것이 입으로 나온다. 입과 귀 사이는 네 치일 뿐. 어찌 일곱 자의 몸에도 채우지 못하는가(小人之學也 入乎耳出乎口 口耳之間則四寸耳 曷足以美七尺軀哉)."

략 한두 절목을 들어 점차로 이해해 나가더라도 늦지 않을 것이라고 하여 大義와 大意를 혼용하여 쓰고 있다.

퇴계는 문인의 요청으로 비문을 쓰면서 '선친의 知行에 관한 글자를 많이 줄였으나, 그 대의는 말 중에 모두 들어있다' 고 말하거나, '비록 본주가 간략하나 대의는 갖추어졌으므로 이에 다시 상세하게 하려고 한다면 아마 군소리가 될 것이다' 라고 하여 대의라는 말을 더 폭넓게 사용하였다.

퇴계는 부부관계가 원만하지 못한 문인에게 다음과 같이 대의를 들어 말하였다.

> "大義로 말하면, 그 중에 성질이 나빠 교화하기 어려운 자가 실로 소박당할 죄를 자초하는 경우를 제외하고는 모두 남편에게 달려 있습니다(然以大義言之 其中除性惡難化者 實自取見疎之罪外 其餘皆在夫)."

퇴계는 먼저 부부의 금슬이 좋지 않아 탄식하게 된 까닭을 생각하게 하였다. 세상에는 이런 걱정을 하고 있는 자가 적지 않을 것이다.

부인의 문제점이라고 지적될 만한 것으로는 교화하기 어려울 정도로 부인의 성질이 나쁘거나, 못생기고 슬기롭지도 못하고, 게다가 행실이 바르지 못하면서도 호오(好惡)가 유별나서 정상적이지 못한 경우 등 그 다양한 유형을 다 들기 어려울 정도일 것이다.

하지만 남편이 먼저 반성하고 심각해진 상황을 자신의 책임으로 돌려 현명하게 처신하면 부부의 도리를 잃지 않게 되어 大倫이 무너지는 데 이르지는 않게 된다는 것이다.

퇴계는 글을 읽을 적에 句語 중에서 어떤 글자가 긴요한지를 보아야 한다는 것에 대해, 만약에 사람이 글을 읽을 적에 大意를 볼 줄은 모르고 반드시 먼저 어떤 글자가 요긴한 것인가 하는 생각이 마음에 자리 잡게 되면 걱정된다고 하였다.

이는 마치 《좌전(左傳)》에는 줄인 글이 많은데, 大意만을 엿보려고 다시 더 줄인다면 아마 사실을 없애게 되는 경우와 같게 된다는 것이다.

일례로, 퇴계는 《중용(中庸)》 27장에서 주자가 '옛것을 익혀 새로운 것을 알며 돈후하고 예를 숭상한다'는 뜻의 '溫故知新 敦厚崇禮處'를 논하면서, 여러 학설은 이 두 구절만으로 상대되므로 大意를 치우치게 폐할 수 없음을 밝힌 것이 확실하다고 한 말을 인용하여 설명하였다.

즉, 이는 그 아래에 논한 것은 곧 지금 章句의 뜻과 같기 때문에 "주자가 이 두 구절에 대해 知와 行으로 나눈 학설도 그 大意가 잘못되지 않았음을 취한 것이라 하였다.

퇴계는 '차주경채주거(箚住硬寨做去)'라는 문장에서 '箚'자는 꽂아 놓는 것이니, 꽂아 놓아 머무른다는 것은 고정시키는 것을 말하고, 硬은 견고함이며, 채(寨)는 바로 책자(柵子)이니, 나무를 꽂아 城을 만드는 것으로 견고하게 세워 놓음을 뜻하기 때문에 이 문장의 "大

意는 다리를 똑바로 세우고 걸어간다는 것과 같은 뜻(大意與立定脚跟做去 同意)"이라고 하였다.

퇴계는 노재(魯齋) 왕백(王柏, 1197~1274)의 도설(圖說) 내용에 대해 그 大意를 다음과 같이 설명하였다.

> "大意를 가지고 미루어 본다면 본디 있기 때문에 은미하다(微)고 이른 것이 아니라, 밖에서부터 미루어 들어가서 알기 때문에 은미하다고 말했을 뿐입니다(將大意推之 則非謂本有故微也 由外推入而知 故爲微云耳)."

퇴계는 자신이 생각해도 선명하지 않은 점이 많지만, 그래도 이를 논한다면 '그 본디 없음(本無)을 알기 때문에 위태하다'는 것은 이치에 가까우나, '그 본디 있음(本有)을 알기 때문에 은미하다'고 할 때의 그 微란 본디부터 있기 때문이라는 것이다.

퇴계는 大意라는 말 다음으로 大旨라는 말 또한 자주 사용하였다. 예를 들어, 그는 화담(花潭) 서경덕(徐敬德, 1489~1546)이 말한 황극경세수(皇極經世數)14)에 대해서는 '약속대로 조용한 곳에 모여 의논

---

14) 황극경세수(皇極經世數) : 宋나라 소옹(邵雍)이 지은 황극경세서(皇極經世書)의 수리철학을 부연(敷衍)한 것이다. 皇極이란 太極과 비슷한 말로서 천지조화의 기본 원리를 말하며, 經世란 그 원리에 의하여 세상이 운행되는 것을 말한다. 소옹은 《역경》에서 하늘은 하나이고 땅은 둘이며……(天一, 地利……)하고 말한 숫자 풀이에 근거하여 자연만물의 변화와 세상의 추이를 수로써 풀이하려고 하였다. 그는 30년을 1世, 12世를 1運, 30運을 1會, 12會를 1元이라 하였다. 1元은 12만 9천 6백 년이 된다. 陽一이 陰二를 낳는데 6을 곱하여 12가 되고, 陰二가 陽三을 낳는

해서 그 大旨를 얻고 싶었다' 는 말에서도 大旨를 보다 명확한 핵심어를 칭하는 의미로 사용하였음을 알 수 있다.

그 일례로, 퇴계는《중용》의 大旨는 誠인데, 知·仁·勇 3달덕(達德)을 가지고 말한 것은 誠이《중용》의 道의 大旨가 되고 3達德은《중용》의 道에 들어가는 大旨가 된다고 하였다.

또한《대학》의 大旨에 대해 경전에서는 한 군데도 언급된 곳이 없는데도 모두 敬자로 말했는데, 이는 首章의 '明明德' 이란 한 句를 大旨로 보는 것이 좋겠다고 한 문인의 견해에 대하여 퇴계는 주자가《혹문(或問)》에서《소학》과《대학》은 모두 敬을 주로 삼아야 한다고 분명히 말하였다.

더 나아가「正心章」註에서 거듭 유의하였기 때문에《대학》의 大旨가 敬에 있다고 하였다. 그래서 明明德은《대학》의 큰 강령(大綱)이라 하면 옳지만 大旨라고 하는 것은 온당치 않다는 것이 퇴계의 생각이다.

퇴계는 사물의 요긴하고 으뜸 되는 줄거리라는 의미로 大要(혹은 要領)를 언급하곤 하였다. 예를 들어, 일일이 본문의 순서를 따라서 말하자니 산만하고 중복되어 도리어 불분명하고 막히게 되겠기에 전편을 大要만 추려 같은 것끼리 모아서 대략 차례대로 서술하였다고

데 10을 곱하여 30이 되었다. 이 12는 1년 12달, 30은 한 달 30일과도 부합하는 기본 숫자이며, 이 숫자들을 변화시켜 천지 운행의 모든 현상을 설명하는 것이다. 그러나 그의 제자라 할 수 있는 주희(朱熹)까지도 이것을《역경》과는 별개의 역외별전(易外別傳)이라 한 것을 보면 그 과학적인 근거를 의심한 듯하다. 서경덕의 계산은 소옹보다도 한층 복잡하여 이해하기 더욱 어렵다.

한 것과 같이 주어진 문장의 핵심 사상만을 뽑아서 서술하고자 할 때 주로 大要라는 말을 사용하였다. 가령 《서경》 에서는 천서(天敍)와 천질(天秩)과 천명(天命)과 천토(天討)를 말하였고, 《맹자》 에서는 사물은 모두 그러한데 마음이 더욱 심하다고 한 것은 모두 大要에 해당한다.

대의(大義)에 대하여 퇴계가 말하고자 하는 것은 책을 읽을 때, 요즘 사람들이 쓰는 말로 옛사람의 의미를 설명해내되 먼저 자신의 마음에서 분명하고 정연하게 하여 마치 옛사람과 마주보고 말하는 것처럼 하고, 서로 대답하는 말에서 한 마디 말과 한 글자가 서로 동의하지 않음이 없게 해야 한다는 것이다.

지금 사람들은 반드시 그 다른 것을 억지로 합해서 같게 하려 하기 때문에 더욱 천착(穿鑿)되고 더욱 어긋나게 되어 오히려 대의를 잃게 된다는 것이 퇴계의 요지이다.

3. 퇴계의 語勢와 文勢에 의한 문맥 파악

1) 어세(語勢)로 문맥 파악하기

어세(語勢, a tone of voice)는 말이 지닌 힘을 의미하며 어기(語氣), 또는 어조(語調)라고도 한다. 흔히 문장에서는 어세를 반대로 돌릴 때 '아니면' 이라는 뜻의 '抑' 자가 주로 사용된다(可著一抑字以反其語勢耳).

퇴계는 내 학설의 온당치 않은 곳은 글자의 흠이나 어세의 문제에 지나지 않는 것뿐이라고 하거나, 만일 그 아래의 말로써 위 글귀를 해석한 것으로 본다면 그 어세를 알기가 어렵다고 한 것과 같이 어세라는 말을 두루 활용하였다.

퇴계는 어세에 대해 다음과 같이 말하고 있다.

> "내 생각에 《맹자》의 「夜氣章」은 仁義의 양심을 주로 말한 것으로, 夜氣의 說로써 양심을 발휘하여 이를 두루 통하게 한 것인데, 그 語勢에 저절로 빈주(賓主)의 구분이 있습니다(孟子夜氣章 主言仁義之良心 以夜氣之說發揮而旁通之其語勢自有賓主之分矣)."

퇴계는 《성학십도(聖學十圖)》 제8장 「숙흥야매잠(夙興夜寐箴)」에 나오는 문장을 살펴보면서 이미 심신이 돌아가 쉰다고 말한 대목에 곧바로 '夜氣로써 기른다' 는 말이었기 때문에 그 語義가 바로 맹자의 뜻과 같다는 것이다.

반면에 퇴계는 문인이 '門' 字와 '問' 字를 오용하고 있는 것에 대해 다음과 같이 말하였다.

> "그 어세가 바로 이와 같으니 만약 '公門學' 을 '公問學' 으로 고칠 수 있다면 '公門心' 도 또한 '公問心' 으로 고칠 수가 있겠습니까(其語勢正與此同 若改公門學爲公問學 亦可改公門心爲公問心耶)?"

퇴계는 앞서 자신이 「仁人心也章」 註의 '又謂一學者' 조의 '今公問學' 에 대해서는 語類를 근거로 하여 '問' 을 '門' 으로 고쳐야 한다고 문인에게 말한 바 있었다.

그는 또한 本文에도 이미 분명히 門으로 되어있다는 것과 語類에 門人을 公門으로 일컬은 경우가 많다는 사실을 거론하면서, 자신이 모른다고 하여 전현(前賢)의 글을 마음대로 고쳐서 내 뜻에 맞추는 것은 옳지 않다고 하였다.

왜냐하면 그 말에는 道理는 지극히 세밀하고 公門의 마음은 온통 거칠고 커서 세밀한 도리에 들어가려 해도 들어갈 수가 없다는 뜻이 포함되어 있기 때문에 그 어세가 바로 이와 같기 때문에 만약 '公門學' 을 '公問學' 으로 고칠 수 있다면, '公門心' 도 또한 '公問心' 으로 고칠 수 있게 된다는 것이다.

결국 퇴계는 책을 읽을 때, 반드시 처음부터 끝까지 한 구절씩 음미하여, 위의 글자를 볼 때에는 마치 아래의 글자가 있다는 것을 모르는 듯이 하고, 위의 구절을 볼 때에는 마치 뒤의 구절이 있다는 것을 모르는 듯이 해야 한다고 하였다.

이렇게 해야만 본 것을 다 투철하게 이해한 뒤에 또 처음부터 보아서 이 한 단락이 처음부터 끝까지 관통하도록 해야 비로소 어세 또한 분명해진다는 것이 퇴계의 생각이었다.

2) 문세(文勢)로 문맥 파악하기

정세(定勢)란 文章의 勢를 결정한다는 뜻이다. 문장의 세란 문장의 성격에 맞추어 스스로 존재하는 '리듬' 또는 '어조' 라고 말할 수 있는데, 이러한 어조는 문장의 체제에 따라 정해져 있기 때문에 문학작품의 창작에서는 이러한 勢를 마음속에서 체득하고 있어야 한다.

여기서 문세(文勢, force of a literary style)란 文氣라고도 일컬으며 문장에서 느껴지는 강세나 표현상의 박진감을 의미한다. 이렇듯 문세에는 분명히 강약이 있어서 文氣의 의미도 포함된다고 하겠다.

주자가 책을 읽을 때는 반드시 문세와 어맥(語脈)을 살펴야 한다(讀書 須看他文勢語脈)고 한 것은 대개 그 文勢에 표리(表裏)와 빈주(賓主)의 차이가 있으니, 대략 분별해야만 의미가 분명해지고 중복되는 것이 없게 된다는 것이다.

보통 글은 勢에 따라 음악적 요소와 회화적 요소로 구분된다. 즉,

章·奏·表·儀라는 문학창작 체제는 전아함의 勢를 겨누고, 賦·頌·歌·詩의 체제는 청려함을 그 모범으로 삼는다.

그래서 문장을 배울 때는 문장 전편에서 절목의 관건이 되는 것을 고찰해야 한다. 이는 여러 학자들의 표준과 법도가 서로 다르기 때문에 문장의 흐름이 반대로 어긋나서 완전하고 순수할 수 없는 경우도 있기 때문이다.

흔히 사람들의 감정과 취미는 천차만별이므로 창작 수법 역시 그 변화가 다단(多端)하기 마련이다. 그러나 사람의 사상과 감정에 의해 확정되지 않는 체제란 있을 수 없는 것이므로 그 체제에 의해 문세가 형성되며, 이런 문세는 편리함을 좇아서 자연스럽게 형성된다.

퇴계는 문세가 거침없이 흘러내려 기이한 것을 좋아하고 숭상하는 뜻이 있다고 하거나, 왕왕 사람들로 하여금 분명치 못한 말을 듣게 하여 더욱더 의혹하게 하고, 문장이 난삽하여 읽기 어려운 경우를 들어 '그 절차의 표현이 아주 적당하지' 않게 된다와 같이 文勢라는 말을 여러 곳에서 언급하였다.

예를 들어, 한 문인이 '납갑(納甲)[15]' 이란 말에 대해 문인이 '乾을 甲, 壬에 넣는다고 해석한 것을 두고, 문세로 보아서는 마땅히 '甲을 卦에 넣는다' 고 해석해야 할 것 같다고 말하자, 퇴계는 "文勢로 보아 '卦를 甲에 넣는다' " 로 읽어내야 한다고 하였다.

15) 납갑(納甲) : 납갑은 역학용어로 육효괘에 天干과 地支, 오행과 방위를 결합한 것을 말한다. 즉 乾이 甲과 壬을 받아들이고, 坤이 乙과 癸를, 艮이 丙을, 兌가 丁을, 坎이 戊를, 離가 己를, 震이 庚을, 巽이 辛을 받아들이는 것이다. 甲이 十干의 처음이기 때문에 納甲이라고 한 것이다.

퇴계는 사람들이 理氣를 버려야 허령지각(虛靈知覺)을 찾게 된다는 문인의 생각을 다음과 같이 바로잡았다.

> "그 말뜻 사이에는 잘못이 없지 않고 주자의 명덕을 가르치고 마음을 가르친다는 말과도 아주 같지 않습니다. 또한 그 아래 글의 '허령지각이란 것을 느껴야 마침내 통한다'는 말은 아래위의 文勢와 이치로 미루어보면 반드시 빠진 글이 있음을 알게 되면 의심이 없을 것입니다(是其語意之間 不無差失 與朱子訓明德訓心等語 迥然不同矣 至其下文虛靈知覺者 感而遂通之語 以上下文勢義理推之 知其必有闕文無疑)."

퇴계는 면재(勉齋) 황간(黃榦, 1152~1221)의 '사심 없이 고요하게 하여 깨닫는다'는 의미의 '虛靈知覺'이란 말을 거울삼아 마음을 삼가야 한다는 것은, 이 理氣가 합해져 그렇게 된다는 것이지, 理氣 이외에 별도로 허령지각이 그 사이에 있다고 한 말이 아니라는 것이다.

다시 말해서, 마땅히 "사물에 접하지 않고 생각이 싹트지 않았을 때는 虛靈知覺은 고요하여 움직이지 않으며, 이미 사물에 접하고 생각이 싹트게 되면 虛靈知覺은 느껴서 마침내 통한다는 것으로 이해해야 한다."고 퇴계는 말하였다.

흔히 글이 처음에는 광채를 발하다가 이어지는 구절부터는 졸렬해진다면 이는 문세가 막히고 文氣가 순리대로 통하지 않게 된다.

그래서 퇴계는《맹자》에서 '충실함을 아름답다고 한다.' 는 것은 《시경》에서 아름답다고 한 것과는 같지 않듯이, 일반적으로 책을 읽을 때, 서로 비슷한 것이라고 해서 그 의미에 구애되면 안 되기 때문에(凡觀書 不可以相類泥其義) 글자마다 서로 방해가 되지 않도록 앞뒤 문맥상의 의미를 살펴서 文勢를 파악해야 한다고 하였다.

그 방법으로 책을 읽을 때, 선현들이 했던 바른 말과 지당한 의론에 근거해서 오래 몸소 실천하게 되면 저절로 文勢를 느끼게 된다는 것이다. 그래서 먼저 문장의 의리가 뚜렷하고 명백하고 평이한 데서부터 알차게 독서해 나가야 한다.

이렇게 오랫동안 실행해 나가면 점차 의혹이 풀리게 되고 문리도 밝아져서 자연스럽게 '정밀한 것' 과 '거친 것' , '은밀한 것' 과 '드러난 것' 이 한꺼번에 융해되어 회통하듯 이해된다는 것이 퇴계의 생각이다.

4. 문맥 파악 기법의 기대 효과

문장이 쓰인 문맥과 맥락을 무시하고 인용하는 논리적 오류를 영어로 contextomy라고 한다. '문맥에 맞지 않는 인용의 오류(the fallacy of quoting out of context)'라는 말이다. 이 말은 문장의 앞뒤 문맥에 따라 바로 읽어야 제 의도를 파악할 수 있다는 점을 무시했을 때 범하게 되는 오류이다.

그래서 글 읽는 사람에게는 문해력(文解力)이 요구된다. 문해력이란 단순히 글자를 읽을 줄 아는 능력을 넘어 처음 접하는 글의 뜻도 파악해 내는 능력이다. 이는 그 글이 쓰인 시대나 사회 혹은 글쓴이의 사상에 대한 이해를 제대로 하기 위한 필수 요건인 셈이다.

퇴계 또한 모든 사물의 맥락을 어지럽혀서는 안 된다고 하면서 말과 글자를 쓰는 법을 알아야만 이들 간에 서로 계발되어 그 귀추를 이해할 수 있다고 하였다.

가령 퇴계가 "이제 다 해석하지 않는다(今不盡釋)." 고 한 말은 해석하기가 곤란하면 오히려 바른 뜻에 어긋나지 않을까 염려해서 해석을 다하지 않고 배우는 자로 하여금 깊이 생각하여 스스로 터득하게 하기 위한 배려이다.

이렇듯 말에는 本意와 문맥의 취지가 각각 합당한 바가 있어서, 미세하더라도 같은 것이 있고 다른 것이 존재한다. 그래서 말의 근원이 같더라도 서로 엇비슷한 것들을 취사선택해서 자의적으로 말한다면, 합치되지 않는 말이 없게 되기 때문이다.

대개 글을 읽을 때 상하의 뜻을 살펴보지 않으면 반드시 남에게 거슬리는 점이 있기 마련이다. 이에 대한 원인으로 퇴계는 학자가 본래 글을 많이 읽지 않아서 의리를 간파하는 데 미흡하거나, 본래부터 짜임새 있는 공부가 모자라서 성현의 말씀을 얼핏 보고 좋아하는 곳을 자신이 이미 터득한 것처럼 생각하고 참되게 실천으로 옮기지 못하면서도 자신을 함부로 높이기 때문이라고 하였다.

그래서 퇴계는 학자가 글을 읽을 때, 그 노맥(路脈)의 들어갈 곳을 대략 알게 되면 다시 터무니없는 억측으로 탐색하거나, 쓸데없이 여러 가지로 분배할 필요가 없다고 하였다.

이렇듯 글을 읽을 때는 사물을 분명하게 변별하여 정확하게 설명하고 언어를 결단력 있게 사용해야 비로소 말의 뜻이 완비된다. 그렇게 하기 위해서는 맥락을 세심하게 살피는 일을 중시해야지 기이한 것을 좋아해서는 안 된다.

기이함만을 찾아 글을 읽으면 文義는 무궁한데도 사람들은 각자의 편견에 빠져서 자신들의 소견만을 정본이라고 고집하게 된다. 퇴계는 글을 읽고 뜻을 음미하면서 대강의 맥락을 엿보아 찾을 곳이 있다는 것을 알게 될 때, 지금과 전의 일을 돌이켜보면 감개가 무량하다는 말을 자주 하였다.

이 말은 하나의 설에 대해 한계를 두지 말고 그 좋은 점을 취해 단지 몇 마디 말만을 개정하여 至善에 나아가야 하며, 당연히 본설에 의거해서 뜻을 강구하고 이를 실행해야 한다는 말과도 통한다.

글의 핵심에 대한 세심한 관찰과 함축적인 표현은 서로 통하게 되며, 정확한 논점과 정묘한 의미는 맥락을 같이하게 된다. 우리는 이와 같이 온전한 문장의 지취(旨趣)를 퇴계의 글에서 찾아볼 수 있다.

일반적으로 문장의 문맥을 좀 더 정확하게 파악하기 위해서는 문장에 색채를 가미하는 수사법에 대한 연구와 작자의 의도를 면밀하게 헤아리기 위해서는 작자의 어투에 대한 연구도 병행되어야 한다. 전자를 문채론(文彩論)이라 하고, 후자를 문체론(文體論)이라 한다. 이 둘에 대한 숙고는 퇴계가 한문 문장의 문맥을 파악하였던 방법이 온전하게 이해하는 데 도움이 되리라 생각된다.

부 록

<策問> : 시대의 물음에 답하라

1. 도가 크게 밝아져서 널리 행해질 방도를 찾아라.
   — 求道由大明以求其大行

2. 도덕을 품고 절의를 지켜 뜻과 의론을 숭상하라.
   — 抱道德砥節義向志而論

1. 道가 크게 밝아져서 널리 행해질 방도를 찾아라.

1. 道가 행해지지 못함은 도가 밝아지지 않았기 때문이다. 그렇다면 만일 도가 크게 밝아지면 널리 행해질 수 있을 것 같은데, 옛날에 우리 夫子께서 산삭(刪削)하고 정리하고 찬술하고 편수(編修)하여 六經이 완비되었고, 여러 제자와 자사와 맹자의 무리가 서로 이어 전술(傳述)하고 지어서 四書가 갖추어졌으니, 도를 밝힌 공이 이보다 더 성할 수 없다. 그런데도 이후로 천여 년 동안 도가 행해졌다는 말이 전혀 들리지 않은 것은 어째서인가?

道之不行 由不明故也 然則苟道之大明 宜若可以大行者矣 昔者 吾夫子刪定贊修而六經完 羣弟子思孟氏之徒 相繼述作而四書備 明道之功 莫盛於此 然而自是以降 千有餘年之間 道之行也蔑蔑乎無聞 何哉

2. 송나라 때에 참다운 선비들이 잇달아 일어나 모두 저술이 있었다. 주자(周子)·정자(程子)·장자(張子)·소자(邵子)의 글은 소통시키고 천명한 것이 깊고 넓었으며, 고정부자(考亭夫子 : 朱子)가 나와 계승하여 여러 성현의 글을 모아서 절충하여 주석하고 찬술한 것이 각각 그 지극함을 다하였다. 비유하자면 해가 하늘에 떠 있어 눈 있는 사람은 다 볼 수 있는 것과 같았으니, 도가 크게 밝아진 것이 이보다 더 성할 수 없었다. 그러나 이후 元나라를 거쳐 지금

까지 도가 크게 행해지는 것을 보지 못함은 또 어째서인가?

有宋眞儒接跡而興 咸有述作 周程張邵之書 疏瀹闡發 淵源浩博 而考亭夫子起而承之 乃集羣聖賢之書而折衷之 傳註纂述 各極其至 譬如白日中天 有目者皆可覩 道之大明 尤莫盛於此也 然而自是以後 歷元及今 亦未見道之大行 又何也

3. 만일 서책은 고인의 조박(糟粕)[16]이어서 도를 행하는 데 보탬이 없다고 한다면 정자의 학문은 어째서 육경에 돌이켜 구한 뒤에 얻겠으며, 주자(朱熹, 1130~1200)[17]가 사람을 가르칠 적에 어째서 사서를 도에 들어가는 차례로 삼았겠는가?

若曰 書是古人之糟粕 無益於行道 則程子之爲學 何以反求之六經而後得 朱子之敎人 何以四書爲入道之序乎

---

16) 학문이나 서화 등에서 옛 사람이 다 밝혀내어 새로운 의의가 없음을 일컫는 말로 흔히 찌꺼기라는 뜻으로 쓰인다.

17) 주자(朱子)는 중국 남송의 유학자로, 주부자(朱夫子), 주문공(朱文公) 송태사휘국문공(宋太師徽國文公)이라는 존칭이나 봉호로도 불린다. 자(字)는 원회(元晦), 중회(仲晦)이다. 호는 회암(晦庵), 회옹(晦翁), 운곡노인(雲谷老人), 창주병수(滄洲病叟), 둔옹(遯翁) 등 여러 가지가 있다. 시호(諡號)는 문(文), 휘국공(徽國公)이다. 송나라 복건성 우계(尤溪)에서 출생했으며, 19세에 진사가 된 후 여러 관직을 지내면서 공자, 맹자 등의 학문에 전념하였으며 주돈이, 정호, 정이 등의 유학 사상을 이어받았다. 그는 유학을 집대성하였으며 오경의 참뜻을 밝히고 성리학(주자학)을 창시하여 완성시켰다.

4. 한나라 때는 요즘처럼 주석이 없어서 글을 읽기가 어려워 학자들이 각각 하나의 경서를 전공할 뿐이었으니, 함께 도에 대해 논의할 수 없었는데도 오히려 성취하여 세상에 이름난 자가 있었다. 반면 지금의 학자들은 이해하기 쉬운 주석을 통해 누구나 사서·삼경을 읽을 수 있는데도 얻은 바가 도리어 한나라 학자보다 못하니, 이는 어쩌면 서책에 분명히 명시될수록 道는 더욱 행하기 어려워져서인가?

漢之時 無今之傳註而讀書難 故諸儒各專治一經而已 雖未足與議於道 猶有成就而名世者 今之儒者 因傳註之易曉 人人能讀三經四書 而所得反出於漢儒之下 是何書愈明而道愈難行歟

5. 仁 한 자를 번지(樊遲)는 공자에게 세 차례 물었는데도 알지 못하여 물러나와 자하(子夏)에게 질문한 뒤에 비로소 알았다. 中和 두 글자를 주자는 연평(延平)에게 묻고 변론하고 나서 또 남헌(南軒)과 편지를 왕복하며 끝까지 강론했는데도 오히려 알지 못하다가, 만년에 義가 정밀해지고 仁이 익숙해진 뒤에야 바야흐로 확신하게 되었다. 그런데 지금 사람들은 대강 文義의 비슷한 것만 엿보고도 문득 스스로 내가 이미 알았다고 여기며 더 이상 거기에 의심을 내지 않으니, 어찌 옛 현인들의 학문은 저같이 둔한데, 지금 사람의 학문은 이같이 민첩하단 말인가?

仁之一字 樊遲蓋三問於夫子而猶未達 退質於子夏而後始知. 中和兩字 朱子旣問辨於延平 又往復究論於南軒而猶未契 至於晩年義精仁熟而後方信 今人粗窺覩文義之髣髴 便自謂予旣已知之矣 更不復致疑於其間 是何昔賢之學 如彼其鈍 而今人之學 如是其敏歟

6. 육경과 사서와 염락관민(濂洛關閩)[18]의 글이 지금 모두 세상에 통행되니, 道가 크게 밝아졌다 할 수 있다. 그런데도 행하는 자가 없으니, 이는 어쩌면 어려운 것은 효과가 있고 쉬운 것은 공이 없어서인가? 둔한 자는 능히 얻고 민첩한 자는 소략한 것인가?

六經四書濂洛關閩之書 今皆行世 則亦可謂道大明矣 而卒莫有能行之者 是何難者之有效 而易者之無功歟 鈍者之能得 而敏者之鹵莽歟

7. 여기엔 반드시 까닭이 있을 것이다. 일찍이 들으니, 중국의 풍속은 비록 道가 꼭 세상에 크게 행해지지는 못했으나, 산림에서 道를 강론하는 선비가 곳곳마다 있어서 사람들이 모두 경모하고 국가에서는 존중하기 때문에 원나라·명나라 이래로 글을 통해 도를 들은 선비가 즐비하였다 한다.

---

18) 염락관민(濂洛關閩) : 흔히 성리학의 적통(嫡統)을 일컫는 말로 사용된다. 즉, 염계(濂溪)에 있던 주돈이(周敦頤), 낙양(洛陽)에 있던 정이(程頤)·정호(程顥), 관중(關中)에 있던 장재(張載), 그리고 민중(閩中)에 있던 주희(朱熹) 등을 가리키는 말로서 송학(宋學)의 주창자들이 거주하던 곳을 말한다.

是必有其故矣 抑嘗聞之 上國之俗 雖未必道之大行於世 山林講道之士 所在有之 人皆景慕 而國亦尊尙 故元明以來 士之因書聞道者比比相望

8. 아, 우리 동방은 기자(箕子)의 홍범구주(洪範九疇)[19]의 유교(遺敎)를 입어 예의가 있는 훌륭한 나라이다. 게다가 열성조(列聖朝)가 뒤이어 선비를 높이고 도를 중하게 여기는 아름다움이 이같이 지극한데도 오히려 도학을 강명하는 것이 무슨 일인지를 모르고 있다. 비단 모를 뿐만 아니라 또한 이를 꺼리고, 꺼릴 뿐만 아니라 또한 이를 싫어하여 성현의 글 보기를 과거를 보아 녹을 취하는 도구로 여기는 데 지나지 않으니, 이는 위에 문왕 같은 성군(聖君)이 있는데도 아래에 흥기(興起)하는 자가 없는 것이다. 이 어찌 사대부의 큰 수치가 아니겠는가?

嗚呼 曾謂吾東方箕疇之遺敎 禮義之善國 加以列聖相承 崇儒重道之美 如此其至 而尙不知講明道學之爲何事 非唯不知 且諱之 非唯諱之 且怒之 其視聖賢之書 不過以爲決科取祿之資 是上有文王 而下無有興起者 豈不爲士夫之大恥也耶

---

19) 홍범구주(洪範九疇) : 중국 상고(上古)시대에 하(夏)나라의 우(禹)왕이 요순(堯舜) 이래의 사상을 집대성(集大成)한 천지의 대법(大法)으로 알려진 정치 도덕의 기본적 아홉 법칙을 말한다. 《서경》 주서(周書) 홍범편에 수록되어 있다. 9조목은 오행(五行)·오사(五事)·정(八政)·오기(五紀)황극(皇極)·삼덕(三德)·계의(稽疑)·서징(庶徵) 및 오복(五福)과 육극(六極)이다.

9. 제군들이 옛 道를 즐기고 기특한 재주와 고상한 뜻을 가졌으니, 반드시 휘장을 내리고 분발하여 책을 어루만지며 길이 탄식하는 자가 있을 것이다. 책을 통해 도를 구하고, 도가 크게 밝혀짐으로 인해 크게 행해지기를 구하려면, 그 방법은 어디서 연유하겠는가? 각자 마음속에 간직해 둔 바를 다하여 대답하라.

諸君樂古道抱奇尙 其必有下帷而發憤 撫卷而永歎者矣 伊欲因書以求道由大明以求其大行 其道曷由 其各罄所蘊以對

2. 도덕을 품고 절의를 지켜 뜻과 의론을 숭상하라

1. 맹자가 말하기를, "선비는 뜻을 숭상한다."고 하였다. 무릇 선비가 숭상하는 바는 시대의 성쇠와 관계되니, 삼가지 않을 수 있겠는가. 옛 동한(東漢)의 선비들은 절의를 숭상하여 세도(世道)를 부지하였고, 조씨의 송(宋)나라 선비들은 도덕을 숭상하여 인심을 맑게 하였다. 그러나 세도를 부지하던 자들은 끝내 사직(社稷)을 호위하지 못하였고, 인심을 맑게 하려는 자들은 간사하고 사특함을 감화시키지 못하였으니, 이같이 도덕과 절의가 국가에 무익하단 말인가?

孟子曰 士尙志 夫士之所尙 係時之汚隆 可不謹哉 昔東漢之士 尙節義而扶世道 趙宋之士 尙道德而淑人心 然而扶世道者終不能衛社稷 淑人心者卒不能化姦慝 若是乎道德節義之無益於國也

2. 서한(西漢) 말기에는 선비들이 아첨을 숭상하여 천하를 망쳤고, 진(晉)·송(宋) 사이에는 선비들이 청허(淸虛)를 숭상하여 천하를 어지럽혔으며, 이씨의 당(唐)나라는 선비들이 문사(文詞)를 숭상하여 천하를 피폐하게 하였다. 당시엔들 어찌 우뚝이 서서 홀로 가는 선비가 그 사이에 전혀 나오지 않았겠는가. 그런데도 물결에 휩쓸

리고 궤도에 뒤섞여 온 세상이 쏠리듯이 치닫게 된 까닭은 무엇인가?

至如西漢之末 士尙諛佞而亡天下 晉宋之間 士尙淸虛而亂天下 李唐之時 士尙文詞而敝天下 彼一時 豈盡無特立獨行之士生於其間哉 其所以同波混轍 擧一世靡然趨之者 其故何歟

3. 삼군(三軍)의 장수를 빼앗을 수는 있으나 필부(匹夫)의 뜻을 빼앗을 수 없는 것인데, 저 풍성(風聲)이 백대에 떨치고 만 길의 절벽같이 우뚝하게 서서 文王을 기다리지 않고도 흥기하는 자가 어찌 그리 잠잠하게 소식이 없단 말인가.

三軍可奪帥 匹夫不可奪志 彼其風振百代 壁立萬仞 不待文王而興者 何寥寥也

4. 우리 동방은 문헌의 아름다움이 유래가 있었다. 전조(前朝)의 선비들이 숭상한 바에 사(邪)와 正이 있었는데, 안 문성공(安文成公)[20]이 학교를 창설하고 유술(儒術)을 숭상하였다. 비록 노(魯)나라가 변하여 도에 이르게 하지는 못했지만, 말엽에 가서 도덕과

20) 안향(安珦, 1243~1306)은 고려 후기의 문신·학자·교육자이다. 원래 이름은 안유(安裕)인 그는 고려국 경상도 상주 판관, 고려국 문하시중 등을 지냈으며 노년기에 이름을 안향(安珦)으로 개명하였다.

절의의 아름다움을 겸한 정포은(鄭圃隱)[21] 같은 분이 나온 것이 아마 그 힘이 아니겠는가.

吾東方文獻之美 有自來矣 前朝之士 所尙有邪正 安文成公倡學校崇儒術 雖未能變魯而至道 及其末也 兼道德節義之美有如鄭圃隱者出焉 將非其力歟

5. 그런데 뛰어난 학자와 훌륭한 선비로서 사림의 영수가 되어 스스로 이 道의 책임을 맡았다고 말하는 자들도 그 행실을 객관적으로 살펴보면, 도덕의 실상이나 절의를 지키는 면에서 모두 사람들의 뜻에 차지 않으니, 그렇다면 문사로 세상에 널리 이름을 떨친 것뿐인가.

若其鴻儒碩士 爲薦紳領袖 自謂任斯道之責者 夷考其行 其於道德之實 節義之守 皆未滿人意 則其以文詞鳴於世而已耶

6. 천명을 귀와 눈에 붙여두고 입에는 이치를 달고 다니면서 "내가 도덕을 숭상한다." 하고, 평소에는 큰소리를 치고 고상한 이론을 펴다가 변을 만나면 이(利)를 좇고 해(害)를 피하면서 "내가 절의를 숭상한다." 하면, 저 문사를 숭상하고 청허를 숭상하며 아첨을

---

21) 정몽주(鄭夢周, 1338년~1392)는 고려국 판도판서 등을 거쳐 고려국 문하시중 직책을 지낸 고려의 충신으로 문신·외교관이자, 정치가·교육자·유학자였다.

숭상하는 자들과 어찌 우열을 가리겠는가. 그렇다면 인심은 어떻게 하면 맑아지며, 세도는 어떻게 하면 부지할 수 있겠는가?

寄命于耳目 騰理于口舌而曰 我尙道德 平時則大言高論 遇變則趨利避害而曰 我尙節義 則與彼尙文詞 尙淸虛 尙諛佞者奚擇哉 然則人心何由而淑 世道何由而扶乎

7. 하늘이 큰 운수를 열어 성스러운 임금이 잇달아 나와 호오(好惡)의 올바른 것으로 인도하고 시서(詩書)의 은택으로 젖어들게 하시니, 문왕(文王, BC 1152~1056)[22]을 기다려서 흥기하는 것은 지금이 바로 그때이다. 그렇다면 본조의 선비들이 숭상하는 바를 들을 수 있겠는가?

天開景運 聖神繼作 迪之以好惡之正 浸之以詩書之澤 所以待文王而興者 此其時也 然則本朝之士所尙 可得聞歟

8. 도덕을 말하기는 하나 참됨을 얻기 어렵고, 절의가 높기는 하나 혹 변절을 걱정하며, 문사가 비록 성하나 점점 쇠퇴해 가는 것은 무슨 까닭인가?

22) 주 문왕(周文王)은 중국 상(商)나라 말기 주(周)씨족의 수령이다. 성은 희(姬), 이름은 창(昌)이다. 둘째아들인 서주 무왕이 주나라를 세운 후 문왕으로 추숭했다. 후세에선 도통(道統)의 전인(傳人)들 중 하나로 보기도 한다.

道德雖云難得其眞 節義雖挺 或患其媮 文詞雖盛 漸至衰敝 何歟

9. 제군들은 장차 과거로 말미암아 입신할 사람들이니, 문사를 숭상함을 실로 면할 수 없다. 그러나 도덕을 지니고 절의를 닦으며, 뜻을 숭상하고 논의를 고상히 하는 데 대해서는 가슴 속에 정해진 지가 오래일 것이니, 각자 숨김없이 진술하라.

抑諸生將由科目而發身 文詞之尙 固不能免也 然而抱道德砥節義尙志而尙論 素定於胸中久矣 請各陳無隱

퇴계와의 만남과 대화

초판 인쇄일 / 2021년 3월 05일
초판 발행일 / 2021년 3월 10일

☆

지은이 / 박종용
펴낸이 / 김동구
펴낸데 / 明文堂 (창립 1923년 10월 1일)
서울특별시 종로구 윤보선길 61(안국동)
우체국 010579-01-000682
☎ (영업) 733-3039, 734-4798
(편집) 733-4748
fax. 734-9209
e-mail : mmdbook1@hanmail.net
등록 1977. 11. 19. 제 1-148호

☆

ISBN 979-11-90155-86-1 03810

☆

값 22,000 원

☆

(낙장이나 파본은 구입하신 서점에서 교환해 드립니다)